三系杂交棉

——棉花细胞质雄性不育的研究与利用

王学德 著

科学出版社

北京

内 容 简 介

  本书是在系统总结作者二十余年对三系杂交棉的研究成果和实践经验的基础上写成的，既阐述了棉花细胞质雄性不育和杂种优势的生物学基础，又介绍了三系杂交棉育种、制种和高产栽培等方面的关键技术。书中对棉花细胞质雄性不育的机理，从细胞学、遗传学和分子生物学等角度进行较深入的探讨，并采用较多的图和表，便于读者的理解和识别。

  本书理论与实践紧密结合，对于从事作物遗传育种和栽培的科研、教学和农业技术推广的人员，以及高等院校农学相关专业师生，均具有良好的参考价值。

图书在版编目(CIP)数据

三系杂交棉：棉花细胞质雄性不育的研究与利用/王学德著. —北京：科学出版社，2011
  ISBN 978-7-03-031262-4

Ⅰ. ①三… Ⅱ. ①王… Ⅲ. ①杂交棉-研究 Ⅳ. ①S562

中国版本图书馆 CIP 数据核字（2011）第 101178 号

责任编辑：王海光 景艳霞/责任校对：纪振红
责任印制：钱玉芬/封面设计：耕者设计工作室

科学出版社 出版
北京东黄城根北街 16 号
邮政编码：100717
http://www.sciencep.com

源海印刷有限责任公司 印刷
科学出版社发行 各地新华书店经销

*

2011 年 6 月第 一 版 开本：787×1092 1/16
2011 年 6 月第一次印刷 印张：18 1/2 插页：4
印数：1—1 200   字数：427 000

定价：68.00 元
（如有印装质量问题，我社负责调换）

前　言

三系杂交棉是指利用棉花细胞质雄性不育系、保持系和恢复系，通过三系法制种而产生的杂种第一代棉花，其杂种优势利用是提高棉花产量和品质的有效途径之一。我国三系杂交棉的研究，虽起步较晚，但进展较快，近年来育成的新组合不断涌现。可以预期，三系杂交棉将像三系杂交水稻、三系杂交玉米和三系杂交油菜一样，具有很好的发展前景。与其他作物相比，棉花三系法制种具有三个突出的优点：①不育系为无花粉不育类型，育性稳定，不受气候等环境的影响，可保证杂交种的纯度；②棉花开花期长达两个月，基本不存在制种时花期不遇的现象，制种产量有保证；③棉花生态适应性广，育成的组合可在各地种植，种子产业化效益明显。所以，三系杂交棉引起人们的兴趣是必然的。

作者对此研究的兴趣源于 20 世纪 70 年代在农村插队落户期间看到的三系杂交水稻和三系杂交玉米生产，当时作为农业生产技术员对植物雄性不育和杂种优势深感神秘。幸运的是，1978～1996 年作者先后在浙江农业大学学习，在浙江省农业科学院从事科研工作，在南京农业大学攻读硕士、博士学位，以及在武汉大学做博士后期间得到了系统的学习和训练，特别是在硕士、博士生导师潘家驹教授和博士后导师朱英国院士的指导下，对棉花细胞质雄性不育的机理和三系杂交棉育种进行了较广泛的研究，积累了较丰富的研究数据和种质。自 1997 年从武汉大学博士后科研流动站出站并于浙江大学任教以来，在学校、学院和系的有关领导，尤其是在作物遗传育种学科带头人季道藩教授和朱军教授的关心和支持下，本研究方向先后得到了浙江省科技厅、国家科技部、教育部和国家自然科学基金的资助，促使研究更趋深入和广泛，内容涉及棉花细胞质雄性不育的细胞学、遗传学和分子生物学，以及三系杂交棉的育种学和栽培学。因此，本书是作者 20 余年来对三系杂交棉研究的总结，也是对支持过本课题研究的相关职能部门领导和导师的汇报。

在研究期间，本课题组招收过近 30 名研究生，如蒋淑丽、李悦有、徐亚浓、李晓、孙志栋、朱云国、赵向前、倪西源、程超华、张小全、华水金、朱伟、张昭伟、邵明彦、蒋培东、王晓玲、袁淑娜、解海岩、张海平、倪密、刘英新、文国吉、赵亦静、诺林、范凯、张改霞等，他们的刻苦钻研精神和创新思想对本研究的深入进行起到极其重要的作用，研究工作对他们的成长也有过良好的影响。如今他们已成为高校、科研单位或管理部门的骨干。可以说，这也是本课题的成果之一。

近年来，三系杂交棉在我国已受到广泛重视，参与研究的科学家不断增多。我们相信，随着研究的深入，三系杂交棉在棉花杂种优势利用中将起主导作用。但在目前，与水稻、玉米、油菜等农作物比较，棉花在该领域的研究仍显滞后，尚有许多问题需要研究解决，需要有更多的人参与。有兴趣的读者可凭单位介绍信向我们索取本书中涉及的三系杂交棉的种质（e-mail：cottonbreeding@zju.edu.cn），通过合作一方面使三系杂交棉的研究更加广泛和深入，另一方面也可对本书中的研究结果和观点做进一步的验证和提升。

　　虽然课题组积累了一定的研究资料和数据，但在写作过程中仍感不足，本书只是研究工作的阶段性总结，为的是抛砖引玉，书中的观点不一定成熟，又由于作者的学识有限，疏漏在所难免，敬请有识之士批评指正。

著　者
2011 年 4 月于浙江大学紫金港校区

目 录

第一章 杂 交 棉

杂交棉（hybrid cotton）是指不同遗传组成的两个纯系棉花品种间进行有性杂交而产生的杂种第一代棉花，常表现为比纯系品种（inbred cultivar）有更高的产量和更好的品质，这是生物界普遍存在的被称为杂种优势（hybrid vigor，heterosis）的一种现象。我国目前大面积种植的具有增产优势的杂交水稻、杂交玉米、杂交油菜和杂交棉花等，均是生物杂种优势利用的成功例子。现在，利用杂种优势已成为提高植物产量、品质和抗逆性的有效途径。

第一节　棉花杂种优势利用的简史

一、棉花是重要的经济作物

棉花在植物分类学中属被子植物锦葵目（Malvales）、锦葵科（Malvaceae）、棉族（Gossypieae）、棉属（*Gossypium*）。棉属包括 39 种，分布在亚洲、非洲、美洲、大洋洲和欧洲，其中陆地棉（*G. hirsutum* L.）、海岛棉（*G. barbadense* L.）、亚洲棉（*G. arboreum* L.）和非洲棉（*G. herbaceum* L.）4 种为栽培种。目前，世界上种植的棉种主要是陆地棉，约占 90%，海岛棉、亚洲棉和非洲棉种植面积不大，约占 10%。据国际棉花咨询委员会（International Cotton Advisory Committee，ICAC）统计资料（表 1-1）显示，20 世纪 50 年代以来，世界棉花种植面积常在 3000 万～3700 万 hm² 变动，皮棉总产在 1000 万～2500 万 t 波动，但皮棉单产的总趋势是逐年提高的，由 1950 年的 233kg/hm² 提高到 2007 年的 766kg/hm²。

表 1-1　1950 年以来世界棉花面积、单产和总产

年份	面积 /万 hm²	单产 /(kg/hm²)	总产 /万 t	年份	面积 /万 hm²	单产 /(kg/hm²)	总产 /万 t	年份	面积 /万 hm²	单产 /(kg/hm²)	总产 /万 t
1950	2854	233	665	1960	3245	314	1020	1970	3178	369	1174
1951	3604	234	843	1961	3306	297	983	1971	3302	392	1294
1952	3545	246	874	1962	3263	320	1044	1972	3382	402	1360
1953	3342	271	907	1963	3297	330	1088	1973	3256	418	1362
1954	3345	267	893	1964	3337	345	1150	1974	3329	418	1393
1955	3408	279	951	1965	3313	359	1170	1975	3000	390	1171
1956	3342	275	918	1966	3092	350	1084	1976	3151	393	1239
1957	3203	283	905	1967	3067	351	1078	1977	3497	396	1386
1958	3166	308	976	1968	3169	374	1186	1978	3400	380	1293
1959	3233	318	1029	1969	3266	348	1138	1979	3310	425	1408

续表

年份	面积/万 hm²	单产/(kg/hm²)	总产/万 t	年份	面积/万 hm²	单产/(kg/hm²)	总产/万 t	年份	面积/万 hm²	单产/(kg/hm²)	总产/万 t
1980	3363	411	1383	1990	3304	574	1898	2000	3193	609	1944
1981	3397	442	1500	1991	3468	596	2067	2001	3354	640	2147
1982	3259	444	1448	1992	3226	556	1794	2002	3107	645	2003
1983	3215	451	1449	1993	3043	554	1686	2003	3428	616	2112
1984	3522	546	1925	1994	3212	584	1876	2004	3702	714	2645
1985	3278	533	1746	1995	3659	556	2033	2005	3610	706	2547
1986	2947	518	1527	1996	3409	574	1958	2006	3565	745	2656
1987	3126	563	1761	1997	3386	593	2006	2007	3412	766	2612
1988	3352	546	1830	1998	3293	568	1872	2008	3106	730	2264
1989	3162	549	1737	1999	3194	597	1908	2009	2998	740	2220

数据来源：国际棉花咨询委员会（International Cotton Advisory Committee，ICAC）（http://www.icac.org/）。

　　棉花是世界性的重要经济作物，分布在南纬 32°到北纬 47°，生产棉花的国家和地区有 90 多个，但世界棉花总产的 98%产自 25 个国家，其中年产 100 万 t 以上的国家有中国、美国、印度、巴基斯坦、巴西和乌兹别克斯坦。棉花纤维是重要的纺织原料，虽然 20 世纪 30～50 年代化学合成纤维的兴起，使棉花等自然纤维的生产和消费受到冲击，但由于棉花纤维具有吸湿、透气、保暖和不带电等突出优点，并恰好与化学合成纤维的缺点互补，棉花在纺织品中的主导地位正在恢复，其消费量现已超过其他各类纤维的消费量。而且，随着化学合成纤维的原料（如石油，不可再生资源）的日趋短缺和价格的不断提高，以及随着人口增长、经济收入增加和人们对自然产品喜好的增加，对棉花这种优质天然纤维（可再生资源）的需求将会有增无减。

　　棉花纤维占籽棉（纤维、短绒和种子）重量的 35%～40%，棉籽（短绒和种子）占籽棉重量的 65%～60%。除了纤维，棉籽也是重要的农产品。在棉籽中，7%～10%为短绒，40%为棉籽壳，50%为棉仁。棉仁中，油脂含量为 30%，蛋白质含量为 30%～35%。棉籽上的短绒是纺织、医药、火药、造纸等工业的上等原料。棉秆可用来制作纤维板和充当造纸的原料。

　　中国是产棉大国，从表 1-2 可看出，自 1950 年以来，中国棉花种植面积在年度间变幅不大，常年为 400 万～600 万 hm²。但产量变化很大，表现为逐年提高。在皮棉单产上，由 1950 年的 183kg/hm² 提高到 2009 年的 1288kg/hm²。其中，20 世纪 50 年代的年平均皮棉单产为 247kg/hm²，60 年代为 349kg/hm²，70 年代为 454kg/hm²，80 年代为 732kg/hm²，90 年代为 870kg/hm²，到 21 世纪初（2000～2009 年）增加到 1173kg/hm²。在年总产量上，由 1950 年的 69 万 t 提高到 2009 年的 638 万 t。其中，50 年代的年平均皮棉总产量为 135 万 t，60 年代为 167 万 t，70 年代为 222 万 t，80 年代为 401 万 t，90 年代为 447 万 t，到 21 世纪初（2000～2009 年）增加到 600 万 t。特别是自 1982 年以来，年皮棉总产增幅更大，使我国棉花总产常年居世界第一位。

表 1-2 1949 年以来中国棉花面积、单产和总产

年份	面积 /万 hm²	单产 /(kg/hm²)	总产量 /万 t	年份	面积 /万 hm²	单产 /(kg/hm²)	总产量 /万 t	年份	面积 /万 hm²	单产 /(kg/hm²)	总产量 /万 t
1950	379	183	69	1960	522	203	106	1970	500	456	228
1951	548	188	103	1961	387	207	80	1971	492	428	210
1952	558	234	130	1962	350	215	75	1972	490	401	196
1953	518	227	117	1963	441	272	120	1973	494	518	256
1954	546	195	106	1964	494	338	166	1974	501	483	246
1955	577	263	152	1965	500	417	210	1975	496	480	238
1956	626	231	145	1966	493	474	234	1976	493	417	206
1957	578	284	164	1967	510	462	235	1977	484	423	205
1958	556	354	197	1968	499	473	235	1978	487	446	217
1959	551	311	171	1969	483	431	208	1979	451	489	221
平均	544	247	135	平均	468	349	167	平均	489	454	222
年份	面积 /万 hm²	单产 /(kg/hm²)	总产量 /万 t	年份	面积 /万 hm²	单产 /(kg/hm²)	总产量 /万 t	年份	面积 /万 hm²	单产 /(kg/hm²)	总产量 /万 t
1980	492	476	271	1990	559	807	451	2000	403	1080	435
1981	519	573	297	1991	654	867	568	2001	481	1107	532
1982	583	618	360	1992	684	660	451	2002	418	1177	492
1983	608	762	464	1993	499	750	374	2003	511	951	486
1984	692	905	626	1994	553	785	434	2004	569	1110	632
1985	514	807	415	1995	542	879	477	2005	506	1129	571
1986	431	822	354	1996	472	890	420	2006	541	1247	675
1987	484	876	425	1997	449	1025	460	2007	593	1337	792
1988	553	750	415	1998	446	1009	450	2008	575	1302	749
1989	520	735	379	1999	373	1028	383	2009	495	1288	638
平均	540	732	401	平均	523	870	447	平均	509	1173	600

数据来源：中华人民共和国农业部种植业管理司（http://zzys.agri.gov.cn/）。

我国棉花主产省（直辖市、自治区），在西部有新疆（约 2000 万亩[①]）、陕西（约 90 万亩）和甘肃（约 80 万亩），在东部有山东（约 1200 万亩）、河北（约 930 万亩）、江苏（约 370 万亩）、天津（约 80 万亩）和浙江（约 30 万亩），中部有河南（约 800 万亩）、湖北（约 690 万亩）、安徽（约 520 万亩）、湖南（约 220 万亩）、江西（约 110 万亩）和山西（约 100 万亩）。我国 90% 左右的棉花产自以上省（直辖市、自治区）。

我国也是用棉大国，1980~1984 年，我国棉花消费量（未包括台湾、香港、澳门地区）年均为 348 万 t；1990~1995 年，年均消费量增加到 449 万 t；特别近年来年均消费量更是逐年大幅度增加（表 1-3），2000~2005 年，由 520 万 t 增至 835 万 t，是世界上消费量最大的国家。比较表 1-2 和表 1-3 可知，我国自产棉花量远不能满足国内消

[①] 1 亩≈667m²，后同。

费所需，从而需要大量进口，出口很少。特别在 2003～2005 年，进口量年均为 207 万 t，居世界第一位。我国棉花消费量的 85％左右用于纺织以及其他用棉，包括民用絮棉、军用和其他工业用棉。棉纺织品是中国传统出口商品，1986 年以来纺织品出口额占全国出口商品总额的 20％左右，成为我国第一大宗出口商品。

表 1-3　2000～2005 年世界和中国棉花消费、出口和进口量　　（单位：万 t）

	年份					
	2000	2001	2002	2003	2004	2005
消费						
世界	1983.7	2028.8	2118.4	2127.9	2259.0	2301.0
中国	520.0	570.0	650.0	700.0	800.0	835.0
出口						
世界	588.0	644.8	665.9	727.5	676.0	787.0
中国	9.7	7.4	16.4	3.8	4.0	4.0
进口						
世界	573.7	622.7	653.9	727.8	676.0	787.0
中国	5.2	9.8	68.2	192.9	180.0	250.0

数据来源：国际棉花咨询委员会（International Cotton Advisory Committee，ICAC）（http://www.icac.org/）。

二、棉花杂种优势利用的简史

棉花产量和品质的提高，除了与品种相配套的栽培措施优化外，品种的遗传改良也起着关键作用。棉花具有十分明显的杂种优势，杂交棉通常比亲本纯合品种（也称常规棉）增产 15％以上，同时也可综合亲本优质和抗病虫等性能。在生产上种植杂交棉，其目的就是利用杂种的超亲优势，以提高棉花的产量和品质，获得更大的经济效益，这种生产实践被称为棉花的杂种优势利用。

棉花是最早被用来研究杂种优势的作物之一。1894 年 Mell 首次描述了陆地棉与海岛棉杂种第一代的优势表现。1908 年 Balls 也报道了陆地棉与埃及海岛棉间的杂种一代在植物高度、早熟性、纤维长度、种子大小等性状上具有杂种优势。关于陆地棉品种间的杂种优势，20 世纪 30 年代才有较系统的研究。此后，许多植棉国家开展了棉花杂种优势的研究和利用。

较大规模的棉花杂种优势研究和利用始于美国。20 世纪 50 年代 Easton（1957）研究化学杀雄剂致使棉花雄配子不育，以简化杂交棉的制种环节和制种成本，但由于棉花开花期长和杀雄剂效果等问题，没有得到应用。70 年代 Meyer（1975）通过棉种远缘杂交育成哈克尼西棉（*G. harknessii* Brandegee）细胞质的雄性不育系，形成三系配套的制种方法。虽然这两个阶段的研究达到了高峰，但杂交棉的种植仍不广泛。

印度是最早大面积种植杂交棉的国家。20 世纪 70 年代印度古吉拉特邦农业大学的 Paul 博士选育出"杂种棉 4 号"，且在生产上大规模加以利用，是世界上第一个成功利用杂种优势的杂交棉组合。之后，大量杂交棉组合的育成和推广，使印度成为世界上最早大规模种植杂交棉的国家。目前，印度杂交棉种植面积为棉花种植总面积的 40%，产量占总产的 50%。其中，陆陆杂种（陆地棉种内杂种）面积占 35%，陆海杂种（陆地棉与海岛棉的种间杂种）面积占 5%，亚洲棉与非洲棉的种间杂种占 1%，同时也有少量第二代杂种（F₂）的种植。

中国在 20 世纪 20 年代已有关于棉花杂种优势的研究。冯泽芳（1925）以"浦东紫花"与"青茎鸡脚棉"杂交，其杂种 F₁ 的株高和抗病性均表现出杂种优势。奚元龄（1936）证明亚洲棉不同生态型的品种间杂种一代，在株高、衣指、单铃重和纤维长度等性状上都表现有显著或弱的杂种优势。50 年代后期，江苏、浙江、上海等地研究了陆地棉与海岛棉杂种优势的利用问题，并配制了一些组合在生产上试种。陆地棉品种间杂种优势的利用研究，始于 50 年代，至今始终围绕制种方法和筛选强优组合进行研究。70 年代中期，河南、山东等省利用人工去雄授粉制种的杂交棉开始生产试种。尤其是湖南省采用人工去雄授粉法制种的杂交棉发展迅速，1998 年全省杂交棉面积已占总棉田面积的 90% 以上。90 年代是中国杂交棉迅速发展的时期，其中以抗虫棉作为亲本而制成的抗虫杂交棉的发展尤为突出。迄今为止，我国仍普遍用人工去雄授粉法制种，在生产上具有代表性的组合有"豫杂 74"、"冀杂 29 号"、"中杂 028"、"苏杂 16 号"、"湘杂棉 1 号"、"湘杂棉 2 号"、"中棉所 28"、"中棉所 29"、"皖杂 40"、"鲁棉研 15"和"中棉所 47"等。因人工去雄授粉法制种成本较高，除了利用杂种第一代（F₁）优势外，利用其第二代（F₂）优势也较普遍。在利用棉花雄性不育制种方面，我国最早是用四川"洞 A"核不育的两系法制种，如"川杂 1 号"、"川杂 3 号"、"川杂 4 号"等，在 90 年代初期杂交棉占四川棉田面积的 25%～30%。到 21 世纪初，随着棉花细胞质雄性不育研究的深入，三系杂交棉的育种在全国广泛开展，育成的组合不断出现，如"新（307H×36211R）"、"新杂棉 2 号"、"豫棉杂 1 号"、"银棉 2 号（sGKz8）"、"浙杂 166"、"浙杂 2 号"、"新彩棉 9 号"和"邯杂 98-1（GKz11）"等（黄滋康和黄观武，2008；中国农业科学院棉花研究所，2009）。

历史上棉花生产习惯于直播，用种量大，而杂种优势利用需要每年制种，种子生产成本较高，从而使棉花杂种优势的生产利用受到一定限制。自 20 世纪 90 年代以来，随着棉花精细播种、育苗移栽、地膜覆盖和点播稀植等技术的推广，以及制种技术的不断改良，棉花杂种优势的大面积应用成为可能。近年来（2000～2007 年），我国杂交棉种植面积已达棉田总面积的 15%～30%。

第二节 杂交棉的优势表现

一、杂交棉的优势度量与评价

杂交棉高产和优质的表现，实际上是棉花植株诸多性状综合优化的结果。例如，皮棉产量高，是铃数、铃重、衣分 3 个产量性状优化组合的结果；纤维品质好，是因为纤维长度、强度、细度、整齐度和色泽等性状的组合处于最佳状态。在科学研究和生产实践中，评价一个杂交棉组合的优势强弱，首先是对各个性状的优势逐个加以分析，然后作出综合性评判。评价某一性状的杂种优势强弱，通常用下列公式度量。

（1）中亲优势——杂交种某一数量性状的观测值超过双亲相应性状观察值平均数的百分率。

$$中亲优势(\%) = [(F_1 - MP)/MP] \times 100\%$$

（2）超亲优势——杂交种某一数量性状的观测值超过高值亲本相应性状观察值的百分率。

$$超亲优势(\%) = [(F_1 - HP)/HP] \times 100\%$$

（3）对照优势——杂交种某一数量性状的观测值超过对照品种（当地推广良种）相应性状观察值的百分率，也称为竞争优势或超标优势。

$$对照优势(\%) = [(F_1 - CK)/CK] \times 100\%$$

上述三公式中，F_1 为杂交种的观察值；$MP = (P_1 + P_2)/2$ 为两个亲本（P_1 和 P_2）观察值的平均数；HP 为高值亲本的观察值；CK 为对照品种的观察值。杂种优势度量值可为正值，如杂交种产量超过双亲或对照品种，也可为负值，如 F_1 表现为抗病，发病率低于双亲或对照品种。

中亲优势和高亲优势在理论研究时使用较多，而从生产角度上看，更多地用对照优势，因为只有杂交种的性状优势超过对照品种，其生产推广才有意义。

不是任意两个亲本杂交其后代都会表现出杂种优势。不同杂交组合表现如此，同一杂交组合不同性状也是如此，有的表现出优势，有的不表现优势，有的甚至出现劣势。杂种优势概念是与人类对杂种的要求相对应的，一般而言，那些符合人类所期望的表现才可称为杂种优势，否则为劣势。例如，棉花衣分、杂种衣分比亲本高，对于人类期望而言，是有用的，是优势；但对棉花本身而言并不是优势，因为高衣分不利于棉花繁殖系数的提高以及种子的自然传播和发芽。

杂种优势的表现是多方面的，既可表现在产量、品质、抗性、生育期、株型等方面，也可表现在化学成分（蛋白质、脂肪、糖类等）、特殊的化学物质（激素、维生素、色素、核酸等），以及生理代谢方面，如光合作用、呼吸作用和酶活性等。

二、棉花杂种优势的表现

棉花有 4 个栽培棉种，即陆地棉、海岛棉、亚洲棉和非洲棉。其中，陆地棉和海岛棉是四倍体棉种（$2n = 4x = 52$），不但能在种内不同品种（系）间杂交产生种内杂种（intraspecific hybrid），而且也能在陆地棉与海岛棉间进行杂交产生种间杂种（interspecific hybrid）。亚洲棉和非洲棉是二倍体棉（$2n = 2x = 26$），也可种内杂交或种间杂交，分别产生种内或种间杂交种。棉花不但有种内杂种优势，也有种间杂种优势。目前，世界上最常见的杂交棉为陆地棉种内杂交种，其次是陆地棉与海岛棉的种间杂交种，简称为陆海杂交种或海陆杂交种（反交），还有少量的海岛棉种内杂交种，以及亚洲棉和非洲棉的种内或种间的杂交种。种内和种间杂种优势的表现各有其特点（表1-4），现分别简述如下。

表 1-4 种内和种间杂交棉产量和纤维品质的一般表现

品种类型	产量比对照品种增产/%	纤维品质		
		长度/mm	比强度/(g/tex)	细度/(马克隆值)
种内杂种（陆地棉杂种）	15	28～30	20	3.8～4.9
种间杂种（陆地棉与海岛棉杂种）	20～25	33～34	25	3.5～4.0
新品种（陆地棉纯系品种）	3～8	28～31	20～21	3.3～4.9

注：引自国家攻关新品种选育技术资料。

（一）种内杂种优势的表现

1. 陆地棉种内的杂种优势

陆地棉是世界上种植面最广的棉种，其特点是产量高和纤维品质适中，具有适应性广和遗传多样性的特点。因此，对陆地棉不同品种间杂种优势的研究与利用最为系统和深入，已有大量相关资料和报道。表 1-4 所列的陆地棉种内杂种优势为 15% 左右，这是一般的表现；不同研究者因所选用亲本及其试验环境的不同，得出的杂种优势率会有较大差异。

陆地棉的杂种优势首先由 Ayers（1938）报道，他发现两个杂交亲本的单株平均产量分别是 84.41g 和 79.93g，而它们的杂种 F_1 单株产量达 151.58g，即产量的中亲优势为 84.47%，高亲优势为 79.58%。Kime 和 Tilley（1947）用珂字棉、斯字棉和岱字棉的选系，配制了 6 个组合的杂交种，通过连续 3 年的产量比较试验，发现杂种第一代有明显的优势，但杂种第二代优势不明显；并首次提出了双亲血缘关系较远，产生杂种优势的可能性也较大。但亲本间的差异与杂种优势并非呈直线关系，而是呈复杂的非线性的抛物线关系（王学德和潘家驹，1990），因此亲本差异并非越大越好，而应在产量水平较高的基础上选择遗传差异适当的材料为佳。

Davis（1978）统计近 20 篇代表性文献表明，陆地棉品种间杂种的竞争优势为 10%～34%，最高纪录为 138%，平均为 30.67%，而且杂种幼苗活力显著增加。1991 年 Davis 又报道了他所在的新墨西哥州立大学自 1988 年以来杂种组合的多点试验结果，有两个杂种 N-89217 和 N-89229 的产量比对照良种 Paymaster HS-26 增产 12%～42%。Meredith（1984）总结约 30 年的有关棉花杂种优势方面的代表性文献时指出，陆地棉品种间的杂种优势十分明显。他发现皮棉产量的平均优势最大，可达到 18.0%；产量构成因素次之，铃数为 13.5%，铃重为 8.3%，衣分为 1.5%；纤维品质性状杂种优势较弱，但也明显存在，纤维长度为 1.2%，强度为 2.5%，细度为 1.3%。

我国学者孙济中等（1994）综述，陆地棉品种间 F_1 杂种皮棉产量的竞争优势为 10%～30%，平均为 20% 左右，而在印度则高达 50%～138%，甚至有超 200% 的报道。中国农业科学院棉花研究所统计了 1976～1980 年主要产棉省（自治区）15 个科研教学单位的 1885 个陆地棉品种间杂交组合，其中，F_1 减产组合占 29.2%，增产 0～10% 的组合占 22.1%，增产 11%～20% 的组合占 18.5%，增产 21%～30% 的组合占 13.5%，增产 30% 以上的组合占 16.8%。张正圣等（2002）根据 31 个陆地棉组合统计，籽棉、皮棉产量、单位面积铃数和铃重都具有明显的中亲优势和高亲优势，对产量优势的贡献主要来自铃数和铃重的增加，F_1一般比对照增产 25%，纤维 2.5% 跨距长度提高 10%，比强度增加 10%～20%。

从生产应用角度看，上述的对照优势，即杂交种比生产上推广品种表现优越，应该最有利用价值。然而，根据杂种优势的概念，杂种优势应是杂交种表型值偏离双亲表型值的比例，即杂交种比其两个亲本表现优越的评价指标——中亲优势或高亲优势。王学德和潘家驹（1989）以 7 个陆地棉芽黄品系为母本与 8 个陆地棉品种（系）进行杂交，并用芽黄作为指示性状保证 56 个 F_1 组合的杂种纯度，进行了连续两年的 3 次重复随机区组比较试验。试验表明（表 1-5），中亲优势和高亲优势以产量最大，产量构成因子（其中，铃数和铃重优势强于衣分）次之，纤维品质性状较弱。在对照（泗棉 2 号）优势方面，就 56 个组合平均优势而言，17 个性状中籽棉产量、单铃重、籽指、果节数、2.5% 跨距长度、比强度和马克隆值 7 个性状有明显优势。虽然从总体（$n=56$）上皮棉产量为负优势，但在 56 个组合中仍有 8 个组合显示出对照优势，幅度为1.85%～15.21%。

表 1-5　陆地棉 56 个杂交组合的优势表现（%）

性状	中亲优势		高亲优势		对照优势	
	平均	全距	平均	全距	平均	全距
籽棉产量（kg/hm²）	28.08	0.57～56.66	15.97	−4.22～43.05	0.29	−15.18～20.58
皮棉产量（kg/hm²）	28.64	2.57～61.39	10.65	−18.26～38.35	−11.77	−33.94～15.21
单株籽棉产量（g）	25.81	−10.97～49.00	13.41	−15.50～44.05	−1.77	−23.80～16.93
单株皮棉产量（g）	26.27	−9.00～52.99	8.12	−18.86～45.89	−13.67	−38.11～8.80
单株铃数（个）	16.88	−17.90～41.50	7.80	−23.33～40.77	−5.14	−27.15～9.07
单铃重（g）	11.40	−1.05～31.33	3.52	−7.33～23.03	7.56	−10.02～31.17
衣分（%）	2.72	−6.12～12.56	−4.70	−20.52～6.93	−11.41	−25.90～1.20
籽指（g/百粒）	3.12	−8.89～20.51	−2.21	−15.66～18.60	18.43	−0.32～34.48
株高（cm）	13.34	0.32～28.69	5.06	−10.08～16.97	−2.37	−14.78～9.17
果枝数（个/株）	12.40	−3.82～33.22	8.20	−4.73～30.60	−0.81	−13.64～12.66
果节数（节/株）	21.71	−9.05～79.09	11.81	−12.06～50.57	4.69	−12.70～36.16
开花期（天）	−3.07	−12.72～9.28	−8.03	−18.54～3.14	4.86	−5.06～9.82
全生育期（天）	−2.93	−6.59～1.63	−5.45	−10.95～−1.56	0.01	−6.23～5.58
霜前籽棉产量（g/株）	25.58	−15.26～68.83	2.71	−27.53～50.70	−18.83	−55.64～15.23
2.5% 跨距长度（mm）	3.73	−5.62～9.18	0.90	−6.82～8.18	5.03	−5.06～15.24
比强度（g/tex）	4.35	−8.25～15.03	0.68	−9.82～13.26	5.51	−9.55～16.65
马克隆值	−0.09	−17.18～10.66	−4.64	−18.77～9.09	−0.17	−13.72～10.23

注：平均是指 56 个组合的平均优势值；全距是指 56 个组合优势值中最小优势值和最大优势值的间距。

陆地棉种内杂种除了产量（生殖生长）优势外，还有明显的营养生长优势。Harris 和 Loden（1954）指出，种内杂种茎秆的干重、叶的干重、铃子的干重、地上部分的干重、花蕾数和铃数都表现出杂种活力。Galal 等（1966）在研究陆地棉的干物质积累时发现，在生长 6 个星期后，杂种与亲本间就开始不同，在经历了 3 个星期的分化期后，各自保持各自的生长速率一直到成熟；杂交种在整个开花结铃期间都保持旺盛的营养生长，植株比亲本高大，棉铃多。朱伟等（2005）以鸡脚叶标记的雄性不育系与恢复系杂交获得的三系杂交棉，不但叶面积系数和干物重有显著的杂种优势，而且在光合作用的诸多指标上也有突出的优势。

杂交棉在抗逆性上也有明显优势，常表现为耐高温、耐湿、耐旱、耐瘠、抗病、抗虫等。因抗性常受显性或部分显性基因控制，亲本表现为抗逆，其杂交种也常表现为抗逆，这是杂交棉具有广泛适应性的主要原因。中国农业科学院棉花研究所选育的"中棉所 29"，其父母本均来源于黄河流域品种（系），对高温和肥水具有一定的敏感性，但其杂交种"中棉所 29"对长江流域高温和高肥水具有较强的适应性，目前广泛种植于长江流域；这可能由于杂种还存在耐高温和高肥水的基因累加和互作效应。印度在推广杂交棉之前，很多干旱和半干旱的地区不适宜种植棉花，自从推广杂交棉以来，这些地区可种植杂交棉，并获得了较高的产量（Kairon，1998）。抗虫性是近年杂交棉选育中一个重要目标，目前多数抗虫亲本均为转基因抗虫棉，其抗性遗传受显性基因控制，亲本之一为抗虫棉，杂交种一代也具有抗虫性，表现抗虫优势（靖深蓉等，1987）。

2. 其他栽培棉的种内杂种优势

除了陆地棉种内杂种优势外，还有少量关于其他栽培棉的种内杂种优势的报道。Marani（1963，1967）研究认为，海岛棉种内杂种籽棉产量和皮棉产量都有显著的杂种优势（23.3% 和 24.2%），并指出这种优势主要是得益于铃数的增加，而铃重和单株铃数的杂种优势不显著，衣分和籽指的杂种优势显著（2.9% 和 1.2%）。纤维长度有显著的中亲优势（4.0%），纤维强度与高值亲本相近，差异不显著。马克隆值介于双亲之间，还有一点变小的趋势。

奚元龄（1936）研究表明，亚洲棉不同生态型的品种间杂种一代的植株高度、衣指、单铃重、单铃种子数和纤维长度等性状都表现为显著或微弱的杂种优势。

（二）海岛棉与陆地棉种间杂种优势的表现

自从 1894 年 Mell 发表了第一篇有关陆地棉与海岛棉种间杂种 F_1（陆海杂种）具有生长优势的研究论文后，Balls（1908）进一步证实海岛棉与陆地棉种间杂种（海陆杂种）在株高、开花期、果节等农艺性状，纤维长度和强度、种子大小等品质性状上都具有明显杂种优势。Davis（1978）统计近 20 篇代表性文献表明，海陆杂种产量的对照优势为 7%～50%，平均为 33.6%；并认为，与陆地棉相比较，种间杂种在抗病虫性方面有很好的应用前景，尤其具有抗黄萎病特性。国外大量的研究（Weaver et al.，1984；Percy，1986；Percy and Turcotte，1988，1991）表明籽棉产量的中亲优势为 60.8%～97%，皮棉产量的优势为 63%～82%。另一些研究还认为籽棉产量超亲优势可达 26%～65.6%。

　　在我国，20 世纪 60 年代已有不少学者（刁光中和黄滋康，1961；曲健木，1962；华兴鼎等，1963）对海陆杂种进行研究，认为其在产量、品质和抗性上均有很强的优势。70 年代，浙江农业大学遗传选种教研组（1974a，1974b）用 7 个陆地棉品种与 7 个海岛棉品种杂交，对 14 个组合的杂种优势进行观察，发现杂种籽棉产量平均为陆地棉亲本的 121.9%，为海岛棉亲本的 225.9%。但是，由于海陆杂种普遍表现籽指大和衣分低，14 个组合的杂种皮棉产量没有超过推广品种"岱字棉 15"原种，平均产量为"岱字棉 15"的 80%。海陆杂种的生育期常处于两个亲本之间，具有一定的早熟优势。纤维强度略高于陆地棉亲本，但不及海岛棉亲本。

　　华中农业大学孙济中（1994）认为，海岛棉与陆地棉种间杂种的优势较陆地棉种内杂种要大，高产杂种与对照比较，增产幅度为 21%～50%，平均为 38%，在苏联还有增产 80% 以上的记录。张金发和冯纯大（1994）对 33 个陆海杂种的研究发现，大多数纤维长度大于 34mm，比强度大于 25g/tex，马克隆值小于 3.7，中亲优势超过 10%。

　　中国农业科学院棉花研究所邢朝柱等（2000）对 24 个陆地棉品种间杂交组合及其亲本和 18 个陆地棉与海岛棉种间杂交种及其亲本的苗期（5 叶期）鲜重和干重进行测定，结果表明所有的杂交种一代其干重、鲜重均超过亲本。其中，陆地棉品种间杂交种鲜重和干重分别为其亲本均值的 112.3%～134.1% 和 104.3%～125.1%，平均分别为 122.8% 和 112.7%；陆海种间杂交种鲜重和干重分别为其亲本均值的 116.1%～148.4% 和 108.9%～124.0%，平均分别为 127.4% 和 116.1%。在 7 月 15 日调查杂交种一代及其亲本株高，陆地棉品种间杂交种一代株高要比亲本均值高 15.5%，陆海种间杂交种株高比亲本平均高 17.8%。

　　浙江大学张小全等（张小全和王学德，2005；张小全等，2007；Zhang et al.，2008）研究发现，用细胞质雄性不育三系法制种的海陆种间杂交种在株高、果枝数、果节数、单株结铃数、不孕籽率上显著地高于陆地棉种内杂种，但单铃重和衣分则显著低于陆地棉种内杂种。一般地，海陆种间杂种的皮棉产量显著低于陆陆种内杂种，但也有个别组合与陆地棉品种和陆陆种内杂种没有显著差异。在品质性状方面，海陆种间杂种在长度、整齐度、比强度、伸长率和马克隆值都显著地优于陆陆种内杂种，尤其海陆种间杂种的长度、比强度和伸长率最高分别达到 35.3mm、43.6cN/tex 和 7.8%。

　　文国吉等（2011）用海岛棉"H08B"和陆地棉"Z08B"（棕色纤维）、"L08B"为亲本，比较了 2 个棕色棉种间杂种 Z08B×H08B、H08B×Z08B，1 个棕色棉种内杂种 Z08B×L08B 及其棕色棉亲本 Z08B（CK）在苗期、蕾期、初花期、盛花期、花后期和吐絮期 6 个时期植株叶片叶绿素 a 和叶绿素 b 含量、叶绿体希尔反应活力、净光合速率等光合生理指标和碳水化合物含量及其产量、品质性状的差异。结果表明：3 个棕色棉杂种的籽棉产量和皮棉产量均显著高于对照，平均分别提高 46.71% 和 38.57%；3 个杂种的品质性状也显著优于对照，尤其是棕色棉种间杂种，其纤维长度平均比对照增长 7.59 mm，增幅达 35.53%，比强度比对照增加 5.96 cN/tex，提高 23.51%；与棕色棉亲本相比，棕色棉杂种种植株叶片的叶绿素含量较高，叶绿体希尔反应活力增强，淀粉含量较大，使得其净光合速率升高，营养物质供应充足，是棕色棉杂种高产和优质的重要光合生理特性。

对棉花种间杂种优势的研究大多集中于四倍体棉种，即上述的陆地棉与海岛棉种间杂种优势，而对二倍体棉种间的杂种优势的研究则较少。在印度，亚洲棉与非洲棉的二倍体种间杂交种，在干旱较严重的地方增产 60％左右的例子较普遍，并认为棉花杂交种结铃性的优势是产量优势的主要来源。

棉花种间杂交种常呈现极显著的营养生长优势，表现为叶大、苗壮、株高和根系发达。多数研究表明，棉花杂交种的营养生长优势要强于生殖生长优势，种间杂交种营养生长优势更为突出。海陆（或陆海）杂交种由于营养生长旺盛，在雨水多的地区，如我国的长江下游棉区，植株长得高大、迟熟、吐絮不畅、烂铃多，因此不十分适宜种植；但是，在我国西北内陆棉区如新疆等地的气候条件下适宜种植海陆（陆海）杂交棉，其杂种优势更能充分表达。

三、杂种优势表现的特点

从上述的例子可看出，棉花杂种优势的表现是多方面的。按其性状表现的性质，大致可分为三种类型：一是杂交种营养体发育旺盛的营养型，如海岛棉与陆地棉的杂交种，植株高大；二是杂种的生殖器官发育较盛的生殖型，如陆地棉品种间杂交种，结铃性好、铃子大和种子多；三是杂交种对外界不良环境适应性较强的适应型，如抗病品种与抗虫品种的杂交种，抗病又抗虫。这三种类型的划分只是相对的，实际上它们的表现总是综合的，上述仅是按其优势明显的性状作为一个划分的标志。不论哪种优势类型，归纳起来，F_1 优势表现都具有以下基本特点。

第一，杂种优势不是某一个或两个性状单独地表现突出，而是许多性状综合地表现突出。许多优良杂交棉，在产量和品质上表现为铃多，铃大，衣分高，纤维长、强和细等；生长势上表现为植株高大、茎枝粗壮、叶大色深等；在抗逆性上表现为抗病、抗虫、抗寒、抗旱等。F_1 具有多方面的优势表现，足以说明杂种优势是由于双亲基因异质结合和综合作用的结果。

第二，杂种优势的大小，大多数取决于双亲性状间的相对差异和相互补充，大量实践证明，在一定范围内，双亲间亲缘关系、生态类型和生理特性上差异越大的，双亲间相对性状的优缺点越能彼此互补的，其杂种优势就越强；反之，就较弱。例如，"岱字棉"品种与"斯字棉"或"爱字棉"品种，因属于不同系统的陆地棉品种，亲缘关系较远，所配成的杂交种，其优势常高于同一系统内品种间的杂交种。由此可见，杂种基因型的高度杂合性是形成杂种优势的重要根源。

第三，杂种优势的大小与双亲基因型的高度纯合密切相关。杂种优势一般是指杂种群体的优势表现。只有在双亲基因型的纯合程度都很高时，F_1 群体的基因型才能具有整齐一致的异质性，不会出现性状分离，这样才能表现明显的优势。棉花是常异花授粉作物，由于不同棉花品种间天然异交的存在，许多品种基因型纯合度受到一定影响，因此用于杂交棉的双亲，应该是经过多年自交和提纯的自交系。这一事实说明，杂种优势不仅需要双亲基因具有相适应互补的差异，而且需要双亲基因型具有高度的纯合性。

　　第四，杂种优势的大小与环境条件的作用也有密切的关系。性状的表现是基因型与环境综合作用的结果。不同环境条件对于杂种优势表现的强度有很大的影响。常常可以看到，某一杂交种在甲地区表现显著的优势，而在乙地区却表现不明显；在同一地区由于土壤肥力和管理水平不同，优势表现的程度也会差异很大。海岛棉与陆地棉间的杂交种，在新疆少雨气候条件下比在长江流域多雨气候条件下，优势更能充分表达。一般来说，在同样不良环境条件下，杂种比其双亲总是具有更强的适应能力。这正是因为杂种具有杂合基因型，因而面对环境条件的改变能表现出较高的稳定性。

　　第五，杂种 F_1 优势最明显，F_2 及其以后世代杂种优势有衰退现象。根据遗传学概念，杂种 F_1 自交后的 F_2 群体内必将出现性状的分离和重组。因此，F_2 与 F_1 相比较，生长势、生活力、抗逆性、产量和品质等方面都表现为显著下降，即所谓的自交衰退现象。并且，两个亲本的纯合程度越高，性状差异越大，F_1 表现的杂种优势越大，其 F_2 表现衰退现象也越加明显。所以，在杂种优势利用上，F_2 一般不再利用，必须重新配制杂交种，才能满足生产需要。但是在棉花中，由于棉花是常异花授粉作物，有些杂交种的双亲纯度不是很高，F_2 衰退不是很强烈，仍有一定的优势，生产上也有继续利用的情形，这是棉花杂种优势利用中的一个特点。

第三节　棉花杂种优势产生的原因

　　杂交棉与其亲本相比在产量、品质和抗逆性等方面有明显优势，其杂种优势形成的原因是十分复杂的，不但受杂交种的遗传基因的控制，还受外界环境的影响。围绕着杂种优势的成因，国内外学者进行了大量的理论研究，提出了多种假说，目前较为流行的假说有显性、超显性和上位性三种。这些假说有助于我们对杂种优势产生原因的理解。下面首先简单介绍杂种优势的一般假说，然后对棉花杂种优势产生原因的研究进展作扼要概述。

一、显 性 假 说

　　显性假说由 Bruce（1910）首先提出，之后 Jones（1917）又作了补充。显性假说认为杂种优势是由于双亲的显性基因全部聚集在杂交种中所引起的互补作用。例如，两个具有不同基因型的亲本自交系 P_1 和 P_2，基因型为 AABBccdd 和 aabbCCDD，两亲本杂交获得 F_1 的基因型为 AaBbCcDd。根据显性假说，显性基因（用大写字母表示）的效应大于相对应的隐性基因（用小写字母表示）的效应。假设纯合显性等位基因 AA 对某一性状的贡献为 12，BB 的贡献为 10，CC 的贡献为 8，DD 的贡献为 6，相应地，纯合隐性基因的贡献分别为 6、5、4、3，则亲本 AABBccdd 的性状值为 $12+10+4+3=29$，另一亲本 aabbCCDD 的值为 $6+5+8+6=25$，而 F_1 的性状表现则有几种不同的情形。第一种情形，如果没有显性效应，则杂合的等位基因 Aa、Bb、Cc、Dd 的贡献值分别等于相对应的等位显性基因和隐性基因的平均值，即 F_1 的值为 AaBbCcDd＝（$12+6+10+5+8+4+6+3$）/2＝27，正好是双亲的平均值，没有杂种优势。第二种情形，如果具有部分显性效应，则 F_1 性状的值大于中亲值，偏向高亲值亲本，表现出部分杂种优势，即杂种的值 AaBbCcDd＞（12＋6＋10＋5＋8＋4＋6＋3）/2＝27。第三种情形，如果具有完全显性效应时，则 Aa＝AA＝12，Bb＝BB＝10，Cc＝CC＝8，Dd＝DD＝6，因此，杂种 AaBbCcDd＝12＋10＋8＋6＝36，由于双亲的显性基因的互补作用而表现出超亲杂种优势。

二、超显性假说

超显性假说，也称为等位基因异质结合假说。这个假说的概念最初是由 Shull 和 East 于 1908 年分别提出的，他们一致认为杂合性可引起某些生理刺激，因而产生杂种优势。East 于 1936 年对超显性假说作了进一步说明，指出杂种优势是来源于双亲基因型的异质结合所引起的基因间互作。根据这一假说，等位基因间没有显隐性关系。杂合等位基因间的相互作用显然大于纯合等位基因间的作用。假定 a_1a_1 一对纯合等位基因能支配一种代谢功能，生长量为 10 个单位；a_2a_2 另一对纯合基因能支配另一种代谢功能，生长量为 4 个单位。杂交种为杂合等位基因 a_1a_2 时，将能同时支配 a_1 和 a_2 所支配的两种代谢功能，于是可使生长量超过最优亲本而达到 10 个单位以上。这说明异质等位基因优于同质等位基因的作用，即 a_1a_2＞a_1a_1，a_1a_2＞a_2a_2。由于这一假说可以解释杂交种远远大于最优亲本的现象，所以称为超显性假说。

三、上位性假说

显性假说和超显性假说共同之处在于认为优势是来源于双亲异质性结合后等位基因间相互作用的结果。但实际上这是一种十分理想化的情形，因为任何一种性状的表现都是许多不同基因共同作用的结果，即使是人们在研究一些质量性状的遗传规律时，也是在假定控制这个性状的其他基因和有关遗传背景是一致的前提下进行的。而在研究杂种优势时，感兴趣的往往是一些受微效多基因控制的数量性状，因此不可能基于单个位点的分析对杂种优势的遗传基础得出全面认识。显性假说考虑到等位基因的显性作用，但没有指出非等位基因的相互作用；而超显性假说完全排除了等位基因间的显隐性的差别。

实际上，综观生物界杂种优势的种种表现，上述显性和超显性两种假说所解释的情况都存在的同时，也存在非等位基因间的互作效应。这里，非等位基因的互作而影响到性状的表现，称为上位性（epistasis）。Fisher（1949）和 Mather（1955）认为上位性在近亲繁殖和杂种优势的表现中，即使不是一个主要因素，也是一个重要因素。只是因为大多数性状都是受多基因控制的，在性状表现上等位基因的互作和非等位基因的互作一般是很难区分的。

鉴于上位性效应在杂种优势中的重要性，许多学者进行了有益的研究。Yu 等（1997）以我国生产上广泛应用的水稻优势组合"汕优 63"（"珍汕 97×明恢 63"）的 $F_{2:3}$ 群体为材料，经过两年田间重复试验，利用分子标记对产量及其构成因子（有效穗数、每穗粒数和千粒重）的 QTL（quantitative trait loci）进行了检测，结果表明显性或超显性效应对试验群体的贡献都不大，而上位性对数量性状的遗传和杂种优势的表达均起着重要作用。Li 等（2001）对水稻的生物学产量和籽粒产量的 QTL 研究表明，大多数和自交衰退以及杂种优势相关的 QTL 表现为上位性，90％对杂种优势有贡献的QTL 表现为超显性，因此认为上位性和超显性是水稻杂种优势的遗传学基础。Luo 等（2001）对于水稻产量构成三因素（穗粒数、千粒重和单株产量）的 QTL 研究得出了相似的结论。Hua 等（2003）采用永久 F_2 群体对杂种优势位点的定位和效应分析表明，超显性、显性以及上位性效应都对杂种优势有贡献。

也有研究者根据杂种优势表现出的一些特点提出了一些其他学术观点，如基因组互补作用（Srivastava，1983）、基因网络系统（鲍文奎，1990）、杂合酶协同效应（谭远德，1998）、活性基因效应假说（钟金城和陈智华，1996）、遗传平衡假说、杂种自组织理论（向道权等，1999）、型式遗传与杂种优势（杨典洱等，2002）、遗传力理论（吴仲贤，2003）等，但都需要进一步研究，提供充足的实验证据加以证实。

四、棉花杂种优势产生的原因

（一）棉花杂种优势的遗传学基础

一般而言，在一定范围内杂种第一代的两个亲本间遗传差异越大，杂种优势表现越突出。因此，根据亲本的遗传距离可预测杂种优势的表现。王学德和潘家驹（1990，1991）在 1986 年和 1987 年连续两年，以 15 个棉花亲本及其 56 个 F_1 代杂种为试验材料，研究了亲本遗传距离与杂种优势的相关性。研究发现亲本遗传距离与杂种产量优势间存在显著的抛物线回归关系，并提出亲本遗传距离在一定范围内（$0 \leqslant D^2 \leqslant 7$），杂种优势随遗传距离的增大而加强，但是超过此范围杂种优势反而随遗传距离增大而减弱，即表明亲本间遗传距离过大或过小不易产生强优势组合。该研究提出的亲本遗传距离与杂种优势呈抛物线回归关系的结论与以前报道的呈线性回归关系的结论不同。

杂种亲本的配合力（combining ability）与杂种优势关系密切，通常配合力越高的亲本，能组配出强优势杂种的可能性越大。配合力有一般配合力（general combining ability）和特殊配合力（specific combining ability）之分。根据数量遗传学观点，前者主要受加性效应控制，后者主要受显性效应控制。杂种优势主要取决于显性效应，其次是加性效应。对陆地棉种内杂种的亲本配合力研究还发现，同一性状不同亲本的一般配合力不同，同一亲本不同性状的配合力也不相同；同一性状的特殊配合力效应因组合不同而有明显差异。陈祖海和刘金兰（1997）对陆地棉族系种质系经济性状的配合力研究结果认为，籽棉产量、皮棉产量和单株铃数非加性方差大于加性方差，而单铃重、衣分、衣指、籽指和纤维品质性状加性方差大于非加性方差；陆地棉族系种质系大部分性状表现较高的一般配合力、部分组合的特殊配合力也高，种质系材料在棉花杂种优势利用中具有一定的前景，没有一个品种在所有性状上都表现较好的一般配合力效应，产量性状一般配合力效应好的品质性状一般配合力效应较差，反过来品质性状一般配合力较好的产量性状一般配合力较差。

杂种优势还与遗传力相关。某一性状的遗传力大，说明该性状受环境影响小，亲本的该性状在杂交种上的表现越明显。周有耀（1988）将国内外研究的遗传力结果整理后发现，不同试验得出的同一性状遗传力变化很大，平均后发现：产量、单株铃数、铃重、衣分、衣指、籽指、绒长、强度、细度和早熟性的遗传力分别为 41.6%、51.2%、55.1%、60.9%、73.3%、63.1%、60.3%、64.7%、42% 和 43.7%。棉花的产量、单株铃数、细度和早熟性的遗传力相对较低，而单铃重、衣分、衣指、籽指以及纤维长度、强度等性状的遗传力较高。田志刚和张淑芳（1996）研究了短季棉若干个数量性状的遗传力，也得到了类似结果。周有耀（1988）将国内外研究的遗传相关文献报道的结果整理后发现，产量及产量构成因素与纤维长度、纤维强度呈负相关，与纤维细度、伸长度呈正相关；籽指与纤维强度呈正相关，与纤维长度、细度和伸长度呈负相关；衣指与纤维长度呈负相关，与纤维强度、细度呈正相关。

目前，水稻、玉米等作物已经应用分子标记技术对杂种优势的显性假说和超显性假说进行细致研究，但在棉花中有关于这方面的报道仍少见。

（二）棉花杂种优势的生理生化基础

大量研究结果表明杂交棉在生理生化指标上有明显的杂种优势（邬飞波等，2002；朱伟等，2005；文国吉等，2011）。杨赞林（1981）对叶绿体的光合活性研究结果表明，种间杂交种叶绿体的希尔反应活性超出亲本 30%～40%，品种间杂种的活性等于母本水平，超过父本 22%，显示叶绿体互补法在预测杂种优势方面具有一定的利用价值。聂荣邦（1990）、张江泓和冯成福（1992）、徐荣旗和刘俊芳（1996）采用子叶匀浆互补法对陆地棉品种间杂种优势的研究表明，此法有较好的预测作用，可以指导杂优组合的配置，减少田间大量配组的盲目性。吴小月（1980）、邱竞等（1990）对棉花同工酶的研究表明，F_1 和亲本的酯酶同工酶、过氧化物酶同工酶可作为预测 F_1 优势的生化指标之一，对筛选高优势组合具有一定的参考价值。

（三）棉花杂种优势的分子生物学基础

在分子水平上研究棉花基因组杂合性与其杂种优势的关系，报道相对较少，但近年来有所增多。Meredith 和 Brown（1998）研究了 RFLP 确定的分子标记遗传距离与陆地棉杂种 F_2 产量间的关系，发现其相关性很小（$r=0.08$）。Wu 等（2002）用 RAPD、ISSR 和 SSR 标记研究了陆地棉间的遗传距离与杂交种 F_1、F_2 的表现和杂种优势间的相关性，发现相关性很低，而且直接受所选择的亲本的影响。Gutiérrez 等（2002）研究了 SSR 标记确定的陆地棉亲本的遗传距离与其 F_2 表现的关系，认为相关性由负相关到正相关都有，取决于所选用亲本材料的遗传背景、所选的性状和杂种优势评价所处的环境。

邢朝柱等（2005，2006）利用 DDRT-PCR 技术对"中棉所 47"及其亲本苗期根和叶基因表达差异、盛花期抗虫杂交棉及其亲本叶片基因表达差异以及不同优势抗虫棉杂交组合不同生育期基因表达差异进行了研究。结果表明，盛花期叶片中的基因显性表达和特异表达有利于产量形成和杂种优势发挥。产量高、中、低优势组合与其亲本基因差异表达比例从蕾期到花铃期总体上呈递减趋势，高优势组合差异表达比例在 4 个时期均高于低优势和中优势组合，表明基因差异表达与杂种优势发挥密切相关；杂种特异表达在前 3 个时期高优势组合要高于中优势或低优势组合，表明特异表达对杂种优势产生起一定的作用；在苗期叶和根方面，杂种与亲本间基因表达差异存在较大差别，叶基因差异表达比根要丰富，但两器官基因差异表达的类型比例趋势基本一致。

　　Zhang 等（2007）由 56 个 RAPD 和 66 个 SSR 分子标记的多态性位点计算的 13 个海陆杂种和陆陆杂种亲本间的遗传距离，能够清楚地将海岛棉和陆地棉区分为两个类别。基于 RAPD 数据的遗传距离（GD_{rapd}）和基于 SSR 数据的遗传距离（GD_{ssr}）间显著相关（$r=0.503$，$P \leqslant 0.05$）。分子标记确定的遗传距离与陆地棉种内杂交种以及陆地棉与海岛棉种间杂交种表现和杂种优势的相关分析表明：在陆地棉种内，遗传距离与杂交种几个性状的表现几乎都不相关，而在海岛棉和陆地棉种间，遗传距离与杂交种纤维长度、纤维强度和伸长率的表现呈显著正相关；在陆地棉种内，遗传距离与铃重的杂种优势呈显著正相关，与纤维长度和伸长率的杂种优势呈显著负相关，而在海岛棉和陆地棉种间，遗传距离与纤维长度的杂种优势呈显著正相关。说明棉花基因组的杂合性与其杂种优势间的关系是很复杂的，用分子标记来检测棉花亲本材料间的杂合性来预测其杂种优势，目前还不能完全实现，还需要更加深入细致的研究。但实验中根据 GD_{ssr} 与海陆杂种纤维长度的关系可在海陆杂种选育中预测海陆杂种的纤维长度。

第四节　棉花杂种优势的利用途径

　　棉花的花是一种完全花，如彩图 1-1A，具有一般花的各部分：萼片（花萼）、花瓣（花冠）、雄蕊和雌蕊。同时也是两性花，同一朵花内既有雌蕊，又有雄蕊，即雌雄同花。通常情况下，雄蕊产生的花粉落在同一花朵柱头上，称为自花授粉，产生的种子称为自交种子。杂交棉种子生产，实际上就是人为控制棉花异交，使不同来源的棉花之间异交，获得大量杂交种子的过程。为实现异交，一般将一朵花中的雄蕊去掉，或使它不能产生有活力的花粉粒，但仍留下正常的雌蕊，即人为地将其两性花转变为单性花。采用的方法常有三种：人工去雄法、化学杀雄法和雄性不育的利用（张天真等，1998）。去雄后的花朵，只有授予花粉才能结种子。为生产杂交种子，授予的花粉是异源的，产生的种子是杂交种种子，具有杂种优势。授粉常有人工授粉和自然昆虫授粉，或两种授粉方式相结合。

　　棉花基本上是虫媒花，可由昆虫传粉。所以棉花花朵的结构，也具有各种虫媒花的特征，如花冠大而鲜艳，花器官中具有蜜腺以及花粉粒表面具有棘突等。

　　棉花虽然以自花授粉为主，但是也有异花授粉的。关于棉花的自花授粉和异花授粉的多少比例，意见很不一致。一般认为在正常环境条件下，可以有 3%～20% 的异花授粉率。但是如果棉田有大量的传粉昆虫（如养蜂），这种异花授粉的比例就将大幅提高。所以通常称棉花为常异花授粉作物。

由于棉花自然异花授粉（通常称为串粉）非常普遍，所以杂交棉制种时，就十分重视亲本繁殖田和杂交棉制种田的隔离，避免与其他棉田相互串粉，以保证棉种的纯度。

一、人工去雄授粉法

人工去雄授粉法制种，是指用人工除去母本花朵中的雄蕊，然后授以父本花粉，获得杂交种子的过程。棉花花器较大，用人工去雄较容易。通常，取开花前一天的花蕾（翌日将要开花的蕾，彩图 1-1B），用左手捏住花蕾基部，右手拨开苞叶，先用拇指指甲从花萼处切入花冠基部，然后将其剥开，并向上提离整个与雄蕊连在一起的花冠（彩图 1-1C）。经去雄的花朵，其雌蕊（柱头和子房）应是完好的（彩图 1-1D），为防止其他花粉落到其柱头上，需用麦管将柱头套住（彩图 1-1E）。去雄后的花朵必须授予正常花粉才能结种子，授粉在翌日上午进行，取父本花粉授在已去雄的母本柱头上，再用麦管隔离保纯，并挂上写有杂交组合的牌子（彩图 1-1F），当棉花种子成熟时，按组合将其收获，从而实现人工去雄授粉法制种的全过程。

在人工去雄授粉制种田里，母本与父本可按适当行比例间隔种植，如母本每种 4～6 行，父本种 1 或 2 行，即（4～6）∶（1 或 2）间隔种植。这样在制种时，在母本行每天下午用人工去雄，每天上午取旁边的父本花粉给母本授粉，操作方便。在棉花开花的整个时期（约 70 天），需每天去雄和授粉，以产生足够量的杂交种子。据估计，一人一天可生产 0.5kg 杂交种子。在生产上，为节省杂交种子的用种量，常采用点播、营养钵育苗移栽和适当稀植等技术，0.5kg 的杂交种子常可供 1 亩棉田的播种。

人工去雄授粉法制种，优点是杂交组合选配容易，育种周期短，应变能力强；缺点是费工和成本高，适用于劳动力价格较低的地区。

二、化学杀雄法

选用适当的化学药剂，配成适当浓度的水溶液，在适当的棉花生长时期，喷洒在棉花植株上，由于雄配子比雌配子对药剂更敏感，雄配子被杀死造成雄性不育，而雌配子不受影响仍正常可育，这种致使雄性不育的化学药剂称为化学杀雄剂。经化学处理后的雄性不育棉花作母本，授以父本正常可育花粉，就可获得杂交种子。用化学杀雄法制种，省去了人工去雄的环节，可大大降低制种成本。

在棉花上曾使用过的化学杀雄剂主要有：二氯丙烯、二氯酸钠（又称茅草枯）、二氯异丁酸、二氯乙酸、顺丁烯二酸、青鲜素（简称 MH30）、二氯异丁酸钠（又称 232 或 FW-450）等。这些化学药剂均有不同程度杀死雄配子的效果，表现为花药干瘪、花粉粒无生活力。一般在现蕾初期和开花初期的棉株上，各喷一次配制好的杀雄剂水溶液，即可达到杀死雄配子的效果。之后开放的花朵，因雄蕊不育，不需去雄，只要授以父本花粉即可。

但是，上述药剂均存在某些不足，主要是两个方面的问题：其一是杀雄效果不够稳定，因棉花现蕾和开花时期长，药剂使用时间和药效持续时间较难掌握，难以使得棉花的所有花朵均雄性不育；其二是准确的药剂用量较难掌握，浓度不当，往往引起药害或杀雄不完全。虽然迄今为止尚未发现高效的棉花杀雄剂，但随着研究的深入若能找到这样的杀雄剂，将是一种经济的制种方法。

三、两 系 法

两系法，是指利用棉花细胞核雄性不育的制种方法。这种棉花雄性不育是受核基因控制的。例如，在四川发现的"洞 A"不育系的雄性不育是受一对核隐性基因 msms 控制，可被含 MSMS 基因的恢复系恢复育性，这种核不育系与相应恢复系杂交而生产杂交种子的方法，称为两系法制种，如图 1-2 所示。在生产上核不育系与恢复系间隔种植，可依赖于传粉媒介（如蜜蜂）自然传粉，也可人工辅助授粉，或者自然传粉与人工授粉结合，从不育系上获得杂交种子。

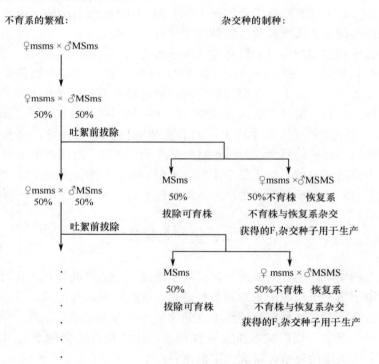

图 1-2　核基因控制的雄性不育系的繁殖和杂交种的制种

核基因控制的雄性不育的保持较复杂，这由其遗传特性所决定。例如，以"洞 A"不育系为母本（msms），与恢复系（MSMS）杂交，所得杂交种 F_1 的基因型为 MSms，F_1 自交，产生的 F_2 群体中植株有育性分离，即可育的 MSMS 和 MSms 植株，以及不育的 msms 植株，其分离比例为 1：2：1。不育系的繁殖或称为不育性的保持（图 1-2），就是利用 MSms 植株的花粉，与 msms 不育株杂交，可分离出一半的可育株（MSms）

和一半的不育株（msms），每年如此繁殖。不难看出，其中的不育系种子（约占50％），一方面供杂交棉制种所需，另一方面供不育系繁殖所需，起了"一系两用"的作用。

从不育系繁殖田中得到的种子，在基因型上有 MSms 和 msms 两种类型，制种时它们被播种在制种田的不育系行中，旁边播种恢复系（MSMS）行。临近开花时，不育系行中，需要剥蕾鉴别出可育与不育株，以便拔去 50％的 MSms 植株，保留另外 50％的 msms 植株用于制种（图 1-2）。经上述操作去掉可育株后的制种田，只有 msms 和 MSMS 两种基因型，即不育系和恢复系棉株，这样不育系只能从恢复系中得到花粉，制成的杂交棉种子的纯度是高的，否则，因去除可育株不彻底，杂交种子中会混杂不育基因型（msms）种子。

由于棉花是常异花授粉作物，不育系的繁殖和杂交种的制种均需要建立隔离区，以防止其他棉花品种的花粉传入繁种田和制种田。隔离区距离要根据地形、蜜源作物及传粉昆虫的多少等因素来确定，一般距离 2km 以上。隔离区内不种棉花。

两系法制种的优点是恢复系来源广泛，有利于选配强优组合，更换组合也相对容易。但也存在不足，如在制种时，需要鉴别可育株和不育株，以拔除 50％左右的可育株，造成人工、肥料、农药等的浪费，且降低了制种母本的种植密度。

四、三 系 法

三系，即不育系、保持系和恢复系，是利用棉花细胞质雄性不育进行的杂交种子生产（制种）体系。细胞质雄性不育，与前节所介绍的核基因控制的雄性不育不同，是母性遗传的，其不育性可被保持系保持，也可被恢复系恢复。在制种时，一般 4 行不育系与 1 行恢复系间隔种植，由于传粉媒介的存在，不育系从恢复系获取花粉后所结的种子即为杂交种子。这种杂交种子的生产方式被称为三系法制种，与两系法比较，其优点是不育系繁殖很方便，克服了在制种时需要拔除 50％左右可育株的缺陷，是当今作物杂交种子制种的主要方式和杂种优势利用的主要途径，广泛应用于杂交玉米、杂交水稻和杂交油菜等农作物的制种。

基于细胞质雄性不育的三系杂交棉的研究始于美国。20 世纪 60 年代，育成分别具有异常棉（G. anomalum Wawra & Peyritsch）和亚洲棉（G. arboreum L.）细胞质的雄性不育类型，但由于育性不稳定，没有实现三系配套。70 年代，Meyer 育成和发放具有哈克尼西棉（G. harknessii Brandegee）细胞质的雄性不育系，但由于恢复系存在恢复力不强和制种产量低等缺陷，一直未能实现三系杂交棉种子的产业化。浙江大学王学德（2002a）经十余年的研究积累，用转基因技术将一个延缓细胞衰老的谷胱甘肽-S-转移酶（glutathione-S-transferase, GST）基因导入到待改良的恢复系中，于 2000 年育成了一个转基因强恢复系——"浙大强恢"，克服了恢复系对不育系恢复力不强的缺陷，现已广泛应用于三系杂交棉的育种（表 1-6）。

表 1-6　4 套三系及其组合

类型	三系和组合		主要特征和特性	主要文献
陆地棉	白色棉	不育系　抗 A	花药无花粉粒，育性不受环境影响，抗枯萎病和棉铃虫。花器含糖量高，蜜腺大	王学德和李悦有（2002a）浙科鉴字[2000]第 403 号 浙审棉 2005002
		保持系　抗 B	花药散粉好，花器含糖量高，蜜腺大。抗枯萎病和棉铃虫	
		恢复系　浙大强恢	对不育系有强的恢复力，花药散粉好	
		杂交组合　浙杂 166 浙杂 2 号	结铃性好，铃大，衣分高，抗病性强，中熟	
	棕色棉	不育系　棕 A	花药无花粉粒，育性稳定，纤维呈棕色	浙科鉴字[2001]第 226 号 王学德和李悦有（2002b）；李悦有和王学德（2002）
		保持系　棕 B	花药散粉好，纤维呈棕色	
		恢复系　棕 R	花药散粉好，纤维呈棕色	
		杂交组合　棕杂 1 号	结铃性好，铃大，衣分高，纤维呈棕色，纤维长度和比强度优势明显	
	标记棉	不育系　标 A	花药无花粉粒，育性稳定，鸡脚叶	朱伟等（2005）
		保持系　标 B	花药散粉好，鸡脚叶	
		恢复系　标 R	恢复力强，正常叶	
		杂交组合　中标 1 号	叶型为正常叶与超鸡脚叶的中间型，结铃性好，早熟，抗虫	
海岛棉		不育系　海 A	花药无花粉粒，育性稳定，但繁殖系数较低	张小全和王学德（2005）张小全等（2007）Zhang 等（2008）张小全等（2009）
		保持系　海 B	较早熟，但在高温干旱条件下花粉活力较低	
		恢复系　海 R	偏迟熟，纤维品质好，恢复力很强	
		杂交组合　海 A×陆 R 陆 A×海 R	纤维品质优势强；在长江流域产量比陆地棉种内杂种稍低或接近，但在新疆有明显增产潜力	

　　与其他作物相比，利用棉花细胞质雄性不育的三系法制种，在杂种优势利用中具有以下三方面的优点。

　　（1）不育系为无花粉不育类型，育性不受气候等环境的影响，可保证杂交种的纯度。

　　（2）棉花开花期长达 2 个月，不存在制种时花期不遇的现象，制种产量有保证。

　　（3）棉花生态适应性广，育成的组合可在各地种植，种子产业化效益明显。

　　近年来，三系杂交棉育种在我国逐渐受到重视，参与研究的育种家不断增多，相继涌现出一些新成果和新组合。可以预期，棉花三系法制种在棉花杂种优势利用中将起主导地位。但与水稻、玉米、油菜等农作物比较，棉花在该领域研究的深度和广度上仍显滞后，尚有许多问题需要解决。另外，随着研究的深入，也需要对现有成果、经验、文献和资料进行归纳和总结。为此，本章及以后各章，在我们研究积累的资料基础上，结合前人研究，将分两部分介绍三系杂交棉，供相关科研技术人员参考。第一部分介绍棉花细胞质雄性不育的概念和理论，包括雄性不育的细胞学、遗传学和分子生物学的特性和特征等；第二部分重点阐述棉花细胞质雄性不育的利用，包括三系杂交棉育种、制种和栽培等。

参 考 文 献

鲍文奎. 1990. 机会与风险——40 年育种研究思考. 植物杂志, 4：4-5.

陈祖海, 刘金兰. 1997. 陆地棉族系种质系经济性状配合力分析及其利用评价. 中国棉花, 24 (4)：9-10.

刁光中, 黄滋康. 1961. 陆地棉与海岛棉杂种优势的利用. 中国农业科学, (7)：49-50.

冯泽芳. 1948. 冯泽芳先生棉业论文集. 南京：中国棉业出版社.

华兴鼐, 周行, 黄骏麒, 等. 1963. 海岛棉与陆地棉杂种一代优势利用的研究. 作物学报, 2 (1)：1-24.

黄滋康, 黄观武. 2008. 中国棉花杂交种与杂种优势利用. 北京：中国农业出版社.

靖深蓉, 邢以华, 占先合, 等. 1987. 棉花三交组合杂种优势的应用. 中国棉花, 14 (5)：12-13.

李悦有, 王学德. 2002. 细胞质雄性不育彩色棉杂种优势的表现. 浙江大学学报, 28 (1)：7-10.

聂荣邦. 1990. 陆地棉品种间杂交优势及其预测研究 II. 陆地棉品种间杂种一代优势预测. 湖南农学院学报, 16 (2)：125-132.

邱竞, 邢以华, 张久绪, 等. 1990. 棉花杂交种过氧化物酶同工酶和腺苷磷酸含量的研究. 棉花学报, 2 (2)：45-51.

曲健木. 1962. 棉花种间杂种一代利用的研究. 河北农业大学学报, 1 (1)：15-18.

孙济中, 刘金兰, 张金发. 1994. 棉花杂种优势的研究和利用. 棉花学报, 6 (3)：135-139.

谭远德. 1998. 杂种优势的一种可能机理——杂合酶的协同效应. 南京师范大学学报 (自然科学版), 21 (3)：80-87.

田志刚, 张淑芳. 1996. 短季棉若干数量性状的遗传力和相关分析. 中国棉花, 02：15-16.

王学德, 李悦有. 2002a. 细胞质雄性不育棉花的转基因恢复系的选育. 中国农业科学, 35 (2)：137-141.

王学德, 李悦有. 2002b. 彩色棉雄性不育系、保持系和恢复系的选育及 DNA 指纹图谱的构建. 浙江大学学报, 28 (1)：1-6.

王学德, 潘家驹. 1989. 陆地棉芽黄指示性状的杂种优势利用研究. 南京农业大学学报, 12 (1)：1-8.

王学德, 潘家驹. 1990. 棉花亲本遗传距离与杂种优势间的相关性研究. 作物学报, 16 (1)：32-38.

王学德, 潘家驹. 1991. 陆地棉杂种优势及自交衰退的遗传分析. 作物学报, 17 (1)：18-23.

王学德. 2000. 细胞质雄性不育棉花线粒体蛋白质和 DNA 的分析. 作物学报, 26 (1)：35-39.

文国吉, 王学德, 袁淑娜, 等. 2011. 彩色杂交棉高产优质的光合生理特性. 浙江大学学报 (农业与生命科学版), 37 (1)：54-60.

邬飞波, Ollandet I, 陈仲华, 等. 2002. 三系杂交棉组合 "浙杂 166" 的若干生育与生理特性研究. 棉花学报, 14 (6)：368-373.

吴小月. 1980. 棉花杂种优势预测的初步研究. 湖南农学院学报, (1)：55-63.

吴仲贤. 2003. 杂种优势的遗传力理论及其对全球农业的意义. 遗传学报, 30 (3)：194-201.

奚元龄. 1936. 亚洲棉品种间杂交势之研究. 中华农学会报, 148：71-118.

向道权, 黄烈健, 戴景瑞. 1999. 玉米产量 QTL 和杂种优势遗传基础研究进展. 中国农业大学学报, 4 (增刊)：1-7.

邢朝柱, 靖深蓉, 郭立平, 等. 2000. 转 Bt 基因棉杂种优势及性状配合力研究. 棉花学报, 12 (1)：6-11.

邢朝柱, 赵云雷, 喻树迅, 等. 2005. "中棉所 47" 及其亲本苗期根和叶基因差异表达研究. 中国农业科学, 38 (6)：1275-1281.

邢朝柱, 赵云雷, 喻树迅, 等. 2006. 盛花期抗虫杂交棉及其亲本叶片基因表达差异与杂种优势. 遗传学报, 30 (10)：948-956.

徐荣旗, 刘俊芳. 1996. 棉花杂种优势与几种生理生化指标的相关性. 华北农学报, 11 (1)：76-80.

杨典洱, 魏群, 王斌. 2002. 型式遗传与杂种优势. 自然杂志, 24 (4)：206-209.

杨赞林. 1981. 农作物杂种优势利用. 合肥：安徽科学技术出版社：22-23.

张江泓, 冯成福. 1992. 吐鲁番的长绒棉. 乌鲁木齐：新疆科技卫生出版社：46-47.

张金发, 冯纯大. 1994. 陆地棉与海岛棉种间杂种产量品质优势的研究. 棉花学报, 6 (3)：140-145.

张天真. 1998. 杂种棉选育的理论与实践. 北京：科学出版社.

张小全, 王学德. 2005. 细胞质雄性不育陆地棉与海岛棉间杂种优势的初步研究. 棉花学报, 17 (2)：79-83.

张小全, 王学德, 蒋培东, 等. 2009. 细胞质雄性不育海岛棉与陆地棉三交种的杂种优势表现. 棉花学报, 21 (5)：410-414.

张小全, 王学德, 朱云国, 等. 2007. 细胞质雄性不育海岛棉的选育和细胞学观察. 中国农业科学, 40 (1)：34-40.

张正圣, 李先碧, 刘大军, 等. 2002. 陆地棉高强纤维品系和 Bt 基因抗虫棉的配合力与杂种优势研究. 中国农业科学, 35 (12)：1450-1455.

浙江农业大学遗传选种教研组. 1974a. 海岛棉和陆地棉杂种优势的利用（一）. 棉花, (3)：20-23.

浙江农业大学遗传选种教研组. 1974b. 海岛棉和陆地棉杂种优势的利用（二）. 棉花, (4)：24-27.

中国农业科学院棉花研究所. 2009. 中国棉花品种志. 北京：中国农业科学技术出版社.

钟金城, 陈智华. 1996. 杂种优势理论研究回顾与展望. 黄牛杂志, 22 (4)：4-6.

周有耀. 1988. 陆地棉产量及纤维品质性状的遗传分析. 北京农业大学学报, 14 (2)：135-141.

朱伟, 王学德, 华水金, 等. 2005. 鸡脚叶标记的三系杂交棉光合特性的研究. 中国农业科学, 38 (11)：2211-2218.

Ball W L. 1908. Mendelin studies in Egyptian cotton. Journal of Agricultural Science, 2：346-379.

Ball W L. 1919. The existence of daily growth rings in the cell wall of cotton hairs. Proc Roy Soc B, 90：542-555.

Bruce A B. 1910. The Mendelian theory of heredity and the augmentation of vigor. Science, 32：627-628.

Davis D D, Palomo A. 1991. Evolution of hybrid cottons. Nashville：Proceedings of Beltwide Cotton Conferences：571.

Davis D D. 1978. Hybrid cotton：specific problem and potentials. Advances in Agronomy, 30：129-157.

East E M. 1908. Inbreeding in corn. Reports of the Connecticut agricultural experiment station for years 1907-1908：419-428.

East E M. 1936. Heterosis. Genetics, 21：375-397.

Eaton F M. 1957. Selective gametocide opens way to hybrid cotton. Science, 126：1174-1175.

Fisher R A. 1949. The Theory of Inbreeding. Edinburgh：Oliver & Boyd.

Galal H E, Miller P A, Lee J A. 1966. Heterosis in relation to development in upland cotton, *Gossypium hirsutum* L. Crop Science, 6：555-559.

Gutiérrez O A, Basu S, Saha S, et al. 2002. Genetic distance among selected cotton genotypes and its relationship with F_2 performance. Crop Science, 42：1841-1847.

Harris H B, Loden H D. 1954. The relative growth rates of F_1 hybrid of *Gossypium hirsutum* L. and its two parents. Agronomy Journal, 46：492-495.

Hua J P, Xing Y Z, Wu W R, et al. 2003. Single-locus heterotic effects and dominance by dominance interactions can adequately explain the genetic basis of heterosis in an elite rice hybrid. The Proceedings of the National Academy of Sciences USA, 100：2574-2579.

Jones D F. 1917. Dominace of linked factors as a means of accounting for heterosis. Genetics, 2：466-479.

Kairon M S. 1998. Role of hybrid cotton in Indian economy. Proc World Cotton Res Conf, Greece：75.

Kime P H, Tilley R H. 1947. Hybrid vigor in upload cotton effect on yield and quality. Journal of American Society of Agronomy. 39：308-317.

Li Z K, Luo L J, Mei H W, et al. 2001. Overdominant epistatic loci are the primary genetic basis of inbreeding depression and heterosis in rice. I. Biomass and grain yield. Genetics, 158：1737-1753.

Loden H D, Richmond. 1951. Hybrid vigor in cotton：cytogenetic aspects and potential application. Economic. Botany, 5：387-408.

Luo L J, Li Z K, Mei H W, et al. 2001. Overdominant epistatic loci are the primary genetic basis of inbreeding depression and heterosis in rice. II. Grain yield components. Genetics, 158：1755-1771.

Marani A. 1963. Heterosis and combining ability for yield and components of yield in a diallel cross of two species of cotton. Crop Science, 3: 552-555.

Marani A. 1967. Heterosis and combining ability in intraspecific and interspecific crosses of cotton. Crop Science, 7: 519-522.

Mather K. 1955. Polymorphism as an outcome of disruptive selection. Evolution, 9: 52-61.

Mell P H. 1894. Experiments in crossing for the purpose of improving the cotton fibers. Alabama Agricultural Experimental Station Bulletin: 56.

Meredith W R Jr, Brown J S. 1998. Heterosis and combining ability of cotton originating from different regions of the United States. Journal of Cotton Science, 2: 77-84.

Meredith W R. 1984. Quantitative genetics in cotton. Agron Mongr, 24: 131-150.

Meyer V G. 1975. Male sterility from $G.$ $harknessii.$ Journal of Heredity, 66: 23-27.

Percy R G. 1986. Effects of environment upon ovule abortion in interspecific F_1 hybrids and single species cultivars of cotton. Crop Science, 26: 938-942.

Percy R G, Turcotte E L. 1988. Development of short and coarse-fibered American Pima cotton for use as parents of interspecific hybrids. Crop Science, 28: 913-916.

Percy R G, Turcotte E L. 1991. Early-maturing, short-statured American Pima cotton parents improve agronomic traits of interspecific hybrids. Crop Science, 31: 709-712.

Shull G H. 1908. The composition of a field of maize. American Breeders Association, 4: 296-301.

Srivastava H K. 1983. Heterosis and intergenomic complementation mitochondria, chloroplast and nucleus. In: Frankel R. Heterosis, Reappraisal of Theory and Practice. Berlin, Heidelberg, New York: Springer: 260-286.

Weaver J B, Marakby E, Esmail A M. 1984. Yield, fiber and spinning performance of interspecific cotton hybrids having a common parent. Crop Science, 24: 637-640.

Wu Y T, Zhang T Z, Zhu X F, et al. 2002. Relationship between F_1, F_2, hybrid yeild, heterosis and genetic distance measured by molecular markers and parent performance in cotton. Scientia Agricultura Sinica, 1: 498-507.

Yu S, Li J X, Xu C G, et al. 1997. Importance of epistasis as the genetic basis of heterosis in an elite rice hybrid. The Proceedings of the National Academy of Sciences USA, 94: 9226-9231.

Zhang X Q, Wang X D, Dutt Y. 2008. Improvement in yield and fibre quality using interspecific hybridization in cotton (Gossypium spp). Indian Journal of Agricultural Sciences, 78 (2): 151-154.

Zhang X Q, Wang X D, Jiang P D, et al. 2007. Relationship between molecular marker heterozygosity and hybrid performance in intra-and interspecific hybrids of cotton. Plant Breeding, 126: 385-391.

第二章　棉花细胞质雄性不育和三系杂交棉

杂种优势在杂种第一代表现最明显，因此要利用棉花杂种优势就需要每年生产大量的第一代杂交种子。棉花为雌雄同花，是以自花授粉为主的常异花授粉作物，制作其杂交种子，首先必须在开花前一天下午花药尚未散粉时去雄，然后翌日授粉。由于棉花具有无限生长的习性，只要气温和日照适宜，可不断地开花结铃。在我国主要棉区，陆地棉开花和结铃从 6 月下旬开始直至 9 月初结束，可持续 60 天左右，海岛棉花期更长，在如此长的开花期间，每天人工去雄和授粉，需要花费大量人力和物力，在生产上大规模制种的成本仍显偏高。因此，如何获得大量的制种成本低的杂交棉种子成为实现杂种优势在生产上大面积利用的关键。解决这个问题的有效途径是使杂交种的母本雄花失去育性，但雌花仍正常可育，这样只要雄性不育系的母本与雄性可育的父本相邻种植，母本借助传粉媒介（自然的、人工的以及两者结合的）可从父本得到花粉而得到大量异交种子。

棉花雄性不育的产生途径目前有两条：一是使用化学杀雄剂，杀死母本雄性细胞，使棉花暂时雄性不育，但由于目前仍缺少有效杀雄剂，尚未应用于棉花制种；二是通过雄性不育育种，培育遗传基因控制的雄性不育系。在棉花中，基因控制的雄性不育又可分为两种：一是核基因控制的雄性不育，这在第一章已简介过，可用于两系法制种，我国在这方面的文献已有较多积累，本章不再赘述；二是本章要详细阐述的细胞质基因与核基因互作的雄性不育，常称为细胞质雄性不育（cytoplasmic male sterility，CMS），可进行三系法制种。

棉花三系，即不育系、保持系和恢复系，是利用细胞质雄性不育生产杂交棉第一代种子的一套系统。在介绍棉花细胞质雄性不育的概念以及三系的相互关系之前，先扼要介绍植物细胞质雄性不育的一般概念。

第一节　植物细胞质雄性不育的概念

一、植物细胞质雄性不育的遗传基础

植物细胞质雄性不育是一种由细胞质基因与细胞核基因互作的，可抑制有效花粉产生，但雌蕊发育正常的遗传性状，是可以稳定遗传的，也称为质核互作的雄性不育。

植物细胞是由细胞壁和原生质体组成，原生质体中有细胞核和细胞质两部分，细胞核内有染色体等，细胞质中有线粒体和叶绿体等。植物细胞中的大部分基因存在于染色体上，这类基因称为核基因；但也有许多基因存在于细胞质中，如线粒体基因和叶绿体基因，这类基因称为细胞质基因。在体细胞中染色体是成对的，所以核基因在染色体上也是成对的，如 Aa 这一对基因，其中，A（或 a）来自父本，a（或 A）来自母本，符合孟德尔式遗传。而细胞质基因主要存在于线粒体 DNA 和叶绿体 DNA 中，细胞质基

因控制的性状是母性遗传的，是非孟德尔式的遗传。

细胞质基因控制的性状与核基因控制的性状，在遗传方式上是有明显不同的。现以 A 和 a 一对基因为例。当 A 和 a 为核基因时，若 A 对 a 完全显性，基因型为 AA 的母本与基因型为 aa 的父本杂交，产生的杂种第一代（F_1）基因型为 Aa，Aa 再自交，获得的 F_2 群体的个体间发生基因型或性状的分离；其中，基因型分离比例为 AA：Aa：aa＝1/4：2/4：1/4，性状（表现型）分离比例为 A 性状个体占 3/4，a 性状的个体占 1/4。而由细胞质基因控制的性状，与核基因控制的性状比较，其遗传有以下不同的特点：

（1）细胞质基因 A 或 a 决定的性状，正交（AA♀×aa♂）与反交（aa♀×AA♂）的子代性状表现不同，子代性状仅与母本性状相同，即正交只表现 A 性状，反交只表现 a 性状；而核基因 A 或 a 决定的性状，正交和反交的遗传表现完全一致，均为 A 性状。

（2）亲本 P_1（含有细胞质基因 A）与 P_2 杂交，得到的 F_1，再用一个亲本（如 P_2）连续进行多代回交，能把母本 P_1 的核基因逐步置换为 P_2 的核基因，但母本的细胞质基因 A 及其控制的性状仍不消失。

产生上述现象的原因是真核生物有性繁殖产生的卵子和精子在传递细胞质基因上存在差别。卵子内除了细胞核外，还有大量的细胞质及其所含的各种细胞器；精子内除细胞核外，没有或极少有细胞质，因而也就没有或极少有各种细胞器。所以在受精过程中，卵子不仅为子代提供其核基因，也为子代提供了它的全部或极大部分的细胞质基因；而精子则仅能为子代提供其核基因，不能或极少能为子代提供细胞质基因。其结果自然是：一切细胞质基因所决定的性状，其遗传信息只能通过卵子传给子代，而不能通过精子遗传给子代。植物细胞质雄性不育的遗传也具有这样的特性，因为它的不育性状可以通过卵细胞传递，但它的育性保持和恢复同时也受核基因控制。

假设：细胞质基因（如 S）和细胞核基因（如 rfrf）共同控制雄性不育性状。S 是细胞质基因，称为不育细胞质基因，相对应的可育细胞质基因，用 N 表示。在核基因方面，当 rf 是隐性基因，称为核内不育基因；当 Rf 是显性基因，称为核内恢复基因；Rf 与 rf 均位于同源染色体同一位点上，互称为等位基因，Rf 对 rf 具有显性作用，即 Rf 恢复基因对 rf 不育基因具有恢复育性的作用。细胞质雄性不育，只有当不育细胞质基因与不育核基因组合在一起，才表现出来。如表 2-1 所示，只有当植株基因型为 S(rfrf) 时，植株才表型为不育；其他基因型 S(RfRf)、N(RfRf)、S(Rfrf)、N(Rfrf) 和 N(rfrf)，它们的植株表型均为可育。

表 2-1　细胞质基因型与细胞核基因型的不同组合及其育性表现型

细胞质基因型	细胞核基因型		
	显性纯合体（RfRf）	显、隐性杂合体（Rfrf）	隐性纯合体（rfrf）
可育细胞质（N）	N(RfRf) 可育	N(Rfrf) 可育	N(rfrf) 可育
不育细胞质（S）	S(RfRf) 可育	S(Rfrf) 可育	S(rfrf) 不育

以不育型作为母本，与其他 5 种可育型（父本）分别杂交，杂交后代的表现型如表

2-2 所示，不育型母本的雌配子既提供细胞核，又提供细胞质，可育型的雄配子只提供细胞核。从表中还可看出，可育型 N(rfrf) 与不育型 S(rfrf) 杂交，其后代仍是雄性不育，说明 N(rfrf) 具有保持雄性不育的特性；可育型 N(RfRf) 和 S(RfRf) 分别与不育型 S(rfrf) 杂交，其后代均是雄性可育的，说明这两种可育型具有恢复 S(rfrf) 育性的能力，使 S(rfrf) 由不育转变为可育。

表 2-2　不育基因型与 5 种可育基因型间杂交种的育性表现型

母本（不育型）	父本（可育型）				
	N(rfrf)	N(RfRf)	S(RfRf)	N(Rfrf)	S(Rfrf)
S(rfrf)	S(rfrf)　不育	S(Rfrf)　可育		S(Rfrf) ＋S(rfrf)　可育和不育各占一半	

植物细胞质雄性不育，按其花粉败育的特点，还可分为孢子体不育和配子体不育。孢子体不育是指花粉的育性受孢子体（母体植物）的基因型控制，与花粉（配子体）本身的基因型无关。具体而言，孢子体的基因型为 S(rfrf)，它的全部花粉均为不育；基因型为 S(RfRf)，其全部花粉为可育；基因型为 S(Rfrf) 时，产生的两种花粉 S(Rf) 和 S(rf) 均为可育。所以当孢子体不育系与其恢复系杂交获得的杂种 F_1，其花粉为正常可育，但自交产生的 F_2 群体有育性分离，出现不育株。配子体不育是指花粉育性直接受雄配子（花粉）本身的基因型决定。如果花粉的基因型为 S(Rf)，该花粉为可育；如果花粉的基因型为 S(rf)，则花粉为不育。所以配子体不育系与恢复系杂交获得的 F_1，其花粉一半为可育，另一半为不育。由于 S(rf) 花粉不育而被淘汰，只剩 S(Rf) 花粉参与双受精，所以 F_2 群体中不会出现不育株。

二、不育系、保持系和恢复系的概念

（1）不育系：是指具有雄性不育特性的品种或品系，用 A 表示，它的基因型为 S(rfrf)。不育系由于雄性器官不能正常发育，没有花粉粒或花粉粒没有活性；但它的雌性器官发育正常，能接受外来花粉受精、结籽、繁殖子代。

（2）保持系：是指用来给不育系授粉的，能保持不育系不育特性的品种或品系，用 B 表示，其基因型为 N(rfrf)。保持系本身是可育的，它的花粉授给不育系后，从不育系植株上收获的种子，其基因型仍是 S(rfrf)，植株个体的雄花仍是不育，从而使不育系的不育特性能一代一代地保持下去。保持系对不育系育性的保持是专一的；即保持系与不育系，在育性基因位点上，均必须是等位的隐性基因。保持系的花粉基因型是 N(rf)，不育系卵细胞的基因型是 S(rf)，这样保持系花粉中的精子与不育系胚囊的卵子融合，所产生的后代仍为不育，保持系起了保持不育系不育的作用。

（3）恢复系：是指用来给不育系授粉的，能使不育系的雄性不育转变为雄性可育的品种或品系，用 R 表示，其基因型为 S(RfRf) 或 N(RfRf)。恢复系的花粉是正常可育的，授粉于不育系柱头上，从不育系上收获的种子，即为生产上可利用的杂交种种子，其基因型为 S(Rfrf)。S(Rfrf) 个体雌性、雄性细胞均为正常可育，若组合配制适当，具有杂种优势。同样，恢复系对不育系育性恢复的特性也是专一的，即恢复系与不育系在育性基因上也必须是等位的，恢复系的花粉基因型是 S(Rf) 或 N(Rf)，不育系卵细胞的基因型是 S(rf)。

三、不育系、保持系和恢复系的相互关系

雄性不育系、保持系和恢复系，简称为三系，在杂交种子生产（制种）中，它们之间是相互依赖、相辅相成、不可分割的有机整体，常称为细胞质雄性不育系统，也称为三系配套（图 2-1）。只有实现了三系配套，才能繁殖亲本的种子，才能制成杂交种子。这里，亲本种子包括不育系、保持系和恢复系种子，在生产上每年需要繁殖。不育系的繁殖是指不育系接受保持系花粉产生不育系种子的过程；保持系的繁殖是指保持系自交产生保持系种子的过程；恢复系的繁殖是指恢复系自交产生恢复系种子的过程。

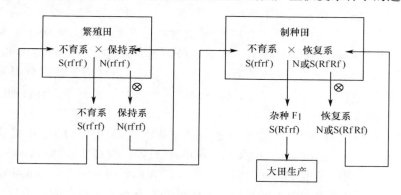

图 2-1　不育系、保持系和恢复系的三者关系及其应用

如图 2-1 所示，在不育系的繁殖田里，不育系与保持系按一定比例行种植，在不育系植株上收获的种子仍为不育系，留其中一部分种子供继续繁殖不育系外，其余的大部分供制种田配制杂种 F_1，而杂种 F_1 即为大田生产用种。保持系和恢复系植株上自交获得的种子分别可供翌年在繁殖田和制种田中使用。同时，保持系和恢复系也可单独隔离种植来繁殖种子，在保证没有外来花粉条件下，省去人工自交过程（自花授粉控制）。

第二节　棉花细胞质雄性不育

一、棉花细胞质雄性不育的类型

棉花细胞质雄性不育的研究和三系的选育始于美国，Meyer 等（Meyer and Meyer，1965；Meyer，1969，1973，1975）为此作出了重要贡献。Meyer 通过棉花远缘杂交和核置换的方法，以野生二倍体棉种为母本，以栽培异源四倍体陆地棉（*Gossypium hirsutum* L.）为父本，进行有性杂交后，再以陆地棉作为轮回亲本反复回交，相继将陆地棉的核置换到野生棉的细胞质中，获得在陆地棉核背景下的三种细胞质雄性不育系。

依其细胞质类型，分别是：

（1）具有异常棉（*G. anomalum* Wawra & Peyritch）细胞质的雄性不育系，可用CMS（ano.）表示；

（2）具有亚洲棉（*G. arboreum* L.）细胞质的雄性不育系，可用CMS（arb.）表示；

（3）具有哈克尼西棉（*G. harknessii* Brandegee）细胞质的雄性不育系，可用CMS（har.）表示。

这三种不育系，均属孢子体不育。其中，异常棉和亚洲棉细胞质雄性不育系的育性均不很稳定，易受环境条件的影响，在 32℃以上的气温下表现为完全不育，但在气温较低（32℃以下）时部分可育（Sarvella and Stojanovic，1968），利用价值较差。

哈克尼西棉细胞质雄性不育系的败育时期很早，主要是在花粉母细胞的减数分裂时期（Murthi and Weaver，1974；王学德等，1998；朱云国等，2005），属无花粉粒型的不育系，育性很稳定，并已三系配套，20 世纪 70 年代中期发放到世界各产棉国家，加以研究和利用。但是，这套三系中的恢复系存在一个严重的缺陷，即对不育系育性恢复的能力较弱，它与不育系杂交，其杂种 F_1 常出现部分花粉生活力较弱，尤其在高温时期引起较多的棉铃脱落，使杂种优势不明显。针对这一缺陷，王学德（2002a）通过转基因技术，育成一个强恢复系——"浙大强恢"，解决了以往恢复系恢复力不够强的问题，使杂交棉花粉育性在高温等逆境条件下也能正常可育，从而不影响杂种的优势表达（详见第四章第六节）。

另据报道，Stewart（1992）也通过远缘杂交，将异源四倍体陆地棉核置换到二倍体棉种三裂棉 ［*G. trilobum*（DC.）Skov.］ 的细胞质中，获得配子体不育类型的细胞质雄性不育系，并实现了三系配套，但它的进一步研究和利用，至今尚少见报道。

综上所述，可以看出，哈克尼西棉细胞质雄性不育系统是目前棉花中最有利用价值的不育系统类型之一，也是本节重点介绍的类型。

二、棉花细胞质雄性不育的产生

植物细胞质雄性不育是自然界普遍存在的现象，自 1921 年 Bateson 和 Gairdner 首次报道在亚麻（*Linum usitatissimum* L.）品系发现细胞质雄性不育现象以来，迄今已在 20 个科 50 个属的 150 个植物种中发现有细胞质雄性不育。植物细胞质雄性不育，多数是由基因的自然突变产生的，也可以通过种间远缘杂交、原生质体融合、组织培养体细胞变异以及化学和物理诱变等产生。棉花也与其他植物一样，细胞质雄性不育的产生，虽然有多种途径，但多数是通过棉种间的远缘杂交、栽培棉品种的自发突变和利用现有不育系的回交转育等途径产生。

（一）棉种间远缘杂交的核置换

棉花远缘杂交是指不同棉种间进行的有性杂交，是棉花细胞质雄性不育性状产生的最主要途径。不同棉种由于起源于不同的生态条件，亲缘关系较远，遗传背景相差较大。两个不同棉种杂交，常出现遗传上的不平衡性，后代易产生雄性不育株，若再用栽培棉品种作为轮回亲本，通过连续回交进行核置换，可选育出许多不育系。这类不育系的细胞质通常是野生棉的细胞质，细胞核通常是栽培棉的细胞核，是一种异源的质-核互作的不育系，或者说，不育是由异源的质-核不亲和性所致。迄今为止，曾报道过的异常棉、亚洲棉和哈克尼西棉三种细胞质雄性不育类型，均是通过远缘杂交核置换获得，现分别介绍如下。

1. 异常棉（*G. anomalum* Wawra & Peyritch）细胞质雄性不育类型

早在 1961 年，Meyer 等根据玉米培育细胞质雄性不育系的原理，提出棉花也可以通过种间远缘杂交核置换方法选育细胞质雄性不育系。第一个棉花细胞质雄性不育系就是根据该原理，将二倍体棉种亚洲棉（*G. arboreum* L.）的核置换到另一个二倍体棉种异常棉（*G. anomalum* Wawra & Peyritch）中，然后再用亚洲棉进行多次回交，最后育成一个具有异常棉细胞质的雄性不育系。该不育系雄蕊发育异常，花药呈花瓣状，高度不育，其不育性可用亚洲棉的花粉保持，而异常棉花粉可恢复其育性。利用此套细胞质雄性不育系统，育成的杂交棉是二倍体棉种。由于二倍体棉种在世界上种植不广，人们更希望有陆地棉类型的不育系统。

为了培育陆地棉核遗传背景下的细胞质雄性不育系，Meyer 和 Meyer（1965）又用种间核置换的方法，育成另一个具有异常棉细胞质和陆地棉细胞核的细胞质雄性不育系 C_9。他们以一个起源于非洲的野生无絮二倍体（B_1B_1）棉种异常棉（*G. anomalum* Wawra & Peyritch）作为母本，与另一个起源于美国亚利桑那的野生无絮二倍体（D_1D_1）棉种瑟伯氏棉（*G. thurberi* Tod）杂交，产生的杂种 F_1（B_1D_1）经染色体加倍成双二倍体（$B_1B_1D_1D_1$），再与陆地棉品系 M_8［由单倍体加倍而成的四倍体（AADD）$_1$］三次回交，结合选择部分不育系，再经两次自交，选育成一个具有异常棉细胞质的陆地棉核背景的雄性不育系 C_9。遗传学研究表明，该材料的不育性是受一对纯合隐性基因控制，但它的育性易受环境条件的影响，当不育隐性基因纯合和最高气温达 32℃以上时才表现出完全不育；此外，该不育系的育性也受田间湿度条件的影响。由于 C_9 在较低温度下表现可育，所以它的不育系种子可在可育时用自交获得，又因海岛棉品种对 C_9 的育性恢复作用比陆地棉更强，若用海岛棉作为恢复系，则可利用海陆杂种优势。

2. 亚洲棉（*G. arboreum* L.）细胞质雄性不育类型

采用与异常棉细胞质雄性不育系选育的相似方法，Meyer（1965）将亚洲棉与瑟伯氏棉杂交，所获杂种经染色体加倍，再与陆地棉杂交、回交，并结合选择，最终育成亚洲棉细胞质的雄性不育系。亚洲棉细胞质雄性不育的遗传较复杂，可能是受两对隐性基因控制，因为该不育系与具有恢复能力的品系杂交，杂种分离世代中各单株的育性对环境的反应十分敏感，以至很难区分不同育性类型的棉株。

湖北省农业科学院韦贞国（1987）通过亚洲棉与非洲棉（*G. herbaceum* L.）杂交获得杂交种，用秋水仙素处理加倍杂交种种子得到四倍体（$A_1A_1A_2A_2$）材料，随后选用鄂棉 10 号、鄂棉 6 号、岱字棉 16 号和中棉所 7 号等陆地棉品种作为轮回亲本，进行连续回交，在回交世代中选择花药不开裂的不育株。至 1982 年，选育出 7 个亚洲棉细胞质的雄性不育系（表 2-3），经观察发现，这些不育系与 Meyer 报道的亚洲棉细胞质不育系相似，育性易受环境条件的影响，主要是育性随着气温的波动而波动。

表 2-3　7 个亚洲棉细胞质雄性不育系的来源

系号	来源及世代	回交所用陆地棉品种及其回交次数
P24-6A	（中×非）$4n$×陆 B_1F_2 B_1F_3 B_1F_2 B_3F_1	鄂 10、鄂 6，各 6 次
P73-5A	（中×非）$4n$×陆 B_9F_1	鄂 10、鄂 6，各 9 次
P154-2A	（中×非）$4n$×陆 B_4F_2 B_4F_1	鄂 10、鄂 6，各 4 次；岱 16，4 次
P170-6A	同上	同上
P175-1A	（中×草）$4n$×陆 B_5F_2 B_2F_1	鄂 10、鄂 6，各 5 次；岱 16，2 次
P254-1A	（中×草）$4n$×陆 B_9F_1	鄂 10、鄂 6，各 5 次；中 7，4 次
P263-1A	（中×草）$4n$×陆 B_1F_2 B_2F_3 B_3F_1	鄂 10、鄂 6，各 3 次；中 7，3 次

注："中"表示亚洲棉，"非"和"草"表示非洲棉，"陆"表示陆地棉。
资料来源：韦贞国，1987。

　　针对亚洲棉细胞质雄性不育系和异常棉细胞质雄性不育系易受环境条件影响的特性，育种者 Meyer 对它们的利用价值作了评价：在美国密西西比，棉花开花期日最高气温在 32℃以上的时间长达两周多，这时两类不育系表现为完全不育，Meyer 称这个时期为育性转换期（注：不育期）。两周的不育期足以满足制种所需的时间。但是由于 20 世纪 70 年代美国育成了一个哈克尼西棉（G. harknessii Brandegee）细胞质的雄性不育系，鉴于其育性稳定的优点，人们转向了对它的研究和利用，而对异常棉和亚洲棉细胞质的雄性不育系的研究和利用逐步减少。

3. 哈克尼西棉（*G. harknessii* Brandegee）细胞质雄性不育类型

　　据 Meyer（1973）报道，哈克尼西棉细胞质雄性不育系来源于两个不同棉种远缘杂交的杂种后代，是以二倍体棉种（$D_{2-2}D_{2-2}$）哈克尼西棉（G. harknessii Brandegee）作母本，与异源四倍体栽培种（AADD）$_1$陆地棉（G. hirsutum L.）杂交，产生异源三倍体（ADD_{2-2}）杂交种，再用陆地棉花粉反复授粉，从后代选出两类棉株，一类是完全雄性不育株，另一类是部分雄性可育株。如图 2-2 所示，其中的不育株继续与陆地棉品种回交，回交 7 次结合选择而育成具有哈克尼西棉细胞质的陆地棉核背景下的两个雄性不育系："DES-HAMS277"和"DES-HAMS16"。部分可育株也用陆地棉品种回交，选择育性好的单株，在 BC$_7$世代中选育出两个具有哈克尼西棉细胞质的陆地棉背景下的恢复系："DES-HAF277"和"DES-HAF16"。不育系和恢复系是同时产生的，均具有哈克尼西棉细胞质，陆地棉或海岛棉品种（系）均可作为保持系。哈克尼西棉细胞质雄性不育是一种无花粉粒的雄性不育，育性稳定，不受环境条件的影响。对于不育系育性恢复的遗传，不同研究者得出的结论不甚一致。Meyer（1975）认为是受两对独立遗传的基因控制，其中一对是显性基因（FF），另一对是隐性基因（ss）；Weaver 和 Weaver（1977）以及 Sheetz 和 Weaver（1980）则认为是一个部分显性基因（Rf）控制，并受一个显性基因（E）加强；Da Silva 等（1981）认为是由三个基因控制；王学德等（王学德等，1996；王学德和潘家驹，1997）则认为不育系的育性恢复是受两个独立遗传基因（Rf_1 和 Rf_2）的控制，但 Rf_1 的效应大于 Rf_2，而且恢复育性的程度还受到另一个被称为育性增强基因（E）的促进。有关哈克尼西棉细胞质雄性不育的细胞学和遗传学研究，详见第三章和第四章的介绍。

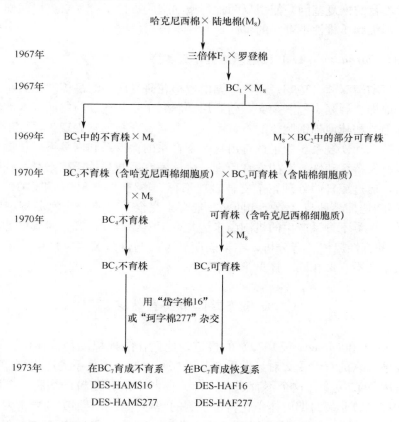

图 2-2　哈克尼西棉细胞质雄性不育系和恢复系的选育（改自 Galau and Wilkins，1989）

4. 三裂棉 [G. trilobum (DC.) Skov.] 细胞质雄性不育类型

Stewart（1992）报道了一个具有三裂棉细胞质的雄性不育系"$D_8 ms$"。这个不育系也是通过远缘杂交的核置换方法育成，即异源四倍体（AADD）$_1$ 陆地棉与二倍体（$D_8 D_8$）三裂棉杂交，获得未成熟幼胚，经在培养基上培养和用秋水仙素处理，加倍成六倍体（$AAD_1 D_1 D_8 D_8$），这个六倍体杂交种再用陆地棉回交 4 次，最终育成具有三裂棉细胞质的雄性不育系。恢复系"$D_8 mf$"是从 $BC_5 F_1$ 世代选育成的，是不育系的姐妹系。陆地棉类型的品种可作为不育系的保持系。在不育系与恢复系杂交的（$D_8 ms \times D_8 mf$）F_1 配子中，含有 Rf 基因的配子为可育，含 rf 基因的配子为不育，F_2 世代中不出现育性分离，即所有植株全为可育，所以三裂棉细胞质雄性不育属于配子体不育类型。这一不育系花药的绒毡层和造孢细胞在减数分裂时期发生解体。与保持系比较，不育系

花朵小，花药数减少 18%。恢复系"$D_8 mf$"能恢复这一不育系"$D_8 ms$"的育性，使
（$D_8 ms \times D_8 mf$）F_1 完全可育，但它不能恢复哈克尼西棉细胞质的雄性不育系的育性。
"$D_8 ms$"育性的恢复是受单基因控制的；有趣的是，不育系"$D_8 ms$"不但能被"$D_8 mf$"
的恢复基因恢复育性，而且也能被哈克尼西棉细胞质雄性不育的恢复基因恢复育性
（Stewart，1992；Zhang and Stewart，2001a，b）。这里，一种恢复基因（哈克尼西棉
细胞质雄性不育的恢复基因）能恢复两种类型细胞质雄性不育（哈克尼西棉细胞质雄性
不育和三裂棉细胞质雄性不育）的育性，其现象值得研究。

5. 海岛棉（*G. barbadense* L.）细胞质雄性不育类型

据张天真和靖深蓉（1998）记载，湖南省棉花研究所用海岛棉"军海 1 号"显性核
不育系与陆地棉"洞庭 1 号"杂交，随后用"洞庭 1 号"连续与之回交 8 次，选育出具
有海岛棉细胞质和陆地棉细胞核的不育系——海洞不育系。它表现为显性不育，难以找
到完全的保持系和恢复系。为了选育出这一不育系的保持系和恢复系，根据水稻细胞质
雄性不育系、保持系和恢复系的选育原理，将该不育系与瑟伯氏棉杂交，获得 7 株杂交
种苗。然后，通过短日照处理，杂交种表现不育，再用"4108"、"湘棉 10 号"和"湘
棉 11 号"等陆地棉品种与之杂交和回交，选育出完全不育的 4 个海岛棉细胞质雄性不
育系。但是，该类不育系产生的机制尚未清楚。王学德等（1996）对其中的一个不育系
"湘远 4-A"的育性遗传进行分析，结果表明其保持与恢复关系（恢保关系）与哈克尼
西棉细胞质雄性不育系相同（详见第四章）。

（二）棉花群体中的自然突变

据 Thomber 和 Mehetre（1979）的报道，他们在陆地棉品种群体中发现了 1 株雄
性不育突变体。它的育性受 2 对显性重叠基因控制。这一不育系的产生可能是源于陆地
棉细胞质基因 N 的突变。这个不育系在大部分花药中没有花粉母细胞，个别虽有花粉
母细胞但均在减数分裂时期解体。花粉母细胞的解体与绒毡层细胞的异常发育有关。细
胞学研究表明，它与哈克尼西棉细胞质不育系类似。该不育系已三系配套，但它与哈克尼
西棉细胞质雄性不育的差异尚未见进一步的报道。

在棉花群体中发现雄性不育突变株，还有一些类似的报道。例如，袁钧等（1996）
在陆地棉矮生棉与亚洲棉"常紫 1 号"远缘杂交后代的选种圃里发现细胞质雄性不育系
"晋 A"；又如，贾占昌（1990）在"石短 5 号"与"军海棉"的杂交组合后代（F_3 世
代）中发现 2 株细胞质雄性不育株，其中"1047-A"不育系的育性的遗传方式，据王
学德等（1996）报道，类似于哈克尼西棉细胞质雄性不育（详见第四章）。此外，苏联
在陆地棉"S4534"与海岛棉"6015"杂交后代，以及在"S3506"与爱字棉"4-42"杂
交的 F_3 世代中，也发现了细胞质雄性不育株。

（三）利用现有不育系的回交转育

用前述远缘杂交方法育成的不育系往往带有一些野生棉的特性，在农艺性状、抗性

和品质等方面不一定完全符合生产上的要求，甚至存在一些严重的缺陷。这时，育种家往往以现有的不育系作为基础材料，通过回交育种的方法，将不育性状转育到另一个综合性状良好的品种中，育成另一优良不育系。回交是指两个品种杂交后，子代再与双亲之一重复杂交的一种交配方式。回交中的两个亲本，其中的一个亲本称为轮回亲本，它一般是待引入某一性状的优良品种，另一个亲本称为非轮回亲本，它常是具有特殊性状的材料（如雄性不育），在第一次杂交中作为母本。一般地，从回交每一世代中均需选择优良不育单株与轮回亲本杂交。经过连续 5 次以上的回交最终育成的不育系，它的核已被置换成为轮回亲本的核遗传背景，这时轮回亲本则是该不育系的保持系。浙江大学王学德等自 1988 年起，以哈克尼西棉细胞质雄性不育系 "DES-HAMS277" 为基本育种材料，通过回交转育的方法选育成丰产性和抗性良好的若干不育系，如 "抗 A" 和 "中$_{12}$A" 等。在这些不育材料的基础上，还可得到进一步改良，选育成多种类型的不育系。如图 2-3 所示，王学德和李悦有（2002b）以 "抗 A" 为基础材料，通过回交转育的方法，育成棕色棉不育系——"棕 A-ZJ12"。

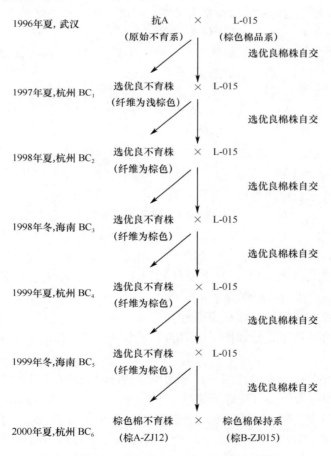

图 2-3　棕色棉细胞质雄性不育系和保持系的选育（王学德和李悦有，2002b）

三、棉花细胞质雄性不育的保持与恢复

如前所述，棉花育种家可通过多种途径选育棉花细胞质雄性不育系。自 20 世纪 70 年代美国培育和发放哈克尼西棉（*G. harknessii* Brandegee）细胞质雄性不育［CMS（har.）］的三系以来，我国也开始了棉花 CMS 材料的选育和研究，通过棉花种间的远缘杂交、自发突变体发现和 CMS(har.) 转育等途径，相继培育了一些有较好利用价值的棉花 CMS 三系。据称，这些材料中有的是通过远缘杂交获得，如 "104-7A" 和 "湘远 4-A"；有的是自发突变体，如 "NM-1A"、"NM-2A" 和 "NM-3A"；有的是从 CMS（har.）系转育而成，如 "中$_{12}$A" 和 "显无 A" 等。这些 CMS 材料在三系杂交棉种子生产中具有潜在的利用价值，但是若要正确利用这些不育系，还必须知道各个不育系育性的保持与恢复关系（恢保关系），换言之，必须明确对于某个不育系，哪类棉花品种（系）可以作为它的保持系，又有哪类棉花品种（系）可以作为它的恢复系。这样，明确了不育系的保持系，以不育系为母本，保持系为父本，就可一年一年地繁殖不育系种子；同样，明确了不育系的恢复系，以不育系为母本，恢复系为父本，就可每年生产杂交种子。

现以我国选育而成的不育系材料为例，介绍不育系育性保持和恢复的测验方法，即棉花细胞质雄性不育的三系配套的方法。

（一）恢保关系的测验

不育系："104-7A"、"湘远 4-A"、"NM-2A"、"NM-3A"、"中$_{12}$A"，以及 "DES-HAMS277"（简写 "HA277A"）和 "D$_8$ms"，其中 "HA277A" 和 "D$_8$ms" 分别为哈克尼西棉细胞质和三裂棉细胞质的雄性不育系，作为对照不育系。

待测保持系：陆地棉品种 "中棉所 12 号" 和 "泗棉 3 号" 等，以及海岛棉品种 "Pima S-4" 和 "海 1" 等。

待测恢复系："0-613-2R"、"6410R"、"501R"、"Z811R"，以及 "DES-HAF277"（简写 "HA277R"）和 "D$_8$mf"，其中 "HA277R" 和 "D$_8$mf" 分别是 "HA277A" 和 "D$_8$ms" 的恢复系，作为对照恢复系。

以不育系为母本，保持系或恢复系作为父本，进行杂交［(NCⅡ) 交配设计］，收获每一个杂交组合的种子，分别播于田间的不同小区，在开花期逐个观察不同杂交组合棉花的花粉育性。

根据各组合花药中花粉的育性（有或无），便可知道不育系的育性是否已被恢复或保持。从表 2-4 中可看出，以陆地棉品种 "中棉所 12 号" 和 "泗棉 3 号"，以及海岛棉品种 "Pima S-4" 和 "海 1" 为父本，分别与所有 7 个不育系杂交，获得的 28 个组合（F$_1$）棉花仍为雄性不育，说明这 2 个陆地棉品种和 2 个海岛棉品种均可作为雄性不育的保持系。而以 "0-613-2R"、"6410R"、"501R"、"Z811R" 和 "HA277R" 为父本，同样与上述前 7 个不育系杂交，获得的 35 个组合的杂种（F$_1$）棉花表现为雄性可育；说明这 5 个棉花品种（系）均可作为 7 个不育系的恢复系。从表中还可看出，三裂棉细

胞质雄性恢复系 "D_8mf" 只能恢复不育系 "D_8ms"，而不能恢复其他 6 个不育系。这种不育系育性的恢复与保持关系，就是育种界常说的细胞质雄性不育的恢保关系。

表 2-4　不育系育性保持与恢复的测验

待测的材料		不育系						D_8ms
		104-7A	湘远 4-A	NM-2A	NM-3A	中$_{12}$A	HA277A	
保持系	中棉所 12 号 泗棉 3 号 Pima S-4 海 1	杂种 F_1 雄性不育						杂种 F_1 雄性不育
恢复系	0-613-2R 6410R 501R Z811R HA277R	杂种 F_1 雄性可育						杂种 F_1 雄性可育
	D_8mf	杂种 F_1 雄性不育						杂种 F_1 雄性可育

（二）杂交棉花粉生活力的测定

不育系与恢复系杂交所得 F_1 杂交种应该是可育的，而且要求花药内应有足够多的生活力强的花粉，以满足棉花生殖生长所需，结更多的棉铃。但是，由于恢复系的遗传背景不同，对不育系的恢复能力就存在强与弱的差异，这种差异反映在 F_1 杂交种上，就是杂交种花粉育性程度存在高与低。不论在育种研究中，还是在生产栽培中，我们均要求 F_1 花药中出现大量有强活性的花粉，以获得高的结铃率和低的不孕籽率，保证高产优质。这就需要测定棉花花粉的育性程度，或称棉花花粉生活力。

棉花花粉生活力的测定，常采用花粉粒染色法，即联苯胺-甲萘酚染色法来测定（取 0.2％联苯胺乙醇溶液、0.15％甲萘酚乙醇溶液和 0.25％碳酸钠水溶液各 10mL 混合摇匀即为联苯胺-甲萘酚试剂。置成熟花药于载玻片上，先加 1～2 滴联苯胺-甲萘酚试剂，再加一滴 3％过氧化氢，用镊子压碎，染色 3min 后，在显微镜下观察）。该染色法原理是花粉生活力与花粉内的酶（过氧化物酶）活性呈正相关，而花粉酶活性又与染色剂处理后的花粉显色深浅程度呈正相关，凡是生活力强的花粉被染色很深，生活力弱的染色很浅或不染色。染色剂处理后的花粉粒置于显微镜下观察，并结合花粉粒形态特征，可以区分可育花粉粒和不育花粉粒。鉴于常规品种的花粉育性也受气候条件（如高温和干旱）等因素的影响，为减少环境因素干扰引起的误差，在整个棉花开花时期，花粉生活力应分多次测定，如三次（7 月 23 日、8 月 13 日和 9 月 3 日）取样，每次同一时间点取所有被测的组合，每个组合取 5～10 朵花，储于冰柜中冰冻保存，并限 4 天内镜检完毕。每个组合（F_1）的育性程度用平均可育花粉率表示：

$$可育花粉率(\%)=(可育花粉粒/观察的总花粉粒)\times 100\%$$

可育花粉粒是指染色深和形态正常的花粉粒。在显微镜下，一个视野观察到的花粉粒数是不足以符合统计学要求的，因此需要观察多个视野，一般需 10 个以上。

（三）恢复力的测验

在表 2-5 和表 2-6 中，5 个恢复系与 6 个不育系杂交，虽然 F_1 花药中均有花粉出现，但是同一恢复系与不同不育系杂交，或不同恢复系与同一不育系杂交，所获得的杂交种 F_1 的花粉育性程度上是有差异的，这种恢复系对不育系育性恢复的能力，称为恢复系的恢复力。有的恢复系与许多不育系杂交，其杂交种 F_1 的花粉育性程度均很高，表明它对不同的不育系均具有强的恢复力，一般称该恢复系为强恢复系。相反，如果某一恢复系与不育系杂交，其 F_1 的花粉育性程度均不高，则称为弱恢复系。由此，根据可育组合花药中花粉生活力的强弱，可判断某一恢复系的恢复力。

表 2-5　恢复系对不育系的恢复力

| 组合
（F_1） | 恢复系（R） | 组合数 | 各组合花粉育性表现平均值 | | | | |
			总观察数	可育花 粉粒数	可育花粉 率/%	组合间 变幅/%	比对照增 加/%
$A_1 \times R^{①}$	0-613-2R	6	3799.4	3400.0	89.48	86.32～92.41	20.19**
	6410R	6	3920.3	3334.3	85.05	74.08～93.05	15.76**
	501R	6	3218.3	2505.5	77.85	70.22～82.66	8.56
	Z811R	3②	2544.0	1850.7	72.74	14.36～88.31	3.45
	HA277R（CK）	6	3039.8	2106.3	69.29	60.60～80.88	—
B 自交	中棉所 12 号	1	4071.0	3696.0	90.78	—	—

①A_i 为第 i 个不育系，$A_1 = 104\text{-}7A$、$A_2 = $ 湘远 4-A、$A_3 = NM\text{-}2A$、$A_4 = NM\text{-}3A$、$A_5 = $ 中 12A、$A_6 = HA277A$。

②缺与 A_3、A_4 和 A_5 杂交的组合。

** 达极显著差异水平（$P < 0.01$）。

表 2-6　不育系被恢复系恢复育性的程度

| 组合
（F_1） | 不育系（A） | 组合数 | 各组合花粉育性表现平均值 | | | | |
			总观察数	可育花 粉粒数	可育花粉 率/%	组合间 变幅/%	比对照 增/%
$A \times R_j^{①}$	104-7A	5	3406.4	2777.6	81.54	74.08～86.32	14.87
	湘远 4-A	5	3477.2	2955.9	85.00	78.28～90.01	18.33*
	NM-2A	4②	3661.0	3171.8	86.64	80.88～91.85	19.97**
	NM-3A	4②	3560.8	2966.0	83.30	71.28～92.41	16.63
	中12A	4②	3523.5	2752.5	78.12	60.60～93.05	11.45
	HA277A（CK）	5	2820.6	1880.6	66.67	40.64～89.10	—
B 自交	中棉所 12 号	1	4071.0	3696.0	90.78	—	—

①R_j 为第 j 个恢复系，$R_1 = 0\text{-}613\text{-}2A$、$R_2 = 6410R$、$R_3 = 501R$、$R_4 = Z811R$、$R_5 = HA277R$。

②缺与 $R_4 = Z811R$ 杂交的组合。

* 达显著差异水平（$P < 0.05$）；** 达极显著差异水平（$P < 0.01$）。

同一恢复系对不同不育系的恢复力存在明显差异，如表 2-5 所示，5 个待测恢复系"0-613-2R"、"6410R"、"501R"、"Z811R"和"HA277R"中，恢复系"0-613-2R"和"6410R"的恢复力最强，它们与各不育系杂交，F_1 平均可育花粉率分别为 89.48％和 85.05％，比对照恢复系（HA277R）的组合提高 20.19％和 15.76％，均达极显著水平，育性接近常规品种"中棉所 12 号"的正常育性。其次为"501R"和"Z811R"，它们对各不育系的恢复力比对照恢复系有所提高，但不显著。选择强恢复系与不育系杂交，杂种 F_1 的花粉育性好，有助于结铃率的提高，不孕籽率的降低，促进产量和品质优势的表达。

通过观察同一不育系与不同恢复系杂交组合的表现，可了解不育系被恢复系恢复育性的程度，如表 2-6 所示，参试的 6 个不育系，虽然均可被所有恢复系恢复为可育，但被恢复可育的程度有显著差异。表中前 5 个不育系被恢复育性的程度普遍比对照不育系"HA277A"要高，按被恢复程度依次为"NM-2A"、"湘远 4-A"、"NM-3A"、"104-7A"、"中$_{12}$A"和"HA277A"。例如，"湘远 4-A"不育系分别与"0-613-2R"、"6410R"、"501R"、"Z811R"和"HA277R"各个恢复系杂交，5 个组合的 F_1 花粉平均可育花率达 85.00％，变幅为 78.28％～90.01％，其中育性最高组合（"湘远 4-A"×"0-613-2R"）F_1 的可育花粉率达 90.01％，与常规品种"中棉所 12 号"的育性 90.78％相等。

由此可见，不育系与恢复系杂交，F_1 的花粉育性不仅取决于恢复系的恢复力，还依赖于不育系易被恢复的程度。所以，育性好的三系杂交棉组合，需要通过广泛测恢和筛选才能得到。

第三节　三系杂交棉

与三系杂交水稻、三系杂交玉米和三系杂交油菜类似，三系杂交棉是指利用棉花细胞质雄性不育系、保持系和恢复系（三系），通过三系法制种，获得具有明显产量和品质优势的棉花杂种第一代。三系法为制种省去人工去雄步骤，并且使授粉更方便，可降低生产成本。而在生产上具有广泛应用价值的三系杂交棉组合，还必须具备高产和优质特性，有时还需具备抗病、抗虫、早熟等特性。而要达到这些要求就需要有优良的杂交棉的亲本，即不育系和恢复系，并且亲本杂交后获得的杂交棉能表现出显著的杂种优势。获得理想的三系杂交棉组合，首先要了解不育系雄配子败育的细胞学特征和育性恢复的遗传规律，然后测定不育系与恢复系的一般配合力和特殊配合力，选择高配合力的亲本，在了解适宜高产制种的开花特性的基础上进行制种，以及在了解该组合优势表达所需环境条件的基础上进行栽培管理等。我们将在以后各章具体介绍这些内容，在这一节先介绍哈克尼西棉细胞质雄性不育系和恢复系，以及杂种组合的一般特点。

一、不育系和保持系的特点

不育系本身不具有生活力的花粉粒，需要由保持系提供花粉，它才能繁殖种子。因此，在不育系的繁殖田里常常是不育系与保持系按一定比例一起种植，通过自然传粉或人工辅助授粉，不育系柱头便可得到保持系的花粉。这样每年保持系提供花粉繁殖不育系种子，相当于用育种学中的回交法，将非轮回亲本的核置换为轮回亲本的核，这时非轮回亲本是不育系，轮回亲本是保持系。由此获得的不育系和保持系，在遗传学上，不育系的核背景是与保持系相同的；在形态上，不育系与保持系也是相似的。但不育系的细胞质与保持系是不同的，因此也有些差异，主要表现在花器、花粉育性、生育期等方面。

由表 2-7 可以看出，现有的大多数棉花细胞质雄性不育是质核互作类型的不育，即不育细胞质（S）与隐性核基因互作引起的雄性不育；当恢复系显性核基因与不育系隐性核基因结合，不育可被抑制表现为可育；换言之，不育系与恢复系杂交后杂交种表现为可育，或者说不育系的育性被恢复系恢复。

表 2-7　不育系、保持系和恢复系的主要特点

项目	不育系	保持系	恢复系
核基因	隐性	隐性	显性
细胞质基因	S 型	N 型	S 型或 N 型
花朵大小	小	较大	大
花药	干瘪、瘦小	肥大、饱满	肥大、饱满
花粉	无	有、多	有、多
花丝	短、细	长、较粗	长、较粗
始花期	早 2～3 天	正常	正常
结铃	自交不结铃	自交正常结铃	自交结铃率偏低
棉铃	较小	正常	较大
子棉	衣分较低，不孕籽较多	正常	种子较大，衣分较低
植株	棉铃易脱落，易徒长	正常	长势较旺
生育期	偏长	正常	稍长
种植密度	宜稀植	常规密度	宜稀植

与保持系相比，不育系花朵小，花药干瘪、瘦小，花药内无花粉粒，花丝短而细（彩图 2-4）。在种有不育系和保持系的繁种田，或种有不育系和恢复系的杂种制种田，根据花朵的大小或雄蕊大小，很易辨别不育株与可育株，但在植株形态上几乎无差异。

不育系通常开花比保持系要早 2～3 天，这些花常常因得不到花粉而脱落，即使个别能结铃，但也是无效的，因铃内无种子。所以，在田间管理上可结合整枝，将这种花期不遇的枝去掉。由于棉花开花结铃期长达 2 个月，去掉这些早期花期不遇的果枝，总体上不会影响不育系与保持系的花期相遇以及不育系种子的繁殖产量。

不育系的棉铃较小，衣分偏低，且含有较多的不孕籽；尤其在授粉不充分时，结铃率偏低，易造成营养生长偏旺，生育期延长，故不育系的种植密度应适当降低（彩图 2-4）。

二、恢复系的特点

从表 2-7 可知，棉花细胞质雄性不育的恢复系，其核恢复基因相对于不育系的不育核基因常常是显性的，它的细胞质类型可有两种，其一与不育系的细胞质相同是 S 型，其二与保持系的细胞质相同是 N 型。

S 型恢复系，如果种植隔离条件不佳，普通陆地棉品种（一般可作保持系）花粉可能会传至恢复系的柱头上，使在以后的恢复系群体中出现不育株，从而我们可判断该恢复系已被保持系花粉污染过；另外，这一特点也给恢复系的育种选择提供了方便。例如，用优良陆地棉品种改良 S 型恢复系，以恢复系为母本与陆地棉品种杂交，其杂种后代的分离世代中，我们只要不断淘汰不育株，连续选择育性好的优良单株即可。因此，S 型恢复系的优点是有助于及时了解和防止保持系花粉的生物学混杂，这对于恢复系的纯度保持和提纯复壮均具有重要意义。但是，S 型恢复系的自交结铃率偏低，可能是 S 型细胞质效应所致。

N 型恢复系，其细胞质与保持系一样，与保持系杂交，其后代不会出现不育株。正是因为它的这一特性，选育这类恢复系，工作量较大，选择的单株必须通过与不育系测交才能知道是否含有恢复基因。同理，N 型恢复系一旦与保持系花粉生物学混杂，要及时鉴别出杂交株很困难，给恢复系提纯复壮造成障碍。因此，此类恢复系如果隔离保纯不当，被其他花粉污染后，就很难再作为恢复系利用。育种家为了选择方便，往往偏爱于 S 型恢复系选育，现有大多数棉花恢复系属于此类。

雄性不育的恢保关系明确后，为不育系、保持系和恢复系的选育提供了理论依据。如前节所述，哈克尼西棉细胞质雄性不育特性，可被大多数的陆地棉品种和海岛棉品种保持。换言之，它的不育性常难被普通的陆地棉和海岛棉品种恢复。可见，哈克尼西棉细胞质雄性不育的保持系来源较广，选育好的不育系较易；但恢复系来源就显得很窄，不易从陆地棉和海岛棉品种中找到恢复基因，这给三系杂交棉的育种造成一定的困难。另外，有的恢复系的恢复力易受遗传背景和环境条件（尤其是高温）的影响，使杂种花粉生活力有所降低，影响棉花结铃率的提高。

棉花三系之间，除了上述的特点和特性外，在植物学形态上也有明显区别，即使同一细胞质来源的不育系也因保持系的不同而有明显差异；同理，不同恢复系之间，由于转育供体的遗传背景不同，也有一定的差异。在繁殖和制种，以及在三系提纯复壮等过程中，可以根据其差异，以及各个系的特征特性，去杂去劣，确保种子质量。

三、三系杂交棉的特点

实现不育系、保持系和恢复系"三系"配套，即具备了三系杂交棉育种的基本材料，用这些基本材料，可进行各种类型的三系杂交棉的育种。例如，将抗病、抗虫、抗逆、抗除草剂等基因转育到三系中的抗性育种；或者，具有早熟、高光合效率等特性的不育系和恢复系通过制种将优良基因聚合于三系杂交棉中的短季棉育种；或者，将不育基因和恢复基因转育到海岛棉品种中，通过育成海岛棉的不育系、保持系和恢复系进行海岛棉的杂种优势利用；或者，育成的海岛棉不育系与陆地棉恢复系杂交，或陆地棉不育系与海岛棉恢复系杂交，从而可进行海陆种间杂交的育种；其他诸如彩色棉基因、标记性状基因等均可被转育到三系中，进行彩色杂交棉的育种和标记杂交棉的育种等。这些三系杂交棉的育种，在本书的第六章中有更详细的介绍。

　　　依制种方式的不同，目前生产上种植的杂交棉常有三类，第一类是用人工去雄授粉法制成的杂交棉，称为常规杂交棉；第二类是利用核雄性不育的两系法制成的杂交棉，称为两系杂交棉；第三类是利用细胞质雄性不育的三系法制成的杂交棉，即三系杂交棉。如表 2-8 所示，与其他杂交棉相比较，三系杂交棉主要有如下一些特点。

表 2-8　三系杂交棉的主要特点

项目	三系杂交棉	两系杂交棉	常规杂交棉
细胞核	不育系与恢复系杂交后的杂合体	不育系与恢复系杂交后的杂合体	两个可育品种杂交后的杂合体
细胞质	常是二倍体棉类型	四倍体棉类型	四倍体棉类型
制种方法	利用细胞质雄性不育的三系法	利用核不育的两系法	人工去雄授粉法
母本繁殖	用保持系花粉繁殖母本（不育系）	从育性分离群体中的杂合可育株花粉繁殖母本（不育系）	自交
制种环节	不需要去雄，依赖传粉媒介授粉或人工辅助授粉	拔去一半可育株后留下的另一半不育株，不需要去雄，依赖传粉媒介授粉或人工辅助授粉	需要人工去雄和授粉
F_1群体	生长势旺盛，宜稀植，需肥量较多	一般	一般
F_2群体	出现不育株，衰退现象严重	出现不育株，衰退现象较严重	全可育株，衰退现象明显

1. 杂种细胞质效应

　　　三系杂交棉在遗传上最明显的特点之一，是源于母体不育系的细胞质对杂交种的遗传效应，常称为不育细胞质效应。例如，目前最常用的不育系，它的细胞质为哈克尼西棉的细胞质，而细胞核为陆地棉的细胞核；前者为二倍体野生棉的细胞质，后者为四倍体栽培棉的细胞核。所以，它与恢复系杂交，其杂交种不但细胞核是杂合的，而且细胞质与细胞核间也是异源性很高的杂合体。而两系杂交棉或常规杂交棉，其细胞质大多是正常的四倍体栽培棉（陆地棉或海岛棉）类型，除非是海岛棉与陆地棉的种间杂交种，现有大多数杂交棉均为陆地棉品种间的杂交种，即细胞质与细胞核是同源的，虽然通过正反交也会反映出某些细胞质效应，但与三系杂交棉的细胞质效应比较，这种效应一般较小。正是因为野生的二倍体棉与栽培的四倍体棉亲缘关系很远，三系杂交棉的质核互作，除了常出现一些特异的杂种优势外，还会出现明显的负效应，如花粉育性受环境的影响较敏感等（详见第四章的第四节和第五节）。

2. 杂种自交衰退

根据遗传学概念，杂种 F_1 自交后的 F_2 群体内必将出现性状的分离和重组。因此，F_2 与 F_1 相比较，在生长势、生活力、抗逆性、产量和品质等方面都显著地下降，即所谓的自交衰退现象。三系杂交棉的两个亲本的纯合程度越高（不育系经长期回交保持，恢复系经长期自交保纯），性状差异越大，自交产生的 F_2 群体衰退现象与常规杂交棉比较，越加明显。除了农艺性状发生分离外，还会分离出 $30\%\sim40\%$ 的不育株，使群体产量和品质严重下降。因此，三系杂交棉在生产上只能利用杂种第一代，不能像常规杂交棉那样有时可利用杂种二代。换言之，三系杂交棉生产上必须每年制种和供种，这是它的优势利用中的又一个特点。

3. 种内和种间杂种优势

根据杂交亲本血缘关系的远近，三系杂交棉可分为种内杂种和种间杂种。种内杂种大多是陆地棉品种间的杂交种，是生殖器官发育较盛的生殖型，表现为结铃性好、棉铃大和种子多；而种间杂种最常见的是海岛棉与陆地棉之间的杂交种，是营养体发育旺盛的营养型，表现为植株高大、较晚熟和纤维品质好。与种内杂种（陆陆杂种）不同，种间杂种有海陆杂种和陆海杂种，前者不育系是海岛棉，后者不育系是陆地棉。不难看出，种间杂种的遗传组成更复杂，不但细胞质是杂合的，细胞核也是高度杂合的；如果亲本选配得当，杂种优势更明显，不但品质优异，产量也高（详见第六章的第四节）。尤其是在新疆少雨气候条件下它表现出比在长江流域多雨气候条件下更好的杂种优势。

4. 制种和繁种

由于棉花属常异花授粉作物，加上三系杂交棉在遗传系统上的差异，反映在制种和繁种技术上也有突出的特点。例如，对种植隔离的要求更高，一般要求制种田周围不种棉花，至少要求有直径 2km 以上的隔离区，以防止其他棉花品种的花粉传入。尤其是恢复系亲本的繁殖田，更应提高隔离保纯的条件；因为恢复系一旦接受其他花粉后，将严重影响制种质量，即杂种群体中出现不育株，造成生产上的明显减产。另外，对恢复系的提纯复壮也需要较多的精力和时间。相对而言，不育系的隔离保纯条件差点，所产生的后果没有恢复系严重；因为大多数生产上推广的棉花品种均能作为保持系，即使不育系被其他棉花品种花粉授粉后，其育性仍是不育。有关三系杂交棉制种和亲本繁种的技术将在第七章有更详细的介绍。

参 考 文 献

贾占昌. 1990. 棉花雄性不育系"104-7A"的选育与三系配套. 中国棉花，17 (6)：11-12.

王学德. 2000. 细胞质雄性不育棉花线粒体蛋白质和 DNA 的分析. 作物学报，26 (1)：35-39.

王学德，李悦有. 2002a. 细胞质雄性不育棉花的转基因恢复系的选育. 中国农业科学，35 (2)：137-141.

王学德，李悦有. 2002b. 彩色棉雄性不育系、保持系和恢复系的选育及 DNA 指纹图谱的构建. 浙江大学学报，28 (1)：1-6.

王学德，潘家驹. 1997. 我国棉花细胞质雄性不育系育性恢复的遗传基础 Ⅱ. 恢复基因与育性增强基因间的互作效应. 遗传学报，24（3）：271-277.

王学德，张天真，潘家驹. 1996. 棉花细胞质雄性不育系育性恢复的遗传基础 I. 恢复基因及其遗传效应. 中国农业科学，29（5）：32-40.

王学德，张天真，潘家驹. 1998. 细胞质雄性不育棉花小孢子发生的细胞学观察和线粒体 DNA 的 RAPD 分析. 中国农业科学，31（2）：70-75.

韦贞国. 1987. 棉属种间质核杂交在陆地棉育种上应用研究初报. 湖北农业科学，（7）：13-16.

袁钧，张铎，刘巷禄，等. 1996. "晋 A" 棉花质核不育材料的发现与观察. 中国棉花，23（4）：6-7.

张天真，靖深蓉. 1998. 棉花雄性不育杂交种选育的理论与实践. 北京：中国农业出版社.

朱云国，张昭伟，王晓玲，等. 2005. 哈克尼西棉细胞质雄性不育系小孢子发生的超微结构观察. 棉花学报，17（6）：382-383.

Bateson W, Gairdner A E. 1921. Male-sterility in flax, subject to two types of segregation. J Genet, 11: 269-275.

Da Silva F P, Endrizzi J E, Stith L S. 1981. Genetic study of restoration of pollen fertility of cytoplasmic male sterile cotton. Review of Brazil Genetics, 4: 411-426.

Galau G A, Wilkins T A. 1989. Alloplasmic male sterility in AD allotetraploid *Gossypium hirsutum* upon replacement of its resident A cytoplasm with that of the D species *G. harknessii*. Theor Appl Genet, 78: 23-30.

Meyer V G. 1969. Some effects of cytoplasm and environment on male sterility of cotton (*Gossypium*). Crop Science, 9: 237-242.

Meyer V G. 1973. Registration of sixteen germplasm lines of upland cotton. Crop Science, 13: 778.

Meyer V G. 1975. Male sterility from *G. harknessi*. Journal of Heredity, 66: 23-27.

Meyer V G, Meyer J R. 1965. Cytoplasmically controlled male sterility in cotton. Crop Science, 5: 444-448.

Murthi A N, Weaver J B. 1974. Histological studies in five male sterile line upland cotton. Crop Science, 14: 658-663.

Sarvella P, Stojanovic B J. 1968. Amino acids present in male sterility Cotton (*Gossypium hirsutum*). Canadian Journal of Genetics and Cytology, 10: 369-373.

Sheetz R H, Weaver J B Jr. 1980. Inheritance of a fertility enhancer factor from pima cotton when transferred into upland cotton with *Gossypium harknessii* Brandegree cytoplasm. Crop Sciences, 20: 272-275.

Stewart J M. 1992. A new cytoplasmic male sterility and restorer for cotton. Nashville: Proceedings of Beltwide Cotton Conferences, 610.

Thomber M V, Mehetre S S. 1979. Cytoplasmic male sterility in American cotton (*Gossypium hirsutum* L.). Cur Sci India, 48: 172.

Wang X D, Li Y Y. 2002. Development of transgenic restorer of cytoplasmic male sterility in upland cotton. Agricultural Science in China, 1（4）：375-380.

Weaver D B, Weaver J B Jr. 1977. Inheritance of pollen fertility restoration in cytoplasmic male-sterile upland cotton. Crop Sciences, 17: 497-499.

Zhang J F, Stewart J M. 2001b. Inheritance and genetic relationship of the D8 and D2-2 restorer genes for cotton cytoplasmic male sterility. Crop Sci, 41: 289-294.

Zhang, J F, Stewart J M. 2001a. CMS-D8 restoration in cotton is conditioned by one dominant gene. Crop Sci, 41: 283-288.

第三章　棉花细胞质雄性不育的细胞学基础

第二章讨论了棉花细胞质雄性不育的恢复与保持的关系。这种不育系的恢保关系或称恢复专效性，对不育系类型的鉴别具有指导意义，也是一种常用的不育系分类方法，其本质是不同的恢复系携带不同恢复基因，而不同雄性不育系有不同的细胞质不育基因，特定的恢复基因对特定的细胞质不育基因起专一互补作用。

但是应该指出，用恢复专效性分类法对不育系细胞质分类是较粗略的，还需用其他方法相互佐证。主要有两种方法，其一是根据雄性不育的细胞学特征和特性进行分类的方法；其二是直接鉴别各不育系细胞质遗传物质的差异，如线粒体 DNA 和叶绿体 DNA 的差异的分子生物学分类方法。细胞学分类更为直观，不同雄性不育系遗传物质上的差异，常可在发育中的雄性细胞形态上反映出来，因此可通过在显微镜下观察和比较各不育系雄性细胞的败育时期，以及花药绒毡层细胞的退化特点等，来区分不同的不育系细胞质类型。又因为细胞质雄性不育是一种母性遗传的性状，不育系的细胞质基因组，如线粒体和叶绿体 DNA 的差异，也可反映出不育系的细胞质类别。从各不育系中提取细胞质 DNA，分析其差异，是区分不育细胞质类型的最直接的方法（详见第四章）。

本章仍以我国现有不育系为材料，通过对不育花药的光学和电子显微镜观察，从细胞学水平上对各不育系进行鉴定，并结合线粒体功能和细胞程序性死亡等方面的概念，对小孢子在败育过程中的细胞学特征和特性进行分析，探讨棉花细胞质雄性不育的可能机理，为三系杂交棉育种提供相关的理论依据。

第一节　棉花正常花药的结构与花粉的发育

棉花从种子萌发后，棉苗经过一定的生长发育阶段，营养生长达到一定程度后，若外界条件适当，就可进入生殖生长阶段，开花结果。多数陆地棉品种在主茎的第 5～第 7 片真叶的叶腋，长出果枝。果枝顶端随着果枝的发展开始分化形成花蕾（花芽）。通常将第 1 果枝上出现长达 3mm 左右的三角形蕾，作为"现蕾"的标志。

棉花现蕾后，大约经过 25 天可进入开花期。在这期间，随着花蕾的发育，蕾内各部分花的器官逐步发育成熟。其中，雌蕊、雄蕊中的大孢子、小孢子母细胞减数分裂完成，标志着雌雄性细胞即将成熟，产生胚囊和花粉，为双受精做好准备。雄蕊包括花丝和花药，花药着生于花丝顶端，为"丁"字药（图 3-1）。花粉的发育与雄配子的形成是在花药（图 3-2）中完成的，因此雄性不育或称为花粉败育也发生在花药中。

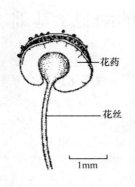

图 3-1　棉花的花药和花药

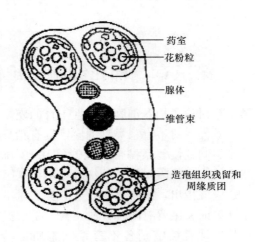

图 3-2　花药的横切面

一、花药的发育与结构

　　棉花的雄蕊原基（幼小花药）是由一群有丝分裂活跃的细胞组成。随着原基的生长，形成具有四棱外形的花药雏形。剥开 3mm 左右的蕾，便可看到幼小花药。在花药四角的表皮下各分化出一个孢原细胞，从纵切面上看，两角上有孢原细胞。这个孢原细胞的形状要比周围细胞大得多，而且细胞质也较浓厚，细胞核也大，核中有一个明显的核仁。孢原细胞先发生一次平周分裂，接着向外再分裂一次，形成周缘层，向内分裂形成造孢细胞（图 3-3）。

　　周缘层细胞经分裂与外边的表皮层细胞一起组成花药的药壁（花药壁），造孢细胞经分裂形成小孢子母细胞（花粉母细胞）。此时的花药壁的特征是 3 层细胞，从外向内是表皮层、过渡层和绒毡层。小孢子母细胞的细胞质浓厚、液泡小、细胞核大、核内有核仁。自此小孢子母细胞逐渐增大进入减数分裂时期，而过渡层再经过平周分裂，形成了药室内壁和中层。此时的花药壁由表皮层、药室内壁、中层和绒毡层组成（图 3-4）。

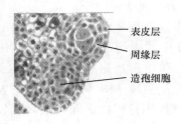

图 3-3　造孢细胞时期的花药横切面

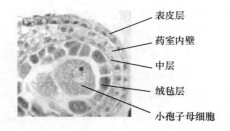

图 3-4　小孢子母细胞时期的花药横切面

　　棉花是双子叶植物，小孢子母细胞减数分裂的两次分裂中间不经过二分体阶段，而直接形成四分体，此时的花药壁的特征是绒毡层细胞很大，往往可看到双核，中层细胞变得窄小和变形。随后，包裹四分体的胼胝质开始溶解，小孢子释放。释放的小孢子中央有一个细胞核，经一次有丝分裂，形成内含双核（生殖核和营养核）的花粉粒。此时的花药壁只留表皮层、药室内壁和残留的中层，而绒毡层细胞解体，变成周缘质团，作为花粉粒的营养物质围绕在花粉粒周围被吸收和利用（图 3-5）。

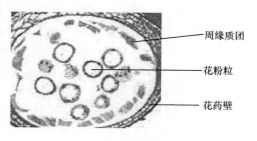

周缘质团

花粉粒

花药壁

图 3-5　花粉囊室结构

二、花粉的发育与结构

在花药发育初期，造孢细胞经过多次有丝分裂，形成小孢子母细胞（花粉母细胞）。小孢子母细胞的细胞质浓厚，液泡小，细胞核大，四倍体棉种（如陆地棉和海岛棉）小孢子母细胞含 26 对染色体（$2n=52$）。此后，小孢子母细胞进入减数分裂时期。

棉花小孢子母细胞的减数分裂过程，与其他双子叶植物大致相同。而且陆地棉和海岛棉的小孢子母细胞减数分裂过程也基本相同。棉花减数分裂后形成小孢子时，是同时性的，就是一次形成四分体，中间不经过二分体阶段。但是，减数分裂的先后，在同一朵花中不同部位的花药是不完全一致的，靠近雄蕊中上部花药较早开始分裂。

减数分裂的整个过程是由两次分裂组成的。第一次分裂完成了染色体数减半的过程，第二次进行有丝分裂，这两次分裂是连续进行的，最后形成四分体，之后又分开成为 4 个小孢子（幼小花粉）。每个小孢子中含有 26 条染色体。

小孢子刚从四分体中释放出来时，形如锥状体，细胞质浓厚，液泡很小，中央有一个细胞核。此时，一个花药内小孢子的大小很不一致，直径为 15～30 μm，也有些更小的废退的小孢子。

小孢子体积逐渐增大，形状变圆，外壁也显著加厚，刺状突起增长，壁上萌发孔已清楚可见（图 3-6）。这时小孢子的直径为 40 μm 左右。接着细胞内液泡变大，将细胞核及细胞质挤向周边。

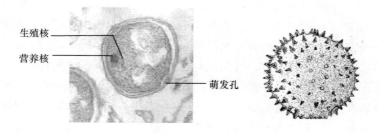

生殖核

营养核

萌发孔

图 3-6　棉花花粉粒的切面观（左）和花粉粒的外观（右）

单核的小孢子进行一次有丝分裂后，形成两个大小不等的细胞：较大的一个称为营养细胞，较小的一个称为生殖细胞。因为这两个细胞之间分界的细胞壁很不明显，所以过去往往就以核表明差异，称为营养核和生殖核（图 3-6）。棉花的生殖细胞分裂（形成两个精子）是在花粉管中进行的，因此成熟花粉粒中只有营养细胞和生殖细胞。二核时期的花粉粒，也就是配子体时期。

成熟的花粉粒有两层壁，内层壁薄，主要有果胶质和纤维素组成，称为内壁。外层壁厚，含有脂类和色素，称为外壁。花粉的外壁上有很多刺状突起。外壁上还有许多萌发孔，有萌发孔的地方没有外壁，当花粉萌发时，花粉管由此长出。棉花的花粉为圆球形，其大小因棉种不同有所差异。据刘金兰等（1987）报道，海岛棉花粉粒直径为 $83.3\mu m$，陆地棉为 $80.7\mu m$，亚洲棉为 $68.3\mu m$，非洲棉为 $66.4\mu m$。

三、花药绒毡层及其在花粉发育中的作用

棉花绒毡层的发育，属于变形绒毡层类型。绒毡层在早期，其细胞形态和大小，与花药壁的其他细胞相似，但绒毡层细胞的细胞质较浓厚，液泡较细小。初期，每一细胞中只有一个细胞核。细胞核的形状较大，内有一个到几个核仁，核仁内有泡状结构。这时绒毡层细胞的染色反应，基本上与小孢子母细胞相同。

小孢子母细胞减数分裂时，绒毡层细胞体积逐渐增大，一般直径可达 $25\mu m$ 以上。细胞中可发生有丝分裂和无丝分裂，形成很多双核的细胞（图 3-4），同时细胞中液泡化程度增加，往往将细胞核挤到周围。

等到小孢子形成并分开以后，绒毡层细胞的细胞壁逐渐解体和消失。细胞质成为不规则的形状，这和在很多其他双子叶植物中看到的一样。这时一团团绒毡层的细胞质叫做周缘质团，移向花粉囊的内部，分布在早期的花粉中间（图 3-5）。

当花粉粒发育到具有双核时，绒毡层细胞几乎完全解体，变成周缘质团，围绕在花粉粒周围。随着花粉粒的增大，这些周缘质团逐渐减少，这是因为这时的周缘质团已作为生长中的花粉粒的营养物质而逐步被吸收和利用。到花粉粒完全成熟时，在花粉囊内只能看到一些残存的周缘质团。

绒毡层在花粉发育中起着重要的作用，一方面因为它是包裹小孢子的母细胞，或小孢子，或花粉粒的最外一层细胞，细胞常常是双核结构，细胞质浓厚，细胞器丰富，DNA、RNA、蛋白质和脂类等化合物合成和分泌都很旺盛。另一方面由于绒毡层所处的位置，向外紧贴周围母体组织，向内与小孢子母细胞密切相连，花粉的形成与发育过程中所需的营养物质和水分，都必须通过绒毡层输送或经它同化，或由其本身细胞解体来供应花粉的形成与发育。同时，绒毡层对花粉壁的建造也起重要作用。

绒毡层在花粉粒发育中的重要作用已有很多证据。例如：绒毡层能合成和分泌胼胝质酶，分解包裹四分体的胼胝质壁，使小孢子释放出来。胼胝质酶活动不适时，过早或过晚释放胼胝质酶，会导致小孢子发育异常，引起雄性不育。绒毡层能合成和分泌孢粉素前体，孢粉素是花粉壁形成的必要成分。绒毡层又能形成识别蛋白质，运转到发育中的花粉粒的外壁上，在与雌蕊相互识别时，可决定亲和与否。又如，绒毡层自身解体

后，其降解产物可供花粉粒发育和成熟所利用，降解不适时，均会影响花粉粒正常发育，乃至花粉败育。

第二节　棉花不育花药的细胞学特征

一、同核异质不育系

在遗传上，细胞的遗传组成可分为两部分，其一是核基因组，其二是细胞质基因组。各个不育系的差异既可由核基因组差异所致，也可由细胞质基因组差异引起，或者两者兼之。细胞质雄性不育是一种母性遗传的性状，母性遗传物质存在于细胞质中；因此，区分各个不育系，关键是找出由细胞质基因组引起的差异。为了研究和比较各个不育系的细胞质基因组的差异，需要将各不育系的核基因组置换成同一种类型，即培育同核异质不育系。同核异质不育系是指细胞核基因组相同而细胞质基因组不同的不育系。同核异质不育系之间的差异反映了各不育系在细胞质基因组上的差异，这种材料在不育系分类和不育机理研究中有重要价值。培育同核异质不育系，有一种有效的方法，即回交转育法。

例如，"104-7A"、"湘远 4-A"、"NM-1A"、"NM-2A"、"NM-3A" 和 "中$_{12}$A"，这 6 个不育系，是我国自育的棉花细胞质雄性不育系。它们的细胞质类型，除 "中$_{12}$A" 育种者声明是哈克尼西棉（*G. harknessii* Brandegee）细胞质外（韦贞国和华金平，1993），其余各不育系据称具陆地棉（*G. hirsutum* L.）细胞质或海岛棉（*G. barbadence* L.）细胞质，但均未经过系统的研究确认。由于这些不育系的保持系均不同，所以它们的细胞核背景也是不同的，这对研究细胞质类型造成困难。为了消除不同核基因型引起的差异，王学德等（1998）用回交育种的方法，以一个陆地棉品种 "中棉所 12 号"（简写 "中$_{12}$"，以下同）作为轮回亲本，与上述 6 个不育系连续回交，即每次回交均用中$_{12}$的花粉保持（回交）各个不育系的育性。其中，"中$_{12}$A" 被回交 10 次，"104-7A" 被回交 7 次，其余各系被回交 4 次，获得同核（中$_{12}$的核）不育系："104-7（中$_{12}$）A"、"湘远 4-（中$_{12}$）A"、"NM-1（中$_{12}$）A"、"NM-2（中$_{12}$）A"、"NM-3（中$_{12}$）A" 和 "中$_{12}$A"，以比较不同不育系在相同核基因型背景下表现出的细胞质效应。这里，"中$_{12}$" 是 6 个不育系的保持系，可作为对照可育品种；具哈克尼西棉细胞质的雄性不育系 "DES-HAMS277"（引自美国）或 "中$_{12}$A" 作为对照不育系。

二、不育系的花器结构特征

上述 6 个同核异质不育系 ［"104-7（中$_{12}$）A"、"湘远 4-（中$_{12}$）A"、"NM-1（中$_{12}$）A"、"NM-2（中$_{12}$）A"、"NM-3（中$_{12}$）A" 和 "中$_{12}$A"］的花朵均比保持系和恢复系小得多（图 3-7），雄蕊的花丝短，花药小而干瘪（图 3-8），用手指捻碎花药无花粉粒可见。从表型上很易辨别不育株和可育株。与保持系和恢复系比较（表 3-1），不育系的花药体积分别小 77.55％和 77.73％，鲜重轻 67.18％和 63.34％，柱头长度短 9.26％和

26.8%，受精前胚珠体积小 40.96%和 52.77%。

图 3-7　不育系（左）、保持系（中）和
恢复系（右）的花朵

图 3-8　不育系（左）和
保持系（右）的雄蕊

表 3-1　棉花细胞质雄性不育系、保持系和恢复系花器性状比较

项目	花药体积/mm³	花药鲜重/mg	可育花粉率/%	柱头长度/mm	受精前胚珠体积/mm³
不育系	0.55±0.25	30.33±9.36	—	17.24±2.06	1.11±0.45
保持系	2.45±0.31	92.40	90.78±2.56	19.0±1.35	1.88±0.28
恢复系	2.47±0.42	82.74±18.03	91.68±7.05	23.56±1.62	2.35±0.51

注：不育系：DES-HAMS277、中$_{12}$A、NM-1(中$_{12}$)A、NM-3(中$_{12}$)A、104-7(中$_{12}$)A、湘远 4-(中$_{12}$)A。
　　保持系：中$_{12}$B。
　　恢复系：0-613-2R、6410R、501R、Z811R 和 DES-HAF277。

三、不育花药的细胞学特征

选用同核不育系"104-7（中$_{12}$）A"、"湘远 4-（中$_{12}$）A"、"NM-1（中$_{12}$）A"、"NM-2（中$_{12}$）A"和"中$_{12}$A"，以哈克尼西棉细胞质的雄性不育系"DES-HAMS277"或"中$_{12}$A"作为不育系对照，"中$_{12}$"作为可育品种对照（保持系），比较不同不育系在相同核基因型背景下细胞形态学方面表现出的细胞质效应。取以上 7 个不育系和 1 个保持系不同发育时期的花药，在 FAA 固定液中固定和抽真空，24h 后转入 70%乙醇中低温（4℃）保存。各材料经各级乙醇脱水、石蜡包埋和切片（蜡带厚度为 8μm）后，用海氏苏木精染色液片染，冷杉胶封片，制成永久片。在 OLYMPUS(H12BV) 生物显微镜下观察不同发育时期花药的细胞形态学特征，主要结果如下。

（一）不育花药造孢细胞增殖和小孢子母细胞形成过程中的异常

造孢细胞在增生和体积增大时，出现异常现象的不育系有"DES-HAMS227A"、"中$_{12}$A"和"NM-（中$_{12}$）A"。在这类不育系中可普遍观察到比保持系明显增多的含 2 或 3 个微核的多核细胞（图 3-9A）。这种多核细胞可能与造孢细胞有丝分裂异常导致细胞坏死（图 3-9B）有关。有些造孢细胞体积增大后形成的小孢子母细胞不是进入正常的减数分裂，而是以有丝分裂方式形成比正常小孢子母细胞明显小的细胞，而且形状也不一致（图 3-9C 和图 3-9D）。这类异常造孢细胞约占总造孢细胞的 30%，其中有的坏死，有的形成小细胞，均不能发育成正常的小孢子母细胞。

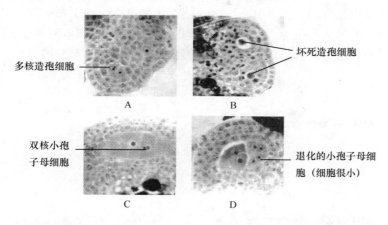

图 3-9　不育花药造孢细胞增殖（A 和 B）和小孢子母细胞形成（C 和 D）过程中的异常

（二）不育系小孢子母细胞减数分裂过程中的异常

小孢子母细胞在减数分裂过程中出现异常现象，在上述所有不育系中均有发生。例如，"DES-HAMS227A"、"中$_{12}$A" 和 "NM-（中$_{12}$）A" 在造孢细胞增殖时期尚未退化的正常造孢细胞经有丝分裂形成的小孢子母细胞均在此时全部坏死败育。不育系 "104-7（中$_{12}$）A"、"NM-2（中$_{12}$）A"、"NM-3（中$_{12}$）A" 和 "湘远 4-（中$_{12}$）A"，虽在造孢细胞增殖时期较少异常，但在减数分裂时期特别是减数分裂第一次分裂时期（meiosis I），其小孢子母细胞就大量败育，从而在花药内没有四分体的形成。依不育系雄性败育时期，可将 7 个不育系大致分为两类，一类是主要集中于造孢细胞增殖时期败育的不育系，另一类是在减数分裂时期败育的不育系（表 3-2）。

表 3-2　各不育系雄性败育时期

不育系	造孢细胞增殖时期	小孢子母细胞减数分裂时期	
		减数分裂 I	减数分裂 II
DES-HAMS277	+++	+	—
中$_{12}$A	+++	+	—
NM-1（中$_{12}$）A	+++	+	—
104-7（中$_{12}$）A	+	+++	—
NM-3（中$_{12}$）A	+	+++	—
湘远 4-（中$_{12}$）A	+	+++	+
NM-2（中$_{12}$）A	+	+++	+

注：＋表示败育程度；—表示没有 MMC。

　　不育系小孢子母细胞在减数分裂过程中出现的异常现象可归纳为以下几个特征。

　　(1) 染色体行为异常。在中期Ⅰ，当大多数染色体排列在赤道板时，尚有个别染色体落后散布于赤道板外面（图3-10A）；在后期Ⅰ，染色体运动至两极后，染色体不是集中于两极，而是凝结成若干个大小不一的团块散布于两极（图3-10B）。由于染色体的不规则分布以及细胞壁尚未形成，在一个细胞内含有多个大小不一的微核（图3-10C）。

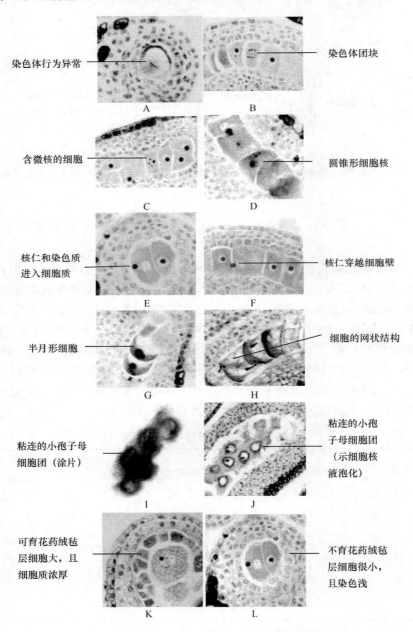

图 3-10　不育花药小孢子母细胞在减数分裂时期的异常

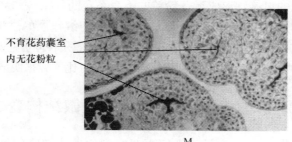

不育花药囊室
内无花粉粒

M

图 3-10 不育花药小孢子母细胞在减数分裂时期的异常（续）

(2) 核仁穿壁现象十分普遍。不育系的小孢子母细胞在减数分裂时期，核仁穿壁频率很高，约占所观察细胞的 20%。这种细胞起初是核的形态发生变化，由圆球变成圆锥形（图 3-10D），核仁移向圆锥顶端，可能在某种水解酶的作用下，核膜破裂，核仁和染色质进入细胞质中（图 3-10E），有的核仁甚至穿越到另一个小孢子母细胞（图 3-10F）。这种核仁穿越细胞壁和核膜的现象，可使细胞间和细胞内的区域化结构遭到破坏，核内外物质混合引起一系列生命代谢混乱，细胞趋向解体死亡。

(3) 小孢子母细胞变成半月形和网状形。可能是由于核仁穿壁，细胞区域化程度下降，核内外物质混合引起一系列生理生化代谢异常，使小孢子母细胞的细胞器的膜结构发生变化，透性增大，细胞内含物外渗，原生质体浓缩（染色加深），细胞收缩成半月形（图 3-10G）。还有一些小孢子母细胞退化的形态特征是细胞失去原有的均匀一致的染色特征，而出现染色深的网状结构，网孔内原生质稀薄，液泡化程度高，染色浅（图 3-10H）。

(4) 小孢子母细胞粘连成巨形团块。不育系小孢子母细胞的胼胝质提前溶解（绒毡层提前分泌胼胝质酶）使细胞粘连，在花粉囊内形成一巨大的细胞质团块，见不到细胞之间的明显界限（图 3-10I）；细胞核高度液泡化，体积膨大，内含物减少，几乎不被染色（图 3-10J）。

（三）不育系花药绒毡层细胞的异常

上述观察的所有不育系造孢细胞和小孢子母细胞的败育与绒毡层的退化是同步的。雄蕊原基分化出孢原细胞和孢原细胞有丝分裂形成造孢细胞以后，药壁有 3 层细胞，即表皮层、过渡层和绒毡层细胞，此时不育系的绒毡层细胞虽然在大小上与可育系保持系的绒毡层细胞无明显差异，但细胞已开始液泡化，染色较浅。随着小孢子母细胞增殖，过渡层细胞经一次平周分裂，药壁细胞已有 4 层，即表皮层、药室内壁、中层和绒毡层，小孢子母细胞开始减数分裂，细胞分裂和生长趋于旺盛。可育花药的绒毡层细胞大，染色深，常含有双核（图 3-10K）。而不育系花药的绒毡层细胞则趋向停止分裂和生长，不但体积很小，与中层细胞的大小相近，而且往往高度液泡化（图 3-10L），在细胞形态学上与可育花药的绒毡层细胞对比十分明显。小孢子母细胞退化解体后，绒毡层细胞在功能上不再起为小孢子运输和同化营养物质等功能，而是径向分裂和膨大充塞整个花粉囊室，室中间只留下坏死的小孢子母细胞的痕迹，形成无花粉粒的不育系花药（图 3-10M）。因此，棉花细胞质雄性不育花药内的造孢细胞和小孢子母细胞的败育与绒毡层的过早退化密切相关。但是，应注意的是，绒毡层细胞早期退化后并没有死亡，而是径向分裂充塞花粉囊室，形成具有 4 层细胞以上的花药壁，这与可育花药（图 3-5）对比差异很明显。

第三节　棉花不育花药的超微结构变异

在第二节，我们讨论了在光学显微镜下观察到的棉花细胞质雄性不育的细胞学特征，主要表现为不育花药中小孢子母细胞的全部死亡和绒毡层细胞的过早退化。换言之，上述不育系是一种无四分体形成的无花粉粒的雄性不育类型。本节，我们将进一步讨论在电子显微镜下观察到的这种小孢子母细胞死亡过程中的超微结构及其特征（朱云国等，2005；王晓玲，2006）。

取不育系及其保持系各发育时期的花药，经 4%戊二醛-1%锇酸双固定，乙醇系列脱水，环氧丙烷过渡，Epon812 渗透包埋，半薄切片定位，LKB-7800 切片机上钻石刀切片，乙酸双氧铀-柠檬酸铅双重染色，在 JEM-1200EX 透射电镜观察、照相和记载，不育花药显示出如下一些细胞超微结构的变化。

一、不育系小孢子母细胞的超微结构变异

与保持系相比，不育系在形成小孢子母细胞前，孢原细胞的超微结构基本正常，但有相当数量（约占 30%）的造孢细胞（STC）的超微结构开始出现明显的异常，主要表现为：部分线粒体（约占 20%）最先出现肿胀、内嵴开始模糊、基质变淡，接着细胞质开始收缩、变薄，细胞膜局部与细胞壁分离，细胞质内核糖体密度下降（图 3-11B）；而此时保持系造孢细胞的线粒体切面上多为杆状或圆形、体积小、内嵴明显、基质浓厚、细胞质浓厚、密布核糖体、细胞膜完整未见与细胞壁分离（图 3-11A）。

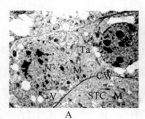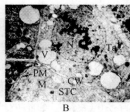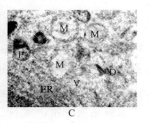

图 3-11　不育花药中雄性母细胞和绒毡层细胞的超微结构

STC. 造孢组织细胞；MMC. 小孢子母细胞；Ta. 绒毡层；M. 线粒体；N. 核；V. 液泡；CW. 细胞壁；PM. 质膜；P. 质体；D. 高尔基体；ER. 内质网；ML. 中层；PS. 花粉囊室；Ms. 小孢子；A. 保持系正常的绒毡层和造孢细胞，×5000；B. 不育系的绒毡层和造孢细胞，示细胞液泡化、线粒体膨胀和质膜分离，×5000；C. 不育系小孢子母细胞局部，示膨胀的线粒体，×15 000；D. 不育系小孢子母细胞局部，示液泡对细胞质吞噬现象和质膜分离，×15 000；E. 保持系正常的线粒体和液泡，×20 000；F. 趋于死亡的不育系小孢子母细胞，×6000；G. 不育系高度液泡化的绒毡层和中层，以及小孢子母细胞解体后在花粉囊室中的残留物，×5000；H. 保持系在四分体时期双核绒毡层和四分孢子，×5000；I. 不育系绒毡层径向分裂充塞花粉囊室，细胞高度液泡化，原生质体被挤压到一边，×3000

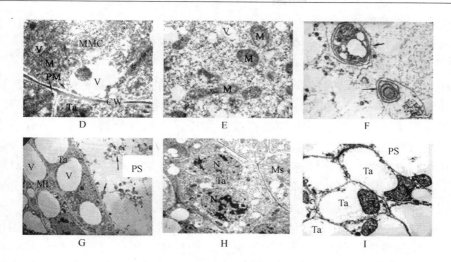

图 3-11　不育花药中雄性母细胞和绒毡层细胞的超微结构（续）

　　造孢细胞经过有丝分裂、增殖和生长，形成小孢子母细胞（MMC）。虽然不育系也能形成大量小孢子母细胞，但与保持系相比，绝大部分小孢子母细胞（约占 90%）显示出明显退化，主要表现为：大量线粒体（约占 60%）出现高度肿胀、内嵴由中部向边缘逐渐消失、基质变淡（图 3-11C），细胞膜进一步与细胞壁分离，部分液泡（约占 30%）膜破裂，部分小液泡（约占 10%）合并成大液泡，并对细胞质及其中的细胞器进行自体吞噬活动（图 3-11D）；而此时保持系小孢子母细胞正常，线粒体切面上多为杆状或圆形、体积小、内嵴明显、基质浓厚、液泡小、液泡膜完整（图 3-11E）。

　　与保持系形成鲜明对比的是，不育系细胞在进入减数分裂期时，败育中的小孢子母细胞进一步败育，主要表现为：线粒体、液泡等细胞器彻底解体、消失，细胞质也进一步解体、只残留一些被膜包被的同心圆团（图 3-11F），最终彻底败育，仅残留一些未解体完的细胞膜和细胞内容物，充满整个药室（图 3-11G）。

二、不育系绒毡层细胞的超微结构变异

　　造孢细胞增殖期，与保持系（图 3-11A）相比，不育系（图 3-11B）绒毡层细胞的细胞核无明显差异，但部分绒毡层细胞（约占 15%）的部分线粒体（约占 10%）开始出现肿胀，接着细胞质明显收缩、变薄，部分（约占 5%）小液泡合并、变大。小孢子母细胞减数分裂期，保持系绒毡层细胞进一步增大，细胞质浓厚，细胞器丰富，液泡小，常含有双核（图 3-11H）；而不育系的绒毡层细胞则趋于停止生长，不但体积小，与中层细胞的大小相近，而且高度液泡化，也看不到双核（图 3-11G）。四分体以后，保持系绒毡层细胞的细胞壁逐渐解体、消失，其细胞质成为不规则形状物（称为周缘质团），混入到花粉团中，供发育中的花粉粒吸收；相反，不育系未败育的绒毡层细胞并不解体，而是径向分裂和膨大充塞整个花粉囊室，它最后液泡化，其原生质体被挤压到一边（图 3-11I）。

三、线粒体结构变异与雄性不育的关系

不育系花药的超微结构，最早在造孢细胞增殖期的造孢细胞和绒毡层细胞中出现明显的异常，且主要表现为它们的部分线粒体出现肿胀、内嵴开始消失、基质变淡。随着肿胀线粒体数目的增加及其肿胀程度的加深，在减数分裂以前，不育系小孢子母细胞的液泡膜出现破裂，细胞质和核物质逐渐解体，最后死亡，仅残留少量细胞膜片段和细胞内容物。线粒体存在于真核生物的所有细胞中，其内含有相对独立的线粒体 DNA 和基因，属母性遗传，它在能量代谢和自由基代谢中扮演着十分重要的角色。因此，线粒体形态结构的变异可能是由线粒体基因突变引起的。王学德（2000）和蒋培东等（2007）对哈克尼西棉细胞质雄性不育花药的线粒体基因组分析表明，一个细胞色素氧化酶基因发生了突变。线粒体基因的突变导致线粒体功能受损，如呼吸电子传递链的功能异常，以致产生了两个不良后果：①线粒体氧化磷酸化效率降低，以致不育花粉形态建成所需的 ATP 供应贫乏；②线粒体活性氧的产生增加（朱云国，2005a；蒋培东等，2007）。

活性氧的产生若超出防御系统的防御能力，就会在细胞中积累，进而损伤线粒体，引起线粒体膨胀和氧化磷酸化效率降低，从而产生更多的活性氧，这样就进入恶性循环，造成氧应激。过量的活性氧会进攻多聚不饱和脂肪酸，引起脂质过氧化，导致生物膜结构和功能的改变，如使液泡膜破裂。由于液泡膜的破裂，液泡内的各种水解酶与细胞质间的自然分隔被打破，细胞质侵入液泡而被消化，并最终导致细胞解体。

不育花药线粒体活性氧的积累，另外一种可能原因是细胞中线粒体数目的过量。据报道玉米 T 型细胞质雄性不育系小孢子母细胞和绒毡层细胞在发育过程中存在线粒体数目大量扩增的现象，而在大孢子母细胞和叶片的发育过程中不存在线粒体数目大量扩增的现象（Warmke and Lee，1978）。朱云国（2005a）在哈克尼西棉细胞质雄性不育系中也发现类似的现象。细胞中线粒体数目大量增加，会使活性氧总产生量大大增加，从而超出细胞防御系统的防御能力，导致细胞中活性氧的大量积累，并最终导致小孢子败育。但这些推测还有许多问题需要进一步研究证明，如不育基因是如何造成线粒体呼吸链的缺陷？线粒体呼吸链的缺陷是否存在组织和器官的特异性？CMS 系活性氧的防御系统是否有缺陷等？这些问题将在以后章节中更详细地讨论。

第四节　棉花不育花药的程序性细胞死亡

一、程序性细胞死亡的概念

程序性细胞死亡（programmed cell death，PCD）是多细胞生物发育过程中或在某些环境因子作用下发生的受基因控制的主动性死亡方式。PCD 的概念由 Glickman 在1951 年首先提出，1972 年 Kerr 等又提出了细胞凋亡的概念。严格来说，细胞程序性死亡与细胞凋亡是有很大区别的：PCD 描述的是在一个多细胞生物体发育中，某些细胞

的死亡是个体发育中一个预定的、受到严格程序控制的正常组成部分。该过程中，机体发育中出现的死亡细胞逐渐从正常组织中死亡和消失，机体无炎症反应，而且对整个机体的发育是有利和必需的。因此 PCD 是一个发育学概念。而细胞凋亡则是一个形态学的概念，描述的是有着一整套形态学特征的与坏死完全不同的细胞死亡形式。但是一般认为凋亡和程序性死亡两个概念有很大程度的相通性，也有一些学者认为凋亡是一种特殊的程序性死亡（Wouter et al.，2005）。

这种死亡程序的执行通常与特征性形态学和生物化学改变相关联，如表 3-3 所示。

表 3-3　程序性细胞死亡的主要特征

形态学表现	生化表现
细胞核：染色质边缘化，（在核膜下聚集）形成膜包绕的囊泡	离子平衡：Ca^{2+} 内流 能量代谢：依靠 ATP 供能 基因调节：有凋亡相关基因调控
细胞质：浓缩，细胞器结构保留	基因表达：有新的 RNA 蛋白质合成
细胞膜：膜泡状突起，但完整性依旧	DNA 电泳：呈阶梯状条带 内切核酸酶：活化

Wyllie 等（1980）对细胞死亡进行分类，将程序性细胞死亡与坏死区分开来，二者特征有着本质的区别（表 3-4）。

表 3-4　程序性细胞死亡与坏死的区别

程序性细胞死亡	坏死
严格的调控机制	无基因调控
细胞成分主动参与	是被动过程
细胞死亡以特殊而有序的模式进行	细胞膨胀分解方式混乱
无细胞内含物泄漏	细胞膜破裂导致细胞内含物外泄
无炎症反应	产生炎症反应
需细胞信号或微小创伤诱导	由大范围损伤引起

程序性细胞死亡是多细胞生物不可缺少的生命活动。它在生物体的进化、内环境的稳定以及多个系统的发育中起着重要的作用。在个体发育过程中，程序性细胞死亡保证了多细胞生物个体各器官的形态发生，维护了器官正常生理功能的执行（布坎南等，2004）。程序性细胞死亡的重要性还表现在个体或器官外形建成方面，以除去多余细胞，形成目的外形。另外，细胞受到病原物侵害或某些胁迫时会引发程序性细胞死亡，以避免伤害，保护机体。因此，程序性细胞死亡在发育学、进化学和医学研究中具有很重要的意义。

二、植物程序性细胞死亡

程序性细胞死亡的研究最早是在动物中展开的，目前，对线虫发育过程中的程序性细胞死亡的研究最为深入。对植物细胞程序性死亡的研究起步较晚，从 20 世纪 90 年代中期开始，这方面的研究逐渐增多，现在几乎涉及植物发育生物学的各个领域。植物生活周期的各个阶段，从种子萌发到营养生长、生殖生长的所有过程几乎都有程序性细胞死亡的参与。

参与雌雄配子体的发育。大孢子母细胞经过减数分裂形成 4 个细胞，其中 3 个细胞退化死亡，只有 1 个细胞能发育成雌配子体，这种选择性死亡是有程序性的。在挪威云杉（*Picea abies*）的二倍体单性生殖和体细胞胚胎发生早期有细胞凋亡现象出现，在正趋向死亡的细胞核中检测到具有游离 $3'$-OH 的 DNA 片段的存在（Havel and Durzan，1996）。在花粉发育过程中，花粉成熟时的绒毡层细胞衰亡也是 PCD 现象（Mittle and Lam，1995）。

参与胚胎发育。当胚发育至一定阶段时，胚柄细胞便开始凋亡。Nomura 和 Komamine（1985）在诱导悬浮培养的胡萝卜体细胞胚形成过程中观察到 PCD 现象。拟南芥胚柄细胞的凋亡与 *sus1*、*sus2*、*sus3* 等基因密切相关（Vernon and Meinke，1994）。Schwartx 等（1994）报道，在挪威云杉体细胞胚胎发生的早期，胚轴层（axixa tier）细胞明显形成凋亡小体，核 DNA 断裂形成 $3'$-OH 端。而一些禾谷类植物如小麦、玉米等，其胚乳细胞在种子形成时先出现核消亡，然后细胞死亡，但细胞的内容物（储藏物质）并没有降解，而是以干化的形式保存。当谷粒萌发时，糊粉层分泌水解酶，从而降解整个胚乳（Young and Gallie，2000）。糊粉细胞在种子萌发前发生凋亡，伴随有细胞质和细胞核固缩，DNA 降解为寡聚核苷酸片段，表现出典型的细胞凋亡形态特征（孙朝煜等，2002）。Wang 等（1996）报道对大麦中趋于死亡的糊粉层细胞 DNA 进行电泳分析时，发现有寡聚核小体大小的 DNA 片段，TUNEL（terminal deoxynucleotidyl transferase-mediated dUTP nick end labeling reaction）试验表明死亡细胞的核内有 $3'$-OH 基团的积累。

参与导管组织的形成。目前，植物导管分化过程中 PCD 的研究已比较明确。导管分化过程中，随着细胞壁加厚，原生质组分降解，液泡膜破裂，高尔基体、内质网、线粒体、细胞核等渐次消失，垂直方向上的细胞壁分解，从而形成贯通的管状结构。Lai 和 Srivastava（1976）发现导管细胞自体吞噬过程中，细胞质和核发生浓缩，接着破裂成许多小块，这与 PCD 的发生相类似。Wang 等（1996）对番茄叶片导管分子的形成的观察也获得同样的结果。在金鱼草管状分子（TE）的形成过程中，液泡膜的破裂是最后的细胞降解的关键（Wouter et al.，2005），在几乎所有可辨识的细胞器消失之前，质膜始终保持完整（Obara et al.，2001）。

参与组织、器官的分化和建成。叶缘各种裂、齿和叶片中空洞的形成都是由于相关部位细胞发生 PCD 造成的（Bleecker and Patterson，1997；Arunika et al.，2004）。Cao 等（2003）对杜仲叶片衰老过程中的叶肉细胞进行观察也发现，细胞核出现了收缩，TUNEL 检测呈阳性。叶片脱落前，叶片衰老过程中 PCD 的发生有利于实现营养物质的转移（Bleecke and Patterson，1997）。PCD 参与植物通气组织的形成。Arunika 等（2001）在研究玉米根通气组织的形成过程中观察到了染色质的凝集、质膜的变化和囊泡的形成；在此之后又观察到整个细胞皱缩，凝集的染色质和完整的细胞器被膜包裹，形成凋亡小体。Delong 等（1993）在观察玉米雄蕊发育过程中发现，基因 *ts2* 是玉米成花性别决定中的一个重要基因，可能参与了性别决定过程中的细胞死亡；该基因突变可使雌蕊原基的细胞不能正常死亡而出现雄蕊的雌性化。

根据现有的细胞形态学研究结果，植物中至少存在三种比较明确的 PCD 模式（Arunika et al.，2004；Fukuda，2000）。一种是与动物凋亡类似的死亡模式，细胞核最早退化，出现染色质凝集，核收缩以及"DNA 梯度"等典型的凋亡特征。在这类模式中，细胞迅速死亡，细胞器可能出现不完全降解（Fukuda，2000）。第二种模式与此相反，植物衰老过程所涉及的 PCD 则是一个缓慢的过程，其中叶绿体最先退化，然后液泡与细胞核结构被破坏（Thomas et al.，2003）。第三种模式的标志是中央大液泡的破裂，液泡释放溶解酶类酸化原生质并大规模降解细胞核及叶绿体中的核物质（Groover et al.，1997；Ito and Fukuda，2002）。由于中央大液泡是成熟植物细胞的重要标志，因此上述第三种模式在植物 PCD 中可能更为普遍（Arunika et al.，2004）。

三、程序性细胞死亡在棉花细胞质雄性不育花药中发生

随着植物程序性细胞死亡研究的深入，关于细胞质雄性不育（CMS）与程序性细胞死亡（PCD）的研究，近年来已有不少报道。Balk 等（1999）认为在向日葵 PET1-CMS 败育过程中，绒毡层细胞释放细胞色素 c，过早发生 PCD 导致不育。Li 等（2004）对红莲型细胞质雄性不育水稻小孢子败育过程的研究认为，不育系绒毡层细胞发生 PCD 提前死亡而导致败育；研究还发现，不育系败育与小孢子线粒体内膜电势改变有关，过量活性氧胁迫诱导了 PCD，最终引起不育。但目前尚未见棉花 CMS 中有关程序性细胞死亡的研究。为此，我们以不育系花药为材料，与保持系花药对照，对小孢子败育过程中的细胞程序性死亡进行观察和分析，可发现如下一些特征和特性。

（一）不育花药 DNA 电泳谱带呈梯度状

在细胞程序性死亡过程中，核 DNA 会发生有规律的断裂，通常是由内源内切核酸酶切割而成，断裂产物长度常是180～200bp 的倍数，所以经琼脂糖电泳能看到明显阶梯状的条带，即 DNA 片段化（DNA ladder）。朱云国（2005）以不育系"鸡 A"花药和保持系"鸡 B"花药为材料，分别提取 4 个发育时期（造孢细胞增殖期、小孢子母细胞减数分裂期、小孢子单核时期和花粉成熟时期）的总 DNA，经琼脂糖电泳发现，在小孢子母细胞减数分裂期的不育花药 DNA 出现明显的DNA 片段化现象，而保持系花药则无此现象，形成明显对比（图 3-12）。

核 DNA 的片段化是细胞程序性死亡的典型标志之一。不育花药是一个由一群多细胞组成的器官，除了雄性细胞（造孢细胞或小孢子母细胞或小孢子）外，还有药壁细胞、绒毡层细胞、药隔组织细胞等不同类型的细胞。虽然，琼脂糖电

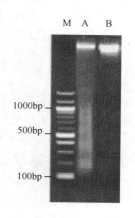

图 3-12　棉花不育系花药核 DNA 的片段化

A. 不育花药的 DNA；B. 保持系花药的 DNA；M. 标准分子质量 DNA

泳能显示出不育花药总 DNA 的片段化，但仍不能显示出哪类（些）细胞及其细胞核中 DNA 的片段化。但是，如果用细胞原位标记法，就可做到在不同细胞群体中特异显示出由核 DNA 片段化的程序性死亡细胞。有一种专用试剂盒，如 Roche 公司生产的试剂盒（In Situ Cell Death Detection Kit, Fluorescein），可达到此目的。该方法也称为脱氧核糖核苷酸末端转移酶介导的缺口末端标记法（TUNEL）。其原理是，在发生程序性死亡的细胞中，染色体 DNA 首先在内源性的核酸水解酶作用下降解为 50~300kb 的大片段。然后大约 30% 的细胞核 DNA 在 Ca^{2+} 和 Mg^{2+} 依赖的内切核酸酶作用下，在核小体单位之间被随机切断，形成 180~200bp 核小体 DNA 多聚体。DNA 双链断裂或一条链上出现缺口而产生的一系列 DNA 的 3′-OH 端，可在脱氧核糖核苷酸末端转移酶（TdT）的作用下，将脱氧核糖核苷酸和荧光素、过氧化物酶、碱性磷酸化酶或生物素形成的衍生物标记到 DNA 的 3′ 端，从而可进行 PCD 的检测和定位。由于正常的或正在增殖的细胞几乎没有 DNA 的断裂，因而没有 3′-OH 形成，很少能够被荧光染色。经标记的 DNA 具有荧光，荧光强度大就表明 DNA 降解明显，这样就可以通过荧光显微镜加以检测。在荧光显微镜下，PCD 细胞的细胞核呈现较强的黄绿色荧光，荧光越强，表明 PCD 程度越深。尽管坏死细胞的细胞核 DNA 也在降解，但这种随机的降解所产生的末端较难被 TdT 催化与 fluorescein-12-dUTP 结合，也就是说，TUNEL 对于检测 PCD 过程产生的 DNA 末端十分敏感，具有专一性，对于坏死过程产生的 DNA 末端较不敏感。亦即坏死的细胞进行 TUNEL 反应观察不到具黄绿色荧光的细胞核。因此，TUNEL 检测可以检测 PCD 是否发生。目前，TUNEL 检测由于其可靠性而成为目前植物 PCD 检测的首选手段。

为验证棉花细胞质雄性不育花药在败育过程中是否也存在细胞程序性死亡，王晓玲（2006）以不育系"抗 A"及其保持系"抗 B"花药为材料进行原位 TUNEL 检测。观察发现有两种突出的现象，其一是不育花药造孢细胞和小孢子母细胞核 DNA 的片段化；其二是不育花药绒毡层细胞虽过早退化，但核 DNA 未发生片段化。

（二）不育花药造孢细胞和小孢子母细胞核 DNA 的片段化

孢原细胞经分裂形成造孢细胞，大部分不育系造孢细胞及药壁细胞核经标记后未出现黄绿色，TUNEL 反应为阴性，与同时期保持系花药标记结果相同（彩图 3-13A、B）。但是，也有少部分不育系造孢细胞核标记后呈现明亮的黄绿色，说明这部分不育系造孢细胞核 DNA 已有断裂（彩图 3-13C），开始显示出程序性死亡的迹象。

造孢细胞经分裂、增殖形成小孢子母细胞。标记后，大部分不育系小孢子母细胞在核经激发后呈现明亮的黄绿色，出现 TUNEL 阳性信号（彩图 3-13D）。与彩图 3-13C（阳性造孢细胞）对比可发现，不育系小孢子母细胞核产生的 TUNEL 阳性信号更强，荧光更明亮。这表明，不育系小孢子母细胞内源性内切核酸酶活跃，核 DNA 的片段化更普遍，大量小孢子母细胞趋向程序性死亡。这与本章第二节观察到的不育花药在四分体形成前小孢子母细胞大量死亡是一致的。与不育系花药相对应，保持系花药小孢子母细胞未出现 TUNEL 阳性反应的结果（彩图 3-13E）。

（三）不育花药绒毡层细胞虽过早退化，但核 DNA 未发生片段化

造孢细胞时期，不育系和保持系绒毡层细胞核均未出现 TUNEL 阳性结果（彩图 3-13A、B、C），表明此时二者绒毡层细胞核 DNA 均未发生降解，没有程序性细胞死亡的迹象。

小孢子母细胞进入减数分裂期，不育系绒毡层细胞并未出现明显增大。经标记后，细胞核经荧光激发未出现黄绿色（彩图 3-13D），这表明不育系绒毡层细胞核 DNA 未降解，细胞未进入程序性死亡。这一结果与本章第二节的观察结果"绒毡层细胞早期退化后并没有死亡，而是径向分裂充塞花粉囊室，形成具有四层细胞以上的花药壁（图 3-10M）"是一致的。与不育系花药相对应，保持系花药进入减数分裂期后，绒毡层明显增大，TUNEL 标记后，有些细胞核出现明亮黄绿色（彩图 3-13E），说明在减数分裂期，保持系绒毡层细胞核 DNA 已出现断裂，内切核酸酶活化，细胞开始进入程序性细胞死亡过程。保持系小孢子母细胞减数分裂完成后，形成四分体，绒毡层细胞开始退化解体。此时绒毡层细胞 TUNEL 反应为阳性，表明核 DNA 已大范围降解，细胞结构退化，趋向死亡（彩图 3-13H）。

目前，在植物中研究最为清楚的是导管形成过程中的程序性细胞死亡。为此，我们在观察小孢子母细胞程序性死亡的同时，还观察了花药和花丝中导管细胞的程序性死亡（作为典型的阳性对照）。TUNEL 检测显示，造孢细胞时期，大部分花丝导管细胞中可见原生质体，染色较为均匀，细胞核明显，位于细胞中央并呈黄绿色（彩图 3-13I），表明核 DNA 已裂解。小孢子母细胞时期，花丝导管细胞质收缩，液泡扩大，将核挤压至细胞壁附近，核仍为黄绿色（彩图 3-13J），部分细胞中原生质体消失，细胞逐渐趋于死亡。小孢子母细胞减数分裂后，花丝导管细胞原生质体消失，次生壁增厚，导管形成（彩图 3-13K、L）。比较导管形成与小孢子败育的过程，不难发现，棉花细胞质雄性不育花药中小孢子母细胞与导管细胞一样，具有典型的程序性细胞死亡的现象。

（四）不育花药小孢子母细胞液泡化、核收缩、染色质边缘化和线粒体异常

经观察，不育花药小孢子母细胞，除了发生 DNA 片段化外，在透射电镜下还可观察到一些细胞程序性死亡的超微结构特征，主要表现为以下几个方面。

首先，小孢子母细胞核收缩、变形，核仁消失，染色质向核膜方向凝集成块（图 3-14A）；质膜与细胞壁分离（图 3-14C）。但细胞仍处完整状态，呈现出典型的植物细胞程序性死亡的特征。

其次，小孢子母细胞严重液泡化（图 3-14B、C），相邻液泡间膜退化，融合明显（图 3-14B，箭头），在不少液泡中可见电子密度较高的泡状物质，可能是液泡以自体吞噬方式消化细胞质（图 3-14C，箭头）。植物液泡具溶酶体功能，当液泡膜系统被破坏时，必然导致整个细胞的解体与死亡。因此，不育系小孢子母细胞退化乃至死亡可能与其液泡活动异常有关。与动物细胞不同，植物细胞的一个重要标志就是液泡的存在。且

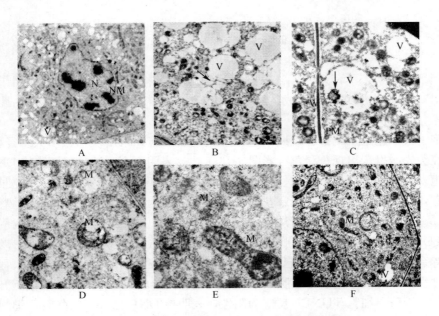

图 3-14　不育系花药小孢子母细胞的超微结构变异

N. 核；NM. 核膜；V. 液泡；M. 线粒体；W. 细胞壁；PM. 质膜；A. 不育系小孢子母细胞局部，示核收缩，染色质凝集，细胞液泡化，×5000；B. 不育系小孢子母细胞局部，示细胞液泡化，液泡融合（箭头所示），×10 000；C. 不育系小孢子母细胞局部，示液泡吞噬细胞质，质膜与细胞壁分离（＊所示），×15 000；D. 不育系小孢子母细胞局部，示膨胀的线粒体，内嵴模糊，基质淡，×20 000；E. 保持系小孢子母细胞局部，示正常线粒体，内嵴明显，基质浓，×25 000；F. 保持系小孢子母细胞局部，示正常核和线粒体等，×7500

　　由于植物细胞不含溶酶体，再加上细胞壁的存在，不会像动物细胞那样细胞在发生程序性死亡之后由周围细胞吞噬，而是液泡以自体吞噬方式消化细胞质。因此，液泡在植物细胞程序性死亡过程中可能有重要作用。

　　尤其在小孢子母细胞中半数以上线粒体结构异常，表现为膨胀，基质变浅，外膜结构虽完整，但内膜结构模糊（图 3-14D）。不育花药小孢子母细胞线粒体内部结构变化明显，但始终保持完整，这也是程序性死亡细胞的一个结构特点。

　　与上述不育系小孢子母细胞形态的变化相对应，同时期保持系小孢子母细胞中没有出现细胞程序性死亡的特征。如图 3-14F 所示，保持系小孢子母细胞核大而圆，核仁染色深，核膜平滑完整，细胞核糖体密度大，液泡小且少。线粒体结构紧实，在切面上多为杆状或圆形，内嵴明显，基质片层发达（图 3-14E）。

　　综上所述，在棉花细胞质雄性不育花药中发生了小孢子母细胞程序性死亡，这种死亡应是由基因调控的。基因表达产物与内切核酸酶的抑制物结合，激活内切核酸酶，对核 DNA 进行切割，使小孢子母细胞核 TUNEL 反应呈现阳性（呈明亮的黄绿色），从而出现典型程序性死亡的细胞结构特征，如核收缩、染色质边缘化、细胞质液泡化和线粒体膨胀等特征。一般情况下，细胞对受损 DNA 有自我修复功能，但一方面由于 PCD 是一种不可逆过程，另一方面，可能有某些核蛋白受到死亡调控蛋白质抑制，影响了

DNA 修复，最终使不育花药的小孢子母细胞趋向死亡，呈现棉花细胞质雄性不育。

参 考 文 献

布坎南，格鲁依森姆，琼斯. 2004. 植物生物化学与分子生物学. 瞿礼嘉主译. 北京：科学出版社.

蒋培东，朱云国，王晓玲，等. 2007. 棉花细胞质雄性不育花药的活性氧代谢. 中国农业科学，40（2）：244-249.

刘金兰，兰盛银，聂以春. 1987. 棉属（Gossypium）不同棉种花粉形态和结构研究. 中国农业科学，20（6）：34-38.

孙朝煜，张蜀秋，娄成后. 2002. 细胞编程性死亡在高等植物发育中的作用. 植物生理学通讯，38（4）：389-393.

王晓玲. 2006. 棉花细胞质雄性不育花药中程序性细胞死亡的细胞学观察. 杭州：浙江大学硕士学位论文.

王学德. 2000. 细胞质雄性不育棉花线粒体蛋白质和 DNA 的分析. 作物学报，26（1）：35-39.

王学德，张天真，潘家驹. 1998. 细胞质雄性不育棉花小孢子发生的细胞学观察和线粒体 DNA 的 RAPD 分析. 中国农业科学，31（2）：70-75.

韦贞国，华金平. 1993. 陆地棉同核异质系异源胞质的遗传效应. 棉花学报，5（1）：1-8.

朱云国. 2005a. 棉花转 GST 基因恢复系恢复力提高机理的研究. 杭州：浙江大学博士学位论文.

朱云国，张昭伟，王晓玲，等. 2005b. 哈克尼西棉细胞质雄性不育系小孢子发生的超微结构观察. 棉花学报，17（6）：382-383.

Arunika H L, Gunawardena A N, Deborah M, et al. 2001. Characterisation of programmed cell death during aerenchyma formation induced by ethylene or hypoxia in roots of maize. Planta, 212: 205-214.

Arunika H L, Gunawardena A N, Green wood J S, et al. 2004. Programmed cell death remodels lace plant leaf shape during development. Plant Cell, 16: 60-73.

Balk J, Leaver C J, McCabe P F. 1999. Translocation of cytochrome c from the mitochondria to the cytosol occurs during heat-induced programmed cell death in cucumber plants. FEBS Letters, 463: 1-2.

Bara, K. 2001. Direct evidence of active and rapid nuclear degradation triggered by vacuole rupture during programmed cell death in zinnia. Plant Physiol. , 125: 615-626.

Bleecker A B, Patterson M A. 1997. Last exit: senescence, abscission, and meristem arrest in Arabidopsis. Plant Cell, 9: 1169-1179.

Cao J, Jiang F, Sodmergen, Cui K M. 2003. Time-course of programmed cell death during leaf senescence in Eucommia ulmoides. J Plant Res, 116: 7-12.

Delong A, Calderon-Urrea A, Dellaporta S L. 1993. Sex determination gene TASSLESEED2 of maize encodes a short-chain alcohol dehydrogenase required for stage-specific floral organ abortion. Cell, 74 (5): 757-768.

Fukuda H. 2000. Programmed cell death of tracheary elements as a paradigm in plants. Plant Mol Biol, 44: 245-253.

Glucksman A. 1951. Cell deaths in normal vertebrate ontogeny. Catnbridlge Phzilos. Soc Biol Rei, 26. 59-86.

Groover A, DeWitt N, Heidel A, et al. 1997. Programmed cell death of plant tracheary elements differentiating in vitro. Protoplasma, 196: 197-211.

Havel L L, Durzan D J. 1996. Apoptosis during diploid parthenogenesis and early somatic embryogenesis of Norway spruce. lnt J Plant Sci, 157: 8-16.

Ito J, Fukuda H. 2002. ZEN1 is a key enzyme in the degradation of nuclear DNA during programmed cell death of tracheary elements. Plant Cell, 14: 3201-3211.

Kerr, J F, Wyllie, A H, Currie, A R. 1972. Apoptosis a basic biological phenomenon with wide ranging implications in tissue kinetics. British Journal of Cancer, 26: 239-257.

Lai V, Srivastava L M. 1976. Nuclear changes during differentiation of xylem vessel elements. Cytobiologie, 12: 220-243.

Li S Q, Wan C X, Kong J, et al. 2004. Programmed cell death during microgenesis in Honglian CMS line of rice is correlated with oxidative stress in mitochondria. Functional Plant Biology, 31 (4): 369-376.

Mittler R, Lam E. 1995. Identification, characterization, and purification of a tobacco endonuclease activity induced upon hypersensitive response cell death. Plant Cell, 7: 1951-1962.

Nomura K, Komamine A. 1985. Identification and isolation of single cells that produce somatic embryos at a high frequency in a carrot suspension culture. Plant Physiol., 79 (4): 988-991.

Obara K, Kuriyama H, Fukuda H. 2001. Direct evidence of active and rapid nuclear degradation triggered by vacuole rupture during programmed cell death in Zinnia. Plant Physiology, 125: 615-626.

Schwartz B W, Yeung E C, Meinke D W. 1994. Disruption of morphogenesis and transformation of the suspensor in abnormal suspensor mutants of *Arabidopsis*. Develop, 120 (11): 3232-3245.

Thomas H, Ougham H J, Wagstaff C, et al. 2003. Defining senescence and death. J Exp Bot, 54: 1127-1132.

Vernon D M, Meinke D W. 1994. Embryonic transformation of the suspensor in twin, a polyembryonic mutant of *Arabidopsis*. Dev. Biol., 165 (2): 566-573.

Wang K, Yin X M, Chao D T, et al. 1996. BID: a novel BH3 domain-only death agonist. Genes Dev, 1996, 10: 2859-2869.

Warmke H E, Lee S J. 1978. Pollen abortion in T cytoplasmic male-sterile corn (*Zea mays*): a suggested mechanism. Science, 200: 561-563.

Wouter G, Van D, Ernst J W. 2005. Many ways to exit? Cell death categories in plants. Trends in Plant Science, 10: 117-122.

Wyllie A H, Kerr J F R, Currie A R. 1980. Cell death: the significance of apoptosis. Int Rev Cytol, 68: 251-306.

Young T E, Gallie D R. 2000. Programmed cell death during endosperm development. Plant Mol Biol, 44: 283-301.

第四章　棉花细胞质雄性不育的遗传学基础

　　棉花细胞质雄性不育的类型，虽有多种，但目前只有哈克尼西棉细胞质雄性不育最有利用价值，它是陆地棉的细胞核与哈克尼西棉的细胞质相互作用引起的雄性不育，也可以理解为是异源的质-核不亲和性而产生的雄性不育。由此可见，研究哈克尼西棉细胞质雄性不育的遗传规律，不但要研究细胞核中的育性基因，而且还要研究细胞质中的相关基因，以及这两类基因的相互作用。了解棉花细胞质雄性不育的遗传特性和特征，对于三系杂交棉的育种、制种和繁种，均具有重要的指导意义。王学德等自 1988 年起，征集有关棉花细胞质雄性不育的相关材料，对它们进行了遗传学和育种学方面的研究，并对不育系细胞质中的线粒体基因组变异与雄性不育的关系也进行了分析。

第一节　恢复基因及其遗传效应

一、研究的群体

　　以 8 个棉花细胞质雄性不育系 "104-7A"、"湘远 4-A"、"NM-1A"、"NM-2A"、"NM-3A"、"中$_{12}$A"、"显无 A"、"HA277A"（"DES-HAMS277" 的缩写），以其 6 个恢复系 "0-613-2R"、"6410R"、"501R"、"Z811R"、"HA277R"（"DES-HAMF277" 的缩写）、"HA16R"（"DES-HAMF16" 的缩写）为材料，根据不同的研究目的，组配以下杂交组合，获得相应的研究群体，对其进行遗传学分析（王学德等，1996；王学德和潘家驹，1997a）。

　　NCⅡ交配：获（A×R）F_1 及其 F_2，各 27 个组合；

　　测交世代：（A×R）F_1×B，共 15 个组合；

　　　　　　　A×（A×R）F_1，共 4 个组合；

　　等位性测验世代：（A$_t$×R）F_1×（A$_{ck}$×R）F_1，共 9 个组合，其中，A$_t$ 为待测的我国自育不育系，A$_{ck}$ 为对照不育系 "HA277A"（引自美国）。

二、F_2 世代的遗传分析

　　从表 4-1 中数据可看出，根据父本恢复系的不同，可将 F_2 代组合分为两类：第一类是以 "0-613-2R" 和 "6410R" 为父本的组合，F_2 分离群体中可育株所占总观察植株数的 80% 左右；第二类是以 "HA277R"、"501R" 和 "Z811R" 为父本的组合，其 F_2 群体中可育株所占比率为 90% 左右，比第一类组合高约 10%。很明显，这两类组合的育性分离比例均不符合一对基因的分离比例（可育：不育＝3：1＝75%：25%），而更接近两对独立遗传基因的分离比例（可育：不育＝13：3＝81.25%：18.75%）。

表 4-1 （A×R）F₂世代的育性分离（南京）

杂交组合	年份	可育株 (F)	不育株 (S)	可育株率/%	χ^2 (13:3)	χ^2 (88.75%:11.25%)
104-7A×0-613-2R	1994	231	51	81.91	0.4401	—
	1993	90	20	81.81	0.0009	—
	1992	87	21	80.56	0.0038	—
湘远 4-A×0-613-2R	1994	261	45	85.29	3.0250	—
NM-2A×0-613-2R	1994	60	8	88.24	1.7436	—
NM-3A×0-613-2R	1994	117	23	83.57	0.3546	—
中₁₂A×0-613-2R	1994	237	53	81.72	0.0173	—
HA277A×0-613-2R	1994	217	48	81.89	0.0349	—
	1993	201	40	83.40	0.5985	—
总和		1501	309	82.93	3.2368	—
104-7A×6410R	1994	133	39	77.33	1.4908	—
湘远 4-A×6410R	1994	217	56	79.49	0.4472	—
NM-2A×6410R	1994	230	42	84.56	1.7436	—
NM-3A×6410R	1994	156	44	78.00	1.1815	—
中₁₂A×6410R	1994	122	34	78.21	0.7600	—
HA277A×6410R	1994	225	28	88.93	9.3046**	—
	1993	92	24	79.31	0.1733	—
总和		1175	267	81.48	0.0376	—
104-7A×501R	1994	183	29	86.32	3.2520	1.0215
湘远 4-A×501R	1994	319	31	91.14	21.8400**	1.7746
NM-2A×501R	1994	132	23	85.16	1.3103	1.6561
NM-3A×501R	1994	179	16	91.79	13.5491**	1.5186
中₁₂A×501R	1994	231	24	90.59	13.9898**	0.6887
HA277A×501R	1994	237	35	87.13	5.7978*	0.5601
总和		1281	158	89.02	56.5200**	0.0799
104-7A×Z811R	1994	101	7	93.52	9.8803**	2.0052
湘远 4-A×Z811R	1994	85	8	91.40	5.6380*	0.4148
NM-3A×Z811R	1994	122	8	93.80	12.7251**	2.8903
中₁₂A×Z811R	1994	66	6	91.70	4.4672*	0.3561
HA277A×Z811R	1994	105	4	96.33	15.2964**	5.5367*
总和		479	33	93.55	50.0801**	11.3617**
104-7A×HA277R	1994	66	16	80.48	0.0013	4.8094*
湘远 4-A×HA277R	1994	135	8	94.41	15.3934**	4.0322*
NM-3A×HA277R	1994	83	13	86.46	1.3846	0.3015
	1993	36	4	90.00	1.4769	0.3023
中₁₂A×HA277R	1994	38	3	92.70	2.8074	0.0325
HA277A×HA277R	1994	145	17	89.51	6.7167**	0.0675
总和		503	61	89.18	22.7899**	1.0753

* 达显著差异水平（$P<0.05$）；** 达极显著差异水平（$P<0.01$）。

假设：①Rf_1对rf_1为完全显性，Rf_2对rf_2为部分显性；②Rf_1恢复育性的遗传效应大于Rf_2，即$Rf_1 > Rf_2$；③单节Rf_2不足以恢复育性，即$S(rf_1rf_1Rf_2rf_2)$的表型为不育。那么，不育系的育性恢复的遗传模式如图4-1所示。根据该遗传假设，对实际观察到的F_2群体中可育株与不育株的分离比例（表4-1）进行适合性检验。结果表明，第一类组合，即以"0-613-2R"和"6410R"为父本的组合，完全符合上述两对基因控制的育性分离比例（13∶3）的遗传假设。但是，第二类组合，即以"HA277R"、"501R"和"Z811R"为父本的组合，经χ^2检验，其育性的分离比例极显著地偏离期望比例13∶3。产生这种现象的原因，可作如下解释。

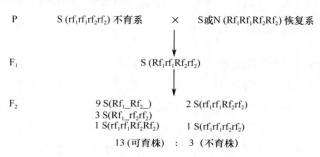

图4-1　棉花细胞质雄性不育系育性恢复的遗传模式

解释一：第二类组合F_1的花粉育性低。从表4-2S（A×R）F_1的可育花粉率可知，第二类组合的恢复系"HA277R"、"501R"和"Z811R"对各不育系的恢复力（平均可育花粉率为73.34%）极显著地低于第一类组合的恢复系"0-613-2R"和"6410R"对不育系的恢复力（平均可育花粉率为87.26%），两者有本质差异，两类组合F_1的平均可育花粉率相差13.93%，达极显著差异。因此，推测第二类组合的3个恢复系只含有恢复基因Rf_1和Rf_2，而第一类组合的2个恢复系除了恢复基因Rf_1和Rf_2外，还含有能促进Rf_1和Rf_2表达的另一种基因，称为育性增强基因（见本章第二节）。

解释二：第二类组合F_1部分雄配子败育或不能完成双受精。表4-2可比较同质异核材料S（A×R）F_1与S（R×R）F_1间雄配子生活力的差异。S（A×R）F_1产生4种雄配子：$S(Rf_1Rf_2)$、$S(Rf_1rf_2)$、$S(rf_1Rf_2)$和$S(rf_1rf_2)$。S（R×R）F_1只产生1种雄配子：$S(Rf_1Rf_2)$。以"0-613-2R"和"6410R"为父本的杂交种F_1，因含有育性增强基因，其花粉育性（89.48%和85.05%）与恢复系的育性（91.89%和89.02%）相当，平均值仅相差3.19%。这表明当F_1存在育性增强基因时，产生的各类雄配子可近似地视为均等的。相反，以"HA277R"等恢复系为父本的杂交种F_1因不含育性增强基因，其花粉育性比父本恢复系的育性低12.24%，表明F_1杂种不存在育性增强基因时，其各类雄配子的育性是不均等的。按Rf_1效应大于Rf_2的原则，雄配子可归为两类，即强育性配子[$S(Rf_1Rf_2)$和$S(Rf_1rf_2)$]和弱育性配子[$S(rf_1Rf_2)$和$S(rf_1rf_2)$]，推测弱育性配子中有部分不能完成双受精，使F_2育性分离比例偏离期望比例13∶3，在F_2分离群体中可育株率提高10%左右。

表 4-2　S(A×R) F₁ 与 S(R×R) F₁ 间雄配子生活力的差异（1993～1994 年，南京）

杂交组合	雄配子基因型	平均可育花粉率(F%)				
		0-613-2R	6410R	501R	Z811R	HA277R
$S(A_i×R)F_1$	$S(Rf_1Rf_2)$,$S(Rf_1rf_2)$ $S(rf_1Rf_2)$,$S(rf_1rf_2)$	89.48	85.05	77.85	72.87	69.29
$S(R×R)F_1$	$S(Rf_1Rf_2)$	91.89	89.02	89.17	88.01	79.55
差值[$S(R×R)F_1$−$S(A_i×R)F_1$]		2.41	3.97	11.32	15.14	10.26
差值平均		3.19			12.24	

注：A_i 为第 i 个不育系，$A_1=$104-7A、$A_2=$湘远 4-A、$A_3=$NM-2A、$A_4=$NM-3A、$A_5=$中₁₂A、$A_6=$HA277A；
$F\%=\sum_i^n(F\%)_i/n$。R 为具不育细胞质(S)的恢复系。

根据以上分析，假设第二类组合的 F₁ 所产生的 4 种配子中，$S(rf_1Rf_2)$ 和 $S(rf_1rf_2)$ 配子的传递率由原来的 25% 降为 15%，那么，在第二类组合的 F₂ 群体中可育株与不育株的比例应为 88.75%：11.25%。经 χ^2 测验，第二类组合的实际比例基本符合这一期望比例（表 4-1）。由此，可以认为第二类组合与第一类组合一样，育性恢复均受两个独立遗传的基因 Rf₁ 和 Rf₂ 控制，第二类组合出现育性比例偏离 13：3 的比例是因为"HA277R"、"501R" 和 "Z811R" 缺乏育性增强基因。F₁ 雄配子 $S(rf_1Rf_2)$ 和 $S(rf_1rf_2)$ 有 10% 左右配子不能完成受精，从而导致 F₂ 群体中可育株率上升。

三、测交世代的遗传分析

仍按照 F₂ 世代遗传分析时的遗传假设，测交 (A×R) F₁×B 或 A× (A×R) F₁ 世代中可育株的基因型为 $S(Rf_1rf_1Rf_2rf_2)$ 和 $S(Rf_1rf_1rf_2rf_2)$，不育株的基因型为 $S(rf_1rf_1Rf_2rf_2)$ 和 $S(rf_1rf_1rf_2rf_2)$，可育株与不育株的理论比例应为 2：2（图 4-2）。表 4-3 列出了两年的测交试验资料，试验共有 19 个测交组合，其中，表上部分 15 个组合是以 (A×R) F₁ 为母本与保持系测交的结果，表下部分 4 个组合是以 (A×R) F₁ 为父本与不育系测交的结果。除两个组合外，所有测交群体的可育株与不育株的实际比例均符合期望比例 2：2。这进一步证实了棉花细胞质雄性不育的育性恢复是受两个独立遗传基因 Rf₁ 和 Rf₂ 控制的。

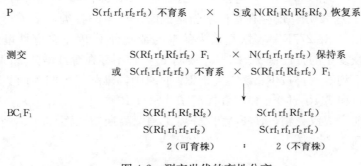

图 4-2　测交世代的育性分离

表 4-3 (A×R) F$_1$×B 或 A× (A×R) F$_1$测交群体的育性分离（南京）

杂交组合	年份	总观察数	可育株	不育株	可育株率/%	χ^2 (2:2)
(104-7A×0-613-2R) ×中$_{12}$B	1994	358	177	181	49.4	0.0251
(104-7A×0-613-2R) ×中$_{12}$B	1993	203	112	91	55.2	1.9704
(104-7A×6410R) ×中$_{12}$B	1993	100	53	47	53.0	0.2500
(湘远 4-A×0-613-2R) ×中$_{12}$B	1993	295	156	139	52.9	0.8678
(湘远 4-A×6410R) ×中$_{12}$B	1993	76	45	31	59.2	2.2237
(NM-1A×HA277A) ×中$_{12}$B	1994	60	29	31	48.3	0.0167
(NM-2A×0-613-2R) ×中$_{12}$B	1994	185	73	112	39.5	7.8054**
(NM-2A×501R) ×中$_{12}$B	1994	72	30	42	41.1	1.6805
(NM-3A×0-613-2A) ×中$_{12}$B	1994	251	139	112	55.4	2.6932
(NM-3A×501R) ×中$_{12}$B	1994	70	33	37	47.1	0.1286
(中$_{12}$A×501R) ×中$_{12}$B	1993	184	113	71	61.4	9.1325**
(中$_{12}$A×Z811R) ×中$_{12}$B	1993	102	61	41	59.8	3.5392
(HA277A×0-613-2R) ×HA277B	1993	263	144	119	54.8	2.1901
(HA277A×64101R) ×中$_{12}$B	1994	37	21	16	56.7	0.4343
(HA277A×Z811R) ×HA277B	1993	101	52	49	51.5	0.0390
总和		2357	1238	1119	52.5	5.9075*
104-7A×(104-7A×0-613-2R)	1993	51	28	23	54.9	0.3137
104-7(86-1)A×[104-7(86-1)A×0-613-2R]	1993	48	25	23	52.1	0.0208
HA277A×(HA277A×0-613-2R)	1993	107	57	50	53.3	0.3364
HA277A×(HA277A×HA16R)	1993	46	29	17	63.0	2.6304
总和		252	139	113	55.2	2.4802

* 达显著差异水平（$P<0.05$）；** 达极显著差异水平（$P<0.01$）。

四、育性基因的等位性测验

虽然从 F$_2$和 BC$_1$F$_1$两类育性世代中证实了待测不育系与对照不育系"HA277A"一样，其育性恢复均受两个显性基因控制的遗传假设，但尚未清楚待测不育系与对照不育系在两个育性基因位点上是否存在基因性质上的差异。为此，本实验中还组配了（待测不育系×0-613-2R）F$_1$× (HA277R×0-613-2R) F$_1$的杂交组合（表 4-4），即以 (HA277R×0-613-2R) F$_1$为测验种对待测不育系进行育性等位基因的测验。这类组合如果父母本双方在育性基因位点上基因性质相同，则相当于 F$_1$自交，产生的分离世代其育性分离应符合 13：3 的理论比例。相反，如果父母本双方在这两个基因位点上还存在性质不同的复等位基因，其育性分离比例就可能出现偏离 13：3 的理论比例。从表 4-4 中可看出，以待测不育系"湘远 4-A"、"中$_{12}$A"、"显无 A"和对照不育系"HA277A"为母本的杂交组合（表的下部分），在育性分离群体中，可育株与不育株比例符合 13：3 分离比例。因此，"湘远 4-A"、"中$_{12}$A"和"显无 A"不育系在 rf$_1$和 rf$_2$位点上的基因与"HA277A"对照不育系是相同的，均为 rf$_1$和 rf$_2$。而在另一组含有"104-7A"、"NM-1A"、"NM-2A"和"NM-3A"的等位性测验组合中，可育与不育的育性分离偏离了 13：3 的比例，似乎更符合 12：4 的比例。产生这种现象的原因，推测是这组不育

系在 rf_1 位点上存在一个复等位基因 rf_1^m，当该复等位基因与 rf_1 结合为 $rf_1 rf_1^m$ 时出现超显性现象。根据杂合等位基因间的互作大于纯合等位基因间的互作的超显性假说，$rf_1 rf_1^m$ 不育效应大于 $rf_1 rf_1$ 或 $rf_1^m rf_1^m$，又因为 Rf_2 的恢复效应较弱，当 $rf_1 rf_1^m$ 与 $Rf_2 Rf_2$ 结合时 $S(rf_1 rf_1^m Rf_2 Rf_2)$ 基因型植株表现为不育，而 $S(rf_1 rf_1 Rf_2 Rf_2)$ 和 $S(rf_1^m rf_1^m Rf_2 Rf_2)$ 基因型植株仍表现为可育，换言之，$rf_1 rf_1^m$ 对 Rf_2 _ 起着隐性上位作用（图 4-3）。

表 4-4　等位性测验组合的育性分离（南京）

杂交组合 ($F_1 \times F_1$)	年份	总观 察数	可育株	不育株	可育株 率/%	χ^2 (12：4)
(104-7A×0-613-2R)×(HA277A×0-613-2R)	1994	115	85	30	73.91	0.0261
(HA277A×0-613-2R)×(104-7A×0-613-2R)	1993	103	75	28	72.82	0.1586
(NM-1A×0-613-2R)×(HA277A×0-613-2R)	1994	41	29	12	70.73	0.2033
(NM-2A×0-613-2R)×(HA277A×0-613-2R)	1994	85	62	23	72.98	0.0980
(NM-3A×0-613-2R)×(HA277A×0-613-2R)	1994	86	63	23	73.30	0.0620
总和		430	314	116	73.02	0.7938

杂交组合 ($F_1 \times F_1$)	年份	总观 察数	可育株	不育株	可育株 率/%	χ^2 (13：3)
(湘远 4-A×0-613-2R)×(HA277A×0-613-2R)	1994	54	47	7	87.04	0.8376
(中$_{12}$A×0-613-2R)×(HA277A×0-613-2R)	1994	192	161	31	83.85	0.6923
(显无 A×0-613-2R)×(HA277A×0-613-2R)	1994	43	36	7	83.72	0.0483
(HA277A×0-613-2R)F_2(CK)	1994	265	217	48	81.89	0.0349
	1993	241	201	40	83.40	0.5985
总和		795	662	133	83.27	1.9997

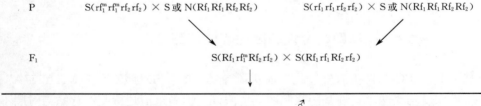

P　　　　　$S(rf_1^m rf_1^m rf_2 rf_2) \times$ S 或 $N(Rf_1 Rf_1 Rf_2 Rf_2)$　　　　$S(rf_1 rf_1 rf_2 rf_2) \times$ S 或 $N(Rf_1 Rf_1 Rf_2 Rf_2)$

F_1　　　　　　　　　　$S(Rf_1 rf_1^m Rf_2 rf_2) \times S(Rf_1 rf_1 Rf_2 rf_2)$

♀	$Rf_1 Rf_2$	$Rf_1 rf_2$	$rf_1 Rf_2$	$rf_1 rf_2$
$Rf_1 Rf_2$	$Rf_1 Rf_1 Rf_2 Rf_2$	$Rf_1 Rf_1 Rf_2 rf_2$	$Rf_1 rf_1 Rf_2 Rf_2$	$Rf_1 rf_1 Rf_2 rf_2$
$Rf_1 rf_2$	$Rf_1 Rf_1 Rf_2 rf_2$	$Rf_1 Rf_1 rf_2 rf_2$	$Rf_1 rf_1 Rf_2 rf_2$	$Rf_1 rf_1 rf_2 rf_2$
$rf_1^m Rf_2$	$Rf_1 rf_1^m Rf_2 Rf_2$	$Rf_1 rf_1^m Rf_2 rf_2$	$rf_1 rf_1^m Rf_2 Rf_2$	$rf_1 rf_1^m Rf_2 rf_2$
$rf_1^m rf_2$	$Rf_1 rf_1^m Rf_2 rf_2$	$Rf_1 rf_1^m rf_2 rf_2$	$rf_1 rf_1^m Rf_2 rf_2$	$rf_1 rf_1^m rf_2 rf_2$

可育株：不育株＝12：4

图 4-3　rf_1 的复等位基因 rf_1^m，杂合等位基因 $rf_1 rf_1^m$ 对 Rf_2 _ 的隐性上位作用

　　根据图 4-3 的遗传模式（可育：不育＝12：4），对 "104-7A"、"NM-1A"、"NM-2A" 和 "NM-3A" 为母本的等位性测验组合的育性分离比例进行 χ^2 检验，观察到的分离比例均符合理论比例（表 4-4）。因此，待测的我国细胞质雄性不育系 "104-7A"、"NM-1A"、"NM-2A" 和 "NM-3A"，与哈克尼西棉细胞质不育系 "HA277A" 比较，在 rf_1 基因位点上是不同的，存在一个复等位基因 rf_1^m。

第二节　恢复基因与育性增强基因间的互作效应

一、恢复性与恢复度的概念

在前面章节，讨论不育系的恢保关系、细胞学特征、恢复基因及其遗传效应时，均已经注意到我国棉花细胞质雄性不育系具有三个明显的特点：①不育系为无花粉粒不育类型；②不育系的育性恢复受两对显性基因控制，不育系与恢复系杂交，F_1出现花粉粒；③不育系育性被恢复的程度，还受恢复系在恢复力上差异的影响。从这些特点，我们（王学德和潘家驹，1997a）可以引出下述的两个重要概念，即恢复性和恢复度。

从表 4-5 中可看出，6 个不育系与 2 个恢复系杂交，杂种 F_1 的花药内均出现了花粉粒，表明两恢复系均具有恢复不育的能力，即含有抑制不育基因表达的恢复基因。但是，在这两个恢复系的恢复力上存在着极显著差异，其中"0-613-2R"对 6 个不育系均具有较强的恢复力，配制的 6 个组合（F_1）的平均可育花粉率达 89.64%，与保持系"中$_{12}$"的育性相当；而"HA277R"对不育系的恢复力则较弱，用它配制的 F_1 的平均可育花粉率仅为 68.22%，比用"0-613-2R"配制的 F_1 低 21.42%，差异达极显著（$P<0.01$）水平。这表明"0-613-2R"除了含有恢复基因外，可能还存在一种能促进恢复基因表达的育性增强基因。鉴于此，可以认为细胞质雄性不育棉花的育性恢复应有两个不同的概念，即恢复性和恢复度。恢复性是指不育系与恢复系杂交后恢复基因抑制不育性表达使杂种 F_1 花药内出现花粉粒的特性；而恢复度是指育性增强基因促进（或增强）恢复基因表达使 F_1 花粉育性显著提高的程度。

表 4-5　0-613-2R 和 HA277R 对不育系的育性恢复（1993 年，南京）

杂交亲本	104-7A	湘远 4-A	NM-2A	NM-3A	中$_{12}$A	HA277A	平均	差值
0-613-2R	86.32	90.01	91.85	92.41	88.19	89.10	89.64±2.29	21.42**
HA277R	77.66	78.28	80.88	71.28	60.60	40.64	68.22±15.35	—

注："HA277R"为"DES-HAMF277"的缩写；育性程度用可育花粉率表示；"中$_{12}$B"、"0-613-2R"和"HA277R"的可育花粉率分别为 90.78%、91.89%和 79.55%；** 表示差值达 $P<0.01$ 显著水平。

二、育性增强基因及其与恢复基因的互作

从以上分析，我们可推论"0-613-2R"除了含有与"HA277R"相同的恢复基因（Rf_1 和 Rf_2）外，还存在一种能促进恢复基因表达，从而使 F_1 育性恢复度显著提高的基因；而"HA277R"只有恢复基因，不含育性增强基因。那么，这种育性增强基因有几对？以及与恢复基因是否存在互作？我们可通过分析表 4-6 数据，得到以下两点。

表 4-6　5 个世代中不同育性单株的次数分布（1994 年 7 月 15～22 日，南京）

群体	世代	不育株	可育株花粉育性（可育花粉率/%）的次数分布					总计	平均	CV
			0～19.9	20～39.9	40～59.9	60～79.9	80～99.9			
HA277A	P_A	50	—	—	—	—	—			
0-613-2R	P_R	—	0	0	1	8	38	47	89.6±9.7	10.8
HA277A×0-613-2R	F_1		0	1	8	11	28	48	76.0±18.0	23.7
HA277A×0-613-2R	F_2	17	30	9	9	18	35	101	52.7±36.8	69.8
(HA277A×0-613-2R)F_1×0-613-2R	BC_1F_1	—	5	2	4	12	104	127	85.4±19.6	22.9
(HA277A×0-613-2R)F_1×中$_{12}$B	BC_1F_1	139	91	10	15	10	15	141	23.4±31.3	133.7

其一，不育株花药内无花粉粒（第三章，图 3-10M），而分离世代（F_2 和 BC_1F_1）中可育株的花粉育性呈偏态的连续性变异（图 4-4），不育与可育之间是间断性的质量性状。

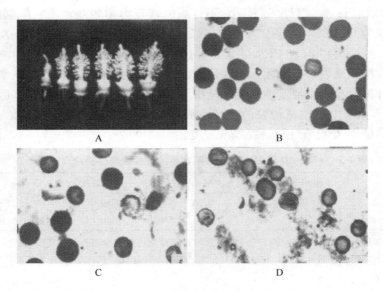

图 4-4　分离世代中不同单株的育性表型

A. 从左到右，第一个雄蕊为不育，第二至第六个雄蕊为可育，育性程度由低
到高；B～D. 分别为强育性可育株、中等育性可育株和弱育性可育株的花粉
粒的形态及其被染色的程度

其二，分离群体中可育株的平均可育花粉率是随恢复基因和育性增强基因的增多而提高，如"HA277A×0-613-2R"的杂种 F_1 与恢复系"0-613-2R"再次杂交，其 BC_1F_1 群体的平均可育花粉率为 85.42%，比 [（HA277A×0-613-2R）F_1×中$_{12}$] BC_1F_1 群体的平均可育花粉率（23.42%）提高 62.00%。这是因为"0-613-2R"含有恢复基因和育性增强基因，而"中$_{12}$"则不含这两种基因；因此，前一 BC_1F_1 群体所含恢复基因和

育性增强基因多于后一 BC_1F_1 群体。显然，恢复基因和育性增强基因有剂量效应和互作效应。

现假设：不育系与恢复系杂交，F_1 的育性恢复受两个显性基因（Rf_1 和 Rf_2）控制，F_1 的育性提高受一个显性基因 E 控制，那么 F_2 的育性分离比例应如表 4-7 所示。根据典型基因型，如 "0-613-2R"、"HA277R"、（HA277A×0-613-2R）F_1 和（HA277A×HA277R）F_1 的花粉育性，可将 F_2 群体中与各基因型相对应的表现型归为 4 类，即强育性、中等育性、弱育性和不育，各自的出现的次数为 27/64、5/64、20/64 和 12/64。以研究育性增强基因的遗传方式为目的，暂不考虑不育类型，那么，F_2 群体中强育性、中等育性和弱育性株的分离比例为 27∶5∶20，若画成次数分布（理论分布）图为 "V" 形。表 4-7 中，（HA277A×0-613-2R）F_2 群体中，不同育性程度的可育株的频数分布（实际分布）也呈 "V" 形（图 4-5），即实际分布与理论分布相吻合，证实促进恢复基因表达的基因为显性单基因。

表 4-7　F_2 群体的育性分离模式

基因型[①]	基因型育性（可育花粉率/%）[②]		频数	育性类型及次数
$Rf_1Rf_1Rf_2Rf_2EE$	0-613-2R	91.89	1	强育性 27
$Rf_1Rf_1Rf_2Rf_2Ee$		89.10～91.89	2	
$Rf_1rf_1Rf_2Rf_2E\_$		89.10～91.89	6	
$Rf_1Rf_1Rf_2rf_2E\_$		89.10～91.89	6	
$Rf_1rf_1Rf_2rf_2EE$		89.10～91.89	4	
$Rf_1rf_1Rf_2rf_2Ee$	（HA277A×0-613-2R）F_1	89.10	8	
$Rf_1Rf_1Rf_2Rf_2ee$	HA277A	79.55	1	中等育性 5
$Rf_1rf_1Rf_2Rf_2ee$		40.64～79.55	2	
$Rf_1Rf_1Rf_2rf_2ee$		40.64～79.55	2	
$Rf_1rf_1Rf_2rf_2ee$	（HA277A×HA277R）F_1	40.64	4	弱育性 20
$Rf_1Rf_1rf_2rf_2E\_$（ee）		<40.64	4	
$Rf_1rf_1rf_2rf_2E\_$（ee）		<40.64	8	
$rf_1rf_1Rf_2Rf_2E\_$（ee）		<40.64	4	
$rf_1rf_1Rf_2rf_2E\_$（ee）		无花粉	8	不育 12
$rf_1rf_1rf_2rf_2E\_$（ee）		无花粉	4	

①细胞质为 S 型；②根据表 4-5。

分析两个 BC_1F_1 世代中不同育性程度的可育株分布。根据前面的遗传假设，（HA277A×0-613-2R）F_1×中$_{12}$B 组合的母本（F_1）应产生 8 种基因型雌配子：$S(Rf_1Rf_2E)$、$S(Rf_1Rf_2e)$、$S(Rf_1rf_2E)$、$S(Rf_1rf_2e)$、$S(rf_1Rf_2E)$、$S(rf_1Rf_2e)$、$S(rf_1rf_2E)$ 和 $S(rf_1rf_2e)$；父本（中$_{12}$B）只产生一种雄配子：$N(rf_1rf_2e)$；子代（BC_1F_1）中可育株基因型有 4 种，分别是 $S(Rf_1rf_1Rf_2rf_2Ee)$、$S(Rf_1rf_1Rf_2rf_2Ee)$、$S(Rf_1rf_1rf_2rf_2Ee)$ 和 $S(Rf_1rf_1rf_2rf_2ee)$；参照表 4-7，其中的 $S(Rf_1rf_1Rf_2rf_2Ee)$ 可育花粉率为 89.10%，属强育性类型，而后 3 种基因型均属弱育性（小于 40.64%）类型，所以 "（HA277A×0-613-2R）F_1×中$_{12}$B" 中的强育性株与弱育性株比例应为 1∶3。按此理论分布（比例）

与观察到的实际分布（图 4-5 的右上图）进行比较，发现两者相符。

　　分析"（HA277A×0-613-2R）F_1×0-613-2R"组合的育性分布，该组合群体中的植株应有 8 种基因型：$S(Rf_1 Rf_1 Rf_2 Rf_2 EE)$、$S(Rf_1 Rf_1 Rf_2 Rf_2 Ee)$、$S(Rf_1 Rf_1 Rf_2 rf_2 EE)$、$S(Rf_1 Rf_1 Rf_2 rf_2 Ee)$、$S(Rf_1 rf_1 Rf_2 Rf_2 EE)$、$S(Rf_1 rf_1 Rf_2 Rf_2 Ee)$、$S(Rf_1 rf_1 Rf_2 rf_2 EE)$ 和 $S(Rf_1 rf_1 Rf_2 rf_2 Ee)$，它们均为强育性类型（表 4-7），这与观察到的育性分布（图 4-5 的下图）也很吻合。因此，在两个 $BC_1 F_1$ 世代中也验证育性增强基因为显性单基因。

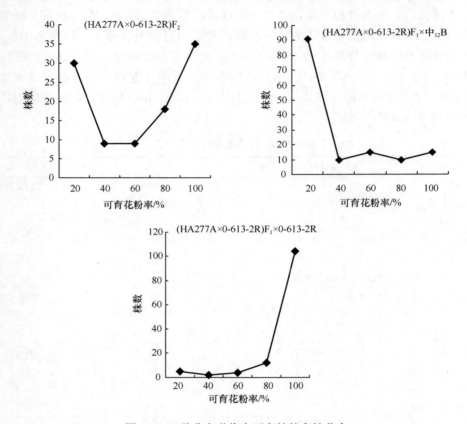

图 4-5　三种分离世代中可育株的育性分布

三、棉花细胞质雄性不育系育性恢复的遗传系统

　　综合本节前面的遗传分析，对棉花细胞质雄性不育系育性恢复的遗传系统，可概括为以下几个特点。

　　（1）我国现有的棉花细胞质雄性不育系，大多是无花粉粒的雄性不育系，不育性很稳定，基本上不受环境条件的影响，从而为制成的杂种 F_1 的纯度提供了良好的保障。

　　（2）我国现有不育系的保持系来源较广，一般地，陆地棉和海岛棉类型品种，可作不育系的保持系，这对于培育陆地棉和海岛棉类型的不育系，以及配制海陆杂交种，提供了十分有利的条件。

（3）恢复系来源较窄，且存在恢复能力较弱的问题。大多数恢复系与不育系杂交产生的 F_1，由于有部分花粉生活力弱，当天气干旱和高温时，结铃率偏低和不孕籽率较高，影响杂交棉的产量和品质。因此，选育强恢复系在三系杂交棉育种中尤为重要。

（4）大多数不育系的育性恢复受两个独立的显性基因（Rf_1 和 Rf_2）控制，Rf_1 和 Rf_2 称为恢复基因，其中 Rf_1 为完全显性，Rf_2 为部分显性，Rf_1 对育性恢复的遗传效应大于 Rf_2；Rf_1 和 Rf_2 对不育系的育性恢复起主导作用，但育性恢复的程度还可被一个称为育性增强基因（E）的基因所促进；E 基因与 Rf_1 和 Rf_2 基因无连锁，但存在互作。这一遗传模式，与前人对哈克尼西棉细胞质雄性不育的遗传研究有所不同。Meyer（1975）报道育性恢复受两对独立遗传基因控制，其中一对是显性基因（F-），另一对是纯合隐性基因（ss）。Weaver（1977）以及 Sheetz 和 Weaver（1980）则认为育性恢复是受一个部分显性基因（Rf）控制，但在育性分离世代中常出现比例偏离期望比例的现象，在个别杂交组合的分离世代群体中还有两对基因控制的表型分离比例。而 Dasilva 等（1981）认为育性恢复可能受三个独立遗传基因控制。显然，棉花细胞质雄性不育的遗传较复杂，使上述研究结果不甚一致。也有可能研究者在育性鉴定标准上存在差异；因为在育性分离世代中，有些棉株虽有花粉但花药育性很低，与不育（无花粉）花药较难区分，这时有可能将那些弱育性可育株错归为不育株，使其研究结果不正确。

（5）由于恢复基因与育性增强基因的作用不同，在棉花细胞质雄性不育系统中，存在两个不同的概念，即恢复性和恢复度；恢复性是指不育系与恢复系杂交恢复基因抑制雄性不育的表达使 F_1 表型呈可育的特性，而恢复度是指育性增强基因促进恢复基因的表达使 F_1 育性显著提高的量。

第三节　不育系细胞质基因组

棉花细胞质雄性不育是一种母性遗传的性状。例如，哈克尼西棉细胞质雄性不育，是通过棉种间的远缘杂交和回交，将四倍体陆地棉的核置换到二倍体哈克尼西棉的细胞质中而产生。细胞质雄性不育是因异源核背景下细胞质基因表达方式的改变引起，还是由于在异源细胞质中核基因表达方式的改变引起，这种因果关系虽然尚难判定，但不育性状的母性遗传现象至少表明细胞质基因在控制育性表达中起着十分重要的作用。例如，在玉米、矮牵牛、水稻、油菜和小麦等作物中，细胞质雄性不育常与线粒体基因突变有关。在棉花细胞质雄性不育中，Chen 和 Meyer（1979）与 Galau 和 Wilikins（1989）报道，与保持系比较，不育系叶绿体基因组的表达和 DNA 的限制性内切核酸酶图谱均有所改变，推测这种改变可能与不育有关，但不育系线粒体基因组是否也存在变异以及与不育是否有关，仍少见报道。

浙江大学王学德等（1998）以哈克尼西棉细胞质雄性不育系和保持系的花药为材料，对线粒体蛋白质和 DNA 进行了 SDS-PAGE（sodium dodecyl sulfate-polyacrylamide gel electrophoresis）、RAPD（random amplified polymorphic DNA）和 RFLP（restriction fragment length polymorphism）的分析，发现不育系线粒体基因组及其表达产物存在明显的变异，并对这些变异与不育的关系进行了探讨。

一、棉花线粒体 DNA 和蛋白质的分离与分析方法

（一）材料准备

线粒体 DNA 属细胞质遗传物质，为了避免细胞核 DNA 污染线粒体 DNA，必须先提取线粒体，然后从线粒体中分离 DNA。另外，为消除叶绿体及色素等成分的干扰，提取线粒体最常用的材料是黄化苗。棉花种子经硫酸脱绒后，用自来水冲洗和在 0.1% 氯化汞溶液中浸泡约 1h 灭菌。无菌种子播于经高压灭菌过的湿润黄沙中，在 37℃ 黑暗中发芽和生长。当黄化苗长至约 5cm 高时，剪取茎和子叶备用。

棉花花药较大，收集较方便，也是提取线粒体的良好材料。从田间取各材料的蕾，带回室内对花药进行镜检，选取造孢细胞增殖至小孢子母细胞减数分裂时期的花药备用。

（二）线粒体的分离

取 50g 上述材料，在液氮中研磨成粉状，加 200mL 匀浆缓冲液 A（1.2 mol·L^{-1} NaCl，0.05mol/L Tris-HCl，pH 8.0）匀浆 1min，用 6 层纱布过滤匀浆液，滤液经 1000g 离心 10min 后，取上清液在 16 000g 离心 45min 以沉淀线粒体。粗制线粒体悬浮于 10mL 缓冲液 B（0.3mol/L 甘露醇，0.05mol/L Tris-HCl，pH7.2，5mmol/L $MgCl_2$）中，加 DNase I 至终浓度为 50μg/mL，在 4℃ 反应 1h 以除去线粒体外的核 DNA。在 3mL 超速离心管内依次加入用缓冲液 C（10mmol/L Tris-HCl，20mmol/L EDTA，pH7.2）配制的 52% 和 36% 蔗糖溶液各 1mL，再将 1mL 粗制线粒体平铺于蔗糖液面上，用 SW60 水平转头于 35 000r/min 梯度离心 40min。收集 52% 与 36% 界面中的线粒体于另一新离心管中，加 3 倍体积的缓冲液 C 于 12 000g 离心 10min，沉淀即为纯化的线粒体。

（三）线粒体蛋白质的提取和 SDS-PAGE 的分析

将从 5g 鲜重材料获得的纯化线粒体加入 1mL 的含 10%TCA 和 0.7% β-巯基乙醇的冷（−20℃）丙酮中，搅拌后置−20℃过夜。次日 12 000r/min，4℃，离心 10min，弃上清液，沉淀用含 0.7% β-巯基乙醇的冷（−20℃）丙酮洗 1 或 2 次。再次离心取沉淀，干燥成干粉后备用。电泳时按每 1mg 加 20μL 加样缓冲液（50mmol/L Tris-HCl，pH6.8，100mmol/L 二硫苏糖醇，2%SDS，0.1% 溴粉蓝，10% 甘油），100℃煮沸 3min，12 000r/min 离心 5min 上清液用于不连续 SDS 聚丙烯酰胺凝胶电泳。蛋白质经电泳分离后，用考马斯亮蓝染色。

（四）线粒体 DNA 的提取和 PCR 扩增

从黄化苗中提取的线粒体在 15mL 缓冲液 D（100mmol/L Tris-HCl，pH8.0，50mmol/L EDTA，500mmol/L NaCl）中裂解，加 1mL 20%SDS 和 5mL 5mol/L 乙酸钾，1200g 离心，取上清液用 10mL 异丙醇沉淀 DNA，粗制 mtDNA 稍干后溶于 $T_{50}E_{10}$ 溶液，再离心去沉淀，在上清液中加 $20\mu L$ RNase（10mg/mL）以去除 RNA。然后用酚/氯仿抽提 1 或 2 次和用乙醇沉淀 DNA。DNA 经干燥后，溶于 $100\sim150\mu L$ 的 $T_{10}E_1$ 溶液，置 $-20℃$ 冰箱中备用。PCR 反应在 $25\mu L$ 体积中进行，其中含有 10mmol/L Tris-HCl（pH8.3），50mmol/L KCl，2.0mmol/L $MgCl_2$，0.001%明胶，$100\mu mol/L$ dNTP，15ng 10 聚体随机引物，25ng mtDNA，2.0 单位的 Taq 酶。扩增反应在 Perkin-Elmer 扩增仪（480 型）上进行。整个程序为 94℃ 1min，37℃ 1min，72℃ 2min，35 个循环后再在 72℃延伸 5min。扩增产物按 Promega 公司的银染测序手册中描述的方法在测序胶上电泳、染色和照相。

（五）线粒体基因的标记和 Southern 杂交

采用德国宝灵曼公司生产的 DIG DNA Labeling Kit 中的试剂和方法标记 4 个线粒体基因 $rrn26S$、$atp9$、$atp6$ 和 $coxII$。$Hind$Ⅲ 酶切的线粒体 DNA 片段经电泳分离后，转印至尼龙膜上，120℃ 烘干 15~30min。然后，用 DIG Nucleic Acid Detection Kit 中的试剂和方法，将标记的线粒体基因与印渍在尼龙膜上的 mtDNA 酶切片段进行杂交、显色和照相。

二、不育系线粒体基因组的多态性

植物细胞质雄性不育是一种母性遗传的性状，不育系的细胞质基因型，如线粒体基因型在一定程度上反映出不育系的类别。对我国 6 个棉花细胞质雄性不育系的 mtDNA 进行了 RAPD 分析。分析共采用了 60 个 10 聚体随机引物，其中至少有 3 个引物，特别是 OPAH-12 引物的 PCR 产物在不育系间存在多态性。从图 4-6 中看出，除了不育系（1~6 泳道）与保持系（7 泳道）间存在带型不同外，6 个不育系也存在明显的带型分化，即带型相似的不育系有"$中_{12}$A"、"NM-1（$中_{12}$）A"和"湘远 4-（$中_{12}$）A"，带型不同的不育系有"104-7（$中_{12}$）A"、"NM-2（$中_{12}$）A"和"NM-3（$中_{12}$）A"。除了"湘远 4-（$中_{12}$）A"

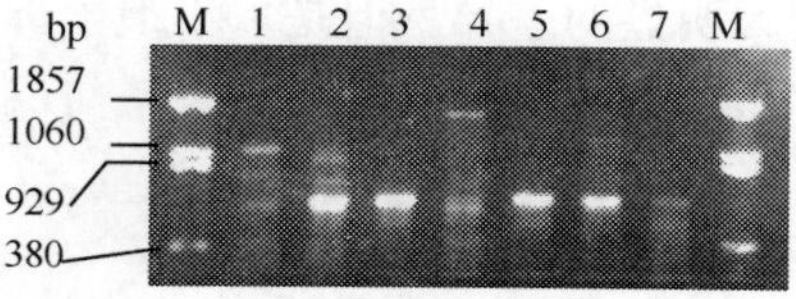

图 4-6　6 个棉花细胞质雄性不育系（1~6 泳道）和 1 个保持系（7 泳道）mtDNA 的 PCR 扩增产物的电泳图谱，随机引物为 OPAH-12（5′-TCCAACGGCT-3′）

M. 用 BstNⅠ酶切的 PBR 322 DNA；1. 104-7（$中_{12}$）A；2. NM-2（$中_{12}$）A；3. 湘远 4-（$中_{12}$）A；4. NM-3（$中_{12}$）A；5. NM-1（$中_{12}$）A；6. $中_{12}$A；7. $中_{12}$B

外，其余 5 个不育系在 mtDNA RAPD 标记上的归类基本上与前面在细胞形态学上的划分相似。同时，也表明恢保关系相同的不育系间可存在细胞质基因型的分化。

"HA277A"是引自美国的具哈克尼西棉细胞质的雄性不育系，Murthi 和 Weaver（1974）对其小孢子发生的细胞学研究认为，败育时期是在造孢细胞增殖和小孢子母细胞形成时期，与前一章的研究结果基本一致。以"HA277A"为对照，我国 6 个不育系在败育时期上可分为两类，即与对照不育系相似的以造孢细胞增殖时期败育为主的一类，以及与对照不育系存在差异的小孢子母细胞减数分裂时期败育为主的另一类。这一结果基本上也得到不育系 mtDNA 分析的佐证。然而，我们在对这些不育系进行遗传研究中发现，我国不育系育性恢复的遗传方式基本上与对照不育系的遗传方式（恢保关系）相同。这种恢保关系相同的不育系在细胞质基因型上存在差异的现象在玉米的细胞质雄性不育系 C 组中也同样存在，如 Pring 等（1980）根据 mtDNA 的 RFLP 将 C 组不育系进一步分成三个亚组：CI、CII 和 CIII。但引起细胞质基因型分化的起因是什么，尚待研究。

三、不育系线粒体蛋白质和 DNA-RFLP 的变异

试验选用具有哈克尼西棉细胞质的陆地棉核类型的雄性不育系、保持系和恢复系，即"中$_{12}$A"、"中$_{12}$B"和"中$_{12}$R"。这套"三系"是在不育系"HA277A"与恢复系"0-613-2R"杂交后代 F$_2$ 群体中，选择不育单株和高度可育单株作为非轮回亲本，用"中$_{12}$B"（作轮回亲本）分别连续回交 4 次获得，这里恢复系的细胞质类型与不育系相同。

（一）花药线粒体蛋白质的 SDS-PAGE 分析

分别从不育系、保持系和恢复系的黄化苗和花药线粒体中提取的蛋白质经电泳（图 4-7），可以看出，黄化苗线粒体蛋白质的电泳带型和带数在不育系与保持系或与恢复系之间无明显的差异。但是，小孢子母细胞减数分裂时期（不育系的败育时期）的花药线粒体蛋白质的电泳带数在不育系与保持系或与恢复系之间存在明显的差异，缺少一条约 31kDa 多肽，这条带的缺失可能是不育系线粒体基因发生变异所致，但也不排除不育系核基因的表达产物抑制了线粒体基因正常表达的可能性。与保持系或恢复系比较，不育系蛋白质的表达不在黄化苗中而在花药中显示出差异，可能是育性基因只在花药中表达所致。恢复系的细胞质与不育系一样也是哈克尼西棉细胞质，只因恢复系核内具有恢复基因才显示出的电泳带型与保持系相同，均有 31kDa 的带。由此推测，恢复系线粒体内出现的 31kDa 蛋白质可能

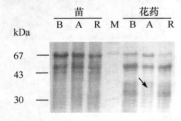

图 4-7　棉花苗和花药线粒体蛋白质的
SDS-聚丙烯酰胺凝胶电泳

A. 不育系；B. 保持系；R. 恢复系；M. 蛋白质分子质量标准。箭头示差别带

是核内恢复基因与核外线粒体基因互作的表达产物。

（二）黄化苗线粒体 DNA 的 RAPD 分析

在整个线粒体 DNA 的 RAPD 分析实验中，共采用了 103 个 10 聚体随机引物。在不育与可育黄化苗线粒体 DNA 间显示出 PCR 产物电泳带型差异的随机引物中，经 3 次重复能保持稳定带型的引物至少有 5 个，约占总引物（103 个）的 5%。图 4-8 是在引物 OPAH1 和引物 OPAH20 的引导下，不育系和保持系线粒体 DNA 的 PCR 扩增产物的电泳结果。如图箭头所示，不育系与保持系间存在着线粒体基因组的明显差异。本研究中的不育系的细胞质是哈克尼西棉细胞质，而保持系的细胞质是陆地棉细胞质，两个棉种线粒体 DNA 的 RAPD 差异正好反映了两种不同细胞质的差异。这也从 DNA 分子水平上证实哈克尼西棉细胞质与陆地棉细胞核互作（不亲和性）可能是引起雄性不育的原因。

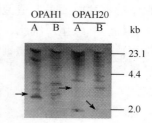

图 4-8　棉花不育系（A）和保持系
（B）线粒体 DNA 的 RAPD 图谱
OPAH1：5′-TCCGCAACCA-3′；
OPAH20：5′-GGAAGGTGAG-3′。
箭头示差别带

（三）线粒体 DNA 的 RFLP 分析

rrn26S、*atp9*、*atp6* 和 *cox II* 4 个线粒体基因（探针）与 *Hind* Ⅲ 酶切的经电泳分离的线粒体 DNA 片段进行 Southern blot 杂交。如图 4-9 所示，*rrn26S*、*atp6* 和 *atp9* 这 3 个基因作探针时，不育系与保持系间的带型和带数无明显的差异。而用 *cox II* 基因作探针时，不育系缺少 1.9kb 的杂交信号带，这条带的缺失可能是线粒体 DNA 分子内或分子间重排所致。*cox II* 是细胞色素氧化酶的亚基之一，该酶是线粒体呼吸链电子传递的组分，通过它最后催化与氧结合，是一个重要的末端氧化酶。因此，*cox II* 基因的变异引起线粒体功能的失调和导致雄性不育的可能是存在的。

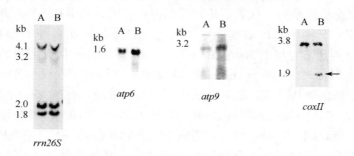

图 4-9　棉花不育系（A）和保持系（B）线粒体 DNA（经 *Hind* Ⅲ 酶切）的 RFLP 分析
探针为 *rrn26S*、*atp6*、*atp9* 和 *cox II* 基因。箭头示差别带

上述研究可以得到以下几点。

其一，棉花细胞质雄性不育与线粒体基因的变异有关，如不育与线粒体中 $cox\ II$ 基因的变异和 31kDa 蛋白质的缺失联系在一起。

其二，不育系线粒体中的 31kDa 蛋白质只有在花药中缺失，而在黄化苗中仍存在，这表明棉花细胞质雄性不育基因的表达具有严格的时空顺序。例如，反映在细胞形态学上不育系的败育时期是在造孢细胞增殖至小孢子母细胞减数分裂时期，败育的空间是在小孢子母细胞和绒毡层细胞。这种情形王学德和朱英国（1998）在水稻细胞雄性不育中也曾报道。因此，研究植物雄性不育基因的表达选择合适的研究材料（如败育时期的花药）是重要的。

其三，线粒体存在于真核生物的所有细胞中，提供细胞内生命活动所需的大部分能量，同时又是 TCA 循环、氧化磷酸化及脂肪氧化的唯一部位。线粒体在遗传上有自主性，含有一套能自我复制、转录和翻译的基因组。但线粒体中的大部分蛋白质是由核基因编码的，只有约 10% 的蛋白质是由线粒体基因编码。因此，质-核关系的协调或亲和性对线粒体执行正常功能是必需的。棉花细胞质雄性不育是通过将四倍体陆地棉的核置换到二倍体哈克尼西棉的细胞质中引起质-核不亲和性而产生。在本研究中，不育系线粒体 DNA 的 RAPD 和 RFLP 分析，及其线粒体蛋白质的 SDS-PAGE 分析，所显示出的线粒体基因组变异可能涉及线粒体功能的失调，这种失调也可能是哈克尼西棉细胞质与陆地棉细胞核间的不亲和性所致。当不育系与恢复系杂交，F_1 引入恢复基因后，线粒体蛋白质恢复正常，说明恢复基因产物可弥补不育系线粒体的缺陷。

其四，不育系的细胞质类型常与感染某种病害有关，如玉米 T 型细胞质易感染玉米 T 型小斑病，或与杂交种的丰产性有关。因此，在生产实践中，鉴别不育系的细胞质类型具有重要意义。本研究通过 RFLP 和 RAPD 分析筛选到的 10 聚体随机引物（如 OPAH1 和 OPAH20 等）和线粒体基因（$coxII$）可用于棉花不育系的细胞质的类型鉴别。

第四节　不育细胞质的遗传效应

棉花不育细胞质对杂种一代的遗传效应如何，是关系到棉花细胞质雄性不育能否成功地应用于棉花杂交种生产的重要问题，因此一直受到棉花育种工作者的高度关注。Weaver（1986）报道哈克尼西棉类型的不育细胞质对杂种一代有明显的不良影响，一般使杂交种减产 5%～8%。Schoenhals 和 Gamaway（1986）发现不育细胞与不同核基因型互作产生不同的遗传效应，既有负效应，又有正效应，有些含有哈克尼西棉花的杂种（A×R）F_1 产量比陆地棉胞质的杂种（B×R）F_1 增产 10%。韦贞国等（韦贞国和华金平，1989；韦贞国，1990，1992）则认为哈克尼西棉类型不育细胞质对杂种一代没有显著的不利影响，有的强优势杂交种产量超过推广常规品种达 15% 以上。由此可看出两个问题：其一，不育细胞质的负效应在不同的核基因型中所表达的程度有差异，表明有些不育系或恢复系中有可能存在着能减轻甚至克服这些负效应的基因，问题是如何发现和利用这些基因。其二，不育细胞质对杂种一代的负效应表现在棉花各种性状上是多种多样的，那么关键的负效应性状是哪些？又如何克服？为此，王学德和潘家驹（1997b）对哈克尼西棉雄性不育细胞质对杂种 F_1 的遗传效应进行了研究。

一、不育细胞质对胚囊育性的效应

试验选取同质（哈克尼西棉细胞质 HA）异核不育系 6 个："HA（中$_{12}$）A"、"HA（277）A"、"HA（豫 466）A"、"HA（中$_{15}$）A"、"HA（Aus）"和"HA（显无）A"，及其相应的保持系："中$_{12}$B"、"277B"、"豫 466B"、"中$_{15}$B"、"AusB"和"显无B"。用保持系花粉授粉相应不育系柱头，套麦管隔离以防其他花粉污染，6 套处理材料挂纸牌区分。取开花当天的未受精胚珠，在显微镜下测量胚珠的大小，用石蜡切片法观察胚囊育性，在吐絮棉铃中统计不孕籽率。观察发现（表 4-8），不育系与保持系间，在胚囊育性上有明显差异，表现为不育系胚珠显著减小（0.77mm³），胚囊育性有所下降（8.51%），从而导致吐絮棉铃中不孕籽率极显著提高（10.49%）。

表 4-8　不育系与保持系的胚囊育性（1993 年，南京）

项目	受精前胚珠体积 /(mm³/粒)		不孕籽率/%		受精前胚囊 异常率/%	
	平均	差值	平均	差值	平均	差值
不育系	1.11 ± 0.45	$-0.77*$	24.23 ± 9.06	$10.49**$	17.24	8.51
保持系	1.88 ± 0.28		13.74 ± 4.18		8.73	—

* 和**分别表示差异达 0.05 和 0.01 显著水平（t 测验）。

可以推知，不育细胞质不但导致雄性不育，而且具有导致部分雌性不育或育性下降的效应。据 Frankel 和 Galun（1977）评述，植物雄性不育发生在减数分裂早前期 I 的不育系，它的雌配子很有可能也有不同程度的损伤；相反，一些败育时期较晚的不育系，其雌配子总是正常可育的（Frankel and Galun，1977）。我们在第三章中已经介绍，哈克尼西棉细胞质雄性不育的发生时期很早，是在造孢细胞增殖期和花粉母细胞减数分裂时期，这种早期雄性败育引起雌配子受损是可能的。

但是，同一种不育细胞质的遗传效应在不同核基因型中的表达程度是有差异的。如表 4-9 所示，用不同保持系保持的同质异核不育系之间的不孕籽率差异很大，有的不育系的不孕籽率较低，如"HA（中$_{15}$）A×中$_{15}$B"和"HA（Aus）A×AusB"的不孕籽率分别只有 14.83% 和 14.41%，与相应的两个保持系的不孕籽率（13.43% 和 9.80%）接近；而"HA（中$_{12}$）A×中$_{12}$B"和"HA（277）A×277B"两个不育系的不孕籽率较高，分别为 34.62% 和 34.90%，比相应保持系高 1 倍以上。从表中还可看出，不孕籽率较低的保持系，可使相应不育系的不孕籽率也降低，两者有一定程度的相关（$r=0.5061$）。

不同核基因型的不育系在胚囊育性上的差异，反映了不育细胞质对不同保持系核基因型的亲和力差异，如在表 4-9 中哈克尼西棉细胞质与不同基因型陆地棉核间亲和力的差异，有些核基因型置换到不育细胞质中后质核之间亲和程度较高，另一些则较低。因此，注重不育系的质核亲和性，选择与不育细胞质亲和力高的基因型作为保持系，对于提高不育系本身的种子生产力水平，以及降低 F_1 的不孕籽率具有重要意义。

表 4-9　同质异核不育系与保持系的不孕籽率（1993 年，南京）

不育系	总观察数	不孕籽数	不孕籽率/%	保持系	总观察数	不孕籽数	不孕籽率/%
HA（中$_{12}$）A×中$_{12}$B	78	27	34.62	中$_{12}$B	1040	140	13.46
HA（277）A×277B	725	253	34.90	277B	286	52	18.18
HA（豫 466）A×豫 466B	604	135	22.35	豫 466B	242	21	8.68
HA（中$_{15}$）A×中$_{15}$B	661	98	14.83	中$_{15}$B	469	63	13.43
HA（Aus）A×AusB	465	67	14.41	AusB	102	10	9.80
HA（显无）A×显无 B	280	68	24.29	显无 B	360	38	18.89

二、不育细胞质对杂种 F_1 花药育性的效应

细胞质基因组对子代的遗传效应是通过与核基因组互作而综合反映出来的。因此，除了不同细胞质基因组外，相同细胞质在不同核背景下对子代的遗传反应是有差异的。为了消除不同核基因型之间的差异，组配三类组合，即（A×R）F_1、（R×B）F_1 和（B×R）F_1，进行三次重复的随机区组比较试验，记载花药育性的有关性状，以便在相同核背景和育性恢复的条件下比较不同细胞质（哈克尼西棉不育细胞质和陆地棉可育细胞质）对 F_1 的效应（表 4-10，表 4-11）。

表 4-10　不育细胞质对杂种一代花药性状的效应（1993～1994 年，南京）

组合（F_1）	花药育性		成熟花药的大小和生化物质含量				
	可育花粉率/%	自交结铃率/%	花药体积/（mm³/粒）	花药干重/（mg/百粒）	可溶性蛋白质/（mg/gFW）	可溶性糖/（mg/gFW）	淀粉/（mg/g FW）
1047（中$_{12}$）A×0-613-2R	86.32	54.90	3.03	29.4	26.17	30.94	25.37
0-613-2R×中$_{12}$B	86.79	37.50	2.74	28.8	22.02	24.09	27.57
中$_{12}$B×0-613-2R	87.63	61.54	3.61	30.8	24.43	27.68	22.81
104-7（中$_{12}$）A×501R	82.20	31.37	2.80	26.7	20.15	27.25	23.05
501R×中$_{12}$B	82.81	39.47	1.78	23.3	13.73	21.45	26.21
中$_{12}$B×501R	90.67	72.83	2.75	28.4	25.03	24.44	25.73
104-7（中$_{12}$）A×Z118R	83.36	24.66	2.40	24.1	16.40	22.00	25.31
Z118R×中$_{12}$B	81.61	28.00	1.81	23.9	15.67	25.67	32.81
中$_{12}$B×Z118R	89.97	53.60	3.05	27.1	20.28	24.16	37.70
HA277A×0-613-2R	89.10	29.63	1.91	25.8	20.15	26.62	43.48
0-613-2R×277B	88.67	41.24	2.52	25.3	19.15	25.99	41.10
277B×0-613-2R	89.78	60.00	3.18	29.7	23.22	26.75	38.62

续表

组合（F₁）	花药育性		成熟花药的大小和生化物质含量				
	可育花粉率/%	自交结铃率/%	花药体积/(mm³/粒)	花药干重/(mg/百粒)	可溶性蛋白质/(mg/gFW)	可溶性糖/(mg/gFW)	淀粉/(mg/gFW)
平均　不育细胞质组合(S)	85.12	35.85	2.25	25.69	19.18	25.50	30.61
可育细胞质组合(N)	89.51	61.99	3.15	29.0	23.24	25.76	31.22
S—N	−4.39	−26.14**	−0.90**	−3.31*	−4.06	−0.26	−0.61

注："0-613-2R"、"501R"和"Z811R"均具不育细胞质。

＊达显著差异水平（$P<0.05$）；＊＊达极显著差异水平（$P<0.01$）。

表 4-11　不育细胞质对杂种一代产量和品质性状的效应（1993～1994 年，南京）

组合（F₁）	产量性状				纤维品质性状		
	皮棉产量/(kg/hm²)	铃数/(个/株)	铃重/(g/铃)	衣分/%	2.5%跨距长度/mm	比强度/(g/tex)	马克隆值
1047（中₁₂）A×0-613-2R	938.49	18.70	5.64	40.87	30.25	18.05	4.40
0-613-2R×中₁₂B	996.11	19.43	5.22	42.48	30.45	19.00	4.40
中₁₂B×0-613-2R	1030.20	20.73	5.02	42.67	30.55	18.05	4.15
104-7（中₁₂）A×501R	940.50	21.60	5.08	38.88	30.60	18.50	4.25
501R×中12B	975.14	21.53	4.84	40.82	30.05	18.95	4.05
中₁₂B×501R	1067.87	21.70	5.19	40.97	30.50	19.50	4.00
104-7（中₁₂）A×Z118R	913.21	18.43	5.62	37.68	30.85	19.65	4.05
Z118R×中₁₂B	872.20	18.73	5.28	38.06	30.35	19.45	3.80
中₁₂B×Z118R	1001.33	20.37	5.28	40.39	30.40	18.90	4.10
HA277A×0-613-2R	890.84	18.80	5.22	39.19	30.15	19.55	4.20
0-613-2R×277B	984.23	20.90	5.20	39.08	30.45	18.90	4.00
277B×0-613-2R	992.18	18.93	5.82	38.97	30.70	19.45	4.05
平均　不育细胞质组合(S)	938.84	19.77	5.26	39.63	30.40	18.99	4.14
可育细胞质组合(N)	1022.90	20.43	5.33	40.75	30.54	18.98	4.08
S—N	−84.06**	−0.66*	−0.07	−1.12*	−0.14*	+0.01	+0.06

注："0-613-2R"、"501R"和"Z811R"均具不育细胞质。

＊达显著差异水平（$P<0.05$）；＊＊达极显著差异水平（$P<0.01$）。

　　在上述三类组合中，（R×B）F₁组合的细胞质等同于母本 R（恢复系）的细胞质。因恢复系的细胞质可存在不育（S）和可育（N）两种类型，为明确（R×B）F₁组合属于何类细胞质，我们对（R×B）F₂分离世代进行了育性的观察，观察（表 4-12）发现，以"0-613-2R"、"501R"和"Z811R"为母本的 F₂组合群体有育性分离，可育株与不育株的比例符合两对基因的分离比例 13∶3，表明这三个恢复系的细胞质为不育细胞质类型（S 型）。而以"中₁₂"和"277B"为母本的 F₂组合群体中无育性分离，全为可育株，故"中₁₂"和"277B"的细胞质为可育细胞质类型（N 型）。分别记上述三类 F₁组合为 S(A×R) F$_1$、S(R×B) F$_1$ 和 N(B×R) F$_1$。

表 4-12　恢复系与保持系杂交 F$_2$ 代的育性分离（1993 年，南京）

组合（F$_2$）	总观察数	可育株	不育株	χ^2 (13:3)	组合（F$_2$）	总观察数	可育株	不育株	χ^2 (1:0)
0-613-2R×中$_{12}$B	145	117	28	0.004	中$_{12}$B×0-613-2R	311	311	0	0
501R×中$_{12}$B	234	200	34	2.466	中$_{12}$B×501R	101	101	0	0
Z811R×中$_{12}$B	272	241	31	9.177**	中$_{12}$B×Z811R	219	219	0	0
					277B×0-613-2R	393	393	0	0

　　**表示该组合的育性比例极显著偏离期望比例，这是因为该组合 F$_1$ 雄配子 S(rf$_1$rf$_2$) S(rf$_1$Rf$_2$) 育性较低所致（详见本章第一节）。

　　从表 4-10 中可看出，虽然 S(A×R) F$_1$ 和 S(R×B) F$_1$ 组合的不育细胞质的不育基因由于恢复基因的互补作用使其花药育性趋向正常，但花药内花粉的可育程度仍不如 N(B×R)F$_1$ 组合，不育细胞质组合的平均可育花粉率为 85.12%，可育细胞质组合的为 89.51%，两者相差 4.39%。特别是当两类组合分别自交，反映在自交结铃率上的育性差异明显增大，不育细胞质组合的自交结铃率很低，仅为 35.85%，比可育细胞质组合（61.99%）低 26.14%，差异达极显著水平。

　　从表 4-10 中还可看出，不育细胞质对 F$_1$ 的效应反映在花药的形态性状和生化物质含量上也明显。与可育细胞质组合比较，不育细胞质组合的平均每粒花药体积小 0.90mm^3，每百粒花药干重轻 3.1mg，分别达极显著和显著差异，每克鲜花药内的可溶性蛋白质含量低 4.06mg，差异也较明显，而可溶性糖和淀粉含量在两种组合间差异不明显。

三、不育细胞质对 F$_1$ 产量和品质的效应

　　同样利用前面小节的三类组合，进行三次重复的随机区组比较试验，记载产量和品质性状，结果列于表 4-11。从表中可看出，不育细胞质对 F$_1$ 产量性状的负效应是明显的。首先，对皮棉产量的影响最大，与可育细胞质组合比较，不育细胞质组合平均产量下降 84.06kg/hm^2，在 0.05 概率水平上达到显著差异；其次，是铃数和衣分分别下降 0.66 个/株和 1.12%，在 0.50 概率水平上达到明显差异，而铃重在两种组合间差异不大。

　　不育细胞质对 F$_1$ 纤维品质的效应不十分明显，而且两种组合间的差值有增也有减，无明显规律性变化，但从平均数上看，纤维长度有下降趋势，比强度和马克隆值则有上升趋势。

四、强优势组合对不育细胞质负效应的克服

　　以 6 个不育系（"104-7A"、"湘远 4-A"、"NM-2A"、"NM-3A"、"中$_{12}$A"和

"HA277A") 与 5 个恢复系 ("0-613-2R"、"6410R"、"501R"、"Z811R" 和 "HA277R") 分别杂交（NC Ⅱ 交配），获得 27 个组合的 F_1，以 "中$_{12}$" 推广良种作为对照，共 28 个材料进行三次重复的随机区组比较试验，记载产量性状和花粉育性性状。试验结果显示：有 11 个组合比对照增产或持平，占总组合数的 40.74%，表明棉花细胞质雄性不育系与恢复系杂交，其 F_1 有产量优势。在这 11 个组合中，有 5 个组合的皮棉产量超对照幅度较大（表 4-13），湘远 4-A×0-613-2R、湘远 4-A×6410R 和中$_{12}$A×0-613-2R 组合，分别超对照 13.33%、15.62% 和 13.52%，达极显著水平。

表 4-13　强优组合和弱优组合的产量性状和育性性状（1993～1994 年，南京）

	组合（F_1）	皮棉产量/(kg/hm²)	铃数/(个/株)	铃重/(g/铃)	衣分/%	可育花粉率/%	自交结铃率/%
强优组合	湘远 4-A×0-613-2R	1110.00	22.9	5.17	41.02	90.01	66.67
	湘远 4-A×6410R	1132.44	24.2	4.86	41.60	83.96	65.24
	中$_{12}$A×0-613-2R	1111.91	20.8	5.45	42.85	88.19	65.45
	中$_{12}$A×6410R	1044.88	20.1	5.38	41.99	93.05	55.58
	NM-2A×6410R	1022.83	21.4	5.23	39.70	89.91	57.71
	比 CK 增减/%	+10.71*	+10.51*	-0.99	+2.12*	-1.93	-8.63
弱优组合	104-7A×HA227R	785.12	16.7	5.77	35.22	77.66	34.78
	湘远 4-A×HA227R	687.31	16.6	5.07	35.18	78.28	26.85
	中$_{12}$A×HA227R	761.75	19.4	5.35	34.75	60.60	21.28
	HA277A×HA227R	752.07	17.7	5.23	35.43	40.64	17.24
	NM-3A×HA227R	842.88	19.2	5.53	35.91	71.28	31.58
	比 CK 增减/%	-21.81**	-9.49	+2.28	-12.99**	-27.64**	-61.26**
	中$_{12}$（CK）	979.48	19.8	5.27	40.57	90.78	68.00

* 达显著差异水平（$P<0.05$）；**达极显著差异水平（$P<0.01$）。

比较强优势组合与弱优势组合的性状差异，还可发现：①恢复系 "0-613-2R" 和 "6410R" 具有较高的配合力，用它们所配的组合杂种第一代育性好，产量高；而以恢复系 "HA277R" 为父本的组合，杂种第一代育性较差，产量也低。我们在前面育性遗传分析时已发现，"0613-2R" 和 "6410R" 恢复系含有育性增强基因（E），而 "HA277R" 恢复系不含有 E 基因；表明强优势组合与恢复系含有 E 基因有密切关系。②强优势组合的产量与 F_1 育性呈正相关，如表 4-13 中 5 个强优势组合皮棉产量与自交结铃率的相关系数为 0.9153，达极显著水平；而且，F_1 育性的提高，除了与恢复系的恢复力正相关外，还与不育系的基因型有关，如用 "湘远 4-A" 和 "中$_{12}$A" 作为母本所配组合（F_1）的可育花粉率和自交结铃率均较高。③强优势组合皮棉产量优势主要表现在铃数和衣分的提高。

以上研究表明，棉花不育细胞质的负效应主要表现在三个方面：其一，不育细胞质不但引起雄性不育，而且还对雌配子育性有一定程度损伤，具体表现为不育系胚珠体积小、不孕籽率上升和异常胚囊增多；其二，不育系经恢复系恢复育性后，F_1花粉育性仍偏低，特别是自交结铃率显著降低，表明不育细胞质对 F_1 育性（包括雌配子育性）仍有一定的影响，也反映出恢复系对不育系的恢复力仍不够强；其三，不育细胞质对 F_1 产量的影响主要表现在结铃率较低，推测这主要是由 F_1 可育花粉率较低引起的。但是，这三方面的负效应不是绝对的，在某些情形下是有可能减轻或克服的，由表 4-9 和表 4-13 中可得出以下两点。

（1）不育细胞质对来自保持系的不同核基因型有不同的亲和力，有些保持系提供的核与不育细胞质有较高的亲和力，表现为不育系不孕籽率较低，种子生产力较高（表4-9）。

（2）不育细胞质对 F_1 育性的影响，不同的组合有不同的反应，有些组合的花粉育性接近正常，可满足双受精的需要，结铃率较高，产量优势得以表达（表 4-13）。

由此可见，棉花不育细胞质的负效应，可以通过优良的不育系和恢复系的选育，得到克服或降低到不显著。考察我国水稻细胞质雄性不育的研究和利用，也有相似之处。据报道（广西农业科学院水稻杂优组，1988；朱英国，1979；杨仁崔等，1980，1984；盛效邦和李泽炳，1986），野败型、冈型和 BT 型等不育细胞质对子代的负效应也普遍存在，但通过广泛测交的筛选，在育成的一些高产组合里，这些负效应并不引起杂交稻产量的明显降低，而且比推广常规稻显著增产，得以大面积推广种植。我国棉花细胞质雄性不育的研究和利用起步较晚，现有的不育系和恢复系水平仍较低，有不少缺陷有待克服，需要我们借鉴水稻、玉米和油菜等作物细胞质雄性不育研究和利用的成功经验，加强对棉花三系材料的研究和改良，克服不育细胞质的负效应，提高不育系的繁殖力和恢复系的恢复力，以组配出强优组合。

第五节　F_1花粉育性对高温和低温胁迫的反应

棉花是喜温作物，在适温条件下，其生理代谢随温度的升高而增强，生育进程加快，生育期缩短；但过高或过低气温常使花粉生活力下降，导致大量蕾铃脱落。三系杂交棉与常规棉比较，其花粉育性对气温敏感性更为突出，尤其在持续数天的低温或高温天气下，花药开裂不充分，不能很好地散出花粉，且含有较多的弱生活力乃至不育的花粉粒。这一方面降低三系杂交棉的结铃率，导致减产；另一方面不孕籽率上升，影响纤维品质。虽然三系杂交棉是棉花杂种优势利用的重要途径，但对上述存在的问题尚缺乏深入研究。如何提高三系杂交棉耐高温、低温胁迫的能力，已成为三系杂交棉育种的重要目标之一。

为此，倪密等（2009）研究了三系杂交棉花粉育性的变化规律，以及对高温和低温胁迫的反应，旨在明确其育性转换的上限温度和下限温度，以及育性良好的适宜温度范围，为三系杂交棉的育种与栽培提供理论依据。

一、试 验 方 法

（一）试 验 材 料

以哈克尼西棉细胞质雄性不育系"抗 A"为母本，分别与恢复系"浙大强恢"和"DES-HMF277"杂交配制而成的两个三系杂交棉组合（强恢 F_1 和弱恢 F_1），以及保持系"抗 B"（对照）。三个材料均为陆地棉（*G. hirsutum* L.）类型，其中强恢 F_1 的恢复系"浙大强恢"是用根癌农杆菌介导法育成的转 GST 基因恢复系，对不育系具有强恢复力（详见本章第六节）。

（二）试 验 方 法

试验分温室试验和田间试验两部分，均在浙江大学华家池实验农场进行。

1. 温室试验

温室内的控温装置为两台艾美特暖风机（最大功率 1800W，额定功率 1200W，最小功率 800W），以温度感应电源开关（LX-008 型温控导电表，或称电接点温度计）控温。导电表对温度变化反应灵敏，精确到 0.1℃。通过其启动或停止加热装置使温室温度在指定温度上下 0.3℃范围内浮动。

2004 年 12 月 10 日在温室播种各材料，使温室温度保持在 24～30℃，确保棉花正常出苗和生长发育。2005 年 2 月 10 日开始现蕾，3 月 10 日起陆续开花，取每个材料生长正常的棉株 10 株，用于观察记载。为适应 2～8 月气温由低向高的变化，配合室外气温进行低温至高温处理，2 月 15 日至 4 月 14 日进行低温（10～16℃）处理，4 月 15 日至 5 月 30 日进行适温（20～30℃）处理，6 月 1 日至 8 月 15 日进行高温（33～40℃）处理。观察不同温度条件下花粉育性的变化，研究其下限温度、适宜温度和上限温度。

为使花粉发育处于一个恒定的处理温度，每个处理温度恒定时期平均为 8 天。在这 8 天的恒温条件下各个材料的花粉育性差异明显。取持续恒温处理的第 8 天的花朵用于花粉育性测定。

2. 田间试验

2005 年 4 月 30 日在田间播种 3 个材料，小区面积 20m²，种植密度每公顷 42 000 株，常规田间管理。在田间放置最高气温计和最低气温计，从 2005 年 6 月 10 日至同年 11 月 20 日，逐日记录每天的最高温度和最低温度。试验以每 5 天一个气温处理，统计每 5 天的平均气温和平均最高气温。在棉花开花期，每 5 天取各个材料的花药用于可育花粉率的测定，每天对开花前一天的花蕾进行人工自交和挂牌（记录自交日期）用于测定自交结铃率和不孕籽率。

（三）花粉育性的测定

（1）可育花粉率。取翌日开花的花药于载玻片上，先加 1～2 滴联苯胺-甲萘酚试剂，再加一滴 3％过氧化氢，用镊子压碎花药使其花粉散出，染色 3min 后，显微镜下观察。每个材料观察 3 次，每次观察 10 个视野，共 700 个以上花粉粒。染色深的形态正常的花粉为可育花粉。

可育花粉率（％）＝（可育花粉粒数/总观察花粉粒数）×100％

（2）自交结铃率。2005 年 6 月 10 日至 11 月 20 日，每天对 3 个材料进行自交，记录每次所做自交的花朵数，挂牌并标明自交日期。在 11 月底，以每 5 天为一个处理，统计自交成铃数和总自交花朵数。

自交结铃率（％）＝（自交成铃数/总自交花朵数）×100％

（3）不孕籽率。与正常的棉花种子相比，不孕籽实际上是退化的未受精的胚珠，颜色较浅呈褐色或黄褐色，其表面纤维少而短。收花后，各材料每次处理（5 天）分别取 20 个挂牌的自交铃。

不孕籽率（％）＝（不孕籽数/自交铃的胚珠数）×100％

二、花粉育性的上限温度、适宜温度和下限温度

植物生长发育对温度的响应与植物体内的酶促反应对温度的响应具有相似性，都呈非线性关系。如图 4-10 所示，在温室控温条件下，强恢 F_1、弱恢 F_1 和保持系的可育花粉率与温度（10～40℃）间呈非线性关系。根据温室种植的 3 个材料在不同处理温度（T）条件下观察到的可育花粉率（Y）数据，经曲线拟合分析，得到的最高拟合度方程为 $Y=a(T-T_{opt})^2+b$，依该育性模拟方程可估算出最高可育花粉率、上限温度、适宜温度和下限温度的期望值（表 4-14），以研究三系杂交棉花粉育性对高温和低温胁迫的敏感性。

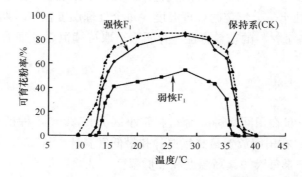

图 4-10　温室控温条件下可育花粉率的动态变化（2005 年）

强恢 F_1. 抗 A×浙大强恢；弱恢 F_1. 抗 A×DES-HMF277；保持系（CK）. 抗 B

表 4-14 各材料的最高可育花粉率、模型参数和关键温度

材料	最高花粉可育率/%	方程参数		关键温度/℃		
		$Y = a(T - T_{opt})^2 + b$	R^2	上限温度 T_{min}	最适温度 T_{opt}	下限温度 T_{max}
强恢 F_1	88.54	$Y = -0.45(T - T_{opt})^2 + 88.54$	88.30	39.2	25.2	11.2
弱恢 F_1	42.93	$Y = -0.3(T - T_{opt})^2 + 42.93$	80.46	36.8	24.8	12.7
保持系(CK)	89.12	$Y = -0.44(T - T_{opt})^2 + 89.12$	88.81	39.1	25.0	10.8
LSD	2.27**		—	0.45**	0.54^{NS}	0.49**

注:强恢 F_1. 抗 A×浙大强恢;弱恢 F_1. 抗 A×DES-HMF277;保持系(CK). 抗 B。

** 达 0.01 水平的差异显著性;NS. 未达到 0.05 水平的差异显著性。

(一) 花粉育性的适宜温度

从表 4-14 可以看出,3 个材料的最高可育花粉率所需的适宜温度基本相近,均在 25℃左右。其中,强恢 F_1 为 25.2℃,弱恢 F_1 为 24.8℃,保持系为 25.0℃。但是,在适宜温度时,不同材料的可育花粉率间存在十分明显的差异,强恢 F_1 的可育花粉率为 88.54%,与保持系(89.12%)相当,但比弱恢 F_1(42.93%)高出 45.61%。

(二) 育性转换的上限温度

在高温胁迫处理时,花粉育性随着温度的升高不断下降,直至不育,常称此时的温度为育性转换的上限温度。从表 4-15 可看出,当温室恒定在 35.5℃高温时,弱恢 F_1 育性急剧降低,可育花粉率从 30.74%下降到 9.01%,36.5℃时降至 0.56%,结合育性模拟方程所估计的期望值 36.8℃(表 4-14),记 36.0℃为弱恢 F_1 育性转换的上限温度;而强恢 F_1 的可育花粉率在 37.0℃时,降到 8.03%,40.0℃时已为 0,再根据表 4-14 的期望值 (39.2℃),记 38.0℃为强恢 F_1 的育性转换上限温度,表现出比弱恢 F_1 有更好的耐高温特性;同理,对照保持系"抗 B"育性转换的上限温度为 38.5℃,与强恢 F_1 相近。

表 4-15 在温室高温和低温处理下各材料可育花粉率的变化

材料	高温处理/%							
	33℃	35℃	35.5℃	36℃	36.5℃	37℃	38℃	40℃
强恢 F_1	71.36	64.43	52.91	39.63	30.20	8.03	2.65	0
弱恢 F_1	43.50	30.74	9.01	2.03	0.56	0	0	0
保持系(CK)	77.32	70.40	61.80	53.72	39.50	18.87	6.02	1.12

材料	低温处理/%							
	10℃	12℃	13℃	13.5℃	14℃	14.5℃	15℃	16℃
强恢 F_1	0	0	6.72	21.80	38.58	45.36	53.13	61.50
弱恢 F_1	0	0	0	2.34	12.30	27.00	32.60	41.20
保持系(CK)	1.03	18.17	26.2	36.23	48.37	60.54	66.02	73.65

注:强恢 F_1. 抗 A×浙大强恢;弱恢 F_1. 抗 A×DES-HMF277;保持系(CK). 抗 B。

（三）育性转换的下限温度

在低温胁迫处理时，花粉育性随着温度的下降而下降，如表 4-15 所示，温度低于 14℃时极大部分的花粉趋向不育。综合表 4-15 的实际观察值和表 4-14 的理论期望值，3 个材料的花粉育性转换的下限温度，弱恢 F_1 为 14.0℃，强恢 F_1 为 13.0℃，保持系为 10.0℃，与 Kakani 等（2005）结果基本一致，他们认为棉花花粉发育的最低温度应在 11.1℃左右。

三、田间气温条件下三系杂交棉育性的变化

（一）气温与 F_1 可育花粉率的关系

从图 4-11B 中看出，在 2005 年 6 月 15 日至 11 月 12 日期间，弱恢 F_1 可育花粉率明显低于强恢 F_1 和保持系，且受气温（图 4-11A）影响变幅较大，显示出对温度具有较强敏感性。在 6 月上旬，3 个材料的可育花粉率随气温上升而增加；6 月下旬至 8 月中旬进入盛夏高温天气，此时平均气温和平均最高气温分别在 33.0℃ 和 35.0℃ 以上，可育花粉率随气温上升明显下降，尤其弱恢 F_1 的可育花粉率受高温影响更大；8 月下旬开始，气温有所回落，平均气温和平均最高气温分别在 26.0℃ 和 30.0℃ 左右，强恢 F_1 和保持系的可育花粉率保持在高的水平，均在 80% 以上，而弱恢 F_1 的可育花粉率只为 50% 左右；之后气温继续下降，此时 3 个材料的可育花粉率随气温下降而降低；10 月 3～5 日连续阴雨，对棉花散粉影响大，可育花粉率都很低。

结合图 4-11A 气温变化情况，可育花粉率变化随气温变化有 5 天左右的滞后现象，且最高气温曲线与可育花粉率曲线的平行趋向比平均气温曲线更趋一致。因此，可以认为开花前数天田间最高气温对棉花可育花粉率影响更大。与低温胁迫比较，高温胁迫对三系杂交棉花粉育性的影响更明显。

（二）气温与 F_1 自交结铃率的关系

图 4-11C 横坐标的日期是花朵自交（挂牌）的日期。与可育花粉率的情形稍有不同，在多数时期强恢 F_1 的自交结铃率比保持系略高，比弱恢 F_1 高出 40% 以上。2005 年 7 月和 8 月 2 个高温时期，3 个材料的自交结铃率随气温的升高而降低；随后气温下降，它们的自交结铃率提高，9 月气温较适宜（均温 24～30℃），自交结铃率较高，为 28%～30%；随着气温继续下降，自交结铃率有所下降。10 月 3～5 日杭州大雨天气，气温从 28℃ 突降到 16.0℃，最低气温仅 13.0℃，3 个材料自交结铃率大幅降低，之后气温虽有所回升但结铃率不升反降，这可能是棉花生育期结束和衰老造成的。

结合图 4-11A 的温度曲线，3 个材料的自交结铃率变化与气温的变化趋势关系密切。高温时期气温升高，自交结铃率降低；气温较低时，随气温上升自交结铃率增加；

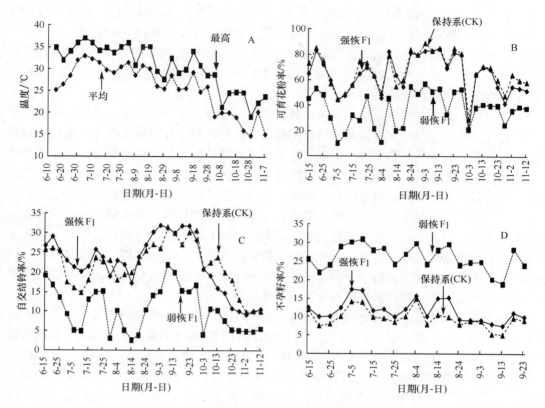

图 4-11　田间平均气温和最高气温以及 3 个材料育性动态变化

强恢 F_1. 抗 A×浙大强恢；弱恢 F_1. 抗 A×DES-HMF277；保持系（CK）. 抗 B

气温适宜时，自交结铃率相对较高。

（三）气温与 F_1 不孕籽率的关系

从图 4-11D 可以看到，各时期自交铃中的不孕籽率为保持系＜强恢 F_1＜弱恢 F_1。结合图 4-11A 的气温曲线，三者不孕籽率随气温的变化趋势相似，但稍滞后 3～5 天；6 月 25 日左右、7 月 25 日左右、8 月 10 日左右和 9 月上旬，气温适宜，不孕籽率较低；相反，7 月 5 日左右、8 月 15 日左右因遇到高温，以及 9 月下旬以后因气温不断下降，不孕籽率较高。由此可看出两点，其一是棉花不孕籽率受气温影响明显，其二是不同基因型对高温或低温的抗性存在明显差异。

四、影响花粉育性的环境因子

影响棉花花粉发育的可能因素有很多，温度、光周期、土温、空气湿度等都将对花粉的育性产生一定影响，但气温的影响最大，主要是持续高温或低温的影响更为突出。Reddy 等（1992）控温试验表明，昼夜温度 35℃/27℃ 条件下有 10％ 的棉铃和花蕾脱落，在 40℃/32℃ 高温条件下，植株上所有花芽全部脱落。余新隆和易先达（2004）报道，高温天气致使湖北种植的抗虫棉花药不同程度地不开裂，花粉发育受阻，生活力下降。洪继仁（1982）在高温年份测定花粉的萌发率，指出高温对花粉育性的影响显著。张小全等（2007）观察到海岛棉花粉对高温更敏感，持续 35℃ 左右数日，育性迅速下降，导致蕾铃脱落严重。

　　然而，三系杂交棉的花粉对高温或低温胁迫的反应更敏感，具体表现为胁迫条件下花粉育性较低引起结铃率下降和不孕籽率提高，这可能与不育系雄性败育时期过早和恢复系恢复力不够强等因素有关。但同时也发现，不同的三系杂交棉组合对高温和低温的抗性也存在明显差异，选配适当双亲的组合可克服其缺陷。扩大不育系和恢复系亲本资源，开展新材料的研究，培育高产、优质、多抗的新亲本，对于培育优良三系杂交棉组合具有深远意义。赵丽芬等（2008）引进巴基斯坦特有的抗旱、抗高温品种，通过连续杂交、选择得到表现较好的耐高温材料，具有较高的利用价值。这启示我们，三系杂交棉抗高温育种同样可以引入野生型或国外抗高温品种的遗传背景来提高三系材料在极端高温天气下的稳定性。另外，育种实践中选择耐高温、低温胁迫材料的同时，综合考虑其他各种环境因子，可获得育性更加稳定的优良材料。

　　在我国主要棉区，棉花开花期一般在 6 月初至 9 月中旬，低温胁迫天气主要发生在开花的初期（6 月初）和末期（9 月下旬），而这两个时期对于棉花的产量或质量的贡献较小；高温胁迫天气则主要出现在 7～8 月，其间长江流域棉区常有 35.0℃ 以上的高温天气出现。与低温胁迫比较，高温胁迫在我国主要棉区更普遍，持续时间更长，而且 7～8 月正是棉花生殖生长的关键时期，对棉花产量的影响更大。三系杂交棉的生产应用，以及不同省份的棉花区试和多点试验表明，长江以北、黄河流域和新疆棉区，因 7～8 月高温胁迫出现的年份相对较少，更适合种植三系杂交棉。

第六节　外源 GST 基因提高三系杂交棉花粉育性

　　不育细胞质对杂交种有负效应（第四节），尤其在高温或低温的胁迫条件下杂交种花粉活力较低（第五节），从而引起三系杂交棉（F_1）结铃率较低和不孕籽率较高。追究其原因，主要有两个方面，其一是哈克尼西棉细胞质雄性不育系败育时期过早（减数分裂时期败育），其二是恢复系的恢复力不够强。从遗传角度看，这一现象实际上是恢复基因不能彻底抑制不育基因所至。克服这一缺陷，虽然可从推迟不育系败育时期着手，但这不利于不育系的育性稳定性，因为败育时期早是育性稳定的有利条件，这一优点应保留。所以，最好还是从提高恢复系的恢复力着手，引入强恢复基因或育性增强基因。换句话说，提高三系杂交棉花粉育性，从育种角度看，就是要提高恢复系的恢复力，彻底抑制杂交种中不育基因的效应。从细胞生物学角度看，三系杂交棉花粉生活力低是雄性细胞发育不佳，过早衰老的表现。细胞衰老常伴随细胞氧化，细胞氧化常由过多活性氧积累所致（Maxwell，1999；Maxwell et al.，2002；Li et al.，2004）。抑制雄性细胞活性氧积累，对于进一步改良三系杂交棉具有重要意义。

谷胱甘肽-S-转移酶（glutathione-S-transferase，GST）是一种抗细胞氧化的酶，在提高细胞膜的修复能力和延缓细胞衰老具有重要功能，常被认为是一种抗逆性的酶（Roxas，1997）。在植物中，除草剂、病原微生物、重金属离子、盐胁迫、高温、冷害、机械损伤等都会诱导 GST 基因的表达。外源 GST 基因转化植物后常表现为 GST 的优势表达（overexpression），能提高植株的抗逆境能力。Virgina 等（1997）将一个具有 GST 酶活性的基因导入到烟草后，发现转基因植株抗冷害和抗盐害的能力明显增强。进一步研究表明，外源 GST 基因是通过优势表达，提高转基因植株 GST 酶活性，从而保护其他抗氧化酶，进而提高转基因植株的活性氧清除能力，防止逆境条件下氧应激的产生和膜脂过氧化（Virgina et al.，2000）。Yousuke Takahashi 等 1992 年从烟草的叶肉组织中克隆到一个受生长素（IAA）诱导的 GST 基因 $parB$。据研究 $parB$ 基因属 φ 类（植物 GST 酶可分为 φ、τ、θ 和 ζ 四类），具有很强的抗氧化能力。Bunichi 等（Bunichi and Richard，2000；Bunichi et al.，2001）将其导入拟南芥中，发现优势表达的转 $parB$ 植株能显著提高由重金属和 H_2O_2 诱导氧应激的抵抗能力。

植物细胞质雄性不育常与线粒体基因的突变有关，而线粒体基因突变常引起线粒体膜受损和功能的失常，以及活性氧异常积累，乃至细胞衰亡（Touzet and Budar，2004；Linke and Börner，2005）。这种受损首先发生在雄性细胞中，因它比其他细胞受环境的影响更敏感。由于三系杂交棉（F_1）含有不育细胞质，如果核恢复基因的效应不够强，不能完全修复不育细胞质中的线粒体功能缺失，或不能完全消除活性氧毒害，就有可能影响花粉的育性，导致部分花粉生活力的降低，是以往三系杂交棉存在的问题。为克服现有恢复系对不育系恢复力不够强的缺点，王学德和李悦有（2002）用根癌农杆菌介导法，将一个具有抗逆性能的谷胱甘肽-S-转移酶基因（gst）导入恢复系，在 2000 年从转化棉株后代中筛选到一个对不育系具有强恢复力的恢复系 —— “浙大强恢”，以提高三系杂交棉花粉育性。本节介绍这个转基因恢复系的选育过程及其主要特性，并对基因 gst 可能的作用机理进行探讨。

一、外源 GST 基因的转化和强恢复系的选育

（一）外源 GST 基因的转化

含基因 gst 的根癌农杆菌菌系 “EHA101-gst”，在含卡那霉素和庆大霉素的改良 LB 液体培养基中繁殖后，离心沉淀，经无抗生素的 LB 培养基洗 2 次后，置 4℃备用。在棉花恢复系 “DES-HAF277” 和 “0-613-2R” 的开花盛期，选取开花前 1～2 天的花蕾，剥去部分花瓣，露出花药，用微量注射器将 $2\mu L$ 左右的菌液小心注入每个花药，以感染花粉粒。在开花当天上午，收集处理后的花粉粒授于受体恢复系的柱头上，挂纸牌以标记。

从挂牌棉铃中收获的种子到海南岛繁殖加代，在开花期根据恢复系的花药形态及散粉程度，有选择地进行不育系与各恢复系（株行或单株）测交。当年测交种子（F_1）在杭州种植测定 F_1 可育花粉率，根据 F_1 育性高低判别恢复系对不育系的恢复力强弱。

选择强恢复系自交，再去海南岛繁殖加代、选择和测交，如此循环 2 次，以选育在遗传上稳定，并具有强恢复力的恢复系。

（二）转 GST 基因强恢复系的选育

1998 年夏在杭州获得的转基因个体（分子生物学证据详见下文）经连续 4 代自交和选择（1998 年冬在三亚，1999 年夏在杭州、冬在三亚，2000 年夏在杭州），遗传上趋于稳定。根据花药大小及其散粉程度，从群体中严格选取花药大和散粉好的个体，并通过测交决选具强恢复力的单株，并综合农艺性状的表现，最终选取 4 个株系合并成 1 个恢复系，该材料对不育系具有强恢复力，记为"浙大强恢"。

以受体恢复系"0-613-2R"和"DES-HAF277"为对照，"浙大强恢"分别与 3 个不育系"HA277A"、"中$_{12}$A"和"抗 A"杂交，用甲萘酚-联苯胺染色法测定 8 个组合的 F_1 可育花粉率，统计杭州和三亚两地（1998～1999 年）数据，获平均值列于表 4-16。从表中可看出，以"浙大强恢"为父本与不育系杂交，其 F_1 的可育花粉率达 92.12%，比以"0-613-2R"和"DES-HAF277"为父本的 F_1 可育花粉率分别高 15.2% 和 25.80%，达显著和极显著水平。从花器的表型（彩图 4-12）也可明显看出，（抗 A×浙大强恢）F_1 比对照（抗 A×0-613-2R）F_1 和（抗 A×DES-HAF277）F_1 的花器要大，且花药大，花粉多，散粉好。"浙大强恢"的恢复力比原两个受体恢复系有显著的提高，充分表明基因 gst 对不育系的育性恢复具有促进作用，也从表型上证实"浙大强恢"含有外源基因 gst。

表 4-16　"浙大强恢"与恢复系"0-613-2R"和"DES-HAF277"在恢复力上的比较

（1998～1999 年，杭州和三亚）

恢复系	对不育系的恢复力[①]/%	比 CK1 和 CK2 增加/%	比 CK3 增加/%
浙大强恢	92.12	25.80**	1.34
0-613-2R（CK1）	81.52	15.2*	−9.26
DES-HAF277（CK2）	66.32	—	−24.46**
中$_{12}$（常规良种 CK3）	90.78	—	—

① 不育系与恢复系杂交，F_1 的可育花粉率（%）。

* 达显著差异水平（$P<0.05$）；** 达极显著差异水平（$P<0.01$）。

1999 年在海南三亚，用转基因恢复系"浙大强恢"配制的 7 个组合的杂交种种子，1999 年 4～10 月在浙江省 3 个县（市）布置 5 个点进行 3 次重复的比较试验，筛选出 1 个最好的三系杂交棉组合"浙杂 166"，组合亲本为抗 A×浙大强恢。从表 4-17 可见，"浙杂 166"5 个点平均皮棉产量为 1173.6kg/hm²，比推广良种"泗棉 3 号"增产 10.6%，其中金华（Ⅰ）和兰溪（Ⅰ）各有 1 个点增产达 21.2% 和 11.6%。尤其，"浙杂 166"在浦江点比"中杂 29"（用人工去雄法制种）增产 9.8%。金华（Ⅱ）点可能由于土壤肥力不均，增产幅度与其他点偏差较大。

表 4-17　"浙杂 166"（抗 A×浙大强恢）的产量表现（1999 年）

试验点	组合（品种）	皮棉产量/(kg/hm²)	比 CK 增产/%
浦江	浙杂 166（Zheza 166）	1573.5	9.8*
	中杂 29（Zhongza 29，CK）	1432.5	—
兰溪（Ⅰ）	浙杂 166（Zheza 166）	981.0	11.6*
	泗棉 3 号（Simian No3，CK）	879.0	—
兰溪（Ⅱ）	浙杂 166（Zheza 166）	1003.5	7.6*
	泗棉 3 号（Simian No3，CK）	933.0	—
金华（Ⅰ）	浙杂 166（Zheza 166）	1080.0	21.2**
	泗棉 3 号（Simian No3，CK）	891.0	—
金华（Ⅱ）	浙杂 166（Zheza 166）	1230.0	2.6
	泗棉 3 号（Simian No3，CK）	1198.5	—
各点平均	浙杂 166（Zheza 166）	1173.6	10.6*

* 达显著差异水平（$P<0.05$）；** 达极显著差异水平（$P<0.01$）。

　　试验还表明（表 4-18），"浙杂 166"单株结铃数比对照多 3.6 个，单铃重增加 0.6g，特别是不孕籽率显著地降低了 10.1%。由于"浙大强恢"对不育系具有强的育性恢复力，用它配制的杂种 F_1（浙杂 166）花粉育性得到极显著的提高（表 4-16），从而有利于结籽率和结铃性的提高，也间接地提高了单铃重。纤维品质，除了比强度较差外，其他指标与对照无显著差异。

表 4-18　"浙大强恢"对杂种（F_1）农艺性状的效应（1999 年，金华）

杂交组合	株高/cm	单株果枝数/个	单株结铃数/个	单铃重/g	衣分/%	不孕籽率/%	纤维品质		
							长度/mm	比强度/(cN/tex)	马克隆值
抗 A×浙大强恢（浙杂 166）	113.6	21.0	9.8	4.55	40.7	6.0	29.2	19.5	4.0
抗 A×DES-HAF277（CK）	104.0	21.2	6.2	3.95	44.1①	16.1	29.1	20.3	4.7
差值	9.6	—0.2	3.6	0.6	—3.4	—10.1*	0.1	—0.8	—0.7

* 达显著差异水平（$P<0.05$）。①由于对照不孕籽率高，衣分偏高。

　　1999 年，在杭州华家池进行制种试验，在 0.13hm² 制种田中，不育系与恢复系按 1∶2 间隔种植，在开花盛期（8 月 1~30 日）放置 2 箱蜜蜂辅助传粉，配适当的治虫等田间管理措施。在自然条件下，由于传粉媒介存在，不育系花柱能得到较丰富的恢复系的花粉，从而获得较高的制种产量。如表 4-19 所示，从不育系上收获的种子（杂种 F_1）产量为 1684.5kg/hm²，虽比恢复系种子减产 274.5kg/hm²，但未达显著水平。表中还可看出，不育系单铃重比恢复系要低，其原因是不育系不孕籽较多，比恢复系高 6.2%。

表 4-19　三系杂交棉的制种产量（1999 年，杭州）

项目	单株铃数/个	单铃重/g	不孕籽率/%	子棉产量 /(kg/hm²)	种子产量 /(kg/hm²)
从不育系上收获	15.62	3.80	20.2	2562.0	1684.5
从恢复系上收获	14.52	4.81	14.0	3517.5	1959.0
差值	1.10	−1.01*	6.2**	−955.5*	−274.5

＊达显著差异水平（$P < 0.05$）；＊＊达极显著差异水平（$P < 0.01$）。

（三）转基因恢复系的分子检测

本研究所采用的根癌农杆菌重组菌株是 EHA101-*gst*，是个二元载体系统，含 35S 启动子和终止子的基因 *gst* 插在二元载体 pCGN1580 的 T-DNA 左右臂之间。为检测"浙大强恢"外源基因 *gst* 的存在和表达程度，用 *Hind*Ⅲ酶切载体，低熔点琼脂糖凝胶电泳分离和回收基因 *gst* 片段，该片段作为 Southern 和 Northern 杂交的探针。从图 4-13A 的 Southern 杂交中可看出，转基因恢复系"浙大强恢"虽与它的受体恢复系"DES-HAF277"相似，在基因组 DNA 中均含有与基因 *gst* 同源的序列，但杂交信号所显示的谱带范围较宽；据报道谷胱甘肽-*S*-转移酶（glutathione-*S*-transferase，GST）在植物基因组中是一个酶的异质家族（a heterogeneous family of enzymes），由序列相似的多基因编码（Dixon et al.，2002）。从而可以假设，转化受体（DES-HAF277）的内源基因 *gst* 序列在基因组中是多次重复的。因此，当个别外源 *gst* 序列随 T-DNA 整合在 DES-HAF277 染色体后获得的转化体（"浙大强恢"）与非转化体（DES-HAF277）间杂交信号的差异不明显。然而，从图 4-13B 的 Northern 杂交中可看出，"浙大强恢" *gst* 的表达程度明显地高于"DES-HAF277" *gst* 的表达。基因 *gst* 在转基因恢复系中的高效表达，说明"浙大强恢"恢复力的提高与外源基因的高效表达相关，也就证实了"浙大强恢"含有外源基因 *gst*，这些都与表型检测是一致的（表 4-16 和彩图 4-12）。基因 *gst* 在"浙大强恢"中的高效表达，是由于重组 T-

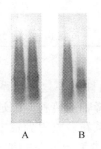

图 4-13　恢复系中外源基因的检测

A. Southern 杂交，探针（*gst*）与 *Eco*R Ⅰ 消化的"浙大强恢"（左）和"DES-HAF277"（右）基因组 DNA 杂交；B. Northern 杂交，探针（*gst*）与"浙大强恢"（左）和"DES-HAF277"（右）花药的总 RNA 杂交

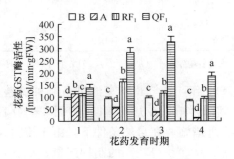

图 4-14　花药 GST 酶活性

B. 保持系"JiB"；A. 不育系"JiA"；QF₁. JiA×浙大强恢；RF₁. JiA×DES-HAF277；1. 造孢细胞增殖期花药；2. 减数分裂期花药；3. 小孢子单核期花药；4. 成熟花粉粒期花药；同一组织或时期数据上的不同字母表示差异达显著水平（$P < 0.05$），后同

DNA 整合到棉花基因组中引起，还是由于外源基因 *gst* 与棉花内源基因 *gst* 的协同作用引起，虽然尚未清楚，但是 *gst* 对"浙大强恢"细胞质不育基因补偿作用有提高，或对其核恢复基因表达有促进，均是可能的。

为进一步检测"浙大强恢"的外源基因表达，朱云国（2005）测定了不育系（A）、保持系（B）、"浙大强恢"所配强育性 F_1（QF_1）和"DES-HAF277"所配弱育性 F_1（RF_1）4 个材料的花药 GST 酶活性。从图 4-14 可看出，"浙大强恢"所配的强育性 F_1（QF_1）在 4 个花药发育时期均表现出最高的酶活性，其次是保持系"JiB"和受体恢复系"DES-HAF277"所配的弱育性 F_1（RF_1），不育系"JiA"花药 GST 活性除了在造孢细胞增殖期，其余几个时期均是最低的。这一 GST 酶活性测定结果与 GST 基因转录量水平有相似的变化趋势。

二、"浙大强恢"GST 基因的转录特征

为了解 GST 基因在"浙大强恢"中的转录特征，朱云国（2005）采用荧光实时定量 RT-PCR 的方法，以不育系（A）、保持系（B）、"DES-HAF277"所配 F_1（RF_1）和"浙大强恢"所配 F_1（QF_1）4 个材料的幼叶、柱头、花瓣、花药、胚珠和子房的不同组织 RNA 为模板，用 GST 基因的保守序列为引物，对 GST 基因的转录产物进行定量测定，主要结果如下。

（一）不同材料花药中 GST 基因的转录特征

如图 4-15 所示，在 4 个材料 4 个发育时期的花药中，GST 基因的相对转录量，可以看出两点。一是 *gst* 转录量在花药的发育进程中的变化趋势的差异，保持系缓慢增加，不育系一直下降（先快后慢），"DES-HAF277"和"浙大强恢"所配 F_1 都先上升后下降。二是 *gst* 转录量，除了在造孢细胞增殖期外，在"浙大强恢"所配 F_1 花药中明

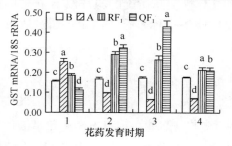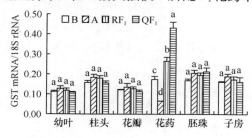

图 4-15　4 个材料 GST 基因的相对转录量

B. 保持系"JiB"；A. 不育系"JiA"；QF_1. JiA×浙大强恢；RF_1. JiA×DES-HAF277；1. 造孢细胞增殖期花药；2. 减数分裂期花药；3. 小孢子单核期花药；4. 成熟花粉粒期花药；同一组织或时期数据上的不同字母表示差异达显著水平（$P<0.05$）。GST 基因上游引物：5′-GGGCTGCTTATCTTGACGAC-3′，下游引物：5′-CTTGCATCCTCTCCTTCAGC-3′；内参基因为 18S rRNA 基因，上游引物：5′-CGTCCCTGCCCTTTG-TACA-3′，下游引物：5′-AACACTTCACCGGATTCA-3′

显高于其他材料的花药，尤其在减数分裂期和小孢子单核期的花药中更显著。这一结果与前节所述花药育性的测定和 Northern 杂交的结果基本一致，即在育性好的花药中GST 基因表达的水平较高。

在造孢细胞增殖期"浙大强恢"所配 F_1 显示出的低转录量可能与花药活性氧较低（活性氧代谢见本节的三和第五章）对 GST 基因表达的诱导相对不足有关。随着花药的发育，"浙大强恢"所配 F_1 花药进入减数分裂期和小孢子单核期，表现出 GST 基因的转录量显著高于"DES-HAF277"所配 F_1 的特点，显然是与 F_1 是否含有外源 GST 基因有关；因为"DES-HAF277"所配 F_1 不含外源 GST 基因，缺少与内源 GST 基因协同表达，使总 GST 表达水平不及"浙大强恢"所配 F_1。

（二）不同材料不同组织中 GST 基因的转录特征

从图 4-15 中可看出，幼叶、柱头、花瓣、花药、胚珠和子房 6 种组织的 GST 基因转录量，花药（小孢子单核期）为最高，平均比幼叶高 157%，其次是柱头、胚珠和子房，平均比幼叶高 52%，幼叶和花瓣则较低。而且，花药 GST 基因转录量在 4 个材料间的差异也是最明显的，"浙大强恢"所配 F_1 花药的 GST 基因转录量，比保持系、不育系和受体恢复系"DES-HAF277"所配 F_1 花药分别高 2.5 倍、6.6 倍和 1.6 倍，均达极显著差异。这表明外源 GST 基因在花药中有优势表达的特点，尤其在强育性的花药中。

三、外源 GST 基因对杂种 F_1 花药的生理效应

外源 GST 基因的导入除了使"浙大强恢"所配制的杂种 F_1 花粉育性提高外，是否还会引起其他生理生化性状的变化（一因多效）。为此，朱云国（2005）以保持系和不育系为对照，对"浙大强恢"所配的强育性 F_1 和受体恢复系所配的弱育性 F_1 花药的活性氧产生速率、抗氧化酶活性、呼吸速率、抗氰呼吸等指标进行了测定，通过比较分析，以研究外源 GST 基因对杂种 F_1 的生理作用。

（一）外源 GST 基因在降低杂种 F_1 花药活性氧产生速率的作用

活性氧（reactive oxygen species，ROS）是由氧形成，含氧而且有高度化学活性的几种分子的总称，除超氧阴离子活性氧（O_2^-）、过氧化氢（H_2O_2）、羟基活性氧（$OH\cdot$）和单线态氧（$^1O_2$）以外，还包括脂质过氧化的中间产物 $LO\cdot$、$LOO\cdot$ 和 $LOOH$；其中 O_2^- 是所有活性氧的源头。线粒体呼吸链的电子漏是细胞中超氧阴离子主要恒定来源，构成生物体中 O_2^- 生产量的 95% 以上。

正常情况下，生物体内活性氧的产生与消除处于动态平衡状态，且处于低浓度水平。微量活性氧在某些生理现象的调控中发挥着重要的作用（Inze and Montagu，

1995；王海涛等，2001）。但是，如果生物体内活性氧产生和清除失去了平衡，会造成活性氧的积累，产生氧应激。过量活性氧会启动线粒体膜脂过氧化，提高线粒体内膜通透性，引起线粒体膨胀、结构和功能的损害（Laganiere and Yu，1993）。雄性细胞受环境影响比其他细胞更敏感，活性氧的过量积累首先使雄性细胞活性降低乃至死亡。GST 是清除活性氧的一种抗氧化酶，虽然前面我们已了解到外源 GST 基因的导入可提高花药 GST 基因的转录水平及其酶活性，但是它能否通过抑制活性氧的产生来提高杂种花粉育性尚需研究。为此，我们进行了如下测定和分析。

　　如图 4-16A 所示，保持系（JiB）、不育系（JiA）、"浙大强恢"所配的杂种（JiA×浙大强恢）F_1（QF_1）和受体恢复系所配的杂种（JiA×DES-HAF277）F_1（RF_1）的 4 个材料花药 O_2^- 的产生速率在 4 个花药发育时期存在明显差异。其中，不育系在前 2 个时期 O_2^- 的产生速率为最高，分别是保持系的 416.1% 和 878.1%，均达极显著水平；"DES-HAF277"所配 F_1 在后 2 个时期极显著地高于保持系，分别是保持系的 267.1% 和 121.8%；"浙大强恢"所配 F_1，与保持系比较，差异明显缩小，分别为保持系的 102.2%、136.1%、125.3% 和 104.1%。

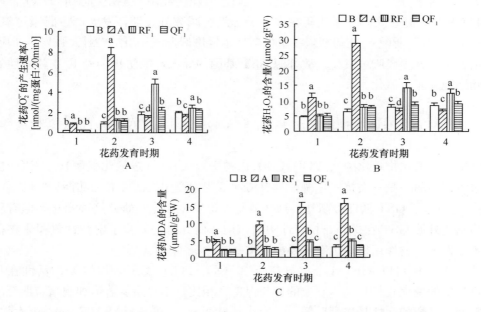

图 4-16　4 个材料 4 个时期花药 O_2^- 的产生速率、H_2O_2 的含量和 MDA 的含量

B. 保持系"JiB"；A. 不育系"JiA"；QF_1. JiA×浙大强恢；RF_1. JiA×DES-HAF277；1. 造孢细胞增殖期，2. 减数分裂期，3. 小孢子单核期，4. 成熟花粉粒期；同一时期数据上的不同字母表示差异达显著水平（$P<0.05$）

　　H_2O_2 也是一种活性氧，在花药发育过程中花药 H_2O_2 含量的变化趋势，与上述的 O_2^- 产生速率类似（图 4-16B）。不育系花药 H_2O_2 含量，在前两个时期极显著地提高，分别是保持系的 233.1% 和 438.2%；"DES-HAF277"所配 F_1 花药 H_2O_2 含量，在后两个时期显著提高，分别是保持系的 181.6% 和 147.1%；"浙大强恢"所配 F_1 花药 H_2O_2 含量，与保持系相差不大，分别是保持系的 103.9%、120.2%、110.1% 和 104.1%。

　　丙二醛（malondialdehyde，MDA）是膜脂过氧化的产物，常被用作膜脂过氧化的指标。MDA 还可使膜蛋白及酶分子发生聚合和交联，引起膜结构和生理完整性的破坏。如图 4-16C 所示，在 4 个时期，不育系分别是保持系的 211.3%、405.1%、524.7% 和 478.1%，均达显著差异；"DES-HAF277" 所配 F_1 分别是保持系的 100.7%、104.9%、163.1% 和 148.2%，前两个时期差异不显著，后两个时期均达显著差异；"浙大强恢" 所配 F_1 在 4 个时期与保持系均无显著差异。

　　上述 O_2^-、H_2O_2 和 MDA 在 4 个材料间的差异主要发生在花药中，在叶片中无显著差异。

　　综合上述可以看出，由于不育基因的作用，不育系花药 O_2^- 的产生速率、H_2O_2 和 MDA 含量显著高于正常，特别在小孢子母细胞减数分裂期，不育系花药有大量的活性氧积累。不育系与受体恢复系杂交，因恢复基因的导入，虽能降低杂种 F_1 花药 O_2^- 的产生速率，但仍高于正常水平，"DES-HAF277" 所配 F_1 花药在单核期仍有较多 H_2O_2 和 MDA 积累；外源 GST 基因的导入，能进一步降低杂种 F_1 花药 O_2^- 的产生速率，使它们恢复到正常或十分接近正常，"浙大强恢" 所配 F_1 花药在单核期虽有少量 H_2O_2，但没有 MDA 积累。这说明不育系花药在小孢子母细胞减数分裂期，发生严重膜脂过氧化，"DES-HAF277" 所配 F_1 花药细胞在单核期发生轻度膜脂过氧化，"浙大强恢" 所配 F_1 花药细胞没有发生膜脂过氧化。故外源 GST 基因的导入，能防止杂种 F_1 花药活性氧的积累和细胞膜脂过氧化。

（二）外源 GST 基因在提高杂种 F_1 花药 SOD、POD、CAT 和 APX 活性的作用

　　SOD（超氧化物歧化酶）、POD（过氧化物酶）、CAT（过氧化氢酶）、APX（抗坏血酸过氧化物酶）是一类抗氧化酶，具有清除细胞中产生的活性氧的功能。"浙大强恢" 所配 F_1 花药除了 GST 活性提高外，这些酶是否也发生变化？研究这种变化不但有利于进一步阐述外源 GST 在提高花粉育性中的作用，而且对进一步了解活性氧积累在植物雄性不育发生中的作用机理也有重要的意义。

　　从图 4-17 中可以看出，4 个材料花药中 SOD、POD、CAT 和 APX 的活性在花药发育进程中的变化趋势是基本一致的。与保持系相比，不育系从造孢细胞增殖期至成熟花粉粒期，其酶的活性是先高后低，且变化是显著的。"DES-HAF277" 和 "浙大强恢" 所配 F_1，与保持系相比，在造孢细胞增殖期无明显差异；在减数分裂时期均明显增加，且增幅较一致；然而在后两个时期（小孢子单核期、成熟花粉粒期），"浙大强恢" 所配 F_1 的酶活性，不但高于保持系，而且也极显著地高于 "DES-HAF277" 所配 F_1。

　　上述 SOD、POD、CAT 和 APX 活性在 4 个材料间的差异主要发生在花药中，在叶片中无显著差异。

　　联系 GST 活性的分析，可以看出，外源 GST 基因的导入，既能显著提高杂种 F_1 花药中 GST 酶活性，同时也能提高花药中 SOD、POD、CAT 和 APX 酶的活性，表现出不同抗氧化酶的协同作用。

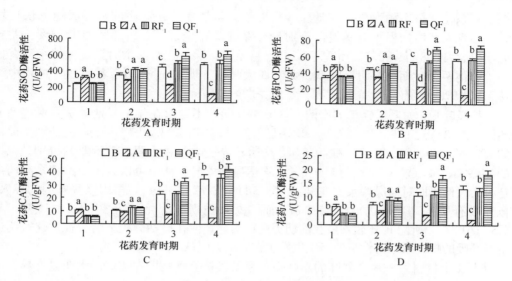

图 4-17　4 个材料 4 个时期花药 SOD、POD、CAT 和 APX 酶活性

B. 保持系 "JiB"；A. 不育系 "JiA"；QF$_1$. JiA×浙大强恢；RF$_1$. JiA×DES-HAF277；1. 造孢细胞增殖期；2. 减数分裂期；3. 小孢子单核期；4. 成熟花粉粒期；同一时期数据上的不同字母表示差异达显著水平（$P<0.05$）

（三）外源 GST 基因对杂种 F$_1$ 花药总呼吸速率和抗氰呼吸的影响

呼吸作用是重要的生命现象。呼吸速率既是表示生物体和线粒体呼吸作用强弱的指标，也是生物体和线粒体能量代谢程度的宏观表征。抗氰呼吸能减少活性氧的产生（Popov，1997；Maxwell，1999）。这是因为在氧浓度较高时，交替氧化酶对氧的亲和力比细胞色素氧化酶大，从而降低线粒体内部的氧浓度，减少线粒体中活性氧的产生。

从图 4-18A 可看出，上述 4 个材料 4 个时期花药的总呼吸速率，除了在造孢细胞增

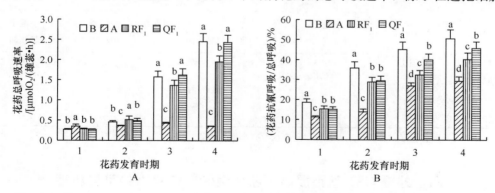

图 4-18　4 个材料 4 个发育时期花药的总呼吸速率和抗氰呼吸占总呼吸速率的比例

B. 保持系 "JiB"，A. 不育系 "JiA"，QF$_1$. JiA×浙大强恢，RF$_1$. JiA×DES-HAF277；1. 造孢细胞增殖期，2. 减数分裂期，3. 小孢子单核期，4. 成熟花粉粒期；同一时期数据上的不同字母表示差异达显著水平（$P<0.05$）

殖期不育系比保持系稍高外，在随后 3 个时期，虽然保持系花药的总呼吸速率快速增加，但不育系却增加得十分缓慢，分别只有保持系的 80.2%、27.3% 和 14.4%，差异十分明显。"DES-HAF277" 所配 F_1，与保持系比，除了在前两个时期比保持系稍有提高外，其他两个时期均有明显降低。而 "浙大强恢" 所配 F_1 在整个花药发育过程中与保持系很相似，没有明显差异。

在抗氰呼吸占总呼吸速率的比例上（图 4-18B），不育系在 4 个时期分别是保持系的60.5%、38.8%、59.5% 和 57.9%，均达显著差异；"DES-HAF277" 所配 F_1 分别是保持系的 82.7%、80.6%、71.8% 和 79.5%，均达显著差异；"浙大强恢" 所配 F_1 分别是保持系的 81.9%、82.1%、88.8% 和 90.6%，均达显著差异。从中可以看出，不育系花药抗氰呼吸大大低于同时期保持系的花药。"DES-HAF277" 所配 F_1，虽因恢复基因的导入，抗氰呼吸有所提高，但仍低于保持系。而 "浙大强恢" 所配 F_1 花药的抗氰呼吸，与"DES-HAF277" 所配 F_1 比较，虽在前期提高不明显，但在后期有极显著提高。这表明通过抗氰呼吸的提高减少活性氧的产生也发生在 "浙大强恢" 所配 F_1 花药中。

以上 4 个材料第一片全展叶的总呼吸速率及其抗氰呼吸所占比例均无明显差异。

（四）外源 GST 基因对杂种 F_1 花药细胞形态的效应

以不育系和保持系的花药为对照，用石蜡包埋、切片和海氏苏木精染色法，对 "浙大强恢" 和受体恢复系所配 F_1 的花药（5 个不同发育时期）进行了细胞形态学观察。如表 4-20 所示，"浙大强恢" 所配 F_1 和保持系一样，在花药发育过程中小孢子的发生和雄配子的形成均正常。但受体恢复系 "DES-HAF277" 所配 F_1 的雄性细胞从减数分裂期开始出现部分退化，且主要发生在小孢子单核期，同时也可观察到花药绒毡层细胞有提前退化的现象。这两种 F_1 花药在细胞形态学上的差异也反映了外源 GST 基因能促进雄配子的发育。

表 4-20　4 个材料小孢子发生与发育

项目	花药发育时期				
	造孢细胞 增值时期	小孢子母细 胞形成时期	小孢子母细胞 减数分裂时期	小孢子 单核期	小孢子 双核期
不育系 "JiA"（对照 1）	++	+++	++++	/	/
(JiA×DES-HAF277) F_1	−	−	+	++	+
(JiA×浙大强恢) F_1	−	−	−	−	−
保持系 "JiB"（对照 2）	−	−	−	−	−

注：+表示败育程度；−表示没有败育；/ 表示没有小孢子细胞。

四、外源 GST 基因提高 "浙大强恢" 恢复力的可能机理

（一）GST 的 功 能

谷胱甘肽-S-转移酶（glutathione-S-transferase，GST，EC 2. 5. 1. 18）普遍存在于

动植物中，是由 GST 基因家族编码的一类变异范围广，具有多种功能的酶。根据氨基酸序列、底物专一性以及免疫交叉反应的特征，可将 GST 酶分成不同的类。动物 GST 酶可分为 α、μ、π、σ、θ 和 ζ 6 类；植物 GST 酶可分为 φ、τ、θ 和 ζ 4 类；其中 θ 和 ζ 是植物和动物中共有，α、μ、π 和 σ 为动物特有，φ 和 τ 为植物特有。

不同类型的 GST 酶的结构，尽管不同类型的 GST 氨基酸序列差异很大，但 GST 的二级结构及高级结构是非常相似的。研究表明，在动物和植物中，GST 酶具有多种功能，主要有解毒、抗氧化和抗癌功能。植物中 GST 酶的功能，主要表现在以下几个方面（Dixon et al.，2002）：①解除外界毒素以及内源有毒代谢物的侵害；②一些 GST 是非催化载体，在激素的稳定和液泡花色素苷的汇集中起作用；③具有过氧化物酶活性，能解除羟基过氧化物的毒性；④还有些 GST 具有抑制细胞程序性死亡功能；⑤有的 GST 可作为胁迫信号蛋白；⑥GST 也在 Tyr 代谢中催化异构化作用。

20 世纪 80 年代，随着玉米中解除除草剂毒性 GST 基因的克隆，许多 GST 基因和 GST 基因类似序列从植物中被克隆出来。外源 GST 基因导入植物后，转化植株常表现为 GST 的优势表达（overexpression），能提高植株的抗逆境能力。Virgina 等（1997）将一个具有 GST 酶活性的基因导入到烟草后，发现转基因植株抗冷害和抗盐害的能力明显增强。进一步研究表明，外源 GST 基因是通过优势表达，提高转基因植株 GST 酶活性，从而保护其他抗氧化酶，进而提高转基因植株的活性氧清除能力，防止逆境条件下氧应激的产生和膜脂过氧化。

（二）活性氧毒害及其清除

活性氧（reactive oxygen species，ROS）是由氧形成，含氧而且有高度化学活性的几种分子的总称，除超氧阴离子（O_2^-）、过氧化氢（H_2O_2）、羟基活性氧（$OH \cdot$）和单线态氧（$^1O_2$）以外，还包括脂质过氧化的中间产物 $LO^{\cdot}$、$LOO^{\cdot}$ 和 LOOH；其中 O_2^- 是所有活性氧的源头。

线粒体在能量代谢、活性氧代谢和细胞程序性死亡中扮演着重要的角色。图 4-19 显示了线粒体和细胞质中活性氧的代谢。从图中可看出，线粒体呼吸链在线粒体电子传递、ATP 合成和活性氧的产生中具有重要作用；线粒体呼吸链的电子传给氧的过程中，并非所有氧分子都是通过细胞色素氧化酶的作用接受 4 个电子还原为水；在电子传递链的中途，分子氧还可在复合体 I 和 III 处接受一个单电子，被还原生成超氧阴离子（O_2^-），并通过链式反应形成对机体有损伤作用的活性氧（Takeshige and Minakami，1979；Boverise et al.，1976；Turrens et al.，1985）。正常生理条件下约有 2% 的氧分子在线粒体中生成超氧阴离子。线粒体是细胞中超氧阴离子的主要恒定来源，构成生物体中 O_2^- 生产量的 95% 以上。

正常情况下，生物体内活性氧的产生和清除处于平衡状态，从而使活性氧处于低浓度水平。微量活性氧在某些生理现象的调控中发挥着重要的作用。然而，生物体内活性氧产生和清除若失衡，会造成活性氧的积累，产生氧应激。过量活性氧会启动线粒体膜脂过氧化，提高线粒体内膜通透性，引起线粒体膨胀、结构和功能的损害（Laganiere

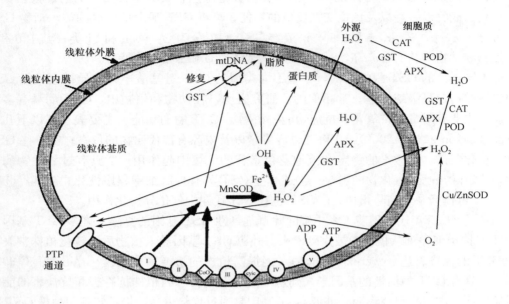

图 4-19　线粒体和细胞质中活性氧代谢示意图

and Yu，1993）；会攻击细胞色素氧化酶等线粒体中的重要酶系（Forsmark-Andree et al.，1997），使氧化磷酸化功能下降；还会攻击 mtDNA，使其发生突变（氧化损伤），进而影响到由 mtDNA 编码的与氧化磷酸化系统有关的酶和线粒体复合物多肽分子的合成；其结果是氧化磷酸化功能下降，ATP 合成减少（Guerrieri et al.，1993），有氧呼吸减弱。一旦氧化磷酸化功能开始下降，电子传递减少，底物过多，增加了辅酶 Q 和细胞色素 b 的电负性，会加速活性氧的产生，从而触发摧毁性连锁效应：新生成的活性氧进一步加重对线粒体膜、蛋白酶和 DNA 的氧化损伤，形成活性氧聚积及损伤的恶性循环。活性氧还会透过线粒体膜进入细胞质，对细胞产生一系列毒害作用。许多研究还表明，氧应激能诱导细胞程序性死亡（Lemasters et al.，1998；Ding et al.，2000；Kim et al.，2003；Le Bras et al.，2005）。

　　植物在长期的进化过程中，形成一套有效的活性氧防御系统，控制线粒体和细胞内活性氧的浓度。线粒体通过抗氰呼吸、解偶联和通道开放等方式减少活性氧的产生，通过抗氧化剂和抗氧化酶清除产生的活性氧。抗氰呼吸能降低线粒体内部的氧浓度，从而减少线粒体 O_2^- 的产生。温和解偶联导致线粒体跨膜电位的轻微下降，降低还原态辅酶 Q 的生存期，从而减少线粒体 O_2^- 的产生。通道开放能使线粒体内膜两侧的质子氢（H^+）以及呼吸作用有关的物质达到平衡，从而导致电化学梯度的崩溃和呼吸速率达到最大值，引起氧的大量消耗而不储存任何能量。线粒体基质中的抗氧化剂，如谷胱甘肽和抗坏血酸，既可直接清除活性氧，也可作为抗氧化酶类的底物，间接清除活性氧。线粒体基质中的 MnSOD 可以将 80％的 O_2^- 转化成 H_2O_2，APX 催化 H_2O_2 分解成 H_2O，GST 具有清除活性氧和修复活性氧引起的脂质过氧化和 DNA 损伤的功能，GR（谷胱甘肽还原酶）还原氧化型谷胱甘肽，DHAR（脱氢抗坏血酸原还原酶）还原脱氢抗坏血酸。总之，线粒体内活性氧清除体系的有效性降低均有可能引发氧化应激。细胞质内也存在类似情况。

编码呼吸链的线粒体基因若发生异常，会导致呼吸链产生缺陷，从而使电子传递不太通畅，使线粒体大量产生活性氧，对生物体产生危害，甚至死亡。许多研究表明细胞质雄性不育（CMS）与编码呼吸链的线粒体基因突变或表达的异常有关。Magali 等（1995）发现，烟草的两个突变体，由于缺失呼吸链复合物 I 的 nad7 基因的最后两个外显子，导致 NAD7 多肽的缺失，NAD7 多肽的缺失不至于引起细胞死亡，却足以导致花粉败育。Gutierres 等（1997）进一步研究发现，这两个 CMS 突变体，呼吸链复合物 I 还缺失 nad9 基因，所以尽管呼吸链复合物 II 正常，但整个线粒体的功能明显下降。

（三）棉花不育花药活性氧代谢的失衡

棉花 CMS 花药中活性氧代谢的失衡，集中发生在花药发育前期（造孢细胞增殖和减数分裂期），即四分体形成以前，与小孢子母细胞死亡同时发生。其主要特征有以下几点。

（1）活性氧产生快：在花药发育的造孢细胞增殖和减数分裂期，不育系花药 O_2^- 的产生速率很高，分别是保持系的 416.1% 和 878.1%（图 4-16A）。

（2）活性氧清除能力下降：不育系花药 SOD、POD、CAT、APX 和 GST 酶活性，在减数分裂期，比保持系分别下降 19.4%、23.8%、14.6%、35.9% 和 42.1%（图 4-17、图 4-14）。

（3）活性氧大量积累和膜脂过氧化：不育系花药 H_2O_2 和 MDA 含量，在造孢细胞增殖期分别比保持系高 133.1% 和 111.3%，在减数分裂期分别比保持系高 338.2% 和 305.1%（图 4-16B，C）。

（4）呼吸速率异常：不育系花药的抗氰呼吸占总呼吸速率的比例，与保持系花药比较，在造孢细胞增殖期低 39.5%，在减数分裂期低 61.2%（图 4-18B）。

（5）细胞学上的异常：光学显微镜观察发现，不育系花药在造孢细胞增殖期已出现造孢细胞退化，在减数分裂中期小孢子母细胞解体，不能形成四分体。用电子显微镜观察不育系花药的超微结构，可观察到：①在造孢细胞增殖期，造孢细胞部分线粒体出现肿胀、内嵴开始模糊、基质变淡，且细胞质开始收缩，细胞膜局部与细胞壁分离，细胞质内核糖体密度下降；②进入减数分裂后，小孢子母细胞的细胞质越来越稀薄、细胞器逐渐解体、只残留些被膜包被的同心圆团，核膜断裂、核物质解体、只残留部分核质和核仁，最终小孢子母细胞彻底解体、无四分体形成。这些败育的超微结构，与活性氧诱导的植物细胞程序性死亡的超微结构十分相似。上述不育花药的细胞形态学特点在第三章已有更详细的介绍。

结合现有的植物 CMS 理论，根据本研究光学显微镜、电子显微镜、生理生化测定和 GST 基因表达分析的结果，可以认为，哈克尼西棉细胞质雄性不育可能是活性氧损伤雄性细胞的结果，是一个由过量活性氧诱导的雄性细胞程序性死亡的过程。其途径可能是由于 mtDNA 发生变异，使其花药线粒体的呼吸电子传递链的结构与功能发生异常，从而使线粒体 O_2^- 的产生速率加快。又由于不育系花药线粒体的抗氰呼吸水平低，通过抗氰呼吸途径来减少 O_2^- 产生的能力很弱。花药线粒体 O_2^- 的产生速率太快，远远超出活性氧清除体系的清除能力，损害活性氧清除体系，使其清除能力迅速下降，造成活性氧的积累，产生氧应激，使花药内雄性细胞及其线粒体发生膜脂过氧化，诱导细胞程序性死亡。

（四）受体恢复系"DES-HAF277"恢复力不够强的原因

转基因受体恢复系"DES-HAF277"可能是恢复基因的效应较弱，它与不育系杂交后，不足以克服杂种 F_1 不育细胞质的效应，常表现为 F_1 花粉育性较差、结铃率较低和不孕籽率较高。联系上述雄性不育的可能机理，可作如下的推测：将恢复基因引入不育系后，虽然会改善花药线粒体呼吸电子传递链的结构与功能，使杂种 F_1 花药线粒体 O_2^- 的产生速率降低，抗氰呼吸能力增加，但与保持系相比，O_2^- 的产生速率仍较高（图 4-16），清除活性氧能力和抗氰呼吸仍较低（图 4-17，图 4-18），从而对雄性细胞的发育仍有影响，导致杂种花粉育性较差和结铃率较低。

（五）转 GST 基因恢复系恢复力提高的可能机理

恢复系的恢复力是通过与不育系杂交在杂种 F_1 花粉育性上表现出来的，杂种 F_1 花粉育性越好，表明其恢复系对不育系的育性恢复力越强。这里，以不育系为母本，恢复系为父本，杂交获得的杂种 F_1，其细胞质与不育系一样，是不育细胞质，它含有的不育基因被广泛认为是线粒体基因突变所致；如果这时细胞核中的恢复基因效应不足以抑制不育基因效应，就会出现诸如受体恢复系"DES-HAF277"所配杂种 F_1 的现象，不能完全恢复杂种 F_1 花粉育性，在表型上出现部分花粉的不育，在生理上表现为线粒体功能的失调和活性氧等有害物质的积累。而转 GST 基因恢复系"浙大强恢"，因外源 GST 基因的引入，以及与恢复基因的协同作用，可进一步增强其恢复力，当与不育系杂交，使杂种 F_1 花药表现为如下几个方面。

（1）抗氧化酶活性的提高："浙大强恢"中的外源 GST 基因，不但能显著提高杂种 F_1 花药中 GST 酶的活性，而且对 SOD、POD、CAT、APX 酶活性的提高也有协同作用（图 4-14，图 4-17）。这些酶活性的提高有利于清除活性氧的积累，使花药发育和小孢子形成趋于正常。

（2）活性氧产生速率的降低：外源 GST 基因的导入，能显著降低杂种 F_1 花药及其线粒体 O_2^- 的产生速率，使它们恢复到正常或十分接近正常；"浙大强恢"所配 F_1 花药及其线粒体在单核期有少量 H_2O_2 积累，但没有 MDA 积累，这说明"浙大强恢"所配 F_1 花药及其线粒体没有发生膜脂过氧化（图 4-16）。

（3）抗氰呼吸比例的提高：外源 GST 基因的导入，同时也能改善和提高杂种 F_1 花药的抗氰呼吸占总呼吸速率的比例，使它们恢复到正常或十分接近正常（图 4-18），进一步减轻活性氧等有害物质的危害。

（4）花药表型和育性趋向正常："浙大强恢"所配杂种 F_1 花药小孢子的发生以及雄配子的形成，在细胞形态学上均属正常，能产生大量壁结构完整、细胞质浓厚、细胞器丰富和具有双核的成熟花药粒。

为此，可以认为："浙大强恢"恢复力的提高是通过外源 GST 基因在杂种 F_1 的有效表达而实现的。在杂种 F_1 中，外源 GST 基因的引入，促进育性恢复基因表达，提高雄性细胞的抗氧化能力，降低活性氧积累，保护小孢子正常发育，提高花粉育性。在花药表型上，显著提高杂种 F_1 的花药数量、体积和鲜重，且花药饱满、散粉好；在农艺性状上，杂交种 F_1 结铃性好，不孕籽率低，为使杂种优势得到充分表达提供了必要条件。

参 考 文 献

广西农业科学院水稻杂优组. 1988. 水稻雄性不育细胞质对子一代主要性状的影响. 中国农业科学，4：7-12.

洪继仁. 1982. 高温对棉花器官发育和棉铃生长的影响. 中国棉花，9（5）：36-37.

倪密，王学德，张昭伟，等. 2009. 三系杂交棉花粉育性对高温和低温胁迫的反应. 作物学报，35（11）：2085-2090.

盛效邦，李泽炳. 1986. 我国杂交稻雄性不育细胞质研究的进展. 中国农业科学，（6）：12-16.

王海涛，杨祥良，徐辉碧. 2001. 活性氧的信号分子作用. 生命的化学，21（1）：39-41.

王学德，李悦有. 2002. 细胞质雄性不育棉花的转基因恢复系的选育. 中国农业科学，35（2）：137-141.

王学德，潘家驹. 1997a. 我国棉花细胞质雄性不育系育性恢复的遗传基础 II：恢复基因与育性增强基因的互作效应. 遗传学报，24：271-277.

王学德，潘家驹. 1997b. 细胞质雄性不育陆地棉的细胞质效应. 作物学报，23（4）：393-399.

王学德，张天真，潘家驹. 1996. 棉花细胞质雄性不育系育性恢复的遗传基础 I：恢复基因及其遗传效应. 中国农业科学，29（5）：32-40.

王学德，张天真，潘家驹. 1998. 细胞质雄性不育棉花小孢子发生的细胞学观察和线粒体 DNA-RAPD 分析. 中国农业科学，31（2）：73-75.

王学德，朱英国. 1998. 水稻雄性不育与可育花药的 mRNA 差别显示和 cDNA 差别片段的分析. 中国科学（C辑），28（3）：257-263.

韦贞国. 1990. 棉花三系配套研究. 中国棉花，17（3）：30.

韦贞国. 1992. 陆地棉三系杂种优势及胞质遗传效应研究. 湖北农业科学，8：1-5.

韦贞国，华金平. 1989. 棉花雄性不育恢复系的选育及"三系"杂种优势初步研究. 湖北农业科学，11：8-12.

杨仁崔，刘抗美，卢浩然. 1980. 水稻野败不育胞质对杂种一代的影响. 福建农学院学报，1（2）：1-8.

杨仁崔，刘抗美，卢浩然. 1984. 水稻冈型不育细胞质对杂种一代的影响. 中国农业科学，3：1-5.

余新隆，易先达. 2004. 高温对棉花花药开裂影响的观察. 湖北农业科学，43（2）：39.

张小全，王学德，朱云国，等. 2007. 细胞质雄性不育海岛棉的选育和细胞学观察. 中国农业科学，40（1）：34-40.

赵丽芬，李增书，眭书祥，等. 2008. 引进巴基斯坦棉花种质资源筛选及其利用研究. 河北农业科学，12（2）：88-89.

朱英国. 1979. 水稻不同细胞质类型雄性不育系的研究. 作物学报，5（4）：29-38.

朱云国. 2005. 棉花转 GST 基因恢复系恢复力提高机理的研究. 杭州：浙江大学博士学位论文.

Boverise A, Cadenas E, Stoppani A O. 1976. Role of ubiquinone in the mitochondrial generation of hydrogen peroxide. Bichem J, 156：435-444.

Bunichi E, Maki K, Masako K, et al. 2001. Different mechanisms of four aluminum (Al) -resistant transgenes for Al toxicity in *Arabidopsis*. Plant Physiol. , 127 (3): 918-927.

Bunichi E, Richard C G. 2000. Expression of aluminum-induced genes in transgenic *Arabidopsis* plants can ameliorate aluminum stress and/or oxidative stress. Plant physiology, 122 (3): 657-665.

Chen K, Meyer V G. 1979. Mutation in chloroplast DNA coding for the large subunit of fraction Ⅰ protein correlated with male sterility on cotton. J Hered, 70: 431-433.

Dasilva F D, Endrizzi J E, Stith L S. 1981. Genetic study of restoration of pollen fertility of cytoplasmic male-sterile cotton. Rev Brasil Genet, 4: 411-426.

Ding W X, Shen H M, Ong C N. 2000. Critical role of reactive oxygen species and mitochondrial permeability transition in microcystin-induced rapid apoptosis in rat hepatocytes. Hepatology, 32 (3): 547-555.

Dixon D P, Adrian L, Robert E. 2002. Plant glutathione S-transferases. Genome Biology, 3 (3): 1-10.

Forsmark-Andree P, Lee C P, Dallner G, et al. 1997. Lipid peroxidation and changes in the ubiquinone content and the respiratory chain enzymes of submitochondrial particles. Free Radic Biol Med, 22 (3): 391-400.

Frankel R, Galun E. 1977. Pollination mechanisms, reproduction and plant breeding. Monographs on Theoretical and Applied Genetics. Berlin: Springer-Verlag: 2: 215.

Galau G A, Wilikins T A. 1989. Alloplasmic male sterility in AD allotetraploid *Gossypium hirsutum* upon replacement of its residents A Cytoplasm with that of D Species *G. harknessii*. Theor Appl Genet, 78: 23-30.

Guerrieri F, Capozza G, Fratello A, et al. 1993. Functional and molecular changes in FoF1 ATP-synthase of cardiac muscle during aging. Cardioscience, 4 (2): 93-98.

Gutierres S, Sabar M, Lelandais C, et al. 1997. Lack of mitochondrial and nuclear-encoded subunits of complex I and alteration of the respiratory chain in Nicotiana sylvestris mitochondrial deletion mutants. Proc Natl Acad Sci USA, 94 (7): 3.

Inze D, Montagu M. 1995. Oxidative stress in plants. Curr. Opin. Biotechnol. , 6: 153-158.

Kakani V G, Reddy K R, Koti S, et al. 2005. Differences in *in vitro* pollen germination and pollen tube growth of cotton cultivars in response to high temperature. Annl Bot, 96: 59-67.

Kim J S, He L, Lemasters J J. 2003. Mitochondrial permeability transition: a common pathway to necrosis and apoptosis. Biochem. Biophys. Res Commun, 304 (3): 463-470.

Laganiere S, Yu B P. 1993. Modulation of membrane phospholipid fatty acid composition by age and food restriction. Gerontology, 39 (1): 7-18.

Le Bras M, Clement M V, Pervaiz S. 2005. Reactive oxygen species and the mitochondrial signaling pathway of cell death. Histol Histopathol, 20 (1): 205-219.

Lemasters J J, Nieminen A L, Qian T. 1998. The mitochondrial permeability transition in cell death: a common mechanism in necrosis, apoptosis and autophagy. Biochim. Biophys. Acta, 1366 (1-2): 177-196.

Li S Q, Wan C X, Kong J, et al. 2004. Programmed cell death during microgenesis in a Honglian CMS line of rice is correlated with oxidative stress in mitochondria. Funct Plant Biol, 31: 369-376.

Linke B, Börner T. 2005. Mitochondrial effects on flower and pollen development. Mitochondrion, 5: 389-402.

Magali P, Mathieu C, Paepe R D. 1995. Deletion of the last two exons of the mitochondrial *nad7* gene results in lack of the NAD7 polypeptide in a Nicotiana sylvestris CMS nutant. Mol Gen Genet, 248: 79-88.

Maxwell D P. 1999. The alternative oxidase lowers mitochondrial reactive oxygen production in plants cell. Proc Natl Acad Sci U S A, 96 (14): 8271-8276.

Maxwell D P, Nickels R, McIntosh L. 2002. Evidence of mitochondrial involvement in the transduction of signals required for the induction of genes associated with pathogen attack and senescence. Plant J, 29: 269-279.

Meyer V G. 1975. Male sterility from *Gossypium harknessii*. The Journal of Heredity, 66: 23-27.

Murthi A N, Weaver J B. 1974. Histological studies in five male sterile lines of upland cotton. Crop Sci, 14: 658-663.

Popov V N. 1997. Inhibition of the AOX stimulates H_2O_2 production in plant mitochondria. FEBS Lett, 415 (1): 87-

90.

Pring D R, Corde M F, Leving C S. 1980. DNA heterogeneity within the C group of maize male sterile cytoplasm. Crop Sci, 20: 159-162.

Reddy K R, Reddy V R, Hodges H F. 1992. Temperature effects on early season cotton growth and development. Agron J, 84: 229-237.

Roxas V P. 1997. Overexpression of glutathione S-transferase/glutathione peroxidase enhances the growth of transgenic tobacco seedlings during stress. Nature Biotechnology, 15: 988-991.

Schoenhals L, Gamaway J R. 1986. Cytoplasmic influence concerning hybrid cotton. Preceeding on Beltwide Cotton Conferences: 98.

Sheetz R H, Weaver J B. 1980. Inheritance of a fertility enhancer factor from Pima cotton when transfered into upland cotton with *Gosypium harknessii* Brandegree cytoplasm. Crop Sci, 20: 272-275.

Takeshige K, Minakami S. 1979. NADH- and NADPH-dependent formation of superoxide anions by bovine heart submitochondrial particles and NADH-ubiquinone reductase preparation. Biochem J, 180: 129-135.

Touzet P, Budar F. 2004. Unveiling the molecular arms race between two conflicting genomes in cytoplasmic male sterility. Trends Plant Sci, 9: 568-570.

Turrens J F, Alexandre A, Lehninger A L. 1985. Ubisemiquinone in the electron donor for superoxide formation by complex III of heart mitochondria. Arch Biochem Biophys, 237: 408-414.

Virgina P R, Roger K S, Eric R A, et al. 1997. Overexpression of glutathione S-transferase/glutathione peroxidase enhances the growth of transgenic tobacco seedlings during stress. Nature Biotechnology, 15: 988-991.

Virgina P R, Sundus A L, Daniel K G, et al. 2000. Stress tolerance in transgenic tobacco seedlings that overexpress glutathione S-transferase/glutathione peroxidase. Plant Cell Physiology, 41 (11): 1229-1234.

Weaver J B. 1977. Inheritance of pollen fertility restoration in cytoplasmic male-sterile upland cottonI. Crop Sci, 17: 497-499.

Weaver J B. 1986. Performance of open pollinated cultivars, F2's and CMS upland × upland restorers trains. Proceedings on Beltwide Cotton Conferences: 94.

Yohsuke T, Toshiyuke N. 1992. ParB: an auxin-regulated gene encoding glutathione S-transferase. Proc Natl Acad Sci USA, 89 (1): 56-59.

第五章 棉花细胞质雄性不育的生理生化基础

第三章和第四章介绍的细胞学和遗传学研究表明，棉花细胞质雄性不育基因的表达时期主要在造孢细胞增殖期和小孢子母细胞减数分裂期，表达的空间主要集中在绒毡层细胞和小孢子母细胞。不育基因的表达不但涉及花药在细胞形态学上的异常，而且也反映它在生理生化代谢上的改变。了解这些改变，不但对雄性不育机理的研究，而且对杂种优势的利用，均具有重要的指导意义。

关于棉花细胞质雄性不育的生理生化特征，国内外对此的研究，虽有一些报道，但与水稻、玉米、油菜等其他作物的大量报道比较，尚显不足。为填补其不足，我们以不育系、保持系、恢复系及其杂种为材料，从碳水化合物、蛋白质、激素、酶和活性氧等代谢角度，对棉花细胞质雄性不育的生理生化基础进行了较广泛的研究，现将其主要研究内容及其结果归纳如下。

第一节 不育花药的碳水化合物代谢

在花药组织中，各类细胞的生长与发育需要营养物质的有效供给，光合产物运输到棉花花药后，尤其在花药的药室内壁和中层细胞中有大量淀粉的积累（李正理，1979），淀粉在淀粉酶的催化下转化为可溶性糖，供花粉发育所需；如果花粉发育得不到营养物质的有效供给，花粉就会退化或死亡。本节将要讨论的是棉花细胞质雄性不育花药的碳水化合物代谢特征，并试图对这种代谢特性与雄性不育的关系进行探讨（王学德，1999，1994）。

研究以哈克尼西棉（*Gossypum harknessii* Brandegee）细胞质的陆地棉核类型的雄性不育系（中$_{12}$A）为材料，以相应保持系（中$_{12}$B）为对照，分别取不育系和保持系各发育时期的花蕾（取样时间为上午 6：00）。根据花蕾大小，并结合花药涂片法镜检，将花药整个发育时期划分为 5 个时期，即①造孢细胞增殖时期；②小孢子母细胞减数分裂时期；③四分体至小孢子释放时期；④花粉发育时期；⑤花粉成熟时期。参照这 5 个时期的花药形态特征，将各发育时期的花蕾归为相应的 5 类，供生化分析和细胞学观察用。生化测定的指标有：可溶性糖、淀粉和脂肪等物质的含量，并进行淀粉酶同工酶的电泳分析，以及用高碘酸-席夫试剂显示花药组织细胞中的淀粉粒。测定和观察发现，不育花药与可育花药比较，有如下一些重要特征。

一、淀粉积累受阻

从图 5-1 可看出，随着发育时期的进行，保持系可育花药中可溶性糖含量逐渐下降（图 5-1B），淀粉积累逐渐增多（图 5-1A），特别在小孢子母细胞减数分裂后，小孢子发育至花粉成熟过程中有大量淀粉合成。相反，不育花药中的淀粉和可溶性糖含量，从造孢细胞增殖时期起一直处于原来水平几乎不变，与可育花药形成十分明显的对比。这表明叶片等器官的光合产物运输至花药后迅速被用于淀粉等大分子化合物的合成是小孢子母细胞增殖、生长和发育所必需的。因此，我们可以推测，缺乏淀粉积累是不育花药的重要生化特征。

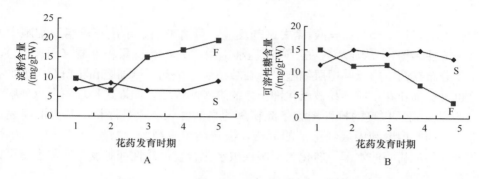

图 5-1　可育（F）和不育（S）花药在 5 个发育阶段的
淀粉（A）与可溶性糖（B）含量的变化
1. 造孢细胞增殖时期；2. 小孢子母细胞减数分裂时期；
3. 四分体至小孢子释放时期；4. 花粉发育时期；5. 花粉成熟时期

二、淀粉酶同工酶缺失和酶活性降低

开花当天的花器各部分的淀粉酶同工酶的电泳带型有很大的不同，如图 5-2A 所示，花药及其花粉的同工酶既多活性又强，柱头、胚珠和苞叶则相对少和弱。花粉的淀粉酶同工酶与花的其他各器官的同工酶带型比较，不难发现，小分子质量的同工酶（记为 Amy-1）是花粉所特有。淀粉酶又称糖化酶，能使淀粉水解成葡萄糖供细胞生长与发育所需。因此，可育花药及其花粉粒具有完整性和高活性的淀粉酶是花粉发育所必需的。

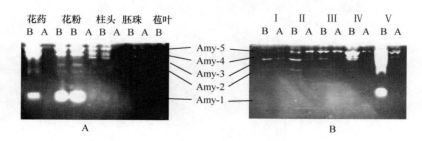

图 5-2　淀粉酶同工酶的电泳图谱
A. 可育（B）和不育（A）花药、花粉、柱头、胚珠和苞叶的电泳照片；B. 从造孢细胞增殖至花
粉成熟的 5 个发育时期（Ⅰ-Ⅵ）的可育（B）和不育（A）花药的电泳照片

从 5 个花药发育时期（图 5-2B）看，不育花药在小孢子母细胞减数分裂时期就开

始缺少淀粉酶同工酶中的一条特征带 Amy-2,随着花粉的成熟不育花药中缺少的酶带增多,如 Amy-1 和 Amy-2。再从酶带的染色程度看,不育花药淀粉酶的活性始终偏低。不育花药淀粉酶的不完整性和低活性可能与不育花药缺乏淀粉积累的诱导有关。

三、花药和花丝细胞中缺少淀粉粒

花药组织切片,经与高碘酸-席夫试剂反应,可清晰地显示出花药组织细胞中的淀粉粒(不溶性多糖)。从淀粉粒在不同类型细胞中的分布和积累程度看(图 5-3A),淀粉粒主要分布在药室内壁和中层细胞中,在绒毡层、小孢子母细胞和花粉粒中极少有积累。这也可被棉花花粉粒不易被碘化钾染色的事实所佐证。如果这种现象可以理解为绒毡层细胞以及它所包裹的雄性细胞是淀粉酶的高活性区域或是淀粉酶基因的高表达区域;那么,药室内壁和中层细胞中的淀粉,经花药组织细胞(特别是绒毡层和雄性细胞)所分泌的淀粉酶的水解,转化为可溶性碳水化合物供雄性细胞发育所需也是可以理解的。

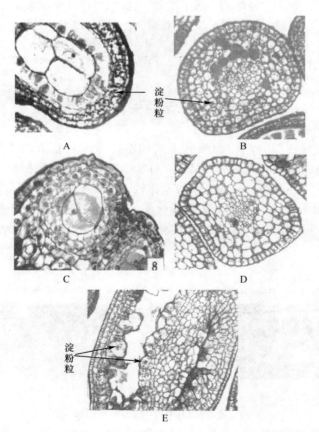

图 5-3　可育(A 和 B)与不育(C~E)花药的淀粉粒积累
A、C. 花药的横切片;B、D. 花丝的横切片;E. 花药的纵切片

不育花药和花丝细胞中缺少淀粉粒积累（图 5-3C，D），与可育花药和花丝细胞中存在大量的淀粉粒（图 5-3A，B），形成了一个很明显的对比。在同一不育花药中，两个不同状态的花粉囊室周边细胞所积累的淀粉粒量存在极明显的差异。如图 5-3E 所示，左边一个囊室（箭头所指）因其内的雄性细胞崩溃不久，药室内壁及中层细胞中尚有大量淀粉粒积累；而右边一个囊室内的雄性细胞死亡较早，在相对应的药室内壁及中层细胞中淀粉粒已消失。换言之，小孢子母细胞虽因退化或死亡降低了整个花药对营养物质的需求量，但这种需求效应在刚退化的花粉囊室周边细胞中仍有迹象存在，如仍有淀粉粒在这些细胞中积累。这些证据足以表明可育花药内雄性细胞生长发育对碳水化合物等营养物质的需求可促进淀粉酶基因的表达和活性的提高；相反，不育花药因雄性细胞的退化和死亡减少对营养物质的需求，加上花丝输导组织较差，不利于光合产物向花药运输，显示出缺乏淀粉的积累和淀粉酶的诱导（图 5-1A、图 5-2B 和图 5-3C）。

四、花药脂肪含量低和酯酶同工酶缺失

与可育花药比较，不育花药的脂肪含量从造孢细胞增殖期开始就很低，只有可育花药的一半。随着花药的发育，可育花药的脂肪含量有所提高，而不育花药一直低于可育花药，而且从四分体时期起，不育花药的脂肪含量呈下降趋势，表明不育花药脂肪合成受阻（图 5-4）。

可育花药脂酶同工酶有 3 条特征带，记为 Est-1、Est-2 和 Est-3（图 5-5）。不育花药在造孢细胞时期与可育花药在酶带上无差异，均只有 Est-1 带，但从小孢子母细胞败育时期开始 Est-1 带活性逐渐下降，并与可育花药比较还缺 Est-2 和 Est-3 两条带。到了花粉形成和成熟时期，可育花药有三条带 Est-1、Est-2 和 Est-3，而不育花药全缺，即无酯酶。

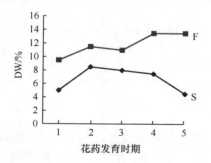

图 5-4　可育（F）和不育（S）花药在 5 个发育阶段脂肪含量的变化（王学德，1994）
1. 造孢细胞增殖时期；2. 小孢子母细胞减数分裂时期；3. 四分体至小孢子释放时期；4. 花粉发育时期；5. 花粉成熟时期

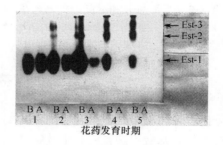

图 5-5　不育系（A）与保持系（B）花药在 5 个发育时期酯酶同工酶比较（王学德，1994）
1. 造孢细胞增殖时期；2. 小孢子母细胞减数分裂时期；3. 四分体至小孢子释放时期；4. 花粉发育时期；5. 花粉成熟时期

酯酶是催化水解各种酯键的一类酶，包括催化水解羧酸酯和磷酸酯的酶。在催化羧酸酯的酯酶中，最常见的如脂肪酶，可催化水解甘油三酯为甘油和脂肪酸。磷酸酯酶可催化水解磷酸酯键，如包括水解核酸为 5′ 核苷酸的磷酸二酯酶。所以，酯酶在花药的

脂肪代谢和核酸代谢中起重要作用，脂酶同工酶的缺失和酶活性的降低也是棉花花药败育的重要特征之一。

第二节　不育花药的蛋白质及其氨基酸组成

一、蛋白质含量偏低

从图 5-6 可看出，花药在减数分裂时期，不育花药与可育花药间的可溶性蛋白质含量就开始有很大差异，不育花药比可育花药低 37.57%，这表明不育花药组织蛋白质合成受阻。此时，花药中的小孢子母细胞正处于减数分裂时期，各种代谢均很旺盛，需要较多的蛋白质供细胞增殖和生长，而不育花药中可溶性蛋白质的缺少，使细胞分裂和生长受到影响，特别是小孢子母细胞和绒毡层细胞对蛋白质含量的缺少比药壁细胞更敏感，就有可能导致这些细胞停止分裂、增殖和生长发育，从而在表型上可看到花药既干瘪又细小（图 3-8）。

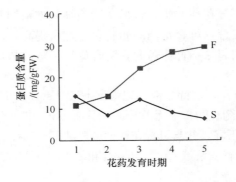

图 5-6　可育（F）和不育（S）花药在 5 个发育阶段蛋白质含量的变化（王学德，1994）

1. 造孢细胞增殖时期；2. 小孢子母细胞减数分裂时期；
3. 四分体至小孢子释放时期；4. 花粉发育时期；5. 花粉成熟时期

二、氨基酸组成异常

分析可育和不育花药在 5 个发育时期的蛋白质氨基酸后发现，蛋白质 17 种氨基酸中，有 4 种氨基酸：脯氨酸、半胱氨酸、天冬氨酸和谷氨酸，在花药各发育时期，不育与可育间它们的含量有明显差异（图 5-7）。下面，以保持系可育花药为对照，分析这 4 种蛋白质氨基酸在不育花药中的异常变化，及其与雄性败育的对应关系。

（一）脯　氨　酸

在造孢细胞增殖和小孢子母细胞减数分裂时期，可育与不育花药中的脯氨酸含量已存在差异，即可育高于不育。到了四分体和小孢子释放时期，可育花药的脯氨酸含量迅速而持续地上升，而不育花药中仍保持原来水平基本不变，在含量上两者差距不断增

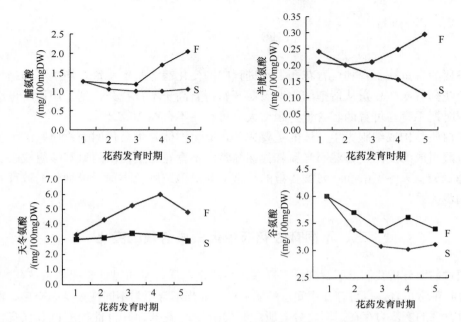

图 5-7　可育（F）与不育（S）花药在 5 个发育时期的氨基酸含量的变化（王学德，1994）
1. 造孢细胞增殖时期；2. 小孢子母细胞减数分裂时期；
3. 四分体至小孢子释放时期；4. 花粉发育时期；5. 花粉成熟时期

大，到了花粉成熟期达最大，可育花药中脯氨酸含量比不育花药中高达 92.52%。我们在不育花药的细胞学观察中已知，棉花细胞质雄性不育的败育时期主要集中于四分体形成以前的减数分裂时期，而此时不育与可育花药之间的脯氨酸含量已有明显差异，所以脯氨酸与不育系的造孢细胞及小孢子母细胞的败育有着密切的关系。

（二）半胱氨酸

半胱氨酸在花药发育进程中的变化趋势与脯氨酸相似，在可育花药中半胱氨酸含量缓慢上升，而在不育花药中则较快下降。然而，在不育花药败育主要时期，即小孢子母细胞减数分裂时期，可育与不育花药之间的半胱氨酸含量无明显差异，似乎与花药败育的关系不十分密切。只有到了小孢子释放至花粉粒形成和成熟时期可育花药中的半胱氨酸的含量显著地高于不育花药，表明半胱氨酸的功能主要在花粉粒形成和发育时期起作用，而与不育花药小孢子母细胞的败育无十分密切的关系。

（三）天冬氨酸

从造孢细胞增殖期开始，不育与可育花药之间的天冬氨酸含量就存在很大差异，可育花药一直保持很低水平，而不育花药急剧上升，到减数分裂期比可育花药高 40.58%，之后一直保持很高水平。也因不育花药在造孢细胞增殖期开始败育，不育花药的败育与天冬氨酸含量的急剧上升具有高度的同步关系。

（四）谷　氨　酸

谷氨酸含量在不育和可育花药发育进程中的变化趋势基本一致，均呈下降趋势。但是可育花药谷氨酸含量从造孢细胞增殖期开始一直高于不育花药，到了小孢子母细胞减数分裂时期不育与可育两者含量差距增大，可育比不育高 10.12%。

蛋白质是构成细胞原生质体的主要成分，原生质体是生命代谢的物质基础。蛋白质的氨基酸组成的变异，必然引起新陈代谢异常。不育花药蛋白质的氨基酸组成改变，特别是脯氨酸、天冬氨酸和谷氨酸含量的异常，与造孢细胞及小孢子母细胞的败育有着高度的同步关系。

三、不同育性花药中蛋白质含量的变化

通过前面分析我们已了解到，不育系花药的蛋白质含量明显低于保持系花药。然而，从不育到正常可育，也可存在中间态的弱育性，如当不育系与不同恢复系杂交后，由于恢复系对育性的恢复力存在强弱之分，所配制的杂种 F_1 花药，其育性程度也有强育性与弱育性之分（详见第四章）。花药育性的强弱与蛋白质含量的高低是否也存在着平行关系，朱云国（2005）做了分析。他以不育系（A）、保持系（B）、强育性杂种（QF₁）和弱育性杂种（RF₁）4 个材料的 4 个发育时期的花药为材料，进行了可溶性蛋白质含量的测定，结果如图 5-8 所示。在 4 个时期，不育系分别是保持系的 90.4%、74.4%、32.1% 和 19.2%，均达显著差异；弱育性杂种（RF₁，以"DES-HAF277"为父本的杂种）分别是保持系的 101.8%、99.4%、94.5% 和 93.9%，第 1 和第 2 时期差异不显著，第 3 和第 4 时期达显著差异；强育性杂种（QF₁，以"浙大强恢"为父本的杂种）与保持系没有显著差异。从中可以看出，由于不育基因的影响，不育系花药中可溶性蛋白质含量极显著地低于可育花药；与不育系相比，弱育性杂种花药中可溶性蛋白质含量虽然有较大幅度的提高，但尚不及强育性杂种的含量，这表明花药育性与其蛋白质含量存在较明显的正相关。

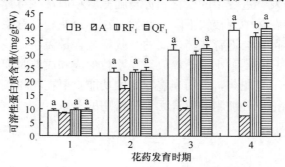

图 5-8　花药可溶性蛋白质含量

B. 保持系"JiB"；A. 不育系"JiA"；QF₁. JiA×浙大强恢；RF₁. JiA× DES-HAF277；1. 造孢细胞增殖期；2. 减数分裂期；3. 小孢子单核期；4. 成熟花粉粒期；同一时期数据上的不同字母表示差异达显著水平（$P<0.05$）

第三节　不育花药的内源激素代谢

植物激素是代谢反应的产物，它们在植物组织内普遍存在，并参与了植物生长发育中的几乎所有生理过程的调控。目前认为激素是植物信号传导的最重要的调节因子，激素处理能诱导新的 mRNA 和蛋白质的合成，说明激素的许多作用是通过调节基因表达的方式实现的。雄性不育是小孢子发育过程中育性基因表达发生改变的结果，因此研究植物激素调节育性基因的表达也是研究雄性不育机理的有效途径之一。

解海岩等（2006）以棉花细胞质雄性不育系"抗 A"、保持系"抗 B"、恢复系"浙大强恢"和杂种一代"浙杂 166"为材料，使用植物激素酶联免疫（ELISA）测定不同发育时期花药的吲哚乙酸（IAA）、赤霉素（GA₃）、玉米素核苷（ZR）和脱落酸（ABA），对其花药中激素含量的动态变化，以及与小孢子形成及其败育的关系进行了研究，为揭示棉花细胞质雄性不育的激素调控机制提供有用的信息。

一、吲哚乙酸（IAA）含量的动态变化

由图 5-9 可知，保持系、恢复系和杂种 F₁ 的可育花药吲哚乙酸（IAA）含量变化趋势一致，均是先升后降，且 IAA 含量都显著（在 $P<0.05$ 概率水平上）高于相应时期不育系的花药。对于育性正常的可育花药来说，处于小孢子母细胞减数分裂时期的花药自身的物质代谢和合成代谢十分旺盛，需要大量的物质和能量，为满足这一需要，花药组织中 IAA

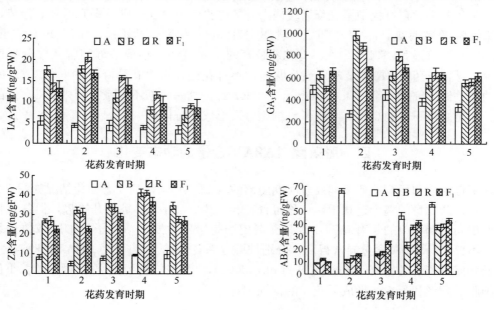

图 5-9　花药中 IAA、GA₃、ZR 和 ABA 含量的动态变化

A、B、R 和 F₁ 分别为不育系、保持系、恢复系和杂种的花药；1. 造孢细胞增殖时期；2. 小孢子母细胞减数分裂时期；3. 四分体至小孢子释放时期；4. 花粉发育时期；5. 花粉成熟时期

含量相应地剧烈增加，达到最高值，保持系 IAA 含量为 17.6ng/gFW，恢复系为 20.4ng/gFW，以及杂种一代 F_1 为 16.6ng/gFW，而在此时期不育系花药内 IAA 含量却很低，分别为保持系、恢复系和杂种一代 F_1 的 23.9%、20.6%和 25.3%，差异达极显著（$P<0.01$）。

已知 IAA 含量高的组织和器官是营养物质的输入库（Buchanan et al.，2002），在调节养分竞争方面起着重要作用；棉花 CMS 的败育时期主要集中于小孢子母细胞减数分裂期，在此时期不育花药中无淀粉粒积累，而可育花药中有大量淀粉粒积累，形成明显对照，由此可以推测低的 IAA 含量使小孢子母细胞处于饥饿状态。

二、赤霉素（GA_3）含量的动态变化

可育花药与不育花药的赤霉素（GA_3）含量，在造孢细胞增殖时期，两者差异不明显，但随着花药的发育，差异显现，如在小孢子母细胞减数分裂时期，保持系、恢复系和杂交种 F_1 中 GA_3 含量分别为前一时期的 1.6 倍、1.7 倍和 1.1 倍，但不育系 GA_3 含量呈下降趋势，仅为可育花药的 27.5%～39.3%（图 5-9）。研究标明 GA_3 能增强植物细胞壁的伸展性，促进细胞的伸长和体积的增大（Buchanan et al.，2002），我们也观察到不育花药绒毡层细胞和小孢子母细胞均很小，只有可育花药的 30%～50%，这可能与花药 GA_3 的不足有关。

三、玉米素核苷（ZR）含量的动态变化

由图 5-9 可知，不育花药发育过程中玉米素核苷（ZR）含量始终低于可育花药。不育花药整个发育过程中呈先降后缓慢上升的趋势，可育花药则是先升后降的趋势，在造孢细胞增殖时期，不育花药 ZR 含量分别是保持系、恢复系、杂种 F_1 代花药的 31.3%、31.1%和 37.2%。在不育花药败育的主要时期（小孢子母细胞减数分裂期），不育与可育花药间 ZR 含量差异最为明显，不育花药比可育花药降低约 6 倍。ZR 的主要功能是促进细胞分裂（Buchanan et al.，2002），这一时期不育系花药内 ZR 含量的亏缺，在显微镜下不能观察到小孢子母细胞分裂形成四分体。

四、脱落酸（ABA）含量的动态变化

不育花药和可育花药不同发育时期脱落酸（ABA）含量的动态变化情况如图 5-9 所示，在花药发育的整个过程中，三种可育花药 ABA 含量一直呈上升趋势，但其含量始终低于同时期相应的不育花药。尤其在造孢细胞增殖时期和小孢子母细胞减数分裂时期，不育花药 ABA 含量异常得高，分别是可育系花药的 3～6 倍。ABA 对细胞有抑制生长和促进衰老的作用（Buchanan et al.，2002），由此推测 ABA 的积累伴随着小孢子母细胞的衰老和死亡，形成无花粉的雄性不育。

五、激素代谢与雄性不育

有关植物激素与雄性不育关系的研究已有不少报道，Sawhney 和 Shukin（1994）

在总结前人关于植物激素与雄性不育关系的研究时指出，生长素含量的增加，乙烯的过度产生，脱落酸水平的提高，以及赤霉素和细胞分裂素含量的降低，均将导致植物产生雄性不育；但也有不同观点的报道，如黄厚哲（1984）发现水稻不育系 IAA 含量随着可育度的下降而下降，提出雄性不育的发生在于不育花药中的 IAA 库受到破坏而使花粉败育的观点。我们以棉花细胞质雄性不育系、保持系、恢复系和杂种 F_1 花药为材料，分析不同发育时期的花药内源激素及其细胞形态特征，分析表明在 IAA、GA_3 和 ZR 含量上不育花药低于可育花药，但在 ABA 含量上不育花药高于可育花药，这种差异在小孢子母细胞败育时期达最大值，说明花药激素异常与雄性不育密切相关。与前人研究比较，本研究在 IAA 与不育关系的结果上，与 Sawhney 等报道的不一致，但与黄厚哲等报道的基本相同。另外，王学德等（王学德等，1998；王学德，1999）报道棉花细胞质雄性不育花药具有缺少淀粉粒积累，小孢子母细胞和绒毡层细胞退化、变小、死亡，最终形成无花粉粒花药的特点，结合植物内源激素的功能（Buchanan et al.，2002），推测不育花药 IAA 含量过低使花药淀粉积累受阻，GA_3 含量不足影响小孢子母细胞和绒毡层细胞的膨大，过低的 ZR 含量使小孢子母细胞不能分裂形成四分体，过高的 ABA 含量促进小孢子母细胞退化和死亡。

关于植物激素与雄性不育发生的关系，虽然已有不少研究报道，但在调控机制上仍不清楚；Sawhney 和 Shukin（1994）认为激素含量的升高或降低直接诱发大多数植物产生雄性不育，本试验认为可能还存在另一种"内源激素调控育性基因表达"的间接调控机制。激素发生作用必须与靶细胞中受体结合，转变成胞内信号，才能启动相应的生化反应，调节特定的基因表达（倪德祥和邓志龙，1992），不难理解，在此过程中发生的异常都有可能导致植物雄性不育。例如，拟南芥 *ga1* 突变体就表现出完全的雄性不育（Jacobsen and Olszewski，1993），此突变体的赤霉素合成在 GGPP（geranylgeranyl pyrophosphate）转化为内根-贝壳杉烯的过程中受阻，内根-贝壳杉烯是赤霉素生物合成过程中关键的媒介物，而内根-贝壳杉烯的形成需要 GA_1 基因的参与，所以推测 GA_1 基因是赤霉素生物合成的一个调控位点（Sun et al.，1992）。由此可见，激素通过调控育性基因的表达导致雄性不育的调控机制，值得进一步研究。

第四节　不育花药细胞色素氧化酶的特点

细胞色素氧化酶（cytochrome oxidase，COX）是植物体呼吸链中的末端氧化酶，位于线粒体膜中，催化将电子从细胞色素 C 传到 O_2 的反应，在控制电子传递中起着很重要的作用。它调控着植物细胞的呼吸速率，并直接关系到 ATP 的生成。COX 由 13 个亚基组成，其中构成级联反应核心的最大 3 个亚基（COX Ⅰ、COX Ⅱ 和 COX Ⅲ）由线粒体基因编码，其余 10 个亚基（COX Ⅳ、COX Ⅴ a、COX Ⅴ b、COX Ⅵ a、COX Ⅵ b、COX Ⅵ c、COX Ⅶ a、COX Ⅶ b、COX Ⅶ c，和 COX Ⅷ）均由核基因编码。

蒋培东（2007）在分析 9 个线粒体基因（*atp6*、*atp9*、*nad3*、*nad6*、*nad9*、*cob*、*coxI*、*coxII* 和 *coxIII*）时发现，哈克尼西棉（*G. harknessii* Brandegee）细胞质雄性不育系"JiA"与保持系"JiB"比较，9 个基因中只有 *coxIII*（细胞色素氧化酶第三亚基

基因）发生变异，表现如下文所述。

一、不育系 *coxIII* 核苷酸酸序列发生变异

从图 5-10 的细胞色素氧化酶第三亚基基因（*coxIII*）的核苷酸测序可以看出，不育

```
CMS         ATGATTGAATCTCAGAGGCATTCTTATCATTTGGTAGATCCAAGTCCATGGCCTATTTCG 60
Maintainer  ATGATTGAATCTCAGAGGCATTCTTATCATTTGGTAGATCCAAGTCCATGGCCTATTTCG 60
            ************************************************************

CMS         GGTTCACTCGGAGCTTTGGCAACCACCGTAGGAGGTGTGATGTACATGCACCCATTTCAA 120
Maintainer  GGTTCACTCGGAGCTTTGGCAACCACCGTAGGAGGTGTGATGTACATGCACCCATTTCAA 120
            ************************************************************

CMS         GGGGGTGCAAGACTTCTAAGTTTGGGCCTCATATTTCTCCTATATACCATGTTCGTATGG 180
Maintainer  GGGGGTGCAAGACTTCTAAGTTTGGGCCTCATATTTCTCCTATATACCATGTTCGTATGG 180
            ************************************************************

CMS         TGGAGCGATGTTCTACGTGAATCCACGTTGGAAGGACATCATACCAAAGTCGTACAATTA 240
Maintainer  TGGCGCGATGTTCTACGTGAATCCACGTTGGAAGGACATCATACCAAAGTCGTACAATTA 240
            *** ********************************************************

CMS         GGACCTCGATATGGCTCTATTCTGTTCATCGTATCGGAGGTTATGTTCTTTTTTGCTTTT 300
Maintainer  GGACCTCGATATGGTTCTATTCTGTTCATCGTATCGGAGGTTATGTTCTTTTTTGCTTTT 300
            ************** *********************************************

CMS         TTTTGGGCTTCTTCTCATTCTTCTTTGGCACCTGCGGTAGAGATCGGAGGTATTGGCCC 360
Maintainer  TTTTGGGCTTCTTCTCATTCTTCTTTGGCACCTGCGGTAGAGATCGGAGGTATTGGCCC 360
            ************************************************************

CMS         CCAAAAGGGATTGGGGTTTTAGATCCTTGGGAAATCCCTTTTCTTAATACCCCTATTCTC 420
Maintainer  CCAAACGGGATTGGGGTTTTAGATCCTTGGGAAATCCCTTTTCTTAATACCCCTATTCTC 420
            ***** ******************************************************

CMS         CCTTCATCCGGAGCTGCCGTAACTTGGGCTCATCATGCTATACTCGCGGGGAAGGAAAAA 480
Maintainer  CCTTCATCCGGAGCTGCCGTAAATTGGGCTCATCATGCTATACTCGCGGGGAAGGAAAAA 480
            *********************** ************************************

CMS         CGAGCAGTTTATGCTTTAGTAGCTACCGTTTTTCTGGCTCTAGTATTCACTGGATTTCAA 540
Maintainer  CGAGCAGTTTATGCTTTAGTAGCTACCGTTTTTCTCGCTCTAGTATTCACTGGATTTCAA 540
            *********************************** ************************

CMS         GGAATGGAATATTATCAAGCACCTTTCACTATTTCGGATAGTATTTATGGTTCTACCTTT 600
Maintainer  GGAATGGAATATTATCAAGCACCTTTCACTATTTCGGATAGTATTTATGGTTCTACCTTT 600
            ************************************************************

CMS         TTCTTAGCAACTGGCTTTCATGGTTTTCATGTGATTATAGGTACTCTTTTCTTGATCATA 660
Maintainer  TTCTTAGCAACTGGCTTTCATGGTTTTCATGTGATTATAGGTACTCTTTTCTTGATCATA 660
            ************************************************************

CMS         TGTGGTATTCGCCAATATCTTGGTCATCTGACTAAAGAGCATCACGTTGGCTTTGAAGCA 720
Maintainer  TGTGGTATTCGCCAATATCTTGGTCATCTGACTAAAGAGCATCACGTTGGCTTTGAAGCA 720
            ************************************************************

CMS         GCTGCATGGTACTGGCATTTTGTAGACGTGGTTTGGTTATTCCTATTTGTCTCTATCTAT 780
Maintainer  GCTGCATGGTACTGGCATTTTGTAGACGTGGTTTGGTTATTCCTATTTGTCTCTATCTAT 780
            ************************************************************

CMS         TGGTGGGGAGGTATATGA 798
Maintainer  TGGTGGGGAGGTATATGA 798
            ******************
```

图 5-10　棉花不育系和保持系中线粒体基因 *coxIII* 的核苷酸测序的比较

系和保持系间基因编码序列大小没有差异，都为 798bp，但序列内部有 5 个碱基发生了突变。与保持系相比，不育系 *coxIII* 基因编码区的 A^{184}、C^{255}、A^{366}、C^{442} 和 G^{516} 分别被替换为 C、T、C、A 和 C。将棉花不育系 *coxIII* 基因的核苷酸序列同拟南芥、油菜、烟草和玉米等 *coxIII* 基因的核苷酸序列进行同源性比对分析，发现它们的序列同源性都高达 95%（图略）。根据核苷酸序列推定棉花 *coxIII* 基因编码 265 个氨基酸。不育系和保持系氨基酸序列非常保守，具有高度同源性。不育系 *coxIII* 基因推导的氨基酸 Ser^{62}、Lys^{122}、Thr^{148} 分别被 Arg、Asn 和 Asn 替代，而 Ser^{85} 和 Leu^{172} 因存在密码子简并现象未发生变化，不育系在 *coxIII* 基因上既发生了错义突变又发生了无义突变（图 5-11）。

```
CMS         MIESQRHSYHLVDPSPWPISGSLGALATTVGGVMYMHPFQGGARLLSLGLIFLLYTMFVW 60
Maintainer  MIESQRHSYHLVDPSPWPISGSLGALATTVGGVMYMHPFQGGARLLSLGLIFLLYTMFVW 60
            ************************************************************

CMS         WSDVLRESTLEGHHTKVVQLGPRYGSILFIVSEVMFFFAFFWASSHSSLAPAVEIGGIWP 120
Maintainer  WRDVLRESTLEGHHTKVVQLGPRYGSILFIVSEVMFFFAFFWASSHSSLAPAVEIGGIWP 120
            * **********************************************************

CMS         PKGIGVLDPWEIPFLNTPILPSSGAAVTWAHHAILAGKEKRAVYALVATVFLALVFTGFQ 180
Maintainer  PNGIGVLDPWEIPFLNTPILPSSGAAVNWAHHAILAGKEKRAVYALVATVFLALVFTGFQ 180
            * ************************* ********************************

CMS         GMEYYQAPFTISDSIYGSTFFLATGFHGFHVIIGTLFLIICGIRQYLGHLTKEHHVGFEA 240
Maintainer  GMEYYQAPFTISDSIYGSTFFLATGFHGFHVIIGTLFLIICGIRQYLGHLTKEHHVGFEA 240
            ************************************************************

CMS         AAWYWHFVDVVWLFLFVSIYWWGGI 265
Maintainer  AAWYWHFVDVVWLFLFVSIYWWGGI 265
            *************************
```

图 5-11　不育系和保持系间线粒体基因 *coxIII* 核苷酸序列推导的氨基酸序列的对比

二、不育花药 *coxIII* 表达量减少

利用 RT-PCR 方法对线粒体基因 *coxIII* 进行了转录分析和荧光定量（图 5-12），以检测它在棉花不育与可育花药发育过程中的表达差异。从图中可以看出，不育和可育花药间 *coxIII* 基因在转录水平上存在明显差异。总体上看，在整个花药发育过程中，不育系 *coxIII* 基因的表达量一直低于保持系。特别在小孢子母细胞减数分裂期和小孢子单核期，不育系花药的败育前后，不育系 *coxIII* 基因的表达量均要少于对应保持系花药，分别只有保持系的 16.9% 和 53.5%。从图中还可以看出，*actin* mRNA（阳性对照）的转录表达水平在所有的 RNA 样品中都是相对稳定的。

三、不育系细胞色素氧化酶活性降低

棉花不育系、保持系和杂种 F_1 不同组织的细胞色素氧化酶的活性如图 5-13 所示。从图中可以看出，细胞色素氧化酶的活性，在不育系、保持系和杂种 F_1 叶片之间差异不显著，但在花药中不育系的酶活性始终低于保持系和杂种 F_1。在造孢细胞增殖期，

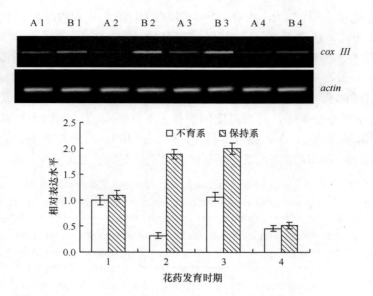

图 5-12　花药线粒体基因 *coxIII* 转录表达分析（电泳图）和荧光定量表达分析（坐标图）

1. 造孢细胞增殖期；2. 小孢子母细胞减数分裂期；3. 小孢子单核期；4. 成熟花粉粒时期。RT-PCR 的上
游引物为 5′-CGAGCAGTTTACGCTTTAG-3′，下游引物为 5′-GTGAAGGGTGCTTGATAATA-3′

不育系花药酶活性稍低于保持系和杂种 F_1，特别是在小孢子母细胞减数分裂期，酶
活性要极显著低于对应的保持系和杂种 F_1。而这一时期正是不育花药败育的高峰期，
说明细胞色素氧化酶活性在小孢子发生和雄性育性表达中发挥重要作用。在小孢子
单核期和成熟花粉粒时期，不育系细胞色素氧化酶活性有所提高，与保持系和杂种
F_1 差异不显著。从图中还可以看出，杂种 F_1 与不育系同为不育细胞质，但由于恢复
基因的导入，杂种 F_1 细胞色素氧化酶活性，在花药发育的各个时期始终同保持系基

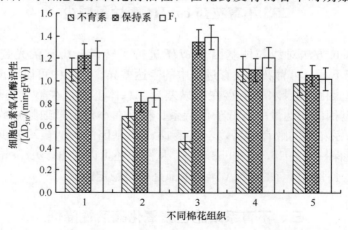

图 5-13　棉花不育系、保持系和杂种 F_1 不同组织中细胞色素氧化酶的活性

1. 叶片；2. 造孢细胞增殖期花药；3. 小孢子母细胞减数分裂期花药；4. 小孢子单核
期花药；5. 成熟花粉粒时期花药

本保持一致。

四、不育与可育花药细胞色素氧化酶同工酶电泳谱的差异

（一）叶片同工酶谱

从图 5-14 可以看出，不育系功能叶片的同工酶酶带数目同保持系和杂种 F_1 是一致的，并且酶带迁移率也是相同的，但酶带强弱存在一定差异。保持系和杂种 F_1 的酶带较强，而不育系的酶带相对较弱。这表明保持系和杂种细胞色素氧化酶的活性要稍高于不育系。

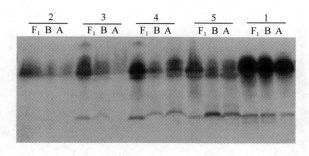

图 5-14　不育系（A）、保持系（B）和杂种（F_1）细胞色素氧化酶同工酶
1. 叶片；2. 造孢细胞增殖期花药；3. 小孢子母细胞减数分裂期花药；4. 小孢子单核期花药；5. 成熟花粉粒时期花药

（二）花药同工酶谱

从图 5-14 还可以看出，不育系、保持系和杂种 F_1 花药细胞色素氧化酶同工酶谱存在较大差异。在造孢细胞增殖期，不育系的酶带显色在三个材料中为最弱（酶活性最低）。在小孢子母细胞减数分裂期，不育系的酶带数目要明显少于保持系，保持系的酶带数少于杂种 F_1。同时，在共有的酶带中，不育系的酶带要显著弱于保持系，杂种 F_1 的酶带表现为最强，说明在这一时期不育系花药细胞色素氧化酶的活性要显著低于保持系，杂种 F_1 花药的酶活性最高。这可能反映了不育花药在败育高峰期育性相关基因对细胞色素氧化酶基因的表达有调节作用。在小孢子单核期，不育系花药内已无小孢子，它的酶带似同保持系，但比杂种 F_1 少一条酶带；此时不育系的酶带稍强于保持系，但要稍弱于杂种 F_1。在成熟花粉粒时期，不育系的酶带数目和酶带的强弱同保持系和杂种 F_1 基本一致。可见，在花药发育后期，花药细胞色素氧化酶的活性在不育系、保持系和杂种 F_1 的差异随着花药的成熟而减少。

五、细胞色素氧化酶的细胞化学定位

3,3′-二氨基联苯胺（DAB）与线粒体膜上的细胞色素氧化酶反应，被氧化聚合形成不溶性吩嗪聚合体沉积在线粒体膜和内嵴上，该聚合体又与四氧化锇作用形成嗜锇性 DAB 氧化聚合物（嗜锇颗粒），电镜下可通过观察到嗜锇颗粒的分布和数量明确细胞色素氧化酶的位置和活性，而 KCN 能够抑制这一过程（阴性对照）。本实验用含有 1mmol/L KCN 的 DAB 浮育介质处理花药，在处理的花药中都没有发现嗜锇颗粒的存在（图 5-15A，B），而在未处理的花药中随酶活性的强弱有不同程度的嗜锇颗粒沉积（图 5-15C～J），凡线粒体沉积嗜锇颗粒大和多，表明酶的活性强。

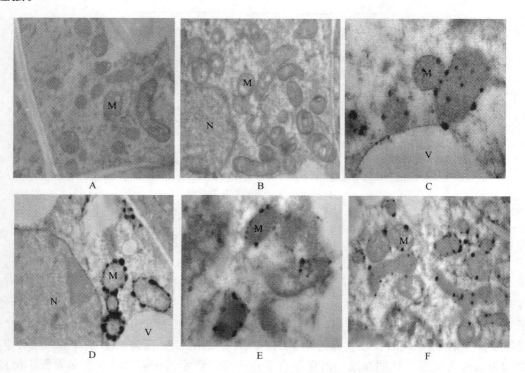

图 5-15　花药不同组织中细胞色素氧化酶的活性分布

M. 线粒体；N. 细胞核；S. 淀粉粒；V. 液泡

A，B 分别为不育系花药和保持系花药经 KCN 抑制剂处理后，线粒体内嵴和膜上没有嗜锇颗粒物沉积（阴性对照）；A. ×15 000，B. ×20 000。C，D 分别为不育系和保持系造孢细胞增殖时期花药绒毡层细胞，示线粒体膜上的细胞色素氧化酶活性；C. ×30 000，D. ×25 000。E，F 分别为不育系和保持系小孢子母细胞减数分裂时期花药小孢子母细胞，示线粒体膜上的细胞色素氧化酶活性；E. ×30 000，F. ×30 000。G，H 分别为不育系和保持系小孢子单核期花药药壁表皮细胞，示线粒体内嵴上的细胞色素氧化酶活性；G. ×30 000，H. ×20 000。I. 不育系花药药隔细胞，示线粒体内嵴上的细胞色素氧化酶活性，×30 000；J. 保持系花药成熟花粉粒细胞，示线粒体内嵴上的细胞色素氧化酶活性 ×25 000

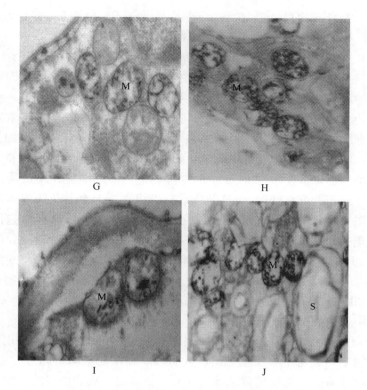

图 5-15　花药不同组织中细胞色素氧化酶的活性分布（续）

　　在造孢细胞增殖期，不育系和保持系花药的绒毡层细胞中都有嗜锇颗粒产生，但是这一时期线粒体内嵴不明显，嗜锇颗粒大多聚集在线粒体膜上；同时，不育系绒毡层细胞线粒体膜上聚集的嗜锇颗粒数目同保持系差不多，但颗粒着色程度不如保持系深（图5-15C，D）。在小孢子母细胞减数分裂期，不育系和保持系小孢子母细胞中线粒体数目均有大量增加，但不育系的增量相对较少，且线粒体上分布嗜锇颗粒比保持系显著减少，说明不育系小孢子母细胞中细胞色素氧化酶的活性要比保持系低得多（图5-15E，F）。在小孢子单核期，对于保持系花药而言，线粒体内嵴从无到有、从少到多，内嵴的发达程度不断提高，内嵴上沉积有大量的嗜锇颗粒；而在不育系花药壁细胞中，线粒体活性较保持系降低，线粒体嵴少且不发达，有部分线粒体内嵴膜膨胀、破裂，空泡化进而消失，而且不育系线粒体内嵴上沉积的嗜锇颗粒要比保持系少得多（图5-15G，H）。到了成熟花粉粒时期，不育系花药药隔细胞中线粒体内嵴上嗜锇颗粒很少，而保持系花药中，花粉粒被具有发达内嵴和大量嗜锇颗粒的线粒体充满（图5-15I，J）。这些表明稳定的细胞色素氧化酶的活性对于花粉粒发育是很重要的。

六、不育系 *coxⅢ* 突变与雄性不育

　　细胞色素氧化酶作为线粒体呼吸链中的末端氧化酶，它的缺乏不仅影响呼吸链功能

的发挥和 ATP 的合成，而且导致在 NADH-黄素蛋白（复合体 I）和 UbQ-Cyt b（复合体Ⅲ）部位进行活跃的单电子还原产生超氧阴离子（superoxide anion，O_2^-）（Rich and Bonner，1978）。O_2^- 是活性氧的源头，它的积累会引起细胞衰退乃至死亡。

细胞色素氧化酶由 13 个亚基组成，其中 *coxⅢ* 亚基是由线粒体基因编码的，参与氧化还原连接的质子易位过程。可以推测，我们观察到棉花细胞质雄性不育系在该基因（*coxⅢ*）上发生的突变，可能会影响 13 个亚基的组装和全酶功能的正常发挥。虽然这种影响对营养细胞的作用不明显，但对棉花生殖细胞，尤其对雄性细胞的发育有着显著的作用。例如，叶片的细胞色素氧化酶活性及其同工酶谱在不育系与保持系间均没有明显差异，表明虽然不育系发生了 *coxⅢ* 的变异，但效应不明显；相反，在小孢子母细胞减数分裂期（花药败育高峰期），与保持系花药相比，不育系花药细胞色素氧化酶活性显著降低（图 5-13），以及同工酶谱带既少又弱（图 5-14），而且细胞化学定位分析也观察到不育花药细胞色素氧化酶活性分布明显少于对应的保持系花药（图 5-15），这些证据表明 *coxⅢ* 的突变在雄性器官中产生了明显的效应。不育花药细胞色素氧化酶活性的降低，在玉米（Masatak，1976；夏涛和刘纪麟，1994）、矮牵牛（Bino，1985）、小麦（Ikeda and Tsunewaki，1996；姚雅琴等，2001）、甜菜（Ducos et al.，2001）等作物中也有类似的报道。

不育系 *coxⅢ* 的突变引起花药细胞色素氧化酶活性的降低，反映出不育细胞质中线粒体呼吸链的末端氧化还原反应受损，从而影响到花药组织中的总呼吸强度和 ATP 的合成，导致呼吸系统、能量代谢系统的紊乱以及能量合成和供应的不足。一旦细胞内正常的呼吸途径受阻，必然会引起线粒体呼吸链结构和功能异常，导致细胞内活性氧的产生（Hauser et al.，2006）。这种呼吸链结构和功能的异常，若不能得到及时、有效的恢复，则会造成细胞内过量活性氧的积累。而过量的活性氧可以促进 MDA 的积累，MDA 可以使膜蛋白和酶分子发生聚合和交联，导致细胞产生膜脂过氧化，使细胞正常的代谢受阻，从而导致小孢子的败育和雄性不育的发生。

第五节　不育花药的活性氧代谢

植物细胞质雄性不育常与线粒体功能异常有关。线粒体通过呼吸作用为细胞各项活动提供能量，但线粒体同时也通过呼吸链电子漏途径产生超氧阴离子，并通过链式反应形成对机体有损伤作用的活性氧。活性氧（reactive oxygen species，ROS）是超氧阴离子（O_2^-）、过氧化氢（H_2O_2）、羟自由基（·OH）和单线态氧（$^1O_2$）等几种分子的总称，其中 O_2^- 和 H_2O_2 是所有活性氧的源头。生物体内产生的活性氧若得不到及时清除，就会在细胞中积累，引起细胞凋亡（Maxwell，1999；Maxwell et al.，2002）。我们在前面章节中已注意到线粒体基因组变异与棉花细胞质雄性不育密切相关，在电子显微镜下可观察到小孢子母细胞退化和死亡往往伴随着线粒体结构和功能的异常。在线粒体结构、功能和基因组变异的情形下，不育花药线粒体活性氧代谢发生哪些变化，朱云国（2005）和蒋培东等（2007）对不育系、保持系、杂种的花药线粒体活性氧代谢相关指标进行了测定，并通过探讨这些代谢与雄性不育及其育性恢复的关系，进一步阐述了棉花细胞质雄性不育的可能机理。

一、花药 O_2^- 产生速率、H_2O_2 和 MDA 含量

微量的活性氧为细胞新陈代谢所必需，但过量活性氧的积累就会对细胞产生一系列毒害作用（Forsmark-Andree et al.，1997）。经测定，叶片的 O_2^- 产生速率、H_2O_2 和 MDA 含量在 3 个材料间均无明显差异（表 5-1），但花药表现出显著的差异。从图 5-16 可以看出，花药 O_2^- 产生速率和 H_2O_2 含量的两曲线图很相似，即不育系曲线先迅速上升后又迅速下降，而保持系和杂种 F_1 则保持缓慢增加的态势。在造孢细胞增殖期（1期）和小孢子母细胞减数分裂期（2期），不育系花药的 O_2^- 和 H_2O_2 大量产生，且增幅很大，比保持系分别提高 416.1%～878.1% 和 233.0%～438.2%，差异达极显著；但到了小孢子单核期（3期）和成熟花粉粒时期（4期），不育系花药 O_2^- 和 H_2O_2 的产生又明显降低，并与保持系的含量基本接近。值得注意的是，当不育系与恢复系杂交，因恢复基因的引入，杂种 F_1 花药 O_2^- 和 H_2O_2 含量得以减少，使各个发育时期的含量与保持系基本一致。本研究的棉花细胞质雄性不育花药，在造孢细胞增殖期就开始退化，到了小孢子母细胞减数分裂期达败育高峰，不能形成四分体，之后的花药已不含有雄性细胞（王学德等，1998）。由此可知，在败育时期，花药 O_2^- 和 H_2O_2 含量大幅度上升与雄性细胞大量死亡存在密切的对应关系。

表 5-1 棉花不育系、保持系和杂种叶片活性氧（O_2^-、H_2O_2 和 MDA）含量

活性氧指标	棉花叶片		
	不育系（JiA）	保持系（JiB）	杂种（F_1）
O_2^- / [nmol/（mg 蛋白·20min）]	6.12±0.25	5.51±0.29	5.75±0.28
H_2O_2/(nmol/gFW)	5.91±0.26	5.49±0.27	5.85±0.31
MDA/(nmol/mg 蛋白)	8.61±0.32	8.14±0.35	8.33±0.36

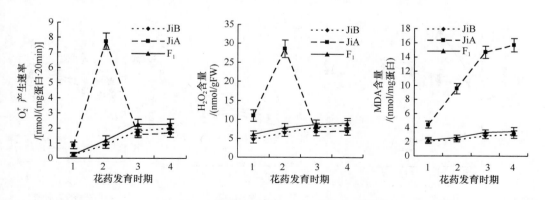

图 5-16 花药中 O_2^-、H_2O_2 和 MDA 含量

JiA. 不育系；JiB. 保持系；F_1. 杂种。1. 造孢细胞增殖期；
2. 小孢子母细胞减数分裂期；3. 小孢子单核期；4. 成熟花粉粒时期

丙二醛（MDA）可作为交联剂，使膜蛋白、酶分子和 DNA 等生物大分子发生交联反应，导致代谢失调（Fridovich，1978）。从图 5-16 中可看出，保持系或杂种 F_1 花药中 MDA 含量变化的曲线图与 O_2^- 产生速率和 H_2O_2 含量的两曲线图相似，但不育系中三种曲线却有明显不同，即在不育系花药中 MDA 含量始终处于上升趋势，败育时期（1 期和 2 期）迅速上升，败育后（3 期和 4 期）仍缓慢上升，分别比保持系（或杂种 F_1）高达 210.9%、411.5%、513.3% 和 509.2%，表明 MDA 对花药的损伤比 O_2^- 和 H_2O_2 更持久，或有后效应。

二、花药线粒体 O_2^- 产生速率、H_2O_2 和 MDA 含量

棉花叶片线粒体中 O_2^- 产生速率、H_2O_2 和 MDA 含量在不育系、保持系和杂种 F_1 中没有明显差异（表 5-2），而在花药线粒体中却存在明显差异（图 5-17）。O_2^- 产生速率如图 5-17A 所示。在花药败育初期（造孢细胞增殖期），不育系花药线粒体中 O_2^- 产生速率稍稍高于保持系和杂种 F_1。在败育高峰期（小孢子母细胞减数分裂期），不育系花药线粒体 O_2^- 大量产生，增长幅度很大，分别高出对应的保持系和杂种 F_1 54.2% 和 46.9%。在小孢子单核期和成熟花粉粒时期，不育系、保持系和杂种 F_1 花药线粒体中 O_2^- 产生速率没有显著差异。

表 5-2　棉花不育系、保持系和杂种叶片线粒体 O_2^- 产生速率、H_2O_2 和 MDA 含量

活性氧指标	叶片线粒体		
	不育系（JiA）	保持系（JiB）	杂种（F_1）
O_2^-/[nmol/(mg 线粒体蛋白·min)]	14.32±0.95	13.87±0.79	14.05±0.88
H_2O_2/(nmol/mg 线粒体蛋白)	0.91±0.15	0.76±0.12	0.85±0.11
MDA/(nmol/mg 线粒体蛋白)	22.35±1.54	21.42±1.28	21.86±1.49

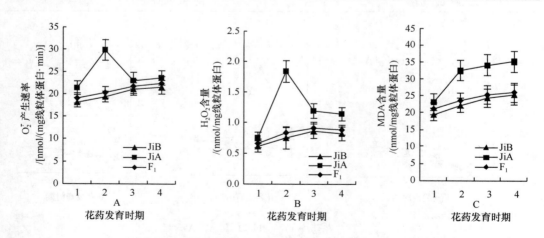

图 5-17　花药线粒体中 O_2^- 产生速率、H_2O_2 和 MDA 含量

Ji A. 不育系；Ji B. 保持系；F_1. 杂种。1. 造孢细胞增殖期；
2. 小孢子母细胞减数分裂期；3. 小孢子单核期；4. 成熟花粉粒时期

图 5-17B 显示了不育和可育花药线粒体 H_2O_2 含量的差异。在造孢细胞增殖期，H_2O_2 含量在不育系、保持系和杂种 F_1 花药线粒体中差异不显著。可是到了小孢子母细胞减数分裂期，不育花药线粒体中 H_2O_2 含量快速增加，并达到最大值，分别是保持系和杂种 F_1 的 245.3% 和 221.7%。在之后的发育时期，不育系花药线粒体 H_2O_2 含量明显降低，但仍高于保持系和杂种 F_1。在整个花药发育过程中，F_1 花药线粒体 H_2O_2 的含量与保持系非常接近，差异不显著，所以与保持系一样，始终保持着正常的 H_2O_2 水平。

花药线粒体 MDA 含量测定结果如图 5-17C 所示。保持系和杂种 F_1 花药线粒体 MDA 含量曲线图较为类似。然而，不育系花药线粒体 MDA 含量，在花药发育每个时期都要高于保持系和杂种 F_1，这与花药中 MDA 含量变化规律是一致的。

三、花药超氧化物歧化酶、过氧化氢酶和过氧化物酶活性

超氧化物歧化酶（SOD）、过氧化氢酶（CAT）、过氧化物酶（POD）是一类抗氧化的酶。SOD 能将线粒体产生的扩散到胞质中的 O_2^- 转化成 H_2O_2，而 CAT 和 POD 则能将 H_2O_2 分解为 H_2O 和 O_2。经测定，叶片的 SOD、CAT 和 POD 活性在 3 个材料间均无明显差异（表 5-3），但在花药中存在显著差异。图 5-18 为不育系、保持系和杂种 F_1 不同发育时期花药的 SOD、CAT 和 POD 活性变化。随着花药的发育，SOD、CAT 和 POD 三种酶的活性在不育系花药中持续降低，而在保持系和 F_1 中则迅速升高。从图 5-18 中还可看出，不育系花药败育初期，三种抗氧化酶活性还是比较高的，即在造孢细胞增殖期（1 期），不育系花药 SOD、CAT 和 POD 活性分别高出保持系 36.9%、96.5% 和 40.1%，这可能是应对该时期产生较多活性氧的一种防御反应。但是，在小孢子母细胞减数分裂期（2 期），不育系花药败育达高峰期，三种酶活性显著降低，分别比保持系减少 24.0%、17.1% 和 31.3%。在小孢子单核期和成熟花粉粒时期，败育后的花药中三种酶活性仍继续进一步降低，而保持系和杂种 F_1 花药仍然保持较高的酶活性。

表 5-3　棉花不育系、保持系和杂种叶片 SOD、CAT 和 POD 的活性

活性氧清除酶	棉花叶片		
	不育系（JiA）	保持系（JiB）	杂种（F_1）
SOD/(U/g FW)	358.64±8.64	345.26±8.16	372.37±9.73
CAT/(U/g FW)	10.29±0.85	10.55±0.94	10.86±0.97
POD/(U/g FW)	49.95±1.88	51.52±2.03	50.86±2.11

王学德（1994）对不育和可育花药中的过氧化物酶同工酶进行电泳分析时发现，可育花药过氧化物酶同工酶共有 5 条特征带，分别记为 Prx-1、Prx-2、Prx-3、Prx-4 和 Prx-5（图 5-19），其中两条快带 Prx-1 和 Prx-2 在成熟花粉期较弱，但仍可看到。不育花药在造孢细胞增殖时期缺少 Prx-2 带。在小孢子母细胞减数分裂时期开始，除了缺 Prx-2 带外，还缺 Prx-1 带。显然，不育花药败育时期与过氧化物酶带 Prx-1 和 Prx-2 的缺失时期是同步的。

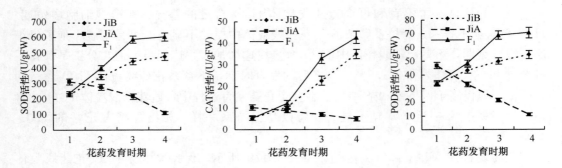

图 5-18　花药 SOD、CAT 和 POD 的活性

JiA. 不育系；JiB. 保持系；F_1. 杂种。1. 造孢细胞增殖期；

2. 小孢子母细胞减数分裂期；3. 小孢子单核期；4. 成熟花粉粒时期

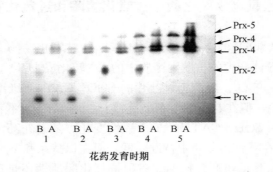

图 5-19　不育系（A）与保持系（B）花药过氧化物酶（POD）同工酶电泳

1. 造孢细胞增殖时期；2. 小孢子母细胞减数分裂时期；3. 四分体至小孢子释放时期；

4. 花粉发育时期；5. 花粉成熟时期

四、花药线粒体超氧化物歧化酶和抗坏血酸过氧化物酶活性

线粒体基质中的 SOD（主要为 MnSOD）和 APX（抗坏血酸过氧化物酶）是一类很重要的减少氧自由基毒害的清除酶。SOD 可以将线粒体呼吸链产生的 O_2^- 转化为 H_2O_2 和 O_2（Kliebenstein et al.，1998）。在不育系、保持系和杂种 F_1 叶片线粒体中，活性氧清除酶 SOD 和 APX 的活性没有显著差异（表5-4），但是在花药线粒体中差异非常显著（图5-20）。通过对 SOD 活性分析发现，在造孢细胞增殖期，不育系花药线粒体的 SOD 酶活性要稍高于保持系和杂种 F_1，而这一时期不育系花药线粒体中检测到稍高于保持系和杂种 F_1 的 ROS 含量，这表明不育系花药线粒体中较高的活性氧含量可能对 SOD 酶活性的增加有信号调节作用。相反，在小孢子母细胞减数分裂期，不育系花药线粒体的 SOD 活性要比保持系和杂种 F_1 分别低 34.8% 和 32.1%。在其他发育时期，不育系 SOD 活性轻微下降。保持系和杂种 F_1 的 SOD 活性始终没有显著差异（图5-20A）。

表 5-4 棉花不育系、保持系和杂种 F_1 叶片线粒体中 SOD 和 APX 的活性

活性氧清除酶	叶片线粒体		
	不育系（JiA）	保持系（JiB）	杂种（F_1）
SOD/（U/mg 线粒体蛋白）	22.36±1.84	23.12±1.92	22.95±1.78
APX/[μmol/（mg 线粒体蛋白·min）]	0.24±0.07	0.31±0.09	0.29±0.05

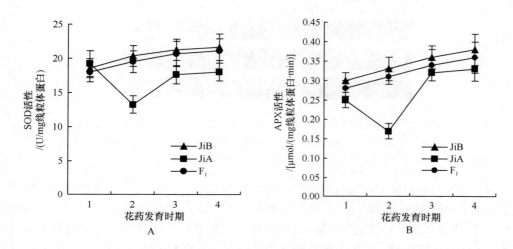

图 5-20 花药线粒体中活性氧清除酶（SOD 和 APX）活性

JiA. 不育系；JiB. 保持系；F_1. 杂种。1. 造孢细胞增殖期；
2. 小孢子母细胞减数分裂期；3. 小孢子单核期；4. 成熟花粉粒时期

抗坏血酸过氧化物酶（APX）是植物线粒体中重要的抗氧化 H_2O_2 清除酶，可以将线粒体中 O_2^- 转化的 H_2O_2 分解为 H_2O 和 O_2（Asada，1997；Chew et al.，2003）。棉花花药线粒体中 APX 的活性如图 5-20B 所示。在不育系、保持系和杂种 F_1 花药线粒体之间，APX 活性的最大差异表现在小孢子母细胞减数分裂时期。这一时期不育系 APX 活性要显著低于保持系和杂种 F_1，分别是保持系和杂种 F_1 的 51.5％和 54.8％。其他发育时期，不育系、保持系和杂种 F_1 的 APX 活性没有明显差异。从图 5-20 中还可以看出，杂种 F_1 的 APX 活性，在花药整个发育时期，一直与保持系非常接近。

在花药败育过程中，不育系花药及其线粒体一方面 O_2^- 产生速率、H_2O_2 和 MDA 含量极显著提高，另一方面 SOD、CAT、POD 和 APX 酶活性却极显著降低，使活性氧产生与清除的代谢失去平衡。由于雄性细胞对活性氧的敏感度比其他细胞更高，这时我们在显微镜下可看到花药内大量小孢子母细胞死亡（第三章，图 3-10）。

五、花药线粒体中 *Mn-sod* 和 *apx* mRNA 表达分析

为了检测在 ROS 产生过程中，不育和可育花药线粒体中 ROS 清除酶对应的基因的表达差异，我们通过 RT-PCR 方法对 *Mn-sod* 和 *apx* 基因进行了转录分析（图 5-21）。从图 5-21 中可以看出，在造孢细胞增殖期，*Mn-sod* 和 *apx* 的转录表达在不育系、保持

系和杂种 F_1 花药之间没有较大的变化。在败育高峰期（小孢子母细胞减数分裂期），同保持系和杂种 F_1 相比，不育系花药中 *Mn-sod* 和 *apx* mRNA 表达要明显减少。在小孢子单核期和成熟花粉粒时期，不育系、保持系和杂种 F_1 花药线粒体 *Mn-sod* 和 *apx* 的转录表达，相互之间没有显著差异。从图中还可以看出，*actin* mRNA 的转录表达水平在所有的 RNA 样品中是相对稳定的。

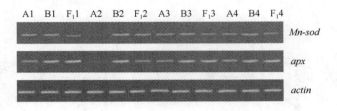

图 5-21　不同发育时期花药线粒体 *Mn-sod* 和 *apx* mRNA 转录表达分析
A. 不育系；B. 保持系；F_1. 杂种 F_1。1. 造孢细胞增殖期；2. 小孢子母细胞减数分裂期；
3. 小孢子单核期；4. 成熟花粉粒时期

为了更为准确地衡量在花药不同的发育时期基因表达变化的大小，荧光定量 RT-PCR 方法被用于分析 *Mn-sod* 和 *apx* 基因表达水平（图 5-22）。在花药败育初期（造孢细胞增殖期），保持系和杂种 F_1 花药中 *Mn-sod* 的表达量要比不育系分别高出约 60% 和 40%。当花药达到败育高峰期时，保持系和杂种 F_1 花药 *Mn-sod* 的表达量分别约为不育系的 24 倍和 21 倍。在其他发育时期，不育系花药 *Mn-sod* mRNA 的转录表达水平大约只有保持系和杂种 F_1 的 1/2（图 5-22A）。花药线粒体 *apx* mRNA 的表达水平如图 5-22B 所示。在花药败育初期，不育系花药 *apx* mRNA 的表达量分别比保持系和杂种 F_1 大约减少 21% 和 11%。在败育高峰期，不育系花药 *apx* 的基因表达量分别只有保持系和杂种 F_1 的 13% 和 14%。在小孢子单核期和成熟花粉粒时期，保持系和杂种 F_1 花药中 *apx* 的表达量大约是不育系的 2 倍。这些结果表明在花药败育的过程中，*Mn-sod* 和 *apx* mRNA 的转录表达显

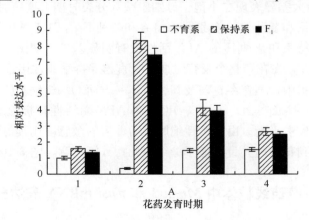

图 5-22　棉花花药线粒体 *Mn-sod* 和 *apx* 基因荧光定量表达分析
A. *Mn-sod* mRNA；B. *apx* mRNA。1. 造孢细胞增殖期；2. 小孢子母细胞减数分裂期；
3. 小孢子单核期；4. 成熟花粉粒时期

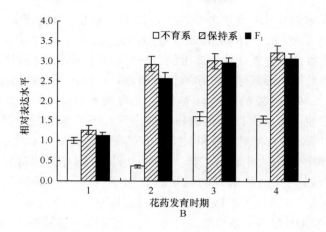

图 5-22　棉花花药线粒体 *Mn-sod* 和 *apx* 基因荧光定量表达分析（续）

著减少，而这一过程中花药细胞内有大量的 ROS 产生。

第六节　棉花细胞质雄性不育的机理

　　根据上述介绍的棉花细胞质雄性不育系细胞色素氧化酶基因的突变和花药活性氧代谢的特点，并结合前面章节的细胞学、遗传学和生理生化的有关分析，本节对其雄性不育的可能机理，进行如下推论。

一、不育系线粒体基因突变使花药线粒体功能受损

　　线粒体是半自主的细胞器，有自己的基因组（线粒体 DNA）。线粒体基因在呼吸链电子传递、ATP 合成和活性氧的产生中具有重要作用，它们能独立或与核基因一起编码呼吸链中所有的酶。呼吸链代谢过程涉及的线粒体基因若发生变异，会导致呼吸链产生缺陷，从而使线粒体功能发生异常，对细胞产生危害，甚至死亡。

　　人类很多疾病与编码呼吸链的线粒体基因的异常有关，这已经成为医学上研究的热点。在植物中，大量的研究表明，CMS 与编码呼吸链的线粒体基因突变或表达异常有关。Pla 等（1995）的研究表明，在两个烟草 CMS 突变体中，由于缺失线粒体呼吸链复合物 I 的 *nad7* 基因的最后两个外显子，NAD7 多肽缺失，导致花粉败育。通过进一步研究发现，这两个 CMS 突变体，呼吸链复合物 I 还缺失 *nad9* 基因，所以尽管呼吸链复合物 II 正常，但整个线粒体的功能明显下降（Gutierres et al.，1997）。细胞色素氧化酶复合体亚基 *coxI* 基因的突变与小麦的不育性相关，*atp6* 和 *coxII* 基因的突变与玉米不育性相关（Song and Hedgcoth，1994a，b；Dewey et al.，1991）。BT-CMS 水稻不育系线粒体的 DNA 含两个 *atp6* 基因，而保持系只有一个。序列分析表明，不育系两个 *atp6* 基因中的一个与保持系完全一致，只是在终止子下游 49 位产生歧化。另一个 *atp6* 基因是一个嵌合基因，来源于线粒体 DNA 分子内重组（Kadowaki et al.，1990）。

除了 ATPase 复合体亚基基因突变之外，NADH 脱氢酶复合体亚基基因突变也有报道，如油菜（*Brassica napus* L.）不育系 *nad5* 基因的突变（Hanson，1991）。

在棉花细胞质雄性不育系线粒体基因组分析时，我们也发现类似现象。例如，蒋培东（2007）根据线粒体同源基因保守序列设计引物，在棉花不育系和保持系线粒体基因组中扩增可能与 CMS 相关的线粒体基因，发现线粒体 *atp6*、*atp9*、*nad3*、*nad6*、*nad9*、*cob*、*cox* I 和 *cox* II 基因片段的核苷酸序列在不育系和保持系中没有差异，但是线粒体基因片段 *cox* III 在不育系和保持系中存在碱基突变。不育系和保持系线粒体 *cox* III 基因全部编码序列大小没有差异，都为 798bp，但序列内部有 5 个碱基发生了突变，其中 3 个碱基突变造成编码的氨基酸发生了变异。利用 RT-PCR 和荧光定量 RT-PCR 方法研究与 CMS 相关的线粒体基因的表达时，发现在整个花药发育过程中，CMS 相关的线粒体基因在不育系中的表达量总体上要低于保持系。在花药败育高峰期（小孢子母细胞减数分裂期），CMS 相关的线粒体基因在不育系花药中的表达量要显著低于保持系。又如，用线粒体基因 *cox* II 作探针时，发现不育系线粒体基因组缺少 1.9kb 的杂交信号带，这条带的缺失可能是线粒体 DNA 分子内或分子间重排所致（王学德，2000）。细胞色素氧化酶是线粒体呼吸电子传递链的末端氧化酶，它的基因突变，将改变正常的呼吸途径，引起呼吸链结构与功能发生异常，导致在 NADH-黄素蛋白（复合体 I）和 UbQ-Cyt b（复合体 III）部位进行活跃的单电子还原产生超氧阴离子（superoxide anion，$O_2^{\overline{\cdot}}$）（Rich and Bonner，1978）。$O_2^{\overline{\cdot}}$ 的积累不但损伤线粒体本身的功能，还将加速细胞氧化、衰老和死亡。

二、不育花药线粒体功能失调诱发活性氧积累

线粒体通过呼吸作用一方面为细胞各项活动提供能量，另一方面也可通过呼吸链电子漏途径产生超氧阴离子，并通过链式反应形成对机体有损伤作用的活性氧。活性氧（reactive oxygen species，ROS）是由氧形成，含氧而且有高度化学活性的几种分子的总称，主要由超氧阴离子活性氧（$O_2^{\overline{\cdot}}$）、过氧化氢（H_2O_2）、羟自由基（· OH）和单线态氧（$^1O_2$）等组成，其中 $O_2^{\overline{\cdot}}$ 和 H_2O_2 是所有活性氧的源头。正常情况下，生物体内活性氧的产生与清除是平衡的，使活性氧处于低浓度水平。生物体内产生的活性氧若得不到及时清除，就会在细胞中积累。过量活性氧的积累会对生物体产生一系列毒害作用，如膜脂过氧化、蛋白质变性、DNA 突变，甚至细胞程序性死亡（Forsmark et al.，1997；Helbock et al.，1998；Li et al.，2004）。植物在长期的进化过程中，形成一套有效的活性氧防御系统，控制线粒体和细胞内活性氧的浓度。为了避免 ROS 的损伤，可以通过抗氰呼吸途径、解偶联和通道开放等方式使 ROS 的积累保持在细胞可以承受的较低水平，通过抗氧化剂和抗氧化酶系统清除产生的活性氧（Møller，2001；Rhoads et al.，2006）。

在水稻（陈贤丰和梁承邺，1991；Li et al.，2004；Wan et al.，2007）、小麦（赵会杰等，1996）、玉米（段俊等，1996）等的花药中，发现不育系活性氧的含量要显著高于对应的保持系。朱云国（2005）和蒋培东（2007）的研究也发现，在棉花不育系败育初期的花药及其线粒体中，超氧阴离子（$O_2^{\overline{\cdot}}$）、过氧化氢（H_2O_2）和丙二醛

（MDA）3 个对细胞有毒性的活性氧指标均高于对应的保持系或杂种 F_1，同时对活性氧具有清除作用的超氧化物歧化酶（SOD）、过氧化氢酶（CAT）、过氧化物酶（POD）、谷胱甘肽-S-转移酶（GST）等抗氧化酶活性也随着提高，表明败育初期花药的活性氧增加对抗氧化酶有诱导作用。但随着败育进一步发展，在败育盛期的不育花药中，一方面 O_2^-、H_2O_2 和 MDA 含量极显著高，另一方面 SOD、CAT 和 POD 酶活性却极显著低，导致活性氧产生与清除失去平衡，这时小孢子母细胞大量死亡。在败育后的花药中，O_2^- 和 H_2O_2 含量与可育花药相近，但 MDA 含量仍持续提高，以及 SOD、CAT 和 POD 酶活性持续降低，表明雄性细胞死亡后活性氧对花药仍有不利影响。

棉花细胞质雄性不育系的线粒体呼吸链代谢基因（如细胞色素氧化酶基因）变异，会使线粒体呼吸链产生缺陷，从而使线粒体电子传递途径不顺畅，可能是导致线粒体活性氧大量产生的重要原因。这种呼吸链结构和功能的异常，若不能得到及时、有效的恢复，则会造成细胞内过量活性氧的积累。而过量的活性氧积累会导致细胞产生膜脂过氧化，使细胞正常的代谢受阻。

而且，线粒体基因的突变，引起的线粒体功能的异常，虽然在营养生长期也表现，但在生殖生长期表现更为突出。尤其在花药中，小孢子发育进行着更为激烈的生理生化反应，需要更丰富的能量，我们可观察到小孢子母细胞和绒毡层细胞中线粒体数量比其他细胞增高 20～40 倍，尤其在小孢子母细胞中，线粒体数量常比花药和其他细胞多百倍以上（朱云国，2005；Warmke and Lee，1978）。随着线粒体数量扩增，线粒体基因组数也成倍甚至数十倍增加，从而使线粒体突变基因的异常表达进一步的放大。这时，核基因的表达活性本应同时增强，但由于表达所需条件（如高能需求）不能得到满足，在一定时空中本该按程序表达的基因不能表达或表达受阻，无法弥补线粒体的缺损。同理，线粒体活性氧的积累，也将随线粒体数量的扩增，而进一步加剧。由此引起雄性细胞受损，乃至雄性不育，是不难理解的。

但我们又可观察到，在棉花花药败育过程中，杂种 F_1 不同于不育系，始终与保持系一样保持正常的 ROS 含量和稳定的抗氧化酶转录表达水平。当恢复基因导入不育系后，虽然杂种 F_1 细胞质与不育系相同，但因受到恢复基因的补偿，杂种 F_1 花药活性氧的代谢可恢复到正常的保持系状态，这可能是核恢复基因通过弥补线粒体细胞色素氧化酶基因突变所引起的缺陷，从而恢复花药活性氧产生与清除的动态平衡而实现的。这种核恢复基因通过消除线粒体损伤使育性恢复的现象，在矮牵牛（Bentolila et al.，2002）、萝卜（Brown et al.，2002；Desloire et al.，2003）、水稻（Kazama and Toriyama，2003）等植物的细胞质雄性不育与恢复的机理研究中也有报道。研究发现玉米恢复基因 rf2a 可以编码乙醛脱氢酶（Liu et al.，2001），带有 T 细胞质的玉米杂种 F_1 花药，在小孢子早期并没有大量的 ROS 积累，而在小孢子早期不育系花药已经表现出败育特征（Warmke and Lee，1978；Colhoun and Steer，1981）。

三、花药活性氧过量积累促使雄性不育

众所周知，与体细胞比较，性细胞，特别是雄性细胞，对不良环境的反应更敏感。

当不育花药随着小孢子母细胞线粒体特异地大量扩增，活性氧的积累也随之加深，对雄性细胞的损害更严重。

在细胞形态学上，不育花药早在造孢细胞增殖期，我们就可看到部分造孢细胞的退化现象，特别在减数分裂期，小孢子母细胞的大量死亡，以及绒毡层细胞的过早退化，使小孢子母细胞不能完成减数分裂形成四分体，最终导致花药中无花粉的雄性不育。用电子显微镜观察时，又可进一步发现，不育花药造孢细胞、小孢子母细胞和绒毡层细胞中的线粒体出现肿胀、内嵴开始模糊、基质变淡、液泡膜出现破裂、染色质凝缩、内质网膨大等细胞器结构的异常。这些败育的超微结构特征，与活性氧诱导的植物细胞程序性死亡的超微结构十分相似（见第三章的第四节）。与此同时，不育花药还伴随着淀粉、脂肪和蛋白质含量的降低，吲哚乙酸（IAA）、赤霉素（GA$_3$）、玉米素核苷（ZR）和脱落酸（ABA）等内源激素代谢的异常，这将进一步促使棉花雄性细胞退化和死亡。

由此可见，在棉花不育花药的发育过程中，活性氧的过量积累以及花药自身对其清除能力的显著降低，是与小孢子母细胞死亡同步发生的。而且，在恢复基因引入后的杂种 F$_1$（不育系与恢复系的杂种）花药中，过量产生的活性氧，由于恢复基因的作用，可被清除，小孢子母细胞恢复正常，进一步发育，形成可育花粉粒。显然，棉花细胞质雄性不育是一个由过量活性氧诱导的小孢子母细胞程序性死亡（图 5-23）。

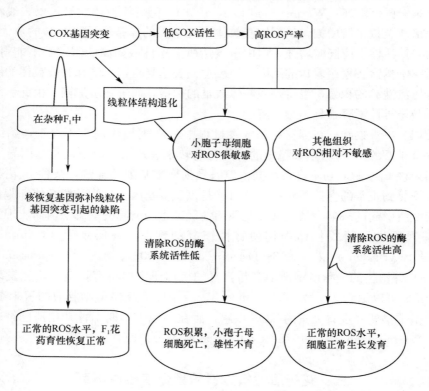

图 5-23　棉花细胞质雄性不育与育性恢复的可能机理（活性氧假说）

虽然我们根据棉花细胞质雄性不育花药中线粒体基因组的变异、线粒体结构的异常、活性氧的过量积累和小孢子母细胞的死亡等方面的证据，推论出上述雄性不育产生的可能机理，但是，植物细胞质雄性不育的发生是细胞质与细胞核间互作的复杂过程，诸如细胞质基因与细胞核基因的互作，线粒体基因突变与活性氧积累、小孢子母细胞死亡和绒毡层过早退化的关系，以及雄性不育与育性恢复的机制等许多问题尚不清楚，需进一步深入研究。

参 考 文 献

陈贤丰，梁承邺. 1991. 水稻不育花药中 H_2O_2 的积累与膜脂过氧化的加剧. 植物生理学报，17（1）：44-48.

段俊，梁承邺，张明永. 1996. 玉米细胞质雄性不育与膜脂过氧化的关系. 植物生理学通讯，32（5）：331-334.

黄厚哲. 1984. 植物生长素亏损与雄性不育的发生. 厦门大学学报（自然科学版），23（4）：466~477.

蒋培东. 2007. 棉花细胞质雄性不育机理的研究. 杭州：浙江大学博士学位论文.

蒋培东，朱云国，王晓玲，等. 2007. 棉花细胞质雄性不育花药的活性氧代谢. 中国农业科学，40（2）：244-249.

李正理. 1979. 棉花形态学. 北京：科学出版社.

倪德祥，邓志龙. 1992. 植物激素对基因表达的调控. 植物生理学通讯，28（6）：461-466.

王学德. 1994. 我国棉花细胞质雄性不育的遗传基础以及不育花药的细胞形态学和生化代谢特征. 南京：南京农业大学博士学位论文.

王学德. 1999. 棉花细胞质雄性不育花药的淀粉酶与碳水化合物. 棉花学报，11（3）：113-116.

王学德. 2000. 细胞质雄性不育棉花线粒体蛋白质和 DNA 的分析. 作物学报，26（1）：35-39.

王学德，张天真，潘家驹. 1998. 细胞质雄性不育棉花的小孢子发生的细胞学观察和线粒体 DNA 的 RAPD 分析. 中国农业科学，31（2）：70-75.

夏涛，刘纪麟. 1994. 玉米雄性不育细胞质细胞色素氧化酶活性及 ATP 含量的研究. 华北农学报，9（4）：33-37.

解海岩，蒋培东，王晓玲，等. 2006. 棉花细胞质雄性不育花药败育过程中内源激素的变化. 作物学报，32（7）：1094-1096.

姚雅琴，张改生，刘宏伟，等. 2001. 小麦雄性不育系和保持系花药 ATP 酶细胞色素氧化酶细胞化学定位. 作物学报，27（1）：43-49.

赵会杰，刘华山，林学梧，等. 1996. 小麦胞质不育系花药败育与活性氧代谢关系的研究. 作物学报，22（3）：365-367.

朱云国. 2005. 棉花转 GST 基因恢复系恢复力提高机理的研究. 杭州：浙江大学博士学位论文.

Asada K. 1997. The role of ascorbate peroxidase and monodehydroascorbate reductase in H_2O_2 scavenging in plants. In: Scandalious J G. Oxidative Stress and the Molecular Biology of Antioxidant Defense. Cold Spring Harbor, New York: Cold Spring Harbor Laboratory Press: 715-735.

Bentolina S, Alfonso A A, Hanson M R. 2002. A pentatricopeptide repeat-containing gene restores fertility to cytoplasmic male-sterile plants. Proc Natl Acad Sci, USA, 99: 10887-10892.

Bino R J. 1985. Ultrastructural aspects of cytoplasmic male sterility in Petunia hybrida. Protoplasm, 127: 230-240.

Brown G G, Formanová N, Jin H, et al. 2002. The radish Rfo restorer gene of Ogura cytoplasmic male sterility encodes a protein with multiple pentatricopeptide repeats. The Plant Journal, 35 (2): 262-272.

Buchanan B B, Gruissen W, Jones R L. 2002. Biochemistry & Molecular Biology of Plants. Beijing: Science Press: 850-895.

Chew O, Whelan J, Millar A H. 2003. Molecular definition of the ascorbate-glutathione cycle in Arabidopsis mitochondria reveals dual targeting of antioxidant defenses in plants. J Biol Chem, 278: 46869-46877.

Colhoun C W, Steer M W. 1981. Microsporogenesis and the mechanism of cytoplasmic male sterility in maize. Ann Bot, 48: 417-424.

Desloire S, Gherbi H, Laloui W, et al. 2003. Identification of the fertility restoration locus, Rfo, in radish, as a member of the pentatricopeptide-repeat protein family. EMBO Rep, 4: 588-594.

Dewey R E, Timothy D H, Levings C S. 1991. Chimeric mitochondrial genes expressed in the C male-sterile cytoplasm of maize. Cur Genet, 20: 475-582.

Ducos E, Touzet P, Boutry M. 2001. The male sterile G cytoplasm of wild beet displays modified mitochondrial respiratory complexes. Plant J, 26: 171-180.

Forsmark-Andree P, Lee C P, Dallner G, et al. 1997. Lipid peroxidation and changes in the ubiquinone content and the respiratory chain enzymes of submitochondrial particles. Free Radic Biol Med, 22: 391-400.

Fridovich I. 1978. The biology of oxygen radical. Science, 201: 875-880.

Gutierres S, Sabar M, Lelandais C, et al. 1997. Lack of mitochondrial and nuclear-encoded subunits of complex I and alteration of the respiratory chain in Nicotiana sylvestris mitochondrial deletion mutants. Proc Natl Acad Sci USA, 94: 3436-3441.

Hanson M R. 1991. Plant mitochondrial mutations and male sterility. Annu Rev Genet, 25: 461-486.

Hauser B A, Sun K, Oppenheimer D G, et al. 2006. Changes in mitochondrial membrane potential and accumulation of reactive oxygen species precede ultrastructural changes during ovule abortion. Planta, 223: 492-499.

Helbock H J, Beckman K B, Shigenaga M K, et al. 1998. DNA oxidation matters: the HPLC-electrochemical detection assay of 8-oxo-deoxyguanosine and 8-oxo-guanine. Proc Natl Acad Sci USA, 95: 288-293.

Ikeda T M, Tsunewaki K. 1996. Deficiency of cox1 gene expression in wheat plants with *Aegilops columnaris* cytoplasm. Curr Genet, 30: 509-514.

Jacobsen S E, Olszewski N E. 1993. Mutations at the SPINDLY locus of *Arabidopsis* alter gibberellin signal transduction. Plant Cell, 5 (8): 887-896.

Jiang P D, Zhang X Q, Zhu Y G, et al. 2007. Metabolism of reactive oxygen species in cotton cytoplasmic male sterility and its restoration. Plant Cell Reports, 26 (9): 1627-1634.

Kadowaki H, Suzuki T, Kazama S. 1990. A chimeric gene containing the 5' portion of atp6 is associated with cytoplasmic male-sterility of rice. Mol Gen Genet, 224: 10-16.

Kazama T, Toriyama K. 2003. A pentatricopeptide repeat-containing gene that promote the processing of aberrant atp6 RNA of cytoplasmic male-sterile rice. FEBS Lett, 544: 99-102.

Kliebenstein D J, Monde R A, Last R L. 1998. Superoxide dismutase in *Arabidopsis*: an eclectic enzyme family with disparate regulation and protein localization. Plant Physiol, 118: 637-650.

Li S Q, Wan C X, Kong J, et al. 2004. Programmed cell death during microgenesis in a Honglian CMS line of rice is correlated with oxidative stress in mitochondria. Funct. Plant Biol, 31: 369-376.

Liu F, Cui X, Horner H T, et al. 2001. Mitochondrial aldehyde dehydrogenase activity is required for male fertility in maize. Plant Cell, 13: 1063-1078.

Masatak O. 1976. A biochemical study of cytoplasmic male sterility of corn: alteration of cytochrome oxidase and malate dehydrogenase activities during pollen development. Japan J Breed. , 261: 40-50.

Maxwell D P, Nickels R, McIntosh L. 2002. Evidence of mitochondrial involvement in the transduction of signals required for the induction of genes associated with pathogen attack and senescence. Plant J, 29: 269-279.

Maxwell D P. 1999. The alternative oxidase lowers mitochondrial reactive oxygen production in plants cell. Proc Natl Acad Sci USA, 96: 8271-8276.

Møller I M. 2001. Plant mitochondria and oxidative stress: electron transport, NADPH turnover, and metabolism of reactive oxygen species. Annu. Rev. Plant Physiol. Plant Mol Biol, 52: 561-591.

Pla M, Mathieu C, De Paepe R, et al. 1995. Deletion of the last two exons of the mitochondrial *nad7* gene results in lack of the NAD7 polypeptide in a Nicotiana sylvestris CMS mutant. Mol Gen Genet, 248: 79-88.

Rhoads D M, Umbach A L, Subbaiah C C, et al. 2006. Mitochondrial reactive oxygen species. Contribution to oxidative stress and interorganellar signaling. Plant Physiol, 141: 357-366.

Rich P R, Bonner W D. 1978. The sites of superoxide anion generation in higher plant mitochondria. Biochem. Biophys. , 188: 206-213.

Sawhney V K, Shukin A. 1994. Male sterile in flowering plants: are growth substances involved ? American Journal of Botany, 81 (12): 1640-1647.

Song J, Hedgcoth C. 1994a. A chimeric gene (orf256) is expressed as protein only in cytoplasmic male sterility lines of wheat. Plant Mol Boil, 26: 535-539.

Song J, Hedgcoth C. 1994b. Influence of nuclear background on transcription of a chimeric gene (orf256) and coxI in fertile and cytoplasmic male sterile wheats. Genome, 37: 203-209.

Sun T P, Goodman H M, Ausubel F M. 1992. Cloning the Arabidopsis GA1 Locus by Genomic Subtraction. Plant Cell, 4: 119-128.

Wan C, Li S, Wen L, et al. 2007. Damage of oxidative stress on mitochondria during microspores development in Honglian CMS line of rice. Plant Cell Rep, 26: 373-382.

Warmke H E, Lee S L J. 1978. Pollen abortion in T cytoplasmic male sterile corn (Zea mays): a suggested mechanism. Science, 200: 561-563.

第六章 三系杂交棉的育种

棉花细胞质雄性不育的产生、类型和恢保关系，以及不育的细胞学、遗传学和生理生化特征与特性等，在本书的第二、第三、第四和第五章中已有介绍。这章重点介绍，应用前几章的基本理论和技术，利用现有的细胞质雄性不育系及其恢复系，选育新的不育系、保持系和恢复系，实现三系配套、选育强优组合的基本方法。

第一节 三系杂交棉的亲本选育

一、不育系及其保持系的选育

一个遗传上稳定的不育系，其细胞核应与保持系基本相同，因为不育系的每代繁殖是由保持系提供花粉实现的。亦即，不育系的选育与繁殖过程实际上是用保持系（轮回亲本）与不育系（非轮回亲本）不断回交的过程。经多代回交（5代以上）所获得的不育系，其核基因型基本上与保持系相同，是保持系的同核异质系。所以一般来讲，在大多数农艺性状方面，有什么样的保持系，就会有什么样的不育系。

目前，棉花细胞质雄性不育的保持系，基本上均是陆地棉或海岛棉品种（系），所以，保持系的选育与常规棉品种的选育相似。常规棉品种育种方面相关理论和技术在不少专著中已有很好的介绍（中国农业科学院棉花研究所，1974，2003；潘家驹，1998），可供保持系选育参照，这里不再对保持系的育种进行赘述。下面只就不育系的选育作一介绍。

（一）选 育 标 准

根据我们近20年的育种实践，棉花细胞质雄性不育系选育的标准如下。

（1）田间群体性状稳定，整齐一致。

（2）不育度100%，花药内花粉全败育，且不育性稳定，不受地点和气候条件等环境因素的影响，群体不育株率100%。

（3）开花习性好，花器大，柱头明显高出雄蕊（彩图6-1），利于昆虫授粉，也便于人工辅助授粉。

（4）异交率要高。因棉花是以自花授粉为主的常异花授粉作物，不育系本身不产生花粉。在自然条件下（不采用人工辅助授粉），主要依靠昆虫传粉，接受保持系或恢复系花粉才能结种子。因此，那些具有吸引昆虫（尤其是蜜蜂）造访的花朵蜜腺、颜色和气味等特性的不育系，更有可能获得高的异交率（王学德和赵向前，2002）。异交率高，不育系不但有较高的概率得到花粉，而且得到的花粉的量也较多，从而使结铃率提高和不孕籽率降低，最终获得较高的种子（制种）产量，同时也可获得较高的皮棉产量。

（5）可被恢复性好。这是通过与恢复系杂交获得的杂交种（F₁）花粉育性好反映出来的，且杂交种（F₁）的花粉育性不随环境条件改变而发生大的波动，结铃性好，不孕籽率低。

（6）配合力强。不育系与恢复系的配合力直接决定三系杂交棉的优势水平，在各种性状配合力选择中，除了选择产量、品质和抗性的特殊配合力高的不育系，也应注重选择一般配合力强的不育系。因为一般配合力强的不育系，与不同恢复系分别杂交，产生优势组合的机会更多。

（7）综合性状好。育成的不育系株型为塔形较好，叶大小适中，中下部不郁闭，通风透光性好；这样有利于昆虫造访，也便于人工辅助授粉。对生产上的主要病虫害具有较好的抗性，尤其是对枯萎病和黄萎病，以及棉铃虫和红铃虫的抗性突出。同时育成的不育系生产的棉纤维品质优良。

（二）选 育 方 法

1. 利用现有不育系选育新不育系

现有不育系的基因型应是 S（rfrf），一般可用回交转育法选育它的新不育系，其基本原理是细胞核置换（图 6-2），也就是染色体代换过程。这里，母本（非轮回亲本）是待改良的现有不育系，父本（轮回亲本）是当地推广种。当两亲本杂交后，若发现后代的不育株出现，则选不育性好的单株与父本（轮回亲本）回交，回交后代中再选不育株与父本回交，这样连续回交 5 代以上。每回交 1 代，母本可获得父本遗传组成增加 50%，连续回交 5 代获得的父本遗传组成约占 98%。换言之，回交 5 代后获得的不育系，其核基因型基本上与父本相同。这时的母本就是遗传上稳定的不育系，父本是保持系。实践表明，一般的陆地棉育系，只要群体主要农艺性状相对一致，回交次数也可减少至 4 代。

但是，不育系是否优良，最终还要看与恢复系的配合力。有的不育系虽然本身具备良好的综合性状，但与恢复系杂交后，杂种优势并不突出；反之，有的不育系本身表现虽不很好，但与恢复系杂交后却能显示出强的杂种优势。所以，一个优良的不育系，不但本身表现好，还要与恢复系有好的配合力，这就需要在回交选育不育系的过程中，选中的不育单株或株行必须与恢复系进行测交。一般从回交的第 3 代或第 4 代开始，对选择的优良不育株行在回交的同时进行测交，根据测交产生的 F₁ 的表现，选择强优势的组合，该组合的母本便是具有强配合力的不育株行。测交筛选时，作为母本的不育株行，是待测验的材料，数量较多，一般 100 个左右的株行，多时可达几百个，测验种是一个恢复系。这样，100 个左右的不育株行，分别与 1 个恢复系进行测交，获得的 F₁ 在翌年进行株行比较，根据 F₁ 的产量、品质和抗性等方面性状的优势表现，选择强优势组合的母本，就是被选中的不育株系。

棉花个体较大，在回交选育不育系时，随着回交世代的增加，群体迅速扩大。这时选择群体的大小以及选择的一般方法，可按如下原则确定。

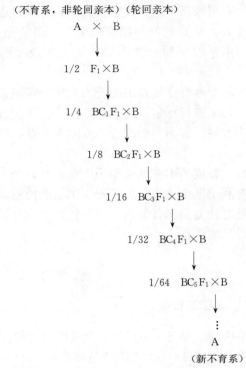

（不育系，非轮回亲本）（轮回亲本）

A × B

↓

1/2　F₁×B

↓

1/4　BC₁F₁×B

↓

1/8　BC₂F₁×B

↓

1/16　BC₃F₁×B

↓

1/32　BC₄F₁×B

↓

1/64　BC₅F₁×B

⋮

A

（新不育系）

图 6-2　用核置换法选育新不育系的示意图

1/2，1/4，1/8，…，是指杂交后代细胞核遗传组成占轮回亲本的比例

第一年，用回交核置换法（图 6-2），对现有的不育系进行改良，必须根据育种目标严格选择轮回亲本，因为这个轮回亲本将是改良后的保持系，所以对它选择很重要。然后，待改良不育系与优良陆地棉品种（轮回亲本）杂交，获得 F₁ 种子。

第二年，上年获得的 F₁ 代种子播种后，在开花期进行育性鉴定。F₁ 代所有植株应全是不育的，即不育株率为 100%；若用手指捻碎不育花药，花药内应该没有任何花粉粒，即不育度为 100%。如果 F₁ 代出现可育株，表明轮回亲本不能作为保持系，需要更换；或者，待改良的不育系基因型纯合度不够高，需要纯合后再做回交。F₁ 代一般不需要选择，但是由于待改良的不育系，可能因自然传粉引起的纯度不高，或其遗传背景不清楚，F₁ 代群体整齐度差，这时最好还是进行选择，或拔去不良单株，然后用轮回亲本回交，获得回交第一代（BC₁F₁）。

第三年，BC₁F₁ 群体应在 50 株以上，从中选择优良单株 10 株左右，分别与轮回亲本回交，并用塑料线做标记。不育系常表现出铃子偏小、不孕籽偏多和吐絮不够畅等缺点。因此，吐絮后决选时，应选择吐絮畅的单株子棉，经考种（铃重、衣分、子指和纤维品质等）决选 5 株左右，供下年继续回交用。

第四年，将上年选中的优良单株种成株行，每行种 20～30 株，这些株行即为回交第一代（BC₂F₁）群体。从这些株行中，首先选择优良株行，然后从优良株行中选择单株。根据每一株行的表现，每一株行中选择 2～4 株，表现特别优良的株行可从中多选些单株，选中的单株继续与轮回亲本回交，回交后获得的种子可按单株收，也可以按株

行收。值得提倡的是，株行圃以及以后的株系圃，最好在隔离条件下，不育株行（系）
与轮回亲本间按比例（如 2∶1）间隔种植，不用人工授粉，借助自然传粉媒介进行授
粉（图 6-3）。因为，优良不育系应能吸引昆虫，尤其是蜜蜂进行授粉。在自然传粉条
件下，不做任何人工授粉等措施，选择结铃多、铃子大、吐絮畅以及考种性状好的不育
株，按株行或株系收获种子，供下年继续回交。

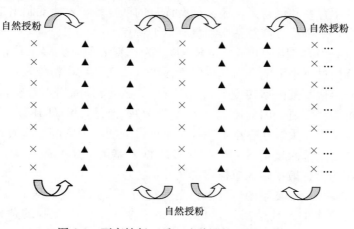

图 6-3　不育株行（系）选种圃的田间示意图

▲为不育株行（系），×为保持系，种植比例 2∶1；空心箭头为授粉方向；行距 60cm，株距 40cm

第五年，将上年收获的株行种子种成株系（BC_3F_1），种植的田间布置仍可按照
图 6-3。每个株系的群体可适当扩大，如 100～200 株。考察和比较不育株系，选择综
合性状优良的株系，继续用轮回亲本回交。

第六年，将上年最优良的若干（如 1～3 个）不育株系（BC_4F_1），扩大种植，一般
群体大小为 500 株左右，并对各性状的整齐度进行鉴定，比较后最终选择 1 个最优株
系，用轮回亲本回交，以进一步扩大繁殖不育系种子（BC_5F_1）。下一年，BC_5F_1 群体
可进一步扩大至 1000 株以上。经回交 5 次，不育系的性状已与轮回亲本基本一致，这
时的轮回亲本即为保持系，与不育系一起，可投入生产试验。

上述不育系在选育进程中，可结合南繁加代措施，使育种年限缩短一半。在选育不
育系的同时，如果保持系群体有性状分离，应该从中选择典型的优良单株自交和繁殖，
并取其花粉给不育系授粉；当然，也可对保持系进行提纯、复壮。

2. 利用三系杂交棉及其后代选育新不育系

当没有现成的不育系时，育种者可从种子公司购得三系杂交棉种子，用它作为基础
材料，也可选育新的不育系。从遗传上分析，商用三系杂交棉是通过不育系与恢复系杂
交获得的 F_1，其基因型是 S（Rfrf）。虽然它的细胞核育性基因型是杂合的，表型是可
育的，但它仍含有不育细胞质，在 F_2 代群体中会分离出不育单株。这时，我们以三系
杂交棉（F_1）为母本，或取 F_2 群体中的不育单株为母本，按图 6-2 所示的核置换法，
与轮回亲本（将作保持系的优良品种）杂交、回交、测交和选择，同样可选育出新的不
育系。

二、恢复系的选育

（一）选育标准

有了优良的不育系和保持系，还必须有优良的恢复系，才能配制出丰产、优质、抗病、抗虫的组合，一个优良恢复系必须具有以下特点。

（1）基因型应为 S（RfRf）或 N（RfRf）。为选育方便，大多采取前者基因型。理由是在恢复系种植过程中可能会引起生物学污染（非恢复系花粉传入），这时 S（RfRf）因外来花粉污染会使其基因型转变成 S（Rfrf），次年会分离出不育株，从而使我们通过发现不育株可确认恢复基因的流失（Rf 变为 rf）；但是，N（RfRf）基因型在种植过程中若发生恢复基因流失，在表型上我们是不能发现的，因它的细胞质是可育型（N）。

（2）如果恢复系基因型是 S（RfRf），要求恢复基因（Rf）效应大，即雄蕊表现为花丝较粗长、花药大、散粉多的单株（彩图 6-4 右）。

（3）恢复力要强。恢复系的恢复力，是通过与不育系杂交，从 F_1 花药的育性或植株的结铃率表现出来的。凡是恢复系具有强的恢复力，由它配制的杂种 F_1，花药大、散粉好、结铃率高，达到大田生产的要求，而且受环境条件的影响很小。

（4）具有标记性状，便于去杂保纯。在基因型上，恢复系 S（RfRf）不同于保持系 N（rfrf），但在表型上，两者几乎是一样的，难以区分。为了从表型上能观察到 S（RfRf）与 N（rfrf）间的明显差异，避免混杂（如田间种植时的生物学污染，晒花轧花时的机械混杂），恢复系须带有标记性状。标记性状应易于肉眼观察，且是隐性或不完全显性基因控制的性状（如无腺体、鸡脚叶等）。例如，用无腺体标记的恢复系，因无腺体是受两个隐性基因（gl_2、gl_3）控制的性状，当恢复系繁殖田中混入有腺体植株（Gl_2Gl_2/Gl_3Gl_3）时，或传入有腺体花粉（Gl_2Gl_3）时，在当代或下代就可看到杂株（有腺体）的混入，我们只要将杂株拔除就可保持恢复系纯度（刘英新，2010）。由此可见，此处的标记性状起到了指示恢复系"真"或"伪"的作用，在三系杂交棉制种和繁种的生产过程中保证种子的质量（种性和纯度）具有重要意义。

（5）配合力要强。恢复系的配合力也是通过其杂种 F_1 反映出来的。要求它与不同不育系所配的组合，能表现出强的一般配合力和特殊配合力。一般配合力强表明某个恢复系与群多不育系杂交均能表现出强的杂种优势；相对应地，特殊配合力强说明该恢复系只与专一不育系杂交才显示出强的杂种优势。显然，一般配力强的恢复系，应用更广，价值更高。

（6）农艺性状好。恢复系除了有强的恢复力，综合农艺性状好对于选配强优势组合很重要，关系到三系杂交棉的高产、优质和抗性。一般来说，一个强优势组合，亲本之一往往为高产亲本，另一亲本是优质亲本或抗逆亲本。所以，恢复系的农艺性状要接近目前推广的常规品种，使主要经济性状，如结铃率、每亩总铃数、铃重、衣分、纤维品质和抗病虫等性状，要与不育系性状互补。

（7）与不育系有较大的遗传差异。杂种优势的强弱与双亲细胞核的遗传差异大小存在一定的相关性。一般而言，在一定范围内不育系与恢复系间的遗传差异越大，其杂种一代的优势就越强，反之，优势就不会很明显。

除了这些主要标准外，还必须考虑恢复系的生育期，以便在制种时能与不育系的花期相遇（详见第七章）。

（二）选育方法

棉花细胞质雄性不育的恢复系选育，一般可以分为测交筛选法和杂交选育法两种。测交筛选法是指以一个不育系为母本，与现有不同品种（系）分别杂交，根据杂种 F_1 的花粉育性，筛选出能使不育系的育性转变为可育的品种（系），这个品种（系）即为该不育系的恢复系。由于现有的棉花细胞质雄性不育的恢复源不广，这种方法往往带有一定的盲目性，工作量偏大，育种效率较低。所以，仅靠测交筛选法选育棉花恢复系还不能满足三系杂交棉育种研究的需要。诸如早熟恢复系的选育、抗病虫恢复系的选育、海岛棉恢复系的选育等，还需要通过杂交选育法扩大恢复源，重组优良性状，从而获得新的恢复系，育种工作者常称之为人工制恢。这种方法（杂交选育法）往往是指以具有不育细胞质（S）的材料［S（RfRf）、S（Rfrf）、S（rfrf）］为母本，与优良品种杂交，从杂种后代中选择既具有不育细胞质又花粉育性正常的 S（RfRf）基因型的过程。这里，因为杂交种后代始终保留了不育细胞质（S），通过反复自交和不断淘汰不育株，最后留下的棉株应是 S（RfRf），再从中选择综合性状优良的材料，可作为恢复系。

1. 测交筛选法

首先，以不育系为母本，与许多现有棉花品种进行广泛测交，获得许多测交组合（F_1）；然后，根据各个杂交组合（F_1）的雄蕊的育性，从许多测交组合（F_1）中筛选出育性好的组合；最后，该组合的父本就是能恢复母本（不育系）育性的候选恢复系，它可作为基础材料，用于进一步选育符合不同育种目标（如优质、抗病虫、早熟等）的恢复系。这种方法的具体步骤可分为以下三步（图 6-5）。

1）第一步：初测

充分利用现有棉花种质资源，征集尽可能多的优良品种（系）作为父本，取其花粉，分别授粉于某个不育系，从不育系上收获种子（F_1 代的种子），次年重点观察 F_1 花药的育性。如果 F_1 花药大、花粉多，且结铃性好、不孕籽少，表明该组合的父本对不育系具有强的恢复力，可作为候选恢复系。初测时，每一组合 F_1 应有 10 株以上的群体。

2）第二步：复测

经初测鉴定有恢复力的候选恢复系再进行复测，以验证初测的结果。复测仍以原不育系为母本，与候选恢复系进行杂交，获得的每个组合（F_1）种子最好种成两次重复的比较试验，每个小区面积适当扩大，如种植 $50\sim100$ 株。复测时，除了继续观察 F_1 花粉育性以进一步明确候选恢复系的恢复力外，重点是对待测恢复系的农艺性状进行鉴定，即通过考察各组合（F_1）在产量、品质和抗性等方面的综合表现来评价父本（候

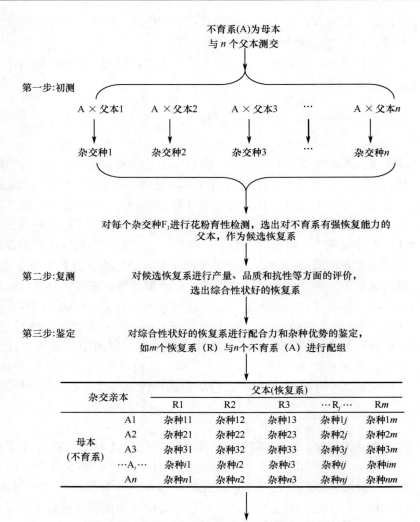

图 6-5　用测交筛选法选育恢复系的示意图

选恢复系）。这一过程实际上是对各个候选恢复系的特殊配合力进行初步测定，然后根据测定结果，选取配合力强的恢复系。

　　3）第三步：鉴定

　　根据复测结果，对各恢复系进行更严格的鉴定，淘汰多数，入选少数。另外，还需要适当增加不育系，以明确上述选取的恢复系对不同遗传背景（如抗性、早熟等）的不育系的配合力。例如，从现有征集的不育系中选取 n 个不育系，从复测恢复系中选取 m 个恢复系，以不育系为母本，以恢复系为父本，进行 NCⅡ 交配，获得 $n×m$ 个杂种组合的 F_1 种子。翌年，将其杂种、亲本（恢复系）和对照品种（推广良种）进行 3 次重复的随机区组比较试验，根据组合的配合力和优势表现，选出强优组合相对应的不育系和恢复。对优良组合重新配制一定数量的杂种种子，供大田生产试验、多点试验和区域试验。若上述试验均显示该组合有显著杂种优势，该组合的恢复系即为优良恢复系。

2. 杂交选育法

1）单交法

利用现有恢复系，通过一次杂交将恢复基因导入另一个棉花品种中，然后在杂种后代的分离群体中采用系谱法进行选育（图 6-6）。这种杂交方式可以有恢复系×恢复系、恢复系×保持系、不育系×恢复系三种。这里应注意的是，作为母本的恢复系，其细胞

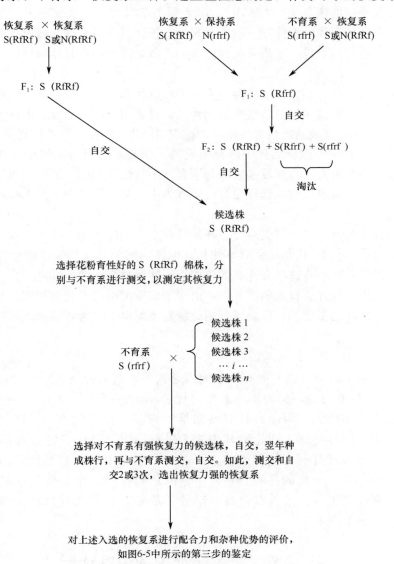

图 6-6　用杂交选育法选育恢复系的示意图

质基因型，在理论上可以是不育细胞质类型（S），也可以是可育细胞质类型（N）。但是，从育种选择效率上考虑，用作母本的恢复系，其细胞质类型最好是 S 型，因为一旦它的细胞核失去恢复基因植株就表现为不育；这样，就可知杂种分离群体中各个单株是否含有恢复基因。不难理解，选育恢复系的过程在一定程度上就是选取恢复基因的过程。具体操作时，只要在杂种后代的群体中，选择花药大、花粉多的植株即可。

（1）恢复系×恢复系。选用两个均具有恢复基因且主要性状有互补的品种（系）杂交，在杂种后代中选育符合育种目标的新恢复系。例如，浙江大学（张小全和赵向前，2005）用陆地棉恢复系"浙大强恢"和海岛棉恢复系"海 R"通过一次杂交，从 F_4 代中选出纤维品质好的恢复系"AJ63R"。由于两个亲本均具有恢复基因，如果两个亲本纯度很高，在杂种后代的群体中一般不出现不育株，只有可育株，低世代可以不进行测恢工作，只需选择与产量、品质和抗性相关的性状，待这些性状相对稳定后再进行测恢工作。

（2）恢复系×保持系。某些品种具有一些特殊性状，或抗性和丰产性都理想，却缺少恢复能力而不能直接用于三系杂交棉制种时，可采用此法。例如，浙江大学（王学德和李悦有，2002b）育成的彩色棉恢复系"棕 R-ZJ02"，是在白色棉恢复系"浙大强恢"与棕色棉品系"T586"杂交后代中选育而成的。恢复系与保持系的杂交法，由于低世代单株的表现型有可育（含恢复基因）与不育（不含恢复基因）之分，可以从低世代开始选择。一般地，低世代时以选择强育性单株为主，高世代时则重点选择产量、品质和抗性等指标。

（3）不育系×恢复系。这类组合往往是目前生产上应用的三系杂交棉。雄性不育系与恢复系杂交后，从 F_2 代起就会有育性和其他性状的分离，其中可能会出现一些符合育种目标的优良单株。将这些育性好的单株进行连续自交和选择，可选育出性状一致的新恢复系。采用这种方法育成的恢复系，由于细胞质类型与不育系相同，其优点是容易选出质核亲和性好的恢复系，但缺点是用此恢复系配组，有时较难选出比原组合优势更强的组合。

2）复交法

此法可把多个品种（系）的有利基因综合到一个新品种（系）中。例如，甲品种（系）抗性好，恢复力强，但与不育系配组优势不大；而乙品种丰产性好，配组后优势强，但恢复力不够强；丙品种具有熟期早和恢复力强的优点。可以将甲、乙、丙三个品种（系）进行复交，即先取其中两个进行杂交，然后它的杂种再与第三个杂交，这样的复交方式有利于把分散在三个品种（系）中的有利基因，通过重组，再加以选择，聚合在一个新的品种（系）中，以达到育成一个新恢复系的目的。复交方式，虽然有以上优点，但也有育种年限较长的缺点。其选育过程，当进入最后一次杂交后，可参考图 6-6。

第二节　三系杂交棉的亲本选配

第一节介绍了不育系和恢复系的选育方法；本节将讨论如何运用不育系和恢复系，

配制杂种组合（配组），以充分发挥三系杂交棉的优势。

一、育 种 目 标

优良杂交棉取决于亲本选配，而亲本选配又是以育种目标为依据的。三系杂交棉是利用不育系与恢复系间的杂种优势，一般只利用杂种第一代，它的育种目标，虽与常规棉相似，但也有所差异；除了高产、优质和抗病虫外，还要求杂交种有高的制种产量。然而，育种目标常随着各地的生态条件和耕作制度的不同而有所差异。我国棉作区域辽阔，不同棉区气候条件和耕作制度差异很大。因此，三系杂交棉选育，必须因地制宜，明确主攻方向，制定相应的选育目标，培育适合当地推广的优良组合。例如，长江流域棉区应充分利用其无霜期长、热量充足和雨量充沛的优势，培育能适应一年两熟制的生育期较长的中熟乃至偏迟熟的杂交棉，以利于挖掘其增产潜力；同理，西北内陆棉区由于无霜期短、热量和雨量条件较紧张，适宜于培育生育期短的早熟杂交棉。

三系杂交棉育种目标，若能像常规杂交棉一样，一步到位至高水平，固然理想；但因其研究历史较短，目前育种基础仍较薄弱，一步到位恐不切实际。目前，三系杂交棉的理论和技术仍在积累和提高过程中，相应的育种目标也应分阶段逐步提高。例如，以产量为例，近期目标，比同生育期推广的常规品种增产 10％～15％；中期目标，与人工去雄授粉制种的杂交棉产量相当或略高；远期目标，比人工去雄授粉制种的杂交棉产量提高 10％～15％，甚至更高。

（一）高 产

棉花皮棉产量是由铃数、铃重和衣分三个产量构成因子组成，即皮棉产量＝每亩株数×单株铃数×单铃重×衣分。例如，要获得 60kg 皮棉/亩，每亩需要 30 000 个棉铃，每个铃子能收 5g 籽棉，衣分达 40％。每亩株数需根据品种特性和土壤肥力等因素来决定，争取采用最佳种植密度，取得群体和个体生长发育的平衡。单株铃数与产量的关系最密切，呈显著的正相关，它取决于品种的结铃性，结铃性好表明蕾铃脱落少，结铃率高。这不但与三系杂交棉株型结构相关，更重要的是与其育性恢复度密切相关。如果，不育系不易被恢复为可育，或恢复系对不育系的恢复力不够强，均有可能致使其杂种的花粉育性降低，从而直接影响其结铃性，所以提高结铃性应是三系杂交棉高产育种的首要目标。在花粉育性好的前提下，选择株型理想、生长稳健、花期光合净同化率高、伏期开花量大、后期不早衰，早秋桃比例大，结铃性强而集中，铃壳薄、脱水快、吐絮畅，铃重（每个棉铃的籽棉重量）较大，且早、中、晚三期铃重差异小、铃型整齐的品种。但铃重也不宜过大，否则会影响结铃性的提高。衣分（纤维重量占籽棉重量的百分率）是实现皮棉高产的保证，但选择衣分高，还必须保持一定的籽指水平，否则会导致种子变小、发芽差、苗生长势弱，达不到高产的目的。

霜前花率（下霜前籽棉产量占总籽棉产量的百分率）既是早熟性的指标，又是高产目标的重要指标，只有霜前收花量高、总产量稳定增产，才是经济价值高的三系杂交棉。

　　棉花产量与棉株的光能利用有着十分密切的关系，是棉株进行光合作用的综合产物。收获指数〔经济学产量（籽棉干重）与生物学产量（棉株干重）的比值〕是光能利用的最好反映，是衡量棉株生殖生长和营养生长相互消长以及棉花品种生产潜力的最好指标，应该作为棉花产量潜力选择的指标。但是，在棉花育种的比较试验中，以往很少注重收获指数，可能与存在某些技术上的困难有关。这里，用于计算收获指数的生物学产量是指整株棉花的干物质重量，包括根、茎、叶、花蕾、棉铃等所有器官的干重。然而，由于诸如地下根系不易完整地取样，以及脱落叶片和蕾铃难以计重等因素，要获得精确的生物学干物重的数据常常是困难的；不过，只要取样条件一致，忽略一些侧根、脱落叶片和蕾铃的重量，还是可获得相对精确的数据的。

（二）优　　质

　　棉花的主要产品是纤维，所以品质主要是指纤维品质。棉纤维是重要的纺织原料，纤维品质的好坏直接关系到棉纱及其织物的质量。棉花纤维品质，虽然可有许多指标，但最主要的是纤维长度、纤维强度和纤维细度。

1. 纤维长度

　　纤维是棉花胚珠表皮细胞分化而成的单细胞。纤维长度是指纤维细胞伸长后两端之间的长度，常用指标有以下几个。

　　主体长度：又称为众数长度，是指在纤维长度分布中纤维根数最多或重量最大的一组纤维的平均长度，与下述的手扯长度相近。

　　平均长度：是指棉束从长到短各组纤维长度的重量（或根数）的加权平均长度。

　　手扯长度：用手扯尺量的方法测得的纤维长度，接近主体长度，是室内考种时最常用的传统测量法。

　　当其他纤维品质指标相同时，纤维越长，纺纱支数越高，棉纱强度也越大。这是因为纤维较长，纱中的纤维间接触面较大，抱合较紧，成纱强度较高。同时，纺纱时所需捻数较少，因而纺纱效率较高。海岛棉纤维较长，称为长绒棉；陆地棉次之，称为细绒棉；亚洲棉较短和较粗，称为粗绒棉（表 6-1）。

表 6-1　棉纤维长度与可纺支数的关系

原棉种类	纤维长度/mm	细度/(m/g)	可纺支数/公支*
长绒棉（海岛棉）	32～41	6500～8500	100～200
细绒棉（陆地棉）	25～31	5000～6000	33～90
粗绒棉（亚洲棉）	19～23	3000～4000	15～30

　　* 棉纱支数分公制支数和英制支数，都属于定重制。公制支数以 1kg 纱线每 1000m 长为 1 支；英制支数以 1 磅（0.454kg）纱线每 840 码长为 1 支。支数越大，纱线越细。

　　同一样品的棉纤维，要求纤维长度的整齐度好。纤维越整齐，短纤维含量越低，游动纤维越少，纱线中露出的纤维头就少，使成纱表面光洁，纱的强度也提高。整齐度常用基数和均匀度两种指标。

基数：是指主体长度组和其相邻两组长度差异为5mm范围内的纤维重量占全部纤维重量的百分数，即基数＝（主体长度±5）mm范围内纤维重量（g）/纤维样品总重量（g）。

均匀度：是指主体长度和基数的乘积，是整齐度的可比性指标。因棉种不同，纤维有长有短，若仅用基数表示，势必出现短纤维的整齐度一般都好或长纤维则较差的问题。用均匀度表示不同棉种的整齐度比较合理，均匀度好（1000以上），表示整齐度好。

另外，还可根据同一样品纤维长度的次数分布，测2.5%跨距长度和50%跨距长度，以两者之比表示纤维长度的整齐度。跨距长度是根据光电转换原理，用纤维长度照影仪测定的。随机取一定量的纤维，画出纤维长度分布曲线。以3.8mm处的纤维数量为100%。曲线图上纤维数量为2.5%处的长度为2.5%跨距长度，纤维数量为50%处的长度为50%跨距长度。以50%与2.5%跨距长度之比表示长度整齐度，数值较小表示纤维长度较整齐。2.5%跨距长度与手扯长度或主体长度相接近。

2. 纤维细度

纤维细度是表示棉纤维粗细程度的指标。测定纤维细度多用间接法，度量单位常有公制、英制和国际标准。

公制标准，我国习惯上采用公制支数表示细度，是指一定重量纤维的总长度（m/g），用气流仪（aerometer）进行快速间接测定。即用棉纤维中段切取器切取一束长度一定的纤维，称其重量，计数其根数，从而计算出棉纤维的公制支数。

$$公制支数 = L \times N/M$$

式中，M为一束定长纤维的重量；L为切取纤维的长度；N为一束纤维根数。

英制标准，以马克隆值（Mirconaire value）作为细度指标，指一定长度的重量（$\mu g/in$[①]）。取一定重量的试样用气流仪进行测定。细的、不成熟的纤维对气流阻力大，马克隆值低；粗的，成熟的纤维对气流阻力小，马克隆值大。所以，马克隆值是一个细度和成熟度的综合指标。公制支数和马克隆值可以相互换算：马克隆值＝25 400/公制支数。

国际标准，通常以特克斯（tex）表示纤维细度，是指纤维或纱线1000m长度的重量（g）数。克数越高，细度越粗；克数越低，细度越细。

纤维的粗细，因棉花品种不同而异，陆地棉成熟纤维细度常为5000～6500m/g，海岛棉为6500～8000m/g。马克隆值分为A、B、C三级，A级马克隆值为3.7～4.2，品质最好；B组马克隆值为3.5～3.6和4.3～4.9；马克隆值在3.4及以下和5.0及以下的为C组，品质最差。

纤维细度直接关系到纱线的强度和细度，纺同样粗细的纱，用细度较细的成熟纤维

---

① 1in（英寸）≈2.54cm，后同。

时，因纱线内所含的纤维根数多，纤维间接触面较大，抱合较紧，其成纱强度就高。同时，细纤维适于纺较细的纱线。纱线细度与原棉纤维细度的关系如表 6-2 所示。

表 6-2　棉花纱线细度与原棉纤维细度的对照

	公制标准	英制标准	国际标准
纱线细度	1kg 纱线每长 1000m 为 1 支	1 磅纱线每长 840 码为 1 支	号数＝纱线 1000m 长度的重量（g）
纤维细度	公制支数＝一定重量纤维的长度（m/g）	马克隆值＝一定长度纤维的重量（μg/in）	特克斯（tex）＝纤维 1000m 长度的重量（g）

3. 纤维强度

强度是指纤维的相对强力，即纤维单位截面积所能承受的强力，也用来比较不同棉纤维细度的强力大小，强度越高，表示纤维既细又强，单位为千磅/平方英寸、克/特克斯（g/tex）等。强力是指纤维的绝对强力，即一根纤维或一束纤维被拉断时所承受的力，单位为克力（gf）、千克（kg）、磅（lb）。我国经常用 Y1b2 型束纤维强力机测定强力，换算为单纤维强力，以克力表示。单纤维强力，因棉种和品种不同有较大差异，陆地棉多为 3.5～5.0 克力，海岛棉可达 4.5～6.0 克力，亚洲棉纤维较粗，强力可达 4.5～7.0 克力。

另外一个表示纤维相对强力的是断裂长度，它是纤维强力和细度的综合指标，是单纤维强力（g）与纤维细度公制支数（m/g）的乘积，单位为 km。即断裂长度（km）＝单纤维强力（g）×公制支数（m/g）×0.001。断裂长度的值大，纤维既细又强，断裂长度是相对强度指标。一般陆地棉的断裂长度多为 21～25km，海岛棉可达 27～40km。

现在，断裂比强度是国际上普遍用的纤维强度指标，单位为克/特克斯（g/tex）。其中，特克斯是 1000m 纤维的克重数，是纤维细度的指标。因此，断裂比强度是拉断 1tex 单位纤维所需的力，以克为单位。不难看出，断裂比强度也是强力和细度的综合指标。

4. 棉花品质测验标准

棉花品质测验标准，不同时期有所差异，我国至少经历过 3 次更新，即包括传统的国标体系、ICC 和 HVICC 等通用的国际标准。虽然科研上目前常用的是 HVICC 国际标准［上半部平均长度（mm）、断裂比强度（cN/tex）、马克隆值、整齐度指数（%）等］，但商业和纺织业上仍常用国标体系，或与国际标准混用；另外，人们引用文献时大都保持当时的测定结果。虽然当前使用的标准不完全一致，但对于棉纤维品质主要由长度、细度和强度等指标构成的认识是一致的。为便于比较，不同标准下的品质指标可用以下关系进行换算：（g/tex）×0.98 折算为 ICC（cN/tex），再乘以 1.4 折算为 HVICC（cN/tex）；整齐度指数大约为 1.77 乘以整齐度（百分比）；纤维上半部平均长度＝1.02×2.5% 跨距长度。

棉花纤维品质，除了上述指标以外，还有其他指标，如弹性、色泽和成熟度等。所以，棉花纤维品质是个复杂的性状，既要注重内在质量，又要考虑外观特征，综合考虑各个指标，才能较好地评价其品质。而且，随着纺织工业的发展和人们对织物品质要求的提高，对棉纤维品质的要求也有所变化。以往，纤维长度被认为是最重要的品质指标，它与细度一起，是纺高支纱的基础；但随着纺织工业向气流纺发展，纤维强度更显重要，高强度的纤维不易被拉断，更适合高速气流纺纱。在现有的陆地棉种质中，"爱字棉"、"乌干达棉"和 PD 系列种质均具有优质纤维特性。三系杂交棉的两个亲本，不育系和恢复系，可通过与上述种质杂交，再加以选择来提高其纤维品质。特别是通过培育海岛棉不育系或恢复系，再与陆地棉恢复或不育系杂交，获得陆地棉与海岛棉种间的三系杂交棉，可有效利用其品质优势。

（三）抗病、抗虫

1. 抗病

棉花病害较多，如立枯病、炭疽病、红腐病、角斑病、茎枯病、曲霉病、枯萎病和黄萎病等。目前在我国危害最严重的病害主要是枯萎病和黄萎病，它们已成为棉花抗病育种的主要防治对象。枯萎病是尖孢镰刀菌萎蔫专化型（*Fusarium oxysporum*）侵入棉花引起的，而黄萎病则是大丽轮枝菌（*Verticillium dahliae*）或黑白轮枝菌（*Verticillium albo-atrum*）侵入棉花引起的。在我国，引起黄萎病的主要病菌是大丽轮枝菌，黑白轮枝菌不常见。

枯萎病、黄萎病的病原菌主要是通过土壤感染棉花根系，侵入体内维管束，扩展为害，使棉花萎蔫乃至死亡。病菌在土壤中可以长期存活不死，且可以常年积累。在我国 500 万 hm^2 的棉花种植面积中，约有一半的棉田被这两种病原菌侵染，一般使棉花减产 20%～30%，严重的减产 50% 以上，且纤维品质严重下降。因此，棉花枯萎病、黄萎病已成为棉花高产、稳产的主要障碍之一。

然而，枯萎病、黄萎病的病原菌非常容易传播，能随空气、种子、土壤颗粒、作物残枝、流水和农具等到处传播。而且，枯萎病、黄萎病是维管束病害，棉株一旦被病菌侵染，就很难找到有效的治疗手段。因此，防治棉花枯萎病、黄萎病最为经济、安全、有效的办法是培育和推广抗病品种。

与产量和品质性状不同，棉花抗枯萎病和黄萎病常被认为是质量性状，且表现为显性或不完全显性。抗病品种与感病品种杂交，杂种 F_1 大都表现为抗病，这为三系杂交棉的抗病育种提供了理论依据。

枯萎病是毁灭性的，发病既早又严重，棉苗大部分甚至全部死亡。黄萎病发病比枯萎病滞后些，虽然不是毁灭性病害，但病株发育不良，严重的叶片脱落。由于两种病害对棉花危害程度有所不同，其抗病育种目标也有一定程度上的差异。抗枯萎病，育种目标应高些，应选择高抗能力的材料，要达到没有死苗、培育病田的病情指数在 10% 以下的品种。而对黄萎病，棉花虽有发病，但不至于完全毁灭，又因目前尚未发现对黄萎病具有高抗或免疫的棉花品种，抗黄萎病的育种目标可相对低点，一般发病指数在 30% 以下可认为是一个有利用价值的耐病品种。应强调的是，棉花抗病育种，要求选育兼抗（耐）枯萎病和黄萎病，产量和品质不低于无病地种植的推广良种的新品种。

2. 抗虫

棉铃虫、红铃虫、棉叶螨、地老虎、棉蚜、棉盲蝽、蓟马、棉造桥虫、玉米螟等是棉花主要害虫。防治这些害虫一直是棉花栽培管理中的重要环节，其费用接近棉花生产成本的 15％，在某些重灾区甚至更高。为防治这些害虫，施用大量化学农药，既增加了环境污染，又对生态平衡造成威胁。20 世纪 90 年代以来，以转 BT 基因抗虫棉为标志的棉花抗虫育种取得的成就，大大促进了以转基因抗虫棉为亲本的抗虫杂交棉育种的发展，并取得良好的效果。这不但为三系杂交棉育种提供了经验，也提供了许多有用的种质。棉花抗虫可分为生化抗虫和形态抗虫，前者具有如 BT 蛋白、棉酚和单宁等内源物质的抗虫性，后者具有如鸡脚叶、多绒毛和窄卷苞叶等形态上的抗虫性。多数抗虫性状是显性的，亲本之一是抗虫的，杂种第一代一般也具有抗性，这为抗虫三系杂交棉育种提供了方便。浙江大学（王学德和李悦有，2002a；朱伟等，2005，2006，2008）以 BT 抗虫棉和鸡脚叶棉为轮回亲本，与不育系或恢复系杂交和回交，选育出兼抗棉铃虫和枯萎病的不育系"抗 A"，以及具有鸡脚叶标记的不育系"鸡 A"和恢复系"鸡 R"等。以这些不育系和恢复系作为杂交亲本之一，常可配制出不但在抗性上，而且在产量和品质上均有明显优势的杂种。

（四）制 种 产 量

与常规棉品种比较，杂交棉对制种产量的要求更为突出。棉花是以自交为主的常异花授粉作物，花粉较大，不易借助风力传粉，主要借助昆虫传粉。虽然棉花花器较大，人工去雄授粉较易，每个杂交铃能结 30 粒左右的种子，但人工杂交制种的过程仍显繁杂，费工、费时，远不能适应杂交棉生产发展的需要。目前，棉花制种，除了人工去雄授粉法外，还有利用核雄性不育的两系法和细胞质雄性不育的三系法。其中，三系法制种，因不育系雄性不育彻底，且不育性很稳定，从而使制种更简便、成本更低、杂种纯度更高。因此，为提高制种产量，培育更能吸引昆虫传粉的不育系和恢复系应是三系杂交棉育种的重要目标之一。棉花蜜腺、花朵颜色和气味等对提高昆虫造访影响很大；另外，不育系柱头露出雄蕊较多更便于授粉。所以，转育这些性状于三系杂交棉亲本，对于借助自然传粉媒介制种，提高制种产量，降低制种成本，具有十分重要的意义。

二、强优组合的选配原则

育成优良的杂交棉组合的关键在于选配亲本，优良的亲本是选配强优组合的基础。三系杂交棉的亲本是不育系和恢复系，新组合的育成往往是建立在亲本育种的基础上的，这一关系可谓"水涨船高"。强优组合的选配必须以产生杂种优势为基础，即要求杂种比常规棉品种在产量、品质和抗性上有更显著的优势。实践证明，选配杂交组合应考虑以下几个方面。

（一）选择遗传基础差异较大的亲本配组

目前，我国的杂交棉大多为陆地棉品种间的杂交种，少量的是海岛棉与陆地棉种间杂交种。换言之，杂交棉亲本，大多为陆地棉品种，少量的是海岛棉，但均为异源四倍体棉花，虽然染色体数目（$2n=52$）和染色体组（AADD）没有差异，但由于品种进化、地理隔离和生态条件不同，品种间出现多样性，加上通过人工杂交和选择，形成了不同类型的优良品种。用这些遗传差异大的材料进一步育成的不育系和恢复系作为亲本，更能配制出强优势的组合。

1. 不同生态类型的品种间杂交

由于我国地域辽阔，不同生态条件下，长期人工和自然选择形成了不同生态型的棉花品种。例如，我国西北内陆棉区，由于无霜期短、早春气温较低、晚秋下霜较早，但光照充足、昼夜温差大，逐渐形成了棉花生育期较短，光合效率较高，开花、结铃和吐絮较集中的生态类型。若以这种具有早熟为特征的不育系或恢复系作为亲本之一，与长江流域的中、晚熟类型不育系或恢复系杂交，出现强的杂种优势的概率较高。

2. 地理远距离的品种间杂交

用本国棉花品种育成的不育系或恢复系，与外国品种选育成的恢复系或不育系进行配组，两个亲本间因长期地理隔离遗传差异较大，其杂种优势也较强。一般认为，亲本间地理距离越远，隔离时间越久，遗传差异越大，杂种优势越大。

3. 海岛棉与陆地棉种间杂交

海岛棉和陆地棉，虽然分别属于不同的棉种，遗传差异大，但染色体组均为AADD，两者可有性杂交，且杂种育性正常。海岛棉属于长绒棉，纤维品质很好，但生育期长，铃子小，衣分低；陆地棉纤维品质虽不及海岛棉，但产量高、适应性广。海岛棉与陆地棉种间杂交，可实现上述性状互补，显示出强的杂种优势。因此，同时选育陆地棉和海岛棉类型的不育系和恢复系，利用其种间杂种优势，其意义是很大的。因为，种间杂种优势利用，除了棉花外，其他作物尚难实现。

（二）选择农艺性状有明显互补的亲本配组

棉花农艺性状，包括产量性状、品质性状、生育期性状、抗逆性状等。大多数品种都有其特点，不可能所有性状均符合育种要求，所以选育综合性状好的理想品种始终是育种的最终目标。与常规棉育种比较，杂交棉可综合两个亲本的优点，因此实现上述目标更显快速和有效。所谓性状互补，常指两个亲本间成对性状的互补，如大铃与小铃、早熟与迟熟、抗病与感病、较长纤维与较短纤维等重要农艺性状的互补。

亲本性状互补，杂交种大多表现为中亲优势，但也有些性状可表现超亲优势。但是，值得重视的是，除了选择多数性状优良的亲本外，还应根据特殊需要选择具有特殊性状的不育系和恢复系，如抗除草剂性状，以适应现代田间管理的发展趋势。

（三）选择农艺性状优良的亲本配组

一个优良三系杂交棉，往往是优良的不育系和恢复系配组而成的。棉花产量和品质等重要性状，均属数量性状，受很多基因控制。因此，优良不育系或恢复系，均是经过长期选择，累积众多有益基因于一体的产物。其杂交种是在亲本的基础上发挥优势的，需要的是高产和优质。所以，培育不育系和恢复系，必须以高产和优质为基础。

（四）选择配合力强的亲本配组

作物育种实践，特别是杂交种组合选育经验表明，亲本本身的表现与其杂种及其后代的表现虽有关，但不是绝对的。有些亲本本身表现很好，但杂交后获得的杂交种及其后代并不理想；相反，有些亲本本身表现并不特别优秀，但杂交时能出现优良的组合，或从后代群体中分离出优良个体。这种因双亲交配组合的不同而表现出子代的差异，表明不同亲本间有不同的组合能力，称为配合力。不同亲本，同一亲本不同性状，可表现出不同的配合力。因此，配合力是两个亲本各个性状在杂交种上的集中表现，亲本配合力越强，杂种优势越明显。因此，选择配合力强的不育系和恢复系配组，也是三系杂交棉亲本选配的原则之一。

三、亲本的配合力与杂种优势

亲本配合力往往是从杂种第一代 F_1 的表现来估算的，这就需要若干被测亲本通过杂交获得杂种 F_1。杂交方式常有完全双列杂交、不完全双列杂交和 NCⅡ 杂交等。三系杂交棉的亲本是不育系和恢复系，而不育系因雄性不育不能自交，也不能作父本，所以最常用的杂交方式是 NCⅡ 杂交，即 p 个不育系作为母本，与 q 个恢复系杂交，获得 $p \times q$ 个杂种组合（F_1）。例如，2002～2003 年，浙江大学（王学德等，未发表数据）以 5 个不育系（CLA_{17}、CLA_{23}、抗 A_{473}、抗 A_{474} 和抗 A_{475}）为母本，6 个恢复系（ZR_3、ZR_4、ZR_6、ZR_7、ZR_{14} 和 ZR_{18}）为父本，采用 NCⅡ 杂交方式，获得 30（$p \times q = 5 \times 6 = 30$）个杂种，加上对照"中棉所 29 号"，进行 3 次重复的随机区组比较试验，考察株高、铃数、铃重、衣分和产量等性状，分析不育系和恢复系的配合力及其杂种优势。

从表 6-3 可看出，5 个不育系中，"CLA_{17}"的多数性状的一般配合力均较高，特别是产量和铃数表现最佳。在 6 个恢复系中，"ZR_4"的产量一般配合力最高。这表明不育系"CLA_{17}"与其他恢复系杂交，以及恢复系"ZR_4"与其他不育系杂交，均能产生较强的杂种优势。

表 6-3 不育系和恢复系的一般配合力

	亲本	株高/cm	单株铃数/个	单铃重/g	衣分/%	皮棉产量/(kg/hm²)	籽棉产量/(kg/hm²)
不育系	CLA₁₇	6.67	2.80	0.16	1.87	111.52	151.14
	CLA₂₃	−3.73	0.55	0.32	0.79	43.09	55.34
	抗 A₄₇₃	−1.97	0.65	0.14	−0.26	−26.76	−42.67
	抗 A₄₇₄	5.47	−2.10	−0.69	−1.99	−111.02	−147.32
	抗 A₄₇₅	−6.95	−1.90	0.06	−0.40	−16.82	−16.47
恢复系	ZR₃	−3.24	−0.58	0.19	−0.51	−23.83	−27.97
	ZR₄	−1.44	0.02	0.19	1.19	73.04	99.22
	ZR₆	0.46	0.30	0.36	0.40	12.67	11.03
	ZR₇	4.26	0.26	−0.18	−1.90	−94.73	−117.77
	ZR₁₄	0.38	0.54	−0.29	0.48	30.55	41.67
	ZR₁₈	0.44	−0.52	−0.29	0.35	2.32	−6.18

以皮棉产量的杂种优势为例（表 6-4），由于不育系 CLA₁₇ 有较高的一般配合力，它分别与 "ZR₃"、"ZR₄"、"ZR₆"、"ZR₇"、"ZR₁₄"、"ZR₁₈" 杂交，6 个杂种的皮棉产量均比对照增产，增幅为 11.3%～20.7%；同理，恢复系 ZR₄ 分别与 "CLA₁₇"、"CLA₂₃"、"抗 A₄₇₃"、"抗 A₄₇₄"、"抗 A₄₇₅" 杂交，5 个杂种中有 4 个的皮棉产量均比对照增产，增幅为 13.8%～18.9%。

表 6-4 杂种皮棉产量的杂种优势（对照优势）（%）

	亲本	不育系					平均
		CLA₁₇	CLA₂₃	抗 A₄₇₃	抗 A₄₇₄	抗 A₄₇₅	
恢复系	ZR₃	15.7	18.0	−12.2	−19.2	9.2	2.3
	ZR₄	18.9	18.8	13.8	−9.3	17.9	12.0
	ZR₆	20.7	10.8	1.7	5.7	−9.1	6.0
	ZR₇	12.7	−12.2	−7.1	3.0	−20.4	−4.8
	ZR₁₄	15.9	13.9	14.8	−14.6	8.8	7.8
	ZR₁₈	11.3	4.8	1.0	−4.2	11.6	4.9
	平均	15.9	9.0	2.0	−6.4	3.0	

30 个杂种的特殊配合力列于表 6-5，可以看出，不同杂种在某一性状上的特殊配合力差异是十分明显的，如皮棉产量，"抗 A₄₇₄×ZR₇" 杂种的特殊配合力最大，其次是 "CLA₂₃×ZR₃" 和 "抗 A₄₇₄×ZR₆" 杂交种，最小的是 "抗 A₄₇₅×ZR₇" 杂交种。一般地，特殊配合较大，相对应的杂种优势也较强。

特殊配合力与杂种优势的相关分析表明，两者存在明显的正相关，如皮棉产量、铃数、铃重和衣分的相关系数分别为 0.675 15、0.709 778、0.594 718 和 0.726 46，均达显著水平。

表 6-5　不育系与恢复系间的特殊配合力

组合	株高 /cm	单株铃数 /个	单铃重 /g	衣分 /%	皮棉产量 /(kg/hm²)	籽棉产量 /(kg/hm²)
CLA$_{17}$×ZR$_3$	−4.2	0.5	−0.1	0.8	22.7	8.6
CLA$_{17}$×ZR$_4$	−0.9	−3.4	−0.1	−1.2	−42.8	−36.2
CLA$_{17}$×ZR$_6$	0.7	0.9	0.1	0.2	35.3	55.9
CLA$_{17}$×ZR$_7$	0.5	−0.3	0.3	1.4	63.7	79.3
CLA$_{17}$×ZR$_{14}$	2.2	1.7	−0.3	−0.2	−30.0	−51.6
CLA$_{17}$×ZR$_{18}$	1.0	0.6	0.2	−1.0	−47.2	−56.0
CLA$_{23}$×ZR$_3$	−5.7	−0.3	−0.1	2.5	113.2	123.8
CLA$_{23}$×ZR$_4$	5.2	0.2	−0.2	0.0	25.0	53.7
CLA$_{23}$×ZR$_6$	−1.2	−1.8	−0.3	−0.1	5.3	16.5
CLA$_{23}$×ZR$_7$	6.4	2.8	−0.1	−2.3	−117.1	−146.6
CLA$_{23}$×ZR$_{14}$	−1.2	−1.3	−0.1	0.4	17.8	24.2
CLA$_{23}$×ZR$_{18}$	−1.3	0.5	0.7	−0.5	−44.2	−71.6
抗 A$_{473}$×ZR$_3$	6.2	−0.7	0.2	−2.8	−117.4	−127.2
抗 A$_{473}$×ZR$_4$	4.4	2.6	−0.4	0.7	44.2	61.0
抗 A$_{473}$×ZR$_6$	1.2	5.2	−0.3	0.0	−15.5	−29.3
抗 A$_{473}$×ZR$_7$	−6.7	−2.6	0.2	0.0	3.6	11.2
抗 A$_{473}$×ZR$_{14}$	−1.6	−1.4	0.5	1.7	97.2	125.1
抗 A$_{473}$×ZR$_{18}$	−4.4	−3.1	−0.2	0.3	−12.2	−40.7
抗 A$_{474}$×ZR$_3$	3.1	1.4	0.3	−2.5	−103.6	−121.5
抗 A$_{474}$×ZR$_4$	−7.7	0.1	0.3	−1.5	−101.6	−146.3
抗 A$_{474}$×ZR$_6$	−0.9	−2.7	0.3	2.2	108.6	136.8
抗 A$_{474}$×ZR$_7$	−0.5	−0.9	0.2	4.1	188.7	226.5
抗 A$_{474}$×ZR$_{14}$	0.1	2.2	−0.4	−2.4	−112.2	−134.2
抗 A$_{474}$×ZR$_{18}$	5.2	−0.1	−0.6	0.1	20.2	38.7
抗 A$_{475}$×ZR$_3$	1.2	−0.9	−0.3	1.9	85.4	116.3
抗 A$_{475}$×ZR$_4$	−0.4	0.6	0.4	1.9	75.6	67.8
抗 A$_{475}$×ZR$_6$	0.8	−1.6	0.2	−2.3	−133.4	−179.9
抗 A$_{475}$×ZR$_7$	0.9	1.1	−0.5	−3.2	−138.7	−170.3
抗 A$_{475}$×ZR$_{14}$	1.1	−1.2	0.3	0.6	27.4	36.6
抗 A$_{475}$×ZR$_{18}$	−4.4	2.0	−0.2	1.0	83.7	129.5

第三节　彩色三系杂交棉的选育

彩色棉是纤维具有天然色泽的棉花，常见的彩色棉有棕色、绿色和灰色。由于彩色棉在加工过程中不需化学漂白与染色，符合生态环境保护和降低生产成本的要求，因此彩色棉的研究与开发越来越受到重视。但彩色棉也存在明显的缺陷，主要是产量偏低和品质偏差，制约着彩色棉的进一步发展。利用彩色棉杂种优势克服这些制约因素应是一条可行的途径。为此，浙江大学（王学德和李悦有，2002；李悦有和王学德，2002；赵向前和王学德，2002，2005）选育了一套棕色棉雄性不育系、保持系、恢复系，并观察了杂种优势的表现。棕色纤维性状属于显性质量性状，受寡基因（陆地棉为 Lc_1，海岛棉为 Lc_2）控制，遗传较简单，将其转育到"三系"中较易成功，本节介绍其转育方法。

在育成彩色棉"三系"的同时，考虑今后彩色棉产业化发展的需要，建立准确、快速的"三系"及其杂种的鉴定技术也是必要的。当前，根据基因组 DNA 指纹差异鉴别作物品种的特性和纯度被认为是十分有效的方法，如用 RFLP、RAPD、SSR 和 AFLP 等技术构建 DNA 指纹图谱。扩增片段长度多态性（amplified fragment length polymorphism，AFLP），是由荷兰科学家 Zabeau 和 Vos 等发展起来的一种基于 RFLP 和 PCR 技术相结合的 DNA 多态性分析技术。它具有多态性丰富、稳定性高和重复性好等优点。本节介绍用 AFLP 标记技术进行彩色棉"三系"及其杂种 F_1 的 DNA 指纹图谱的分析方法，旨在为彩色棉"三系"及其杂种棉种子产业化中的种子纯度鉴定提供 DNA 特征指纹。

一、棕色棉"三系"的选育及其表现

育种的基础材料有两类，第一类为棕色纤维基因的供体，即具有棕色纤维的陆地棉品系"L-015"和"T586"；第二类是棕色纤维基因的受体，即具有哈克尼西棉细胞质的白色纤维陆地棉雄性不育系"抗 A"及其恢复系"浙大强恢"。用杂交育种的方法，将供体中的棕色纤维性状转育到受体不育系和恢复系中，通过南繁加代、测交筛选和自交稳定等措施，育成一套棕色棉"三系"；并用这套"三系"及其所配成的组合进行 3 次重复的随机区组比较试验，记载产量和品质等农艺性状，分析其杂种优势。

（一）棕色棉不育系选育

1996 年夏，于武汉，以具有哈克尼西棉细胞质的陆地棉不育系"抗 A"为母本，棕色棉品系"L-015"为父本，进行有性杂交，收获种子种植在杭州。从"抗 A"×"L-015"的 F_1 群体中选性状好的棕色棉不育株，再与"L-015"回交 5 次（1997 年夏杭州、1998 年夏杭州、1998 年冬海南、1999 年夏杭州和 1999 年冬海南），所选的若干不育系在育性和纤维颜色上基本稳定，通过比较选出优良的不育系"棕 A-ZJ12"（图 6-7）。"棕 A-ZJ12"的种子上的纤维呈棕色，纤维长 28.8 mm，纤维比强度 17.7cN/tex，马克隆值 3.9，不育系与保持系按 2：1 间隔种植，昆虫自然传粉，纤维产量为 814.5kg/hm²，不育系种子的繁殖产量为 1948.5kg/hm²（表 6-6）。

（二）棕色棉恢复系选育

1996 年夏，于武汉，以陆地棉恢复系"0613-2R"为母本，棕色棉"T-586"为父

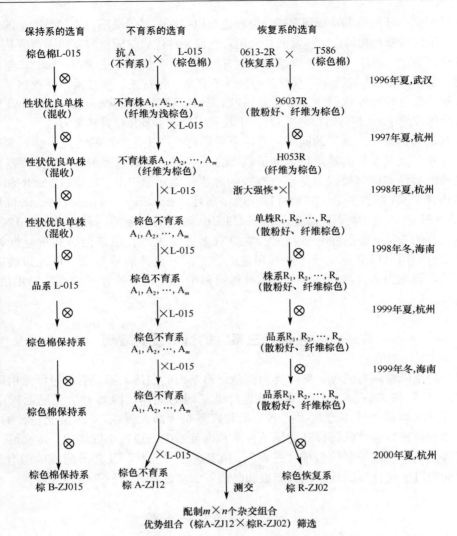

图 6-7　棕色棉不育系、保持系和恢复系的选育过程

＊指"浙大强恢"原始株系

本，进行有性杂交，F_1 代于 1997 年夏在杭州种植，选散粉好的单株自交，再选纤维颜色为棕色的植株单株收种。1998 年夏于杭州将不同的株系再进行自交，收纤维为棕色的种子。1998 年冬在海南，从"浙大强恢"原始植株中选散粉好的植株作为母本，不同的棕色棉恢复系株系作父本进行杂交。后代在开花期选花药及散粉程度好的单株进行自交，收纤维为棕色的种子。如此重复两次（1999 年夏，杭州；1999 年冬，海南），所选的若干恢复系在纤维颜色上已基本稳定。恢复系与不育系进行测交，获 19 个测交组合，通过 3 次重复比较试验，根据 F_1 代的可育程度和产量表现，选出优良组合"棕A-ZJ12×棕 R-ZJ02"，记为"棕杂 1 号"，对应的恢复系记为"棕 R-ZJ02"（图 6-7）。恢复系"棕 R-ZJ02"纤维呈棕色，纤维长度 25.8mm，纤维比强度 15.8cN/tex，马克隆值 3.4，纤维产量为 831.0kg/hm²，恢复系种子的繁殖产量为 1585.5kg/hm²（表 6-6），

其与不育系杂交，昆虫自然传粉，制种产量为 1282.5kg/hm²，杂种"棕杂 1 号"的皮棉产量达到 1266.0kg/hm²，表现为超亲优势。

表 6-6　棕色棉不育系、保持系和恢复系农艺性状和纤维品质（2001 年，杭州）

品系	产量性状					纤维品质性状		
	铃数/（个/株）	单铃重/g	衣分/%	皮棉产量/（kg/hm²）	种子产量/（kg/hm²）	长度/mm	比强度/（cN/tex）	马克隆值
棕 A-ZJ12	23.8	3.43	31.5	930.0	1948.5	28.8	17.7	3.9
棕 B-ZJ015	20.7	3.93	34.7	1006.5	1876.5	24.7	15.0	3.6
棕 R-ZJ02	18.1	3.69	34.4	831.0	1585.5	25.8	15.8	3.4
棕杂 1 号	21.7	4.46	43.1	1266.0	1282.5①	29.2	19.5	4.5

① 恢复系"棕 R-ZJ02"与不育系"棕 A-ZJ12"杂交的制种产量。

（三）棕色棉保持系选育

作为保持系的"棕 B-ZJ015"是具有对不育系保持雄性不育特性的陆地棉类型的保持系，雌、雄细胞均正常可育。"棕 B-ZJ015"花粉授予不育系柱头，不育系所产生的子代仍具有雄性不育特性。"棕 B-ZJ015"是"棕 A"的同核异质系。保持系"棕 B-ZJ015"每代进行自交，纤维呈棕色，纤维长度 24.7mm，纤维比强度 15.0cN/tex，马克隆值 3.6，纤维产量为 1006.5kg/hm²，种子的繁殖产量为 1876.5kg/hm²。

二、彩色棉三系的花器性状特征

所选育的棕色棉三系花器的花瓣颜色为淡黄色。从花的大小来看，棕色棉三系的花器的大小顺序分别为：恢复系、保持系、不育系。而不育系的花与保持系、恢复系相比要小得多，保持系与恢复系的花器大小差别不明显。与保持系、恢复系相比较（表 6-7），棕色棉不育系的花药体积分别小 78.86% 和 80.23%，鲜重轻 71.17% 和 73.13%，柱头长度短 23.66% 和 35.45%，受精前胚珠体积小 22.97% 和 54.52%，鲜重轻 25.55% 和 43.01%。

表 6-7　棕色棉不育系、保持系和恢复系花器性状比较（2000 年，杭州）

品系	花药体积/（mm³/粒）	花药鲜重/（mg/100 粒）	可育花粉率/%	柱头长度/mm	受精前胚珠体积/（mm³/100 粒）	受精前胚珠鲜重/（mg/100 粒）
棕 A-ZJ12	0.52	25.8	—	14.2	1.71	61.2
棕 B-ZJ015	2.46	89.5	83.9	18.6	2.22	82.2
棕 R-ZJ02	2.63	96.0	89.5	22.0	3.76	107.4

三、棕色棉三系及 F₁ 的 DNA 指纹图谱构建

用于 DNA 指纹图谱构建的材料是由前述选育而成的彩色棉三系及杂交种，即"棕A-ZJ12"、保持系"棕 B-ZJ015"、恢复系"棕 R-ZJ02"和"棕杂 1 号"。

采用 CTAB 法分离棉花黄化苗基因组 DNA，浓度为 $50ng/\mu L$。模板 DNA 的酶切反应混合液总体积为 $12.5\mu L$，之后进行酶切片段与接头的连接，将完成连接的 DNA 样品用 TE buffer 稀释 10 倍后，进行预扩增。预扩增的反应体系为 $12.5\mu L$，将预扩增产物用 TE buffer 稀释 25 倍待用。用 $[\gamma\text{-}P^{32}]$ ATP（3000Ci/mmol）对引物进行标记。选择性扩增的反应体系为 $10\mu L$，之后加入等体积上样缓冲液于 90℃ 变性 3min，以上的详细反应步骤参照试剂盒说明书。

电泳使用了 LKB 2010 macrophor sequencing system 装置，使用变性聚丙烯酰胺凝胶电泳，胶板大小为 $50cm\times21cm\times0.04cm$，用硅化剂和反硅化剂分别处理控温玻璃板和凹槽玻璃板，晾干 15min 以上，用 1‰ $1\times$TBE 的琼脂糖封底，灌胶后静置 2h 以上。电泳缓冲液为 $1\times$TBE，50～55℃、60W 恒功率预电泳 30min，之后加 $3\mu L$ 变性后的选择性扩增产物，电泳至二甲苯青到胶底部时结束。将粘胶的玻璃板放入 10% 乙酸溶液中固定约 30min 以上，80℃ 干胶 30min，再盖一层保鲜膜全黑暗下压片，再压一块同样大小的玻璃板，用弹簧夹夹住，放入暗袋自显影 10～12h。全黑暗下将曝光后的 X 射线片取出浸入 20～26℃ 显影液 2～4min，在自来水中浸一下，再定影 5min，捞出后冲洗干净，晾干。显影液和定影液为国产的显影粉和定影粉用蒸馏水稀释而成。

表 6-8　棕色棉不育系、保持系、恢复系和 F₁ 在不同引物下所产生的 DNA 差异带

样品	引物								
	E_1M_2	E_1M_2	E_3M_3	E_3M_3	E_3M_3	E_3M_2	E_3M_2	E_6M_5	E_3M_5
棕 A-ZJ12	0	0	1	0	0	0	1	1	—
棕 B-ZJ015	0	0	0	1	1	0	1	1	1
棕 R-ZJ02	0	1	—	0	—	1	0	0	0
棕杂 1 号（F₁）	1	1	1	0	0	1	0	0	0
片段大小/bp	275	87	112	98	88	68	69	60	41

样品	引物								
	E_8M_7	E_8M_7	E_8M_7	E_8M_7	E_8M_7	E_8M_7	E_8M_7	E_8M_7	E_4M_6
棕 A-ZJ12	1	0	1	0	0	1	0	0	1
棕 B-ZJ015	0	1	0	1	1	1	0	1	0
棕 R-ZJ02	1	0	0	1	0	0	1	0	1
棕杂 1 号（F₁）	0	0	0	1	1	0	0	1	1
片段大小/bp	221	175	172	168	134	132	86	82	172

续表

样品	引物								
	$E_8 M_8$	$E_8 M_8$	$E_1 M_6$	$E_1 M_6$	$E_1 M_7$	$E_1 M_3$	$E_7 M_8$	$E_6 M_5$	$E_7 M_1$
棕 A-ZJ12	0	0	0	0	1	0	0	1	0
棕 B-ZJ015	0	0	0	1	1	1	0	1	0
棕 R-ZJ02	1	1	1	0	0	0	1	0	—
棕杂 1 号（F₁）	1	1	1	0	1	1	1	0	1
片段大小/bp	78	77	71	74	77	95	69	115	63

注：表中的"0"表示带缺失，"1"表示特异带，"—"表示此样品在该引物下扩增失败；引物 E_1(E-AAC)，E_2 (E-AAG)，E_3(E-ACA)，E_4(E-ACT)，E_5(E-ACC)，E_6(E-ACG)，E_7(E-AGC)，E_8(E-AGG)，M_1(M-CAA)，M_2 (M-CAC)，M_3(M-CAG)，M_4(M-CAT)，M_5(M-CTA)，M_6(M-CTC)，M_7(M-CTG)，M_8(M-CTT)。

30～330bp AFLP DNA Ladder 购自 Life Technologies 公司。反应如下：30～330bp AFLP DNA Ladder 2μL，5×交换反应缓冲液 1μL，(γ-³²P) ATP（>3000Ci/mmol）1μL，T4 多核苷酸激酶 1μL，在冰上用移液枪加入到 0.5mL 薄壁管，轻轻混匀，稍振荡，37℃温浴 10min，65℃、15min 终止反应，然后加等体积 TE Buffer（pH 7.5）和 25μL Loading Buffer，70℃温浴 5min，置 4℃保存备用，每次上样 2～3μL，可根据实验所需要的量进行标记。利用 AFLP 分子标记构建彩色棉不育系、保持系、恢复系及 F₁ 代的 DNA 指纹图谱，可以获得丰富的多态性。在本研究中，在棕色棉三系及 F₁ 之间存在明显的多态性，18 对引物共有 52 处存在差异片段，它们的大小为 41～275bp，表现出明显的"有无"或"强弱"，其中表现出"有无"的差异片段有 45 处。在 52 个多态性片段中，不育系缺失 29 条带，保持系缺失 31 条带，恢复系缺失 38 条带，F₁ 缺失 22 条带，表 6-8 列出了 4 个材料不同引物扩增片段的部分多态性带（差异带）。如图 6-8 所示，在引物 $E_4 M_6$ 扩增的条带中，保持系缺失一条大小为 172bp 的条带；在引物 $E_8 M_7$ 扩增条带中，不育系具有大小为 172bp、211bp 的特异片段，缺失一条大小为 170bp 的片段，保持系具有大小为 177bp、82bp 的特异片段，恢复系具有大小为 114bp、85bp 的特异片段。可见 AFLP 技术在不同的棉花材料中进行多态性分析具有很好的应用价值。

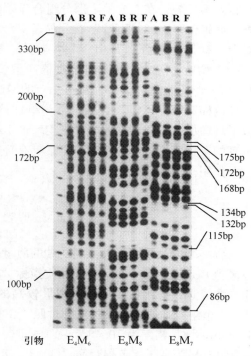

图 6-8 棕色不育系（A）、保持系（B）、恢复系（R）、F₁（F）的 DNA 指纹
M. 分子质量标准

四、彩色三系杂交棉的表现

以棕色棉 5 个不育系（ZJ11、ZJ12、ZJ16、ZJ18 和 ZJ19）为母本，7 个恢复系（ZJ01、ZJ02、ZJ03、ZJ04、ZJ05、ZJ08 和 ZJ09）为父本，按 NC Ⅱ 交配设计进行杂交，获 19 个杂种 F_1（表 6-9，其他组合因杂交种子少未列入实验），以常规棉白色棉"中$_{12}$"作为 CK1，棕色棉品系"G008"作为 CK2，进行 3 次重复的随机区组的比较试验。调查各组合的株高、果枝数、铃数、铃重、衣分等农艺性状，并计算产量。各组合纤维品质由农业部棉花品质监督检验测试中心测定。

（一）产量和主要农艺性状的杂种优势表现

与对照相比较，棕色棉 19 个组合在株高和单株果枝数差异未达显著；在单株结铃数上，有 10 个组合显著多于"G008"（表 6-9），单株增加铃数为 3.3～7.3 个，组合"ZJ19×ZJ02"和"ZJ19×ZJ08"显著多于"中$_{12}$"；在单铃重上，组合"ZJ12×ZJ01"和"ZJ12×ZJ02"显著高于"G008"，分别增重 0.75g 和 0.53g；其余组合大多与两对照相差不显著；在衣分上，部分组合显著低于对照"中$_{12}$"和"G008"，其他组合不显著，而组合"ZJ12×ZJ02"衣分显著高于棕色棉对照，衣分提高了 8.84%；在皮棉产量上，有 5 个组合与"中$_{12}$"差异不显著，其中组合"ZJ12×ZJ02"的皮棉产量较"中$_{12}$"增产 4.10%，9 个组合皮棉产量较"G008"增产显著，增产幅度为 15.57%～46.79%，其他较"G008"也有一定的增产，但不显著。由 19 个组合的平均表现来看，与棕色棉对照"G008"比较，平均单株铃数和皮棉产量都显著提高，其中，单株结铃数平均增加 3.9 个，皮棉产量平均增产 15.21%，均达显著水平。利用棉花细胞质雄性不育的杂种优势对彩色棉皮棉产量具有普遍增产效应，而单株铃数的增加对皮棉增产起主要作用。

（二）纤维品质的杂种优势的表现

棉纤维的品质直接关系到纺纱的质量，其中彩色棉纤维的长度、比强度和细度（马克隆值）是决定纺纱级别主要品质指标。利用彩色棉细胞质雄性不育性，从杂种 F_1 的组合中，选出纤维长度较长、产量较高的组合测其纤维品质（表 6-10），在纤维长度上，8 个组合均显著高于棕色棉对照"G008"，5 个组合达极显著水平，纤维增长 2.6～4.8mm，增长幅度为 10.48%～19.35%；在纤维比强度上，2 个组合显著低于"中$_{12}$"，4 个组合显著高于棕色棉对照"G008"，8 个组合平均比强度为 19.1，比"G008"增加 8.67%；在纤维马克隆值上，7 个组合的马克隆值较低，与对照"中$_{12}$"和"G008"比较，分别低 15.91%～25.00% 和 26.00%～34.00%，纤维比对照细，达显著或极显著水平。

表 6-9 19 个棕色棉杂交组合农艺性状的表现(2000 年,杭州)

组合	单株铃数	单株铃数比		铃重 /g	铃重比		衣分 /%	衣分比		皮棉产量 /(kg/hm²)	皮棉产量比	
		CK1	CK2		CK1	CK2		CK1	CK2		CK1	CK2
ZJ11×ZJ01	23.6	+3.0	+5.6*	4.25	-0.44	0.32	37.2	-3.9	-2.4	1187.4	-29.1	+332.4**
ZJ11×ZJ03	19.5	-1.1	+1.5	4.31	-0.38	+0.38	37.7	-3.4	-1.9	953.9	-262.6**	98.9*
ZJ11×ZJ05	22.4	+1.8	+4.4*	4.05	-0.64	0.12	36.0	-5.1	-3.6	998.4	-218.2*	+143.4*
ZJ12×ZJ01	20.5	-0.1	+2.5	4.68	-0.01	+0.75	38.6	-2.5	-1.0	1120.1	-96.4	+265.1**
ZJ12×ZJ02	21.7	+1.1	+3.7*	4.46	-0.23	+0.53	43.1	+2.0	+3.5*	1266.0	+49.5	+411.0**
ZJ12×ZJ05	22.9	+2.3	+4.9*	4.11	-0.58	+0.18	36.6	-4.5	-3.0	1000.2	-216.3*	+145.2*
ZJ16×ZJ01	21.5	+0.9	+3.5	4.16	-0.53	+0.23	37.1	-4.0	-2.5	988.5	-228.0**	+133.5
ZJ16×ZJ02	16.2	-4.4*	-1.8	3.21	-1.48*	-0.72*	30.7	-10.4**	-8.9*	641.6	-574.9**	-214.0**
ZJ16×ZJ03	21.5	+0.9	+3.5	3.72	-0.97*	-0.21	34.7	-6.4	-4.9*	923.5	-293.0**	+68.5
ZJ16×ZJ04	20.9	+0.3	+2.9	4.36	-0.33	+0.43	35.3	-5.8	-4.3	957.8	-258.7**	+102.8
ZJ16×ZJ05	22.1	+1.5	+4.1	3.59	-1.1*	-0.34	36.2	-4.9	-3.4*	915.3	-301.2**	+60.3
ZJ18×ZJ01	22.2	+1.6	+4.2*	4.26	-0.43	+0.33	34.8	-6.3	-4.8	990.2	-226.3*	+135.2*
ZJ18×ZJ02	20.3	-0.3	+2.3	4.06	-0.63	+0.13	38.5	-2.6	-1.1	936.7	-279.7**	+81.7
ZJ18×ZJ03	15.7	-4.9*	-2.3	4.47	-0.22	+0.54	38.6	-2.5	-1.0	902.2	-314.3**	+47.2
ZJ18×ZJ08	24.3	+3.7	+6.3*	3.70	-0.99*	-0.23	36.3	-4.8	-3.3	967.9	-248.6*	+112.9
ZJ19×ZJ02	25.5	+4.9*	+7.5*	4.26	-0.43	+0.27	35.5	-5.6	-4.1	1120.2	-96.3	+265.2**
ZJ19×ZJ03	22.0	+1.4	+4.0*	3.97	-0.72	+0.04	37.0	-4.1	-2.6	1058.8	-157.7	+203.8**
ZJ19×ZJ08	25.5	+4.9*	+7.5*	3.79	-0.9	-0.14	30.1	-11.0*	-9.5*	899.5	-317.0**	+44.5
ZJ19×ZJ09	21.3	+0.7	+3.3*	3.82	-0.87	-0.11	32.3	-8.8*	-7.3*	905.8	-310.7**	+50.8
组合平均	21.9	+1.3	+3.9*	4.08	-0.61	+0.15	36.1	-5.0	-3.5	985.5	-231.0*	+130.5*
中12(CK1)	20.6			4.69			41.1			1216.5		
G008(CK2)	18.0			3.93			39.6			855.0		

* 达显著差异水平(P<0.05);** 达极显著差异水平(P<0.01)。

表 6-10　棕色棉杂种 F_1 纤维品质表现（2000 年，杭州）

组合（F_1）	纤维长度 /mm	长度比较		纤维比强度 /(cN/tex)	比强度比较		马克隆值 /(μg/in)	马克隆值比较	
		CK1	CK2		CK1	CK2		CK1	CK2
ZJ11×ZJ01	28.5	−1.4	+3.7**	17.9	−2.8**	+0.3	3.5	−0.9*	−1.5*
ZJ12×ZJ01	29.3	−0.6	+4.5**	19.1	−1.6	+1.5	3.5	−0.9*	−1.5*
ZJ12×ZJ02	29.2	−0.7	+4.4**	19.5	−1.2	+1.9*	4.5	+0.1	−0.5
ZJ12×ZJ05	29.0	−0.9	+4.2**	19.6	−1.1	+2.0*	3.7	−0.7	−1.3*
ZJ16×ZJ01	29.6	−0.3	+4.8**	19.5	−1.2	+1.9*	3.4	−1.0*	−1.6**
ZJ18×ZJ01	28.3	−1.6	+3.5*	20.5	−0.2	+2.9**	3.5	−0.9	−1.5*
ZJ19×ZJ02	28.4	−1.5	+3.6*	19.2	−1.5	+1.6	3.4	−1.0	−1.6**
ZJ19×ZJ03	27.4	−2.5*	+2.6*	17.7	−3.0**	+0.1	3.3	−1.1**	−1.7**
中₁₂（CK1）	29.9	—	—	20.7	—	—	4.4	—	—
G008（CK2）	24.8	—	—	17.6	—	—	5.0	—	—

*达显著差异水平（$P<0.05$）；**达极显著差异水平（$P<0.01$）。

（三）组合"ZJ12×ZJ02"的优势表现

　　在所有的组合中，组合"ZJ12×ZJ02"（棕杂 1 号）的皮棉产量比"中₁₂"高 4.10%（表 6-11），其他的农艺性状和纤维品质指标表现良好，有的略高于"中₁₂"，差异不显著。而与棕色棉对照"G008"比较，皮棉增产 40% 以上，其他的农艺性状和纤维品质指标也有显著的提高，其纤维品质达到纺织行业生产细支纱（32 支）的要求。不育系分别与保持系、恢复系按 2：1 间隔种植，昆虫自然传粉，繁种产量和制种产量分别为 1948.5kg/hm² 和 1282.5kg/hm²，杂种 F_1 的皮棉产量为 1267.5kg/hm²，超亲优势为 36.1%。

表 6-11　组合"ZJ12×ZJ02"（棕杂 1 号）的农艺性状和纤维品质表现（2000 年，杭州）

品种（系）	产量性状					纤维品质		
	单株 结铃数	衣分 /%	皮棉产量 /(kg/hm²)	种子产量 /(kg/hm²)	成纱类型[①]	长度 /mm	比强度 /(cN/tex)	马克 隆值
ZJ12×ZJ02	21.7	43.1	1267.5	1282.5[②]	细支纱（32 支）	29.2	19.5	4.5
棕 A-ZJ12	23.8	31.5	930.0	1948.5	细支纱（32 支）	28.8	17.7	3.9
棕 B-ZJ015	20.7	34.7	1006.5	1876.5	中支纱（25 支）	24.7	15.0	3.6
棕 R-ZJ02	18.1	34.4	831.0	1585.5	中支纱（25 支）	25.8	15.8	3.4
中₁₂（CK1）	20.6	41.1	1216.5	1692.0	细支纱（32 支）	29.9	20.7	4.4
G008（CK2）	18.0	39.6	855.0	1239.0	中支纱（25 支）	24.8	17.6	5.0
棕杂　与 CK1	+1.1	+2.0	49.5	−409.5**		−0.7	−1.2	+0.1
1 号　与 CK2	+3.7*	+3.5*	411.0**	43.5		+4.4**	+1.9*	−0.5

①参照潘家驹主编《棉花育种学》；②杂交种的制种产量。

　*达显著差异水平（$P<0.05$）；**达极显著差异水平（$P<0.01$）。

第四节 种间三系杂交棉的选育

随着喷气纺和气流纺等高效快速纺纱技术的应用，纺织工业对棉花纤维品质提出了更高的要求。在提高棉花产量的同时，改良纤维品质成为棉花遗传育种的主要目标。

海岛棉具有优良的纤维品质，但产量较低；相反，陆地棉产量较高，但品质较差。由于海陆种间杂种自交衰退现象很明显，F_2 群体中除了一些植株表现为双亲类型外，大部分都是中间类型；而且随着自交世代的增加，植株表型大多倾向于亲本类型。因此，利用传统的杂交育种方法，尚难选育出综合海岛棉的优质性状和陆地棉的丰产性状于一体的品种。然而，陆地棉与海岛棉种间的杂种一代，可综合双亲的优良性状，利用其杂种一代的优势，在保持高产的同时，可提高纤维品质，被认为是今后棉花育种的方向之一。

由于海陆杂种种子制种手段仍较原始，一般采用人工去雄授粉法，效率低，成本高，加之 F_2 代的自交衰退严重，也不能像陆地棉种内杂种那样利用其 F_2 代，使大面积利用海陆杂种优势尚有困难。可以设想，若能像杂交水稻种子生产一样，利用细胞质雄性不育的三系法制种，生产海陆杂种棉的种子，是一条高效率、低成本利用其杂种优势的途径。

为此，浙江大学（张小全和王学德，2005；张小全等，2007，2009a，b；文国吉，2010）用回交育种方法将哈克尼西棉细胞质雄性不育系的陆地棉核置换成海岛棉核，育成一套海岛棉不育系、保持系和恢复系。本节将介绍这一套三系的细胞学、遗传学和育种学的特点，及其在种间杂交棉育种中的应用价值。

一、海岛棉细胞质雄性不育系的选育

以具有哈克尼西棉细胞质的陆地棉不育系"抗 A"与海岛棉恢复系配制的 F_1 为原始材料，经与哈克尼西棉细胞质陆地棉恢复系"浙大强恢"杂交后，再与海岛棉材料"Pima-S4"连续回交，从回交世代群体中连续选择海岛棉类型的不育株。经 4 次回交，以优良不育株为母本，分别与陆地棉恢复系"浙大强恢"、"鸡 R"和海岛棉恢复系"海R"测交，以初步观察其杂种优势的表现。如图 6-9 所示，经 2 次复交，5 次回交和轮回选择，1 次杂种优势测定筛选，获得遗传背景基本稳定的海岛棉不育系"海 A"，以及相应保持系"海 B"。

二、海岛棉不育系花药的细胞形态学观察

以选育的不育系"海 A"和保持系"海 B"各发育时期的花药为材料，在 FAA 固定液中固定和抽气，24h 后转入 70% 乙醇中低温（4℃）保存。各材料经各级乙醇脱水、石蜡包埋和切片（蜡带厚度为 8μm）后，用铁矾-苏木精染色，中性树胶封片，制成永久片。在 Nikon Eclipse E600 生物显微镜下观察不同发育时期花药的细胞形态特征。

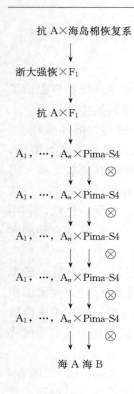

抗 A×海岛棉恢复系

浙大强恢×F$_1$

抗 A×F$_1$

A$_1$, …, A$_n$×Pima-S4

A$_1$, …, A$_n$×Pima-S4

A$_1$, …, A$_n$×Pima-S4

A$_1$, …, A$_n$×Pima-S4

A$_1$, …, A$_n$×Pima-S4

海 A　海 B

2000 年夏杭州：以哈克尼西棉细胞质雄性不育系"抗 A"为母本，以一海岛棉恢复系为母本杂交

2001 年夏杭州：以所得 F$_1$ 为父本与转 *GST* 基因的优良恢复系"浙大强恢"复交

2001 年冬海南：种植海陆三交种，与不育系"抗 A"测交

2002 年夏杭州：在测交后代中选择完全不育的植株，用"Pima-S4"杂交保持，"Pima-S4"选株型好的单株自交

2002 年冬海南：在 BC$_1$ 后代中选择结铃性好的单株 15 株用自交的"Pima-S4"株系中整齐一致的株系保持

2003 年夏杭州：将 15 个 BC$_2$ 不育系种成株行，用"Pima-S4"选系中的优良单株进行一株对一行保持

2003 年冬海南：选择整齐一致的 BC$_3$ 不育系 5 行，用相应的"Pima-S4"优良株行保持

2004 年夏杭州：将 5 个 BC$_4$ 不育材料除了用相应的保持系保持外，用"浙大强恢"等恢复系进行杂种优势测定

2004 年冬海南：整齐一致，杂种优势强的不育株行的保持后代即为"海 A"和"海 B"

图 6-9　海岛棉雄性不育系和保持系的选育过程

　　作为"海 A"细胞形态学观察的对照"海 B"花粉正常可育，参照李正理（1979）描述的正常棉花花药的发育特征，"海 B"花药发育过程是：首先在雄蕊原基 4 个角隅上的表皮层下各分化出一个孢原细胞，孢原细胞先发生一次非对称性平周分裂，向外分化形成初生壁细胞，向内形成初生造孢细胞；初生造孢细胞再进行一次径向的非对称性分裂，向外形成绒毡层细胞，向内形成造孢细胞，此时花药壁的特征是 3 层细胞，从外向内分别是表皮层、初生壁细胞（过渡层）和绒毡层（图 6-10A）；接着初生壁细胞再发生一次非对称性平周分裂，分化形成药室内壁和中层（图 6-10B），造孢细胞也经过有丝分裂、增殖和生长，形成小孢子母细胞，小孢子母细胞的细胞质浓厚、液泡小、细胞核大、核内有核仁，并逐渐增大进入减数分裂时期（图 6-10B），绒毡层细胞逐渐变大，且多为 2～4 个核仁（图 6-10C）；小孢子母细胞减数分裂的两次分裂（第一次为减数分裂，第二次为非减数分裂）中间不经过二分体阶段，直接形成四分体，此时的花药壁的特征是绒毡层细胞核仁消失，无明显核区，整个细胞染色较深，中层细胞变得窄小变形（图 6-10D）；随后，包裹四分体的胼胝质溶解，小孢子释放（图 6-10E）；释放的小孢子中央有一个细胞核，经一次有丝分裂，形成内含双核的花粉粒，花药壁也只留表皮层、药室内壁和残留的中层，而绒毡层细胞解体，变成周缘质团，作为花粉粒的营养物质围绕在花粉粒周围被吸收和利用（图 6-10F）。

　　"海 A"和"海 B"是两个同核异质的材料，由于"海 A"的哈克尼西棉细胞质中不育基因的存在，其花药在正常生长条件下发育异常，成熟花药小而干瘪，不能形成花

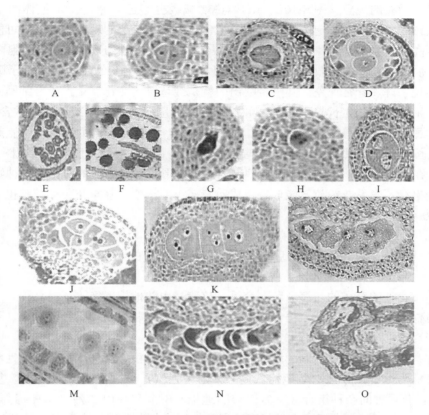

图 6-10 细胞质雄性不育海岛棉小孢子发生的细胞学观察

A～F. 保持系可育花药在几个发育时期的横切片：A. 造孢细胞和三层壁细胞，×264；B. 小孢子母细胞和四层
壁细胞，×264；C. 小孢子母细胞以及具有单核和双核的绒毡层，×264；D. 小孢子母细胞减数分裂和中层退
化，×264；E. 释放的小孢子，×264；F. 花粉粒，×264。G～O. 不育系花药在不同发育时期的横（纵）切
片：G. 造孢细胞异常，×264；H，I. 造孢细胞增殖时期多核现象，×264；J. 核仁穿越细胞壁；K. 核仁进入
另一细胞，×132；L，M. 一个细胞内含有多个大小不一的微核，×132；N. 半月形的小孢子母细胞，×132；
O. 干瘪的败育花药，×132

粉粒。细胞学观察结果表明：从造孢细胞增殖时期到小孢子母细胞减数分裂结束，均能
观察到与"海 B"正常可育花粉不一样的异常现象，其中小孢子母细胞减数分裂时期的
异常现象约占 70%，因而，"海 A"的败育时期主要在小孢子母细胞减数分裂时期。
"海 A"花药发育与"海 B"正常花药发育相比较，一些异常的败育特征主要有：在造
孢细胞增殖时期，有的不育系花药的造孢细胞核仁增大、细胞质液泡化和细胞形状畸
形，且因核仁物质弥散而使整个细胞染色较深（图 6-10G）；有些造孢细胞增大体积后
形成的小孢子母细胞不能进入正常的减数分裂，形成多核细胞（图 6-10H，I）。小孢子
母细胞减数分裂时期核仁穿壁现象很普遍（图 6-10J），有的核仁甚至穿越到另一个小孢
子母细胞（图 6-10K），核仁穿壁现象的增多，说明小孢子母细胞的细胞膜，甚至细胞
壁结构已经损伤或损坏，因而与相应的可育细胞相比，细胞内的区域化结构遭到破坏
后，相对独立的细胞核更容易移动；还观察到大量的小孢子母细胞的一个细胞内含有多

个大小不一微核的现象（图 6-10L，M），说明减数分裂已经紊乱，染色体的不正常配对导致微核现象出现；小孢子母细胞变成染色较深的半月形的现象也较多，可能是由于代谢的紊乱后，小孢子母细胞的细胞器的膜结构发生变化，透性增大，细胞内含物外渗，原生质体浓缩，细胞收缩成半月形（图 6-10N）。花药壁的发育与小孢子败育相对应，也出现了许多异常现象，其中最突出的就是绒毡层的变化。小孢子母细胞开始减数分裂时，细胞分裂和生长趋于旺盛，可育花药的绒毡层细胞大，染色深，常含有双核，中层细胞逐渐退化变得窄小（图 6-10C，D）。然而，不育系花药的绒毡层细胞趋于停止分裂和生长，不但体积很小，与中层细胞的大小相近，而且往往高度液泡化（图 6-10H～L，N），在细胞形态学上与可育花药的绒毡层细胞形成十分明显的对比。种种败育现象的最终结果是不育系花粉粒不能形成，成熟花药小而干瘪，甚至花药壁细胞也有干枯坏死的现象（图 6-10O）。

三、海岛棉不育系应用价值的评价

用回交育种法育成的"海 A"不育系，核背景由陆地棉置换成了海岛棉，败育时期类似陆地棉核背景的不育系，仍在小孢子母细胞减数分裂时期，具有败育早、不育性稳定和不受环境影响的特点。

为考察用"海 A"所配制的海陆杂种的花粉育性的稳定性和产量等农艺性状。以海岛棉不育株为母本，分别与陆地棉恢复系"浙大强恢"、"鸡 R"和海岛棉恢复系"海R"杂交，获得种间杂种组合（海岛棉与陆地棉）6 个和种内杂种（海岛棉与海岛棉）组合 1 个（表 6-12）。在浙江大学华家池实验农场将各类杂交组合及其亲本进行 3 次重复的随机区组比较试验。

表 6-12　　海陆杂种产量等农艺性状的表现

材料	组合数	结铃率/%	铃数/(个/株)	单铃重/g	衣分/%	皮棉产量/(kg/hm²)
海 B（CK1）	1	22.6±2.27	13.9±0.53	2.7±0.12	27.8±0.15	404.0±13.06
海 A×海 R（CK2）	1	21.1±5.21	14.3±3.45	2.8±0.27	41.6±1.47	694.0±24.64
海 A×陆 R	3	34.2±2.35	27.2±1.15	3.5±0.25	39.3±1.67	800.0±24.14
海 A×鸡 R	3	40.3±4.36	29.4±5.77	4.3±0.42	39.2±4.76	980.3±77.95
海陆杂种平均	—	37.25	28.30	3.90	39.25	267.05
比 CK1 增加/%	—	64.82	103.60	44.44	41.19	120.34
比 CK2 增加/%	—	76.54	97.90	39.29	24.21	28.27

（一）海陆杂种的花粉育性

从 7 月 1 日开始每 5 天观察一次各个组合的花粉育性，结果见图 6-11，"海 B"及"海 A×海 R"，在 7 月 11 日到 7 月 26 日近半个月的时间里，育性出现了一个低谷，而海陆杂种的花粉育性（6 个组合的平均）始终维持一个较高的水平。这一现象反映在田间棉株结铃率上尤为突出，即海岛棉在这一时期因花药散粉差导致结铃率低，与海陆杂种花药散粉好、结铃率较高形成明显对照（表 6-12）。田间气温记载表明，这一育性低谷与 6 月 20 日后持续半个月高温（最高温度均在 35℃以上）一致，换言之，花粉育性下降是由于开花前约 20 天时的气温过高。开花前 20 天棉花雄蕊正处在小孢子发育时期，对持续高温的敏感度，在海岛棉与海陆杂种间出现了显著的差异，前者在持续高温条件下小孢子发育受到影响，导致育性下降，而后者则对持续高温具有抗性，育性正常。由此可见，"海 A"不育系可被陆地棉恢复系恢复为正常可育，而且杂种（海陆杂种）的花粉育性在高温下比海岛棉更稳定，有利于结铃率的提高。

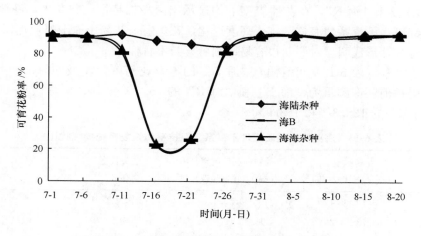

图 6-11　可育花粉率的变化（2005 年，杭州）

（二）海陆杂种的产量优势

海陆杂种组合的产量优势表现如表 6-12 所示，可以看出海陆杂种皮棉产量比海岛棉种内杂种（CK2）或亲本（CK1）均有较大幅度的提高，分别增产 28.27％或 120.34％。表明利用细胞质雄性不育的三系法制种，获得的棉花海陆杂种具有明显的杂种优势。海陆杂种产量的提高主要是单株结铃数、单铃重和衣分都有大幅度的提高所致，而海岛棉种内杂种（CK2）由于花粉育性对高温敏感，在杭州没有发挥出单株结铃数多的优势。本试验中海陆杂种的单铃重最高也只有 4.3g，与陆地棉的一般铃重（5.0～6.0g）还有很大的差距，因而通过改良海陆杂种单铃重来进一步提高海陆杂种产量还有很大的潜力。

四、海岛棉恢复系及其育性恢复基因

在用收集到的种质与不育系杂交改良不育系的过程中，浙江大学发现一份来自新疆的长果枝类型的海岛棉种资（2H320）对雄性不育具有恢复能力，再经两年（2001～2002 年）纯合选择，用它配制的杂种花粉育性好和结铃率高，可以用作恢复系，暂名

"海 R"。为研究其恢复基因的遗传，"海 R"与陆地棉或海岛棉不育系、保持系和恢复系进行多种类型的杂交，共获得 23 个不同组合及其育性分离群体，以研究海岛棉恢复系育性恢复基因的遗传和鉴别其恢复基因的来源，为海岛棉类型恢复系的培育和利用提供理论依据（张小全等，2009a）。

（一）海岛棉细胞质雄性不育"三系"的花器特征

如彩图 6-12 所示，与陆地棉保持系"抗 B"比较，海岛棉不育系"海 A"、保持系"海 B"和恢复系"海 R"，在花器表型上均显示出海岛棉特征，花朵大，花瓣乳黄色，且基部有红斑。不育系"海 A"雄蕊高度退化，花丝短，花药小而干瘪，与保持系或恢复系的可育雄蕊形成明显对照，很容易区别可育与不育株。

进一步考察（表 6-13）可看出，"海 A"的不育花药鲜重不及"海 B"和"海 R"的一半，受精前胚珠鲜重为"海 B"和"海 R"的 75.5％和 70.6％，柱头长度为"海 B"和"海 R"的 128.3％和 163.9％。

表 6-13　海岛棉细胞质雄性不育系、保持系和恢复系花器性状比较

材料	花药鲜重 /(mg/100 粒花药)	受精前胚珠鲜重 /(mg/100 粒胚珠)	柱头长度 /mm	可育花粉率 /%
海 A	29.10±8.41	74.60±2.21	12.83±2.04	—
海 B	63.73±3.26	98.35±9.97	10.00±1.79	91.15±2.09
海 R	72.98±11.13	105.70±8.06	7.83±1.47	92.07±2.49

（二）F_2 群体的遗传分析

用不育系和恢复系所配置的杂种 F_1 正常可育，没有发现不育株，说明"海 R"所携带的恢复基因是纯合的显性基因。通过对 F_2 分离群体的观察发现（表 6-14），大部分组合的分离比例都符合一对基因的遗传模式，只有"鸡 A×海 R" F_2 分离群体的育性分离比例不符合一对基因的遗传模式（$P<0.05$），不育株明显偏多，其原因可能是该杂交组合中含有对恢复基因有抑制作用的一些微效基因，也不排除 F_1 在自交、收获、种子脱绒和播种等过程中的生物学和机械混杂的可能。

表 6-14　F_2 分离群体的遗传分析

群体	年份	总株数	可育株数	不育株数	理论比例	χ^2 值	P 值
鸡 A×海 R	2004	135	71	64	3：1	34.965	0.000
IA×海 R	2004	183	128	55	3：1	2.231	0.135
抗 A×海 R	2004	267	198	69	3：1	0.061	0.805

群体	年份	总株数	可育株数	不育株数	理论比例	χ^2 值	P 值
陆 A×海 R	2005	34	23	11	3∶1	0.627	0.428
海 R×海 B	2005	107	77	30	3∶1	0.377	0.539
海 A×海 R	2006	82	44	28	3∶1	3.187	0.074
合计		808	551	257	3∶1	19.606	0.000

注："IA"、"陆 A"、"抗 A"、"鸡 A"为陆地棉不育系，"海 R×海 B"组合中的"海 R"是含不育细胞质的恢复系。

（三）　A×(B×R)群体的遗传分析

A×(B×R)群体的育性分离见表 6-15。A×(B×R)组合的父本为保持系与恢复系间的杂种 F_1，提供的雄配子类型不受不育细胞质的影响，A×(B×R)的育性分离情况可以反映出恢复系对不育系育性恢复的基因对数。A×(B×R)组合的 4 个分离群体的可育株数与不育株数经卡方检验均符合 1∶1 的分离比例，说明海岛棉恢复系具有一个显性主效恢复基因，暂用"Rf_B"表示。

表 6-15　A×(B×R)分离群体的遗传分析

群体	年份	总株数	可育株数	不育株数	理论比例	χ^2 值	P 值
鸡 A×（陆 B×海 R）	2005	99	54	45	1∶1	0.646	0.421
鸡 A×（陆 B×海 R）	2006	120	64	56	1∶1	0.408	0.523
陆 A×（陆 B×海 R）	2005	71	34	37	1∶1	0.056	0.812
陆 A×（陆 B×海 R）	2006	109	58	51	1∶1	0.330	0.565
合计		399	210	189	1∶1	1.003	0.317

（四）　A×(A×R)群体的遗传分析

A×(A×R)群体的育性分离情况见表 6-16。A×(A×R)组合的 4 个分离群体的可育株数与不育株数经卡方检验均符合 1∶1 的分离比例。又因 F_2 群体有育性分离（表 6-14），因而海岛棉恢复基因的遗传是孢子体遗传。

表 6-16　A×(A×R)分离群体的遗传分析

群体	年份	总株数	可育株数	不育株数	理论比例	χ^2 值	P 值
陆 A×（IA×海 R）	2004	31	16	15	1∶1	0.000	1.000
陆 A×（陆 A×海 R）	2004	64	38	26	1∶1	1.891	0.169
陆 A×（陆 A×海 R）	2005	66	35	31	1∶1	0.136	0.712
鸡 A×（海 A×海 R）	2006	153	83	70	1∶1	0.941	0.332
合计		314	172	142	1∶1	2.678	0.102

A×(A×R)分离群体的雄配子是由杂种（A×R）F_1 提供的，细胞质为不育类型（记为 S 型）；A×(B×R)分离群体（表 6-15）的雄配子由杂种（B×R）F_1 提供，但细胞质为正常可育类型（记为 N 型），两类分离群体的育性分离情况变化可反映出 F_1 雄配子的不育细胞质效应及其对配子传递的影响。在本研究中，A×(A×R)群体中可育株与不育株分别为 172 株（54.8%）和 142 株（45.2%），而 A×(B×R)则分别为 210 株（52.6%）和 189 株（47.4%），即 A×(A×R)群体出现的不育株频率比 A×(B×R)群体要低，说明不育细胞质对雄配子的传递有一定的影响。其原因可能是在（A×R）F_1 产生的两种雄配子中 S（Rf_B）配子传递率高于 S（rf_B）配子，而（B×R）F_1 产生 N（Rf_B）和 N（rf_B）两种雄配子传递率是相等的。

（五）（A×R）×B 群体的遗传分析

（A×R）×B 群体的育性分离情况见表 6-17。（A×R）×B 分离群体的雌配子是由含不育细胞质的杂种 F_1 提供的，其育性分离的情况能反映出不育细胞质对杂种 F_1 雌配子的传递的影响。（A×R）×B 组合几个分离群体的可育株数与不育株数经卡方检验均符合 1∶1 的分离比例，而各群体中不育株的观察株数都小于其理论株数，说明不育细胞质对雌配子的传递也有一定的影响。

表 6-17　（A×R）×B 分离群体的遗传分析

群体	年份	总株数	可育株数	不育株数	理论比例	χ^2 值	P 值
（IA×海 R）×鸡 B	2004	13	7	6	1∶1	0.000	1.000
（IA×海 R）×抗 B	2004	11	6	5	1∶1	0.000	1.000
（IA×海 R）×陆 B	2004	57	29	28	1∶1	0.000	1.000
（抗 A×海 R）×鸡 B	2004	14	8	6	1∶1	0.071	0.789
（抗 A×海 R）×抗 B	2004	10	6	4	1∶1	0.100	0.752
（抗 A×海 R）×抗 B	2004	5	3	2	1∶1	0.000	1.000
（抗 A×海 R）×陆 B	2004	79	46	33	1∶1	1.823	0.177
（鸡 A×海 R）×陆 B	2004	58	33	25	1∶1	0.845	0.358
（海 A×海 R）×海 B	2006	26	15	11	1∶1	0.346	0.556
合计		273	153	120	1∶1	3.751	0.053

通过上述 23 种不同的 F_2 群体和回交群体的遗传分析，表明"海 R"恢复基因属孢子体遗传，由一个主效显性基因（Rf_B）控制雄性不育的育性恢复，但因有些育性分离群体（如 F_2 群体）中的不育株多于期望值，也不排除某些微效修饰基因参与。A×(A×R)、A×(B×R)和(A×R)×B 三类分离群体的分析，还表明在恢复基因呈隐性时，不育胞质不但对雄配子的传递有影响，而且对雌配子的传递也有影响。这对于海岛棉恢复系在种间杂种优势中的应用有重要的指导意义。

五、棉花种间杂种的应用前景

海岛棉虽然种植面积不及陆地棉，但在埃及、以色列和美国西南部都有大量种植。在我国，主要在新疆种植，而在其他棉区，如黄河流域和长江流域棉区，海岛棉常表现为营养生长旺盛和迟熟，铃小，产量低，很少有种植。我们观察认为，黄河流域和长江流域海岛棉结铃率偏低和产量不高与开花结铃期气温偏高有关，如在杭州 35℃ 以上高温的天气持续一周左右，海岛棉品种普遍表现出花药散粉不畅甚至不散粉，导致结铃率低和不孕籽率高。然而，用三系材料所配制的海陆杂种的育性不受高温影响，棉铃明显增多和增大，显示出强的种间杂种优势。这一情形与我国学者刁光中和黄滋康（1961）、曲健木（1962）、华兴鼐等（1963）等的研究是一致的，他们认为陆地棉与海岛棉种间杂种在黄河流域和长江流域种植能表现出显著的杂种优势，可综合海岛棉纤维品质优、抗病虫性好和陆地棉适应性广、丰产性好的优点。但是，以往由于海陆杂种种子制种一般采用人工去雄授粉法，效率低，成本高，迄今海陆杂种在我国很少有种植。浙江大学研究结果表明，通过育成海岛棉与陆地棉种间杂种的雄性不育系和恢复系，实现三系配套，用三系法制种，低成本生产杂种种子，在黄河流域和长江流域等棉区广泛利用海陆杂种优势是可能的。

例如，张小全和王学德（2005）以海岛棉不育系和恢复系，以及陆地棉不育系和恢复系为材料，配制 3 个海岛棉与陆地棉种间杂种和 3 个陆地棉与陆地棉种内杂种，并以常规棉品种作为对照，在浙江大学实验农场比较和研究了两类组合的优势表现。结果（表 6-18～表 6-20）表明，利用细胞质雄性不育的海陆种间杂种在株高、果枝数、果节数、单株结铃数和不孕籽率上显著高于陆地棉种内杂种，但单铃重和衣分则显著低于陆地棉种内杂种，单铃重前者最高为 3.3g，后者最低也有 4.7g。一般地，海陆种间杂种的小区皮棉产量显著低于陆陆种内杂种，但也有个别组合，如"海陆 1 号"的皮棉产量，与陆地棉品种"中₁₂"和陆陆种内杂种"浙杂 166"没有显著差异。在品质性状方面，海陆种间杂种的纤维长度、整齐度、比强度、伸长率和马克隆值都显著好于陆陆种内杂种，尤其在长度、比强度和伸长率上最高分别达到 35.3mm、43.6cN/tex和 7.8%。

表 6-18　产量和产量构成性状的表现

名称	类型	铃数/(个/株)	单铃重/g	衣分/%	皮棉产量/(g/小区)
海陆 3 号		19.90a	3.10c	37.97cd	453.69d
海陆 1 号	种间杂种	18.43ab	3.27c	36.91d	564.82c
海陆 2 号		15.33cd	2.67d	38.41bcd	387.92d
标杂 2 号		13.33de	4.67b	42.24abc	719.99ab
浙杂 166	陆地棉杂种	13.17de	4.8b	43.34ab	646.33bc
标杂 1 号		12.63e	5.23a	46.60a	806.56a

续表

名称	类型	铃数 /(个/株)	单铃重 /g	衣分 /%	皮棉产量 /(g/小区)
海R	海岛棉	8.67f	1.21e	42.87abc	115.75f
Pima-S4		14.80cde	2.37d	29.38e	296.30de
中$_{12}$	陆地棉	16.37bc	4.77b	41.27bcd	634.19bc
CV		8.99	6.32	7.58	11.20
LSD$_{0.05}$		2.29	0.39	5.23	99.66

注：CV（coefficient of variation）变异系数；LSD$_{0.05}$（least significant difference）5%水平的最小显著差数；后面标有不同字母的各性状平均值之间差异显著（$P<0.05$）（下同）。

表 6-19　其他主要农艺性状的表现

名称	类型	株高 /cm	果枝数 /(个/株)	果节数 /(节/株)	不孕籽率 /%
海陆3号		107.83ab	18.07ab	107.83ab	18.07ab
海陆1号	种间杂种	103.43b	17.17ab	103.43b	17.17ab
海陆2号		110.53ab	18.20ab	110.53ab	18.20ab
标杂2号		76.47cd	14.10c	76.47cd	14.10c
浙杂166	陆地棉杂种	75.47cd	13.03c	75.47cd	13.03c
标杂1号		74.53d	14.47c	74.53d	14.47c
海R	海岛棉	116.40a	16.63b	116.40a	16.63b
Pima-S4		85.03c	18.63a	85.03c	18.63a
中$_{12}$	陆地棉	77.03cd	13.63c	77.03cd	13.63c
CV		6.01	6.09	6.01	6.09
LSD$_{0.05}$		9.58	1.68	9.58	1.68

表 6-20　纤维品质性状的表现

名称	类型	纤维长度 /mm	整齐度/%	比强度 /(cN/tex)	伸长率/%	马克隆值
海陆3号		34.1b	87.7a	40.5b	7.4c	4.57bc
海陆1号	种间杂种	34.3b	88.9a	42.3ab	7.3c	4.9ab
海陆2号		35.3a	88.9a	43.6a	7.8b	4.6ab
标杂2号		29.3d	85.8b	29.5c	5.8d	4.9ab
浙杂166	陆地棉杂种	29.3d	84.7b	29.0c	5.5d	4.8ab
标杂1号		27.5e	84.6b	25.0d	5.7d	5.1ab
海R	海岛棉	32.7c	86.2b	41.7ab	8.2a	4.1c
Pima-S4		33.0c	83.4b	31.3c	8.1ab	3.5d
中$_{12}$	陆地棉	29.1d	86.1b	28.3c	5.53d	5.2a
CV		1.64	1.28	5.10	3.24	6.84
LSD$_{0.05}$		0.90	1.83	3.05	0.38	0.55

植物种间常存在杂交不亲和现象，通常杂交种会出现部分不育乃至完全不育，很难利用可能存在的杂种优势。目前，在水稻、玉米、小麦、油菜、大豆等大田作物中，除了水稻有籼稻与粳稻亚种间杂种优势利用外，其他作物亚种乃至种间杂种优势利用尚有一定难度。然而，在棉花中，海岛棉与陆地棉在分类学上虽然是两个独立的种，但两者杂交获得的杂交种是正常可育的，且具有显著的杂种优势。因此，选育棉花种间杂交种的雄性不育系和恢复系，加强海陆杂种优势利用的研究，对于大田作物种间杂种优势利用在棉花上率先取得突破，具有重要意义。

六、海岛棉与陆地棉间的三交种

在海岛棉与陆地棉种间杂种优势利用研究过程中，我们可观察到，海岛棉不育系用陆地棉保持后获得的不育系较用海岛棉保持后获得的不育系表现为制种产量明显较高；海陆或陆海杂种，与陆陆杂种比较，虽然纤维品质优势明显，但因铃重和衣分较低，产量优势不显著。于是设想用陆地棉作为临时保持系或恢复系配制三交种，通过增加陆地棉基因组比例来提高种间杂种的铃重和衣分，在不降低海陆杂种纤维品质的情况下，提高海陆杂种的产量（张小全等，2009b）。如表6-21所示，2004年选用1个海岛棉不育系"海A"，2个陆地棉不育系"抗A"和"鸡A"，1个陆地棉保持系"抗B"，1个海岛棉保持系"海B"，1个海岛棉恢复系"海R1"，以及2个陆地棉恢复系"陆R"和"鸡R"，配制了［（陆地棉不育系×海岛棉保持系）×陆地棉恢复系］和［陆地棉不育系×（陆地棉恢复系×海岛棉恢复系）］两种类型的10个三交种组合，以4个单交种为对照，在浙江大学华家池实验农场进行了3次重复的随机区组比较试验，以检验海陆种间三交种利用的可能性。

表 6-21　棉花材料组合

材料	组合类型	陆地棉基因组所占比例	海岛棉基因组所占比例	应用目的
（鸡A×海B）×鸡R				
（鸡A×海B）×陆R				
（抗A×海B）×鸡R				
（陆A×海B）×陆R				
鸡A×（海R1×陆R）				
鸡A×（鸡R×海R1）	三交种	3/4	1/4	杂种优势测验
鸡A×（陆R×海R1）				
抗A×（海R×陆R）				
抗A×（鸡R×海R1）				
抗A×（陆R×海R1）				

材料	组合类型	陆地棉基因组 所占比例	海岛棉基因组 所占比例	应用目的
鲁棉研 15（CK1）		1	0	商品杂交棉对照
陆 A×陆 R（CK2）	单交种	1	0	陆陆杂种对照
海 A×陆 R（CK3）		1/2	1/2	海陆杂种对照
海 A×海 R1（CK4）		0	1	海海杂种对照
海 A×海 B		0	1	
海 A×抗 B	不育系	1/2	1/2	制种产量比较
抗 A×抗 B		1	0	

（一）海陆三交种的表现

从表 6-22 可看出，在各类组合中，陆陆单交种（CK1 和 CK2）籽棉产量最高，三交种和海陆单交种次之，海海单交种（CK4）最低，纤维品质则正好与之相反。显然，杂种产量是随着陆地棉基因组比例的增加而增加，而纤维品质是随着海岛棉基因组比例的增加而改良。这表明通过调控陆地棉基因组与海岛棉基因组在杂种中的比例，可有效调节陆地棉的高产和海岛棉的品质性状在三交种中的表现。表 6-22 中 10 个三交种，它们均含有 3/4 的陆地棉基因组和 1/4 的海岛棉基因组，与海陆单交种或海海单交种比较，所占的陆地棉基因组比例增大，产量性状较好，同时也保持一定程度的海岛棉纤维品质特性。

表 6-22　海陆三交种的表现

组合	株高 /cm	果枝数 /(个/株)	不孕 籽率 /%	铃数 /(个/株)	铃重/g	衣分/%	籽棉 产量 /(kg/hm²)	纤维 长度 /mm	纤维 强度 /(cN/tex)	马克 隆值
（鸡 A×海 B）×鸡 R	107.5	19.0	17.56	20.5	4.52	38.47	1845.68	29.09	33.13	5.03
（鸡 A×海 B）×陆 R	120.0	20.5	15.68	14.5	4.17	39.92	1458.28	30.90	33.93	4.24
（抗 A×海 B）×鸡 R	103.0	15.0	15.01	17.0	4.83	38.64	2260.08	29.28	27.05	4.84
（陆 A×海 B）×陆 R	114.0	19.0	20.31	15.0	3.97	38.68	1993.13	30.79	37.34	4.40
鸡 A×（海 R1×陆 R）	140.0	22.5	21.87	20.5	3.89	41.03	1959.23	30.05	29.40	5.14
鸡 A×（鸡 R×海 R1）	112.5	16.5	19.23	11.5	3.59	37.53	1663.05	29.87	27.15	5.08
鸡 A×（陆 R×海 R1）	117.5	17.5	21.69	11.5	3.87	39.87	1378.85	28.83	33.84	5.05
抗 A×（海 R×陆 R）	145.0	21.0	20.66	17.0	3.77	40.72	1597.65	30.18	29.97	4.97
抗 A×（鸡 R×海 R1）	118.5	18.5	18.65	11.5	4.02	35.97	1998.90	29.21	32.67	5.22
抗 A×（陆 R×海 R1）	114.0	18.5	25.44	12.0	3.85	40.15	1574.28	31.18	30.53	5.04
平均	119.2	18.8	19.61	15.1	4.05	39.10	1772.91	29.94	31.50	4.90

续表

组合	株高/cm	果枝数/(个/株)	不孕籽率/%	铃数/(个/株)	铃重/g	衣分/%	籽棉产量/(kg/hm²)	纤维长度/mm	纤维强度/(cN/tex)	马克隆值
鲁棉研 15（CK1）	98.5	13.5	9.87	14.0	5.02	44.19	2373.05	28.33	27.69	5.05
抗 A×陆 R（CK2）	91.5	15.0	11.07	13.4	4.71	44.64	2145.18	29.62	29.69	4.54
海 A×鸡 R（CK3）	124.3	20.6	21.50	24.2	3.51	36.95	1907.93	32.00	36.21	4.25
海 A×海 R1（CK4）	126.5	22.7	21.50	28.3	2.74	35.52	1227.83	33.85	37.31	4.79
CV	3.7	9.4	6.64	9.1	3.57	2.29	7.74	1.73	6.57	2.54
$LSD_{0.01}$	13.2	5.3	3.73	4.2	0.46	2.85	445.43	1.60	6.33	0.38
$LSD_{0.05}$	9.3	3.7	2.64	3.0	0.33	2.02	315.65	1.13	4.49	0.27

注：CV. 变异系数；$LSD_{0.01}$和$LSD_{0.05}$. 1%和5%水平的最小显著差数。

从表 6-22 还可看出，10 个三交种的籽棉产量变幅较大，其中有 4 个组合的籽棉产量与陆陆单交种的两对照（CK1 和 CK2）没有显著的差异，但纤维品质均较好。从总体看，三交种产量不及陆陆单交种主要是衣分和铃重偏低所致，而且不孕籽率也明显偏高；在其他农艺性状上，三交种表现型一般处在陆陆单交种与海陆单交种或与海海单交种之间，表现为植株高大、果枝数和铃数增多。

另外，值得重视的问题是三交种群体性状分离较明显，考察"（抗 A×海 B）×鸡 R"和"鲁棉研 15"的铃重、铃数、株高、果枝数和果节数的变异系数发现，前者 5 个性状的变异系数分别为 11.86%、10.21%、6.09%、15.19%和 24.08%，远高于后者的 4.33%、8.41%、5.90%、3.72%和 5.46%。群体性状分离也可能是导致三交种产量偏低的因素之一。

（二）海陆三交种的对照优势

三交种相对 4 个单交种（CK1 至 CK4）在各个性状上的对照优势列于表 6-23。10 个三交种产量平均优势超海海单交种（CK4）优势最大，超海陆单交种（CK3）优势次之，超陆陆单交种（CK1 和 CK2）优势最小，且多为负值。其中，超海海单交种的籽棉产量的平均优势为 44.39%，变幅为 12.30%～84.07%，优势主要表现为铃重和衣分的提高，以及不孕籽率的降低。虽然三交种超海陆单交种的产量不显著，但在 10 个三交种组合中也有 4 个组合存在明显的优势，组合最好的籽棉和皮棉产量优势可达 18.46%和 23.94%。三交种纤维品质超陆陆单交种的优势最为明显，超"鲁棉研 15"的纤维长度、强度和马克隆值的平均优势分别为 5.68%、13.76%和−2.95%，尤其纤维强度最大优势可达 34.85%。但相对海海单交种和海陆单交种，三交种纤维长度和强度均为负优势，只有马克隆值为正优势。三交种主要农艺性状相对于陆陆单交种，在株高、果枝数、果节数和铃数等性状上的优势达极显著；相对海海和海陆单交种，在铃重、衣分和不孕籽率上有显著的优势。

表 6-23　海陆三交种的对照优势

	CK1/%			CK2/%			CK3/%			CK4/%		
	平均值	MIN	MAX	平均值	MIN	MAX	平均值	MIN	MAX	平均值	MIN	MAX
株高	21.02**	4.57	47.21	30.28**	12.57	58.47	−4.10	−17.14	16.65	−5.78	−18.58	14.62
果枝数	39.26**	11.11	66.67	25.33**	0.00	50.00	−8.74*	−27.18	9.22	−17.00**	−33.77	−0.66
不孕籽率	98.68**	52.08	121.58	77.14**	35.59	129.81	−8.79	−30.19	18.33	−8.79	−30.19	18.33
铃数	7.86	−17.86	46.43	12.69	−14.18	52.99	−37.60**	−52.48	−15.29	−46.70**	−59.41	−27.64
铃重	−19.36**	−28.49	−3.78	−14.05**	−23.78	2.55	15.38*	2.28	37.61	47.81**	31.02	76.28
衣分	−11.52**	−18.60	−7.15	−12.42**	−19.42	−8.09	5.82*	−2.65	11.04	10.08**	1.27	15.51
籽棉产量	−25.29**	−41.90	−4.76	−17.35*	−35.72	5.36	−7.07	−27.73	18.46	44.39**	12.30	84.07
长度	5.68**	1.76	10.06	1.07	−2.67	5.27	−6.44**	−9.91	−2.56	−11.55**	−14.83	−7.89
强度	13.76*	−2.31	34.85	6.10	−8.89	25.77	−13.01*	−25.30	3.12	−15.57**	−27.50	0.08
马克隆值	−2.95	−16.04	3.37	7.95*	−6.61	14.98	15.29**	−0.24	22.84	2.29	−11.48	8.98

注：MIN. 最小值；MAX. 最大值。

* 达显著差异水平($P<0.05$)；** 达极显著差异水平($P<0.01$)。

（三）海陆三交种的制种产量

2005～2006 年，在浙江大学华家池农场，3 个不育系与 1 个陆地棉恢复系的制种试验在具备隔离条件的试验地进行，不育系与恢复系按 2：1 隔行种植，自然媒介授粉。两年均在 4 月 15 日播种，塑料棚内营养钵育苗，5 月 7～9 日移栽，双行区，行距 0.6m，株距 0.5m，常规田间管理。在棉花吐絮初期，每小区随机选取 10 株调查单株果枝数、单株铃数等性状；吐絮期分次收获籽棉，合并后计产；取中部铃 50 个，用于测单铃重和衣分等性状。

表 6-24 列出了三种类型的不育系，一是海岛棉不育系用陆地棉保持后获得的不育系（海 A×抗 B），二是海岛棉不育系用海岛棉保持后获得的不育系（海 A×海 B），三是陆地棉不育系用陆地棉保持后的不育系（抗 A×抗 B）。它们在遗传组成上是有很大差异的，前者是种间杂合类型的不育系，后两者是种内纯合类型的不育系。从表 6-24 可看出，当三种类型不育系分别与一种陆地棉恢复系制种，且不育系与恢复系按 2：1 隔行种植和自然传粉时，（海 A×抗 B）不育系籽棉产量和皮棉产量，虽然比（抗 A×抗 B）不育系要低，但比（海 A×海 B）不育系要显著提高。

表 6-24　海陆三交种的制种产量

不育系	株高 /cm	果枝数 /(个/株)	果节数 /(个/株)	不孕籽率/%	铃数 /(个/株)	铃重/%	衣分/%	籽棉产量 /(kg/hm²)	皮棉产量 /(kg/hm²)
海 A×抗 B	102.33b	18.35b	78.99b	15.57b	21.25b	3.77b	34.98b	2142.81b	769.92b
海 A×海 B	125.60a	23.11a	110.23a	21.12a	28.22a	2.80c	31.89b	1225.32c	438.40c
抗 A×抗 B	94.82c	16.85c	56.11c	12.15b	14.20c	5.30a	38.01a	2558.12a	1048.86a

（四）海陆三交种的利用前景

我国学者刁光中和黄滋康（1961）、曲健木（1962）、华兴鼐等（1963）等研究表明海陆杂交种在黄河流域和长江流域种植能表现出显著的产量和品质优势。国外也对海陆杂交种进行过大量的研究。但海陆杂交种迄今仍未广泛应用，其原因除了制种成本高外，张小全和王学德（2005）研究认为海陆单交种在我国长江流域种植存在营养生长过旺、不够早熟以及铃重和衣分偏低的缺陷。为此，浙江大学组配海陆三交种，希望通过增加陆地棉基因组比例（占 3/4）促进三交种铃重和衣分的提高，实现高产；利用三交种中的 1/4 海岛棉基因组成分提高纤维品质；利用细胞质雄性不育的三系法制种，提高三交种制种产量，降低制种成本。从而选育出产量、品质、制种成本相协调的海陆杂交种。研究表明海陆三交种产量优势虽然不及陆陆单交种，只与海陆单交种接近，但纤维品质优势明显，而且制种产量有所提高。可以认为，在育种实践中，只要通过大量配组，选育出产量和品质综合优势明显的海陆三交种组合是可能的。

海陆三交种仍存在的铃重和衣分偏低以及生育期偏长的缺陷有待克服。育种家在选择杂交亲本时，注重选择铃大、衣分高和早熟的亲本。例如，选择早熟类型的海岛棉不育系作母本，高衣分的陆地棉作临时保持系，大铃的陆地棉作恢复系，以提高选育出适应性广、产量和品质优势明显的海陆三交种的可能性。另外，海陆三交种群体性状分离较明显，育种家在配组时应选择叶型和株型相对一致的亲本。

七、种间杂种优势在彩色棉中的应用

天然彩色棉是一种纤维本身带有颜色的棉花。与白色棉相比，彩色棉有一些独特的优势。例如，在纤维发育的过程中，彩色棉经历了色素的形成和沉积，可以省去纤维化学染色的工艺程序。这不但可以节约人力、物力和财力，而且还可以减少染色过程中某些有毒化学物质的使用，从而降低环境污染的风险。随着经济的发展和社会的进步，人们越来越关注生态环保的健康产品，而彩色棉正是迎合了大众的这一需求，因此开展彩色棉的研究有很大的市场前景。

虽然天然彩色棉在纺织工业上有独特优势，但是与白色棉相比，其缺陷也非常明显。首先，天然彩色棉的产量低、品质差；其次是天然彩色棉的色泽比较单调，目前用于生产的主要有棕色和绿色两种类型。如何解决上述问题已成为彩色棉育种的主要目标。

纤维颜色常为不完全显性遗传，不同颜色的亲本间杂交，既可利用其杂种优势提高产量和品质，又可丰富纤维颜色，如棕色与白色的杂种为浅棕色，即增加了浅棕色。尤其是海岛棉与陆地棉的杂种一代，可以综合双亲的优点，在保持陆地棉高产特性的同时，还可发挥海岛棉的优良纤维品质。因此，利用种间杂种优势改良棉花纤维品质被认为是一条可行的途径。浙江大学的文国吉（2010）基于这一观点，以彩色陆地棉和海岛棉的不育系和恢复系为亲本，通过配制杂交种，一方面分析海陆种间杂种优势在不同颜色棉花间的表现；另一方面，通过种间杂种优势的利用，找到一条改良天然彩色棉产量低、品质差的可行途径。

（一）试　验　材　料

试验材料（表 6-25）是由 4 个彩色棉亲本（2 个棕色陆地棉，2 个绿色陆地棉）、4 个白色棉亲本（2 个海岛棉，2 个陆地棉）以及它们互相组配的杂交组合 14 个（10 个海陆杂种、4 个陆陆杂种）组成，另外加上 1 个常规杂交棉品种（湘杂棉 2 号）作为对照。2008～2009 年，表 6-25 的材料在浙江大学实验农场进行 3 次重复的随机区组比较试验。

表 6-25　试验所用材料

试验材料	类型	母本	父本	纤维颜色
棕 A×海 R		棕色陆地棉不育系	白色海岛棉恢复系	棕色
海 A×棕 R		白色海岛棉不育系	棕色陆地棉恢复系	棕色
棕 B×海 B		棕色陆地棉保持系	白色海岛棉保持系	棕色
海 B×棕 B		白色海岛棉保持系	棕色陆地棉保持系	棕色
棕 R×海 R	种间杂种（Ⅰ）	棕色陆地棉恢复系	白色海岛棉恢复系	棕色
海 R×棕 R		白色海岛棉恢复系	棕色陆地棉恢复系	棕色
绿 B1×海 B		绿色陆地棉保持系 1	白色海岛棉保持系	绿色
海 B×绿 B1		白色海岛棉保持系	绿色陆地棉保持系 1	绿色
绿 B2×海 B		绿色陆地棉保持系 2	白色海岛棉保持系	绿色
海 B×绿 B2		白色海岛棉保持系	绿色陆地棉保持系 2	绿色
抗 A×棕 R		白色陆地棉不育系	棕色陆地棉恢复系	棕色
棕 A×浙 R	种间杂种（Ⅱ）	棕色陆地棉不育系	白色陆地棉恢复系	棕色
棕 B×陆 B		棕色陆地棉保持系	白色陆地棉保持系	棕色
绿 B1×陆 B		绿色陆地棉保持系 1	白色陆地棉保持系	绿色
海 B				白色
海 R				白色
棕 B				棕色
棕 R	亲本（Ⅲ）			棕色
绿 B1				绿色
绿 B2				绿色
陆 B				白色
浙 R				白色
湘杂棉 2 号	CK	8891 黄花药	中棉所 12	白色

注：纤维颜色属显性遗传。

（二）彩色棉种间杂种主要农艺性状的表现

在田间可以看到，彩色棉种间杂种的株型生长与海岛棉类似，表现出营养生长旺盛、枝叶繁茂、开花数多，且花期长、相对迟熟等性状。从表 6-26 可知，与陆陆种内杂种及彩色棉亲本相比，彩色棉种间杂种在果枝数、果节数、株高以及茎叶干重方面有显著的提高，这与其在田间的表现相吻合。单株果枝数上，彩色棉种间杂种一般都能达到 20 个以上，与海岛棉亲本相当，比其他类型的品系多出 3～6 个，达到显著或极显著水平。果节数方面，彩色棉种间杂种比彩色棉亲本及对照提高极其显著，几乎超过 1 倍。彩色棉亲本的果节数一般为 50 个左右，与对照之间差异不显著；而彩色棉种间杂种的果节数可以达到 90 多个，个别材料甚至达 100 个，比对照和陆陆杂种都要显著提高。这些农艺性状的提高，为彩色棉种间杂种的单株结铃数奠定了良好的基础，这可能是彩色棉种间杂种产量显著提高的重要因素之一。

表 6-26　主要农艺性状表现

试验材料	类型	果枝数 /（个/株）	果节数 /（节/株）	株高 /cm	不孕籽率 /%	茎叶干重 /（g/株）
棕 A×海 R	Ⅰ	20.72ab	92.33de	137.63abc	21.84bc	415.65d
海 A×棕 R	Ⅰ	21.33ab	95.33cd	134.52bc	20.82cd	536.65ab
棕 B×海 B	Ⅰ	21.87a	96.33c	130.11c	24.31a	457.33cd
海 B×棕 B	Ⅰ	21.47ab	94.33cde	132.84c	23.45ab	527.54b
棕 R×海 R	Ⅰ	20.27bc	97.13bc	135.13abc	18.35efg	441.32d
海 R×棕 R	Ⅰ	22.00a	102.13a	142.83a	19.66cde	515.09bc
绿 B1×海 B	Ⅰ	21.00ab	100.00ab	135.12abc	17.73efg	593.48a
海 B×绿 B1	Ⅰ	20.87ab	92.67de	137.96abc	17.01fg	545.06ab
绿 B2×海 B	Ⅰ	22.07a	92.33de	138.15abc	13.41h	532.25b
海 B×绿 B2	Ⅰ	21.80ab	97.27bc	137.07abc	16.00g	539.78ab
抗 A×棕 R	Ⅱ	17.67def	58.68h	99.38de	11.75hi	266.12ef
棕 A×浙 R	Ⅱ	18.20de	63.54g	93.07def	17.60efg	230.13fgh
棕 B×陆 B	Ⅱ	17.87de	58.50h	99.47de	19.25def	249.64fg
绿 B1×陆 B	Ⅱ	17.20defg	56.22hi	91.76ef	11.67hi	186.04hij
海 B	Ⅲ	21.47ab	91.67e	142.41ab	10.65ij	320.29e
海 R	Ⅲ	18.73cd	68.34f	132.78e	13.31h	285.09ef
棕 B	Ⅲ	16.73efgh	56.34hi	96.95def	17.36efg	204.89ghi
棕 R	Ⅲ	14.87ij	49.44l	90.43f	10.48ij	134.67j
绿 B1	Ⅲ	14.40j	55.68hij	93.57def	7.77k	163.60ij
绿 B2	Ⅲ	16.13fghi	63.42g	100.31d	4.74l	182.20hij
陆 B	Ⅲ	15.27hij	53.70ijk	99.75de	9.50ijk	201.12ghi
浙 R	Ⅲ	15.73ghij	52.68jk	93.89def	8.84jk	146.61ij
湘杂棉 2 号	CK	14.93ij	51.90kl	98.00def	11.09hij	182.27hij
CV		5.11	2.54	4.24	9.84	10.73
LSD$_{0.05}$		1.58	3.17	8.16	2.44	60.34

注：Ⅰ类表示种间杂种，Ⅱ类表示种内杂种，Ⅲ类表示亲本；CV. 变异系数；LSD$_{0.05}$. 5%水平的最小显著差数，下同。

（三）彩色棉种间杂种产量及产量构成因子的表现

在株高和茎叶干重方面，彩色棉种间杂种也显著地高于彩色棉亲本和陆陆种内杂种。其中茎叶干重的差异尤为显著，有的彩色棉种间杂种比其亲本甚至重 2 倍以上。从

表 6-26 我们可知，彩色棉种间杂种的不孕籽率显著高于其他类型的材料。绿色棉亲本的不孕籽率仅有 7.77%，而棕色棉种间杂种的不孕籽率却达到了 24.31%，亦比陆陆棕色棉杂种的不孕籽率高，这可能是种间杂交组合亲本的不亲和性所致。即便如此，由于彩色棉种间杂种在其他农艺性状方面的突出表现，如植株高大、果枝果节多、铃数多等，它可以综合双亲的优良特性，表现出强的杂种优势，具有很大的增产潜力，因此种间杂交是改良彩色棉产量和品质的一条有效途径。

通过种间杂交得到的彩色棉种间杂种可以结合双亲的优良特性，不但比彩色棉亲本的籽棉产量和皮棉产量有显著的提高，而且有些优良的种间杂种（棕 B×海 B、海 B×棕 B）与陆陆种内杂种相比，也有显著提高，亦远高于对照（湘杂棉 2 号），甚至达到与白色陆地棉亲本（浙大强恢）同样高产的水平。如表 6-27 所示，在籽棉产量与皮棉产量方面，彩色棉亲本相对低，极显著地低于各类杂种，有的甚至比海岛棉亲本还低。其中绿色棉亲本最低，其籽棉产量为 946.88kg/hm²，皮棉产量也仅有 199.37kg/hm²。不管是棕色棉种间杂种还是绿色棉种间杂种，与其彩色棉亲本相比，其籽棉产量和皮棉产量都有显著的提高。其中棕色棉种间杂种的籽棉产量和皮棉产量都达到了最高水平，分别为 2761.91kg/hm² 和 871.92kg/hm²，比其棕色棉亲本分别提高 80.8% 和 65.51%，甚至显著高于常规白色杂交棉对照（湘杂棉 2 号）。虽然彩色棉与三系杂交棉中的优良亲本配置的陆陆杂种，在籽棉产量和皮棉产量方面也显著提高，但有的不如彩色棉种间杂种提高的幅度大。比如棕色棉种间杂种（棕 B×海 B，海 B×棕 B）的籽棉和皮棉产量几乎比所有棕色棉陆陆杂种的产量要高；而绿色棉却相反，绿色棉陆陆杂种产量要优于绿色棉种间杂种。对于两种颜色的彩色棉，总体上看，棕色棉产量显著高于绿色棉。所有棕色棉杂交组合中，皮棉产量最低的达 567.60kg/hm²，而所有绿色棉杂交组合中皮棉产量最高的才有 526.38kg/hm²。在产量构成因子方面，虽然彩色棉种间杂种的单铃重和衣分没有明显提高，比对照和陆陆杂种都低，与彩色棉亲本相当或小幅度提高，但它们的单株铃数极显著地提高，不但比彩色棉亲本、对照及陆陆杂种有大幅度提高，而且也超过了海岛棉亲本，具有明显的超亲优势。所有种间杂交组合中，单株铃数最多的达到 27.53 个/株。在田间观察的一些材料中，甚至有些种间杂种的单株铃数能达到 30 多个。因此，在其他产量因子贡献值不是很大的时候，正是单株铃数的极显著增加，彩色棉种间杂种的产量有了大幅度提高，这表明通过种间杂交可以使彩色棉的产量提高变为现实。

表 6-27　产量及其构成因子的表现

品种	类型	铃数/(个/株)	单铃重/g	衣分/%	籽棉产量/(kg/hm²)	皮棉产量/(kg/hm²)
棕 A×海 R	I	24.05c	3.64defgh	35.17cde	2482.78b	873.18abc
海 A×棕 R	I	25.67b	3.86defg	31.04f	2803.51a	870.12abc
棕 B×海 B	I	27.53a	3.64defgh	31.57f	2761.91a	871.92abc
海 B×棕 B	I	26.87ab	3.54fghi	31.61f	2697.06a	852.64abc
棕 R×海 R	I	19.99d	3.46ghi	33.33ef	1703.14fg	567.60f

续表

品种	类型	铃数/(个/株)	单铃重/g	衣分/%	籽棉产量/(kg/hm^2)	皮棉产量/(kg/hm^2)
海R×棕R	I	23.38c	3.68defgh	33.36ef	2317.59b	773.21d
绿B1×海B	I	20.00d	3.60defgh	23.55i	1704.02fg	401.29ghi
海B×绿B1	I	18.00efgh	3.65defgh	23.25ij	1597.99gh	371.52hij
绿B2×海B	I	19.35de	3.72defgh	23.97hi	1819.09ef	436.06gh
海B×绿B2	I	20.33d	3.59efgh	23.61i	1913.89de	451.91g
抗A×棕R	II	16.67hij	4.04bcd	34.29de	2022.90cd	693.71e
棕A×浙R	II	19.13de	4.02cde	36.87bc	2393.27b	882.34ab
棕B×陆B	II	17.03ghi	4.66a	34.31de	2346.21b	804.92cd
绿B1×陆B	II	15.43jk	4.00cde	31.25f	1684.17fgh	526.38f
海B	III	19.03def	3.13ij	26.35gh	1380.55i	363.80ij
海R	III	17.68fghi	2.78j	35.09cde	1027.83jk	360.67ij
棕B	III	14.19kl	3.95cdef	34.49cde	1527.42hi	526.81f
棕R	III	13.26lm	3.32hi	26.39g	1141.78j	301.32jk
绿B1	III	11.35n	3.69defgh	21.06j	946.88k	199.37l
绿B2	III	12.67mn	3.47ghi	22.56ij	1107.74jk	249.92kl
陆B	III	16.47ij	4.49ab	40.81a	2145.37c	875.51ab
浙R	III	18.38efg	4.35abc	38.36b	2383.79b	914.49a
湘杂棉2号	CK	17.53ghi	4.32abc	36.13bcd	2329.07b	841.53bcd
CV		4.55	7.37	4.76	5.43	7.08
LSD$_{0.05}$		1.41	0.46	2.41	172.00	70.92

（四）彩色棉种间杂种纤维品质性状的表现

彩色棉种间杂种由于导入了海岛棉基因的一些优良特性，不但在产量上有明显提高，其在纤维品质方面的提高更加显著（表6-28）。在纤维品质的主要性状（长度、比强度、伸长率）方面，除了对其彩色棉亲本有极显著提高外，彩色棉种间杂种亦比陆陆杂种及对照有显著提高。在最为引人注目的纤维长度方面，彩色棉种间杂种的平均长度几乎与海岛棉相当，杂种纤维长度为28.79～35.00mm（绿B2×海B），超过了海岛棉亲本；而其彩色棉亲本仅有21～29mm，陆陆杂种平均值也仅为28.28mm。通过种间杂交，平均可以使彩色棉的长度增长7mm左右，达到优质棉的推广标准。对于两种颜色的彩棉，不论是亲本还是杂种，绿色棉的纤维长度要优于棕色棉的纤维长度。棕色棉亲本最长才23.56mm，而绿色棉亲本可达到29.61mm；因此也使得绿色棉种间杂种纤维极长。绿色棉种间杂种纤维最长的达到35.00mm，平均34.35mm；而棕色棉种间杂种最长的仅为30.34mm，平均29.77mm。在纤维比强度和伸长率方面，彩色棉种间杂种也显著比亲本、陆陆杂种及对照好。彩色棉种间杂种的纤维比强度平均约为33cN/tex，而其彩色棉亲本只有24cN/tex左右，即便是陆陆杂种也只是26～29cN/tex。整齐度方面，彩色棉种间杂种比彩色棉亲本、陆陆杂种都高，与优良白色棉亲本及对照相接近。马克隆值方面，棕色棉种间杂种符合3.5～4.9的正常标准，且要优于其亲本及陆陆杂种；绿色棉种间杂种虽然比正常标准偏低一些，但比其绿色亲本也有明显的提高。

表 6-28　纤维品质性状的表现

试验材料	类型	纤维品质				
		FL/mm	FS/(cN/tex)	UF/%	MV	FE/%
棕 A×海 R	Ⅰ	29.11efghi	32.17def	85.17abcde	4.62bc	6.43cd
海 A×棕 R	Ⅰ	28.79fghi	30.40fgh	84.83abcde	4.41cd	6.47cd
棕 B×海 B	Ⅰ	30.34de	33.03cde	85.60abc	4.57bc	6.47cd
海 B×棕 B	Ⅰ	30.07def	32.27def	86.00ab	4.54bc	6.47cd
棕 R×海 R	Ⅰ	30.19de	31.60defg	85.40abc	4.52bc	6.50bc
海 R×棕 R	Ⅰ	29.48defgh	31.23efg	84.50bcde	4.63bc	6.50bc
绿 B1×海 B	Ⅰ	33.72abc	33.93bcd	84.27cde	3.26f	6.40de
海 B×绿 B1	Ⅰ	34.03abc	33.40bcde	84.43bcde	3.18f	6.40de
绿 B2×海 B	Ⅰ	35.00a	35.43abc	85.70abc	3.21f	6.40de
海 B×绿 B2	Ⅰ	34.65ab	35.80ab	84.87abcde	3.24f	6.40de
抗 A×棕 R	Ⅱ	28.28hi	27.43ijk	83.77de	4.18de	6.23gh
棕 A×浙 R	Ⅱ	27.93ijk	26.37jk	83.77de	4.54bc	6.17h
棕 B×陆 B	Ⅱ	26.90jk	26.43jk	83.63ef	4.76ab	6.17h
绿 B1×陆 B	Ⅱ	28.17ij	29.47ghi	84.63abcde	4.63bc	6.33ef
海 B	Ⅲ	32.94c	35.47abc	86.23a	4.01e	6.50bc
海 R	Ⅲ	33.63bc	37.23a	86.13a	4.62bc	6.57b
棕 B	Ⅲ	23.56l	23.07l	80.73g	4.80ab	6.03i
棕 R	Ⅲ	21.36m	25.33kl	78.57h	3.21f	6.77a
绿 B1	Ⅲ	26.79k	23.57l	80.67g	2.36g	6.07i
绿 B2	Ⅲ	29.61defg	27.50ijk	82.13fg	2.53g	6.17h
陆 B	Ⅲ	28.54ghi	27.93hij	85.20abcde	5.04a	6.23gh
浙 R	Ⅲ	30.69d	30.40fgh	85.37abcde	4.35cd	6.27fg
湘杂棉 2 号	CK	29.75defg	29.97fghi	86.00ab	4.64bc	6.27fg
CV		2.63	5.10	1.16	4.44	0.76
LSD$_{0.05}$		1.29	2.56	1.61	0.30	0.08

注：FL 为纤维长度，FS 为比强度，UF 为整齐度，MV 为马克隆值，FE 为伸长率。

第五节　具标记性状的三系杂交棉的选育

本节所指的标记性状是指受寡基因控制的形态性状。在棉花中，据记载有 120 个左右的形态性状，大多受单基因控制，少数受双基因控制，所涉及的基因约有 150 个，有的已被定位于染色体上，但多数仍未被定位（Endrizzi et al., 1984；Percy and Kohel, 1999）。在三系杂交棉育种中，有些性状不但可用于标记不育系或恢复系，以辨别真伪杂种和亲本纯度，而且还具有一些其他的优点。例如，多绒毛性状（T_1）对棉蚜、棉叶螨、棉叶蝉、红铃虫、蓟马、斜纹夜蛾、跳盲椿等具有抗性；鸡脚叶（L_2^o）由于叶片缺刻深，裂片狭窄，整个棉花群体通风透光性好，不利于害虫和病害的产生；无腺体（gl_1）由于棉籽仁无棉酚，对单胃动物无毒性，可提高其综合利用价值；蜜腺（Ne）吸引蜜蜂造访，可提高三系杂交棉的制种产量和不育系的繁种产量。所以，标记性状在三系杂交棉中具有重要的利用价值，本节选择若干形态标记性状为例，介绍其利用，供育种者参考。

一、棉花标记性状

浙江大学用来标记不育系、保持系和恢复系的形态质量性状，主要源于两个陆地棉的多基因遗传标记系："T582"和"T586"。这两个材料是美国得克萨斯州农工大学选育而成的具有 13 个质量性状基因的遗传材料。其中"T582"含有丛生铃（cl_1）、窄卷苞叶（fg）、杯状叶（cu）、茎秆无腺体（gl_1）和芽黄（v_1）5 个隐性基因控制的性状（彩图 6-13）；"T586"含有鸡脚叶（L_2^o）、花瓣有红心（R_2）、光子（N_1）、棕色纤维（Lc_1）、红色植株（R_1）、植株绒毛（T_1）、黄色花粉（P_1）和黄色花瓣（Y_1）8 个显性基因控制的性状（彩图 6-13）。这两个材料的 13 个基因可构成 9 个连锁群（图 6-14）。

二、鸡脚叶标记的三系杂交棉

（一）鸡脚叶的多种叶形

陆地棉叶形大多为阔叶形（broad leaf-type，基因符号 l），但也存在其他变异类型，较著名的一种是英文名为 okra leaf 的棉叶，呈鸡爪形，故称"鸡脚叶"。根据叶片裂口深浅，有鸡脚叶形（基因符号 L_2^o）、亚鸡脚叶形（基因符号 L_2^u）和超鸡脚叶形（基因符号 L_2^s）三种（Endrizzi et al.，1984）。在遗传上，鸡脚叶性状为不完全显性性状，当阔叶与鸡脚叶棉杂交，杂种第一代的叶形，处于两亲本间，呈中间型，从而不同叶形棉的杂交可衍生出更多的鸡脚叶形。

（二）不同鸡脚叶形三系的选育

1998～2002 年，浙江大学以"T586"等材料为鸡脚叶性状供体，用回交转育的方法（图 6-15），育成超鸡脚叶形（L_2^s）的不育系（CLA$_{17}$和 CLA$_{23}$等），以及鸡脚叶形（L_2^o）的恢复系（LR$_1$、LR$_2$ 和 LR$_3$ 等）和超鸡脚叶形（L_2^s）的恢复系（CLR$_3$），以便与正常叶形的不育系或恢复系配制杂交组合，研究不同叶形三系杂交棉的杂种优势和生理特点。

为比较不同叶形恢复系，朱伟等（2005，2006，2008）对上述恢复系进行了产量和品质性状的观察。结果（表 6-29）表明，皮棉产量最高的是正常叶恢复系，其次是鸡脚叶恢复系，最低的是超鸡脚叶恢复系，与叶面积存在一定的正相关。但不同叶形恢复系具有各自的特点，超鸡脚叶恢复系衣分较高，鸡脚叶铃子较大和纤维品质较好。

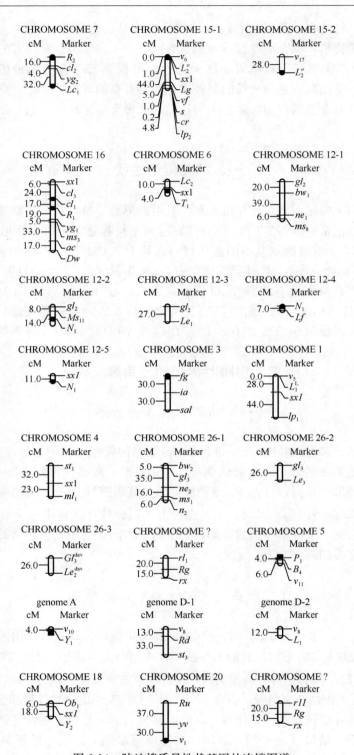

图 6-14　陆地棉质量性状基因的连锁图谱

黑色标记的基因为本研究实验材料包含的基因。根据 Percy 和 Kohel（1999）的资料整理而成

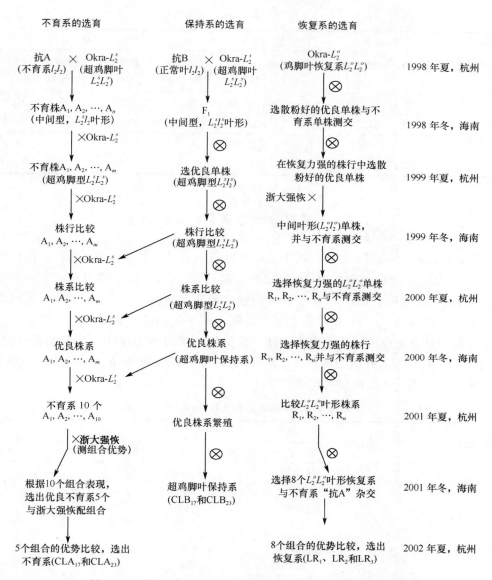

图 6-15 鸡脚叶标记的不育系、保持系和恢复系的选育过程

表 6-29 不同叶形恢复系的产量和品质

恢复系	叶形	产量性状				品质性状		
		单株铃数 /个	铃重 /g	衣分 /%	皮棉产量 /(kg/hm²)	长度 /mm	比强度 /(cN/tex)	马克隆值
CLR₃	超鸡脚叶	12.2	4.1	34.9	394.1	27.5	25.2	3.0
LR₁		13.1	4.2	34.5	423.0	27.6	25.4	3.6
LR₂	鸡脚叶	12.6	4.3	34.2	407.1	27.7	25.8	3.7
LR₃		12.9	4.3	34.7	396.5	27.8	25.3	4.0

续表

恢复系	叶形	产量性状				品质性状		
		单株铃数 /个	铃重 /g	衣分 /%	皮棉产量 /(kg/hm²)	长度 /mm	比强度 /(cN/tex)	马克隆值
ZR₄	正常叶	12.8	4.1	34.9	427.5	27.5	24.9	3.5
ZR₆		12.6	4.2	35.7	438.6	27.3	24.3	3.7
CV		2.06	3.23	2.76	8.27	1.57	2.61	3.48
LSD₀.₀₅		0.28	0.08	1.65	24.6	0.32	0.29	0.17

（三）不同鸡脚叶形杂种的比较试验

供试棉花材料共有 25 个，其中 24 个为杂交种 F_1 组合，它们由 4 个不育系（CLA₁₇、CLA₂₃、抗 A₄₇₃ 和抗 A₄₇₅，前 2 个为超鸡脚叶形，后 2 个为正常叶形）与 6 个恢复系（CLR₃、LR₁、LR₂、LR₃、浙大强恢 4 和浙大强恢 6，其中 CLR₃ 为超鸡脚叶形，LR₁、LR₂ 和 LR₃ 为鸡脚叶形，浙大强恢 4 和浙大强恢 6 为正常叶形恢复系）按 NCⅡ 交配设计杂交而成。为了便于阐述，在分析结果时按棉花叶片叶缘的裂口深度，将 24 个杂种划分为 5 种类型（表 6-30、彩图 6-16）。正常叶形杂交棉组合"中杂 29"为对照（CK，人工去雄授粉制成的杂种）。

表 6-30　不育系和恢复系及其杂种名称和叶形

杂种组合	组合类型	组合数	叶形					
			不育系	基因型	恢复系	基因型	杂种 F_1	基因型
CLA×CLR	Ⅰ	2	超鸡脚叶 CLA	$L_2^s L_2^s$	超鸡脚叶 CLR	$L_2^s L_2^s$	超鸡脚叶	$L_2^s L_2^s$
CLA×LR	Ⅱ	6	超鸡脚叶 CLA	$L_2^s L_2^s$	鸡脚叶 LR	$L_2^o L_2^o$	鸡脚叶	$L_2^o L_2^s$
CLA×NR	Ⅲ	4	超鸡脚叶 CLA	$L_2^s L_2^s$	正常叶 NR	$l_2 l_2$	中鸡脚叶	$L_2^s l_2$
NA×CLR		2	正常叶 NA	$l_2 l_2$	超鸡脚叶 CLR	$L_2^s L_2^s$		
NA×LR	Ⅳ	6	正常叶 NA	$l_2 l_2$	鸡脚叶 LR	$L_2^o L_2^o$	大鸡脚叶	$L_2^o l_2$
NA×NR	Ⅴ	4	正常叶 NA	$l_2 l_2$	正常叶 NR	$l_2 l_2$	正常叶	$l_2 l_2$

2003～2004 年，将 25 个材料在浙江大学实验农场，进行 3 次重复的随机区组比较试验。两行区，行长 5m，小区面积 6.67m²，每小区 30 株，常规田间管理。9 月 20 日调查单株铃数、株高、果枝数和果节数；同时，每小区收取正常吐絮铃 50 个，以考察铃重。调查每一材料平均生育期和铃期。分 3 次收获籽棉，第 1、第 2 次收获（11 月10 日前）籽棉重占总籽棉重的百分率为霜前花百分率。纤维品质由农业部棉花品质监

督检验测试中心测定。

干物质重和叶面积的测定参考赵增煜（1986）的方法进行。在最后一次收花（第 3 次）结束后，将各小区棉株晒干至恒重，称重即为单株干重；铃期（8 月 5 日）采用长宽系数法测定单株叶面积，并计算叶面积系数（LAI）。

光合速率及其他光合指标的测定，选择天气晴好，光照充足的上午，使用 Li-6400 便携式光合测定系统进行光合作用相关指标的测定。光强设定为 1300lx，每个小区取 5 株棉花的倒四叶叶片测定净光合速率（net photosynthetic rate，Pn）、气孔导度（stomatal conductance，Gs）、胞间 CO_2 浓度（inter CO_2 concentration，Ci）和蒸腾速率（transpiration rate，Tr），然后取 5 株棉花测定值的平均数。分别在蕾期（6 月 20 日）、花期（7 月 12 日）、铃期（8 月 5 日）、吐絮期（9 月 2 日）和收获期（9 月 19 日）5 个时期进行各光合指标测定。在铃期（8 月 5 日），每个小区取 3 株棉花，分上（株高 2/3 处）、中（株高 1/2 处）、下（棉株 7 叶处）3 层，依次测定 Pn、Gs、Ci 和 Tr，然后取测定值的平均数。使用上海光学仪器厂生产的 ST-80C 型照度记在自然光强为 70 000lx 下测定各层的光照强度，每个小区选 3 个样点，每点测 3 株，重复测定 2 次，以其平均值记。

（四）不同鸡脚叶形杂种的产量和品质

不同叶形杂种的产量和品质表现如表 6-31 所示，超鸡脚叶（Ⅰ）杂种植株最矮，叶面积系数最小，是最早熟的类型，其次是鸡脚叶（Ⅱ）和中鸡脚叶（Ⅲ）类型杂种，大鸡脚叶（Ⅳ）和正常叶（Ⅴ）杂种最迟熟，叶面积系数也最大。虽然杂种生育期是随着叶面积系数的提高而延长，但在产量上却没有这样的对应关系；在 5 种叶形的杂种中，中鸡脚叶杂种（Ⅲ）虽然生育期和叶面积系数处中等水平，但产量最高，表明此类叶形的杂种具有良好的营养生长与生殖生长的协调作用。从表 6-31 中还可看出，中鸡脚叶杂种（Ⅲ）在大多数农艺性状上均有明显的杂种优势，与对照相比，株高增加 7.79%、衣分增加 7.05%、铃重增加 6.67%、籽棉产量增加 1.16%、皮棉产量增加 2.06%、纤维长度增加 3.60% 和马克隆值增加 2.33%，表明中鸡脚叶杂种籽棉产量和皮棉产量增加是通过株高增加、果节数增多、衣分和铃重增加来实现的。另外，中鸡脚叶杂种（Ⅲ）叶片裂口较深，透光性较好，利于减轻病虫害和提高结铃率，从而铃数较多，烂铃少，品质较好。超鸡脚叶和正常叶杂种产量和品质均较差，其原因是前者虽然通风透光性能好，但由于早熟乃至早衰，其生产力下降，后者营养生长过旺乃至徒长，群体通风透光差，棉铃脱落和烂铃较严重。

表 6-31　不同叶形杂种产量和品质的表现

组合类型	株高/cm	叶面积系数	早熟性		产量构成因子		产量		纤维品质		
			平均生育期/天	霜前花率/%	铃数/个	衣分/%	铃重/g	皮棉/(g/plot)	纤维长度/mm	比强度/(cN/tex)	马克隆值
Ⅰ	66.5 ±2.3	2.53 ±0.10	112 ±2.0	87.9 ±1.0	10.1 ±0.04	33.3 ±2.0	3.7 ±0.03	249.1 ±21.5	27.1 ±0.07	24 ±0.3	3.2 ±0.07

续表

组合类型	株高/cm	叶面积系数	早熟性		产量构成因子		产量		纤维品质		
			平均生育期/天	霜前花率/%	铃数/个	衣分/%	铃重/g	皮棉/(g/plot)	纤维长度/mm	比强度/(cN/tex)	马克隆值
II	68.9 ±2.2	2.87 ±0.09	115 ±1.0	84.5 ±2.0	9.6 ±0.03	36.6 ±3.7	4.3 ±0.02	281.7 ±24.7	27.5 ±0.05	25 ±0.2	4.1 ±0.04
III	78.9 ±2.3	2.94 ±0.06	118 ±2.0	85.7 ±3.0	14.2 ±0.03	41.0 ±2.6	4.8 ±0.05	466.7 ±33.4	28.8 ±0.03	25.5 ±0.3	4.4 ±0.03
IV	78.3 ±2.6	2.96 ±0.01	125 ±1.0	82.9 ±5.0	14.1 ±0.02	40.3 ±3.2	4.8 ±0.03	450.0 ±25.3	28.9 ±0.07	26.1 ±0.3	4.2 ±0.05
V	75.3 ±2.1	3.4 ±0.10	136 ±2.0	62.8 ±2.0	14.1 ±0.03	39.6 ±2.7	5.2 ±0.06	448.5 ±32.3	28.7 ±0.02	26.3 ±0.1	4.6 ±0.07
CK	73.2 ±2.5	3.22 ±0.10	128 ±2.0	65 ±3.0	14.5 ±0.01	38.3 ±2.1	4.5 ±0.03	457.3 ±28.9	27.8 ±0.03	26.9 ±0.2	4.3 ±0.05
CV	1.9	2.97	1.31	1.67	13.1	5.01	6.64	18.4	0.46	2.31	4.5
LSD0.05	2.63	0.16	2.91	2.37	3.02	3.02	0.488	129.5	0.24	0.96	0.35

（五）不同鸡脚叶形杂种的光合特性

测定不同时期棉叶光合作用相关指标（表 6-32）发现，杂交种在不同时期的净光合速率（Pn），经历一个前期在较高水平上提高、中期开始逐渐下降和后期迅速降低的过程，即从现蕾期到开花期逐步上升，并达最大值，然后在结铃期开始下降，到吐絮期前稍有上升并维持在较高的水平上，到收获期下降至最低值。但不同叶形杂种在不同时期的光合速率也有差异，中鸡脚叶杂种除在收获期 Pn 稍低于正常叶杂交种外，在整个生育期 Pn 都比其他叶形杂种要高，与对照比较，花期高 0.98%，蕾期高 6.43%，铃期高 3.45%，吐絮期高 12.79%。特别是在后期，中鸡脚叶杂种 Pn 维持在较高的水平上，既克服了超鸡脚叶和鸡脚叶杂种后期 Pn 下降较快表现出的早衰现象，又避免了正常叶杂交种在后期由于 Pn 偏高，营养生长过旺，容易自身郁闭造成烂铃和贪青晚熟。可以说中鸡脚叶杂交种在后期，Pn 维持在较高水平，有利于杂种优势的充分表达。

表 6-32　不同叶形杂种光合性状的表现

项目	组合类型	蕾期	花期	铃期	吐絮期	收获期	平均值
Pn	I	23.7±0.43d	27.4±0.42d	15.9±0.46e	18.7±0.26e	5.1±0.32d	18.2±0.18e
	II	24.3±0.17cd	28.3±0.44c	16.5±0.31d	20.5±0.33d	5.8±0.26d	19.1±0.07d
	III	26.5±0.36a	30.8±0.37a	21.0±0.23a	24.7±0.36a	10.6±0.47b	22.7±0.23a
	IV	24.7±0.26bc	29.2±0.43b	19.2±0.28c	21.5±0.32c	8.1±0.39c	20.5±0.25c

续表

项目	组合类型	蕾期	花期	铃期	吐絮期	收获期	平均值
Pn	V	25.1±0.23b	29.8±0.20b	19.9±0.27b	22.5±0.41b	15.2±0.45a	22.5±0.24a
	CK	24.9±0.32a	30.5±0.28a	20.3±0.25b	21.9±0.31b	11.3±0.48b	21.8±0.21b
Gs	I	0.24±0.02b	0.30±0.01b	0.45±0.02c	0.28±0.02c	0.13±0.02e	0.28±0.01e
	II	0.26±0.02ab	0.35±0.02a	0.46±0.01c	0.31±0.03b	0.17±0.01d	0.31±0.04d
	III	0.29±0.02a	0.38±0.02a	0.57±0.02a	0.36±0.01a	0.23±0.02c	0.37±0.02a
	IV	0.27±0.01ab	0.36±0.01a	0.50±0.03b	0.33±0.01ab	0.22±0.01c	0.34±0.01c
	V	0.29±0.02a	0.37±0.01a	0.56±0.02a	0.34±0.01ab	0.29±0.01a	0.37±0.03ab
	CK	0.29±0.02a	0.38±0.01a	0.56±0.02a	0.33±0.01ab	0.26±0.02b	0.36±0.01b
Ci	I	223.5±2.95a	186.0±3.74a	266.5±3.84a	287.0±2.43a	319.0±2.35a	256.4±2.10a
	II	220.3±2.93b	182.5±3.64b	261.7±2.76a	285.5±2.35b	316.5±2.93b	216.8±3.57e
	III	215.7±2.63c	181.2±2.75c	260.2±2.90e	280.2±2.46e	312.0±2.37c	249.9±2.38d
	IV	216.9±3.34c	181.7±2.23bc	261.0±2.34a	284.8±2.31c	312.8±2.95c	251.4±2.15b
	V	216.3±3.56c	182.3±2.51bc	260.7±2.58a	282.3±2.18d	309.0±2.47d	250.1±2.36c
	CK	216±3.18c	182.1±2.41bc	260.3±2.37a	281.2±2.39d	310.5±2.72d	250.2±2.67c
Tr	I	7.6±0.18a	8.0±0.13bc	9.0±0.17d	5.4±0.18bc	1.8±0.14c	6.4±0.13d
	II	7.6±0.12a	8.1±0.14bc	9.5±0.14c	5.3±0.13c	1.9±0.12c	3.5±0.15e
	III	7.5±0.16ab	8.5±0.17a	11.5±0.25b	5.6±0.12b	2.5±0.26b	7.1±0.14c
	IV	7.4±0.17ab	8.3±0.12ab	11.4±0.14b	5.4±0.13bc	2.5±0.13b	7.0±0.10c
	V	7.2±0.20b	7.9±0.16c	12.3±0.19a	6.0±0.17a	3.2±0.14a	7.3±0.17b
	CK	7.4±0.15ab	8.6±0.16a	12.4±0.18a	5.9±0.13a	3.1±0.21a	7.5±0.15a

注：Pn、Gs、Ci、Tr 分别表示净光合速率 $[\mu molCO_2/(m^2 \cdot s)]$、气孔导度 $[mol/(m^2 \cdot s)]$、胞间 CO_2 浓度 $(\mu mol/mol)$、蒸腾速率 $[mmol/(m^2 \cdot s)]$，不同字母表示 5% 显著水平，含有相同字母的各性状平均值之间没有显著差异。

　　对不同叶形杂交种在不同生育时期的气孔导度（Gs）和蒸腾速率（Tr）来说，经历一个从蕾期、花期、铃期持续上升，至吐絮期和收获期快速下降的过程。与 Pn 相似，中鸡脚叶杂交种 Gs 和 Tr，除在收获期稍低于正常叶杂交种外，在整个生育期都比其他叶形杂交种高。尤其是 Gs，中鸡脚叶杂交种显示出铃期比对照高 1.79%，收获期比对照低 11.54%；但超鸡脚叶和鸡脚叶杂交种 Tr 在前期高于其他叶形杂交种，蕾期超鸡脚叶杂交种 Tr 高于对照 2.70%，后期低于其他叶形杂交种，收获期超鸡脚叶杂交种 Tr 低于对照 41.93%。不难理解，这可能是由于超鸡脚叶和鸡脚叶杂交种生育期短，在生长发育前期（蕾期）形态建成比正常叶杂交种快，运输同化产物要多，需要比正常叶杂交种更高的蒸腾速率；但是，在后期的超鸡脚叶和鸡脚叶杂交种，因早熟，叶片已趋衰老，光合产物少，从而降低了对蒸腾速率的需求。

　　对不同叶形杂交种在不同生育时期的胞间 CO_2 浓度（Ci）来说，经历一个由蕾期较高到花期最低，再从花期开始上升，以及铃期、吐絮期和收获期持续上升的过程。除铃期外，在其他生育期，不同叶形杂种的 Ci 也不相同，以超鸡脚叶杂交种为最高，中鸡脚叶杂交种为最低，这可能是中鸡脚叶的较高光合速率需要利用较多 CO_2 所致。

（六）杂种净光合速率与产量性状的相关

表 6-33 列出鸡脚叶、中鸡脚叶和正常叶 3 种叶形杂交种在 5 个时期的净光合速率与产量等性状间的相关系数。从所有 3 类组合相关分析的总体上看，杂交种各时期的净光合速率除与单株干重呈负相关外，与其他指标均呈正相关，其中籽棉产量最大，铃数和铃重次之，果枝数最小；而且与产量有关的株高、果节数、铃数、铃重和衣分性状的相关性都达显著性水平，但与果枝数的相关未达显著性水平。

表 6-33　杂交种不同时期净光合速率与产量性状的相关分析

组合类型	发育时期	株高	果枝数	果节数	铃数	单铃重	衣分	单株干重	皮棉产量
II	蕾期	0.61*	0.02	0.57*	0.65**	0.55*	0.54*	−0.62*	0.68**
	花期	0.66**	0.09	0.68**	0.64**	0.74**	0.68**	−0.39	0.70**
	铃期	0.68**	0.24	0.73**	0.62*	0.66**	0.77**	−0.55*	0.57*
	吐絮期	0.62*	0.27	0.59*	0.62*	0.76**	0.63**	−0.90**	0.65**
	收获期	0.17	0.29	0.65**	0.81**	0.82**	0.75**	−0.73**	0.61**
III	蕾期	0.83**	0.13	0.74**	0.77**	0.58*	0.66**	−0.64**	0.86**
	花期	0.83**	0.23	0.71**	0.73**	0.85**	0.84**	−0.84**	0.89**
	铃期	0.81**	0.26	0.75**	0.87**	0.90**	0.81**	−0.73**	0.84**
	吐絮期	0.61**	0.28	0.86**	0.74**	0.87**	0.84**	−0.81**	0.80**
	收获期	0.22	0.29	0.71**	0.89**	0.93**	0.86**	−0.90**	0.81**
V	蕾期	0.58*	0.003	0.65**	0.85**	0.85**	0.58*	−0.86**	0.73**
	花期	0.61*	0.19	0.66**	0.83**	0.86**	0.75**	−0.99**	0.71**
	铃期	0.59*	0.21	0.72**	0.87**	0.71**	0.78**	−0.87**	0.76**
	吐絮期	0.36	0.35	0.81**	0.89**	0.74**	0.67**	−0.96**	0.79**
	收获期	0.17	0.41	0.70**	0.85**	0.54**	0.84**	−0.86**	0.78**

* 达显著差异水平（$P<0.05$）；** 达极显著差异水平（$P<0.01$）。

杂交种的同一性状，因叶形不同，表现出净光合速率与农艺性状的相关程度也不同。株高与净光合速率的相关程度，中鸡脚叶杂交种最高，其次是鸡脚叶杂交种，正常叶杂交种最低；表明鸡脚叶杂交种可通过提高植株高度来提高净光合速率，而对正常叶杂交种效果则较差。在籽棉产量和皮棉产量上，与各期净光合速率的相关程度，以中鸡脚叶杂交种最高，其次是正常叶杂交种，鸡脚叶杂交种最低；因此，通过改良净光合速率提高产量，对于中鸡脚叶杂交种来说，更有效。在产量构成因子中，中鸡脚叶杂交种各期净光合速率与铃重和衣分的相关程度，均高于鸡脚叶和正常叶杂交种，但与铃数的相关则较低；因此，对于中鸡脚叶杂交种而言，通过提高净光合速率来提高铃重和衣分的效果可能会更好。在果节数与净光合速率的相关上，中鸡脚叶杂交种高于鸡脚叶和正常叶杂交种，这从另一侧面又说明中鸡脚叶杂交种具有较松散的株型，有利于通风透光、光合作用和结铃性的提高。各叶形杂交种在各时期的净光合速率与单株干重呈负相关，但与籽棉产量呈正相关，表明本试验杂交种光合产物的分配较合理，多用于经济学产量的形成，以及收获指数的提高。

（七）不同鸡脚叶形杂种上、中、下叶层的光合特性

将杂交种植株分上、中、下 3 层叶，从表 6-34 可看出，各叶层中的光照强度、透光率、Pn 和 Gs 从上到下依次递减；其中，光照强度和透光率随杂种叶面积系数（表 6-31）的增大而变小。例如，超鸡脚叶叶面积最小（比对照减少 21.43％），使其光照强度和透光率最大，中鸡脚叶处中间，正常叶因叶面积最大光照强度和透光率最小。在相同的棉花种植密度下，鸡脚叶因具有较深裂口，与正常叶比较，通过冠层叶透射到植株中、下部果枝、叶片、铃的阳光增加，有利于棉株中、下部光合作用功能期的延长，进而促进成铃率和纤维发育，也有利于减少多雨年份的烂铃，从而提高纤维品质。

表 6-34　不同叶形杂种上、中、下叶层光合性状的表现

组合类型	光照强度/lx			透光率/%			Pn/[μmolCO₂/(m²·s)]			Gs/[mol/(m²·s)]		
	上层	中层	下层	上层	中层	下层	上层	中层	下层	上层	中层	下层
Ⅰ	300 00	7 000	2 300	0.429	0.100	0.033	13.6	6.45	4.73	0.365	0.348	0.326
Ⅱ	280 00	5 300	2 000	0.400	0.076	0.029	15.4	6.75	4.50	0.379	0.357	0.260
Ⅲ	270 00	5 000	1 500	0.385	0.071	0.021	20.1	7.32	4.25	0.405	0.373	0.307
Ⅳ	260 00	4 500	1 300	0.371	0.064	0.020	17.7	7.10	3.45	0.385	0.362	0.229
Ⅴ	250 00	2 500	700	0.357	0.036	0.010	18.0	7.20	3.03	0.376	0.361	0.189
CK	260 00	3 800	1 200	0.371	0.054	0.017	18.6	7.20	3.25	0.382	0.365	0.231
CV	3.099	8.924	7.201	2.856	8.793	7.992	4.358	1.16	3.297	1.475	0.41	2.498
LSD₀.₀₅	1 522.1	760.33	196.5	0.02	0.011	0.003	1.366	0.141	0.232	0.01	0.002	0.012

不过，并非高的透光率能表现出好的光合特性。例如，超鸡脚叶杂交种，叶裂口最深，透光率最高，虽然下层叶有较大的 Pn 和 Gs，但中、上层的 Pn 和 Gs 却明显低于对照，这可能是这类杂交种产量较低的原因之一。中鸡脚叶杂交种上、中、下 3 层 Pn 和 Gs 均高于正常叶杂交种和对照，上层 Pn 比对照高 8.06％，中层 Pn 比对照高 1.67％，下层 Pn 比对照高 30.77％，这可能是中鸡脚叶杂交种表现为产量高和品质好的重要原因。不难理解，当群体底层透光率过高，因漏光损失大，光能利用率低；反之群体底层透光率过低，群体底层叶受光强度常处在光补偿点以下，光合产物难以维持呼吸消耗，所以，透光率过高或过低均会对 Pn 造成影响。

三、恢复系具有标记性状的重要性

棉花是常异花授粉作物，相近田块的不同棉花易串粉，引起生物学污染。恢复系一旦被邻近其他花粉传入而污染，就不能用于制种。因为现有棉花的绝大多数品种对细胞

质雄性不育均具有保持不育的特性，可作保持系〔基因型为 N（rfrf）〕，所以种在保持系附近的恢复系〔基因型为 S（RfRf）或 N（RfRf）〕很容易被生物学污染，使其基因型发生转变，即变为 S（Rfrf）或 N（Rfrf）；这时，必须自交提纯，但需要若干年，且恢复到原来特性已有难度。

另外，与棉花核不育的特性不同，棉花细胞质雄性不育具有易保持、难恢复的特点。这一特点使棉花细胞质雄性不育的保持系容易找到，而它的恢复系则较难从现有的棉花中找到。因此，三系杂交棉育种的成败在很大程度上取决于优良恢复系的选育。但是，现有的棉花细胞质雄性不育系、保持系和恢复系，在表型上，除了花药性状有明显变异外，其他性状均无明显差异。只有通过不育系与恢复系杂交在杂种 F_1 的花药表型上才能感知恢复基因的存在，因此判断恢复基因是否存在于恢复系中，是否处于纯合态，是三系杂交棉育种、亲本繁殖和杂种制种时需要面对和解决的问题。为解决该问题，培育标记恢复系是一条有效途径。一方面，在恢复系繁殖时可根据标记性状去杂保纯，乃至省略自交过程；另一方面，在杂交棉生产过程中根据标记性状的有无，可以区分真假杂种。

为此，刘英新（2010）以无腺体、鸡脚叶、丛生铃 3 种形态性状标记的恢复系为材料，进行了产量和品质的比较分析，并就它们的光合生理特性及其对产量和品质的影响进行了研究，也提出了标记性状在制种中的应用。

（一）标记恢复系的产量和品质表现

1. 产量性状的表现

4 个标记恢复系在产量性状上的表现如表 6-35 所示。在单铃重上，对照恢复系（浙大强恢）最大，鸡脚叶恢复系和丛生铃恢复系次之，无腺体恢复系较小，海岛棉恢复系最小。虽然海岛棉恢复系的单铃重较小，但单株铃数最多；鸡脚叶恢复系的单株铃数最少，虽然鸡脚叶的叶片性状使植株的透光性较好，减少了烂铃，但是可能因为叶面积的减少和光能利用率相对减弱，或受早熟的影响，最终造成单株铃数的减少。丛生铃恢复系和无腺体恢复系的衣分比对照高，但差异不显著；鸡脚叶恢复系和海岛棉恢复系的衣分比对照低，且差异显著，其中海岛棉恢复系的衣分最低。籽棉产量，从总体上看，4 个标记恢复系都比对照低，但无腺体恢复系和丛生铃恢复系与对照差异不显著。海岛棉恢复系相对较小的单铃重影响了它的籽棉产量，又因为其衣分较低使其皮棉产量最低。无腺体恢复系和丛生铃恢复系的皮棉产量虽比对照低，但差异不显著。该结果表明，无腺体恢复系和丛生铃恢复系的产量性状相对较好。

表 6-35　不同标记恢复系的产量性状比较

标记恢复系	单铃重/g	单株铃数/个	衣分/%	籽棉产量/(kg/hm²)	皮棉产量/(kg/hm²)
鸡脚叶恢复系	4.8b	10.97c	34.98b	1571.68b	549.97bc
无腺体恢复系	4.25c	15.13abc	40.25a	1928.69ab	776.15ab

续表

标记恢复系	单铃重/g	单株铃数/个	衣分/%	籽棉产量 /(kg/hm²)	皮棉产量 /(kg/hm²)
海岛棉恢复系	2.74d	19.27a	31.74c	1582.41b	500.05c
丛生铃恢复系	4.99b	13.03bc	40.44a	1955.05ab	790.32ab
浙大强恢（CK）	5.24a	16.03ab	39.82a	2511.89a	1005.52a

注：同一列数字后面不同小写字母表示显著性差异达 5%水平。

2. 品质性状的表现

在品质性状方面，4 个标记恢复系与对照差异显著（表 6-36）。4 个标记恢复系的平均纤维长度都比对照要长，其中海岛棉恢复系纤维最长，其次是丛生铃恢复系和鸡脚叶恢复系，并与对照的差异均达显著水平，而无腺体恢复系与对照差异不显著。就纤维整齐度而言，海岛棉恢复系和鸡脚叶恢复系比对照整齐，但鸡脚叶恢复系与对照的差异不显著；无腺体恢复系和丛生铃恢复系整齐度与对照相比相对较差，但差异不显著。马克隆值为棉花纤维细度和成熟度的综合指标，在 3.7～4.2 为最优级。试验结果表明，4 个标记恢复系的纤维细度和成熟度都比对照要好，其中海岛棉恢复系和丛生铃恢复系达最优级别。4 个标记恢复系的比强度比对照都高，海岛棉恢复系和丛生铃恢复系与对照的差异达显著水平，而且海岛棉恢复系的最高，与丛生铃恢复系差异显著。综上所述，4 个标记恢复系表现出优良的纤维品质性状，从而增强了它们产生杂种优势的可能性。

表 6-36　不同标记恢复系的品质性状比较

标记恢复系	纤维长度/mm	整齐度指数/%	马克隆值	伸长率/%	断裂比强度/(cN/tex)
鸡脚叶恢复系	29.21bc	85.8ab	4.41ab	6.27b	28.43bc
无腺体恢复系	28.88cd	84.1c	4.21b	6.17c	28.1bc
海岛棉恢复系	34.01a	86.53a	4.18bc	6.5a	38.17a
丛生铃恢复系	30.44b	84.23c	3.88c	6.27b	30.4b
浙大强恢（CK）	27.43d	85bc	4.69a	6.23bc	27.3c

注：同一列数字后面不同小写字母表示显著性差异达 5%水平。

（二）标记恢复系的光合特性

1. 叶片 Pn、Ci、Tr 和 Gs

　1）净光合速率（Pn）

农作物产量的形成依赖于叶片的光合作用。彩图 6-17A 表明，各材料的净光合速率随着植株的生长逐渐增加，到花铃期（移栽后 75 天）达最高值，收获期（移栽后 110 天）降到最低值。从苗期（移栽后 20 天）到花铃期，丛生铃恢复系的净光合速率在 4 个标记恢复系中为最高，但比对照小。从花铃期到吐絮期（移栽后 95 天）鸡脚叶恢复系净光合速率最低，丛生铃恢复系的下降最为缓慢。在收获期，4 个标记恢复系的净光合速率都比对照高；其中海岛棉恢复系此时期净光合速率最高，这和它较长的生育期相吻合。而丛生铃恢复系的净光合速率也比较高，这可能是它形成较高的纤维产量和较好的纤维品质的原因。经相关分析，4 个标记恢复系的净光合速率与皮棉产量间存在显著的正相关（$r=0.5997^{*}$），与马克隆值间存在显著的负相关（$r=-0.6660^{*}$），也佐证了上述结果。

2）气孔导度（Gs）和胞间 CO_2 浓度（Ci）

由彩图 6-17B 可知，不同恢复系不同时期气孔导度的变化趋势相似，前几个时期缓慢增长，后期急剧下降。从苗期到初花期，4 个标记恢复系的气孔导度均比对照小，其中鸡脚叶恢复系最小。丛生铃恢复系和对照气孔导度的最大值出现在花铃期，而其他三种恢复系气孔导度最大值出现在吐絮期。相关分析表明，气孔导度与皮棉产量有显著正相关（$r=0.6037^{*}$），与纤维马克隆值呈极显著负相关（$r=-0.7830^{**}$），因此提高气孔导度有利于产量和品质的改良。

胞间 CO_2 浓度的大小与光合作用、呼吸作用关系密切。彩图 6-17C 表明，胞间 CO_2 浓度从苗期开始较快增长，到蕾期缓慢下降，到初花期（移栽后 55 天）又开始缓慢增长，从花铃期到吐絮期增长速率有所增大，而吐絮期到收获期是个下降过程。无腺体恢复系在花铃期的胞间 CO_2 浓度最低，但在其他时期在 4 个标记恢复系中为最高；尤其，从花铃期到收获期无腺体恢复系的胞间 CO_2 浓度远大于其他标记恢复系。

3）叶片蒸腾速率（Tr）

蒸腾作用是植株体内的水分，通过表面（主要是叶片），以气体状态散失到大气中的过程。由彩图 6-17D 表明，不同品系不同时期蒸腾速率有一定的差异，但总体趋势都是开始先缓慢增长，到后期迅速地下降。后期蒸腾速率急剧下降可能是植株的衰老引起的。鸡脚叶恢复系、无腺体恢复系、丛生铃恢复系和对照的蒸腾速率最高值出现在花铃期，而海岛棉恢复系的最高值出现在吐絮期。从苗期到初花期，4 个标记恢复系蒸腾速率都比对照小，这可能是因为前期对照的生长发育比较旺盛，这也和这段时期光合速率的变化相一致。经相关性分析，蒸腾速率与单铃重的相关系数为 0.7688^{**}，与单株铃数的相关系数为 -0.7214^{**}。

2. 恢复系叶片叶绿素含量

叶绿素是绿色植物叶绿体内的主要光合色素。绝大部分的叶绿素 a 和全部的叶绿素 b 分子具有吸收和传递光能的作用。彩图 6-18A 表明，4 个标记恢复系叶绿素 a 的变化相似，含量从苗期开始缓慢增加，到了蕾期有所减少，初花期开始上升，花铃期达最大值，吐絮期后又快速降低。海岛棉恢复系在整个生育期中叶绿素 a 的含量最高，而且最高值出现在吐絮期，这与它生育期最长是一致的。叶绿素 b 的含量变化（彩图 6-18B）与叶绿素 a 变化相似。值得关注的是，叶绿素含量与单株铃数（0.65^{*}）、纤维比强度（0.5889^{*}）、整齐度（0.7103^{**}）存在显著正相关，但与皮棉产量（-0.6720^{*}）呈显著负相关，这在海岛棉恢复系中表现最为明显。

（三）标记恢复系的叶片碳水化合物

1. 淀粉

淀粉是光合产物的重要储藏物。彩图 6-19A 表明，在植株的整个发育时期，4 个标记恢复系和对照淀粉含量的变化趋势相似。淀粉的最低值都出现在蕾期，这时棉花光合产物大多用于营养生长和生殖生长，致使细胞内淀粉积累不多。花铃期淀粉的含量相对而言也比较低，可能是因为不断增多增大的库加速了同化物的转运。总体上，4 个标记恢复系在各个生育时期的淀粉含量都要比对照多，尤其是蕾期、吐絮期和收获期，这可能是因为 4 个标记恢复系的生育期较对照长，后期叶片衰落较慢。相关性分析（表 6-37）还表明，叶片淀粉含量的提高对纤维品质改良有促进作用，尤其与纤维长度、比强度、整齐度存在极显著的正相关，分别为 0.7746**、0.7685**、0.7863**。

表 6-37 品质性状与碳水化合物的相关系数

项目	纤维长度 /mm	整齐度指数/%	马克隆值	伸长率/%	断裂比强度 /(cN/tex)
叶片淀粉含量	0.7746**	0.7863**	0.1974	0.8799**	0.7685**
叶片蔗糖含量	0.6156*	0.6581*	−0.0549	0.6583*	0.6456*
叶片果糖含量	0.6974*	0.6548*	−0.1938	0.7172**	0.6916*
叶片葡萄糖含量	0.1269	0.2855	−0.1844	0.0989	0.1391

* 达显著差异水平（$P<0.05$）；** 达极显著差异水平（$P<0.01$）。

2. 蔗糖、果糖、葡萄糖

蔗糖是光合同化物运输的主要形式。蔗糖和果糖的变化趋势相似（彩图 6-19B，C），苗期到蕾期迅速下降，之后升高，到花铃期随着植株的衰老，叶片的蔗糖和果糖又逐渐下降。蔗糖和果糖含量都是在苗期时最大。苗期和初花期，4 个标记恢复系的蔗糖含量小于对照；而蕾期和花铃期，4 个标记恢复系的蔗糖含量大于对照，且海岛棉恢复系的蔗糖含量最大。

4 个标记恢复系的葡萄糖含量（彩图 6-19D）的变化趋势与对照相似。整个生育期，海岛棉恢复系和丛生铃恢复系的葡萄糖的含量都比较高。蕾期 4 个标记恢复系的葡萄糖含量都比对照多，可能是 4 个标记恢复系为以后旺盛的生殖生长提供更多的能量做准备。在初花期和花铃期，4 个标记恢复系都保持了较低值，这与蕾期的高含量葡萄糖相对应。到了吐絮期，葡萄糖又上升到一个高值，这是叶片自身所需能量低造成的。收获期时，光合产物转化为葡萄糖的量减少，最终导致了葡萄糖含量的降低。

从表 6-37 的相关系数还可看出，叶片蔗糖、果糖、葡萄糖的提高，类似于叶片淀粉，对纤维长度、强度和整齐度有明显的促进作用。

（四）恢复系的标记性状在杂交棉制种中的应用

4个恢复系的标记性状明显（彩图6-20），在三系杂交棉育种、制种和繁种中具有良好的利用价值。鸡脚叶为部分显性性状，无腺体和丛生铃为隐性性状，具有这些标记性状的恢复系一旦被其他棉花花粉侵入（生物学混杂）就很容易识别出杂株。鸡脚叶和无腺体可以在苗期识别，丛生铃可以在花铃期识别。例如，在鸡脚叶恢复系繁殖田中若出现中鸡脚叶植株，即表明它已被其他花粉侵入，这时只要拔除中鸡脚叶植株（杂株）就保持了恢复系的纯度，也省去了恢复系常需人工自交的麻烦。又如，在制种田，正常叶不育系种子与鸡脚叶恢复系种子按适当比例［如（2∶1）～（5∶1）］条播或混播（详见第七章的第三节），借助自然媒介（如蜜蜂）传粉，可省略人工去雄和人工授粉；收获时，可利用标记性状区分不育系上的杂种种子和恢复系上的自交种子，或在结束制种授粉后根据标记性状拔除恢复系植株，使不育系植株有更大的空间生长发育。

参 考 文 献

刁光中，黄滋康. 1961. 陆地棉与海岛棉杂种优势的利用. 中国农业科学，（7）：49-50.

华兴鼐，周行，黄骏麒，等. 1963. 海岛棉与陆地棉杂种一代优势利用的研究. 作物学报，2（1）：1-24.

李悦有，王学德. 2002. 细胞质雄性不育彩色棉杂种优势的表现. 浙江大学学报，28（1）：7-10.

李正理. 1979. 棉花形态学. 北京：科学出版社.

刘英新. 2010. 棉花CMS标记恢复系的研究及其杂种优势利用. 杭州：浙江大学硕士学位论文.

潘家驹. 1998. 棉花育种学. 北京：中国农业出版社.

曲健木. 1962. 棉花种间杂种一代利用的研究. 河北农学报，1：49-56.

王学德，李悦有. 2002a. 细胞质雄性不育棉花的转基因恢复系的选育. 中国农业科学，35（2）：137-141.

王学德，李悦有. 2002b. 彩色棉雄性不育系、保持系和恢复系的选育及DNA指纹图谱的构建. 浙江大学学报，28（1）：1-6.

王学德，赵向前. 2002. 不育系花器含糖量对三系杂交棉制种产量的影响. 浙江大学学报，28（2）：119-122.

文国吉. 2010. 彩长绒棉的杂种优势及其生理生化基础研究. 杭州：浙江大学硕士学位论文.

张小全，王学德. 2005. 细胞质雄性不育陆地棉与海岛棉间杂种优势的初步研究. 棉花学报. 17（2）：79-83.

张小全，王学德，蒋培东，等. 2009a. 细胞质雄性不育海岛棉恢复系恢复基因的遗传分析. 中国农业科学，42（6）：1896-1900.

张小全，王学德，蒋培东，等. 2009b. 细胞质雄性不育海岛棉与陆地棉三交种的杂种优势表现. 棉花学报，21（5）：410-414.

张小全，王学德，朱云国，等. 2007. 细胞质雄性不育海岛棉的选育和细胞学观察. 中国农业科学，40（1）：34-40.

赵向前，王学德. 2002. 纤维颜色作为指示性状的三系杂交棉制种技术. 浙江大学学报，28（2）：123-126

赵向前，王学德. 2005. 细胞质雄性不育彩色棉的杂种优势和制种研究. 棉花学报，17（1）：8-11.

赵增煜. 1986. 常用农业科学试验方法. 北京：中国农业出版社.

中国农业科学院棉花研究所. 1974. 棉花育种和良种繁育. 北京：农业出版社.

中国农业科学院棉花研究所. 2003. 中国棉花遗传育种学. 济南：山东科学技术出版社.

朱伟，王学德，华水金，等. 2005. 鸡脚叶标记的三系杂交棉光合特性的研究. 中国农业科学，38（11）：2211-2218.

朱伟，王学德，华水金，等. 2006. 鸡脚叶标记的三系杂交棉杂种优势的表现. 棉花学报，18（3）：190-192.

朱伟, 张小全, 王学德. 2008. 不同叶形棉花细胞质雄性不育恢复系的表现. 中国棉花, (1): 15-16.

Endrizzi J E, Turcotte E L, Kohel R J. 1984. Qualitative genetics, cytology, and cytogenetics. Arom Monogr, 24: 81-129.

Percy R G, Kohel R J. 1999. Cotton qualitative genetics. *In*: Smith C W, Cothren J T. Cotton Origin, History, Technology and Production. New York: John Wiley & Sons, Inc: 319-360.

第七章　三系杂交棉的制种

用细胞质雄性不育系与恢复系杂交获得杂种第一代种子的过程，称为三系杂交棉制种。不育系自身没有花粉，需要借助传粉媒介将恢复系花粉授于不育系柱头上，才能结种子（杂种第一代）。棉花是常异花授粉作物，花粉粒较大，直径超过 120μm，不易借助风力传粉，需要借助昆虫传粉。棉花田中的传粉昆虫约有 30 种，其种类和数量随环境条件的变化而变化，使棉花的自然异交率变幅很大。通常，棉花的自然异交率为 3%～10%，有些情况下其异交率可达 20%～50%。而在一些特定条件下，若传粉媒介丰富，甚至可高达 80%。要提高三系杂交棉的制种产量，即从不育株上获得更多的种子，必须人为地提高不育系与恢复系间的异交率。理论上，三系配套后，已经具备三系杂交棉制种及其杂种优势利用的条件；但是，如果没有一套完善的制种技术体系，为不育系提供充足的花粉，制种产量不会高，三系法制种的好处就难以显现。为此，本章根据不育系和恢复系的开花习性和制种特点，以及昆虫传粉习性，围绕如何借助昆虫传粉提高不育系与恢复系间的异交率，以及提高制种产量和降低生产成本等问题，对其相关理论和技术进行介绍和探讨。

第一节　三系的开花习性、传粉媒介与制种

一、不育和可育花朵的结构与制种

棉花的花是完全花，为单生两性花。比较不育系、保持系和恢复系的花朵，除了不育系花朵较小、雄蕊退化、花丝短、花药小且无花粉粒外，保持系和恢复系的各个花器官均正常，由花柄、苞叶、花萼、花冠、雄蕊和雌蕊等组成。

苞叶为三角形，上缘锯齿状，位于花的最外层，一般有 3 片。苞叶外侧基部有一个圆形的蜜腺，能分泌蜜汁。花萼由 5 个萼片联合构成，围绕在花冠基部，呈浅环状，上缘 5 齿形。花萼基部也有 3 或 4 个蜜腺。不育系、保持系和恢复系，尤其是不育系，有发达的蜜腺，有利于引诱昆虫，从而有利于传粉，是提高三系杂交棉制种产量的重要因素。

花冠由 5 片花瓣组成，呈倒三角形，螺旋状排列。陆地棉花冠常为乳白色，基部无红心；海岛棉为乳黄色至金黄色，基部有红心。开花后第二天的花冠砖红色至紫红色，之后脱落。海岛棉花瓣大，可长达 9cm。陆地棉花冠在开花时张得很开，似喇叭状，而海岛棉开得像管状喇叭。在浙江大学华家池实验农场的棉花田观察，陆地棉花朵对蜜蜂的吸引力比海岛棉更强。若在制种田放蜜蜂进行自然授粉，相同面积的海岛棉比陆地棉需要更多的蜂只数。

雄蕊一般有 60～100 枚，基部连合在一起，形成雄蕊管，与花瓣基部连接，套在雌

蕊的花柱较下部分。每个雄蕊分为花药和花丝两部分，上面为一个肾形花药，花丝着生在花药中间凹入处。每个花药里含有许多花粉粒，花粉粒呈圆球形，表面有许多刺突（图 3-6）。三系杂交棉的母本是不育系，它雄蕊退化，花药内无花粉粒（图 3-10）。

　　雌蕊由柱头、花柱和子房三部分组成。栽培棉种通常以自交为主，多数品种的柱头并不伸到花药上方，所以花药一开裂，自交就很快发生了。不育系柱头伸出花药上方，便于授粉，即有利于昆虫授粉和人工辅助授粉（彩图 6-1）。雌蕊的顶端是柱头，柱头下面是花柱，花柱基部连接子房。子房是棉铃的雏形，分隔成 3～5 室，每一室内着生7～11 个胚珠，胚珠在受精后发育成种子。不育系雌蕊虽偏小，但功能正常，它的柱头只有被授粉后，子房才能发育成棉铃，胚珠才能发育成种子。一个不育系的棉铃，如果正常发育，常可收获 30～40 粒杂种种子；但是，若授粉不充分，不育系棉铃脱落较多，或不孕籽增多；从而使棉株营养生长过旺，引起徒长和二次生长。因此，采用各种方法保证不育系柱头获得充足的花粉，是三系杂交棉的制种关键。

二、三系开花、泌蜜习性与制种

（一）开花习性与制种

　　现蕾后，隔 22～26 天后即开花。开花前一天的下午，花冠急剧伸长，突出于苞叶之外，根据这一特点，很容易识别开花前夕的棉蕾。花朵在上午 8：00～10：00 开放，这时是给不育系授粉的最佳时期，下午 15：00～16：00 之后，花冠渐渐萎缩，授粉效果下降。陆地棉花冠上午开放时呈乳白色，下午则逐渐变成粉红色，第二天变成红色。

　　棉花全株开花的顺序和现蕾顺序相似，即由下而上，由内到外，以第一果枝第一节为中心，呈螺旋曲线由内圈向外圈进行。相邻果枝同节位的花朵，开放的时间间隔为2～4 天；同果枝的相邻节位的花朵，开放的时间间隔为 5～7 天，但有时也会因天气等条件的变化而有差异。

　　一般当棉田有棉株开始开花时，称为初花期。有 50% 棉株开花时，称为开花期。长江流域的中熟类型的陆地棉品种，通常见花后 15 天左右即进入盛花期。盛花期持续时间，因棉株长势、气候条件等不同而有差别，但棉株正常发育的棉田，通常为 20～30 天；盛花期内开花数占总开花数的比例相当高，一般为 65%～75%。因此，盛花期是三系杂交棉制种的关键时期，应采取各种有效措施，如人工辅助授粉和放养蜜蜂等，大幅度提高不育系和恢复系异交率，获得高的制种产量。另外，一般气候条件下，不育系开花要比恢复系或保持系要早 3～5 天。因此，适当迟播不育系若干天，或结合整枝去掉不育系的下部果枝（因花朵未授粉而脱落，是无效果枝），以便与恢复系花期全程相遇，也是提高制种产量的栽培措施之一。

（二）花器泌蜜习性与制种

　　棉花是良好的蜜源植物，了解棉花的泌蜜习性，对于主要依赖于昆虫传粉和授粉的棉花来说是十分重要的。棉花叶片和花朵均含有蜜腺，能引诱昆虫，特别是引诱蜜蜂造访，实现给不育系授粉。这样，不但省略去雄，又可省略授粉。省略这两个繁重的劳动环节，可大大降低制种成本，又可获得制种的副产品——蜂蜜。

1. 海岛棉的泌蜜习性

　　海岛棉开花泌蜜始于 7 月上、中旬，一直到 8 月下旬和 9 月结束。泌蜜期长达 40 天以上，有些地区可达 60 天，交叉开花更长。花期因地区不同而异，长江流域 7 月上、中旬至 9 月；黄河流域 7 月上旬至 8 月；新疆 7 月中旬至 10 月上旬。气温高，蕾期缩短，提前开花。开花习性，由下至上持续开花和结铃，海岛棉花期比陆地棉要长。花朵呈金黄色，花粉呈黄色。蜜腺分花内蜜腺和花外蜜腺两种。花内蜜腺，着生于花萼和苞叶的基部，腺体大而蜜多；花外蜜腺，着生于叶背面的叶脉上。

　　泌蜜适宜气温为 35～39℃。昼夜温差大，泌蜜量就多，反之则小。低温、土壤水分过多，或阴雨天，泌蜜差，乃至无蜜。风能使花蜜变浓、变干而难被采集。适宜气温的晴好天气，若有东南风，能促进棉花生长和发育，泌蜜量多，含糖量高。

　　海岛棉花粉较粗，蜂不能采集成团，只能用腹背带些花粉来实现传粉。另外，海岛棉花朵凌晨泌蜜蜜汁稀薄，含糖率低，蜂常弃而不采；9：00 以后，为泌蜜高峰期，但也要达到一定浓度后，蜂才出巢采集。因此，在棉花制种田可少量种植几株玉米或芝麻，一方面吸引蜂群，另一方面为蜂提供食物。但在制种田附近应该没有比棉花更能吸引蜂的蜜源植物，否则，蜂群因喜好，放弃棉花而去造访其他植物。

2. 陆地棉的泌蜜习性

　　陆地棉花蜜于开花前所泌的蜜为水白色，易结晶，味清淡香。花外蜜腺有三种：其一是苞叶蜜腺，位于苞叶外面基部，每片具有蜜腺 1 个，此蜜腺在开花前就泌蜜，直至花谢结铃仍泌蜜。其二是在苞叶里面的两苞叶之间，有 3 个苞内蜜腺和苞外蜜腺交替排列，结构形状与苞外蜜腺相同，但蜜细胞较少。其三是叶脉蜜腺，位于叶片背面的叶脉上，叶片长成后就开始泌蜜，随着叶片衰老而停止泌蜜。花内蜜腺，位于萼片基部与花冠之间，蜜蜂不易采集，待花冠变为红色时，花瓣与萼片离缝后蜜蜂才能采到蜜。

　　陆地棉泌蜜量由于产地、品种不同而有差异，在长江流域，7 月 10 日～8 月 15 日为叶蜜腺泌蜜期；7 月 25 日～8 月 15 日为花蜜腺和叶蜜腺同时泌蜜期；8 月中旬以后，大部分棉叶转入衰老阶段，流蜜终止。后期虽能长出新叶或残余枝顶花朵，但很难泌蜜，此时苞叶蜜腺仍能继续泌蜜，但已进入尾期，常受气候影响，泌蜜断续不定。在新疆，海岛棉比陆地棉泌蜜多，在内地，陆地棉比海岛棉泌蜜多。

3. 棉花泌蜜量受环境因素影响

　　棉花在营养生长和生殖生长时期，自然条件适宜，水分、肥料条件好，长势健壮，物质积累丰富，泌蜜自然增多；在多肥稀植、通风透光好的条件下，泌蜜一定多，反之则少。影响棉花泌蜜的主要因素有以下三方面。

1）土壤

泌蜜受土壤条件影响很大，土壤性质不同，泌蜜量也不同。多数棉花生长在沙质中性土中，土质松软，耐旱性强，返潮力大，而后又能及时散水，泌蜜丰富。黏质土，蜜少或无蜜，但也有例外。在山东的黑钙土上，棉花泌蜜多；在浙江热潮土上，棉花长势中等，泌蜜较多；在红、黄壤上，蜜少或无；在黄沙土上，因易干旱，蜜少或无。在幼苗期干旱，泌蜜期又多雨的情况下，土壤板结，泌蜜差。

2）温度

棉花泌蜜属于高温型，泌蜜适温为 35～39℃，昼夜温差大的泌蜜更多。例如，在新疆吐鲁番，降雨量极少，高温季节 7～8 月，平均气温为 33℃，最高达 47℃，但是昼夜温差相当大，有利于棉花的有机物质的积累，因而泌蜜量最多，用肉眼可看见叶片主脉蜜腺的蜜珠大如米粒，晶莹透明；叶片侧脉蜜腺也增多。吐鲁番棉花蜜产量高而稳定，单产可达 150kg。诸如此类的地方应是三系杂交棉制种的好地方。

3）风

风能促进花蜜水分蒸发，蜜汁变浓，如果是南风或东南风，能促进棉花生长和发育，使其泌蜜正常，含糖也高。每年小暑前后有一定时间的"南阳风"，就可出现泌蜜高峰。如果湿度过大，空气中水分饱和，难以蒸发，蜜浓稠缓慢，故稀薄质差。北风也直接使蜜腺萎缩或中止泌蜜。

棉花在晚间和凌晨均能泌蜜。早上蜜汁稀薄，含糖量也低，蜂不甚喜采，待 7 时以后，蜜汁达到一定浓度（以波美计测，约在 10 度以上），蜂才出巢采集。如果 7 时之前无别的花蜜可采，蜂群也采集薄汁蜜。棉花虽产蜜多，但对蜂群诱引力不大，故每天巢内进蜜不是很多。

由此可见，深入研究环境条件对三系泌蜜的影响，对于选择制种地点，借助昆虫传粉，提高制种产量有重要意义。

三、三系花器含糖量与制种产量

（一）不育与可育花器组织可溶性糖的含量

供试材料共 8 个：5 个棉花细胞质雄性不育系"抗 A"、"Y1"、"Y7"、"Y11"、"Y21"，1 个保持系"抗 B"，1 个恢复系"浙大强恢"，以及 1 个杂交组合"浙杂 166"（抗 A×浙大强恢）。分别取 8 个材料的蜜腺、花药、柱头、花瓣、苞叶和叶片，供糖含量及其成分的测定（王学德和赵向前，2002）。

由表 7-1 可见，不同取材部位的可溶性总糖含量是不一致的。不同材料的叶片中可溶性糖含量相差不大；不育系蜜腺、花瓣和苞叶中可溶性糖含量显著高于可育株，分别高 6.79%、4.02% 和 4.71%，达显著或极显著水平；而不育系花药、柱头的可溶性总糖含量分别比恢复系、保持系和 F_1 的平均值低 3.76%、5.05%，达到显著或极显著水平。不论不育还是可育株，在所有取材部位中，蜜腺、柱头和花瓣的可溶性糖含量较高，且尤以蜜腺的糖含量显著高于其他部位。

表 7-1　不同取材部位总糖含量的差异比较

| 材料 | 总糖含量/% | | | | | |
	花瓣	花药	柱头	蜜腺	苞叶	叶片
抗 A	20.85	13.25	26.51	30.51	11.78	9.18
Y1	17.80	11.59	24.98	22.33	11.43	10.06
Y11	17.67	12.81	26.29	25.99	12.40	8.75
Y21	20.31	11.96	25.46	27.01	11.46	9.28
Y7	19.42	12.35	26.31	23.75	11.76	9.76
浙大强恢	15.92	16.66	31.83	20.92	7.13	10.63
抗 B	14.35	15.78	31.06	19.35	7.24	10.03
浙杂 166	15.29	16.01	29.98	17.12	6.78	9.51
不育系 (S) 平均	19.21	12.39	25.91	25.92	11.76	9.41
可育株 (F) 平均	15.19	16.15	30.96	19.13	7.05	10.06
F−S平均	4.02*	−3.76*	−5.05**	6.79**	4.71*	−0.65

*达显著差异水平（$P < 0.05$）；**达极显著差异水平（$P < 0.01$）。

在正常棉花花粉发育过程中，母体光合作用合成的可溶性碳水化合物提供给花药后迅速被用于淀粉的合成；而不育系母体植株虽给花药提供可溶性糖，但因不育花药干瘪和无花粉粒，被用于合成淀粉的需求量下降（王学德，1999），过量的碳水化合物在苞叶、花瓣中积累或以分泌物的形式通过蜜腺溢出，导致不育系蜜腺、花瓣和苞叶的可溶性总糖含量均高于恢复系、保持系和杂交种 F_1。另外可能与不育系本身不产生花粉，不能自我完成受精有关。棉花是常异花授粉作物，昆虫是主要的传粉媒介，不育系蜜腺中较高的可溶性总糖含量有利于吸引昆虫完成授粉。

（二）不育系花器糖含量与制种产量的关系

从表7-2看出，不育系花器平均可溶性总糖比可育的恢复系、保持系及 F_1 花器中的平均糖含量高 3.27%；蔗糖含量则低 1.74%；不育系和可育株花器的果糖含量差异不明显，平均值相差 0.04%。"浙杂166"的可溶性糖含量、蔗糖含量及果糖含量与保持系和恢复系基本接近。

表 7-2　不育系花器糖含量与制种产量性状

试验材料	总糖含量 /%	蔗糖含量 /%	果糖含量 /%	蜜蜂数量 /(只/万花)	铃数 /(个/株)	结铃率/%	每铃粒数 /粒	不孕籽率 /%
抗 A	13.387	1.102	4.723	125	27.1	39.12	32.1	6.97
Y1	12.11	0.891	4.168	93	26.2	34.34	30.8	12.06
Y11	12.505	1.098	4.064	119	27.5	40.18	32.1	7.01
Y21	12.93	0.919	3.782	101	23.1	36.21	29.9	7.61
Y7	12.865	1.003	3.969	107	22.5	36.92	27.6	10.25
抗 B	9.901	2.73	3.841	121	21.3	41.2	33.2	6.02
浙大强恢	9.091	2.862	4.225	118	26.1	37.6	31.8	6.81
浙杂 166	9.488	2.625	4.485	116	30.9	42.3	29.4	7.99

　　不育系与保持系，或与恢复系，以 2∶1（行比）种植，常规田间管理，自然虫媒传粉。收获期记载每株铃数、结铃率、每铃种子粒数和不孕籽率。如表 7-2 所示，5 个不育系的铃数为 22.5～27.5 个，结铃率大于 34%，每铃种子粒数为 27.6～32.1 粒，与育性正常的恢复系、保持系无显著差异。但不育系"Y1"和"Y7"的不孕籽率分别达到了 12.06% 和 10.25%，略高于育性正常的恢复系和保持系。

（三）不育系花器糖含量与蜜蜂造访数量的关系

　　不育系花器含糖量与制种产量性状的相关分析结果表明（表 7-2，表 7-3），花器中的蔗糖含量会显著或极显著影响蜜蜂数量、结铃率和不孕籽率，高蔗糖含量有利于增加传粉蜜蜂数量和结铃率，降低不孕籽率，提高制种产量。蜜蜂数量与结铃率的正相关系数（0.945）达到显著水平，与不孕籽率的负相关系数（-0.967）达极显著水平，表明提高蜜蜂数量有利于制种产量的提高。较高的花器蔗糖含量与田间蜜蜂数量在提高结铃率的同时，还能进一步提高每铃种子粒数，降低不孕籽率。

表 7-3　不育系花器含糖量及制种产量性状的相关性分析

性状	总糖含量	蔗糖含量	果糖含量	蜜蜂数量♯	铃数	结铃率	每铃粒数	不孕籽率
总糖含量		0.512	0.423	0.652	-0.154	0.471	-0.002	-0.666
蔗糖含量			0.557	0.978 **	0.518	0.961 **	0.446	-0.918*
果糖含量				0.612	0.659	0.367	0.577	-0.511
蜜蜂数量					0.492	0.945*	0.486	-0.967 **
铃数						0.482	0.928*	-0.48
结铃率							0.482	-0.947
每铃粒数								-0.561
不孕籽率								

　　♯采用定点抽样调查法估算不育系被蜜蜂造访的数量，即在 8 月上旬的天气晴朗的上午 8∶00～9∶00，以 100 株棉花为单位，统计蜜蜂造访每万朵花的蜜蜂头数。

　　* 达显著差异水平（$P < 0.05$）；** 达极显著差异水平（$P < 0.01$）。

四、蜜蜂造访三系的习性与制种

　　用雄性不育系制种，不仅可省去人工去雄的烦琐过程，若有效利用自然传粉媒介（昆虫）给棉花传粉，还可省去人工授粉工作，是利用棉花杂种优势的最理想的制种方法。

　　四川省南充师范学院生物系（1978）在四川的主产棉区定点调查棉花开花期的昆虫，共采集到 92 种昆虫，其中 27 种昆虫有传粉习性，隶属于膜翅目的有 2 种，双翅目和其他的有 5 种。但棉花的主要传粉昆虫是膜翅目，尤其以蜜蜂、熊蜂、壁蜂、切叶蜂、无刺蜂为主，它们在不育系与保持系、不育系与恢复系之间的传粉趋向和行为，自

20 世纪 80 年代以来国内外不少人做了较广泛和深入的研究，其结果对三系杂交棉的制种具有重要的指导意义。

邢朝柱和郭立平（2005）利用抗虫不育系和转 Bt 基因抗虫棉品系作为杂交制种亲本，制种期间在田间放养蜜蜂作为传粉媒介，连续 3 年在长江流域和黄河流域进行小规模田间开放式蜜蜂传粉杂交制种试验，对蜜蜂传粉杂交制种体系中的父母本种植比例、不同的蜂种、父母本种植方式、天气等对蜜蜂传粉制种效果进行了研究。初步研究结果表明，父母本种植比例以 1∶4 制种效果较为理想，蜜蜂是较理想的传粉媒介，父母本混合种植方式和相间种植方式传粉效果差异不明显，天气变化对蜜蜂传粉影响较大，直接影响制种产量。

黄丽叶等（2008）为探索新疆利用昆虫辅助传粉繁殖棉花不育系的技术，2003～2006 年以 4 个哈克尼西棉胞质不育系及其对应保持系为材料，在网室中进行蜜蜂传粉繁殖棉花不育系技术的研究。结果表明，蜜蜂的数量是影响棉花不育系繁殖产量的主要因素之一；蜜蜂传粉使棉花不育系的生育期延长，单株铃数、果枝数、空果枝数、纤维长度和马克隆值比其对应的保持系虽有增有减，但其差异不显著；不育系的衣分和单铃重均低于保持系，而不育系的始果枝节位、节位高、株高和比强度等性状均比对应的保持系有所增加，但其差异也不显著。不育系的籽棉产量和皮棉产量虽然明显低于保持系，但蜜蜂授粉繁殖棉花不育系"1038A"的棉籽产量仍达到人工授粉的 83.7%，说明在新疆利用网室进行蜜蜂授粉繁殖棉花不育系的方法是可行的。

Wallar 和 Moffett（1981）比较不育系（A 系）和保持系（B 系）之间每朵花分泌出的花蜜量，发现两者之间无明显差异，均为 16μL 左右，但是蜜蜂更趋向于 A 系花朵取食。在 8 月下旬蜜蜂去 A 系访问的次数比例为 9∶1，表明蜜蜂不喜好 B 系的花朵。Berger 等（1982）将 A 系与 B 系每隔两行种植观察土蜂和蜜蜂在不育系和保持系之间的取食趋向，65% 的蜜蜂趋向于不育系，相反，69% 的土蜂则趋向于保持系，两者可互补。

Loper 等（1983）发现蜜蜂对陆地棉的趋向性强于海岛棉，在不育系柱头上观察到的花粉量大多数来源于陆地棉，海岛棉花粉与陆地棉花粉比例平均为 1∶4。也就是说，用蜜蜂传粉开放式制种时（陆地棉 A×海岛棉 R）F_1 需要更多的蜜蜂来传粉。鉴于蜂对棉花不同基因型的选择性喜好，Weaver（1982，1983）提出 A 系与 R 系种子按适当比例（如 3∶1）混合播种，在这混合群体中，由于不育系与恢复系植株间距离很近，蜂对不同基因型的选择就不明显，其迁飞和取食等行为是随机的，可以大大提高制种产量。为了区别真伪杂种，Weaver 又提出不育系可标记上光籽性状，而恢复系仍为毛籽，这两种基因型籽棉就可混收，轧花后光籽（杂种）与毛籽（恢复系）用机器筛分离。

Bhardwaj 和 Weaver（1984）发现陆地棉和海岛棉花粉在不育系柱头上参与受精能力有明显差异，陆地棉（保持系）花粉比海岛棉（恢复系）花粉参与受精能力强得多。Wallar 和 Mamond（1991）也得到相似结果，在用不育系制种时，用陆地棉花粉授于不育系柱头上所产生的种子数比用海岛棉花粉多出 4～7 粒。由此可见，恢复系和保持系均用陆地棉为佳。

Bownan（1992）认为杂种棉制种地点选择十分重要。通过比较认为北卡罗来纳是杂交种制种的适宜地点，因在北卡罗来纳土蜂多，棉农使用农药比其他地区要少，且使用时期偏棉花生长后期，那时棉花已大量结铃，与开花盛期错开。此外，北卡罗来纳一年中最湿润的时期为7～8月，最干燥时期是在9～10月，气候对棉花传粉受精（7～8月）和棉花种子发育成熟（9～10月）均有利。1990年和1991年两年试验，有两个处理在不育系上收获的籽棉产量与在保持系或恢复系上收获的籽棉产量相当。在北卡罗来纳经多点多年试验表明制种效果良好。

由此可见，提高三系杂交棉制种产量和降低制种成本应包括三方面，即地点选择、基因型选择和相应栽培技术配套。

五、三系的授粉、受精和结铃

（一）授　　粉

棉花开花后，花药开裂，散出的花粉以各种不同的方式传播并落到雌蕊柱头上，这个过程称为授粉。

通常陆地棉的花粉粒落到柱头上，大约1h内就可萌发和伸出花粉管。有的品种的花粉粒落到柱头上，如果温度和湿度等条件适宜，可马上萌发。花粉粒的萌发和花粉管的生长，受外界环境条件的影响可发生很大差异。花粉粒含有大量养分，具有较高的渗透压，遇水会吸水而爆裂，失去生活力。所以在开花时遇下雨，花粉破裂，不能完成双受精，幼铃易脱落。由此，在棉花开花结铃期，在人工喷灌、根外施肥和喷洒农药等栽培管理时，应安排在下午或傍晚进行，以减少棉铃脱落。

棉花不育系，自身没有花粉，需要用恢复系或保持系的花粉授予，才能结种子。授粉方式主要有昆虫自然授粉、人工辅助授粉、完全人工授粉3种，依制种田中的传粉昆虫的多寡来决定。多数情况是选择传粉媒介丰富的地点，采用昆虫自然授粉，或与人工辅助授粉相结合的方法（详见本章第三节和第四节）。

（二）受　　精

授粉后，花粉粒在柱头上萌发，其花粉管沿着花柱向下生长进入子房，通过珠孔伸进胚囊。这时候花粉管前端破裂，管内的两个精子被释放出来，其中一个精子与卵细胞结合，形成一个受精卵。与此同时，另一个精子与胚囊中的两极核结合，产生初生胚乳核。这个过程叫做双受精。双受精后，受精卵进一步发育形成下一代棉花的幼胚；初生胚乳核以后再分裂产生胚乳细胞，营养幼胚。胚乳细胞在胚发育初期数量较多，以后随着胚的生长而逐渐退化，这时胚发育成种子。如果在受精过程中，由于各种不利因素，不能使胚珠完成双受精，这种胚珠将成为不孕籽。

在柱头上的花粉数量多时，对受精有利。因为花粉粒数量多时，带到柱头上的生长素、维生素、各种酶等营养物质也随着增多，可以促进花粉的萌发，并增强花柱组织中储存物质的转化，可使生长着的花粉管获得更多的营养，促进花粉管的生长。不育系由于自身不产生花粉，依赖传粉媒介获得花粉，这时如果因媒介的稀少，往往柱头上花粉粒不多，会出现幼铃脱落较多，或不孕籽增多，影响制种产量。因此，当发现不育系的花和铃脱落较多时，应及时采取有效措施，如放养蜜蜂和人工辅助授粉，以增加不育系获得较多的花粉，提高结铃率，降低不孕籽率，增加制种产量。

棉花的花粉粒和柱头的生活力所能维持的时间较短。花粉粒在开花当天的下午生活力就明显降低，柱头生活力可维持稍久，但也不超过第二天下午。不育系柱头如果当天上午没有被授粉，第二天上午授粉后仍有可能结铃，但结铃率不高。

（三）棉 铃 发 育

开花受精后，花冠脱落，露出子房，就是幼小的棉铃。棉铃为蒴果，由 3～5 个心皮组成，每一心皮边缘向内伸展，成为棉铃的一室。陆地棉多数为 4 或 5 室，海岛棉多数为 3 室。在干旱和缺肥等不良条件下，棉铃室数减少。一般棉铃室数多，铃重较大。棉铃的发育大体可划分为 3 个时期，先是体积增大，然后内部充实，最后脱水开裂。

（1）体积增大期。自开花后经 20～30 天，棉铃可以长到应有的大小，这一时期是棉铃体积增大期。相应地，这一时期也是种子体积增大期，以及纤维伸长期。棉铃的生长，幼铃较快，约 20 天后，铃的大小已基本定形，以后不再明显增大。

（2）棉铃充实期。棉铃外形长足以后，开始转入内部充实阶段，时间为 20～30 天。这一时期，种子和纤维的合成作用显著增强，干物质积累很快，含水量逐步下降，这时棉铃开始储藏大量养分，充实内部，茎叶和铃壳中的养分不断向种子和纤维转运，供应种子的充实和纤维的加厚。

（3）脱水开裂期。棉铃经过内部充实期，开始成熟，在适宜的条件下，铃壳脱水，失去膨压而收缩，铃壳沿裂缝线开裂。从开裂到吐絮，一般条件下，需要 5 天时间，但遇到气温偏低或阴雨天持续时间较长时，所需的时间会延长。棉铃成熟过程，实际上是棉铃的脱水过程，脱水促使棉铃开裂和吐絮。棉铃在发育前期，各组成部分含水量很高（不少于80%），随着棉铃的成长，水分含量开始下降，首先是种子和纤维大量脱水，继而与纤维直接相连的铃壳内层组织开始脱水，然后在棉铃开裂时，铃壳的外层组织也开始脱水，最后棉铃的各部分都强烈脱水。从开花结铃到棉铃吐絮所需的时间，因品种和气候条件不同而有差异，陆地棉正常条件下，需 50～60 天，海岛棉要更长些。

不育系柱头上接受的花粉多，棉铃发育就正常，由 3～5 个室组成的棉铃饱满和充实。但若由于授粉不充分或不均匀，一个棉铃的 3～5 个室中，有的发育正常，有的发育不全，容易形成畸形铃，即所谓的"歪铃"。

（四）种 子 发 育

棉花种子（棉籽）是由受精卵的胚珠发育而成。胚珠受精后，其内外珠被发育成棉子壳，胚囊内的受精卵则发育成具有折叠子叶的胚，即棉仁。

棉花从受精卵开始到胚胎成熟。可划分球形期、心形期、鱼雷期和成熟期。胚珠受精后 4 天，经过 3 或 4 次分裂，胚变成球形。受精后 6～10 天，胚变成心脏形，心脏形的二叉将分化成两片子叶，其下面的部分成为后来的下胚轴。不久在二叉的中间，出现一个圆形丘状突起，为胚芽的生长点。以后生长比以前更快，到受精后 12～15 天，已可区别出子叶、胚芽、胚轴和胚根等部分。发育至 20 天左右的胚，变成鱼雷形。这时所有的器官和维管束原组织，都已很好地分化发育，且具有发芽能力，通过离体培养，可以长成幼苗。以后只是迅速增加各部分的体积和重量，到受精后 45 天左右达最大值。

胚乳的发育，是在受精时两个极核与一个精子结合后形成的初生胚乳核开始。最初发育很快，后来逐渐形成的胚乳细胞充满整个胚囊；经过 20 多天，即为迅速生长的胚所吸收利用，到种子成熟时，只残留 1 或 2 层细胞厚的乳白色的薄膜，包在折叠着的子叶外面，形成所谓"无胚乳"种子。

在开花时，胚珠长仅 1mm，受精后迅速生长，到开花后 15～18 天，长 8～9mm，开花后 20～30 天，即可长到应有的大小，成熟的棉籽长 10mm 左右。种子上长有纤维（包括短绒），每一根纤维是由胚珠表皮细胞发育伸长而成的单细胞。成熟纤维，陆地棉长 25～30mm，海岛棉长度一般为 30mm 以上，有的可超过 50mm。商用棉纤维的品质常用长度、强度和细度衡量，海岛棉品质好于陆地棉。

不育系棉铃若发育正常，有 5g 左右的籽棉和 30 粒左右的种子。但一般不育系的衣分偏低，籽指较大，纤维长度和强度较好，但整齐度较差。

在三系杂交棉的制种田里，不育系与恢复系间隔种植，通过传粉，不育系柱头得到恢复系花粉后，结的种子即为杂交种第一代的种子，可供大田生产应用；在不育系的繁种田里，不育系与保持系间隔种植，从不育系上收获的种子，仍是不育系种子，即实现不育系的繁殖。

六、三系杂交棉亲本花粉和柱头生活力

棉花种子的获得需要有一定数量的棉铃。完成正常的受精过程是棉花成铃的前提，受精需要通过花粉在柱头上正常萌发、形成花粉管以及向胚囊释放精子等过程来实现。花粉散落到柱头直至受精完成，这过程虽然时间很短，但对环境的变化却相当敏感。只有生活力强的花粉和柱头，才有可能完成受精，获得较高产量和品质。因此，不育系繁殖或杂种制种的产量，不但与不育系柱头接受花粉能力以及生活力持续时间长短密切相关，而且还与保持系或恢复系花粉生活力及其持续时间长短密切相关。保持系或恢复系花粉和不育系柱头生活力越高、持续时间越长，对于提高杂种制种产量和不育系繁殖产量越有利。为此，张昭伟和王学德（2006）对三系杂交棉亲本花粉和柱头生活力进行了测定和分析，以指导三系杂交棉制种和亲本繁种。

（一）保持系和恢复系花粉生活力

联苯胺-甲萘酚染色法测定花粉生活力，以可育花粉率高低表示花粉生活力的强弱。该法利用的原理是过氧化物酶能活化过氧化氢使酚类及芳香胺类物质氧化发生红色反

应。生活力强的花粉过氧化物酶活性强，被染成深红色；生活力弱的花粉，过氧化物酶的含量少或活性差，被染成浅红色；无生活力的花粉不着色（彩图 7-1）。

图 7-2 为自然条件下恢复系和保持系花粉一天内不同时间的可育花粉率，即花粉生活力情况。开花当天上午 7：00～9：00，恢复系和保持系花粉生活力不断上升，到 9：00 达最强，可育花粉率分别是 93.53％和 88.99％。此时，花药散粉好，花粉生活力强。之后两者生活力都开始下降，下午 18：00 恢复系和保持系可育花粉率分别降到 44.97％和 31.89％，总体而言，花粉生活力随时间的推移呈先上升后降低的变化，且恢复系"浙大强恢"花粉的生活力在各时期都要高于保持系"抗 B"的花粉。因此，上午 9：00 左右，采恢复系和保持系花粉对不育系授粉，可以提高杂交棉制种及不育系繁殖的效率。若考虑到下午授粉的需要，可以采 9：00 左右的花粉保存于 4℃冰箱中备用。

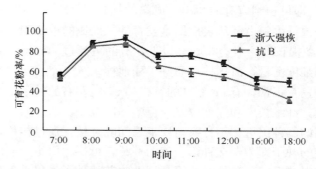

图 7-2　自然条件下"浙大强恢"和"抗 B"花粉生活力的动态变化

（二）不育系和保持系柱头生活力

柱头生活力测定：在开花盛期，每天下午 5：00 左右，用麦管将次日要开花的不育系柱头套牢以防止昆虫自然传粉，保持系则是先去雄后再套管。开花当天上午 8：00 左右摘取保持系花朵，存放在 4℃冰箱内，在实验当天每隔 1h 从冰箱中取出 2 朵花，对前一天套管的不育系和保持系柱头授粉，并挂牌。记录每天的天气情况和人为因素对实验造成的影响。在 9 月中、下旬统计自交结铃率，用以表示柱头的生活力。结铃率＝（挂牌的有效铃数/挂牌的花朵总数）×100％。

从图 7-3 中可以看出，与花粉生活力的变化相似，不育系和保持系柱头生活力（用结铃率表示）开花当天上午 9：00 达到最高，随后开始持续下降。总体而言，柱头活力可以从开花当天持续到第二天上午。结果显示，开花当天下午对不育系柱头授粉，仍可以获得较高的结铃率，如下午 16：00 授粉结铃率仍达 11.67％。换言之，对不育系柱头人工授粉的时间可以延长到开花当天下午甚至到次日上午，开花当天上午采集花粉存于 4℃冰箱中，下午用于对不育系授粉，第二天上午可以采集新鲜保持系或恢复系花粉对不育系前一天尚有生活力的柱头进行授粉，通过延长总制种时间提高杂交种制种产量。

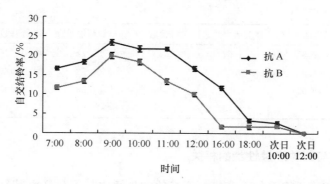

图 7-3 不育系"抗 A"和保持系"抗 B"柱头生活力（用结铃率表示）的动态变化

人工授粉条件下，不同时间，不育系柱头的生活力（结铃率）都要高于对照保持系柱头，平均高出 4.27%，最高到 11%。其原因可从两方面考虑：一方面，不育系植株本身不产生有生活力的花粉，部分未经过人工授粉或虫媒传粉的柱头随花早已脱落，而保持系未去雄的柱头可以自交成铃，因此与保持系相比，不育系可以有更充足的营养物质供应每个人工授粉的柱头，提高了不育系的结铃率。另一方面，授粉前对保持系进行人工去雄不可避免地造成保持系柱头的机械损伤，一定程度上影响了保持系柱头的生活力。

（三）不育系柱头和恢复系花粉生活力与制种产量的关系

1. 不同时间授粉的制种产量性状

开花当天 7：00 到次日 12：00，取恢复系花粉（开花当天 7：00 采集，存于 4℃冰箱，随需随取）对不育系柱头授粉，各时间段分别授 30 个柱头，以上工作分不同日期进行 3 次重复。考察授粉结铃数、单铃重、单铃籽数、不孕籽率等主要产量性状（表 7-4）。在开花当天上午 9：00 授粉，不育系柱头和恢复系花粉生活力最高，所得结铃数最多，不孕籽率最低，单铃籽棉重和单铃籽数较高；下午 16：00 授粉尚能收获一定的杂种种子，单株铃数、单铃籽棉重、单铃籽数和不孕籽率分别是 8 个、5.72g、16.16 粒和 22.32%；次日 10：00，由于不育系柱头生活力已很低，所得杂种种子产量极低；到次日 12：00，没有收获到杂种种子。

表 7-4 不同时间授粉主要制种产量性状的表现

时间	花粉生活力/%	柱头活力/%	单株铃数/个	单铃籽棉重/g	单铃籽数/粒	不孕籽率/%
7：00	56.35	16.67	14	5.86	22.33	6.82
8：00	88.46	18.33	15	5.92	25.2	6.73
9：00	93.46	23.33	20	5.82	23.5	5.93
10：00	76.27	21.67	16	5.52	20.14	9.57
11：00	76.79	17.33	12	5.71	18.67	13.49
12：00	69.28	16.67	10	5.31	15.03	17.31

时间	花粉生活力/%	柱头活力/%	单株铃数/个	单铃籽棉重/g	单铃籽数/粒	不孕籽率/%
16:00	52.37	11.67	8	5.72	16.16	22.32
18:00	44.97	3.3	3	4.53	11.65	26.1
次日 10:00	18.95	1.67	1	4.58	12.33	25.85
次日 12:00	0	0	0	0	0	0

2. 不同时间授粉与制种产量性状的相关

由表 7-5 可知，不育系柱头和恢复系花粉的生活力与不孕籽率呈负相关，与单株铃数、单铃籽棉重、单铃籽数呈正相关，相关系数都达极显著；三个产量性状单株铃数、单铃籽棉重和单铃籽数之间呈极显著或显著相关，与不孕籽率呈负相关。亦即，授粉时，柱头和花粉生活力越高，杂种制种产量就越高，而且由于不孕籽率的下降，所收获的纤维品质越好。

表 7-5　花粉和柱头生活力与制种产量的相关性

	柱头生活力	单株铃数	单铃籽棉重	单铃籽数	不孕籽率
花粉生活力	0.93**	0.92**	0.81**	0.86**	−0.20
柱头生活力		0.98**	0.88**	0.85**	−0.37
结铃数			0.70*	0.88**	−0.43
单铃籽棉重				0.90**	0.30
单铃籽数					−0.12
不孕籽率					

*达显著差异水平（$P < 0.05$）；** 达极显著差异水平（$P < 0.01$）。

（四）根据柱头和花粉生活力采取适当制种措施

棉花不育系柱头接受外来花粉的有效时间越长，保持系和恢复系花粉生活力的持续时间越久，棉田里蜜蜂的活动与柱头和花粉生活力的变化越一致，则利用蜜蜂传粉进行制种的产量越高。棉田里蜜蜂的活动，一天内一般有两个高峰期。早晨棉花上有露水，棉花花朵尚未开放，这时蜜蜂的数量少。当气温逐渐升高，露水渐干，花已开放，上午9:00 左右蜜蜂数量达到第一个高峰。中午温度太高，蜜蜂减少，下午 15:00 左右又增多，为第二个高峰，以后又逐渐减少。本试验观察到不育系柱头生活力和恢复系花粉生活力，都是开花当天上午最强，从上午 8:00 开始先逐渐升高，到 9:00 达到最大，以后又慢慢下降。开花当天 12:00 以后，柱头和花粉的生活力加速下降；不过，到下午 18:00 不育系柱头仍有一定生活力，且能持续到开花第二天的上午，这为蜜蜂传粉提供了更充足的时间。因此，在不育系柱头生活力持续时期，采取各种措施给不育系授粉是十分必要的。

棉花花粉和柱头的生活力除了与品种和植株发育有关外，还受外界因素影响，尤其是天气条件。花粉和柱头的生活力维持时间会随气温的高低而缩短或延长，最佳成铃时间也会随之变化。在试验中观察到开花当天气温偏低或阴天，花粉到中午仍新鲜，若晴天高温则 11：00 前后就明显干缩。同样，高温也影响柱头的生活力，开花当天阴天，第二天上午柱头仍为乳白色，此时授以新鲜花粉，有部分成铃。相反，开花当天高温，第二天柱头变红基本失去促使花粉萌发的能力。因此，在高温干旱时，适时灌水，保持棉田湿润，不但对保持柱头和花粉生活力有意义，而且对增加蜜蜂造访也有益。

另外，开花盛期的柱头和花粉生活力一般要高于开花初期和后期，所以提高制种产量的措施，如放养蜜蜂和人工辅助授粉等，重点应在盛花期实施。

第二节　三系杂交棉的制种条件

三系杂交棉制种，除了需要有优良的不育系和恢复系外，还需要有良好的制种环境条件。制种所需的环境条件很多，从理论上讲，凡是影响棉花生长、发育和种子纯度的各种环境因子均是制种条件。而要求一个制种地点满足所有条件是不现实的，因此有一个原则，即在保证制种纯度的前提下提高制种产量。不难理解，制种纯度需由制种田的良好隔离条件来保证，制种产量主要由不育系与恢复系间的高异交率来保证。下面主要从制种地点、基因型和栽培技术三方面讨论制种的适宜条件。

一、制种地点的条件

（一）隔离条件

棉花不育系自身无花粉，所结的种子完全是异交的结果，如果制种田的隔离条件不好（如附近有常规棉种植），外源花粉很容易"污染"不育系。从而造成在不育系上收获的种子，除了真杂种（不育系与恢复系间的 F_1），还会有假杂种（不育系与其他的 F_1）。因外源花粉大多是保持系类型的花粉，假杂种往往是不育型。翌年，将这样的纯度不高的三系杂交棉种子播于大田，在群体中会混杂不育株。如果不育株混杂不多，对产量影响不大，但如果不育株量较大，会引起明显减产。所以，为了保证三系杂交棉种子的质量，制种田必须要有很好的隔离条件。通常的隔离措施有自然隔离和人工隔离，前者往往是用其他作物（植物）与制种田隔开。

1. 周边无棉花种植

制种田周边无其他棉花种植是最好的自然隔离条件，也是最简单的隔离措施。一般选择非植棉区的田块进行制种，可保证三系杂交棉的种子纯度。若一定要在棉区制种，也应保证在制种田周边 2km 内无棉花种植。

2. 用非蜜源植物隔离

这是考虑到蜜蜂采蜜有喜好性。蜜蜂对棉花蜜源虽有喜好，但不是最喜好。为迫使蜜蜂集中于不育系与恢复系花朵间传粉，在制种田附近应该没有比棉花更能吸引蜜蜂的蜜源植物，否则，蜂群因喜好，放弃棉花而去造访其他植物。

不过，在棉花制种田中间种少量几株的蜜源植物，引住蜜蜂也是有利的。例如，在制种田中分散种植少量几株玉米和芝麻，一方面吸引蜂群，另一方面为蜂提供食物。但不宜种过多的玉米或芝麻，否则蜜蜂因更喜好食用玉米或芝麻的花粉，而放弃访问棉花。

3. 用纱网隔离

纱网是指能阻止昆虫穿过但能通风透光的尼龙网。用纱网隔离（人工隔离）的优点是被隔离的棉花不受外界传粉媒介的影响，适合于在棉区进行小规模的制种，或制种比较试验。例如，因科研需要，制种组合多而所需种子量不多的情形，可用纱网隔离成若干网室进行制种。但这种隔离成本较高，另外，因网室内通风透光较差对棉花生长发育有一定影响。为此，选择适当的网孔大小是值得考虑的因素。

（二）异交率条件

在与其他棉花隔离条件下，提高制种田中不育系与恢复系的异交率，是保证较高制种产量的关键。因此，选择高异交率的制种点，是布置制种田的指导思想。

1. 在村庄附近

很多村庄有养蜂的习惯，或曾经养过蜂，使周边有较多的家养或野生蜜蜂。选择此类村庄附近的田块作为三系杂交棉的制种田是可行的。但此类村庄往往有较多的蜜源植物，所以还需要适当选择相对较少蜜源植物的村庄为佳，以避免制种田中的蜜蜂被吸引走。

2. 在水源附近

一般池塘、溪、河边的田块较湿润和凉爽，不但有利于棉花生长和发育，也适宜蜜蜂活动，在这类田块上制种往往产量较高。

3. 昼夜温差较大的地点

棉花泌蜜属于高温型，泌蜜适温为35℃左右，昼夜温差大泌蜜更多，更适合放养蜜蜂采蜜和传粉。例如，在新疆吐鲁番，降雨量少，昼夜温差相当大，有利于棉花的有机物质的积累，因而泌蜜量很多，棉花蜜产量高而稳定，亩产可达150kg。在此类地方实施养蜂与制种相结合的生产，可获得制种和产蜜的双重经济效益。

4. 沙质中性土

棉花泌蜜受土壤条件影响很大，土壤性质不同，泌蜜量也不同，这与吸引蜜蜂传粉有关。一般地，棉花生长在沙质中性土，泌蜜丰富。在黏质土和红、黄壤上，蜜少或无蜜。因此，选择有利于棉花泌蜜的土壤作为制种田，对借助蜜蜂传粉提高不育系与恢复系的异交率也有一定的促进作用。

5. 避免附近有较多的蜜源植物

因棉花不是蜜蜂最喜好的蜜源植物，如果棉花制种田附近有蜜蜂更喜好的蜜源植物，本来希望给不育系授粉的蜜蜂却被其他植物吸引过去了，既达不到制种产量的提高，又浪费了放养蜜蜂的成本。因此，在选择棉花制种田时，应尽量避免附近有较多的蜜源植物，即使有，也应使棉花开花期与其他蜜源植物的泌蜜期（开花期）错开。例如，大多数果树开花期早于棉花，待蜜蜂对前者采蜜结束后转入棉花采蜜，是棉花借助蜜蜂传粉的合理选择。有关提高蜜蜂授粉效果的措施，在下面第四节中有详细介绍。

二、基因型的条件

三系杂交棉制种的两个亲本，不育系和恢复系，所需的高产、优质等的遗传基础在第六章已有较多论述，这里只就不同基因型对制种产量的影响进行讨论。

（一）不育系基因型

1. 花朵吸引昆虫传粉

为充分利用昆虫自然传粉，不育系应能吸引昆虫，尤其是蜜蜂。这要求不育系的花朵具有蜜蜂喜好的气味、颜色、蜜腺等（详见下面第四节）。这些性状是遗传的，通常需要在自然条件下长期选择才有可能获得理想的基因型。如除了选择发达蜜腺外，选择蜜蜂偏好的黄色花朵的基因型。

2. 柱头高出雄蕊

不育系柱头，有的与雄蕊齐平，有的凹陷于雄蕊中，但也有些基因型高出雄蕊。显然，不育系柱头突出于雄蕊（彩图 6-1），可使蜜蜂等昆虫身上带的花粉很容易散落在柱头上，而且人工授粉也方便和充分。

3. 株型似塔形

蜜蜂不喜好密闭的棉花群体，而且往往习惯采访上部花朵。塔形的不育系株型，使制种田棉花通透性好，一方面利于蜜蜂采访，另一方面也方便人工授粉时寻找花朵。

4. 抗虫

不育系含有抗虫基因（如 *BT* 基因），可少喷农药治虫，尤其在盛花期尽可能不喷农药，使蜜蜂等传粉昆虫能安全有效地为不育系授粉。

（二）恢复系基因型

1. 与不育系同时开花

恢复系是为不育系提供花粉的，必须与不育系同时开花，即花期相遇。否则，不育系开花过早或过迟，不但使制种产量降低，而且由于不育系未受精的花朵多，棉铃脱落多，结铃少，往往引起营养生长过旺而徒长，制种田密闭，烂铃严重，产量更低。

2. 花粉多

恢复系花朵大、雄蕊发达、花粉多、散粉好，一方面使昆虫带更多的花粉，另一方面人工授粉时采一朵花可授于更多的不育系柱头。

3. 具有形态标记性状

在制种田，不育系与恢复系通常按行数比例（如 2∶1）种植，一般过了盛花期授粉基本结束，恢复系行可拔除，以改善棉田通透性，促进不育系结铃率，减少烂铃。这时，恢复系具有形态标记性状（如鸡脚叶、无腺体等），易与不育系区分。另外，带有标记性状的恢复系在繁殖时易于去杂保纯，也适合与不育系种子混播制种。

三、栽 培 条 件

（一）不育系与恢复系种植比例

不育系与恢复系的种植比例，根据不同授粉方式，可有较大变化。若完全依赖自然昆虫授粉来制种，比例应放小，如 2∶1 或 4∶1；若完全由人工去雄授粉制种，比例就可放大，如 8∶1 或 10∶1；若采用自然授粉与人工辅助授粉相结合的方式制种，比例可为 4∶1 或 6∶1 等。

（二）适 当 稀 植

为配合蜜蜂喜好，以及人工授粉的方便，不育系与恢复系的种植密度宜较稀，在土壤肥力条件好的田块更需稀植。在授粉制种过程中，如果植株生长快，可能会造成群体密闭，这时可拔去部分结铃少的不育系植株，或授粉结束后（盛花期过后）拔去恢复系行。

（三）调 节 花 期 相 遇

为使不育系与恢复系开花期相遇，两者播种日期可以错开，如果不育系开花期较早，先播种不育系行，留出恢复系行推后若干天再播。棉花开花期较长，不会出现严重的花期不遇情况。所以，不育系与恢复系通常是同时播种，待开花初期再做调整，如对不育系进行整枝时去掉下部无效果枝（未结铃的果枝）。

（四）控 肥 防 徒 长

为使制种田有良好的通风透光条件，应根据棉花生长发育进程，进行合理的施肥和灌水，严格防止徒长。尤其在棉花开花盛期，群体密闭，不但影响棉花泌蜜量和吸引昆虫传粉，也影响人工辅助授粉。

（五）少喷施农药

在需要借助昆虫传粉时，应尽量少喷农药，尤其在开花盛期，以减少对传粉媒介的危害。在非棉区设置的制种田，因前茬作物不是棉花，病虫害相对较轻，少喷农药是可行的。即使要喷，也应避开盛花期和蜜蜂出巢期。当然，完全人工授粉的制种田，不受此限制。

四、一个实例

2007～2008年，我们在浙江省的兰溪、金华、杭州和建德4个地点，选择隔离条件好、近年来曾养过蜜蜂的村庄、土壤肥力中等的田块，利用自然昆虫授粉进行三系杂交棉的制种和繁种。棉田面积2～3亩，不育系（抗A）与保持系（抗B）或恢复系（浙大强恢）的行比，杭州为2：1、4：1和8：1，其余3个点均为2：1，种植密度为2000株/亩（制种）和3000株/亩（繁种）。常规田间管理，盛花期不施农药，不进行人工授粉，完全借助自然昆虫授粉。在吐絮期，调查100株棉株的铃数和果节数，统计单株平均结铃率；并收获100个铃的籽棉，考种记载单铃种子数和不孕籽数，统计不孕籽率。调查结果如表7-6所示，从中可看出：①繁种与制种在各个考察性状上有较明显的差异，即制种在结铃率和不孕籽率上的表现好于繁种，表明不同基因型对其有一定的影响，这可能与本试验中的恢复系花药较大和散粉较多，或对昆虫较具吸引力等有关；②兰溪和杭州两地从不育系上收获的种子量多于建德和金华两地，表明不同地点对制种和繁种产量的影响明显，可能与兰溪和杭州两地有较好的环境条件，如自然蜜蜂量、土壤类型、周边作物种类、气候条件和栽培条件等有关，值得进一步观察和研究。

表7-6　不同地点自然昆虫传粉效果的观察（2007～2008年）

试验类型	地点	品系	A与B或R间隔比例	种植密度/（株/亩）	单株平均结铃数/个	结铃率/%	单铃平均籽粒数/个	单铃平均不孕籽粒数/个	不孕籽率/%	环境条件 土壤	周边主要作物
繁种	杭州	A	2：1	3000	23.1	38.9	26.8	2.2	8.2	粉沙土	水稻 玉米 大豆
		A	4：1	3000	22.5	37.0	25.6	4.8	18.8		
		A	8：1	3000	21.1	35.1	24.7	6.7	27.1		
		B	—	3000	27.2	39.8	31.7	2.0	6.3		
	建德	A	2：1	3000	12.4	31.2	—	—	—	沙壤土	草莓 苗木
		B	—	3000	14.6	35.6	—	—	—		
		平均			20.1	36.3	27.2	3.9	15.1		

续表

试验类型	地点	品系	A与B或R间隔比例	种植密度/(株/亩)	单株平均结铃数/个	结铃率/%	单铃平均籽粒数/个	单铃平均不孕籽粒数/个	不孕籽率/%	环境条件	
										土壤	周边主要作物
制种	兰溪	A	2:1	2000	26.1	37.8	27.2	2.3	8.5	沙质土	水稻大豆梨
		R	—	2000	28.5	39.9	32.1	1.9	5.9		
	金华	A	2:1	2000	13.4	34.6	—	—	—	红黄壤	水稻大豆桃、橘
		R	—	2000	15.4	39.4	—	—	—		
		平均			20.9	37.9	29.7	2.1	7.2		

第三节　三系杂交棉的制种

三系杂交棉制种是指用恢复系花粉给不育系授粉获得杂种一代种子的生产过程（如第二章的图 2-1）。这里，授粉的方式主要有三种，即昆虫自然授粉法、人工辅助授粉法、完全人工授粉法。生产者可依据不同的生产要求和条件，采用合适的授粉方式进行制种。

一、昆虫自然授粉法

这种制种方式是指完全依赖于自然传粉媒介，不施加人工授粉的三系杂交棉制种法。如果制种地点有丰富传粉媒介，并配以适当的措施，自然传粉法是最简便的和经济的，但也存在一定的风险。因为，自然传粉媒介，如蜜蜂，其行为是较难控制的，受到许多环境因子的影响，不能保证棉花泌蜜能完全吸引蜜蜂于制种田中。尤其是海岛棉，对蜜蜂的吸引力不大，借助自然传粉的风险更大些。显然，采用此法的关键措施是选择制种地点和吸引传粉媒介，这方面的论述在前面一节中虽已有所介绍，但还必须有合理的制种田布置和管理，至于如何根据蜜蜂行为习性提高授粉效果在下面第四节将有更详细的介绍。

（一）制种田布置

1. 地点

完全依赖自然昆虫授粉，制种田地点的选择是十分重要的，除了有严格的隔离条件外，还应考虑有丰富的传粉媒介。

1）严格隔离

一般，制种田设在非植棉区，或用其他作物（如水稻、高粱、大豆）进行空间隔离（2km 以上）。

2）丰富传粉媒介

在离村庄较近地方设置制种田，这些村庄应有养蜂传统，或近年来曾养过蜜蜂。由于这类村庄有较多的野生蜜蜂，可以不专为授粉而买人工饲养的蜂群。为吸引野生蜜蜂于制种田中，附近蜜源植物不宜过多，或棉花与蜜蜂源植物的开花期不同，以避免蜜蜂放弃棉花去访问其他蜜源植物。

3）放养蜜蜂

在一些传粉媒介不丰富的地方，就需要购买人工饲养的蜂群为制种田的不育系和恢复系传粉。如何提高蜜蜂授粉效果，获得更高的制种产量，需要有相应的配套技术，这在下面第四节中有详细介绍。

2. 父母本种植比例

制种产量是指从不育株上收获的种子产量。理论上，单位面积内，不育系与恢复系的种植比例越高，杂种种子的产量相对就高。但实际上并不是如此，因为不育系需要有充足的恢复系花粉才能成铃，如果在制种田中恢复系种植太少，因花粉量不够，尤其靠昆虫传粉，不育系因得不到充足的花粉而结铃率下降。因此，不育系和恢复系应有适当的种植比例才能达到较高的产量。经观察，蜜蜂访问一朵花后至另一朵花的飞行距离常常只有 60cm 左右，按此习性，不育系与恢复系种植间隔距离最好也在 60cm 左右，即每隔 2 行不育系种 1 行恢复系（2∶1），但实际生产时可适当调高点。不育系与恢复系按比例播种，可分条播和混播两种方式。

（1）条播方式：如图 7-4 左所示，是不育系与恢复系按行比分别播种，行比（2～3）∶1，即每隔 2 或 3 行不育系播 1 行恢复系。这种方式种植，棉花采摘较方便，如开花高峰期后授粉基本结束，可拔去恢复系行，便于机械收获。另外，万一自然昆虫授粉效果不理想，用人工辅助授粉来补救，条播方式便于人工授粉。

（2）混播方式：如图 7-4 右所示，是不育系和恢复系种子按比例混合后再播种，比例可适当提高点，如（3～4）∶1。这种情形的前提是不育系或恢复系带有标记性状（如鸡脚叶、光籽、无腺体等），以便可以用肉眼识别不育系与恢复系。例如，以鸡脚标记为例，在制种田中有两种叶形，不育系为正常叶，恢复系为鸡脚叶，在正常叶棉株上收获的种子即为杂种种子。光籽标记（如恢复系为光籽，不育系为非光籽）的情形更方便，适合机械收获和种子加工，光籽（种子无短绒）过筛后留下的毛籽即为杂种种子。

张昭伟和王学德（2006）用上述两种播种方式，在浙江大学华家池试验农场，不放养蜜蜂，利用自然昆虫授粉，进行了制种试验，结果如下。

（1）条播方式：在自然条件下，不育系和恢复系按 1∶1、2∶1、3∶1 和 5∶1 的不同比列间隔种植（图 7-4 左），完全利用自然昆虫传粉进行制种。制种产量，如表 7-7 所示，1∶1 和 2∶1 种植，不育系单株能得到比较丰富的恢复系花粉，它们的结铃率与恢复系相当，收获的种子量分别为 1018.72kg/hm² 和 1185.66kg/hm²，与恢复系相差不大。当不育系和恢复系以 3∶1 和 5∶1 种植，不育株单株结铃数、单铃重和单株产量则极显著下降。整体产量反而随不育株数量的上升而减少，5∶1 种植的时候产量仅为

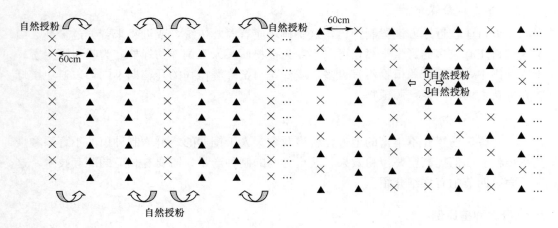

图 7-4　条播（左）和混播（右）方式的制种田间示意图

▲为不育系，×为标记恢复系；空心箭头为传粉方向；行间距为 60～100cm；不育系和恢复系 2∶1 播种，
根据环境传粉媒介的多寡，可以在（2∶1）～（4∶1）调整

477.60kg/hm²。总体来看，（1∶1）～（5∶1）的种植比例制种产量随不育株数的增加，先略有增加后急剧下降，制种产量最高的比例是 2∶1。可能是因为，随着不育系与恢复系种植比例的提高，恢复系植株为不育系植株提供花粉的距离变远，不育系柱头因蜜蜂等昆虫访问而得到的花粉粒越来越少，导致不育系不孕籽率增加，单株结铃数和单铃种子数下降，最终导致单株产量大幅下降。

表 7-7　不育系和恢复系不同种植比例（条播）的制种产量

种植比例 （A∶R）		单株结铃数 /个	单铃重 /g	不孕籽率 /%	制种籽棉产量	
					/(g/株)	/(kg/hm²)
1∶1	不育系	22.43a	4.51a	13.92a	41.16a	1018.72b
2∶1		21.45a	4.22b	18.19b	38.93b	1185.66a
3∶1		16.71b	3.83c	26.47c	27.23c	1010.81b
5∶1		10.34c	3.01d	40.25d	11.58d	477.60c
恢复系（对照）		22.52	4.81	8.96	44.35	1192.3

注：同一列数据后不同字母表示差异达显著水平（$P < 0.05$）。

　　（2）混播方式：从上面可知，借助自然媒介传粉的制种田，不育系与恢复系按2∶1间隔种植，效果较好。为此，仍采用相同的种植比例（2∶1），比较了混播（图7-4右）与条播（图7-4左）间的制种效果。如表7-8所示，混播制种方式，从不育系上收获的种子产量达 1634.92kg/hm²，比条播制种方式（对照）增产 449.26kg/hm²，达到显著水平。从制种产量构成因素看，混播制种方式的增产主要是由于不育系铃数和单铃重的增加，以及不孕籽率的下降。这可能是在混播制种方式下，不育系植株和恢复系植株随机分布，并且之间的距离较近，提高了传粉媒介的传粉频率和效率。

表 7-8　混播方式和条播方式的比较

制种组合		单株铃数/个	单铃重/g	不孕籽率/%	制种产量/(kg/hm²)
抗 A×浙大强恢	混播	25.25a	4.93a	16.03a	1634.92a
	条播	21.45b	4.22b	18.19b	1185.66b
	CV	2.97	4.30	2.20	5.33
	LSD$_{0.05}$	0.99	0.52	0.75	49.63

注：同一列数据后不同字母表示差异达显著水平（$P<0.05$）。

3. 父母本播种日期

棉花开花期较长，盛花期可持续 1 个月，所以不会产生严重的花期不遇问题。但也有早熟棉、中熟棉和迟熟棉之分，特别是陆地棉和海岛棉作亲本时，花期相遇是需要重视的。决定花期相遇主要靠父母本播种差期来实现。

1）陆陆杂种

不育系和恢复系均为陆地棉时，在生育期相差不大的情况下，通常是同时播种；但若相差较大，如不育系为早熟棉，恢复系为中熟棉，就需要分期播种，即不育系延迟播种若干天。

2）海陆杂种

不育系为海岛棉，恢复系为陆地棉，或反之。因不同棉种生育期相差较大，会存在花期不遇的问题。一般，海岛棉比陆地棉生育期长，开花也迟，所以海岛棉亲本应早播，以便使父母本花期相遇。

除了用播种差期方法外，还可通过整枝调整花期相遇，如去掉无效果枝（不育系没有授粉过的下部果枝，以及恢复系开过花的下部果枝），配合追施肥料，促进棉花继续生长与发育，使随后的花期在父母本间相遇。

（二）制种田管理

1. 提高父母本的异交率

在制种田中放养蜜蜂若干箱，一般每亩设置 1 箱，以增加传粉媒介。因玉米花粉是蜜蜂喜好的食物，值得提倡的是，在棉花制种田中分散种植几株玉米，一方面可吸引蜂群，另一方面为蜂提供食物。但玉米的开花期应与棉花的开花期基本相同，可通过玉米的播种时期来调节。这里，玉米只起引诱作用，不宜种得过多，否则会起反作用（蜂群会因喜好玉米而放弃棉花）。

另外，利用蜜蜂的条件反射，可用泡过棉花花香的糖浆饲喂蜜蜂，以训练和诱引它们到棉花上进行传粉工作。花香的糖浆的配制方法：先在沸水中溶入相等重量的白砂糖，待糖浆冷却到 20～25℃时，倒入预先放有棉花花朵的容器里，密封浸渍 4h 以上，然后进行饲喂。经过反复饲喂过的蜜蜂，可定向诱导其在不育系与恢复系间传粉，非常有利于提高制种产量。

2. 提高母本的结铃率

提高不育系的结铃率，除了授予充足的父本花粉外，制种田有良好的田间小气候也十分重要。高温干旱或阴雨高湿等环境下，不育系更易蕾铃脱落，造成随后的徒长，这时除了适时灌水或排水外，还应适时整枝。当徒长发生后，群体通透性严重下降，这时还可适当拔去部分生长较差的不育系和恢复系。这样也有利于蜜蜂传粉，因为蜜蜂喜欢通风透光好的棉花群体。

3. 严格栽培管理

1）播前种子处理

除了种子粒选晒种和农药拌种等措施外，还可通过种子浸种或闷种催芽确保全苗和壮苗。播前，对父母本采取种子催芽与不催芽的不同处理，还可对父母本花期相遇起一定的调节作用。当父母本开花期相差不大的情形下，如不育系比恢复系迟开花 3～4 天，催芽的不育系与不催芽的恢复系同时播种，虽然两者生育期有差距，但不育系因出苗早与恢复系花期相遇的概率就高。

2）苗期管理

出苗后做好中耕保墒和防病治虫，达 2 片真叶时定苗，密度可适当降低，约 2000株/亩。

3）蕾期管理

出现第一果枝后，及时除去营养枝；防治棉蚜和棉铃虫；当土壤肥力较差和棉花生长较弱的情况下，追施蕾肥。

4）花铃期管理

追施花铃肥，干旱时及时灌水，农药治虫尽可能避开盛花期（保护传粉媒介），及时打顶和去掉下部无效果枝，促进生殖生长，防止群体荫蔽和烂铃。

5）吐絮期管理

吐絮后及时采收，不育系与恢复系分收、分晒、分轧、分储。

二、完全人工授粉法

完全人工授粉法是指在缺乏自然传粉媒介的条件下，或不育系和恢复系分别种于不同田块，由人工将恢复系花粉授到不育系柱头上进行制种的方法。这种方法，如图 7-5所示，不育系和恢复系可在同一制种田里分别种植，也可在相隔较远的不同田块里分别种植，授粉者每天上午采集大量恢复系花朵，并带到不育系田（区）里为不育系授粉。

这种父母本分别种植方式有几个优点：一是不育系与恢复系的种植比例可大大提高，如(5～10)∶1；二是人工授粉可控性好，若授粉者技术熟练，制种产量较高；三是

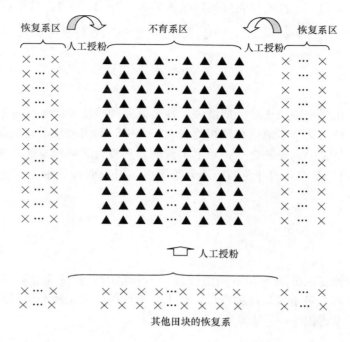

图 7-5　完全人工授粉方式的田间示意图
▲为不育系，×为恢复系；空心箭头为授粉方向；不育系和恢复系比例可以是 10∶1

便于田间管理，可根据不育系和恢复系的生长发育特点，分别进行管理；四是恢复系单独隔离种植，除了为不育系提供花粉外，多余的留在恢复系上的花朵还能结纯度较高的种子，起到了繁殖恢复系的作用。

　　完全人工授粉法制种，虽然可不必重视通过增加传粉媒介提高父母本异交率的因素，但仍需要注意以下几点。

（一）隔 离 条 件

　　在此法中，不育系和恢复系分区种植，选择田块时也需要有良好的隔离条件，防止其他棉花花粉的传入。最好在非植棉地区进行制种，以保证杂交种的纯度，也可同时繁殖恢复系。

（二）父母本种植比例

　　一个熟练授粉者，一朵恢复系花的花粉可连续授 20 个左右的不育系柱头，一上午可授 2 亩左右的不育系。这样，从理论上而言，1 亩恢复系的花粉可授 20 亩左右的不育系柱头，以实现制种产量的最大化。但实际上往往不是将所有的恢复系花朵都采来授粉，而是保留适量的花朵于恢复系上。这一方面可防止因采完花朵引起徒长，另一方面可繁殖恢复系。通常，不育系与恢复系种植比例为（5～10）：1，可根据实际需要做适当调整。

（三）父母本花期相遇

父母本花期相遇主要是通过分期播种、种子催芽和整枝去蕾等措施来实现。海岛棉与陆地棉种间杂种的父母本因生育期相差较大，采用分期播种较适宜。而陆地棉种内杂种的父母本，有早、中、晚熟之分，除了生育期差别较大的早熟与晚熟的亲本外，其他（早与中，中与晚）亲本间的开花期相隔天数不多，可采取种子催芽和整枝去蕾等措施来调节花期相遇。

（四）人工授粉技术

当不育系与恢复系分别种在不同的田块，不育系的结铃完全依赖于人工授粉。可见，授粉者的技术，对于提高制种产量，是十分重要的。人工授粉包括取花粉和授花粉两个环节，常需考虑以下一些要素。

1. 取花粉

取花粉即从恢复系的花朵中取花粉，为不育系授粉备用。花粉是在花药的花粉囊内，从当天开花的花药内散出。棉花花粉的生活力，刚从花药中散出的花粉为最高，随后，在田间自然条件下花粉生活力随着时间的延长将迅速降低。在天气晴好和气温适宜（27～30℃）的早晨，一般 7：00 开花，在 8：00 左右散出花粉，散出后的花粉暴露在阳光下，失水退化而生活力快速下降，到了中午已下降一半。所以，用来授粉的恢复系花粉，采集的时间及其保存的方式很重要。

1）花粉采集的方式和时间

花粉采集的方式，通常有两种，一是采当天开的整朵花（包括花柄、苞叶、花萼、花冠、雄蕊和雌蕊等），二是只取花药和花粉。前者有突出的优点，如采摘花朵方便（省时、省工），花粉利用率高（一朵花的花粉若充分利用，可授 10～20 个柱头），花粉不离花朵（不离体的花粉生活力较持久）。后者在恢复系花朵充裕和散粉多时，不采整朵花，只取其花药和花粉，集中后装在一个容器（小瓶）内，做成一个简易的授粉器（图 7-6）；它的优点是花粉体积小，便于携带和冰箱保存；但缺点也十分明显，如取花药和花粉较费时，离体后的花药和花粉生活力下降更快，尤其集中于一个容器内由呼吸作用产生的热量和水分使花粉更易失活。因此，花粉采集方式常是前者。

花粉采集的时间，若采的是非离体花粉（整朵花），应该在早晨 7：00 左右采当天开的花朵，或在下午 15：00～17：00 采次日将开花的蕾。此时，花药尚未裂开，花粉仍在花药内，生活力持续时间较长，利于延长授粉期。若采集花药和花粉，应该在上午 7：00～8：00 将花朵内的花药和花粉取出，并集中起来，装入授

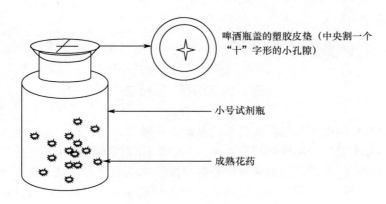

图 7-6　简易授粉器的示意图

粉器中备用。

　　2）花粉保存

　　采集后的离体花粉，暴露在阳光下约 2h 后生活力几乎耗尽。所以，采后的花粉应尽快用于授粉，一般不用过夜的花粉，因为棉花每天开花，每天均可采集新鲜花粉。但是，由于某种原因，如父母本花期不遇，需要短期保存，可采取低温保存。最常用的方法是，采集次日开花的蕾于保鲜袋中，在 0～4℃ 的条件下保存，在 3 天内仍有活力，可用于授粉。如果，只是为了延长授粉时间，需要持续到下午也要授粉（这在三亚 12 月下旬至 1 月上旬气温较低时是常见的现象），可将早晨采集的花朵放置在阴凉湿润处备用，随用随取。

　　棉花花粉遇水即破裂，必须避免水与花粉接触，尤其是早晨田间露水多时，可适当延迟（露水干后）采集花粉，或花药，或花朵。

2. 授花粉

　　授花粉是指用恢复系的花粉给不育系柱头授粉。不育系开花持续时间一般为 30～50 天。这期间，不下雨的每天上午都可授粉。授粉区，即不育系种植区，人的进出很频繁，为了便于授粉操作，行距可适当放大，如 80～100cm。

　　授粉时应该注意以下两点：一是花粉不能被露水打湿，母本柱头不能带水授粉，雨天授粉无效。二是授粉部位，柱头下部授粉效果好于中上部，因此授粉时应注意从棉花柱头下部近子房处向上环形逆向授粉，力求使花粉在柱头上达到下多、中足、上不缺的分布。

　　因不育系花器较小，早晨花冠开放不够大时，授粉速度会下降，这时可用指甲切去部分花瓣，以方便授粉。

　　气温较低的天气，上午花药开裂散粉延迟。这时，可置花朵在两手掌间轻轻搓动，能使花药开裂和散粉，即可授粉。

3. 严格栽培管理

见"昆虫自然授粉法"。

三、人工辅助授粉法

人工辅助授粉是指在自然昆虫授粉的基础上再辅以人工授粉，进一步为不育系增加花粉量，使不育系每朵花都能被授粉，是三系杂交棉制种值得推荐的一种方法。它弥补了完全靠昆虫授粉的不足，因为昆虫授粉时可能有的花朵（尤其是棉株下部隐蔽处的花朵）没有被昆虫采访过，即使采访过柱头上的花粉量也不一定是足够的。此时，昆虫访问后再辅以人工授粉，或人工授粉后再经昆虫授粉，均可起到相互弥补的作用，是昆虫授粉与人工授粉结合的方法，使不育系接受的花粉更多，更均匀，棉铃发育更好，不孕籽更少，产量更高。

另外，昆虫活动还受环境影响很大。例如，蜜蜂，只有在温暖晴朗的天气下，授粉工作才能有效、迅速地进行。若气温低于 16℃ 或高于 40℃，蜜蜂的飞行将显著减少，乃至停止授粉。在风速达每小时 24km 以上时，蜜蜂的活动大大减弱；达每小时 34～40km 时，飞翔完全停止。寒冷有云的天气和雷暴雨，也会大大影响蜜蜂的飞行。严格地说，完全依赖于昆虫自然授粉会有制种产量较低的风险。所以，当昆虫活跃时可借助自然授粉，当不利天气时可辅以人工授粉，以保证高的制种产量。

由此可见，人工辅助授粉法是对昆虫自然授粉法的补充，是前面介绍的两种授粉法（昆虫自然授粉法和完全人工授粉法）的综合。所以，该法制种田的布置和田间栽培管理可以参照昆虫自然授粉法，人工授粉技术可参照完全人工授粉法。当然，人工辅助授粉法，在具体操作时，可根据实际情况作适当调整，如不育系与恢复系的种植比例，因施加了人工授粉，可比昆虫自然授粉法中的种植比例再大些。

四、利用指示性状的制种

（一）利用指示性状制种的优点

标记性状是指受寡基因控制的易于辨别的形态性状。据记载，棉花有 120 个左右的形态性状，大多受单基因控制，少数受双基因控制，所涉及的基因约有 150 个（Endrizzi et al.，1984）。例如，我们在第六章介绍过的陆地棉的多基因遗传标记系"T582"和"T586"，就含有 13 个质量性状。其中"T582"含有丛生铃（cl_1）、窄卷苞叶（fg）、杯状叶（cu）、茎秆无腺体（gl_1）和芽黄（v_1） 5 个隐性基因控制的性状（彩图 6-13）；"T586"含有鸡脚叶（L_2^o）、花瓣有红心（R_2）、光子（N_1）、棕色纤维（Lc_1）、红色植株（R_1）、植株绒毛（T_1）、黄色花粉（P_1）和黄色花瓣（Y_1） 8 个显性基因控制的性状（彩图 6-13）。利用标记性状应用于杂交棉制种中，不但可辨别真伪杂种和提高杂种群体的纯度，而且标记性状还具有一些其他的优点。例如，鸡脚叶（L_2^o）

由于叶片缺刻深，裂片狭窄，整个棉花群体通风透光性好，不利于害虫和病害的产生；无腺体（gl_1）由于棉籽仁无棉酚，可直接食用，提高其综合利用价值；蜜腺（Ne）吸引蜜蜂造访，可提高授粉效率和棉花产量品质，等等。

在三系杂交棉制种或其亲本繁种中，如果恢复系具有标记性状，至少可有如下3个优点。

（1）简化去杂保纯。以鸡脚叶和无腺体为例，鸡脚叶为部分显性性状，无腺体为隐性性状，具有这些标记性状的恢复系在田间种植时一旦被其他棉花混杂，就很易识别出杂株。即在鸡脚叶恢复系群体中若出现中鸡脚叶植株，或在无腺体恢复系群体中若出现有腺体植株，即表明它在上一代已被其他花粉侵入，这时只要拔除中鸡脚叶植株或有腺体植株（杂株）就保持了恢复系的纯度，也省去了恢复系常需人工自交的麻烦。

（2）简化制种程序。在制种田非标记不育系种子与标记恢复系种子按适当比例［如（2∶1）～（5∶1）］条播或混播（图7-4），借助自然媒介（如蜜蜂）传粉，不但可省略人工去雄和授粉，而且在收获时可利用标记性状区分不育系上的杂种种子和恢复系上的自交种子，或在结束制种授粉后根据标记性状拔除恢复系植株，使不育系植株生长发育有更大的空间，而且也便于棉田管理和机械化收获。

（3）提高制种产量。三系杂交棉制种时，从不育系上获得杂种种子产量的高低基本上依赖于不育系获得恢复系花粉量是否充足，如果不施加人工授粉，换言之，就是依赖于昆虫授粉的效果。据我们观察，蜜蜂是优良的棉花授粉昆虫，而蜜蜂在棉花田花朵与花朵间的访问，常常习惯于短距离（60cm左右）飞行，这时如果利用标记恢复系与不育系"混播制种方式"替代"条播制种方式"（图7-4），由于不育系植株与恢复系植株随机分布于田间，间距缩短，十分适应于蜜蜂的采访习性，可使不育系获得更充足的花粉，有利于制种产量的提高。

（二）实例——利用纤维颜色标记性状的制种

棉花纤维颜色是色素在纤维细胞生长和发育过程中沉积的结果，这种棉花常被称为彩色棉。通常的白色棉在纺织加工过程中需要化学漂白和染色，涉及很多化学物质（约300种），是纺织业的主要污染源。基于对化学染料的毒性和污染的认识，人们越来越重视彩色棉的发展，因它不需要化学染色，被称为"生态友好棉"。但目前彩色棉品种也存在一些不足，如产量偏低和品质偏差，且育种改良难度较大。棉花具有十分明显的杂种优势，若将现有高产优质的白色棉与彩色棉杂交，获得的杂种有可能产生杂种优势，克服彩色棉的缺陷。

另外，纤维颜色是个部分显性性状，是一种很易辨识的指示性状（彩图7-7），我们（赵向前和王学德，2002）利用此性状，采用不同的制种方式，进行了制种效果的比较试验。

1. 制种方式

试验设计采用了两种制种方式——混播制种方式和条播制种方式（图7-4）。混播制种方式以白色棉雄性不育系"抗 A"、"Z016"、"Z035"为母本，以棕色棉恢复系"S010"、"S012"、"S013"和绿色棉恢复系"S029"为父本，配制 12 个杂交组合，每一组合的不育系与恢复系种子以 2∶1 的比例混合后播种于制种田进行杂交种子的生产，旨在缩短蜜蜂等传粉媒介在不育系棉株与恢复系植株花朵间的传粉距离，利用天然传粉媒介提高杂交种子产量。另一种制种方式——条播制种方式作为对照，即白色棉不育系"抗 A"与棕色棉恢复系"S013"，以及棕色棉不育系"S003"与棕色棉恢复系"S013"，共 2 个组合，前组合为 CK1，后组合为 CK2，每组合的不育系与恢复系按行比 2∶1 间隔条播。上述 12 个"混播制种方式"组合为研究对象，2 个条播制种方式组合为对照，按照随机区组试验设计，3 次重复，种植于浙江大学实验农场。4 月 8 日直播，常规田间管理，自然媒介（包括蜜蜂在内的所有昆虫）传粉。吐絮期记载各组合不育株每株铃数、结铃率、每铃粒数、不孕籽率及杂种种子和皮棉产量等农艺性状，收获时按纤维颜色分开采收。用蒽酮法测定不育系和恢复系花器各部分的糖含量及整个花器的糖含量，以分析糖含量对彩色棉三系制种产量的影响。

2. 不同制种方式的效果

棉花吐絮期，从各制种组合小区中随机调查 10 株不育系的农艺性状，结果见表 7-9。不育系与恢复系混播制种方式的 12 个组合，单株结铃数为 16.20～26.28 个，其中 Z035/S029 等 8 个组合的铃数比"条播制种方式"CK1（抗 A/S013）增加 13.65%～33.91%，达极显著水平；又有 10 个组合比 CK2（S003/S013）铃数增加 1.30～6.65 个，达显著或极显著水平。在每铃种子粒数性状上，有 3 个组合比 CK1 增加 2.03%～13.58%，其余 9 个组合每铃粒数有不同程度的下降。除组合 Z016/S010 外，其他 11 个组合的不孕籽率均比 CK2 低，其中 10 个组合的降幅为 8.73%～35.20%，达极显著水平。"混播制种方式"的制种产量（杂种种子产量）为每亩 101.47～150.72kg，与 CK1 比较，有 5 个组合极显著增产，与 CK2 比较，除组合 Z016/S010 略有减产外，其余组合均有显著或极显著增产。

"混播制种方式"因不育系植株与恢复系植株随机分布于田间，间距缩短，符合蜜蜂短距离采访的习性，使不育系获得更充足的花粉，最终获得较高的制种产量是可以理解的。

3. 不同不育系的制种产量

不育系制种产量新复极差测验结果表明，不育系 Z035、Z016、抗 A 间有极显著差异（表 7-10）。不育系 Z035 显著高于其他不育系。经蜜腺中糖含量分析表明，Z035 蜜腺中可溶性总糖、蔗糖和果糖含量均比 Z016 和抗 A 高。蜜腺中总糖、蔗糖、果糖含量与制种产量的相关系数为 0.964～0.998，表明不育系蜜腺糖含量与制种产量间存在极显著相关。

表7-9　12个制种组合农艺性状的表现

制种组合		单株铃数/个	单株铃数增加		每铃种子粒数	每铃种子粒数增减		不孕籽率/%	不孕籽率减少		制种产量/(kg/hm²)	制种产量	
			CK1	CK2		CK1	CK2		CK1	CK2		CK1	CK2
混播方式	Z016×S010	22.67	15.52**	21.22*	20.55	-26.90	-17.91	31.99	86.27	33.10	1522.05	-17.84	-0.99
	Z016×S012	18.71	-4.68	0.02	27.33	-2.75	9.20**	18.30	6.53	-23.80**	1658.55	-10.48	7.89*
	Z016×S013	22.57	15.00**	20.67**	28.81	2.52	15.11**	16.45	-4.20	-31.54**	2114.85	14.15**	37.57**
	Z016×S029	24.74	26.07**	32.28**	28.68	2.03	14.57**	17.40	1.32	-27.60**	2260.80	22.04**	47.07**
	Z035×S010	16.20	-17.43	-13.37	31.92	13.58**	27.54**	15.70	-8.56*	-34.66**	1654.35	-10.70	7.62
	Z035×S012	24.02	22.37**	28.40**	27.29	-2.90	9.03*	17.58	2.36	-26.86**	2122.95	14.60**	38.10**
	Z035×S013	26.28	33.91**	40.51**	26.24	-6.65	4.83*	20.52	19.47	-14.63**	2191.20	18.28**	42.54**
	Z035×S029	25.71	30.98**	37.43**	26.22	-6.73	4.73*	15.57	-9.31**	-35.20**	2159.85	16.59**	40.51**
	抗A×S010	20.70	5.49	10.69**	27.88	-0.82	11.37**	18.20	5.97	-24.28**	1916.10	3.43	24.65**
	抗A×S012	22.31	13.65**	19.25**	25.55	-9.08	2.09	23.98	39.67	-0.20	1829.25	-1.26	19.00**
	抗A×S013	20.00	1.91	6.93*	27.21	-3.19	8.70**	20.86	21.49	-13.19**	1776.45	-4.11	15.56**
	抗A×S029	20.31	3.47	8.57**	26.99	-3.97	7.83**	21.93	27.72	-8.73**	1781.55	-3.83	15.90**
	组合平均	22.02	12.19**	17.72**	27.06	-3.74	8.09**	19.98	15.73	-17.30**	1915.65	3.41	24.62**
条播方式	抗A×S013	19.63	—	—	28.11	—	—	17.17	—	—	1852.50	—	—
	S003×S013	18.70	—	—	25.46	—	—	24.03	—	—	1537.20	—	—
	组合平均	19.17	—	—	26.79	—	—	20.60	—	—	1694.85	—	—
混播-条播		2.85**			0.27			-0.73*			14.72**		

*达显著差异水平（P<0.05）；**极显著差异水平（P<0.01）。

表 7-10　3 个不育系制种产量的新复极差分析

不育系	蜜腺总糖 /(mg/g)	蜜腺蔗糖 /(mg/g)	蜜腺果糖 /(mg/g)	制种产量 /(kg/hm²)	差异显著性	
					5%	1%
Z035	305.42	138.78	114.07	135.47	a	A
Z016	261.74	103.18	97.92	125.94	b	B
抗 A	259.94	102.41	90.99	121.72	c	C

4. 不同恢复系的制种产量

从表 7-11 结果可知，恢复系 S029 和 S013 制种产量显著高于 S012、S010，以 S029 为父本制种平均产量为 2067.45kg/hm²。恢复系蜜腺总糖、蔗糖、果糖含量与制种产量的相关系数为 0.470~0.498，未达到显著水平。恢复系 S029 是绿色纤维棉花，花瓣颜色呈浅紫红色，它虽然蜜腺含糖量较低，但制种产量最高，这可能在自然传粉条件下，鲜艳的花瓣颜色也是吸引传粉昆虫的一个重要因素。

表 7-11　4 个恢复系制种产量的新复极差分析

不育系	蜜腺总糖 /(mg/g)	蜜腺蔗糖 /(mg/g)	蜜腺果糖 /(mg/g)	制种产量 /(kg/hm²)	差异显著性	
					5%	1%
S010	209.39	68.36	64.24	1697.55	c	C
S012	227.45	61.12	100.87	1870.2	b	B
S013	221.46	92.46	104.44	2027.55	a	AB
S029	239.2	72.3	75.52	2067.45	a	A

（三）适合制种的其他标记性状

虽然棉花受寡基因控制的质量性状有 120 个左右，但并不是都能用于三系杂交棉制种的。因为用于制种的标记性状需要满足两个基本条件，其一是对棉花产量和品质没有不良影响，其二是易辨认，且最好是整个生长期都能显示。例如，花冠颜色，棉花有乳白色和金黄色，在开花时十分明显，也很易区分，对产量和品质无明显影响，但因花冠在开花结束后脱落，该性状也随之消失。像这类只能显示一个时期的性状，在采收籽棉时，无法辨别不育系与恢复系，不适合混播制种方式的实施。根据我们的实践，除了前面介绍的纤维颜色外，以下性状是较适合的。

1. 鸡脚叶 (okra leaf)

陆地棉叶型大多为阔叶型 (broad leaf-type，基因符号 l)，但也存在其他变异类型。较著名的一种称为鸡脚叶的棉叶，叶片裂口很深，呈鸡爪形。根据叶片裂口深浅，有超鸡脚叶型 (基因符号 L^s)、鸡脚叶型 (基因符号 L^o)、亚鸡脚叶型 (基因符号 L^u) 三种 (Endrizzi et al.，1984)。在遗传上，棉花鸡脚叶性状符合孟德尔遗传方式，为不完全显性性状，当阔叶棉与鸡脚叶棉杂交，杂种第一代的叶形处于两亲本间，呈中间型。棉花的鸡脚叶性状有多效性，主要表现为早熟、棉田通风透光好和烂铃少、叶面积指数低和冠层叶 CO_2 吸收率高、抗斜纹夜盗蛾（white fly）和农药喷施穿透性等特点（Andries et al.，1969；Heitholt and Meredith，1998；朱伟等，2006）。

　　具有鸡脚叶性状的陆地棉，在澳大利亚有大面积种植，某些棉区鸡脚叶棉花占了近 50%的面积（Thomson，1995）；近年来，我国也有育成鸡脚叶棉花品种（组合），即鸡脚叶标记的杂交棉，具有明显的杂种优势（罗景隆等，1999；朱伟等，2006）。然而，现有的鸡脚叶标记的杂交棉，大多采用"人工去雄授粉法"制种，成本高，效率低，杂种纯度较难保证，进一步扩大应用有较大难度。为此，我们以棉花细胞质雄性不育系和恢复系为基础材料（母本），与超鸡脚叶、鸡脚叶、亚鸡脚叶棉花杂交、回交和选择，育成超鸡脚叶不育系、鸡脚叶不育系和亚鸡脚叶恢复系，并对鸡脚叶标记的"三系"进行制种方法的研究（朱伟，2006）。试验采用鸡脚叶性状标记不育系（A）与正常叶恢复系（R），按 4 种种植比例（A∶R 为 1∶1、2∶1、3∶1 和 5∶1）和 2 种播种方式（混播方式和条播方式）种植，在浙江大学华家池实验农场，通过自然昆虫媒介传粉进行大田制种试验。

　　从表 7-12 可看出，在 A 与 R 种植比例方面，制种产量随着比例的提高而降低，具体表现为不育系结铃数、单铃重和单铃种子数的降低，以及不孕籽率的上升，但籽指在不孕籽率较高时反而有所提高，可能是单铃种子数少使其获得较好营养条件所致。在播种方式上，混播方式的制种产量在 A∶R 为 3∶1 时达最高值（1323.89kg/hm^2），而条播方式在 A∶R 为 1∶1 时达最高值（1146.39kg/hm^2），前者比后者提高了 15.48%，即混播方式比条播方式有更好的制种效果。从表中还可看出，A 与 R 种植比例相同的情况下，混播方式的制种产量比条播方式要高，应该是不育系植株与恢复系植株在田间随机分布、株距缩短和符合蜜蜂短距离采访等原因所致。

表 7-12　种植比例和种植方式对制种产量的影响

种植比例 A∶R	种植方式	单株结铃数 /个	单铃重 /g	单铃种子数 /粒	籽指 /(g/百粒)	不孕籽率 /%	制种产量	
							/(g/株)	/(kg/hm^2)
1∶1	混播方式	26.50b	4.95b	32.80b	8.62h	10.34h	46.75b	1192.16d
1∶1	条播方式	25.43c	4.91c	31.23c	8.75g	13.92g	44.96c	1146.39f
2∶1	混播方式	23.69d	4.76d	29.56d	8.81f	14.51f	37.01d	1258.45c
2∶1	条播方式	20.45f	4.52f	26.40f	9.16d	18.19d	29.67f	1008.11g
3∶1	混播方式	22.57e	4.63e	28.43e	8.99e	15.85e	34.61e	1323.89b
3∶1	条播方式	16.71h	4.28h	22.60h	10.30b	26.47b	23.35h	891.87h
5∶1	混播方式	18.69g	4.47g	24.37g	9.54c	20.71c	26.08g	1108.36e
5∶1	条播方式	10.34i	3.81i	16.27i	11.21a	40.25a	11.30i	478.79i
浙大强恢	—	29.32a	5.13a	34.90a	8.38i	8.81i	51.44a	2622.08a

注：同一列数字后不同字母示差异达 5%显著水平；A 和 R 分别为不育系和恢复系。

2. 无腺体（glandless）

棉花腺体呈黑色点状，主要分布在植株的表皮上。目前，生产上推广的棉花品种（系）大多是有腺体的棉花，但也存在少量的无腺体的棉花。无腺体的棉花被称为低酚棉。棉花植株有、无腺体是一个较容易辨别的性状，尤其在苗期和花铃期，黑色腺体在表皮青绿色的背景下用肉眼很易看见。棉花吐絮后，衰老植株表皮多呈褐色，与腺体颜色相近，这时辨认腺体虽有一定难度，但仔细看还能见到。

控制无腺体性状的基因大多是隐性基因，包括 gl_1、gl_2、gl_3、gl_4、gl_5 和 gl_6。其中，gl_2 和 gl_3 是最常见的，目前大多数低酚棉的无腺体表型是受这两个基因控制。gl_2 和 gl_3 两基因以累加方式发生作用，表现出明显的剂量效应。通过 gl_2 和 gl_3 与等位基因 Gl_2 和 Gl_3 的不同组合，可以改变腺体在植株上的分布密度，从有腺体（$Gl_2Gl_3Gl_3Gl_3$）到无腺体（$gl_2gl_3gl_3gl_3$），其密度由高→低→无呈连续分布。

腺体储有棉酚，棉酚对单胃动物有毒性。棉籽仁含有丰富的蛋白质、脂肪和维生素等，营养价值很高，但若含有腺体，不能直接食用。相反，无腺体棉籽仁因含棉酚量很低，符合国际卫生标准（≤0.04%），可作为人类食品和牲畜饲料，大大提高了棉花的综合利用价值。

无腺体的低酚棉，我国 20 世纪 80 年代以来有很多品种（系）育成。生产实践和研究表明，无腺体对棉花产量和品质几乎不存在不良效应，加上它在棉花一生中均表达，也易与有腺体区分，是一种良好的标记性状。

浙江大学用回交转育的方法，将由 gl_2 和 gl_3 基因控制和无腺体性状转育到三系杂交棉的恢复系"浙大强恢"中，育成无腺体恢复系"无 R"（刘英新，2010）。具有无腺体标记的恢复系，在三系杂交棉制种和亲本繁殖中，有两个突出的优点。一是简化恢复系保纯，在苗期一旦发现群体中混杂了有腺体苗，随即拔去，从而保持了恢复系的纯度，也就省略在后来的开花期所需的大量烦琐的自交；二是适合"混播制种方式"（图7-4），无腺体性状在棉花的整个生长期是始终表达的，在制种收获时不育系植株与恢复系植株间根据腺体有与无易辨别，从有腺体的不育系植株上收获的种子即为杂种种子，这为采用"混播制种方式"提供了条件，从而可充分利用昆虫自然授粉，既节省制种成本，又利于提高制种产量。

3. 光籽（naked seed）

陆地棉种子大多均为毛籽，即种子表皮长有短绒，而光籽是一种种子表皮无短绒的性状。但海岛棉种子一般为光籽。光籽性状大多是受显性基因（N_1）控制，但也有受隐性基因（n_2）控制的。从光籽棉花上收获的籽棉，轧花后得到的种子是光秃秃的（彩图 6-13），很易与一般的毛籽分开，如用适当孔径的筛子过筛、分离。在三系杂交棉的两个亲本中，如果一个亲本是毛籽型，另一个亲本是光籽型，为"混播制种方式"提供了很好的条件。例如，不育系为毛籽型，恢复系为光籽型，在制种田两者种子按适当比例（如 A∶R 为 4∶1）混合后播种，随后的农事操作会更简化；一是不育系和恢复系籽棉可混收、混晒、混轧，二是轧花后的种子过筛就可分离两类种子，即能过筛孔的种子（光籽）为恢复系种子，不能过筛孔的种子（毛籽）为杂交种种子。显然，利用光籽标记性状进行三系杂交棉制种，很适合于机械化收获，以及亲本种子与杂交种种子的机械分离。

第四节　棉花授粉昆虫

前面我们已注意到，三系杂交棉的制种，最经济的方法是昆虫自然授粉法。因此，深入了解棉花授粉昆虫的种类、授粉特性和影响授粉的因素，对于正确运用自然传粉，有效地为棉花不育系授粉，提高制种产量，显得很有必要。

一、授粉昆虫的种类

在自然界能起到传粉作用的昆虫繁多，主要是半翅目、缨翅目、鞘翅目、鳞翅目、双翅目和膜翅目的昆虫。但各类昆虫的传粉对象和习性不同，所起的作用更是不同。鞘翅目，如甲虫常栖息于花上，但其体壁一般坚硬且较光滑，不易携带花粉，其咀嚼式口器常取食花粉，并经常伤害花朵。半翅目昆虫趋花性不显著，传粉作用也不大。缨翅目昆虫的个体小，虽数量较多并长时间停留于花中，但活动力差，一般仅在自花授粉的植物中起一定作用。鳞翅目的蝶、蛾类均常见于花丛中，但它们仅为自身营养而短暂地吸食花蜜，且有很多种类是在飞翔状态中吸食花蜜，夜出性的蛾类只为夜间开花的少数植物传粉，所以这类昆虫的传粉作用也有一定局限。双翅目的各种蝇、虻等也常见于花上，有一定作用，有的具有相当长的口器，便于取食花蜜，如花蝇等，但大多数双翅目昆虫喜采访带有臭味（吲哚）的十字花科及伞形花科植物，所以作用也有限。

膜翅目主要是各类蜂、蚁等，其中以蜜蜂类的传粉作用最突出，这是由蜜蜂的形态特征、生理特性和行为特点等条件所决定的。由于蜜蜂与植物长期协同进化的结果，蜜蜂具有较长的口器和特有的采粉器官，吸食花蜜而不伤害花朵，体表多毛易沾着花粉，特别是其幼期和成虫期生理上均对花粉及花蜜的固有要求，致使它们终日飞翔于花丛之中，1min 内可达到采访几朵至十几朵花的效率，所以在为植物传粉中具有独特的作用。据统计，在 395 种植物上可采得 838 种授粉昆虫，其中膜翅目 43.7%、双翅目 26.4%、鞘翅目 14.4%。而蜜蜂总科占膜翅目的 55.7%，是最为重要的授粉昆虫。大量的观察显示，蜜蜂在授粉昆虫中占 85% 以上。

二、蜜蜂总科主要授粉昆虫

蜜蜂总科（Apoidea）属于节肢动物门（Arthropoda），昆虫纲（Insecta），膜翅目（Hymenoptera），细腰亚目（Apocrita），针尾部（Aculeata）。蜜蜂总科中，在中国分布的有分舌蜂科（Colletidae）、地蜂科（Andrenidae）、隧蜂科（Halictidae）、准蜂科（Melittidae）、切叶蜂科（Megachilidae）、条蜂科（Anthophoridae）和蜜蜂科（Apidae）7 个科。

蜜蜂科中蜜蜂属（*Apis*）、熊蜂属（*Bombus*）、无刺蜂属（*Trigona*）和麦蜂属（*Melipona*）的昆虫为人类饲养，用于作物授粉。切叶蜂科中被饲养用于作物授粉的有壁蜂属（*Osmia*）和切叶蜂属（*Megachile*）的昆虫。

在蜜蜂总科昆虫中，目前人类研究比较深入和利用它们为作物授粉的主要有蜜蜂、熊蜂、壁蜂、切叶蜂、无刺蜂等昆虫。

（一）蜜　　蜂

蜜蜂（honey bee）是蜜蜂总科蜜蜂科蜜蜂属的昆虫。蜜蜂属昆虫共同的生物学特性是：营社会性生活、泌蜡筑造双面具有六角形巢房的巢脾、储蜜积极。蜜蜂属的昆虫有小蜜蜂（*Apis frorea* F.）、黑小蜜蜂（*Apis andreiformis* Smith）、大蜜蜂（*Apis dorsata* F.）、黑大蜜蜂（*Apis laboriosa* Smith）、西方蜜蜂（*Apis mellifera* L.）、东方蜜蜂（*Apis cerana* F.）和沙巴蜂（*Apis koschevnikovi* Buttel-Reepen），其中人类广泛饲养可生产蜂蜜等产品和授粉的是东方蜜蜂和西方蜜蜂，它们又有若干亚种或品种，如西方蜜蜂的意大利蜜蜂（*Apis mellifera ligustica* S.）、卡尼鄂拉蜜蜂（*Apis mellifera carnica* P.）、东北黑蜂等和东方蜜蜂的中华蜜蜂（*Apis cerana cerana* F.）、印度蜜蜂（*Apis cerana indica* F.）等。据统计，在为农作物授粉的昆虫中，蜜蜂约占 80%。

（二）熊　　蜂

熊蜂（bumble bee）是蜜蜂总科蜜蜂科熊蜂属的昆虫。熊蜂是多食性的社会性昆虫，进化程度处于从独居到营社会性昆虫的中间阶段，是许多植物，特别是豆科、茄科植物的重要授粉昆虫。熊蜂属目前已知有 300 余种熊蜂，世界五大洲都有分布，广泛分布于寒带及温带，特别是高纬度较寒冷的地区种类丰富，热带地区极少或无分布，中非和南非地区无分布。

中国的熊蜂约有 150 种，分布于全国各地，但北方比南方种类丰富，亚热带的高山高原地带有分布，云南西双版纳偶见 1 或 2 种。在新疆和东北地区，种类极为丰富，新疆有典型的草原荒漠种松熊蜂，大兴安岭和长白山区有针叶林种藓状熊蜂和森林草原原种乌苏里熊蜂，在青海、西藏高原有典型的高山种猛熊蜂，云南、四川有喜温的种类鸣熊蜂，但中国南方和西南方的平原上熊蜂很少。中国分布的一些长口器种类，如红光熊蜂（*B. igrnitus*）、明亮熊蜂（*B. lucorum*）等都是很好的可利用的种。

熊蜂个体大，寿命长，全身绒毛、有较长的吻，对一些深冠管花朵的授粉特别有效。熊蜂具有旺盛的采集力，能抵抗恶劣的环境，对低温、弱光适应性强，在蜜蜂不出巢的阴冷天气，熊蜂可以继续在田间采集；而且，熊蜂不像蜜蜂那样具有灵敏的信息交流系统，能专心地在温室内的作物上采集授粉而不去碰撞玻璃或从通气孔中逃走，因而，熊蜂在温室中授粉比蜜蜂更理想。近年来，国内外对熊蜂的人工周年饲养进行研究并获得了成功，现在已大规模地进行商业性饲养，用于本国或向其他国家出口，为大田作物、果树，特别是温室蔬菜授粉。

（三）壁　　蜂

壁蜂（mason bee）是蜜蜂总科切叶蜂科切叶蜂亚科壁蜂属的昆虫，在全世界范围内约有 70 种。壁蜂种具有耐低温，访花速度快、授粉均匀、管理方便等特点，深受果园生产者的欢迎。

日本早在 20 世纪 60 年代就已利用角额壁蜂（*Osima cornifrons*）为苹果授粉。美国农业部自 1972 年以来，一直开展蓝壁蜂（*Osima lignaia propingua*）的生物学及人工增殖技术的研究，利用它为苹果、扁桃授粉。中国农业科学院生物防治研究所 1987 年从日本引进角额壁蜂，先后在河北、山东等地释放，在提高杏、樱桃、桃、梨、苹果的坐果率和果实品质方面取得了明显的效果。同时，收集到凹唇壁蜂（*O. excavata* Alfkee）、紫壁蜂（*O. jacoti* Cockerell）、叉壁蜂（*O. pedicornis* Cockerell）、壮壁蜂（*O. taurus* Smith），其中以凹唇壁蜂繁殖快，种群数量大授粉效果最明显。目前，凹唇壁蜂已成为我国北方果区的优势壁蜂蜂种。

（四）切　叶　蜂

切叶蜂（leafcutter bee）是蜜蜂总科切叶蜂科切叶蜂属的昆虫。该属世界性分布，已超过 2000 种。切叶蜂的一些种类采访苜蓿等豆科牧草的速度极快，每分钟可采苜蓿花达 15 朵左右，传粉效率极高，远非其他种蜜蜂所能比。

欧美一些国家广泛利用的苜蓿切叶蜂（*Megachile rotundata* F.）已商品化。加拿大苜蓿种植主专门制作"巢板"饲养切叶蜂，有的利用开沟的薄木板或聚氯乙烯管引诱切叶蜂筑巢。此类巢板易于转移，冬季放置于地下室，苜蓿开花前放置于苜蓿田中，可以显著地提高其产量和质量。中国各地广泛分布着百余种切叶蜂，为各种果树、蔬菜、牧草等传粉。例如，北方分布的北方切叶蜂（*Megachile manchuriana* Yasumatsu）是苜蓿重要的传粉蜂，南北方均有分布的淡翅切叶蜂（*Megachile remota* Smith）也为苜蓿传粉。

（五）无　刺　蜂

广义的无刺蜂（stingless bee）包括蜜蜂总科蜜蜂科蜜蜂亚科无刺蜂属和麦蜂属等属中不具螫刺部分种类的昆虫。狭义的无刺蜂专指无刺蜂属的种类。无刺蜂是热带地区各种经济作物的重要传粉昆虫。广泛分布于世界各热带地区，如南美洲、非洲及东南亚各国，中国海南和云南西双版纳等地均有分布。中国分布较广，数量较大的有黄纹无刺蜂（*Trigona ventralis* Smith）、褐翅无刺蜂（*Trigona vidua* Lepeletier）及其他几种无刺蜂，是热带果树、药材等经济植物的传粉蜂。云南、海南有人工饲养，用于植物授粉。由于无刺蜂筑巢时需采集树脂，有时给树芽造成一定损失。

三、蜜蜂为棉花授粉的好处

棉花是以自花授粉为主的常异花授粉作物，雄蕊与花冠基部连接，套在雌蕊的花柱下部，花柱较长，与花药有一定距离，尤其是上部柱头往往被授粉不足，此时若有传粉昆虫访问，可有效弥补其不足。若在三系杂交棉制种田里，雄性不育系自身没有花粉，必须依赖昆虫传粉才能从邻近的恢复系获得花粉。棉花蜜腺丰富，蜜蜂喜欢访问，利用蜜蜂为棉花授粉可大幅度提高棉花的结铃率、产量和质量。浙江大学陈盛禄（2001）对利用蜜蜂为棉花授粉研究结果显示，有蜜蜂授粉的每亩籽棉产量比无蜜蜂授粉小区的产量提高 49.6％，结铃率提高 63.57％，种子粒数增加 4.87％。此外，蜜蜂为棉花授粉使花期缩短，收获期提前 7 天。中国农业科学院蜜蜂研究所利用蜜蜂为棉花授粉研究结果显示，有蜂区比无蜂区结铃率增加 39％左右，皮棉产量平均提高 38％，而且有蜂区的棉花纤维有光泽、质地好，棉绒长度增加 8.6％。苏联学者对蜜蜂用于棉花授粉也做了许多有益的研究。阿塞拜疆农学院研究结果显示，蜜蜂授粉可使棉花产量提高 23.2％～25.9％。季米里亚捷夫农学院研究显示，蜜蜂授粉使皮棉重量增加 34.8％～40％。蜜蜂授粉所获得的杂种种子比未经蜜蜂授粉的种子出苗早 3～7 天，孕蕾期、开花期和成熟期比对照组提早 6～10 天，同时使第三代的落铃数目减少 15％～27％。研究表明蜜蜂给棉花授粉主要有以下三方面的好处。

（一）授粉及时效果好

正常气候条件下，棉花开花时间是上午，这一段时间内柱头和花粉的活力最强，过了这一时段授粉效果明显下降。蜜蜂授粉比人工授粉效果好的主要原因之一，是蜜蜂不间断地在花间进行采集时，常从花的柱头上擦过，这样可在柱头活力最强的时候适时将花粉传到上面，使花粉萌发，形成花粉管，达到受精；而人工授粉由于授粉只有一次，效率较低，常未能在柱头活力最强的时候及时授粉，从而造成受精不佳，导致棉铃脱落和不孕籽率上升，以及种子和皮棉产量下降。

（二）授粉充分花粉萌发快

蜜蜂的周身密生绒毛，易于粘附花粉，在采集过程中，蜜蜂体上粘附的花粉有万粒以上。蜜蜂授粉，一方面可以将身上粘附的大量花粉传至柱头，使作物授粉充分，另一方面 1 朵花在开放期间，不止被 1 只蜜蜂采访，多只蜜蜂的采访，确保了每朵花能够得到充分的授粉。柱头上众多的花粉会促使萌发、受精。根据花粉萌发的群体效应原理，经蜜蜂授粉后，柱头上花粉多，花粉萌发就快得多。

（三）受精完全棉铃发育好

由于蜜蜂授粉及时、充分，子房中的胚珠都能够及时充分受精，这样就不会因某些子房的胚珠未受精或受精不良影响棉铃和种子的发育造成畸形，从而为提高结铃率，降低不孕籽率，为棉花产量和质量的提高创造了有利条件。

四、蜜蜂授粉的特性

（一）形态构造上的特殊性

蜜蜂的周身密生绒毛，有的还呈羽状分叉，易于粘附花粉。据计算，1 只蜜蜂周身所携带的花粉，可达 500 万粒之多。虽然采集蜂认真地刷集身体上所粘附的花粉，但每只蜜蜂所粘附的花粉，仍可达 1 万～2.5 万粒以上，远远超过任何其他昆虫。当蜜蜂从这朵花转到另一朵花上采集时，授粉工作便随之完成。

（二）特殊的蜜源信息传递体系

蜜蜂能够以蜂舞和外激素释放进行信息传递。蜂舞为其同伴指示蜜源的距离、方向，乃至蜜源的量，并引导同伴前往蜜源所在地，这有利于利用蜜蜂授粉。蜜蜂外激素主要有蜂子信息素（brood pheromones）和那氏信息素（Nasonov pheromones）两种，分别具有刺激工蜂出巢采集和引导本群工蜂前往采集的作用。

（三）群　居　性

蜜蜂过着群居生活，群体虫口数量大，据估算，1 个意大利蜜蜂强群可达 6 万只蜜蜂，1 个中华蜜蜂强群也有 3 万只蜜蜂。这不但有利于人为通过引入蜜蜂来补充缺乏授粉昆虫地区的授粉昆虫数量，而且群居且虫口众多的蜜蜂群体生活力强，适应于各种条件下的授粉工作，特别是在春季，当油菜、紫云英、果树等盛开的时候，越冬后的其他野生授粉昆虫刚开始繁殖，为数寥寥无几，而群居越冬的蜜蜂，却已能大显身手，因此授粉作用特别突出。

（四）授粉的专一性

蜜蜂每次出巢，常常采集同一种植物的花粉及花蜜。利用这一特性，结合诱导技术，对于三系杂交棉制种的定向授粉，远比其他昆虫更为有利。

（五）可运移性

蜜蜂饲养在蜂箱内，而且每到夜晚便统统归巢。这样，就可以关上巢门，运移到任何需要它们授粉制种的地方。

（六）食料储存性

蜜蜂体内具有蜜囊，储蜜量可达体重的一半。蜂巢更是储存蜂蜜、花粉的大仓库，其容量可达 50kg 左右。这些条件，可促使蜜蜂长期无餍足地从事采集工作，不停地为棉花传粉。

（七）可训练性

利用蜜蜂的条件反射，可用泡过某一种花香的糖浆饲喂蜜蜂，造成某种特殊花香和大量食料共存的条件，以诱引它们到需要传粉的农作物上进行传粉工作。利用蜜蜂条件反射的原理，可以达到训练蜜蜂为特殊经济作物授粉的目的。就三系杂交棉制种而言，先在沸水中溶入相等重量的白砂糖，待糖浆冷却到 20～25℃时，倒入预先放有棉花花朵的容器里，密封浸渍 4h 以上，然后进行饲喂。经过反复饲喂过的蜜蜂，可定向诱导其在不育系与恢复系间传粉，十分有利于提高制种产量。

（八）易于饲养管理

与其他授粉蜂类相比，人类饲养蜜蜂已有数千年的历史，对蜜蜂生物学习性有了相当的了解，蜜蜂的饲养技术较为成熟，因此一般蜂农基本可以胜任蜜蜂的饲养管理，不需要特种饲养管理技术。对于授粉蜂群的管理，只要在常规的饲养管理基础上，根据棉花开花习性及其三系杂交棉制种授粉的要求进行管理即可，也无需特别高深的技术，一般蜂农就可以应对。

五、影响蜜蜂授粉的因素

蜜蜂授粉的效果受蜜蜂自身的状况、气象因素、授粉作物的状况、授粉时间，以及施用农药等因素的影响。

（一）蜜蜂对植物的喜好

植物的花能为蜜蜂提供花蜜和花粉，而蜜蜂在采食花蜜或花粉过程中又成为植物授粉的媒介，植物与蜜蜂的这种互利关系是自然选择下不断进化的结果。就蜜蜂而言，其对植物的喜好主要在花色、花香及花粉和花蜜的营养三个方面。

1. 花色

昆虫对于花色有不同喜好，蜜蜂偏好蓝色及黄色，虽然对红色不敏感（因红色花中有黄素母酮，能吸收紫外线）但也能看到红色花而采集。蜜蜂对颜色的偏好会受季节的影响，它们虽然偏好蓝色及黄色，但是在蜜源短缺的季节，也会到其他颜色的花朵上采集。棉花的花色多为乳白色和金黄色，但授粉结束后逐渐变为红色。

2. 花香

花香是植物吸引昆虫授粉的重要因素。虫媒花不但有鲜艳的颜色，还有香气。许多花的香气与花粉的成熟及花的等待授粉相配合，所以香气的产生有日夜的变化，白天中的早、午、晚也有差别。棉花的花香虽不十分突出，但对蜜蜂仍有吸引力。

3. 花蜜和花粉的营养

蜜蜂的营养来自花蜜和花粉中的成分，为了取食蜜蜂必须访花顺便为植物授粉。花蜜中的甜度越高，对蜜蜂的吸引性越强。蜜蜂采集花粉的行为模式，受周年蜂群迁移地点及蜜蜂曾经采过花粉的种类影响。蜜蜂也会选择花粉粒的物理性状及营养价值，含氮量高的花粉较受喜好，花粉中一些化学物质，如类固醇及游离脂肪酸特别吸引蜜蜂，含油量多的花蜜较吸引蜜蜂。花蜜的香味固然吸引蜜蜂，花粉加花蜜后对蜜蜂的吸引力则更强烈。

棉花蜜腺分布在花朵中和叶脉上，多而发达，泌蜜适温为 35～39℃，昼夜温差大时植株泌蜜更多，有时用肉眼可观察到在叶脉和苞叶的蜜腺上有大如米粒的蜜珠，晶莹透明，对蜜蜂有强的吸引力。

（二）蜜蜂的采集行为

蜜蜂参与采集工作的日龄、采集的时间和采集的距离等采集行为都与授粉有关。

1. 采集蜂日龄

蜜蜂开始采集工作的日龄，并非一成不变，会随着外界环境及蜂群状况而自动调整。一般情况下，成蜂 17 天以后才担负外出采蜜及采粉工作，但在蜜源植物的大流蜜期间，如果气候适宜而且流蜜情况良好，强群中 5 天以上的成蜂也会投入采集工作。低龄工蜂参与采集，增加了授粉蜜蜂的数量，从而提高了蜂群的授粉能力。

2. 蜜蜂采集的时间

1 天内蜜蜂最早外出采集的时间，随夜间及清晨的温度变化而改变。一般地，中蜂在气温达到 10℃以上，意蜂在气温达到 13℃以上才能正常出勤。当夜间及清晨的温度暖和，蜜蜂外出时间较早，因为花里的花蜜累积，发出强烈的香味，吸引蜜蜂早早出门。温度越低，外出时间越晚。1天内气温最高的时刻，是蜜蜂外出最少，甚至完全停止的时段，因为此时花内的花蜜分泌停止，或因高温蒸发蜜浓度很高，蜜蜂无法采集。此外，有些植物在傍晚流蜜，蜜蜂飞出后天黑前无法赶回，往往会有外宿的情形。据观察，蜜蜂1次采集飞行的时间是15～103min，采蜜时间为10～60min，采粉时间为6～30min。蜜源距离及流蜜大小，对采集时间影响较大，2次采集的间隔时间，也有很大差异。在大流蜜期，蜜蜂平均采集1h，会在箱内逗留约15min，1天可持续工作12h，每天平均飞出采集9.6次。

3. 蜜蜂采集的距离

蜜蜂采集的半径通常在2～3km，如果蜂场附近缺乏蜜源，蜜蜂能飞到6～7km以外采集，最远飞行的距离约14km。据观察，在大面积的棉花田中央放置蜂群，蜜蜂的采集距离在0.5km内最多，但也可远达2km以上。三系杂交棉制种需要严格隔离条件，在布置制种田时，应根据蜜蜂采集的距离适当选择地点，一般在2km内无其他棉花种植的村庄为宜，以获得高纯度的杂种种子。

（三）蜜蜂的觅食行为

蜜蜂觅食喜好先从附近着手，附近没有食物后再到更远处采集。花蜜中含糖量高的优先选择，含糖量低的留待最后取食。有大面积的蜜粉源，就会放弃附近的少量蜜粉源。蜂群中的食物存量及未封盖的幼虫数量，影响蜜蜂对采集食物的选择性。蜂群中的储蜜充足，蜜蜂加强采集花粉，未封盖的幼虫数量多，蜜蜂采集花粉积极。新组成的小蜂群虽然没有未封盖的幼虫，蜜蜂也采集花粉但是数量较少。

然而，不同的蜂群虽有相同的未封盖的幼虫数，蜜蜂采集的花粉量不完全相同，其间仍有影响的因素存在。例如，在强盛的蜂群中，如果蜜蜂存蜜充足，又有足够的未封盖幼虫，此时适当使用蜂花粉采集器脱粉会促使蜜蜂增加采集花粉。但研究显示，连续不断的取走蜜蜂的花粉团，会减低其采集花粉的兴趣。又如，在田间的花粉源充足时，蜂群中仍喂饲补充花粉等，也会减少花粉的采集。

（四）蜜蜂的群势

群势的大小，直接影响授粉效率的高低。在强蜂群里，能够外出采集粉、蜜的青壮年蜂多，授粉的效率就高。所以，出租授粉蜂群的蜂场，应该适时地把蜂群培养成强大的授粉群势，并保持它们的健康和正常工作。正常的状况下，一群蜜蜂能够租用授粉2次。授粉的作物不一定能够供应足够的花粉或花蜜，因而蜂群授粉次数过多，蜂势减弱后不易恢复，影响蜂群生态。

（五）当 时 气 候

天气的好坏，是蜜蜂授粉作用能否充分发挥的关键。只有在温暖晴朗的天气下，授粉工作才能有效、迅速地进行。若气温低于 16℃或高于 40℃，蜜蜂的飞行将显著减少。强群在 13℃以下、弱群在 16℃以下，授粉几乎停止。在风速达每小时 24km 以上时，蜜蜂的活动大大减弱；达每小时 34～40km 时，飞翔完全停止。寒冷有云的天气和雷暴雨，也会大大影响蜜蜂的飞行。

为避免恶劣气候的影响，必须正确地间种授粉树和准备充足的蜂群。这样，就可以最大限度地利用哪怕只有几小时的适宜天气进行授粉，以获得较好收成。若准备不周，将导致授粉失败。

（六）授 粉 时 间

蜂群能否适时地运达授粉目的地，对授粉的成败关系很大。棉花开花期较长，一般 7 月上、中旬初花，8 月上、中旬盛花，8 月下旬开花减少，9 月开花所结棉铃较难成熟。对于三系杂交棉的制种授粉，应特别关注盛花期的授粉效率。一般情况下，授粉蜂群应在开花初期运达授粉地带，使蜜蜂有时间调整飞行觅食的行为和建立飞行的模式，以保证在盛花期不育系能从恢复系获得充足的花粉。

（七）农 药 的 影 响

棉花防病治虫施用农药较多，是损害蜜蜂授粉的一个重要因素。施用不当，不但会使大量授粉蜜蜂中毒死亡，甚至给蜂群以致命的打击，使棉花不育系因缺乏蜜蜂授粉而降低制种产量乃至制种失败。为确保蜜蜂安全授粉，棉农与蜂农之间必须密切配合，做到盛花期一律不施用农药，若必须喷药，应事先通知蜂农，做好保护措施。例如，当傍晚蜜蜂回巢后喷施低毒农药，另外可用解毒药物（阿托品等）配制糖浆，晚上饲喂蜂群，减少损失。

六、提高蜜蜂授粉效果的措施

针对上述可能影响蜜蜂授粉的因素，在三系杂交棉制种时，可采取以下措施来提高蜜蜂授粉的效果。

（一）维持强群授粉

采用并保持强群是提高授粉效果的前提。据估算，1 个意大利蜜蜂强群可达 6 万只蜜蜂，1 个中华蜜蜂强群也有 3 万只蜜蜂。强群意味着群内不但成蜂虫口量多，而且拥有大量的适龄采集蜂（授粉工作蜂）和大量的未封盖子。适龄采集蜂多，投入授粉工作的蜂就多；而群内未封盖子多，则可促使蜜蜂去采集大量的花粉，从而增加作物的授粉。群内大量的蜂子也是授粉蜂群的后续力量，它是授粉蜂群能为作物持续和有效授粉的根本保证。此外，强群抗逆力强，一方面在授粉期间可以免遭蜜蜂疾病的侵袭，保持授粉实力；另一方面还可以在一定程度上抵御不良气候的影响，为不育系授粉。

根据实践经验，在较大面积的三系杂交棉制种田中，若不育系与恢复系按 3∶1 或 4∶1 的比例隔行种植，在盛花期每 3～5 亩放养 1 个强群即可满足授粉所需。如果制种田分布较分散，应适当增加蜂群。

（二）诱导蜜蜂为棉花授粉

为了使蜜蜂不太喜欢采集的棉花得到较理想的授粉效果，也为了加强蜜蜂采集恢复系的花粉专一地为不育系定向授粉，或为使蜜蜂的采集习性从其他植物上迅速转移到棉花上，通常可采取用带有棉花花香的糖浆对它们进行饲喂的方法，诱导它们到棉花上采集、授粉。具体方法是，从初花期直到开花末期，每天用浸泡过花瓣的糖浆饲喂蜂群，使蜜蜂就好像在野外已发现了丰富的蜜源一样，从而建立起采集棉花的条件反射。研究显示，通过诱导蜜蜂采集原先不喜爱花的次数显著提高。但是，这种条件反射，得到比较容易，失去也较快。要使建立起来的条件反射不易失去，唯一的办法，就是不断强化，使蜜蜂不忘却。

棉花花香糖浆的制法是，先在沸水中溶入相等重量的白砂糖，待糖浆冷却到 20～25℃时，倒入预先放有棉花花朵的容器里，密封浸渍 4h 以上，然后进行饲喂。第 1 次饲喂，最好在晚上进行；第 2 天早晨蜜蜂出巢前，再喂 1 次。往后每天早晨都喂 1 次。每群每次喂 100～150g。每次饲喂的花香糖浆应是现制现用，不能制 1 次多次使用，以免花香挥发而使花香糖浆失效。

对于要使蜜蜂迅速从某种植物的采集中转移到指定的植物上采集时，通常采用蜜蜂忌避剂与花香糖浆结合的方法诱导。现以将在采集玉米的蜜蜂引诱到棉花上采集为例说明应用方法。假设蜜蜂在采集玉米，这时棉花正在开花，为了给棉花充分授粉，应加速将采集玉米的蜜蜂转移到棉花上。具体做法是，于棉花开花的当天，在夜里用含有玉米花香的 50%氯化钙（$CaCl_2$）溶液饲喂蜂群，于次日清晨蜜蜂未出巢前，再以含棉花花香的糖浆（每次 100～150g）饲喂蜂群。2 种饲料连续反复应用。

此例中的玉米花氯化钙溶液的制作与饲喂方法是，将氯化钙配制成浓度为 50%的溶液 1kg 装入可密闭的容器内，于饲喂前 4h，按容器容量的 1/4 加入玉米的花，浸泡 4h 后，夜间装在饲喂器内喂蜂。研究显示，采用条件反射抑制剂（如氯化钙）与植物的特征（花香）相结合的条件下，转移蜜蜂的数量能达到 60%～67%。而仅采用普通蜜蜂训练法，只可以把 26%～30%的蜜蜂转移到指定的植物上。显然，该法可以使转移的蜜蜂数量增加 30%～40%。

此外，在一些国家还将人工合成的引诱剂和蜜蜂信息素运用于引诱蜜蜂到某种植物上授粉。例如，美国为了吸引更多的蜜蜂为那些对蜜蜂没有吸引力或吸引力较小的作物授粉，研究了名为蜂味和增效蜂味的两种液态引诱剂，其含有 9％激素和 40％对蜂有吸引力的天然物质。在作物开花季节，用直升机或喷雾器将引诱剂喷洒到需要授粉的作物上，吸引蜜蜂到该作物上采集、授粉。加拿大在果园采用人工合成蜂王信息素引诱蜜蜂授粉的研究显示，不同果树喷洒信息素后，到果树上采集的蜜蜂数量都明显增加。研究还显示，在糖浆中加入芳香族物质引诱蜜蜂采访指定作物，可使蜜蜂采指定作物花的积极性提高 2～3 倍。目前，在国外，人工合成的纳沙诺夫制剂已经商品化，将它喷在目标作物上可吸引蜜蜂前来为作物授粉。

（三）奖 励 饲 喂

在蜜蜂的饲养中，奖励饲喂常常用于激励蜂群多繁殖、多造脾、多采集、多产蜜和产浆等。在蜂群授粉期间，奖励饲喂可以大幅度提高蜜蜂采集的积极性，授粉蜂群蜜蜂的出勤蜂增加，出勤率提高，从而提高蜜蜂对作物的授粉效果。

（四）适时入场把握最佳授粉时机

授粉蜂群进入授粉地带的时机要适当，否则授粉效果不佳。棉花开花期长达 90 天，但盛花期在 8 月上、中旬，一般情况下，在棉花开花初期（7 月上、中旬），要把授粉蜂群运到授粉地带，这不但可以使群内的内勤蜂在棉花盛花期到来之前来得及成为外勤蜂而投入授粉工作，而且，授粉蜜蜂能有足够的时间，调整飞行觅食的行为和建立飞行的模式，蜜蜂能采得较多的食物，同时增加授粉的效果。

蜜蜂飞行范围虽然很大，但离作物越近，授粉就越充分，飞行时蜜的消耗也越少。据我们观察，当棉花离蜂群 50m 时，蜜蜂在花上出现的次数，远比 500m 的多。因此，在布置授粉蜂群时，要根据授粉棉花的面积和分布等具体情况合理布置授粉蜂群，以确保获得理想的授粉效果。一般地，如果棉花面积不大，蜂群就可以布置在作物地段的中央或任何一边；如果面积较大，或地段两端延长 2km 以上，则应将蜂群布置在地段的中央或分组匀布于作物地段内，使蜜蜂从蜂箱飞到棉花的任何一部分，最远不要超过 500m。因棉花经常施用杀虫农药，蜂群宜安置在离该棉花 50m 以上的地方，以减少农药中毒。

授粉蜂群应以组为单位摆放，更忌以单群分散放置。这一方面是由于蜂群的转运，通常是在夜间进行的，而要驾车在田间到处跑是不大可能的；另一方面，成组摆放的蜂群，由于各组间的蜜蜂交错飞行和频繁改变采集路线，更有利于进行异花授粉。而若采用单群摆放，轻易形成固定的采集路线，不利于广泛授粉。

此外，在授粉蜂群的位置确定以后，还要注意将蜂群摆放在背风向阳的地方。在夏季暑热时期，应尽可能把蜂群摆放在遮阴处。

（五）防止农药中毒

当棉花必须依靠农药除灭害虫时，应该选用低毒且残效短的农药，并在花期前或花期后施用。据宋心仿（1989）报道，为了释放蜜蜂为棉花授粉，农药治虫应在花期前或花期后。严禁在蜜蜂授粉盛花期施药。防止授粉蜂群农药中毒应作为一项重要内容列入授粉合同，以保证授粉蜂群的安全。

第五节　三系的提纯复壮和原种生产

三系杂交棉的亲本，不育系和恢复系，在生产上经过若干年使用后，比常规棉品种更易混杂和退化。这一方面是由不育系的异交结实的特性和极易被串粉污染的特点所决定，另一方面恢复系一旦被串粉污染，恢复基因很有可能发生变异，如 S（RfRf）变为 S（Rfrf），但这时在表型上不能被觉察，需要经若干代自交纯化，淘汰不育株 S（rfrf），才能回复原态 S（RfRf）。另外，三系杂交棉的种子生产，比常规品种的种子生产要复杂些。由于三系杂交棉在生产上只能利用杂种第一代（F_1），需要每年制种，也就是每年都要繁殖不育系和恢复系，因此，种子生产环节较多，技术要求较高，这使三系杂交棉的推广速度显得慢些。因此，三系的提纯复壮和原种生产显得尤为重要，只有在保证种子质量（种性和纯度）的前提下，加快不育系和恢复系繁殖的速度，才能以最短的时间和最快的速度进行制种，这对于迅速扩大三系杂交棉种植面积，充分发挥其增产作用，促进农业生产具有十分重要的意义。

一、三系退化的表现

（一）不育系的退化表现

不育系作为三系杂交棉的母本，它的退化直接影响到三系杂交棉的产量、品质和抗性。不育系自身无花粉，完全依赖人工或昆虫传粉繁殖下一代（异交结实），如果繁殖时隔离条件不佳，异种（非保持系）花粉很易侵入，只需 2 或 3 代繁殖，会产生与原不育系特性和特征不同的退化性状，严重时形成面目全非的不育系。尤其在不育性、可恢复性、配合力、异交率等方面的退化，使不育系不能再被利用，需引起高度重视。

1. 不育特性的变异

现有的棉花细胞质雄性不育系，一方面不育性较稳定，不易随环境条件的变化而变化，另一方面生产上种植的棉花品种（系）大多对其不育具有保持的能力，一般不会出现因串花（生物学混杂）导致不育特性的丢失。这虽然是棉花细胞质雄性不育与水稻、玉米和油菜等作物的细胞质雄性不育相比所具有的突出优点，但是，因混杂引起棉花细胞质雄性不育程度的变异还是有可能的。例如，不育系群体中不同个体间雄性败育时期的不一致性。另外，不育系若长期不施加人工选择，在自然选择下也有可能引起不育特性的遗传迁移乃至丢失。

2. 可被恢复程度的下降

我们在第四章已介绍，棉花细胞质雄性不育的育性恢复程度，不但受恢复系恢复力的影响，而且还受不育系自身基因型的影响。不同遗传背景的不育系可被恢复的程度有明显差异，有的不育系易被恢复，有的不育系较难被恢复。优良不育系应该是易被恢复，但也易因混杂退化而丢失。防止不育系可被恢复程度的下降，应是不育系提纯复壮的重点。

3. 配合力的下降

不育系作为三系杂交棉制种的母本，它与恢复系配合力的高低直接关系到三系杂交棉的优势表现。高配合力的不育系才有可能与恢复系组配出强优势的三系杂交棉。配合力大多属数量性状，加上不育系异交结实的特性，很易被其他棉花品种（非保持系）的花粉混杂，导致配合力的下降。

4. 对昆虫诱力的下降

棉花花粉较大，不易借助风力传粉，主要依赖昆虫传粉。因此，提高和保持不育系对昆虫的诱惑力，是提高三系杂交棉制种产量和不育系繁种产量的关键因素。对昆虫的诱惑力，主要由棉花不育系的花香、花色、蜜腺和营养成分等决定。但是，这些性状一方面育种改良难度较大，另一方面因混杂退化而丢失也快。

5. 柱头下陷

理想的不育系，柱头应突出外露，不但有利于昆虫授粉，也便于人工授粉。但柱头下陷，使雄蕊高于柱头，造成授粉困难，也是不育系退化的具体表现。

（二）保持系的退化表现

保持系是不育系种子繁殖的父本，是不育系的轮回亲本。有什么样的保持系，也就有什么样的不育系。保持系退化必定导致不育系退化。所以，保证保持系的种性和纯度，防止退化，是维持不育系种性和纯度的关键，必须引起高度重视。棉花保持系种质丰富，陆地棉和海岛棉的常规品种（系）大多数具有用作保持系的可能，这一方面使保持系种类繁多，另一方面也易造成不同保持系间的混杂，提高了退化的危险性。保持系退化，与常规棉品种退化相似，常表现为以下性状的变劣。

1. 株型

正常保持系棉株多呈宝塔形，枝叶较紧凑，长势旺而不疯长。而退化保持系高大松散，或矮小细弱，结铃少而小，脱落率高。最明显的是退化保持系的群体整齐度下降，表现为植株高低、叶型大小、果枝长短、铃子大小和叶色深浅不一等。

2. 铃型

退化棉株铃型变小，单铃重下降，铃形常由卵圆变长，铃嘴变尖，铃室减少，铃壳变厚，吐絮不畅。

3. 籽型

退化保持系常出现异型种子，出现异常的光籽、绿籽、稀毛籽和大白籽等。有的种子变小，不孕籽增多，发芽势和发芽率下降。

4. 衣分

衣分下降是棉花退化的一个明显特征，一个衣分为 40％左右的保持系，可降到 35％左右，甚至更低。而衣分下降常常是皮棉产量下降的重要因素。

5. 绒长

退化保持系往往绒长变短，变幅多为 1～3mm。而纤维整齐度变差，往往比其他性状的退化更早出现，可以看做是棉种退化的早期信号。

6. 生育期

保持系退化在生育期上的表现，常常是霜前花比例下降，僵花率上升，也有的植株生长量下降，表现早熟。

（三）恢复系的退化表现

恢复系是三系杂交棉的父本，它的退化，最严重的是恢复力的丢失，其次是对昆虫诱力的下降、花药散粉的不畅、农艺性状的变差等。

1. 恢复力的下降

在第四章和第六章，我们已阐述，在三系杂交棉育种中，难度最大的是恢复系的改良，其中提高它对不育系的恢复力是选育优良恢复系的关键。恢复系的恢复力强弱，在当代是很难觉察到的，只有通过与不育系测交，根据下代 F_1 花粉育性的好差，才能判别。由于这种恢复力不易被觉察，在恢复系繁殖时，恢复系的强恢复力就很容易丢失。例如，由于隔离条件不佳，恢复系在繁殖过程中，昆虫将其他棉花品种（非恢复系）的花粉传入，并与恢复系异交，在当代虽不能觉察到其混杂，但在下一代用作制种父本时，对不育系的恢复力会严重下降，具体表现为下一年生产上种植的三系杂交棉的花粉育性下降，或群体中出现不育株，严重时不育系很多，对产量影响很大。因此，恢复系恢复力的退化会造成严重后果，必须引起高度重视。

2. 对昆虫诱力的下降

恢复系的功能是为不育系提供花粉，而花粉需要通过传粉媒介（包括人工的和自然的），尤其是昆虫，才能传到不育系的柱头上，获得三系杂交棉种子。这时，如果恢复系由于退化原因引起对昆虫访问的诱力下降，不育系借助昆虫传粉获得恢复系的花粉量会明显不足，严重时将导致制种产量的大幅度下降。虽然，这时可采取人工授粉的补救措施，但生产成本也将随之上升。

3. 花药开裂不畅和散粉不多

优良恢复系，花药大，散粉及时又多，授到不育系柱头上生活力强，受精充分。而退化恢复系会出现花药变小、开裂不畅、散粉不多等现象，这类恢复系也常常表现为恢复力不足。

4. 标记性的遗失

在第六章和本章，我们已介绍了带有标记性状的恢复系在三系杂交棉种子生产中有辨别真假杂种和去杂保纯的突出优点。所以，标记性状的丢失是恢复系退化的具体表现之一。

5. 农艺性状的变差

恢复系的农艺性状，广义上包括产量、品质和抗性等性状。恢复系作为三系杂交棉的父本，这些性状的好差会决定其杂种优势的强弱。所以，这些农艺性状变差，是恢复系退化的重要特征。

二、三系退化的原因

三系退化的原因虽然很多，但主要是机械混杂和生物学混杂所引起，其次是自然选择引起的经济性状变劣。

1. 生物学混杂

生物学混杂是指不同基因型的棉花相互串粉，引起自然异交造成的混杂。生物学混杂是棉花品种退化的最主要原因。棉花是常异花授粉作物，花冠大，色泽鲜艳，柱头突出于雄蕊之上，花内外有蜜腺，开花时间较长，有利于昆虫传染。就三系而言，在繁殖过程中，如果隔离措施不力，自然串粉就会引起异交，后代出现性状分离，致使杂株率逐年增加，造成生物学混杂，种性变劣，纯度下降。对于一个纯度已经不高的不育系或恢复系来说，自然异交对其退化起着推波助澜的作用。

2. 机械混杂

机械混杂是指由人为因素引起的发生在不同品种间的混杂。棉花为多次采收的作物，从籽棉收获到种子加工，要经历晒花、拣花、轧花、剥绒、脱绒等过程，工序繁多，稍有疏忽，就会造成品种间的机械混杂。这不仅改变了三系原有的群体组成，直接使纯度下降，而且也会在下一年增加自然异交，造成生物学混杂，进一步加重混杂和退化。而且棉花的变异不易辨别，田间去杂去劣比稻、麦等作物更困难，纯度的下降更为迅速。

3. 自然选择与人工选择的矛盾

棉花受自然选择和人工选择的双重作用，而自然选择与人工选择往往存在着矛盾。人工选择的作用使棉种有利于人类的特性得到累加与加强，如大铃、高衣分、长纤维等优良经济性状，尤其雄性不育性状，是符合人类需要的，但对于棉种的生存和繁衍不利；相反，铃子变小、纤维变短、衣分变低等变化趋势往往与棉种的自然进化方向一致，一般表现出苗快，生长发育迅速，对不良环境的适应性强，有利于生存与繁衍，容易被自然选择保存下来，使其变异比例日趋增加，从而导致群体经济性状衰退，即生产上表现退化。可见，自然选择获得的某些性状变异，对人类可利用价值而言，是退化，但对棉种本身来说，往往是对不利环境条件的适应，是进化。换言之，棉花在许多性状上的退化，往往是缺乏人工选择，或不合理的人工选择，在长期自然选择条件下，群体不良性状增多，长期积累引起品种退化的逐年加重所致。

造成三系退化的原因是多种多样的，而且是相互关联和相互影响的，在生产上往往是交错存在，不易将各个因素单独分开。由于时间、地点、条件的不同，退化的主导因素亦不同。然而，三系杂交棉亲本（不育系和恢复系）退化是可以预防的，关键是要有健全的良种繁育体系和科学严密的种子管理制度。实践证明，凡是种子繁育和管理制度比较健全的地区，亲本退化就比较轻微；管理不好，退化就比较严重。

三、三系提纯复壮和原种生产的程序

三系经过若干年生产应用后，难免会发生不同程度的混杂和退化。这时，需要对三系进行提纯复壮，去杂去劣，回复原有种性和纯度，继续用于制种。经我们多年实践，可根据三系退化程度选择以下三种方法中的一种进行提纯复壮。

（一）两田六圃法

此法（图 7-8）需要两块具有严格隔离条件的繁殖田，即不育系繁殖田和恢复系繁殖田。在不育系繁殖田中不育系和保持系可按 2∶1 的行比种植，成对排列（如 A1 与 B1、A2 与 B2、A3 与 B3 等），便于成对回交。从图 7-8 中可看出，此法没有不育系与恢复系间的成对测交及其杂种优势的鉴定。因此，采用此法的前提是不育系、保持系和恢复系间的恢保关系特性仍属理想，只是在产量、品质和抗性等农艺性状方面需要提纯复壮。即在保留好的恢保关系的基础上，恢复三系各自的典型性。由于该法没有测恢和优势鉴定的环节，选择基数大，繁殖速度快，提纯复壮周期短，只需要三季就可获得三系各自的原种。缺点是对不育系与恢复系间的配合力和杂种优势不够了解。

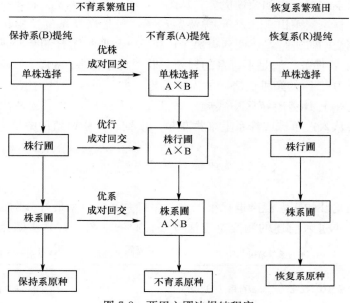

图 7-8　两田六圃法提纯程序

（二）测交鉴定法

此法（图 7-9）是对上述两田六圃法的补充，增加了不育系与恢复系间的测交，一

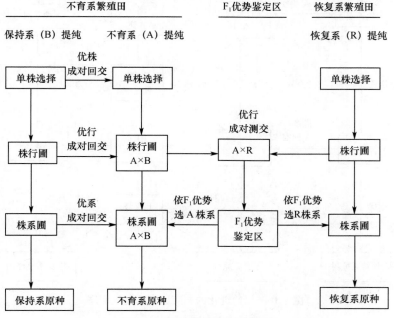

图 7-9　测交鉴定法提纯程序

方面是测定恢复系的恢复力，另一方面是鉴定 F_1 的杂种优势，以进一步了解和选择三系杂交棉两个亲本的配合力和杂种优势。从图 7-9 中可看出，该法需要三块有隔离条件的田块，一是不育系繁殖田，二是 F_1 优势鉴定区，三是恢复系的繁殖田。在不育系繁殖田，回交和测交同时进行，以便获得 A×B 和 A×R 两种组合的杂交种子。其中，回交（A×B）是主要任务，满足不育系的繁殖，获得种子量多；测交（A×R）是为了鉴定恢复系的恢复力和 F_1 的杂种优势，所需种子量不大，只要满足测恢和杂优鉴定即可。测恢和杂优鉴定在 F_1 优势鉴定区中实施。在恢复系繁殖田，除了选择优良单株或株系自交外，还需要从入选单株或株系上采集花粉，带到不育系繁殖田中与不育系测交。

（三）提前纯化的测交鉴定法

如果待提纯复壮的三系混杂退化很严重，保持系和恢复系最好分别提前纯化，当纯化至一定程度后再进入前述的测交鉴定法程序。此法（图 7-10）步骤是，在保持系与

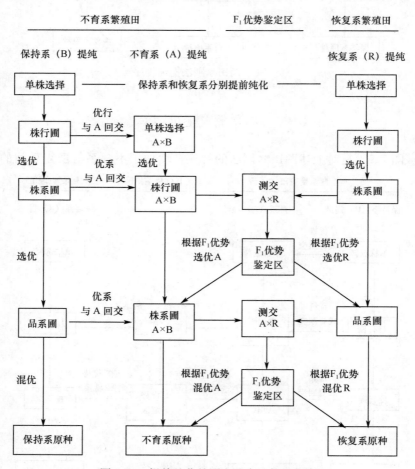

图 7-10　提前纯化的测交鉴定法提纯程序

不育系回交前，以及在恢复系与不育系测交前，对保持系和恢复系分别进行提纯，选择产量、品质和抗性等综合性状好的单株，繁殖后形成株行或株系；然后，选择优良株行或株系进行两次成对回交（A×B）和测交（A×R），以及两次 F_1 优势鉴定；最后，根据测交组合的杂种优势表现，选择强优组合的双亲——不育系和恢复系，以及对应于不育系的保持系，经过一代繁殖形成三系原种。该法提纯复壮周期较长，工作量也大，但经过提前纯化和多次回交及测交，三系纯度更高，种性更好。

（四）三系原种标准和生产流程

1. 原种标准

　　三系经过提纯复壮后获得的原种，需要有一套标准，以供在原种生产时参照。三系原种标准所涉及的性状可很多，但为方便应用，应选择更能反映雄性不育恢保关系的和种子品质的具代表性的性状。据我们的经验，可由不育系群体的不育株率和不育度，恢复系对不育系的恢复株率和恢复度，以及不育系、保持系和恢复系的种子纯度、净度、发芽率和含水量 8 个性状组成，每个性状要求达到的标准见表 7-13。

表 7-13　棉花三系原种的主要标准

系别	不育株率/%	不育度/%	恢复株率/%	恢复度/%	种子			
					纯度/%	净度/%	发芽率/%	含水量/%
不育系	99.9	100	—	—	99.0	97	90	12
保持系	—	—	—	—	99.0	97	95	12
恢复系	—	—	99.9	90	99.9	97	95	12

　　表 7-13 中各性状的定义如下。

　　（1）不育株率是指不育系群体中雄性不育植株数占检测样本总植株数的百分率。

　　（2）不育度是指不育系的雄性不育程度，用不育花粉粒数占观察总花粉粒数的百分率表示。其中，不育花粉是指无生活力的不能完成双受精的花粉。目前，生产上利用的棉花细胞质雄性不育系大多为无花粉类型的不育，所以不育度为 100%。

　　（3）恢复株率是指恢复系与不育系杂交后，获得的 F_1 杂种群体中可育植株数占考察总植株数的百分率。

　　（4）恢复度是指恢复系对不育系育性恢复的能力，用不育系与恢复系的 F_1 杂种的可育花粉率表示，即可育花粉粒数占观察总花粉粒数的百分率，有时也称恢复力。

　　（5）纯度是指样品中除去异子数后留下的本系典型种子数占样品总种子数的百分率，其中，异子是指短绒颜色、密度、籽型与本系有异的种子。计算公式：种子纯度（%）＝（供检种子数－异子数）×100/供检种子数。

　　（6）净度是指样品中去掉杂质和废种子后留下的棉花好种子的重量占样品总重量的百分率。计算公式：种子净度%＝100%－（试样全部杂质%＋机械损伤籽%＋秕籽%）。

　　（7）发芽率是指种子在 7 天的发芽期内正常发芽粒数占供检种子总粒数的百分率。

（8）含水量是指种子中所含有水分重量占种子总重量的百分率。标准检测法为105℃ 8h一次烘干法。计算公式：种子水分（％）＝（试样烘前重－试样烘后重）×100/试样烘前重。

2. 原种生产流程

经过提纯复壮后的种子常被称为原种1代，然后经过繁殖，可获得原种2代和3代，以及大田生产用种。

三系原种生产实际上是根据原种标准（表7-13）对三系进行种性和纯度的保持过程，以及扩大种子量的繁殖过程。原种生产是周期性的，通常每年提供一次新原种种子，从而开始新的一轮波浪式的繁殖（图7-11）。从图7-11可看出，原种生产的第1轮若从2010年开始，那么第2轮就从2011年开始，第3轮从2012年开始，第4轮从2013年开始。每轮包含3年的种子繁殖（原种1~3代），以获得大田生产用种。在这种周期性和波浪式的原种生产流程中，为了防止原种退化，需要施加适当的选择，淘汰群体中的不理想植株。

图7-11　原种生产流程示意图

四、三系提纯复壮技术

三系提纯复壮的目标是通过选择使有退化表现的三系回复至原有的典型性，并获得制种所需的不育系和恢复系的种子量。从前述的三系提纯复壮程序（图7-8~图7-10）可看出，实现此目标常需通过单株选择、分系比较、混系繁殖等的环节，也即通过株行圃、株系圃和原种圃的三年三圃的提纯和繁殖过程。一般三圃面积的比例南方为1：10：100，北方为1：8：80。在提纯、复壮和繁殖的技术中，有关三系的隔离保纯和提高制种产量等方面的特殊技术，我们在前面有关章节中已有介绍，不再重点描述，下面只就在三圃及其各环节中所涉及的一般技术（与常规棉提纯复壮技术相似）作一介绍。

（一）单 株 选 择

1. 单株选择的地点

（1）三系繁殖常需分两个地点进行，一是用于建立不育系和保持系的三圃，二是用于建立恢复系的三圃，两地点需要严格隔离，间隔距离必须有 2km 以上，分别设立。

（2）单株要在原有的株行圃和株系圃中选取，或在纯度相对较高的大田中选取。尚未建立三圃的单位，可以从其他原种场中引进三圃材料，或在纯度高的大田中选株建立三圃。

2. 单株选择的要求

（1）典型性：首先从三系的典型性入手，选择株型、叶型、铃型等主要特征特性符合原系的单株，不育系和恢复系应重视花药和花粉性状的典型性。

（2）丰产性和品质：在典型的基础上考察丰产性。感官鉴定结铃和吐絮、绒长、色泽等状况，注意不育系结铃率提高。

（3）病虫害：有检疫性病虫害的单株不得当选。

3. 单株选择的时间

第一次在结铃盛期，着重观察叶型、株型、铃型、花药和花粉等形态特征，做好标记，第二次在吐絮后收花前，着重观察结铃和吐絮情况。抗病品种要选抗病单株，并进行劈秆鉴定。经过复选，分株采摘。不育系和保持系入选单株依回交成对编号，如 A1 与 B1，A2 与 B2，A3 与 B3，等等，以便下年在株行圃中成对种植（图 7-12）。

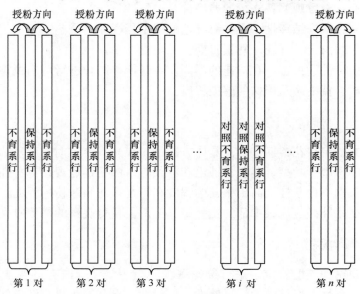

图 7-12　在株行圃或株系圃中不育系与保持系成对种植示意图

4. 单株选择的数量

根据下一年株行圃面积而定，每亩株行圃需 80～100 个单株，田间选择时，每亩株行一般要选 200 个单株以上，以备考种淘汰。当选单株，每株统一收中部正常吐絮铃 5 个（海岛棉 8 铃）以上，1 株 1 袋，晒干储存供室内考种。

（二）株 行 圃

1. 田间设计

（1）将上一年当选单株种子，分行种于株行圃，根据种子量多少种成 1 或 2 行，顺序排列，留苗密度比大田稍稀，每隔 9 个株行设一对照行（本系的原种）。

（2）在不育系（母本）及其保持系（父本）的株行圃中，母本行与父本行成对种植和成对授粉（图 7-12）。

（3）每区段的行长、行数要一致，区段间要留出观察道。

（4）播种前绘好田间种植图，按图播种，避免差错。

2. 田间观察鉴定

必须置田间观察记载分成正、副本，副本带往田间，正本留存室内。每次观察记载后及时抄入正本，成历年记载本要妥善保存，建立系统档案，以便查考。

3. 观察记载的时间和内容

（1）苗期：观察整齐度、生长势、抗病性等。

（2）花铃期：着重观察各株行的典型性和一致性。

（3）吐絮期：根据结铃性、生长势吐絮的集中程度，着重鉴定其丰产性早熟性等。

（4）目测记载出苗、开花、吐絮日期。

（5）检查检疫性病虫害：在棉花的不同发育时期，结合进行对病虫害的观察，重点检查有无枯萎病、黄萎病及棉株的感染程度。

4. 田间纯度

田间纯度的鉴定在花铃期进行。具体方法是：在光线充足时，背着光在距离 1m 左右处观察棉株的株型、叶型、茎色、绒毛和花朵等。然后走近观察花器性状和铃型，花器性状应重点观察不育系柱头高出雄蕊的程度和恢复系花药散粉的程度，铃型一般以中下部内围铃为准；叶型应观察中部的主茎中、上部。各行观察的部位应大体一致。

5. 田间选择与淘汰标准

根据田间观察和纯度鉴定，进行选择淘汰。当一个株行内有一棵杂株时即全行淘汰；形态符合典型性，但结铃性、早熟性、抗病性、出苗等明显有别于邻近对照行者也必须淘汰。田间淘汰的株行可混行收花，不再计产和考种。当选的株行分行收花，并与对照行比产，作为决选的参考。凡单行产量明显低于对照行的要淘汰。

（三）株 系 圃

1. 播种

将上一年当选的株行种子，分别种植于株系圃，其中不育系和保持系可按图 7-12 种植。每株系播种的面积根据种子量而定。株系圃密度稍低于大田。

2. 株系鉴定圃

因株系圃面积较大，为避免土壤差异，每系抽出部分种子可另设株系鉴定圃，2～4 行区，间比法排列（每隔 4 株系设一对照区），以本系原种为对照。田间观察、取样、测产及考种均在鉴定圃内进行，并结合观察株系圃。

3. 田间观察与决选

田间观察、鉴定项目和方法同株行圃。决选时要根据记载、测产和考种资料进行综合评定。一系中当杂株率达 0.5％，则全系淘汰。如杂株率在 0.5％以内，其他性状符合要求，拔除杂株后可以入选。

（四）原 种 圃

1. 播种、观察和去杂

当选株系的种子，混系种植于原种圃。种植密度可以比一般大田略稀，采取育苗移栽或定穴点播，以扩大繁殖系数。在花铃期和吐絮期进行二次观察鉴定。要调查田间纯度，严格拔除杂株，以霜前籽棉留种，此即为原种。不育系和保持系的原种圃可设在传粉媒介丰富、具有良好隔离条件的地点，必要时放养蜜蜂，以提高不育系的繁殖产量。

2. 原种生产力测定

即以当年和上一年原种为材料，以大田生产用种（原种 3、4 代）为对照，进行比较试验（方法与品种生产试验相同）。鉴定原种产量、品质和抗性等方面的水平。

（五）室 内 考 种 和 决 选

1. 单株的考种

单株材料的考种，应按顺序考察 4 个项目：纤维长度、衣分、籽指、异色异型籽。在考种过程中，前一项不合格者即行淘汰，以后各项不再观察。考察纤维长度，每单株随机取 5 瓣籽棉，每瓣各取中部籽棉 1 粒，用分梳法测定。单株所收籽棉轧花后，计算衣分率。在轧出的棉籽中任意取 100 粒（除去虫籽和破籽）测定籽指、异色异型籽，要求异色异型籽率不超过 2％。单株考察决选标准，应根据原系标准并参照当地的气候栽培等情况而定，必须坚持原种综合性状的水平，不能盲目追求单一性状指标。单株最后决选率一般达50％。

2. 株行圃的考种

田间当选株行及对照行，每株行采20个铃作为考察样品。取样的方法：在收花前，采收中部果枝上第1或第2节位吐絮完好的内圃铃。考查的项目是单铃籽棉重、纤维长度（20粒）、纤维整齐度、衣分、籽指和异色异型籽率。株行考察决选标准应达到下列要求：单铃籽棉重、纤维长度、衣分和籽指与原系标准相同，纤维整齐度在90％以上，异色型籽不超过3％。本圃最后决选率一般为60％。

3. 株系圃的考种

每一株系和小区各采收共50个吐絮铃作考察样品，取样方法、考察项目及决选标准，除考察纤维长度为50粒外，其他均与株行圃相同。本圃决选率一般为80％。

4. 原种圃的考种

根据棉株生长情况，划片随机取样，每一样品采收中部100个吐絮铃，共取4或5个样品，逐样进行考察，每一考察项目求平均值。

5. 考种注意事项

为了防止误差，在操作时，必须注意以下事项。

（1）采样：采样必须有广泛代表性，不能集中于原种圃某一地段或株系、株行圃中的某几棵棉株。采样时除有僵残的棉铃外，应不分铃子大小随机取样，并且收干净。样品籽棉必须晒干。

（2）纤维长度：纤维分梳前必须先沿棉种腹沟分开理直。要梳得轻、梳得直、断得少、贴得平。

（3）衣分、籽指：一个样品要做到随称随轧，以免吸湿增重，影响正确性。每次考种前要先调整好天平，校正轧车，以减少误差。轧花机应保持一定转速，不能随便减慢或加快。

（4）固定专人和统一标准：考种中，全部样品用统一的标准测量，各项目要固定专人，并经常进行检查核对，防止差错。

（六）栽 培 管 理

1. 要求

栽培管理是原种生产的重要一环。只有良种、良田、良法三配套，才能充分发挥人工选择的作用，保证原种的质量和数量，因此，生产原种的三圃棉田要求轮作换茬，地力均匀，精细整地，合理施肥，及时灌排，加强田间管理，做好病虫防治工作，使棉株稳健生长。株行圃与株系圃的各项田间管理措施要一致，以提高田间选择的效果。

2. 种子准备

原种生产过程中所用种子，要全部进行精选，并做好晒种和药剂拌种等种子处理工作。播种期可稍迟于大田，争取一播全苗。

（七）收花、加工和储藏

1. 准备

准备好厂房、用具及种子袋等。单株收花，每株1袋；株行圃、株系圃按田间当选行、系分收，每行、系各备专用种子袋3袋，1袋采样，1袋田间收花，1袋室内储藏籽棉。单株、株行、株系的收花袋都要根据田间号码编号。三圃中的霜后花均不作种用，但株行圃、株系圃中的霜后花须先分收计产。

2. 收花

株行圃和株系圃应先收淘汰行、系，后收当选行、系。凡落地的籽棉做杂花处理，不计产量。新收籽棉要及时晾晒。收、储、晾晒过程中要严格防止混杂、错乱。

3. 加工

株行、株系的籽棉，必须严格进行分轧。轧花前后，应彻底清理轧花车间和机具。单株、株行圃及株系圃的考种样品要用专用小型轧花机分轧。每轧完一个样品应清理一次，不残留一粒棉籽。株系圃当选的株系籽棉，以及原种圃收的原种籽棉，可在原种场的加工厂或种子部门指定的棉花保种轧花厂加工。一般应先轧留种花，后轧淘汰花和霜后花。加工质量，要求单株和株行的破籽率不超过1%，株系和原种的破籽率不超过2%，原种可轻剥短绒2遍。

4. 储藏

做好储藏保种工作。挂藏室和种子库要有专人负责，经常保持干燥，在储存期间，保持种子水分在12%以下。注意防热、防潮、防火、防杂、防鼠及虫害。经常检查，保种子质量。

5. 检验

种子部门对原种场的种子质量每年进行田间和室内检验，符合三系原种标准（表7-13）的种子发给合格证。

（八）棉花田间记载项目和室内考种标准

（1）出苗期：各行50%的棉株达到出苗的日期。
（2）开花期：各行50%的棉株开始开花的日期。

（3）吐絮期：各行50％的棉株开始吐絮的日期。

（4）整齐度：观察棉苗大小、整齐程度，分 ＋（优）、0（一般）、－（差）三级记载。

（5）典型性：根据株型、叶型、茎色、绒毛、铃型、花朵、花药等性状进行观察，凡不符合要求的记"×"表示，或文字记述。

（6）生长势：苗期观察健壮程度，铃期观察生长是否正常，有无徒长和早衰现象，分＋（优）、0（一般）、－（差、徒长、早衰）三级记载。

（7）丰产性：观察结铃多少，铃的大小等，分 ＋（优）、0（一般）、－（差）三级记载。

（8）早熟性：观察结铃部位，吐絮早迟，集中程度等，分＋（早熟）、0（一般）、－（晚熟）三级记载。

（9）病害：着重注意枯萎病、黄萎病有无。如有，要记载发病株数。其他严重病害也应记载。

（10）绒长：每个棉瓣取中部1粒籽棉，用分梳法测量长度，求平均绒长，再被2除，以毫米（mm）来表示。

（11）纤维整齐度：

$$纤维整齐度（％）=\frac{平均纤维长度\pm2mm\,范围内籽棉粒数}{考察籽棉总粒数}\times100％$$

（12）异籽差：同一单株各粒籽棉绒长间的最大差距。

（13）铃重：取样棉铃的平均单铃籽棉重。

（14）衣分：皮棉占籽棉的百分率。

（15）籽指：100粒棉籽重，以克（g）表示。

（16）异色异型籽：明显不同于本品种的籽色和籽型的种子。

（17）籽棉总产量：为各次收花的总和。

（18）皮棉总产量：根据籽棉产量，用衣分率折算。

（19）霜前花百分率：初霜后5天以内收花1次，合计以前各收花总量，作为霜前产量，以％表示。南方棉区按10月20日前的产量计算。

（20）收获株数：在一定面积内实际收获籽棉的棉株数。

（21）田间管理：各圃田间规划方法，土质，播种期，主要田间管理日期、内容和方法，灾害情况，收花日期等，在记载本上专页扼要记载。

参 考 文 献

陈盛禄. 2001. 中国养蜂学. 北京：中国农业出版社：541-582.

黄丽叶，陈应先，王志刚，等. 2008. 网室蜜蜂传粉制棉花不育系技术的研究. 石河子大学学报（自然科学版），26（3）：286-289.

刘英新. 2010. 棉花 CMS 标记恢复系的研究及其杂种优势利用. 杭州：浙江大学硕士学位论文.

罗景隆，刘佳中，王忠义. 1999. 多抗高产高效杂交棉标杂 A1 的选育. 河南农业科学，（4）：23-24.

四川省南充师范学院生物系. 1978. 棉花花传粉昆虫研究. 棉花，（3）：23-27.

宋心仿. 1989. 花前与花期施花对比试验报告. 蜜蜂杂志，（6）：6-7.

王学德. 1999. 棉花细胞质雄性不育花药的淀粉酶与碳水化合物. 棉花学报，11（3）：113-116.

王学德，赵向前. 2002. 不育系花器含糖量对三系杂交棉制种产量的影响. 浙江大学学报，28（2）：119-122.

邢朝柱，郭立平. 2005. 棉花蜜蜂传粉杂交制种效果研究. 棉花学报，17（4）：207-210

张昭伟，王学德. 2006. 三系杂交棉亲本花粉和柱头的生活力. 浙江农业科学，6（285）：669-671.

赵向前，王学德. 2002. 纤维颜色作为指示性状的三系杂交棉制种技术，浙江大学学报，28（2）：123-126.

朱伟. 2006. 鸡脚叶标记的三系杂交棉杂种优势机理的研究. 杭州：浙江大学博士学位论文：28-30.

朱伟，王学德，华水金，等. 2006. 鸡脚叶标记的三系杂交棉杂种优势的表现. 棉花学报，18（3）：190-192.

Andries J A, Jones J E, Sloane L W, et al. 1969. Effects of Okra leaf shape on boll rot, yield, and other characters of upland cotton, *Gossypium hirsutum* L. Crop Science, 9：705-710.

Berger L A, Moffett J D, Rummal D R. 1982. Wild bee and honeybee visitation patterns in hybrid cotton seed production on the southern high plains of Texas. Beltwide Cotton Conference：90-91.

Bhardwaj H L, Weaver J B Jr. 1984. Pollen antagonism and hybrid seed production in cotton. Beltwide Cotton Prod. Res. Conference：105-106.

Bowman D. 1992. Hybrid seed production in North Carolina. Proc. Beltwide Cotton Prod. Res. Conference：581-582.

Endrizzi J E, Turcotte E L, Kohel R J. 1984. Qualitative genetics, cytology, and cytogenetics. Arom. Monogr, 24：81-129.

Heitholt J J, Meredith W R. 1998. Yield, flowering and leaf area index of Okra leaf and normal leaf cotton isolines. Crop Science, 38：643-648.

Loper G, Wallar D, Davis D D. 1983. Transfer of pollen by bees in hybrid cotton seed yield in Arizona, Beltwide Cotton Conference, 94.

Moffet J O, Stith L S. 1972. Pollonation by honeybees of male sterility in cotton. Crop Science, 12：476-478.

Thomson N J. 1995. Commercial utilization of the okra leaf mutant of cotton. The Australian experience. *In*：Proceedings World Cotton Research Conference：93-401.

Wallar G D, Moffett J D. 1981. Pollination of hybrid cotton on the Texas high plains, nectar production and honey bee visit. Beltwide Cotton Conference：85-87.

Waller G D, Mamond A N. 1991. Upland and pima cotton as pollen donors for male-sterile upland seed parents. Crop Science, 31：265-266.

Weaver J B Jr. 1982. Recent significant observation on the development of hybrid cotton. Beltwide Cotton Conference：88-90.

Weaver J B Jr. 1983. Effect of row pattern on cotton flower visitation by bumble bees. Beltwide Cotton Conference：94-96.

第八章 三系杂交棉的栽培

从前面章节可看出，三系杂交棉，与常规棉比较，具有一些明显的特点。其中，最突出的主要有三点，一是制种和繁种工序较多、种子生产速度较慢、单位面积供种量较少的特点；二是在开花结铃期遇低温（≤15℃）和高温（≥39℃）时结铃率偏低的特点；三是营养生长和生殖生长较旺、需肥量大的特点。为了充分发挥三系杂交棉的优势，必须根据上述特点配以相应栽培措施，实行良种良法。例如，根据特点一，采取营养钵育苗移栽或地膜点播，节省种子用量和促进早发的栽培措施；根据特点二，采取因地制宜选择不同组合，适当稀植，重施花铃肥，提高结铃率的措施；根据特点三，采取运筹肥水，化学调控，防止早衰的措施。但是，三系杂交棉生产应用尚处发展初期，与栽培相关的研究尚不够广泛和深入，相关文献仍十分缺乏，若要完整地阐述三系杂交棉的栽培技术，目前仍有一定困难。在本章，我们在继承常规棉栽培技术（中国农业科学院棉花研究所，1983，1999）的基础上，根据三系杂交棉的上述三个特点，提出一些关键性的栽培措施，供三系杂交棉生产参考。

第一节 节省种子用量的栽培措施 I——营养钵育苗移栽

棉花育苗移栽是指种子不直接播于大田（直播）而是先播于相对小面积的苗床然后再将苗移栽至大田的一种栽培技术。它的种子播种量是最节省的。育苗移栽可分为若干种，按有无热源可分为温床育苗和冷床育苗，按有无覆盖物可分为覆盖育苗和露地育苗，按载体的形状可分为营养钵育苗、方块育苗和苗床育苗。对于较大面积的育苗移栽，多数采用塑料薄膜覆盖的营养钵冷床育苗移栽，简称营养钵育苗移栽。

一、三系杂交棉营养钵育苗移栽的意义

（一）节 约 用 种

营养钵育苗移栽用种量最少，特别适应三系杂交棉制种速度较慢和供种量较少的特点。采用营养钵育苗，每个营养钵播种子 1 或 2 粒，每亩棉田用种 1kg 左右，而大田直播的每亩用种量达 6～8kg。显然，采用此法，既节约了用种量，又促进了三系杂交棉的推广速度。

（二）培育壮苗，实现全苗

棉花直播易造成缺株断垅，苗弱晚发。应用育苗移栽，采取苗床育苗，苗床面积小，管理方便，用工少，又便于防治病害。尤其是，塑料薄膜的增温效应，不但使苗床育苗比大田播种期相应提早 20～30 天，而且棉苗出得全、匀、壮，有利于实现棉花早发，有效生育期长，光热利用充分，增产潜力大。另外，此法移栽时，棉苗已长 2 或 3 片真叶，茎基部已木质化，抗逆能力强，克服直播存在的烂子、烂芽、死苗较多的缺点。

（三）减轻病害

棉花病害较多，其中枯萎病和黄萎病是我国棉花的主要病害，感病面广，危害严重。在病区，若用营养钵育苗移栽，因选取无病土制钵育苗，可减轻苗期病菌侵染。同时，在移栽时淘汰病苗，可降低发病株率。据调查，育苗移栽比直播的发病株率减轻 40％以上。

（四）适合与其他作物间套栽培

近年来，我国棉花与其他作物间套栽培面积越来越大，育苗移栽是实现棉花与其他作物双丰收的有效措施之一。直播棉套种在其他作物中，存在共生期长、争肥争水、荫蔽严重的缺陷，难以全苗早发，造成晚发晚熟，产量较低，品质也差。采用育苗移栽，将已具 2 或 3 片真叶的棉苗移入其他作物行间（预留棉行空间），可以缩短两种作物的共生期，有利于解决两熟争季节，争劳力的矛盾，棉花产量可增产 20％～40％，霜前花比例高，质量相对也好。长江流域两熟棉区，麦类、菜类（油菜）等大都不预留棉行，采用育苗移栽，当上述作物收获后栽入，不但提高了土地利用率，而且棉花产量也有所提高。

（五）促进侧根生长

棉苗通过移栽，主根断裂，一方面迫使棉株地上部分生长缓慢，长势稳健，株型紧凑；另一方面，侧根增多，根群旺，吸肥力强，现蕾期根群更旺，可以进一步促进现蕾，结铃吐絮早。

二、营养钵育苗移栽的配套技术

移栽的三系杂交棉是通过苗床育苗和大田生长两个阶段完成整个生育过程的。因此，其配套栽培技术包括苗床育苗管理和大田栽培管理两个部分，前期要突出抓好育苗关，培养早壮苗，抓好移栽关，缩短缓苗期，后期要抓好管理关，采取防早衰等综合技术措施。

（一）育苗前的准备

1. 备足苗床材料

（1）选用农用薄膜。目前农用薄膜多为聚乙烯树脂，常见的有三种，一是厚度为 0.015～0.020mm 的高压膜，二是厚度为 0.005～0.008mm 的低压膜，三是厚度为 0.007～0.009mm 的线性膜。营养钵育苗的覆盖薄膜应选用抗拉力强的高压膜，无色透明，透光率高，增温保墒好。一般 1 亩大田的苗床需 3～4kg 薄膜。

（2）选用质坚光滑的竹片或树枝等材料作为苗床薄膜的支架。要求材料长度 2.2m，在两端削一尖头，使其横跨苗床两边插入地下。若用竹片，1 亩大田的苗床应备 30 根左右。

（3）选购钵径适宜的制钵器，钵体的大小，直接影响到棉苗在苗床上的生长状况，移栽后的缓苗天数及发棵后的生长速率。一般钵体直径以 6cm 左右为宜。少量制钵时也有用塑料钵的；塑料钵成本较高，但可再利用多年，且制钵简便。

2. 隔冬择好床地

营养钵育苗移栽的棉苗，苗期生长的大部分时间是在苗床上度过，少则 30 天，多则 50 余天。因此，苗床质量的好坏对于一播全苗、培育壮苗影响甚大，至关重要。作为一个好苗床，应该是既有利于全苗、齐苗、壮苗，又便于管理和移栽，节省工时，为了达到这个要求，苗床应在秋播时按照就地育苗、就地移栽的原则认真选择。即在计划植棉的大田中选择向阳、无病、土壤肥沃、排灌方便的地段一处或两处乃至三处作床地，但是上年做过苗床的地方不宜再用。床地与移栽面积之比约为 1∶10。苗床的走向应与夏熟作物的行间呈垂直状。若夏熟作物是南北向，苗床就东西向，这样移栽时夏熟作物损失小，操作方便，省时省工。

3. 床土加工增肥

有了适宜的床地，还必须有良好的床土。床土要围绕改善土壤结构，提高土壤肥力来加工培肥，以利棉苗根系生长健壮。一般措施如下。

（1）在床地上可不种作物，也可种一季早熟冬菜。但在种植早熟冬菜的过程中，要多施有机肥料，做到既是用地又是养地。

（2）提前翻晒床土。应在制钵前一个月，翻晒床土，平整床身，达到土细土熟，蓄水蓄肥强，肥水含量均匀一致。

（3）施足基肥。基肥以土杂肥和人畜粪尿等有机肥为主。结合春翻晒垡，每亩苗床施过筛厩肥 1000～1500kg，或人畜粪尿 500～600kg，钙酸磷肥（或过磷酸钙）40～50kg，氯化钾 15～20kg，使钵土疏松肥沃，营养丰富。

（二）整作苗床，精细制钵

1. 开沟建床

（1）苗床规格：苗床一般宽为 2m（实用净宽度 1.3m 左右），长不超过 15m。

（2）开沟吊床：苗床四周要按照苗床规格开好排水沟，做到畅通无阻，以利排水降渍。

（3）床料整理：若用制钵器制钵，配好的营养土要拾清床土里的草根、杂物，整细拉平，整成宽 1.3m、长 15m、厚 15cm 的长方形土堆待用。

2. 精细制钵

（1）浇水润土：播种前 2～4 天开始制钵。制钵前一天下午将营养土浇水润透，每平方米苗床加水量视土壤干燥情况而定，一般浇 10～15kg 水即可。使土壤含水量达到 25% 左右，即以手捏能成团，平胸落地即散为准。料土过干，不仅容易破钵，而且还会影响播种发芽，料土过湿，钵体易变形，钵土板结，棉苗难以发根，在已浇水的料床表面撒一些草木灰，立即覆盖薄膜保湿。

（2）制钵排钵：洒水的第二天制钵。为了减少环节，提高工效，钵最好是边制边排入苗床，一个人操作一道完成。排钵行列要整齐，每行钵数依覆盖塑膜的宽度而定，一般多采用 2m 宽的塑膜覆盖，每行摆钵 18 或 19 个，行与行交错摆放，减少钵间空隙。行要直，床两边钵必须摆齐，以利盖膜，钵面应高低一致，钵间空隙用细土填满，压制摆好的钵要随即用塑膜遮住，以保持钵湿度。

（3）筑埂护钵：营养钵排好后，应立即在四周筑床埂护钵，既可防止钵底破碎，又可避免边钵水分迅速散失，提高成苗率。床埂宽 10～12cm，高以超出钵面 1.5cm 为宜。

（4）制钵数预算：制钵数的预算方法，主要应根据大田栽植密度，苗床成活率高低，取运钵破损率及栽后死苗缺棵率等诸因素而定。去掉死苗、破钵等所致的损失，有效钵数一般只占总钵数的 60%～80%。

（三）适时播种，精细苗床管理

1. 播期

苗床播种期的确定是根据前作种类、种植方式、当地气温回升情况和移栽时间而定。长江流域棉区麦行套栽在 4 月上旬，麦后移栽在 4 月中、下旬，黄淮棉区在 3 月底 4 月初。当日平均气温稳定在 8℃ 以上时播种，播种后采用薄膜覆盖苗床，床内温度可增至 14℃ 以上，能满足棉子发芽出苗需要，称为安全播种期，可选择晴日无风天气播种。

2. 播种

为减少苗发病率和增加出苗率，毛籽要泡沫酸脱绒，或用多菌灵处理，也可用缩节胺溶液（100～150mg/L）浸种后播种。若采用种衣剂包衣的种子，则直接播干籽，不宜浸种。播种时每钵放种子1粒（种子质量差的2粒），轻压入土，用细土覆盖，厚度1.5～2cm。包衣种子覆土层要加厚些，覆土后刮平，保持深浅一致。苗床和钵体水分不足时，播种盖土后还需用喷壶浇水，补充水分。苗床使用除草剂除草效果可达90%左右，大大节省苗床除草用工。每亩净苗床面积用25%除草醚0.4kg，加水30～40kg或拌潮细土100kg，在播种覆土后，一次性均匀喷或撒在床面上。绿麦隆的用药量为除草醚的一半。不要重复喷撒和过量用药，不能与种子直接接触。这样，育苗期间不需揭膜除草。播种后，随即搭起弓形棚架，覆盖塑料薄膜。薄膜四周用土封严压实，棚顶用绳绑紧，防止被风刮起。

3. 播后管理

精细管理苗床是培育壮苗的关键。要充分发挥薄膜的增湿保温效应，根据床内温度变化和棉苗的生长情况，对床内的温湿度进行有效的调控，或采用全覆盖密封增温保温，或适时通风揭膜降温降湿，协调地上部和地下部生长，促进棉苗健壮生长。精细管理苗床，培育壮苗，主要是掌握好以下几个环节。

（1）播种至齐苗前，宜采用严密覆盖，高温高湿催齐苗，床温保持30～35℃，不宜超过40℃。不要随意揭膜，防止温度骤降和水分散失，争取早出苗。

（2）棉苗出齐后，床内温度保持在25～30℃，不宜超过30℃。为防止温度过高、湿度过大形成高脚苗，可在膜的两侧每相隔2.5m左右揭开小通风口，若温度进一步升高，还可在弓棚的两端掀起通风，采用晴天通风晚上覆盖的方法，保温保湿促苗生长。

（3）棉苗普遍出现真叶后，可于晴天午间揭膜晒床降温降湿，苗床温度仍继续保持在25～30℃，防止病害发生和出现高脚弱苗。采用短苗床育苗，一般可通风不揭膜。在苗床管理过程中，若一钵播2籽的，还要及时定苗，棉苗出现1片真叶后，应将弱苗病苗和床内杂草及时去除，保持一钵一苗。

（4）棉苗长至2片真叶至移栽前，采用昼夜揭膜通风，以利培育壮苗，但塑膜不离床，主要用于防雨。

（5）当棉苗生长过旺，或在育苗期延长、移栽苗龄大的情况下，可采用搬钵蹲苗的办法。搬钵日期在移栽前15～20天进行为宜。搬钵要选择晴天进行，搬钵时要精细操作，少伤苗钵，剔除病苗和无头苗，并使大小苗分开，促小控大，平衡生长，搬钵后要及时灌水补肥，盖膜增温，将床内温度控制在25～30℃，以促根发苗，有利于培育壮健苗。育苗期间，若发生病虫危害需及时防治。

（四）抓好移栽关，缩短缓苗期

棉花营养钵育苗移栽能否高产的另外一个关键是移栽后缓苗期的长短。缓苗期短，棉花生长发育好，桃多桃大，优质高产；相反，缓苗期长的棉苗发株迟，抵消了早苗早发优势，不仅增产不显著，甚至不如直播棉的产量。造成缓苗期长的主要原因是棉苗素质差，整地质量差，移栽质量差，外界环境条件差，温度低。要缩短缓苗期，除了搞好整地和熟化土壤外，重点做好棉田灌排水，减少明涝暗渍；麦套移栽田还要搞好前茬扶理，增光增温。为此，突出抓好以下几点。

1. 适时移栽

适时移栽要根据当地气候和棉苗的苗龄状况而定。一般气温稳定通过 15℃，地温稳定通过 18℃时为移栽适期。麦套移栽一般在 4 月底 5 月初开始到 5 月上旬结束。麦（油菜）后棉田要抢收抢栽，边收边移，越早越好，最迟不超过 5 月中旬。前作茬口安排应以早茬为主，搭配中茬；早茬、中茬面积争取在 90% 以上，这样才能更好地发挥育苗移栽早发的优势。

2. 适龄移栽

适龄移栽就是要保证棉苗素质好，移栽壮健苗。麦套棉早栽（套栽）苗龄掌握在 30 天左右，2 或 3 片真叶时比较适宜；中茬棉（大麦后栽）麦子收割后，要随收随栽，一般苗龄掌握在 40 天左右，5 片真叶时移栽。晚茬棉苗，苗龄在 45 天左右，有 5 片真叶时移栽。总之，要掌握"早茬适时，中茬跟上，晚茬要抢"的移栽原则。要保证移栽质量，做好精细整地，上虚下实，墒性适宜；坚持"四轻"、"六不"：轻起钵、轻运钵、轻拿钵、轻放钵，不栽烂钵、不散钵、栽时不压钵、覆土不露钵、雨后地湿不抢栽、大小苗不混栽。

3. 适施"安家肥"

移栽后的"安家肥"，要掌握棉株既要发得起，又要稳得住的原则。"安家肥"的数量要根据面积、地力、密度而定，一般应占总施肥量的 20%～25%。一般在移栽前 15 天左右进行，要求每公顷施饼肥 225～300kg，氮素化肥 75kg，过磷酸钙 150kg，氧化钾 105～150kg，缺硼的每公顷施硼砂 3.75～7.5kg，均匀撒施在移栽槽内，使土肥混合，移栽后可浇施一次清水粪，以利还苗活棵。

为了抢季节，有时也采取毛板移栽。毛板移栽有两种，一种是免耕打塘移栽，就是麦收后在移栽行上用开塘器按株距打洞，施农家肥移栽，待苗活棵后进行中耕灭茬；另一种是开槽移栽，麦收后用开沟机开槽或用犁开沟，宽度和深度各 10～13cm，在沟内施用农家肥、化肥，使土肥混合，按株距摆好钵，然后用土填好钵子间隙，浇水后再覆土保墒。

（五）施肥运筹

移栽棉的营养生长，一部分在苗床，另一部分在大田渡过。因此，其生育特点是，在大田的营养生长期短，发育早，有效开花结铃期长，全生育期长，中部、下部结铃早而多。由于营养过早过多地向中部、下部蕾铃运输，花铃期后容易出现早衰。另外一方面，三系杂交棉需肥量大，缺肥更易早衰。所以，移栽棉在施肥时间上要相应提前，数量上要适当增加，以防早衰。

1. 施肥原则

（1）有机肥与无机肥相结合：有机肥有利于改善土壤团粒结构，培育地力，肥效持久。而无机肥肥效快，可满足三系杂交棉在大量需要营养时的供给。这样相结合能做到农肥搭架，化肥促桃的目的。

（2）基肥和追肥相结合：基肥的肥料利用率高，基肥多为有机肥料，肥劲稳、养分全，肥效长，能在杂交棉整个生育期中不断供给，成本又低。但是，单靠基肥难以满足中后期需肥的要求，必须结合追肥，重施花铃肥。

（3）氮肥与磷、钾肥相结合：促进棉花的正常生长发育，既需要大量的氮素营养，又需要较多的磷、钾肥。尤其三系杂交棉在缺磷、钾时，结铃率下降更明显，更需要氮、磷、钾配合使用。

（4）大量元素与微量元素相结合：在缺少硼、锌、锰等微量元素的棉田，要十分注意大量元素与微量元素相结合，才能增加产量和提高棉花品质。

（5）实行配方平衡施肥：要根据土壤性质和棉花长势，进行测土配方施肥，施好平衡肥，做到省肥节本的目的。

2. 施肥方法

（1）苗肥的施用：棉苗移栽后，在大田施足基肥和施好"安家肥"的基础上，对僵而不发的矮小苗和生长不匀的瘦弱苗，必须早施提苗肥，促使根系和棉苗快发快长，平衡生长，早发棵，早现蕾。苗肥应以人畜粪尿为主，每公顷施腐熟稀薄粪尿 6000～9000kg，或尿素 22.5～30kg，兑水 2500～3000kg 浇施。

（2）蕾肥的施用：在蕾期要施好当家肥，当家肥是三系杂交棉能否丰产的关键性肥料。当家肥应以有机肥为主，混合一定数量的磷、钾肥和少量速效肥，以及微量元素，施于棉行间，开小沟深施，达到施花用铃的目的。在盛蕾前（10 或 11 叶期）每公顷施饼肥 1000～1200kg。钙镁磷肥 375～450kg，氯化钾 150～225kg，碳铵 225～300kg。若缺硼的还需施硼砂 6～7.5kg，若缺锌，可施硫酸锌 15～22.5kg。地力较差的要适当多施，棉苗旺、长势好的，速效氮肥要相应少一点。

（3）花铃肥的使用：杂交棉在开花结铃阶段是需肥量最多的时期，必须重施花铃肥，以满足大量开花结铃对养分的需要，提高棉株氮素代谢水平，增强根系活力，延长叶的功能期，从而有利于提高成铃率，增加铃重，达到多结桃、结大桃的目的。

花铃肥以速效氮肥为主，一般可在 7 月中旬，偏早熟的三系杂交棉见花施花铃肥，偏迟熟的见桃施花铃肥。施用量一般每公顷尿素 225～300kg 和氯化钾 105～150kg 混合均匀后打孔深施。一般离主茎 20cm，深施 10cm 左右。干旱时结合灌溉，以水调肥。

（4）盖顶肥的施用：施好盖顶肥是根据移栽棉易早衰的特点而设，是充分利用有效生长季节、争取多结秋桃、增加铃重、提高衣分的有效措施。一般在立秋前后，打顶后每公顷施用尿素 75～150kg。也可进行根外追肥，叶面追肥省肥又稳妥，一般喷施浓度为尿素 1%～2%，过磷酸钙液 1%～2%，或磷酸二氢钾液 0.2%，可单喷也可结合治虫与农药混喷。根据棉株长势，在 8 月上旬至 9 月中旬，喷 1～3 次，每公顷喷水溶液 750～1125kg，宜在晴天下午，喷于中上部叶片背面为佳。

第二节　节省种子用量的栽培措施 Ⅱ——地膜点播栽培

地膜点播是指种子按株距和行距点播后用塑料薄膜覆盖畦面的一项栽培措施，它也很适合三系杂交棉生产。它不但用种量较少，而且也是一项重要的增产措施。与传统条播棉相比，它一般节省用种量一半以上，增产 15% 以上。

一、三系杂交棉地膜点播栽培的意义

地膜点播栽培，对于三系杂交棉生产而言，除了点播比条播节省用种量、适应三系杂交棉制种速度较慢的特点外，更重要的是地膜覆盖对土壤耕作层的生态环境起到了综合改善作用，促使了三系杂交棉优势的正常发挥，降低蕾铃脱率偏高的风险。地膜覆盖对土壤环境改良的主要作用如下。

（一）提高地温

覆盖地膜后，不仅能隔绝土壤与空气的直接传热，有效地减少了土壤水分蒸发及蒸发时引起的热量消耗，而且能使太阳辐射透过薄膜被地面吸收，由于薄膜不透气，阻碍热量交换，减少热的散失，从而起到了增温保温的作用。提高土壤温度为适时播种赢得了生长季节，为争早苗促早发创造了有利条件。

（二）保墒提墒

覆盖地膜后，隔断了土壤水分蒸发，使水分只能在膜内循环，总的蒸发量减少，可有效地起到保墒作用。同时，地膜覆盖加速了土壤上、下层热梯度的差异，促进土壤水分上升，但由于受膜的阻隔，蒸发水在膜下凝结。这种加速加大深层土壤水分向上层聚积，称之为提墒。这种提墒效应促使种子层保持适宜水分，加上增温效应，有利于促进种子萌发和出苗。覆膜的棉田，土壤水分保持相对稳定，同时抑制了蒸发，大大提高了土壤水分的利用率，同时也为根系正常生长创造了良好的环境条件。

（三）改善土壤物理性状

地膜覆盖使表土不受雨水冲击和人为践踏造成土壤沉积、板结、坚硬等不良后果，又因田间中耕作业减少，有利于土壤保持固有的疏松状态。另外，覆盖地膜后，膜下土

壤因受增温与降温过程的影响，土壤颗粒间的水汽反复进行着膨胀与收缩，从而使土壤疏松，容重减少，孔隙度增大。

（四）加速养分转化和利用

覆盖地膜后，土壤温度、湿度较好，促进膜下土壤微生物活动，加速土壤有机质的分解和转化利用。棉田地膜覆盖后，还可以减少土壤氮肥的损失。地膜覆盖阻隔氮的挥发，同时由于减少土壤水分的渗透，相应减少硝态氮和其他养分的淋溶损失。此外，地膜覆盖后，能增加土壤中空气 CO_2 的含量。CO_2 是植物碳素营养的来源，不管是植物的地上部还是地下部，适当增加环境中的 CO_2 浓度，有利于植物光合作用和干物质积累，提高杂交棉的产量和品质。

（五）有助于抑制土壤盐渍化

棉田覆膜后，一方面阻止土壤水分的垂直蒸发，减少土壤盐分通过毛细管作用随水分上升到地表；另一方面由于膜内积存较多的热量，土壤表层水分积集量大，既稀释盐分又抑制盐分随水上升。棉花抗盐碱力以苗期为最弱，而地膜覆盖后能显著降低表土的含盐量，有利于播种育苗和棉苗生长。

二、地膜点播栽培的配套技术

地膜覆盖栽培不是简单地理解为原有栽培方式上加盖一层塑料薄膜，而是有一套与其相适应的栽培技术，才能充分发挥地膜覆盖的增产作用。现按出苗、苗期、蕾期、花铃期和吐絮期各阶段的栽培技术分述如下。

（一）出苗阶段栽培技术

地膜棉一般在 4 月中旬播种，覆膜后，经 10 天左右，在 4 月下旬出苗。自播种至子叶展平出膜，这阶段的要求是"一次播种，一次全苗"。三系杂交棉常采用点播稀植，播后能否一播全苗，是决定地膜覆盖杂交棉栽培成败的重要环节。本阶段，在栽培技术上除了提高播种质量外，还必须做好播前准备和播后管理。

1. 播前准备

1）种子准备

要求种子质量较高。

（1）要精选棉种：剔除小种子、瘪种子、嫩种子、破种子、虫蛀种子、杂种子等，选用成熟饱满种子；

（2）晒种：播前晒种能促进种子萌发，提高出苗率，对杀菌也有一定作用；

（3）硫酸脱绒：对防治枯萎病、黄萎病和提高出苗率的作用明显，目前硫酸脱绒有两种，一种是机械泡沫硫酸脱绒包衣处理，另一种是人工硫酸脱绒处理。后者处理，将毛籽 5kg 加入浓硫酸（相对密度为 1.8 左右）0.5kg，边倒边搅拌，当种子上的短绒消化后（呈黑褐色浆状），用清水漂洗，反复冲洗，直至无酸味为止，脱绒时间不宜过长，以免硫酸浸入发芽孔，影响胚根生长。播前再用种子重量的 1% 的多菌灵拌种或浸种，能较彻底消灭种子内外枯萎病和黄萎病等的病原菌。

2）田间准备

（1）安排茬口，适地而种：安排适宜的茬口合理配置株行距，是两熟栽培棉区充分发挥地膜优势的前提。如果迟茬比例过大，行距过狭，就严重影响光能的接受和储存，使地温上升慢出苗迟，棉苗素质差，共生期延长。因此，在安排前作茬口时要力争扩大早茬比例，采用矮秆早熟高产组合，同时，必须适当放宽春花行距，以改善棉田光照条件，达到增光增温。不论平作，还是畦作，春花行间的空距均应在 0.8m 以上，否则，春花行距过狭，荫蔽加重，操作困难，地膜覆盖度过小，地膜优势难以发挥。另外地膜棉田的地力消耗大，要选择地力较好的高、中等肥力棉田种植为宜。

（2）精细整地：地膜覆盖棉田，播前整地是提高覆膜质量的关键。整地质量要求达到深、细、胖、匀、伏、净六字标准。深，深翻土壤，以便深埋基肥和促进棉根生长；细，土要整得细，尤其畦面表土；胖，地表要平整，畦面略呈"胖顶"，以利排水，防止积水；匀，畦面畦边要整齐匀称，基肥要施得匀；伏，棉地要松软伏贴无硬块，无门槛；净，整地前后，清除棉地秸秆残茬，杂草异物，以免铺膜时地膜不能贴地面或地膜被戳穿。

（3）施足基肥：覆盖棉田的土壤耕作层，温、湿度较高，有机肥料的分解速率快，为棉苗根系所吸收，前期需肥量较大。施基肥，一要足，二要深，三要施有机肥为主。在春旱较重地区，施基肥后还需浇足底墒水，一般在播种前 5 天左右浇水，以满足种子发芽、出苗对水分的要求。

（4）除草、防病、治虫：一是喷洒除草剂，可分播前除草和播后除草，播前除草采用氟乐灵，喷洒后翻耙，保持 1 寸[①]左右药层；播后除草，即覆膜前喷洒除草剂，常用拉索、除草醚等，保持土表一层药面。二是喷洒防病治虫药剂，在喷洒防草剂后，用多菌灵 400 倍加速灭杀丁 1500 倍配制混合药剂，喷洒土面，可有效防治立枯病、红腐菌和地老虎。

3）塑膜准备

地膜的用量要依据单位面积的覆盖度，地膜的厚度和地膜密度来确定。覆盖度是指地膜覆盖面积占棉田面积的百分比。估算方法：单位面积重量＝地膜密度×地膜厚度×覆盖面积×覆盖度。目前薄膜种类和规格很多，要根据生产要求选择适用的种类，向厂方订购，以防浪费。

---

① 1 寸≈3.333cm，后同。

2. 播种技术

1）播种期

三系杂交棉的播种期不能过早，也不能过迟。过早，膜内温度低，种子萌发迟缓，出苗率低，保苗困难；过迟，膜内温度高，棉苗出得快而全，但也易被高温烫伤。因此，必须根据当地气候特点来确定播种日期。地膜覆盖的播种期一般以 5cm 土层的日平均地温稳定在 12℃以上，气温稳定在 16℃以上为适宜播种期。

2）播种量

地膜覆盖三系杂交棉提倡点播穴栽。每亩播种量的多少，要根据种植密度，种子发芽率，穴播种粒数等的情况而定。一般种植密度 2000～3000 株/亩，每穴播 2 或 3 粒，种子发芽率 95%，每亩用种 2～3kg。点播穴栽播种量不能过多，过多浪费棉种，出苗后过分拥挤，造成苗挤苗、高脚苗、细弱苗、挤死苗，浪费间苗劳力。

3. 覆膜技术

地膜覆盖的质量直接关系覆盖后增温、保墒、保肥、增光的效果。

1）种植方式

地膜棉种植方式有平作、畦作、垄作。

（1）平作：按等行或宽窄行平地顺行覆盖地面，不起垄，操作方便，保墒、防旱、抗风效果较好，膜下水分分布均匀，有利出苗；缺点是膜面容易积存雨水。

（2）畦作：目前大面积地膜覆盖的均采用这种方法，覆盖方便，保温、保墒效果较好，畦面呈龟背形，膜面不易积水，灌排方便；缺点是覆盖不好易遭风害。

（3）垄作：在播种前整地起垄，垄作可分低垄和高垄，低垄一般高 10～14cm，高垄 15cm 以上，垄背宽窄根据行距要求而定；该方式有利于排水抗涝，保温好，透光面积大；缺点是翻耕较困难，垄间容易积水。

2）播种方式

根据播种与覆膜先后，播种方式有先播种后覆膜和先覆膜后播种两种。

（1）先播种后覆膜：便于机播，保温好，遇雨土壤不易板结，播种覆盖质量较高；缺点是出苗后破膜放苗较费工，破膜后膜内外温差大，较易形成僵苗。

（2）先覆膜后播种：可提前覆盖保墒、增温，播种时按株距扎孔穴播，不需破膜放苗，节省劳力；缺点是出苗前保温性能较差，孔口土壤遇雨水易板结。

3）覆盖方式

棉田覆盖方式有行间覆盖和根区覆盖等。

（1）行间覆盖：即播种后塑膜顺行覆盖棉行中间，将膜边入土 6cm 左右封好压实，待出苗后，选晴天将塑膜移到行间覆盖，不需打孔放苗；缺点是增温效果不如根区覆盖。

（2）根区覆盖：即薄膜顺行覆盖在播种行上，可分双行覆盖和单行覆盖；根区覆盖增温保墒效果比行间覆盖好，出苗早，生长快，结铃早，高产；为了经济用膜，增温保墒，又以双行覆盖为好。

4. 出苗期管理

播种后要及时进行田间检查和管理，要求一播就管，边播边管。一是要及时检查有无露籽和烂种，一经发现立即盖土和催芽补种。二是及时检查塑膜情况，如有破洞或鼓气，立即封洞、排气；膜上泥土和雨后积水，应及时清除，提高透光强度。三是要检查土壤墒情和种子吸水膨胀情况，如墒情不足，要补墒或在空行开沟浇水补墒。四是在两熟棉区要整理好前作，进行扎把或推株拼拢，增光促出苗。五是在低温多雨时，及时排水，防止烂种。

（二）苗期阶段栽培技术

苗期阶段的栽培管理，其要求是在确保全苗基础上达到壮苗早发。

1. 破膜放苗

当棉苗出土达 60%～70%、子叶展平、叶色转绿、天气晴好时破膜放苗，掌握放绿不放黄，放大不放小，放展不放卷。破膜放苗，既不能过早，膜孔过大造成漏温受冻死苗，又不能过迟，高温烧苗。据观察，棉苗在膜内温度上升到 50℃以上高温时就要发生烧苗。破膜放苗一般可分两次进行，第一次在出苗 60%～70%时进行，第二次在基本齐苗后进行扫尾。破膜放苗方法可用刀片或剪刀在出苗处划"一"字形小口，使棉苗露出膜外，做到边剪边用细土封口护苗。

2. 补苗和定苗

破膜放苗后遇缺苗应及时移栽补苗。一是在棉苗较密的棉行，用移苗器小心将棉苗移至缺苗处。二是播种前培育一些移栽苗在田头、地边，供补苗用。移栽苗时要提高移栽质量，加强培育管理，达到齐、匀、壮要求。地膜点播易获得全苗，常一穴内有 2 或 3 株苗，需及时间苗，否则会造成苗挤苗，形成弱苗。待棉苗二叶一心后定苗。

3. 控旺长，防病虫

1）中耕松土

地膜覆盖棉田的露地部分，因多次田间作业的踩踏，造成土面板结；因此，要在苗期进行中耕松土，破除板结，消灭杂草。覆盖棉田苗期地温高于气温，棉苗根系较发达，如遇高温或降雨，棉苗生长速度加快，可能出现旺长；因此要及时中耕松土，控制地上部旺长。中耕时应注意，离棉苗不能太近，深度 3～5cm，防止膜翻动；牛耕不能太深，以免伤根太多，对棉苗生长发育有影响。

2）控旺促弱

对生长过旺棉苗，待长至 7 或 8 片叶片时用 $10 \sim 50 ppm^{①}$ 浓度的矮壮素喷洒轻控，快速喷洒棉苗顶部，喷洒时注意喷大不喷小，不重喷和漏喷。对弱苗，可用 1% 浓度尿素喷洒（根外施肥），棉苗直接吸收营养，促进生长，效果较为显著。

3）防病虫

地膜覆盖栽培的苗生长较嫩绿，发育较早，苗期害虫相应提早进入棉田为害，对常见病虫害，如立枯病、炭疽病、枯萎病、棉蚜、蓟马、棉叶螨等，要早查早治。

（三）蕾期阶段栽培技术

地膜覆盖的三系杂交棉蕾期长势明显旺盛，在栽培技术上应防旺长，保稳健，促进早开花，协调营养生长与生殖生长。

1. 及时整枝

目前栽培的三系杂交棉品种，除鸡脚叶型标记杂交棉外均要及早整枝，要做到去早、去少、去彻底，以"枝不过寸，芽不放叶"为适时。在抹赘芽时，在主茎叶腋处用手抠一下，把芽眼抠掉，可以做到一次整枝。

2. 巧施蕾肥，实行化控

地膜覆盖的棉苗生长旺盛，叶色浓绿，发得较好，具有一定的丰产架子。但对土壤肥力瘠薄的棉田，若基肥不足，红茎上升，叶黄而瘦小，应适当追施速效氮肥，一般每公顷施尿素 $45 \sim 75 kg$。施肥方法：可在膜边近根处深施，忌破膜施肥，以免影响保温效果。缺钾、缺硼的棉田，可结合治虫及早进行根外喷洒钾、硼肥。

蕾期化控，最适施用期是盛蕾初花期，一般防止前期徒长的浓度为 $30 \sim 100 ppm$（25%助壮素一支加水 $50 \sim 100 kg$，可施用 $0.1 \sim 0.2 hm^{2}$）。

3. 防治病虫害和抗涝防旱

蕾期害虫主要危害幼蕾，如不及时防治，幼蕾脱落严重，改变棉株体内养分运转、分配，使营养生长与生殖生长失调，导致营养生长过旺，是蕾期疯长的原因之一。主要害虫有盲椿象、红蜘蛛、玉米螟、红铃虫等。转 BT 基因抗虫棉，前期可以不治 1 代、2 代棉铃虫，重点是防治 3 代、4 代棉铃虫，但对其他害虫还是要适时防治。

同时，在蕾期还要做好排灌工作，若旱要采取小水沟灌，若涝要及时排除田间积水。

---

① 　1ppm＝1×10^{-6}，后同。

（四）花铃期阶段栽培技术

1. 施准花铃肥

花铃期是棉花的重要时期，花铃期阶段是从开花期至吐絮期，一般是在 7 月初至 8 月下旬。从开花期到盛花期，棉花生长发育最快，营养生长和生殖生长均出现高峰，一方面根系生长、主茎日增长量、叶面积指数均达最大值，另一方面大量开花、结铃。因此，此时所需的养分特别多，占一生总吸收量的 50％～60％。在栽培管理上应使棉株健壮有力，增蕾保铃。盛花期应以施肥为主，并肥水结合，主攻"三桃齐结"，防止营养器官早衰，促进铃大、早熟、高产。一般花铃肥分两次施，第一次在蕾末初花时施用，以有机肥为主；第二次在棉株叶色褪淡和下部结 2 或 3 个大铃时，以施化肥为主。但当棉株大量结铃时，还需适当补施盖顶肥（如根外施肥），防止早衰，可增加后期结铃数和铃重。

2. 揭膜

地膜覆盖因覆膜时间长短可分为全育覆盖和半育覆盖。全育覆盖是整个棉花生育期覆盖地膜，优点是地温高，水分平稳；缺点是田间管理困难。半育覆盖是地膜覆盖到棉花某一生育时期，揭去地膜。揭膜时间应根据不同棉区分别对待。在特早熟棉区可以不揭膜，实行全生育期覆盖，提高土壤积温，促进棉花生育。在北方旱地棉区，为减少土壤水分蒸发，也可全生育期覆盖。南方两熟棉区和北方水地棉区，一般应在盛蕾期，地温、气温均较高时揭去地膜。

3. 适时打顶及抗旱、排涝

打顶可去掉顶端优势，控制株高和果枝数，是充分发挥地膜覆盖后三系杂交棉的增产优势的措施之一。打顶应根据种植密度和棉花长势适时打顶，一般在 7 月下旬至 8 月初，打顶的指标为一叶一心。

抗旱、排涝是这一阶段的重要工作。花铃期棉花的叶面积蒸腾量最大，植株高大，叶面积系数大，需水量较多。但该时期常遇伏旱，影响肥料发挥作用，易早衰，这时必须灌水。北方棉区花铃期适入雨季，要注意排涝，防止根系受渍而早衰。

在此阶段要及早防治红铃虫、红蜘蛛等。非抗虫杂交棉还要加强 3 代、4 代棉铃虫的防治。

（五）吐絮期阶段栽培技术

吐絮阶段是从吐絮期到全田收花基本结束，一般 8 月底开始收花，到 11 月上旬结束。吐絮期早熟不早衰是指 8 月下旬至 9 月上旬下部吐絮，上部仍在开花结铃，下部叶色褪淡，中、上部叶色较深，即上绿下黄，9 月底将有 50％棉铃吐絮的正常棉花。若 9 月底吐絮过多，吐絮部位已到上部，为早衰，相反就是迟熟。因此，为使棉花早熟不早衰，增加铃重、衣分，提高产量和品质，在栽培上应做到以下几点。

1. 防早衰

　　及时根外追肥，每次每亩喷洒 1％～2％浓度的尿素液 50～100kg，喷洒 1 或 2 次，如缺钾可用 1％～2％氯化钾一起混喷。

2. 促早熟

　　及时喷洒催熟剂——乙烯利。喷洒乙烯利后的棉株体内增加乙烯含量，加速叶片养分的输送，促使成熟。一般在下霜前 15～20 天，喷洒 800～1200ppm 乙烯利。

3. 回收残膜

　　地膜覆盖的三系杂交棉在收花结束、拔棉秆时，必须组织人力将地膜回收，不宜残留在田间，因残膜留在土壤中有污染作用，并影响作物根系生长。

第三节　提高结铃率的栽培

一、三系杂交棉结铃率偏低的原因

　　三系杂交棉结铃率偏低一直是棉花界关注和需要解决的问题。早在 20 世纪 80 年代，美国的 Sheetz 和 Weaver（1980）与 Weaver（1986）在研究中就发现此问题，认为主要是恢复系的恢复基因对不育系的不育基因的抑制效应不够强，但可通过海岛棉的育性增强基因得到改良。我们的研究认为，三系杂交棉（杂种）结铃率偏低的原因是多方面的，从杂种的质核互作上分析可能是不育细胞质效应引起（王学德和潘家驹，1997b）；从遗传角度看可能与恢复基因对不育基因的抑制作用不足有关（王学德等，1996；王学德和潘家驹，1997a）；从生理生化角度看可能是杂种花药积累较多的活性氧所致（蒋培东等，2007），并用转基因方法通过导入谷胱甘肽-S-转移酶基因（*gst*）抑制活性氧积累、提高花粉生活力、促进结铃率提高得到证实（王学德和李悦有，2002；朱云国，2006）；从环境条件与基因型的互作来看，还与气候条件（特别是气温）和栽培技术密切相关。综合上述研究，对三系杂交棉结铃率偏低的原因可以概括为以下三个方面。

（一）遗传的影响

　　三系杂交棉是由两个不同基因型的亲本（不育系和恢复系）杂交而成的，双亲差异较大，生物学矛盾较突出，必定要反映到子代的开花结铃特性上。如下述遗传原因可能导致结铃率的降低。

1. 不育细胞质的效应

三系杂交棉的细胞质为不育系的细胞质（简称不育细胞质），大多源于二倍体的哈克尼西棉细胞质，而细胞核为四倍体的陆地棉细胞核，质核两者亲缘关系很远，存在不亲和性。这种不亲和性首先反映在对雄性细胞和海岛棉（花粉）发育及其对结铃性的影响，虽然能被恢复基因修复，但也易受环境条件的影响而波动（详见第四章）。这种不育细胞质对杂种的影响，不但在三系杂交棉（王学德和潘家驹，1997b）中存在，而且在三系杂交水稻（中国农业科学院和湖南省农业科学院，1991；盛效邦和李泽炳，1986）、玉米和油菜中也普遍存在，且可以通过栽培方法得以克服。

2. 育性恢复度的影响

三系杂交棉的不同组合在同一生态环境下，或同一组合在不同生态环境下，其结铃率也有较大差异。结铃率是一个育性指标，其差异反映了三系杂交棉在育性恢复度上的差异。而育性恢复度的高低与恢复系的恢复力和不育系的可恢复性有密切关系。经观察，育性恢复度在80%以上的组合，只要有好的栽培条件，仍可达到常规棉品种的结铃率。

3. 数量性状的特点

结铃率是一个复杂的数量性状，除了受多基因控制外，受环境条件的影响也十分明显，所以通过栽培措施改良三系杂交棉的结铃率，在理论上和实践中均是可行的。

（二）温度的影响

1. 常规棉对温度的要求

棉花是喜温作物，在每个生育期都要求有一定的适宜温度，而且有不同的温度上限和下限，还需要有一定的有效积温或活动积温。温度在棉花生育过程中起着主导作用。有关各生育期所需的生育天数和积温如表8-1和表8-2所示。

表 8-1　棉花各生育期所需的天数和积温

生育期	临界温度/℃	最适温度/℃	生育天数	平均温度/℃	≥15℃活动积温/℃
播种～出苗	12	20～30	8～19	19.7～25.4	198.9～317.2
出苗～现蕾	19	22～30	36～59	19.4～23.8	856.8～1074.0
现蕾～开花	25	25～30	28～31	25.1～25.3	702.8～778.1
开花～吐絮	15	25～30	61～63	22.8～24.8	1436.4～1537.2
播种～吐絮	—	—	138～169	—	3243.5～3653.2

从表8-1和表8-2中可看出，棉花一生中的不同阶段对温度的要求是不同的，尤其在开花结铃期（开花～吐絮）对温度的要求最高，需要25～30℃的持续温度。如果这一时期温度过低或过高，往往引起花粉败育和结铃率下降。

表 8-2　不同熟期棉花品种各生育期所需有效积温（≥12℃）

棉花品种	生育期/天	播种～出苗/℃	出苗～现蕾/℃	现蕾～开花/℃	开花～吐絮/℃	播种～吐絮/℃
早熟品种	121.4	57.8	420.4	346.0	630.1	1451.3
中熟品种	143.0	71.4	521.1	473.0	777.6	1845.9

Reddy 等（1992）控温试验表明，昼夜温度 35℃/27℃条件下有 10%的棉铃和花蕾脱落，在 40℃/32℃高温条件下，植株上所有花芽全部脱落。余新隆和易先达（2004）报道，高温天气致使湖北种植的抗虫棉花药不同程度地不开裂，花粉发育受阻，生活力下降。洪继仁（1982）在高温年份测定花粉的萌发率，指出高温对花粉育性的影响显著。张小全等（2007）观察到海岛棉花粉对高温更敏感，持续 35℃左右数日，育性迅速下降，导致蕾铃脱落严重。

2. 三系杂交棉对温度的反应

我们在第四章的第五节中已介绍，三系杂交棉对高温和低温的反应比常规棉更敏感，特别在开花期遇到低温（≤15℃）和高温（≥39℃），使花药开裂不畅，散粉不多，甚至部分花粉生活力下降，是造成结铃率偏低的主要原因。但不同组合对温度的反应明显不同，如用"浙大强恢"配制的组合，比"DES-HMF277"配制的组合更耐高温（倪密等，2009），用海岛棉恢复系配制的种间组合表现更好，耐高温（张小全等，2007）。这表明生产者应根据当地气候条件，因地制宜选择组合，合理布局。

类似于三系杂交棉结铃率偏低现象，在三系杂交水稻也曾发生过（中国农业科学院和湖南省农业科学院，1991）。20 世纪七八十年代，在杂交水稻推广过程中，人们发现很多地方结实率只有 60%～70%，出现所谓"大穗有余，结实不足"的现象，一时成为扩大杂交水稻利用的严重障碍。后来，通过全国科研协作攻关，优化了杂交稻配套栽培技术，此问题得到了很好解决。三系杂交棉的生育特点以及结铃特性，虽然与三系杂交水稻有所不同，但可以借鉴其策略，找出对策。

（三）营养生长与生殖生长的矛盾

三系杂交棉结铃率偏低，主要发生在生育中、后期，即花铃期。这个时期棉株生长发育最旺盛，边搭丰产架子，边大量现蕾、开花和结铃，需肥、需水最多，积累的干物质也最多，是形成产量的关键时期。但这一时期由于受三系杂交棉的遗传特性的综合影响，对外界环境反应也更为敏感，很易发生营养生长与生殖生长的矛盾。

经观察，三系杂交棉生育前期生长迅速，表现为根系发达、功能旺盛、吸收和合成能力强；生育中期的光合作用优势明显，表现为绿叶面积大，群体叶面系数大，光合作用强，物质生产和积累的优势突出。但生育后期物质生产优势下降明显，往往发生营养生长与生殖生长比例失调的现象，出现早衰，造成大量蕾铃脱落，结铃率下降。尤其在高温和干旱条件下更为突出。

三系杂交棉前、中期物质生产优势强于后期的特点，对其高产栽培有良好的指导意义。可以通过适当稀植、重施花铃肥、巧施叶面肥等措施，维持三系杂交棉中后期生长与发育的优势，提高光合作用的物质生产、积累和运转，为多结铃、结大铃提供有利条件。

二、提高结铃率的栽培

（一）因地制宜选择组合

由于我国三系杂交棉育种起步较晚，现有的组合仍偏少。但随着育种研究的深入和各级政府的重视，不同生态型的组合将会逐渐增多。据中国农业科学院棉花研究所（2009）与黄滋康和黄观武（2008）的统计，现有的三系杂交棉组合主要有"新（307H×36211R）"、"新杂棉 2 号"、"新彩棉 9 号"、"豫棉杂 1 号"、"银棉 2 号（sGKz8）"、"浙杂 2 号"和"邯杂 98-1（GKz11）"等。它们分别是在西北内陆棉区、黄河流域棉区和长江流域棉区的生态条件下选育而成，具有适应不同生态条件的特点。

三系杂交棉和常规棉品种一样，也有一个因地制宜正确选用优良组合和合理布局的问题，随着育种的进展，杂交组合将不断增多，各个组合有其不同的特性，并不是任一组合都能适应各个棉区获得增产作用的；未经试验和鉴定，滥用组合将会导致减产。

实践证明，不同组合在不同生态条件下表现出的结铃性是有明显差异的，特别是在可能出现高温、低温、干旱、病害的地区，更需经过区域试验和生产鉴定，因地制宜选用组合，合理布局，避免因组合的适应性较差而导致结铃率下降。

（二）创造良好的土壤环境

为了提高三系杂交棉结铃率，达到高产优质，必须要求土壤具有较高肥力，这是为棉株的正常生育提供各种所需营养元素的重要物质条件。所谓具有高的土壤肥力，就是要求耕层土壤有机质丰富，养分含量高。有机质能释放出氮、磷、钾等棉株所必需的营养元素，特别是土壤中的氮素 95％以上存在于有机质中，有机质是棉株营养元素的供给源泉。有机质中所含的多糖和腐殖酸具有粘结土粒的作用，真菌的菌体也能将土粒粘结在一起，形成土壤团聚体，从而改善土壤的物理结构。凡土壤有机质含量高的，化肥的增产效益也相应能提高。据研究，一般肥力较高的棉田土壤有机质含量应在 1％以上，全氮含量在 0.07％以上，碱解氮在 70ppm 以上，速效磷在 15ppm 以上，速效钾在 150ppm 以上。肥力较高的棉田，一般土层深厚，团粒结构多，土质疏松，通透性好，保水保肥能力强。此外，土壤水分也是影响土壤肥力的一个因素，土壤水分不仅本身或通过土壤空气和温度影响养分的转化，而且土壤中一系列化学性质的变化也受水分的影响。肥沃的土壤，蓄水保墒能力和水分利用率较高，土壤水分也较适宜。

由此看来，培肥土壤的途径，主要是增施有机肥和配合施用化肥。增施有机肥对于保持和提高土壤有机质含量以及土壤有机质的更新起着重要作用。有机肥包括土杂肥、厩肥、人粪尿和饼肥等；厩肥是优质有机肥，必须大力发展畜牧业，多积厩肥。提倡作物的秸秆（包括棉秆）直接还田，这是提高土壤有机质含量，培肥土壤的简便和有效措施。目前，棉区有机肥的数量有限，还必须配合增施化肥，并注意氮、磷、钾和微量元素的平衡施用。对于低产田而言，合理增施化肥是培肥土壤和迅速提高棉花产量的重要措施。瘠薄棉田除将磷、钾肥用作基肥外，还将部分氮素化肥作基肥施用。旱地棉田则将化肥全部用作基肥，对快速培肥土壤有较好的效果。肥力较高的棉田，应控制氮素化肥的用量，但不应减少有机肥的用量，以便使土壤肥力得以维持。高产棉田要有良好的灌溉排水条件，在施足基肥的同时，播前在冬、春要浇足底墒水，两熟棉田结合浇麦同时也要湿润预留棉行，南方春季则要注意排水，使棉田土壤保持适宜的水分。

（三）调控生育进程，趋利避害

我国棉区分布广阔，气候条件差异很大。为了使三系杂交棉开花结铃盛期赶上在气候最适宜的季节，防止蕾铃脱落，各地应根据当地气候特点通过采取多种有效栽培措施，调节棉花的生育进程，避开当地的不良环境，确保安全开花结铃。

1. 调整播种期

掌握好三系杂交棉适宜的播种期，既是确保棉花安全开花结铃的需要，也是实现一播全苗的重要环节。由于三系杂交棉对温度反应较敏感，适时播种的时间，主要是看当地温度条件，特别是地温的变化情况，做适当调整，使以后的开花结铃期处在最适宜的气候条件，提高结铃率。多年试种和实践证明，三系杂交棉播种期指标以 5cm 地温稳定回升到 15℃ 以上为宜。播种过早，出苗时间长，种子消耗养分多，容易烂籽烂芽，棉苗瘦弱，易感病，抗逆力不强，也有可能在以后的开花初期遇到低温，蕾铃脱落增多。因此，不能盲目过早播种，但也不能过晚播种。晚播虽能出苗快，易于保苗，但缩短了生育期，容易造成迟发晚熟。我国棉区地域辽阔，无霜期长短差异甚大，早春气候多变，种植类型、前作茬口不一。因此，各地必须根据当地生态条件，因地制宜确定播期，适当早播，延长棉花有效生长季节，对于充分发挥三系杂交棉的优势是十分重要的。

不难看出，调整播种期的关键是通过适时播种调整三系杂交棉的最佳开花期，尽可能地使三系杂交棉在适宜的生态条件季节里安全开花结铃，使三系杂交棉与当地良好的生态条件协调同步。这一趋利避害的栽培方法，不但有利于克服三系杂交棉结铃率偏低的问题，而且使三系杂交棉最大限度地利用当地温光条件。

2. 去早、晚蕾

去早、晚蕾在常规棉生产中是一项常用的栽培措施（蒋国柱等，1987）。棉花具有无限生长习性，对蕾、铃生长有很强的补偿能力，利用这一特性，采用在早发基础上去早、晚蕾的调节技术，可以有效地调节结铃的时间和部位，使棉株在最佳结铃时期和营养条件下多结伏桃和早秋桃。经观察，三系杂交棉在开花初期和开花后期蕾铃脱落较多，去掉早蕾和晚蕾正好适应该特性。

1）去早蕾的效果

去早蕾能增产的机理，主要是去早蕾后由于补偿作用，能促使营养体健壮，新生叶片数和叶面积增加，光合作用加强，叶片功能期延长，同时使根系发达，增加了根系活力和吸收能力。因而，能在最佳结铃期为集中现蕾、集中开花结铃提供更多更好的营养物质，去早蕾棉株的伏桃和早秋桃所占总桃数的比例上升，增加铃重，同时烂铃也明显减少，好花率提高。去早蕾还能在一定程度上防止早衰。

2）去早蕾的适用条件和范围

此法适用于无霜期较长的地区。要求棉田具有中等肥力水平，并且要施足肥料。棉株要早发，只有早发，才有较多的早蕾可去，才能发挥去早蕾的作用。实现早发的措施是采用育苗移栽或地膜覆盖，或适期早播。春季气温回升慢的地区，棉花晚发，不宜采用去早蕾法。该措施还必须与其他措施相配合，才能发挥更好的效果；一是要选用后期长势强的组合，二是棉田要求具有较高肥力，三是种植密度较稀和长势较旺。

3）去早蕾的方法

主要采用人工法，虽然多费点工，但易掌握。除蕾量以 4 个以上、8 个左右为宜，以去 8 个为最好。部位控制在下部 4 个果枝以内，时间在 6 月 20～30 日，除早蕾每亩需多用 1～1.5 个工，在劳力不足时，也可以去下部 2 或 3 个果枝代替去早蕾，亦可获得相似的效果。

4）去晚蕾

去晚蕾适用于晚发、后期长势旺和晚蕾多的三系杂交棉。晚蕾（8 月 5 日以后现的蕾）结的铃为晚秋桃，而晚秋桃常年多为霜后花，有些晚蕾更是无效蕾，徒然消耗养分，作用不大。除去晚蕾后，可使棉株养分集中供应伏桃和早秋桃生长，增加其铃重，还能减少霜后花，提高霜前好花率。若与化控技术相结合，则还能改善棉田冠层结构，增进通风透光，有利早熟增产，一般可增产 10％左右。去晚蕾可用人工打去上部果枝边心或化学封顶的方法，以用化学封顶法效果更好。化学法每亩喷缩节安 3g 或 4g 的效果最好，对后期长势旺的棉田每亩喷缩节安 5g 亦可。打边心或喷药的时期均以 8 月 5 日左右为宜，过早、过晚都不利。去晚蕾一般应与去早蕾结合，但在沿海地区晚发棉田及其他地区的晚发棉田则不宜去早蕾，以控晚蕾为主；早衰棉田不需要去晚蕾。

（四）建立合理的群体结构

为了解决棉田光照问题，提高三系杂交棉的光能利用率，减少荫蔽，减少脱落，提高结铃率，需要建立合理的群体结构，使个体与群体在生长发育上相互适应，保证群体生产力得到充分发挥。

1. 确定适宜的行株距配置

现有的三系杂交棉的株型仍较松散，若棉田肥力又较高，行距应适当放宽，密度不可过高。根据三系杂交棉的特点，平均行距以 1m 左右较宜，可增强行间光照。至于密度与个体的空间分布关系，一般亩产皮棉 75～100kg，亩铃数需 5 万～7 万个，以成铃率 26%～35%计，每亩果节数应达到 15 万～25 万个，按单株留果枝 15～20 个计算，密度在每亩 3000～3500 株为宜。在肥力条件较好、无霜期长的地方，密度还可降低至每亩 3000 株以下。

在西北内陆棉区和北部特早熟棉区由于无霜期较短，目前常规棉的种植密度一般均很高（8000～10 000 株/亩）。密度增大后，用种量也大幅度提高。显然，三系杂交棉若要在上述棉区种植，需要调整种植密度及其配套栽培技术，或者大幅度降低种子价格。

2. 保持最适叶面积系数

叶片是进行光合作用的主要器官，叶片的大小、数量和空间分布，对光合生产率和总物质的积累均有重大影响。因此，保持适宜的叶面积系数并使叶面积动态发展和空间分布都趋于合理，对于协调好"源"与"库"关系，保证蕾铃有充足的养分供应，是十分重要的。据研究，各生育时期的叶面积系数，以盛蕾期达到 1，初花期达到 2，进入盛花期时为 2.5～3，8 月上旬达到最大叶面积系数 3.5～4，并尽可能保持较长时间较为有利，8 月中旬以后叶面积缓慢减少，至 9 月上旬仍保持 2 为好。

3. 控制株高，推迟封行期

为使三系杂交棉营养生长与生殖生长协调发展，要控制苗期、蕾期的营养生长，使其不致过旺，把生长高峰放在开花以后出现，让株高、果节生长量的 50%～60%都在初花、盛花阶段完成。一般认为见花株高应在 50cm 左右，盛花初期 80cm 左右，最终株高 100～120cm。在控制株高的基础上，推迟封行期，尽量迟到 7 月下旬；若为大小行，小行最早在 7 月 10 日左右封行，大行在 7 月下旬，即使封行，最好能做到下封上不封。这样，可使棉株中、下部在结铃期间有较好的光照条件。

（五）合理运筹肥水

对棉株生长发育进行调控，合理运筹生长期间的肥、水管理甚为重要。生长前期要控制肥、水，使棉株稳长，防止旺长。生长期间施用氮肥应掌握前轻后重的原则，次数不宜过多（约两次），并不宜施得过晚。在部分作基肥的基础上，花铃肥要重施。后期盖顶肥一般可不施，以防造成晚熟。如花铃肥施得较早，需要施盖顶肥时，也应在 7 月底以前施入，一般进入 8 月不再进行土壤追肥，必要时可进行根外喷肥。肥力较差的棉田也可在蕾期少量追施氮肥。灌溉方面，北方在浇足底墒水的前提下，苗期不浇水，蕾期遇旱轻浇，进入雨季要排水，花铃期遇旱要注意及时浇水，停水期不能过晚；南方在前期要注意排水，花铃期伏旱期间要浇"跑马水"。麦棉两熟套种田在麦收后要及时对棉苗进行追肥、浇水。

（六）正确使用生长调节剂

目前，生长调节剂在棉花上的应用，最常用的是缩节安。正确使用缩节安等植物生长调节剂不仅可以协调棉株营养生长与生殖生长的关系，控制棉花株型，改善棉田冠层结构，增进棉田通风透光，提高有机养料的合成；而且还可以显著地增强棉株根系的生理功能，可使根系伤流量、合成氨基酸的能力和吸收无机磷的数量均明显提高，并增强伤流液中细胞分裂素的活性；同时，能提高幼铃中细胞分裂素和脱落酸的含量，在棉铃增大期使棉铃具有较高的转化酶活性和较低的蔗糖水平，促进同化物的积累，有利于早期集中成铃，提高棉株中、下部果枝成铃率；棉铃发育后期可提高乙烯释放量，促进棉铃的成熟开裂，有利于早熟增产，并对改进纤维品质也有一定的作用（李丕明等，1986；王三根，2003）。目前，这项技术已不仅仅作为一项应急措施，而已成为实现棉花高产优质的一项重要措施，使化控技术逐渐走向系统化、定向化、常规化。具体使用技术如下。

1. 常规的使用方法

在盛蕾至初花期，当棉株出现旺长趋势时，使用缩节安粉剂，每亩 2～3g，溶于40～50kg 水中，喷洒于棉株中、上部生长点上。具体时间根据长势、长相确定，主要以株高的日增长量作指标，盛蕾至初花是棉株生长最快的时期，正常棉株的株高日增长量为 2～2.5cm，如超过了 3cm，即表示长势过旺，应立即喷洒缩节安。

2. 根据"叶龄模式"进行调控

棉花主茎叶龄与各器官生长发育存在相关性和同伸关系，按照这些同伸规律，棉花主茎每长一片真叶，相应生长一定量的器官，存在着器官之间的相关性，归纳为"叶龄模式"。运用这一原理可制定一套调控技术体系。其具体做法是在 7 或 8 叶龄期，用0.5g 缩节安进行第一次化控；16 或 17 叶龄期浇水、追肥加化控，追肥量占 1/3，化控用量为 1.5～2.0g/亩；20 或 21 叶龄期追肥和浇水，追肥量占 2/3。试验表明，采用这种调控技术，可以达到理想株型和合理群体，株高适中，果枝较短，上下一致；内 1 或2 围节位桃多，外围桃少，中下部成铃增多，因而铃大、品质好、产量高。

3. 全程化控

生产中常可发现化控多次好于一次的现象。在夏播短季棉上采用全程化控技术效果尤其明显，要求从种子处理到盛花期多次用缩节安进行定向化控。从播种到铃期应根据各生育时期不同目的，从低量（不足克）到高量，进行全程化控，一般喷 3 次左右，总量 8～10g/亩。蕾前化控的目的主要是增强根系活力，保证地上部稳长，早现蕾；初花后主要促进开花、早结铃，减少蕾铃脱落，防止赘芽滋生，推迟封垄 5～10 天，并简化整枝等。

新疆是干旱灌溉棉区，为了推行"密、矮、早"栽培体系，十分重视化控技术，在棉花生长期间一般都要喷洒两次缩节安或矮壮素溶液，掌握"轻控，勤控；前期宜轻，后期准；一般田宜轻，旺长田适当多控"的原则，一般都在头水前和二水前，先喷洒生长调节剂，后浇水，以便更好地防止浇水后出现旺长。对有旺长趋势的棉田，有的将化控次数增加到 3 次以上，缩节安或矮壮素的用量也适当加大。

第四节　防止早衰的栽培

早衰是指"未老先衰"的现象。棉花早衰不是指棉花成熟期的自然衰退，而是在有效生育期内过早地减少乃至停止了光合生产，致使棉花体内生理生化过程的衰老比正常棉株提前，棉叶枯黄脱落，棉株过早死亡，造成棉花结铃率下降，铃重减轻，纤维品质变差。这种早衰现象发生越早，对棉花产量和品质的影响越大。

三系杂交棉因对外界环境的反应较敏感，当生育前、中期环境条件较好时营养生长和生殖生长均较旺，但生育后期若遇不良环境或栽培管理不当，容易造成早衰。早衰常表现为棉株生理功能下降，根系过早衰退，吸收水分和营养的能力减弱，从而引起叶片枯黄、过早脱落或死亡，光合能力下降，提供给生殖生长的养分减少，尤其雄性器官受到的影响更明显，花药瘦小，散粉不多，花粉生活力下降，棉铃脱落增多，产量下降。而且还涉及上部棉铃不能正常成熟，纤维品质下降，三系杂交棉的潜在杂种优势不能充分发挥出来。为预防三系杂交棉早衰现象的发生，本节通过了解三系杂交棉可能发生的早衰类型、原因和规律，提出防止早衰的栽培措施，供生产时参考。

一、早衰类型

棉花早衰现象发生时间早晚，受害程度轻重不同，加上当年气候、各地土壤和栽培管理上的差异，形成早衰的类型多种多样，形形色色。根据早衰棉株特征和形成过程的不同表现，常有五种类型。

（一）早发型

这是肥水不足棉田常发生的一种类型。因为棉田土壤肥水较少，又无补充条件，遇上苗期干旱年份，棉株往往发育早而生长迟缓，蕾期阶段搭不起丰产架子。进入开花结铃以后，叶片合成的养分主要分配给开花结铃方面，形成棉株长势弱，新生花蕾少，不能多结伏桃。出现这种类型早衰，一般棉花成熟吐絮较早，但产量不高。

（二）病变型

常发生在多年连作的棉田。因此类棉田土壤中有多种棉花病菌，在适宜条件下，早衰容易与各种病害交叉发生，造成既早衰又发病的现象。其中最常见的是红叶茎枯病，多在初花期开始发生，盛花至结铃期普遍而严重。病叶最初色泽变淡，产生红色或紫红色斑点。随后逐渐扩展，仅剩叶脉及附近叶肉组织保持绿色，再后叶片呈红褐色，边缘卷曲，自下而上凋落，终至全株死亡。

（三）凋　萎　型

常见于旱地早发型的棉花。在 7 月上、中旬的高温干旱环境条件下，棉株蒸腾失去的水分超过根系吸收的水分时，叶片上的气孔"被迫"关闭，同时叶片出现暂时萎蔫。这时棉株正常生理活动虽受到一定影响，还可维持缓慢生长。如旱情继续发展，甚至 60～70cm 以内土壤水分降 10% 以下，棉株根端吸水最活跃的薄壁细胞质壁分离，原生质受到损害，根毛消亡，逐渐失去吸水机能。这样，叶片出现萎蔫的时间也越来越长，以后虽遇雨水，由于新根毛不断迅速恢复生长，加上雨后土中缺氧，根系吸水机能更弱，而雨后叶片气孔开张，蒸腾失水反会增多，若遇 30℃ 以上的高温天气，棉花全株叶片便像烤过一样，很快形成永久性凋萎而死亡，但由于个体和局部环境的差异，有的棉株生长健壮，抗逆性强；有的长势较弱，抗逆性差。因而，同一块棉田里，凋萎死亡的只是局部或个别的棉株。

（四）衰　弱　型

这种早衰类型普遍发生在肥力水平低的棉田，特别是土层较薄的丘陵岗坡旱地更为严重。其特点是土壤严重缺水，多数同时缺肥，使根系和枝叶生长受阻，营养体比早发型更小，合成的有机物质只能供极少数花蕾发育成铃，形成有些地方所说的"筷子棉"（主干像筷子一般细）、"老头挑担"（只结 2 个桃）、"老头背粪篓"（只结 1 个桃）等严重的早衰现象。

（五）伏前多铃型

这种类型多发生在地膜覆盖、育苗移栽和前期早发的高产栽培棉田。还有前期生长稳健，中期开花结铃集中，对水肥要求高的一类早熟三系杂交棉，也容易产生这种类型。这种棉田，虽然水肥条件较好，开花结铃前搭起了一定的丰产架子，但由于开花结铃盛期比一般棉田提早，伏前结铃多而集中，若肥水管理失误，不能充分满足棉株营养生长与生殖生长同期发展的需要，造成营养生长落后于生殖生长，合成的有机物质不足，引起外围和上部蕾铃大批脱落，中后期结铃较少，不能达到高产要求。

二、早衰原因和规律

（一）早　衰　原　因

引起棉花早衰的因素很多，除了三系杂交棉自身特点外，主要是不良气候条件的影响、土壤养分的缺乏或失调、肥水管理的不当等因素，而且各因素之间又相互作用、相互影响。

1. 组合的自身特点

不同三系杂交棉组合在相同条件下，对外界环境条件的反应和敏感程度是不同的，要求育种家培育多种类型的抗逆的新组合，如选育叶片叶绿素含较高、光合作用强、功能期较长的抗旱、抗涝、抗高低温、耐瘠、耐肥、抗病虫害的不同类型组合，以适应不同棉区的要求。有了优良的抗逆的遗传基础，才能使三系杂交棉有高的抗早衰能力，才能充分挖掘其杂种优势的潜力。

2. 土壤水分过多或过少

土壤含水量过多或过少往往造成棉花生长发育受阻，是引起早衰的主要原因之一。但不同的生长发育时期，发生危害的情况有所不同。

1）苗期

苗期是棉花根系生长的主要时期，若此时降雨多，土壤湿度大，地温偏低，使根系生长慢，扎根浅，棉苗生长缓慢。虽然这种弱苗在以后生长过程中可恢复，但若又遇不良生长环境，易发生早衰。

2）盛蕾期

棉花现蕾后，便进入营养生长与生殖生长并进阶段，但仍以营养生长为主。若遇高温干旱天气，棉花营养生长减慢，造成营养器官弱小，在没有搭好丰产架子的条件下过早进入生殖生长，若不能及时补充水分，易导致早衰。特别在土壤瘠薄和养分不足时，盛蕾期干旱，更易发生棉花早衰。

3）花铃期

花铃期棉花需水量最多，占全生育期总需水量的 $45\%\sim65\%$。在这一需水高峰期，棉株营养生长逐渐转弱，进入生殖生长高峰期，棉花对水分很敏感。若气候干旱，土壤水分不能满足花铃期需要，引起代谢紊乱，根系吸收减弱，叶片功能下降，影响棉株正常生育，加速衰老；另外，因干旱，土壤中速效钾含量降低，棉株缺钾，使棉花抗逆性减弱，早衰更严重。若棉株前期生长发育较好，花铃期干旱，易引起大株早衰；若干旱后紧接大雨，易造成棉株猝死早衰。

3. 土壤养分不平衡

大量研究表明，棉花早衰与土壤速效钾含量关系密切，土壤缺钾是导致棉花早衰的重要原因之一。钾能促进叶片光合作用和纤维素合成，使输导组织和机械组织正常发育，从而增强棉株抗病、抗旱、抗寒等性能，延长叶片功能期，推迟吐絮而避免早衰。但这时若只重视施用氮、磷肥，而忽视钾肥的施用，使土壤中速效钾含量降低，引起棉花缺钾而早衰时有发生。当然，土壤中其他养分不足或不协调也会引起早衰，如氮肥施用过多，会影响棉株对钾的吸收，造成棉花生理性缺钾引起早衰；若土壤速效钾含量低，有机质、全氮含量也低，棉花早衰更为严重。相反，在含钾丰富，有机质、全氮含量中等的棉田，一般不会发生棉花早衰现象，这表明土壤速效钾含量是棉花早衰与否的关键因素。

4. 花铃肥不足

花铃期是棉花吸收和积累矿质养分的高峰期。研究表明，由开花期至吐絮期，棉株吸收和积累的氮、磷、钾含量，占一生积累量的 60% 左右。进入盛花期后，棉株从营养生长为主转入生殖生长为主的关键时期，成铃渐多，大量有机营养被棉铃吸收，体内含糖明显减少。此时，有充足的肥料供给，对维持棉叶生理机能和棉铃发育十分重要，若土壤肥力不足，极易引起早衰。

5. 棉田多年连作

多年连作棉田，土壤中病菌积累量大，若遇适宜发病条件，会造成棉病大发生，尤其黄萎病和红叶茎枯病使棉株叶片枯黄、萎蔫，出现病变型的早衰。

（二）棉花早衰规律

尽管棉花早衰出现有早有晚，程度有重有轻，类型有多种，原因有多样，但早衰也有一定规律可循。

（1）沙土地、薄地、旱地的棉花早衰常重于且早于黏土地、肥地、水浇地的棉花。

（2）地膜棉和育苗移栽棉发生早衰常重于且早于露地棉和直播棉。

（3）多年连作棉田、未秋耕棉田上的棉花早衰重于且早于新棉田、已秋耕棉田上的棉花。

三、防早衰的栽培措施

针对三系杂交棉早衰原因和规律，应以加强肥水管理为中心，把各种预防早衰的技术措施组装成综合防止早衰的配套技术体系，在生产实践中运用。

（一）选用抗旱耐旱的组合

棉花早衰往往与高温干旱的不良环境联系在一起，抗旱的棉花一般也抗早衰。抗旱性强的组合，具有耐旱种性，一般脯氨酸含量较高，能抑制水分从细胞向外渗透，减少植株对外界水分的要求。在植株形态上，长势较强的组合，一般根深棵壮，根系发达，能从土壤深层吸收较多水分和营养物质，因而耐旱力强，结铃多，产量高。叶片色深且厚、有蜡质光泽的组合，对水分蒸腾也具有一定的保护作用，不易萎蔫；叶功能期较长的组合，光能利用率高，在旱地都表现高产稳产。

（二）坚持合理的轮作换茬

实践证明，有计划的定期轮作换茬，可维持较好的棉田生态环境，抑制病菌生长与传播，减少病害发生，并增加土壤中有机物质的积累，增加水稳性团粒结构，提高蓄水、保肥、保墒能力，是解决棉田早衰的经济、有效措施。据调查，棉田改种粮食作物3年轮作后，在红叶茎枯病发生严重年份，不但病株率减少，而且土壤有机质含量提高，黄萎病株率降低，可使棉花连续多年避免早衰，实现增产。目前，棉粮轮作换茬的主要障碍是棉田改茬时，种成的晚茬小麦比适时小麦减产较多。为此，把拔棉秆的时间提早到平均气温降低在15℃左右时进行，种麦时旬比初霜后拔棉秆提早10～15天以上，接近适时麦播种期限。这样不但能保证小麦高产稳产，还可使当年收摘的霜前皮棉产量有一定程度的增产。

（三）棉田秋耕冬灌，施足基肥

棉花是深根作物，深耕可增加根系分布深度，扩大根系吸收范围，改善土壤理化性状，提高蓄水保肥能力，加速土壤熟化，多接纳雨雪，消灭越冬病虫害。冬灌不仅提高上述效果，还增加土壤水分。秋耕时间尽量早，一般在收获后立即进行，冬灌在大地封冻前后进行。秋耕一般耕深25～45cm，应根据土壤种类、土层深度、地下水位等自然条件及生产条件灵活掌握。

结合秋耕，施足施好底肥，不但是保墒保全苗的需要，也是提高肥效、防止三系杂交棉早衰的需要。因为棉花发棵主要在盛蕾以后至开花结铃初期，肥料的吸收利用应比这个时间提前20～30天，而华北主要旱地棉区在5月、6月还多在干旱缺雨的季节。由于土壤水分不足，这个时间追肥，往往旱上加旱，更不利于棉株开花结铃对水肥的吸收。为此，可提早施足基肥，改分期施肥为秋耕前一次性全部底施，提前增加土壤养分，达到追肥目的，为了解决秋耕时农家土杂肥源不足的问题，可将碳酸氢铵和磷钾化肥按比例混合施用。犁地时将80％肥量均匀撒入犁底，20％撒在地面，做到随混合、随施肥、随犁地。使上下各层都有肥料，特别在土壤含水较多的底层更需多施，不但减少肥料损失，而且促使棉花根系向下发展，有利抗旱防早衰。

（四）采取适当的发棵、护根、保叶措施

棉花早衰往往是营养生长和生殖生长比例失调引起的，为避免比例失调，应采取发棵、护根、保叶等有效措施，确保早熟不早衰。

为促进棉花发棵，解决苗蕾期营养生长不良问题，除在苗期加强中耕除草、保蓄土壤水分外，在去营养枝时，有时还可去除下部1或2个果枝，甚至在入伏前去1或2个早铃，其目的在于适应可能发生的伏前干旱，适当调整花铃期，使棉株开花结铃前有较长的时间发棵长叶、有较多的机会接纳大气降水，以促进营养生长。

增施肥料应以有机肥为主，化肥为辅，增加土壤保肥水能力。要经济施用氮肥，有效施用磷肥，适当增施钾肥。要以基肥为主，追肥为辅，要特别注意花铃肥的施用。在棉株进入开花结铃以后，应注意护根保叶，中耕不要过深，不要在根系近处追施化肥、饼肥，以免伤根；特别是碳酸氢铵一次追施过多或离根系太近，极易伤根，影响水肥吸

收，引起后期早衰。棉花生长后期，根系活力衰退，吸收能力减弱，在必要时，应采用叶片喷肥，以改善棉花营养条件，防早衰。

地膜棉和移栽棉，发育早，易早衰。应根据棉株长相，于蕾期喷施缩节胺，调节营养生长与生殖生长的矛盾，促使棉株早发稳长。对前期水肥足、旺长棉田，应在蕾期、初花期、盛花期酌情喷施缩节胺。

对病虫害应及时防治，促使棉株生长稳健。特别应注意对红蜘蛛、蚜虫等害虫防治。如需对病虫害进行药剂防治时，浓度不能太高，防止药害，尽量不用粉剂农药，以延长叶的功能期，防止过早地干枯脱落。

（五）浇好防旱抗旱关键水

据调查，一般土壤含水量在 10% 以下时，棉花生长受阻，上部叶片小而薄，叶色褪绿，蕾铃脱落严重。所以，遇旱就应及时灌溉，以水调肥，护根保叶，以保证棉花正常生长需水，防止出现早衰。适时浇水，应根据棉花长势、天气、土壤湿度等综合考虑，灵活掌握，特别是盛蕾期和盛花期应避免干旱。在平原旱地或河谷间旱地棉田，以及与种植粮食作物的水浇地插花分布的棉田，在满足粮食作物用水的前提下，干旱年份能给棉花浇上一次关键水，应以盛蕾到开花初期为最好。

三系杂交棉生产是一个复杂的系统，由良种、环境条件和栽培措施等因素组成。三系杂交棉生长发育对环境条件有较高的要求；而环境条件对三系杂交棉生长发育产生很大的影响。栽培措施是这个系统中的重要组成部分，一方面它对环境条件的某些因素如土壤条件可以加以调节和改善，另一方面栽培措施又能调节和控制三系杂交棉生长发育以适应外界环境条件。所以说，栽培措施在实现三系杂交棉高产优质过程中发挥积极的能动作用。由于栽培措施也是由许多单项因子组合在一起的一个技术系统，仅靠某一单项因子实现高产优质是不可能的。因此，必须将影响三系杂交棉生长发育的各项主要栽培因子进行优化组合，最大限度上发挥各个因子的综合作用，并与良种配合，才能达到高产、优质和高效益的目的。

参 考 文 献

洪继仁. 1982. 高温对棉花器官发育和棉铃生长的影响. 中国棉花, 9 (5): 36-37.

黄滋康, 黄观武. 2008. 中国棉花杂交种与杂种优势利用. 北京: 中国农业出版社.

蒋国柱, 邓绍华, 潘晓康. 1987. 棉花优质高产技术——去除早蕾. 农业科技通讯, 5: 12-13.

蒋培东, 朱云国, 王晓玲, 等. 2007. 棉花细胞质雄性不育花药的活性氧代谢. 中国农业科学, 40 (2): 244-249.

李丕明, 何仲佩, 刘启, 等. 1986. 缩节安化学控制对棉花冠层结构和棉田生态效应影响的研究. 棉花学报 (试刊), 2: 13-21.

倪密, 王学德, 张昭伟, 等. 2009. 三系杂交棉花粉育性对高温和低温胁迫的反应. 作物学报, 35 (11): 2085-2090.

盛效邦, 李泽炳. 1986. 我国杂交稻雄性不育细胞质研究的进展. 中国农业科学, (6): 12-16.

王三根. 2003. 植物生长调节剂在粮棉油生产中的应用. 北京: 金盾出版社.

王学德, 李悦有. 2002. 细胞质雄性不育棉花的转基因恢复系的选育. 中国农业科学, 35 (2): 137-141.

王学德, 潘家驹. 1997a. 我国棉花细胞质雄性不育系育性恢复的遗传基础 II: 恢复基因与育性增强基因的互作效应. 遗传学报，24：271-277.

王学德，潘家驹. 1997b. 细胞质雄性不育陆地棉的细胞质效应. 作物学报，23（4）：393-399.

王学德，张天真，潘家驹. 1996. 棉花细胞质雄性不育系育性恢复的遗传基础 I：恢复基因及其遗传效应. 中国农业科学，29（5）：32-40.

余新隆，易先达. 2004. 高温对棉花花药开裂影响的观察. 湖北农业科学，43（2）：39.

张小全，王学德，朱云国等. 2007. 细胞质雄性不育海岛棉的选育和细胞学观察. 中国农业科学，40（1）：34-40.

中国农业科学院，湖南省农业科学院. 1991. 中国杂交稻的发展. 北京：农业出版社：64-69.

中国农业科学院棉花研究所. 1983. 中国棉花栽培学. 上海：上海科学技术出版社.

中国农业科学院棉花研究所. 1999. 棉花优质高产的理论与技术. 北京：中国农业出版社.

中国农业科学院棉花研究所. 2009. 中国棉花品种志. 北京：中国农业科学技术出版社.

朱云国. 2006. 棉花转 GST 基因恢复系恢复力提高机理的研究. 杭州：浙江大学博士学位论文.

Reddy K R，Reddy V R，Hodges H F. 1992. Temperature effects on early season cotton growth and development. Agron J，84：229-237.

Sheetz R H，Weaver J B. 1980. Inheritance of a fertility enhancer factor from Pima cotton when transfered into upland cotton with *Gosypium harknessii* Brandegree cytoplasm. Crop Sci，20：272-275.

Weaver J B. 1986. Performance of open pollinated cultivars, F2's and CMS upland×upland restorers trains. Proceedings on Beltwide Cotton Conferences：94.

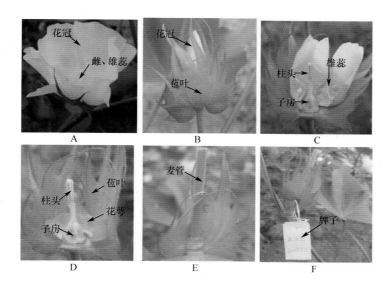

彩图 1-1　棉花去雄授粉

A. 开花当天的花朵；B. 翌日将要开花的花蕾；C. 去雄时剥去整个雄蕊和花冠；
D. 去雄后的柱头、子房、花萼和苞叶；E. 去雄后至授粉前用麦管套住柱头；
F. 授粉后仍用麦管套住柱头，挂牌子，注明杂交组合和杂交时间等

彩图 2-4　不育花（A）与可育花（B）

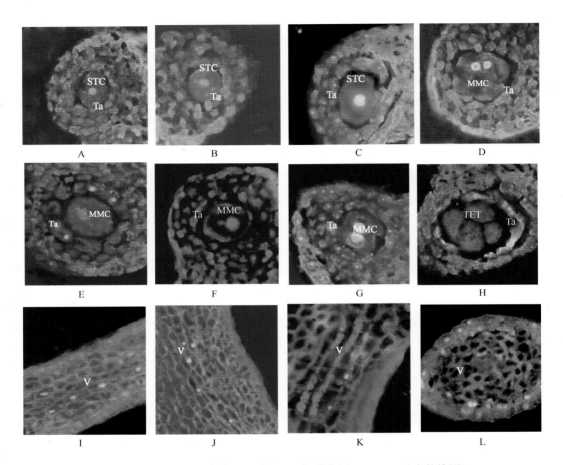

彩图 3-13　不育系和保持系花药 DNA 断裂分析(TUNEL 反应的检测)

STC. 造孢组织细胞;MMC. 小孢子母细胞;Ta. 绒毡层;V. 导管组织。A. 不育系花药,造孢细胞时期,×400,示造孢细胞 TUNEL 反应呈阴性;B. 保持系花药,造孢细胞时期,×400,示造孢细胞 TUNEL 反应呈阴性;C. 不育系花药,造孢细胞时期,×400,示造孢细胞 TUNEL 反应呈阳性;D. 不育系花药,小孢子母细胞时期,×400,示造孢细胞 TUNEL 反应呈阳性;E. 保持系花药,小孢子母细胞时期,×400;F. 阴性对照(不育系,未经TdT 脱氧核糖核酸转移酶处理),小孢子母细胞时期,×400;G. 阳性对照(保持系,DNaseⅠ处理),小孢子母细胞时期,×400;H. 四分体形成,保持系开始退化的绒毡层细胞,×400,示绒毡层细胞 TUNEL 反应呈阳性;I. 保持系花丝(纵切),造孢细胞时期,×400,示花丝导管细胞核处细胞中间,TUNEL 反应呈阳性;J. 保持系花丝(纵切),小孢子母细胞时期,×400,示花丝导管核处细胞边际,TUNEL 反应呈阳性;K. 保持系花丝(纵切),减数分裂后的小孢子母细胞,×400,示花丝导管已形成;L. 保持系花丝(横切),小孢子母细胞形成后的四分体时期,×400,示花丝中导管

彩图 4-12 "浙大强恢"对不育系(抗 A)的恢复力
1.(抗 A×浙大强恢)F$_1$;2.(抗 A×0-613-2R)F$_1$;3.(抗 A×
DES-HAF277)F$_1$;4. 抗 A 的雄蕊表型;育性由好(1)至不育(4)

彩图 6-1 不育系柱头长度的差异

彩图 6-4 恢复系雄蕊发育程度上的差异
左弱,右强

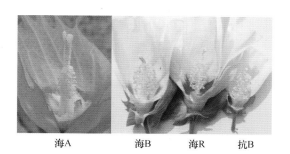

海A　　　　海B　　海R　　抗B

彩图 6-12 海岛棉不育系(海 A)、保持系(海 B)、恢
复系(海 R)和陆地棉保持系(抗 B)的花器

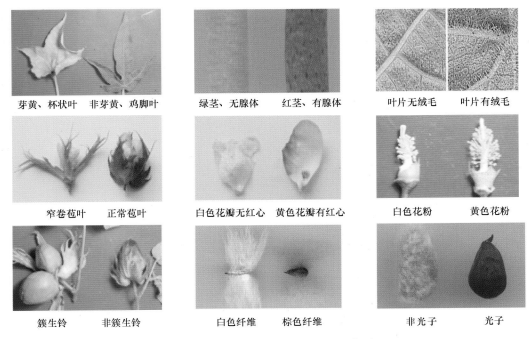

芽黄、杯状叶　非芽黄、鸡脚叶　　　绿茎、无腺体　红茎、有腺体　　　叶片无绒毛　叶片有绒毛

窄卷苞叶　正常苞叶　　　白色花瓣无红心　黄色花瓣有红心　　　白色花粉　黄色花粉

簇生铃　非簇生铃　　　白色纤维　棕色纤维　　　非光子　光子

彩图 6-13　"T582"和"T586"的相对性状对比
每张照片中左侧为"T582"，右侧为"T586"

彩图 6-16　杂种 F_1 的 5 种叶形
自左向右依次为超鸡脚叶、鸡脚叶、中鸡脚叶、大鸡脚叶和正常叶

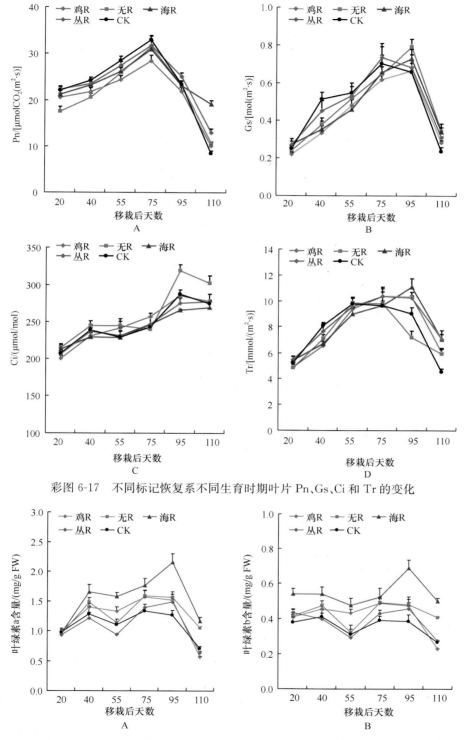

彩图 6-17 不同标记恢复系不同生育时期叶片 Pn、Gs、Ci 和 Tr 的变化

彩图 6-18 不同标记恢复系不同生育时期叶片叶绿素 a 和叶绿素 b 含量的变化

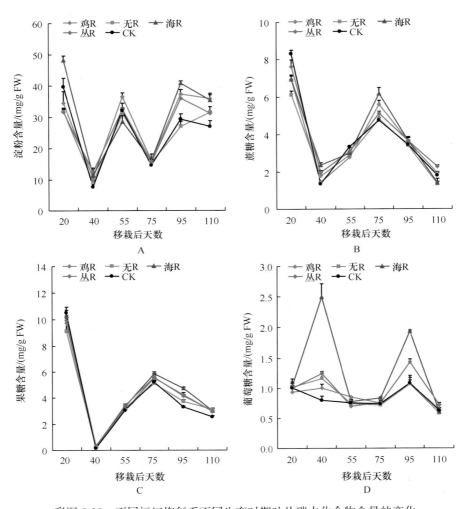

彩图 6-19　不同标记恢复系不同生育时期叶片碳水化合物含量的变化

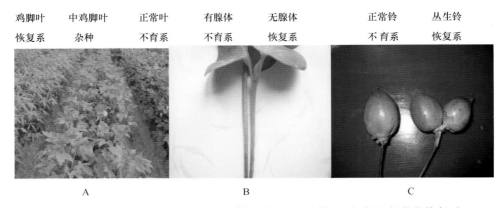

彩图 6-20　具有鸡脚叶（A 左）、无腺体（B 右）和丛生铃（C 右）标记性状的恢复系

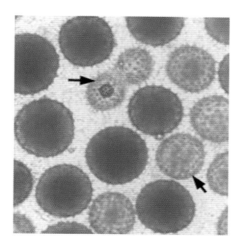

彩图 7-1 联苯胺甲-萘酚染色后的花粉

横箭头表示不着色的无活力花粉,斜箭头是染色较浅的弱活力花粉,染色深且相
对较圆较大的是高活力的花粉。取 0.2％联苯胺乙醇溶液、0.15％甲萘酚乙醇溶
液和 0.25％碳酸钠水溶液各 10mL 混合摇匀即为联苯胺-甲萘酚试剂。取接近
成熟的花药,涂于载玻片上,先加 1 或 2 滴联苯胺-甲萘酚试剂,再加一滴 3％过
氧化氢,3~5min 后,在显微镜下观察计数。可育花粉率＝染色的正常形态的花
粉数/总花粉数×100％

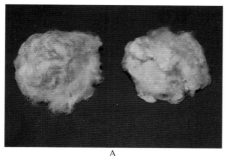

彩图 7-7 绿色和棕色棉纤维(A)和种子(B)